KB107590

이광수 문학의 심층적 독해

—'근대주의'의 오독을 넘어

방민호

1965년 충남 예산군 덕산면 출생, 공주와 대전에서 성장, 1984년부터 서울대학교 학부와 석사, 박사 대학원에서 공부. 2000년 가을 박사학위논문 「채만식 문학에 나타난 식민지적 현실 대응 양상」 제출, 2002년부터 국민대학교 국문과 전임강사, 2004년부터 서울대학교 국문과 교수로 재직 중이다.
연구서로는 『한국문학과 일본문학의 전후』(2021, 공저), 『한국비평에 다시 묻는다』(2021), 『탈북문학의 도전과 실험』(2019, 공저), 『최인훈, 오디세우스의 항해』(공저, 2018), 『문학사의 비평적 탐구』(2018), 『이상 문학의 방법론적 독해』(2015), 『일제 말기 한국문학의 담론과 텍스트』(2011), 『한국 전후문학과 세대』(2003), 『채만식과 조선적 근대문학의 구상』(2001) 등이 있다.

이광수 문학의 심층적 독해
—'근대주의'의 오독을 넘어

초판 1쇄 인쇄 2023년 02월 20일
초판 1쇄 발행 2023년 02월 27일

지은이 | 방민호

펴낸곳 | 예옥
펴낸이 | 방준식
등록 | 2005년 12월 20일 제2021-000021호

주소 | 서울시 은평구 불광로 122-10, 3403동 1102호
전화 | 02)325-4805
팩스 | 02)325-4806
이메일 | yeokpub@hanmail.net

ISBN 978-89-93241-80-8 (93810)

* 값은 뒤표지(커버)에 있습니다.
* 잘못된 책은 교환해 드립니다.

이광수 문학의 심층적 독해

―'근대주의'의 오독을 넘어

●방민호●

예옥

서문

더, 깊은, '진실'을 위해

*

'진실'이라는 말은 결코 간단치 않다. 이 말은 표층보다는 깊은 어떤 차원, 보다 심층에 놓인 '사실'을 의미하지만 이 말로는 다 충당될 수 없는 더 깊은 무엇을 가리킨다.

언어철학에서 '사실' 그 자체란 존재하지 않으며 '사실'은 오로지 해석된 '사실'로만 존재한다. 표층적 현상에 가까운 뉘앙스를 갖는 '사실'조차도 인식 주관을 떠나서는 성립할 수 없지만, '사실' 대신에 '진실'이라 하면, 그것은 훨씬 더 내밀하고, 감추어져 있어, 더 섬세하거나 더 찬찬한 해석을 수반하지 않고는 잘 드러낼 수 없는 내적 진리를 '의미한다'.

파스칼의 '숨은 신'처럼 자태를 쉽게 드러내지도 않고 그렇다 해서 아예 갈구와 희구로부터 절연되어 있는 것도 아닌 어떤 사태, 그것이 이른바 '진실'이라는 것이다.

*

폴 드 만은 '모든 독해는 오독'이라 했다. 그의 책『독서의 알레고리』는 독해 행위로서의 특정한 형태의 비평이 필연적으로 노정할 수밖에 없는 한계를 논리화한다.

어떤 독해도 완전할 수는 없다. 모든 독해는 해석될 수 없는 여분을 남기며 숱한 오독의 역사를 거느린다.

때문에, 작품과 작가의 해석, 독해로서의 문학 연구는 마치 신화에 등장하는 시시포스의 형벌과도 같다. 신들을 속인 죄로 시시포스는 산꼭대기까지 커다란 바위를 밀어 올려야 한다. 천신만고 끝에 바위를 정상 가까이 밀어올리면 다시 바위는 아래로 굴러떨어지고 만다. 그럼으로써 영원히 형벌은 되풀이된다.

*

『이광수 문학의 심층적 독해』를 이 영원한 독해의, 형벌의, 연쇄 사슬 속에 올려놓고자 한다. 그럼으로써 필자 또한 한 사람의 수인임을 입증하고자 한다.

*

부제에 밝혀져 있듯이, 이 책은,『무정』의 탄생 이후 끊임없이 지속되어 온 이광수에 대한 '근대주의'적 독해가 오독으로 점철되어 있으며, 그럼으로써 이광수와 그 문학에 대한 오해를 반복해서 낳고 있음을 밝히고, 그러한 '근대주의'적 해석 전통과는 '다른' 독해의 가능성을 추구하고자 한다. 이 책에서 필자는 이광수 문학이 '근대주의', 계몽주의 세계라고 규정하고 만족하는, 그것이 정답이라고 간주하는 모든 논의에 대해 그렇지'만은' 않다고, 그보다 더 깊은 '진실'이 있다고 말하고자 한다. 그런 해석은 이제 너무 낡았다고 생각한다.

*

때문에 이 책은 불가피하게 논쟁적인 성격을 띠지 않을 수 없다. 이 책은 근대성을 만물의 척도로 삼는 근대주의, 식민지적 상태를 근대성 획득을 위한 불가피한 과정으로 인준하고 나아가 이광수가 식민주의적 사고를, 식민지적 근대주의의 사고를 깊이 내재하고 있었다는 시각을 시험대에 올린다.

*

여기서 필자가 규정하는 '근대주의'는 복합적인 구성물이다. 일차적으로, 이광수 문학과 관련하여 이 '근대주의'는 이광수의 문학이 조선의 근대화를 추구하고자 한 그의 이상주의적 이념의 산물이었다고 보는 시각과 태도를 가리킨다.

이 '근대주의'에 따르면 이광수는 육친의 고아, 조국 상실의 고아, 나아가 사상의 고아였다. 그리고 그런 그에게 근대화의 이념을 불어넣어 준 것은 근대 일본이었다. 두 차례의 일본 제도교육의 세례를 통해서 훈육, 획득된 근대화의 이념은 이광수의 평생에 걸친 사고의 패러다임이자 문학 생산의 원천으로 작용했다. 이광수는 서구 문학, 그리고 그것을 모범 삼아 형성된 일본의 문학을 따라 한국문학을 근대화하고자 했다.

이러한 독해 방식은 아주 오래된 것이지만, 늘 새로운 어법으로 되돌아오곤 한다. 지난 20년 동안 이 시각은 특히 『무정』을 전후로 한 시기로부터 『민족개조론』을 전후로 한 시기에 이르는 몇 년의 텍스트들을 중심 대상으로 삼는 경향을 보였다. 그러나 '대일협력적'인 텍스트들 또한 종종 분석대상이 된다. 『원효대사』를 비롯한 몇몇 중단편 작품들이 그것이다.

다음으로, '근대주의'는, 이광수가 문학을 근대화하고자 했을 뿐 아니라 서구와 일본의 근대 자체를 이식, 모방, '번역'하고자 했다고 논의한다. '근대주의'는 이광수의 문학을 일본의 근대문학에 대한 이식이나 모방, '번역'으로 보려는 시각을 의미하며, 이광수의 능동적, 비약적 창작 과정을 그러한 개념 아래 제약하려는 태도를 의미한다.

이 견해에 따르면 이광수는 당대의 각종 근대화 담론들, 사회 진화론이나 문명 등급론 등의 영향 아래 놓여 있었으며, 그로부터 오늘날 우리가 '식민지적 근대화론'이라 불리는 사고틀, 패러다임을 내재화하고 있었다.

'식민지적 근대화론'은, 한국은 자주적, 주체적으로는 근대화할 수 없었다고 본다. 한국인들은 식민지민이 됨으로써, 즉 일본의 지배 아래서 살아감으로써만 비로소 자신들을 근대화할 수 있었으며, 이 점에서 일제의 지배와 폭력은 자본주의적 근대화라는, '진보'를 위한 불가피한 대가였다. 이 비정한 숙명의 승인, 지배와 폭력의 용인, 그 '어른스러운' 태도, 이것이 식민지 근대화론자들의 공통적 포즈다.

이 '식민지적 근대주의'는 이광수를 그와 같은 숙명주의자로 그리면서 기꺼워한다. 이광수는 일찍이 한국의 그 불행한 숙명을 받아들인 근대화론자이자 바로 그 숙명을 체득하고 이행한 ' 노예'였다.

마지막으로, '근대주의'적 독해는, '네이션', 또는 '민족'이라고 부르는 인류사의 공동체 단계에 대한 서구 중심적인, 우위론적인 담론으로서의 근대주의 민족론과 연합한다. 이광수와 그의 문학에 대한 '근대주의'적 독해는 근대주의적 '네이션'론에 연결되어 있다.

이 점에서 이 '근대주의'는 확실히 오리엔탈리즘적이다. 어네스트 겔너나 베네딕트 앤더슨 같은 근대주의 민족론자들은 네이션은 18세기 후반 서구의 발명물이며, 이것이 비서구 사회로 확산되어 간 것이라고 본다. 이 가운데 『상상의 공동체』는 너무 많이, 오래 인용, 참조되곤 했다.

이 근대주의 민족론의 한국식 '번역'에 따르면, 한국의 구한말 지식인, 문학인들은 서구의 '네이션'을 '민족'이라 번역한 일본의 선례를 따라 인류사의 발달 단계에서 뒤떨어진 조선에 도입하고자 한다. 그들은 일본의 식민사학자들이 만들어 준 한국사의 개념들에 의지해서 '민족'과 '민족국가'를 상상적으로 주조하려 했다. 이 점에서 그들의 한국인들의 민족주의는 일본 제국주의의 통제와 조절 아래 놓여 있던 '하위사상', 종이 호랑이일 뿐이다.

*

우선, 필자는 이광수가 근대주의적이었던 것만은 아니었음을, 『무정』 같은 대표작조차 그렇게만은 독해될 수 없음을, 『무정』과 여타의 작품들 속에 그의 선배들이 일구어낸 탈근대적 이상이 착종되고 '숨겨진' 형태로 끈질기게 가로놓여 있음을 논의하고자 했다.

이를 위해서 필자는 이광수가 '사상의 고아'로서 일본의 근대적 교육을 '양부'로 삼았다는 '가설'에서 벗어나, 그가 안창호와 신채호로 대표되는 이광수의 앞세대 지식인, 문학인들의 탈근대적 이상을 계승한 이였음을 부각시키켰다. 이광수의 선배들, 안창호며, 신채호며, 김구며, 그리고 안중근, 한용운 같은 이들에게 근대, 곧 현대는 자본주의 제국의 침탈의 시대 바로 그것이었다. 그들은 이에 맞서 각자의 형태로 자신들의 탈근대적 이상을 구축하고자 했다. 그들은 각자이면서도 하나의, '서로 다른 하나'의 공통적 이상을 품었다. '유정'한 사회, '님나라' 같은 것들이 바로 그것이다. 그에게 '번역'이 있었다면 그것은 외부로부터 오는 것의 번역과 더불어, 선배들의 이상사회론과 '정'의 사상의 '번역', 바로 그것이 함께 있었던 것이며, 이 이중의 '번역'은 이미 번역이 아니라 새로운 창조였다.

그리하여, 이 책은 이광수의 문학, 곧 소설이 서구와 일본 문학의 이식, 모방, '번역'이었다는 논의에서 벗어나 그의 창조에, 창조를 위한 고통스러운 과정에 주목하고자 했다. 이광수는 조선적인 문학적 전통과 그 바깥의 것들, '동양'에 속한 사상과 '서구'로부터 온 사상들, 익숙한 것과 새로운 것들, '소설'적인 양식과 '노블'적인 양식을 창조적으로 접합시켜 새로운 단계의 소설을 창조해 간 존재였다.

또한, 이광수 문학은 한국의 현대문학을 서구나 일본의 아류로서가 아니라 그 자체 새로운 특이성을 가진 문학으로 만들어 가는 과정상에, 계단상에 놓여 있었고, 이인직과 이해조, 신채호 문학이 구축한 양식 접합의 전통을 새로운 차원에서 시도한 문학인이었다.

이 자신의 단계에서 이광수는 바로 자기의 '정'을, '사랑'을 창조했다. 『무정』에서 『재생』과 『흙』을 거쳐 『사랑』에 이르는 '정'의 문학, '사랑'의 소설들, 『마의태자』, 『이차돈의 사』, 『원효대사』의 '신라 삼부작'을 비롯한 역사소설들, 그리고 그의 독특한 자전적 소설들은 그의 문학이 단순한 모방, 이식, '번역'의 '증빙서류'가 아님을 보여주면서, 동시에 그가 다양한 사상적, 양식적 기원의 것들을 창조적으로 접합시켜 새로운 '발명'을 이룬 존재였음을 말해준다.

마지막으로, 이광수에 있어 '민족'은 근대주의 민족론의 올바름을 논증하는 도구로서가 아니라 신채호나 최남선의 민족론에 연결되는 인식의 산물이었다. 그들의 민족론은 '원초주의'(primordialism)이나 영속주의(perennialism) 경향과 관계가 아예 없지 않으나 결코 단순하지 않고 민족사를 더 넓은 문명적 시야 속에서 역사적 과정에 의해 형성되는 것으로 해석하고자 했다. 그들은 넓고도 새로운 민족 논리의 소유자들이었다.

특히, 신채호는 민족이 형성되고 분기된 역사적 과정을 밝히고자 했고, 숙신, 말갈과 한민족이 분화된 역사적 과정, 그 에쓰니시티들의 연합국가적 집합체로부터 한국인들이 단일민족화한 과정을 역사적으로 논의하고자 했다. 이광수는 그들의 상고사 연구를 넓게 참조했고, 그럼으로써 일제 말기나 해방공간 시기에도 식민사학이나 내선동조론으로 환원할 수 없는 독특한 역사소설들을 남길 수 있었다.

그가 한일합병을 앞두고 국권을 잃어버린 민족의 기억을 위해 역사 5부작을 구상했음은 무엇을 의미하는가?

그는 수양동우회 사건 때 안창호를 따라 순사하지 못하고 대일협력의 포즈를 강하게 취하던 순간에도 신라의 이야기를 쓰고 해방 후에는 고구려 이야기를 썼다. 그런 그의 소설들은 구한말과 일제 강점기의 치열한 역사적 논전을 의식하면서 민족의 형성, 전개 과정에 대한 주체적 해석들을 수용하고자 한 노력의 산물들이었다.

필자는 이렇게 생각한다. 민족적, 문화적 정체성에의 의식은 정치적 의식보다 깊고 길다. 정치적으로는 이렇게도 저렇게도 변화된 태도를 보일 수 있다. 그런 때 그는 마치 카멜레온처럼 보인다. 그러나 그가 오랫동안 무엇을 하고 있는지 보면 그가 자신을 어떻게 이해하고 있는지 알 수 있다.

*

필자는 이 '근대주의'가 지식 생산이 없었다고 주장하지 않는다. 지식, '진실'에의 접근은 오독의 한계들을 통해 증대된다. 이런 전제 아래, 이 '근대주의'의 흐름을 다시 한 번 연구사의 흐름을 감안하여 가닥을 잡아볼 필요도 있을 것이다. 한국에서 이 흐름은 사회학계가 주도한 『근대 주체와 식민지 규율권력』(문화과학사, 2009)의 '식민지 근대' 또는 '식민지 근대성'의 개념 범주화와 관련이 있고, 그 역사학계 판본은 윤해동의 『식민지의 회색지대』(역사비평사, 2003)에 의해 대변된다. 국문학계에서는 김윤식의 『일제 말기 한국 작가의 일본어 글쓰기론』(서울대출판부, 2003) 같은 저작이 그와 모종의 연관성을 지니고 있다고도 할 수 있을 것인데, 이러한 흐름들이 보다 집단적인 흐름으로 나타난 것은 『해방전후사의 재인식』(책세상, 2006)일 것이다. 이들 저작과 그 저자들의 시각은 어떤 것은 비판적이고 또 어떤 것은 숙명주의적이다. 방향이 전혀 다를 수 있지만 이들은 어떻게든 하나의 흐름을 형성하고 있다고도 할 수 있다. 이 흐름은 바다 건너가면 검열 연구에 접맥되기도 하고, 또 베네딕트 앤더슨의 『상상의 공동체—민족주의의 기원과 전파에 관한 성찰』(나남, 2003)의 번역이나 이 근대주의 민족론의 한국문학 쪽 '번역'판 앙드레 슈미드의 『제국 그 사이의 한국 1895~1919』(휴머니스트, 2007)의 번역과도 연결되어 있다. 서로 문제의식이 다른 데서 출발한 각종의 '근대주의'는 서로 결합하고 접맥되면서 일종의 국제주의적 네트워크를 형성하기에 이르렀고, 그러면서 국문학 연구의 중심 영역을 자처하기에 이른다. 이 '근대주의'가 하나의 큰 흐름을 형성하게 되자, 이 '식민지 근대성'은 그 개념을 긍정하는 쪽뿐 아니라 부정하는 쪽까지도 모두 흡수해서 그 제도와 메커니즘에 대한 논의를 벗어나는 국문학 논의를 주변적으로 평가하고 밀어내며 한 시대의 흐름을 이루게 된다. 그리하여 콜로니얼한 상황에 대한 비판적, 포스트콜로니얼리즘적 분석과, 콜로니얼리즘적 분석은 '하나'가 된다. 포스트콜로니얼한 것이 콜로니얼한 것이 되고 콜로니얼한 것은 불변적 구조가 된다. '제국-식민지'의 이항대립적 구조가, 구조주의의 '정태성'의 그림자가 어른거린다. 그것은 하나의 늪과도 같지만 이에 대한 자각은 아주 드물다. 너나없이 이 '근대주의'에 발을 들여놓고자 조바심을 친다. 이것이 아니면 촌스럽다고 부끄러워 할 지경에 현대문학연구는 이르렀다. 작가들, 작품들의 심층적 이해는 밀려나고 이 시기의 한국문학 자료들은 '식민지 근대'의 탄생과 전개에 관한 사회학적, 경제학적, 정치학적 분석의 보조 텍스트로 변모하고 그만이다. 국문학자들이 다투어 사회학자, 경제학자, 정치학자가 되려 했다. 이것이 필자가 생각하는 국문학계의 '근대주의열'의 대체적인 양상이다. 필자는 이것과는 다른 연구를 하고 싶었다. 그것은 포스트-포스트콜로니얼한 연구가 되어야 했고, 작가와 텍스트의 심층을 읽는 연구가 되어야 했고, 근대 전환기의 지식인들, 문학인들이 꿈꾼 이상을 새롭게 환기하는 연구가 되어야 했다. 그것은 연구자의 피식민자로서의 '피학적 의식화' 작용을 자기 내부로부터 밀어내는 연구, 유구한 한국인의 삶에 뿌리박은 '자유민'으로서의 무의식의 표면화, 그 재의식화를, 그 작동을 드러내는 연구여야 했다. 물론 이것은 연구라는 것이 자신이 부정하고자 하는 것을 통해서도 인식을 증진시킬 수 있음을 부정하고자 하는 것은 아니다.

*

과연 이 책, 『이광수 문학의 심층적 독해』는 그 필자가 시도한 새로운 독해를 얼마나 성공적으로밀어붙일 수 있었던 것일까? 과연 그 표제는 의미를 얼마나 감당할 수 있을까?

그러나 이 제목은 지난 오랜 시간 동안 이광수에 관한 새로운 해석을 시도해 온 모험의 과정을 필자 스스로는 절대로 부인하지 않겠다는 어떤 심정에 따른 것이다.

필자는 '모든 진보에는 필연적으로 손실이 따른다'던 『멋진 신세계』에서의 올더스 헉슬리의 말을 사랑한다. 모든 새로운 해석에는 그에 따라 치러야 할 대가가 응당 발생하지 않을 수 없다.

이마저도 포함하여, 필자는 이광수 문학은 단순히 '근대주의'라는 형태의 진보주의만으로는 해석될 수 없는 여분을 거느리며, 이 잉여, 여분이야말로 이광수 문학의 고갱이에 해당하는 것일 수 있다고 논의한다. 그의 문학은 '근대주의'의 포즈 아래서 '탈근대적'인 것을 지향하며, 콜로니얼리즘을 승인하는 듯해도 '포스트콜로니얼'한 상태를 추구하는 균열을 보인다. 그는 동요하고 흔들리며 굴종의 포즈를 취하는 순간에도 그것과 다른 길을 동시에 사유하고 상상하고 있었다. 그의 문학을 '근대주의'적으로만 읽는 진보의 믿음은 그의 문학의 '진실'의 많은 것을 앗아가 버린다.

*

필자의 논의는 이광수 문학을 어떻게든 새롭게 신비화하려는 것과는 관련이 없다. 이광수가 대일협력에 기울었던 것은 그것대로 보면서 이광수와 그의 문학이 우리에게 어떤 의미를 갖는지 재사유하려 한다.

이광수 문학에 어떤 진정한 문제성, 가치가 있다면, 그것은 그의 문학이 그 시대적 물음 외에 삶과 죽음, 질병, 사랑, 욕망, 그리고 '죄의식'과 허무의 문제들을 거느리고 있기 때문일 것이다. 어떻게든 필자는 이광수의 삶과 문학에서 인간의 삶의 근원적 문제들을 본다. 이것이야말로 귀한 요소라 하지 않을 수 없다. 그것은 다른 작가들에게서는 흔치 않은 것이다. 이광수 문학은 인간 삶의 본질적 문제를 생각하게 한다.

*

마지막으로, 이광수 연구는 필자에게 삶과 역사에 관한 고민과 사유의 매개물이자 그 집중점이다. 그러나 많은 주제와 영역의 연구를 방사형으로 진행시켜 가는 연구 스타일은 필자로 하여금 오랜 시간을 '잡아먹도록' 했다.

또한 연역 대신에 귀납을 선호하는 까닭에 이 책은 논리정연한 체계를 갖추지도 못하였다고 생각한다. 귀납은 아무리 많은 자료를 누적적으로 쌓아 놓아도 늘 결여된 부분을 남기게 마련이다.

많이 아쉬운 대로 이제는 일단 이광수와 그의 문학을 필자의 손에서 놓아주어야 할 때다. 이 책 여러 곳에 흩어져 있는, 충분히 구조화 되지 못한 여러 논리와 근거들, 그리고 눌변과 반복들에 대해 읽어 주시는 분들의 넓은 이해를 구한다.

또, 이 책은 여러 논문과 발표들을 제목과 소제목을 바꾸고, 내용을 보완하거나 빼고, 다른 곳에서 가져와 적절하다고 생각되는 곳에 재배치한 산물이다. 비록 하나의 줄로 미려하게 꿰지 못했지만 방향과 색조를 잃지 않으려 했다.

이 책은 이광수의 삶과 문학 연구에 노력을 아끼지 않으신 선학들이 밝혀 놓으신 '사실', '진실'들에 절대적인 빚을 지고 있다. 이광수뿐 아니라 안창호, 신채호, 김구, 이돈화, 이학수 등 구한말과 일제강점기의 지식인, 문학인들의 정신세계를 먼저 연구하신 선배 학자들의 노고에 깊이 감사드린다.

편집을 위해 애써 주신 신영미 님, 그리고 색인 작업을 맡아준 김민지, 구자연 선생의 수고에 감사의 말씀을 전한다.

2023년 2월

은평 불광동에서

차례

1부

『무정』을 둘러싼 새로운 모험

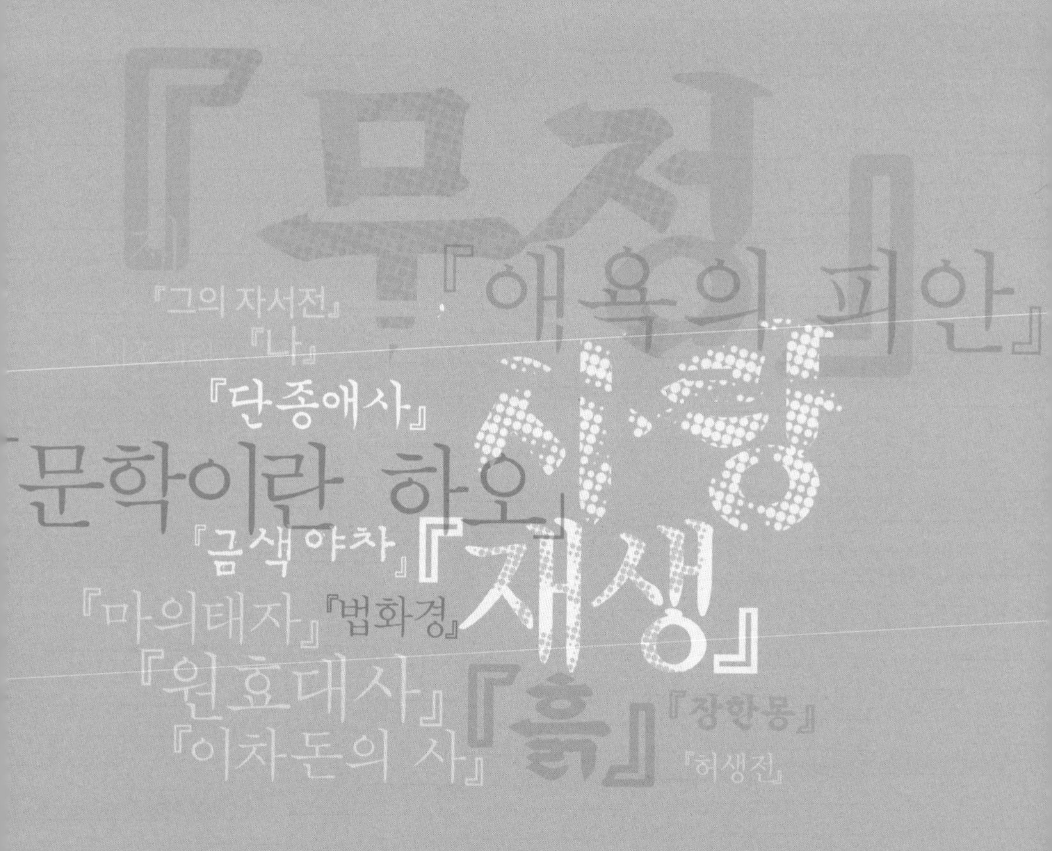

한글문학 전통의 주류화와 이광수 문학

1. 문학적 포스트콜로니얼리즘과 이광수의 한글문학론

한국현대문학 연구에서 이광수 문학을 높이 평가할 수 있는 가장 중요한 요인 가운데 하나는 그가 명실상부한 조선문단의 개척자였다는 사실에 귀착된다. 이러한 측면에서 그는 한국 최초의 본격적 근대소설이라 평가되는 『무정』과 『재생』, 『흙』, 『유정』, 『사랑』 등 장편소설의 길을 열었고, 특히 『마의태자』, 『이차돈의 사』, 『단종애사』, 『이순신』, 『세조대왕』, 『원효대사』, 『사랑의 동명왕』 등 한국 역사소설의 길을 개척했다. 또한 그는 잡지 『조선문단』을 주재하면서 최서해, 채만식, 박화성, 한설야, 이은상 등 중요한 작가들을 추천, 문학활동의 길에 접어들도록 했고, 염상섭, 김동인, 현진건, 나도향, 박종화, 전영택 등 중요한 작가들로 하여금 작품 발표의 장으로 삼을 수 있도록 했다. 그는 또한 최남선의 『청춘』의 주요 필자였고, 김동인이 주관한 『창조』의 동인이기도 하였으며, 『동아일보』의 편집국장으로 소설 연재 등에 직접 간여했고, 수양동우회 기관지 『동광』의 중심적 인물이었고, 김동환의 『삼천리』 단골 필자이기도 했다.

그렇다면 이러한 이광수의 문학적 활동을 하나로 요약할 수 있게 해주는 것은 무엇일까? 그것은 조선문학이란 "조선문으로 쓴 문학이다"[1]라고 하는 명제로 요약되는 한국어문학론 즉 한글문학론일 것이다. 본래 『신생』 1929년 1월호에 발표했던 글을 『사해공론』에 재수록 한 것은 그 사이 5~6년 사이에 이에 관한 이광수의 사유 또는 의지에 변화가 없었음을 시사해 준다. 이 글에서 이광수는 한국어문학론, 즉 한글문학론으로 요약될 자신의 견해를 다음과 같이 정리해서 보여주고 있다.

> 어느 나라의 문학이라 함에는 그 나라의 문자를 쓰이기를 기초로 삼는 것이다. 지나문학이 한문으로 쓰이고 일본문화를 일문으로 쓰이는 것은 원형이정이다. 만일 일본문학이 독일어로 쓰이고 희랍문학이 범어로 쓰이엇다 하면 격몽요결을 조선문학이라 하는 담대무학한 모 대학교수도 경황실색할 것이다. 조선문학은 조선문으로 쓰이는 것이다. 조선문으로 쓰이지 아니한 조선문학은 마치 나지 아니한 사람 잠들기 전 꿈이란 것과 같이 무의미한 일이다.[2]

그런데 이와 같은 이광수의 한국어문학론, 한글문학론은 그의 문학적 활동의 비교적 초기로까지 거슬러 올라가는 성질의 것이다. 예를 들어, 그의 초기 문학 담론을 대표하는 텍스트의 하나로 간주되는 「문학이란 하오」(『매일신보』, 1916.11.10~11.23)에서도 그와 같은 한국어문학론은 아주 명료한 형태로 제출되어 있다.

1) 이광수, 「조선문학의 개념」, 『사해공론』, 1935.5, 34쪽.

2) 위의 글, 31쪽.

朝鮮文學이라 ᄒᆞ면 毋論 朝鮮人이 朝鮮文으로 作ᄒᆞᆫ 文學을 指稱ᄒᆞᆯ 것이라. 然ᄒᆞ나 三國以前은 邈矣라 勿論ᄒᆞ고, 三國時代에 入ᄒᆞ여 薛聰이 吏讀를 作ᄒᆞ니 吏讀는, 文字ᄂᆞᆫ 漢字로ᄃᆡ 朝鮮文으로 看做ᄒᆞᆷ이 當然ᄒᆞ다. 當時 文化 程度의 高ᄒᆞᆷ을 觀ᄒᆞ건ᄃᆡ, 此 吏讀로 作ᄒᆞᆫ 文學이 응당 贍當ᄒᆞ얏슬지나, 邇來 千有餘 年의 數多ᄒᆞᆫ 變亂에 全혀 喪失ᄒᆞ고, 當時 文學으로 至今 可見ᄒᆞᆯ 者ᄂᆞᆫ 三國遺事에 載ᄒᆞᆫ 十數 首의 歌ᄲᅮᆫ이라, 此歌도 아직 讀法과 意味를 解ᄒᆞ지 못ᄒᆞ니, 此를 解ᄒᆞ면 此를 通ᄒᆞ야 不充分ᄒᆞ게나마 當時 文學의 常態와 思想을 窺知ᄒᆞ리로다. 以後 高麗로브터 李朝 世宗에 至ᄒᆞ기ᄭᆞ지ᄂᆞᆫ 朝鮮文學이라 稱ᄒᆞᆯ 者 毋ᄒᆞ다. 但 太宗과 鄭圃隱의 唱和ᄒᆞᆫ 二首歌가 有ᄒᆞ니 此도 漢字로 記ᄒᆞ얏스나 文格 語調가 朝鮮式이라 ᄒᆞ겟고 世宗朝에 諺文이 成ᄒᆞ고 龍飛御天歌가 作ᄒᆞ니 此가 眞正ᄒᆞᆫ 意味로 朝鮮文學의 嚆矢오 邇來로 歷代 君主와 臣民이 此文을 用ᄒᆞ야 作ᄒᆞᆫ 詩文이 頗多ᄒᆞ려니와 漢文의 奴隷가 되여 旺盛치 못ᄒᆞ얏도다. …… (중략) …… 朝鮮人이 적이 自我라는 自覺이 有ᄒᆞ얏던들 世宗의 國文 製作이 動機가 되야 新文學이 蔚興ᄒᆞ여야 可ᄒᆞᆯ 것이라. 念及此에 退溪 栗谷 等 中國崇拜者의 續出을 怨ᄒᆞᄂᆞᆫ ᄉᆡᆼ각도 나도다. 然ᄒᆞ나 經書와 史略 小學 等 飜譯文學이 出ᄒᆞᆷ은 朝鮮文學 蔚興의 先驅가 될 번ᄒᆞ얏스나 科學의 制로 因ᄒᆞ야 마ᄎᆞᆷ내 朝鮮文學의 興ᄒᆞᆯ 機會를 作치 못ᄒᆞ얏고 僅히 春香傳 深靑傳 『놀부흥부傳』 等의 傳說的 文學과 支那小說의 飜譯文學과 時調 歌詞의 作이 有ᄒᆞ얏슬 ᄲᅮᆫ이라. 坊間에 流行ᄒᆞᄂᆞᆫ 諺文小說 中에는 朝鮮人의 作品도 頗多ᄒᆞᆯ지니 此는 應當 朝鮮文學의 部類에 編入ᄒᆞᆯ 것이어니와 此等 諺文小說도 大槪 材料를 支那에 取ᄒᆞ고 ᄯᅩ 儒敎道德의 束縛下에 自由로 朝鮮人의 思想 感情을 流露ᄒᆞᆫ 者

無ᄒᆞ며 近年에 至ᄒᆞ야 耶蘇教가 入ᄒᆞᆷ이 新舊約 及 耶蘇教 文學의 飜譯이 生ᄒᆞ니 此는 朝鮮文의 普及에 至大ᄒᆞᆫ 功勞가 有ᄒᆞ얏고 實로 朝鮮文學의 大刺激이 되엇스며 十數年 內로 百餘種의 諺文小說이 刊行되얏스나 그 文學적 價値의 有無에 至ᄒᆞ야ᄂᆞᆫ 斷言ᄒᆞᆯ 만ᄒᆞᆫ 研究가 無ᄒᆞ거니와 아모러나 朝鮮文學의 新興ᄒᆞᆯ 豫告가 됨은 事實이라. 萬一 朝鮮文學의 現狀을 問ᄒᆞ면 余ᄂᆞᆫ 울긋붉읏ᄒᆞᆫ 書肆의 小說을 指ᄒᆞᆯ 수밧게 업거니와 一齋 何夢 諸氏의 飜譯文學은 朝鮮文學의 機運을 促ᄒᆞ기에 意味가 深ᄒᆞᆯ 줄로 思ᄒᆞ노라. 但 以上 諸氏가 果然 朝鮮文學을 爲ᄒᆞ야라ᄂᆞᆫ 意識의 有無ᄂᆞᆫ 余의 不知ᄒᆞᄂᆞᆫ 바로ᄃᆡ 諸氏가 忠實ᄒᆞ게 飜譯文學에 從事ᄒᆞ며 一邊 文學의 普及을 企ᄒᆞᄂᆞᆫ 研究와 運動을 不怠ᄒᆞ면 諸氏의 功은 決코 不少ᄒᆞᆯ 줄 信ᄒᆞ노라.[3)]

이 대목이 실린 「문학이란 하오」는 이광수의 서구 문학이론 수용 양상을 잘 보여주는 텍스트로 지목되어 왔다. 많은 논자들이 이 텍스트의 '지·정·의'론을 장편소설 『무정』의 사상적 연원으로 설정하고자 하는 노력을 기울이기도 했다. 그러나 일종의 비평 텍스트로서의 「문학이란 하오」와 소설 텍스트로서의 『무정』 사이에는 간극이 있을 수밖에 없을 뿐 아니라, 앞에서 언급했듯이 『무정』은 '지·정·의'론의 수용 이전에 그가 의식하지 않을 수 없었던 지적 선배 그룹의 '무정·유정' 사상의 연속선상에 있는 것이라 할 수 있다.

위의 인용 부분은 「문학이란 하오」에서 상대적으로 주목하지 않았던 부분으로, 나중에 「조선문학의 개념」에 명료한 형태로 나타나는 한국어문학론, 한글문학론을 이미 '완성된' 형태로 피력하고 있다고 할 만하다. 여기서

3) 이광수, 「문학이란 하오」 (8), 『매일신보』, 1916.11.23.

그는 "조선문학이라 하면 무론 조선인이 조선문으로 작한 문학"이라 하면서 위로는 고대 삼국시대의 이두나 세종 창제의 한글을 매체로 한 문학만이 조선문학이라 규정될 수 있다고 주장한다. 그에 따르면 조선문, 즉 한글을 얼마나 자각적으로 사용하느냐 하는 문제는 "자아라는 자각"에 관련된 문제이기도 하다. 그는 한글 창제와 더불어 "경서와 사략 소학 등의 번역문학" 등이 조선문학의 흥기를 가져올 법 하였으나 "중국 숭배자"들이 속출하고, '과거제' 같은 인습적 제도의 영향력으로 인해 한문 숭상의 폐단을 고치지 못한 채 근대에 이르렀다고 한다. 이에 조선문학이라 할 만한 것은 "춘향전 심청전 놀부흥부전 등의 전설적 문학과 지나소설의 번역문학과 시조가사" 등이 있을 뿐이요, 이들 국문문학에 '야소교' 번역 문학이 조선문 보급에 큰 역할을 했으며, 그로부터 "울긋붉읏한 서사의 소설" 즉 신소설이 출현하고 "일제 하몽 제씨의 번역문학"에 이르게 되었다는 것이다.

이러한 한글문학의 전면화 과정에서 이광수는 '의도적으로' 이인직이라는 고유명을 가입하기를 꺼리는 듯한데, 그러나 그의 이후의 문학사 논의들은 그가 이인직 소설을 한글문학사의 중요한 계기로 의식하고 있음을 보여준다. 예를 들어 그는 「조선의 문학」에서 다음과 같이 논의한다.

> 조선에 歐米風의 형식의 소설이 일기 시작한 것은 지금으로 30년 이전에 李人植이라는 이의 「血淚」나 「鬼의 聲」 등의 작품이다. 그는 순수의 조선語로 현대의 조선 생활을 그린 것이나 단 현대적 사상적 배경이 근거를 가지지 못하얏다. 그럼으로 그의 作은 後年 新文學運動과는 하등 유기적 관계를 갖지 못하얏다.
>
> 참으로 새로운 민족의식이나 歐米思想에 각성된 소설의 낫하난 것은 歐米大戰이 한참 버려질 大正 5년경이다.

> 당시 조선 유일의 조선문 新聞인 每日申報 崔南善의 「靑春」 東京 學生들이 발행하든 「學之光」 其他 雜誌 그리고 XX운동이 일어나 寺內 武斷政治로부터 齋藤實 大將의 소위 文化政治가 되게 되여 2,3의 日刊新聞과 십수 개의 月刊雜誌가 발행하게 됨으로부터 새 文學運動은 他部門의 文化運動과 갓치 蔚然히 일어낫다. 우에 말한 시인들도 대개 이때 나왓다.[4]

이 글에 나타난 이광수의 이인직 인식은 그의 작품을 실제로 얼마나 읽어 보았는지 의심케 할 정도로 표피적이지만 그러나 신소설 작가로서의 이인직이 "조선어" 문학의 새로운 국면이었던 것만큼은 분명하게 의식하고 있음을 보여준다. 이 「조선의 문학」과 앞의 「문학이란 하오」 등을 종합해 보면 이광수는 조선시대의 국문문학과 가톨릭 수용 과정에서의 조선어 번역, 이인직 등의 신소설, 일재 조중환과 하몽 이상협의 번안소설 등의 과정을 거쳐 1916년경을 전후로 하여 『청춘』, 『학지광』 등으로 대표되는 자신의 시대에 다다른 것으로 인식한다.

이것이 이광수가 생각하는 조선어문학, 한글문학의 역사라면, 이처럼 조선문학의 정체성을 그 언어로서의 조선어에서 찾고 다시 이를 표현해 주는 문자로서의 한글에서 찾는 이러한 시각은 포스트콜로니얼리즘 문학이론의 측면에서 분석해 볼 만한 성질의 것이다. 영미 쪽에서 형성, 정립된 문학상의 포스트콜로니얼리즘에서 관건적인 의미를 갖는 것이 바로 이 언어의 문제인 까닭이다.

일제 강점기의 한국문학 문제를 이러한 담론적 견지에서 검토하고자 하면 영미 이론이 이 일반화 하는 (포스트)콜로니얼한 문학 상황과 한국문

4) 이광수, 「조선의 문학」, 『삼천리』, 1933.3, 15쪽.

학의 그것 사이에 커다란 차이가 가로놓여 있음을 깨닫게 된다. 일반적인 포스트콜로니얼리즘 논의에서 무엇보다 중요한 개념은 이른바 전유(appropriation)라는 것으로, 이는, 타자의 언어를 자기의 것으로 삼는다, 타자의 언어로 모국어의 정신을 전달한다, 타자의 언어로 진정한 자기를 회복 또는 재구성한다, 라는 뜻을 가진다. 여기서 어째서 '타자의 언어"로써' 인가 하면 그것은 '오랜 시간' 제국의 지배 아래 놓여 있는 사이에 자신의 언어를 잃어버렸기 때문이다. 영미 포스트콜로니얼리즘이 일반화하는 식민지 문항들을 인도나 중남미, 아프리카처럼 대략 2백 년에서 4백 년에 걸쳐 제국의 침탈에 시달린 곳이고, 그럼으로써 모국어 대신에 타자의 언어, 제국의 언어를 공용어 및 문학어로 수용해야 했던 역사적 배경을 거느린 곳이다. 한국은 이러한 서구 제국의 식민지들과는 아주 달랐다고 할 수 있는 바, 이는 무엇보다 한국이 같은 동아시아 문명권의 속하는 이웃나라 일본의 지배를, 그것도 대략 35년 정도 직접적 지배를 받았을 뿐이라는 데서 명확해진다. 뿐만 아니라 바로 그러한 배경 속에서 한국문학은 여타 아시아, 중남미, 아프리카 지역의 문학과는 아주 다른 상황에 놓여 있었던 것이, 비록 일제 강점기의 한국에서도 관공서의 공식적인 언어 또는 '국어'는 일본어였을지언정 문학어로서의 한국어는 그 결정적이고 지배적인 위상을 '한 번도' 상실한 적이 없었다는 사실이다.

물론 일제 강점기의 한국의 문학인들이 일본어로 문학 행위를 했던 몇몇 예외적 사례들이 있었음은 분명하다. 필자는 이를 대략 네 가지 정도로 유형화할 수 있다고 생각한다. 그 첫째는 학창시절을 습작기나 일본 유학 기간 동안의 문학적 실험 과정에서 일어나는 것으로, 이광수가 『시로가네학보(白金學報)』에 일문소설 「愛か」를 발표한 것이라든가 정지용이 도시샤 대학 유학 시절에 『킨다이후케(近代風景)』의 동인으로 활동했던 것, 이상이 조선총독부에서 일하면서 일문시 등을 썼던 것 등이 그 사례다. 이들은 이러한 성장 또는 실험 이후 이른바 조선문단 체제 아래 조선어, 조선문의 문학을 지속해 나가게 된다.

둘째는 조선어가 학교 필수 교육 과목에서 배제되고, 『동아일보』, 『조선일보』가 폐간되고, 『문장』지와 『인물평론』지를 대신해서 『국민문학』이 창간되고, 조선어학회 회원들이 치안유지법 위반으로 검속되는 등 일련의 사건들로 점철된, 1938년 이후 일제 말기에 이르기까지의 일문 문학행위들이며, 이들 대부분은 이른바 체제협력 문학, 어용문학 범주 속에서 다루어질 수 있는, 문학적 진정성이 결여된 정치적, 정치주의적 문학이다.

셋째는 장혁주처럼 일본어 문단에 진출하기 위해 일본어 소설을 쓰는 경우다. 이러한 범주 안에서 논의될 수 있는 작가로는 장혁주가 거의 유일하다시피 하며 해방 후 그는 일본에 귀화하여 '철저한' 일본어 소설의 길로 나아가게 된다. 일제시대의 행적과 문필 행위의 전모가 전체적으로 밝혀져 있지는 않은 김문집 또한 해방 이후 일본에서 일본어 소설집을 출간하고 있는 것을 볼 수 있다. 이들은 이른바 '순수한' 의미에서 일본어 소설을 지향한 작가들이었다고 할 수 있다.

넷째는 김사량이나 이효석의 경우가 대표적으로, 타자의 언어로 모국어의 정신을 전달한다는 의미에서 일본어를 전유하여 문학적 표현의 매체로 삼은 작가들이다. 김사량은 일본어와 조선어의 두 가지 매체로 소설 창작 활동을 벌였던 바, 그의 일본어 소설은 문제적 중편소설 「天馬(천마)」나 「光の中に(빛 속으로)」 등을 통해서 '입증'되듯이 일본의 일본어 독자들을 향해 조선(인)의 '진정한' 현실을 전달하려는 의욕을 품고 있다. 이효석의 일본어 소설은 두 가지 유형으로 나눌 수 있는데, 하나는 국책에 협력하는 듯한 포즈로 해석될 수 있는 몇 편의 작품들이고 다른 하나는 김사량의 소설들

과 같이 저항적, 비협력적 메시지를 전달하는 작품들이다.

예를 들어「ほのかな光(은은한 빛)」은 일본인 박물관장 호리에게 고구려 도검을 넘겨주지 않겠다는 조선인 청년 욱의 결의에 찬 심경을 전달하고 있는데, 그럼으로써 이 소설은 일종의 상징적, 알레고리적 저항 텍스트로 읽힐 만하다. 이러한 저항적 일본어 소설 텍스트의 존재로 인해 그의 일본어 소설들은 국책들 소재를 수용한 작품들의 경우에도 액면 그대로 독해하기 어렵게 한다.

물론 이와 같은 네 가지 경우 외에도 일제하 조선인 작가들은 이광수 말고 임화 같은 경우에조차『京城日報(경성일보)』같은 일본어 신문 등에 여러 작품을 발표하기도 했고, 라디오에 출연하여 일본어로 문학 강연을 하는 등[5] 식민지의 이중어 상황이 부과하는 타자의 언어의 위력에 일상적으로 노출되어 있었다고 판단할 수도 있다. 그러나 이러한 상황의 일본어 창작 견인 효과를 필요 이상으로 강조, 과장하는 것 또한 일제 강점기 문학인들에 관한 진실에 아주 가깝다고는 말할 수 없다. 포스트콜로니얼리즘 담론의 견지에서 볼 때 일제하의 한국문학은 일본어 창작이 지배적 위치를 구축하고 있었다고 볼 수 없음이 분명한데, 사실, 35년이라는 기간은 문학어 이전에 일상어 차원의 언어적 '혼합', 그러니까 피진이나 크레올 같은 수준의 언어적 전유조차 일어나기 힘들 만큼 짧은 시간이며, 더욱이 당대의 조선 작가들은 일본어 창작은 물론 이른바 '일본사상'이라는 것 자체에도 깊은 염오를 품고 있었던 것이, 일제시대 내내 일본에 유학한 문학인 가운데 일본문학을 전공하거나 일본철학을 전공한 사람은 거의 전무에 가까웠다.

일제시대의 가장 중요한 작가 가운데 한 사람으로서 이광수가 제시하는 조선문학의 사상, 즉 조선문으로 쓴, 한글로 쓴 문학만이 한국문학이

5) 「조선문예 라듸오 강좌 춘원 외 사씨가 일어로」,『중외일보』, 1930.1.11.

라는 극단적인 '한국어주의'는 포스트콜로니얼리즘의 맥락에서 보면 언어적 혼합을 인정하고 그럼으로써 타자의 언어의 전유를 주장하는 기획과는 맥락을 달리하는, 모국어로의 회귀, 환원의 기획에 가까운 것이지만, 그러나 여기서 분명히 할 것은 사실 일제시대의 작가, 시인들은 문학어로서의 모국어를 '한 번도' 상실한 적이 없었다는 점이다. 또 그렇다면 이광수는 분명 그가 주재한 잡지 『조선문단』이 상징하듯이 조선문학이라는 문단 메커니즘을 주도적으로 이끌면서 이 '문학 제도'를 조선어문학 또는 한글문학이라는 단단한 기반 위에 재구축한 인물임에는 틀림없으나 그가 이 제도 자체를 창안한 사람은 아니라는 것을 분명히 할 수 있다. 그는 분명 조선어문학, 한글문학의 기반으로 삼는 한국 근대문학의 대표적 문학인 가운데 하나이지만, 바로 그러한 제도적 메커니즘의 형성 과정으로부터 세례를 받은 인물이었다. 그리고 이는 그의 문학을, 그를 둘러싼 한글문학장의 맥락에서 살펴볼 것을 요청하는 것이다.

2. 이광수 문학과 일제하 한글운동의 연관 관계

충분히 조명되지 않은 자료들을 보면 일제시대에 걸쳐 이광수는 한글운동과 상당히 밀접한 관계를 맺어 나갔던 것으로 보인다. 그러한 문제를 살펴볼 수 있는 단초가 되는 것은 『동광』 1926년 12월호에 실린 정음회 창기에 관한 소식이다.

「정음회 창기」라는 제목 아래 이 난은, 세종 28년 음력 9월 29일에 어제 훈민정음이 반포된 것을 기억하고자 이날을 '정음 기념일'로 정했다는 것과, 이를 계기로 "조선 어문의 연구 급 보급"을 종지로 삼는 정음회를 창기

했다는 것을 알리고 있다.

또한 이 정음회를 결성한 곳은 경성 인사동 내 계명부락부라는 것, 위원으로는 지석영, 어윤적, 윤치호, 이종인, 권상로, 박승빈, 권덕규, 송진우, 민태원, 이상협, 홍승구, 이윤재, 강상희, 홍병선, 김영진, 박희도, 이긍종 등이며, 상무위원회는 이광수, 심대한, 민태원으로 했다는 것 등도 이를 통해 파악할 수 있다[6]

연령대로 볼 때 이 정음회의 주요 인물들은 구한말 이래로 국어국문 운동에 관계해 온 이광수보다 한두 세대 윗사람들이다. 이광수와 심훈(심해서), 민태원 등은 비교적 젊은 축으로서 실무 위원으로 관계했음을 추측해 볼 수 있다. 이 정음회에 관련해서는 다음과 같은 언론 보도가 있었음도 확인된다.

> 지난 사일에 시내 남대문통(南大門通) 식도원(食道園)에서 조선 정음 반포 긔념일을 긔념코자 하야 유지 제씨가 회합하야 협의하고 그곳에서 위원을 선정하얏섯다 함은 이미 보도하얏거니와 십일 오후 네 시 반부터 전긔 위원들은 다시 시내 인사동(仁寺洞) 계명구락부(啓明俱樂部) 안에 모혀 윤치호(尹致昊) 씨의 사회로 다시 회의를 열고 토의한 결과 명칭에 대하야는 언문(諺文)이라는 것을 별로히 고칠 것이 업다 하야 이름 「우리글」이라 일컷기로 하고 긔념일은 정음긔념일(正音紀念日)이라고 명명키로 한 후 향자 식도원에 모혓는 제씨를 그대로 회원으로 하고 또한 그 자리에서 선정한 위원을 위원으로 하야 正音會를 조직하얏는데 정음회의 본지는 전긔 「우리글」을 研究하며 겸하야 이의 普及을 목뎍하는 터로 常任委員으로는 宋鎭禹 씨

6) 「정음회 창기」, 『동광』 8, 1926.12, 58쪽.

를 대신하야 참석하얏든 리광수(李光秀) 씨와 심우섭(沈友燮) 씨와 민태원(閔泰瑗) 씨가 피선되얏다는 바 당일에 참석하얏든 위원의 씨명은 다음과 갓더라

박승빈 윤치호 이긍종 이광수 이운재 지석영 어윤적 김영진 홍병선 강상희 박희도 권응규 민태원 정열모 이각종 (무순)[7]

이로부터 이 정음회가 결성된 곳이 계명구락부라는 것, 이광수는 송진우를 대신하여 회합에 참여했다가 실무위원 역할을 맡게 되었다는 것, 주요 인물들 가운데 특히 박승빈의 존재가 눈에 뜨인다는 점 등에 착목해 볼 수 있다.

우선, 박승빈은 1880년 철원 태생으로 판임관 시험을 거쳐 1897년경부터 관계로 나아갔고 1904년 일본 주오대학(中央大學) 법학과로 유학, 1907년 귀국, 1908년 평양지방법원 검사가 되었지만 1909년 검사장을 사임하고 서울에서 변호사 활동을 하게 된다. 변호사이자 민족운동가로서 그는 1918년 한양구락부 설립에 참여했고 1920년대 이후 물산장려운동, 자치운동, 보성전문학교 등에 관여했고 보성전문과 중앙불교전문학교에서는 조선어학을 강의하기도 했다.[8]

또 한 논문에 따르면 "계명구락부는 1918년 1월 17일 민족 계몽을 하기 위하여 최남선, 박승빈, 오세창, 이능화 등 사회 유지 33인의 발기로 서울 명월관에서"[9] 창립된 민족 문화원과 단체다. 창립 당시의 명칭은 '한양구락부'였으며, 창립 당시에 박승빈은 평의원회의장이었다.[10] 이 계명구락

7) 「우리 글 연구기관 정음회를 조직 -정음긔념일도 병행」, 『조선일보』, 1926.11.12.

8) 미쓰이 다카시, 「박승빈의 언어운동과 그 성격」, 『한국학연구』 26, 2012, 278~279쪽.

9) 이응호, 「계명구락부의 '조선어 사전' 엮기」, 『명대논문집』, 1978, 106쪽.

10) 위의 논문, 109쪽.

부의 목적은 구체적으로 "조선의 문화를 증진케 함에 공헌하며 구락부원 간의 친애를 도함"[11]이었으며, 이러한 조선 문화 증진을 위한 사업의 하나로서 고전문헌 출판 사업을 시도하기도 했다. 계명구락부의 고전 문헌 발간 의지는 기관지 『계명』의 발행을 한두 번 쉬더라도 그 비용으로 희귀한 책들을 출판하자고 한 데서도 잘 드러난다. 일연의 『삼국유사』, 최남선의 『살만보답기』, 이능화의 『조선무속고』, 김시습의 『금오신화』, 오세창의 『근역서화징』 및 『훈민정음』 등이다. 기관지 『계명』의 발간을 고전 간행으로 대신한 시기는 18~20호에 걸친 때로 1927년부터 1928년에 이르는 시기다.[12]

여가서의 주제와 관련하여 주목할 것은 이러한 계명구락부의 정음회 활동에 이광수가 관여하고 있다는 점이다. 이광수가 계명구락부의 맺고 있는 관계는 이 단체의 고전문헌 간행 사업과 연관된 것으로 보이는 이광수의 글을 통해서도 확인된다. 『신민』 19호(1926.11)에 실린 이광수의 「문헌의 수집 간행도 역 일법」은 '우리 문자의 보급책'이라는 큰 주제 아래 실린 여러 편의 글 가운데 하나로, 이 특집에는 권덕규의 「대명절로의 가갸날을 정하자」, 이윤재의 「조선문과 어의 강습을 실행하자」, 이병기의 「정음 사용으로 활자 개량에까지」, 송진우의 「최선의 노력과 방법을 강구하자」, 민태원의 「반만년 문화사상으로 보와」 등 계명구락부원들의 글이 대부분을 차지하고 있음이 확인된다. 여기서 이광수는 "훈민정음 반포일을 영원히 기념하는 점에 이의가 업슬 것은 물론이고 나의 한 가지 의견을 말하라면 이러한 기회에 물질이 허한다면 고 주시경 선생의 그것을 비롯하여 우리글과 말의 연구 발표한 제재료를 널니 수집하여 조선 문헌에 관한 전집 갓흔

11) 위의 논문, 113쪽.

12) 위의 논문, 119~120쪽.

것을 간행하엿스면 또한 의의 깁흔 사업이 될 것이다"[13]라고 하여, 계명구락부의 고전문헌 출간 사업과 궤를 같이하고 있다.

한편으로 계명구락부는 문자 보급과 철자법 정리 같은 어문 문제에도 깊은 관심을 표명했으며, 특히 철자법 정리 문제와 관련된 계명구락부의 중심 인물은 박승빈이었다.[14] 그는 주시경 '학파'와는 대립되는 한글론을 펼치면서 조선어연구회에서 조선어학회로 연결되는 학맥과 달리 1931년 12월 10일 조선어학연구회를 창립하고 1934년 기관지 『정음』을 창간하였으며, 계명구락부의 언어 관련 사업을 계승하는 형태로 독립하여 특히 한글맞춤법 통일안을 둘러싸고 조선어학회와 심각한 대립을 노정하였다. 위의 참고 논문은 이러한 대립의 근저에는 "박승빈의 합작 거부", "종파심리"[15]라는 사실이 가로놓여 있다고 판단한다.

박승빈을 중심으로 한 조선어학연구회는 조선어학회의 한글맞춤법 통일안(1933년 10월)에 맞섰고, 이에 문학인들 78인이 조선어학회 안을 지지하는 「한글 철자법 시비에 대한 성명서」를 발표하기에 이르는 등 상당히 심각한 국면에까지 다다랐다. 이러한 국면에서 이광수는 계명구락부의 박승빈 중심의 노선에서 탈피하여 성명서를 발표하는 문학인들의 입장에 가담한다. 이 문학인 성명서의 주요 내용은 다음과 같다.

> 그리다가 故 周時經 先覺의 血誠으로 始終한 畢生의 硏究를 一劃期로 하여 眩亂에 들고 蕪雜에 빠진 우리 諺文 記寫法은 步一步 光明의 境으로 救出되어 온 것이 事實이고, 마침내 斯界의 權威들로

13) 이광수, 「문헌의 수집 간행도 역 일법」, 『신민』 19, 1926.11.

14) 미쓰이 다카시, 앞의 논문, 265쪽.

15) 위의 논문, 272쪽.

써 組織된 朝鮮語學會로부터 去年 十月에 "한글 마춤법 통일안"을 發表한 邇後, 周年이 차기 前에 벌서 都市와 村廓이 이에 對한 熱心한 學習과 아울러 漸次로 統一을 向하여 促步하고 잇음도 明確한 現象이다.

그러함에도 不拘하고 近者의 報導에 依하여 巷間 一部로부터 奇怪한 理論으로 이에 對한 反對運動을 일으켜 公然한 攪亂을 꾀한다 함을 들은 우리 文藝家들은 이에 默過할 수 없음을 깨달은 것이다.

그 所爲 反對運動의 主人公들은 일즉 學界에서 들어본 적 없는 夜間 叢生의 "학자"들인 만큼 그들의 그 일이 비록 微力無勢한 것임은 毋論이라 할지나, 惑 期約 못한 愚衆이 있어 그것으로 因하여 迷路에서 彷徨케 된다 하면 이 諺文 統一에 對한 擧族的 運動이 蹉跎不進할 嫌이 잇을까 그 萬一을 戒嚴치 않을 수도 없는 바이다.

그러나 또한 同時에 일에는 매양 조그마한 衝動이 잇을 적마다 罪過를 남에게만 轉嫁치 말고 그것을 反求諸己 하여 자신의 至全無缺을 힘쓸 것인 만큼 이에 際하여 言文統一의 重責을 지고 잇는 朝鮮語學會의 學者 諸氏도 語音의 法理와 日用의 實際를 兩兩相照하여 偏曲과 梗塞이라고는 秋毫도 없도록 再三 考究치 않으면 안될 것이다.

하여간 民衆의 公眼 앞에 邪正이 自判된 일인지라 이것은 "號訴"도 아니오 "喚起"도 아니오 다만 우리 文藝家들은 文字 使用의 第一人者的 責務上 아래와 같은 三則의 聲明을 發하여 大衆의 앞에 우리의 見地를 闡曉하는 바이다.

聲明 三則

一, 우리 文藝家 一同은 朝鮮語學會의 "한글 統一案"을 準用하기로 함.

二, "한글 統一案"을 阻害하는 他派의 反對運動은 一切 排擊함.

三, 이에 際하여 朝鮮語學會의 統一案이 完璧을 이루기까지 進一步의 研究發表가 잇기를 促함.[16]

이러한 성명에 서명한 작가들은, 강경애, 감기진, 함대훈, 김동인, 양백화, 전영택, 양주동, 박종화, 이태준, 이무영, 김기림, 오상순, 박태원, 피천득, 정지용, 조벽암, 박팔양, 윤기정, 송영, 이북명, 모윤숙, 최정희, 박화성, 박영희, 주요섭, 백철, 장혁주, 윤백남, 현진건, 김상용, 채만식, 박노갑, 윤석중, 이상화, 홍효민, 노자영, 엄흥섭, 심훈, 임화, 이선희, 김유영, 노천명, 염상섭, 김동환, 최독견, 김억, 이광수, 이은상 등이다. 이는 좌우를 막론하고 실력 있는 문학인들 대다수가 조선어학회 '노선'을 지지하고 있음을 보여주는 것이다. 계명구락부 상무위원이었던 이광수 역시 심훈 등과 함께 이즈음에는 조선어학회 한글 맞춤법 통일안에 적극 보조를 같이 하고 있음을 알 수 있게 하는데, 이는 작가, 시인, 비평가들이 느끼고 있던 어문정리의 긴급성에 대한 인식을 공유하고 있었기 때문일 것이다.

그런데 이 대립 문제가 단순한 이론적 논의 이상의 배경을 거느리고 있음을, 박승빈 관련 논문은 또한 가늠해 볼 수 있게 한다. "실은, 1930년에 성립된 총독부 철자법은 그 심의 과정에서 조선어학회(당시, 조선어연구회)원이 다수 관여했고, 그 결과, 규정의 내용에 그들의 견해가 '일부분'은커녕 대폭적으로 받아들여지기 되었다."[17]는 것이며, "조선어학연구회는 이러한 총독부 철자법 반대의 움직임을 계승한 것"[18]이라는 것이다.

---

16) 「한글철자법 시비에 대한 성명서」, 『동아일보』, 1934.7.10.

17) 마쓰이 다카시, 앞의 논문, 274쪽.

18) 위의 논문, 276쪽.

그럼에도 철자법 문제는 단순히 민족주의적 색채 문제라고만 볼 수 없고 문법적 이치를 따지는 문제인 까닭에 박승빈 측의 주장이 이로 인해 타당성을 지니고 있었을 것이라고는 예단할 수 없다. 그렇다면 철자법 문제에 관한 이광수의 구체적인 생각은 어떠했는가? '철자법 개정원안 비평'의 하나로서 답한 그의 짧은 글이 남아 있다.

> 조선어 철자법의 정당한 길을 차자 정해야 할 것은 절대로 이의를 끼일 여지가 없을 것입니다.
>
> 철자법 통일의 요항이
>
> (1) 경성 현대어를 표준으로 할 것인가
>
> (2) 한자어를 표음식으로 할 것인가
>
> (3) 된시옷을 병서로 할 것인가
>
> (4) 방침에 모든 초성을 다 쓸 것인가
>
> 의 사조인 것은 말할 것도 없읍니다. 첫째 나의 조선어를 사랑하는 맘이, 둘재 나의 무질서를 실허하고 법칙을 사랑하는 이성이, 셋재 나의 문필에 종사하는 자로의 경륜이 말은 서울말로, 현대 말로, 그리하고 철두철미 표음식으로 하기를 명합니다. 한자음을 가령 이를 '리'라고 쓰지 말고 '이'라고 쓰자는 것이나, 신을 '밋'이라고 쓰지 말고 '믿'이라고 쓰자는 것이나 병을 '썩'이라고 쓰지 말고 떡이라고 쓰자는 것이나 또 좌하여서를 '안저서'라고 말고 '앉아서'라고 하는 것이나 일언이폐지하면 표음식으로 하자는 것이외다. 어느 것이 배호기에 쉽고 어느것이 어렵으냐 하는 것은 도참여관이나 중추원 참의에게 물어봐서 (엇던 언론기관이 어리석게 한 모양으로) 알 것이 아니라 조선어 교사와 조선어를 첨 배호는 이들에게 물어야 할 것입니다.

박람회는 '박람회'라고 써도 좋고 '방남회'라고 써도 좋을 것인가 합니다. 그뿐더러 장래에는 후자를 따르게 되는 자연 경향이 잇슬 것을 밋습니다.

한자말을 염두에 두시는 조선인 몟분을 제하고는 아희들과 글을 첨 배호는 이들은 '방남회'라고 쓴 것을 보고 박람회라고 쓴 것보다도 도로혀 더 쉽사리 한자로 박람회 서양 말로 Exhibition이라고 하는 것일 줄을 알아볼 것인가 합니다.[19]

이광수는 여기서 조선어학회 안의 표음주의에 대해 강렬한 태도로 지지를 표명하고 있는데, 특히 '박람회'의 표기와 관련된 마지막 주장은 그가 한글 맞춤법 통일안의 표음주의를 의식한 나머지 어원을 밝혀 적는 또다른 원칙에 대해서는 다소 부주의한 인식을 가지고 있었음을 보여준다. 국어학자 김민수는 한글맞춤법 통일안의 의미를 다음과 같이 명료하게 정리한다.

이것은 1930년 12월 13일 총회의 결의로 철자법 통일안에 착수하여 1933년 10월 29일 훈민정음 반포 487회 기념일을 기하여 완성 공표하였다. 해로 3개년, 125회의 회의에 무릇 433시간을 들여 이룩된 것이다. 이 안은

(1) 한글 맞춤법은 표준말을 그 소리대로 적되, 어법에 맞도록 함으로써 원칙을 삼는다.

(2) 표준말은 대체로 현재 중류사회에 쓰는 서울말로 한다.

(3) 문장의 각 단어는 띄어 쓰되, 토는 그 뒷말에 붙이어 쓴다.

---

19) 이광수, 「내가 보는 바로서는」, 『신민』 52. 1929.8, 69쪽.

라는 세 강령을 세우고, 이에 따라 세세한 규정을 만들어 놓은 것이다. 이 안은 원사(어근, 어원)를 표시하여 어형을 고정시킴으로써 문법 체계에 부합되고, 동시에 표음문자가 가지는 결함을 보충하여 독서의 시각적 효과를 거둘 수 있는 것이 특징이다.[20]

위의 인용문은 조선어학회가 표음주의와 '문법(어법)주의' 사이에 효율적인 절충, 타협을 꾀했음을 알 수 있게 한다. 이에 대해 박승빈의 논리는 어떤 내용을 가지고 있었던가? 국어학자 김석득은 박승빈의 『조선어학』(조선어학연구회, 1935)을 중심으로 그의 논지를 17개항에 걸쳐 상세히 소개한다. 이 가운데 필자가 주목할 수 있었던 항목들을 살펴보면, 그는 (2) 우리 글자를 음절문자라고 하였고, (3) 경음조나 경음조 등을 표현하기 위해 기존의 한글 자모 체계에 없던 기호를 추가하고자 했으며 (4) 각자병서(쌍서)를 그릇된 것으로 보았으며, (7) ㅎ 받침을 부인하였고, (9) "철저한 분석주의"에 입각해 12품사 체계를 제시하기도 했다.[21]

음소문자 대신에 음절문자로 이해한 것, 훈민정음 창제 당시의 자모 외에 일본에서 가져온 듯한 보충적 기호들을 도입하려 한 것, 된소리를 표기하기 위한 각자병서(거듭적기)를 부정한 것 등은 'ㅎ' 받침 부정이나 '12품사' 체계와 마찬가지로 법학 전공자의 논리적 한계를 엿보게 하는 것이 아닐까 판단된다.

이러한 과정에서 정리된 한글맞춤법 통일안은 그러니까 박승빈 논리와 조선어학회 논리가 치열한 논전을 거듭하면서 수년의 노력을 기울인 결과였다. 본래 조선어학회는 3·1운동 이후 일제의 이른바 문화통치의 환경 아

20) 김민수, 『국어학사의 기본 이해』, 집문당, 1987, 275쪽.

21) 김석득, 『우리말 연구사-언어관과 사조로 본 발전사』, 태학사, 2009, 552~563쪽.

래서 1921년 12월 3일 휘문의숙에서 창립되어 1931년 1월 10일 제11회 총회에서 이름을 조선어학회로 고치고 다시 1949년 10월 2일에는 한글학회로 이름을 바꾸기에 이른다. 이러한 조선어학회의 발전 과정은 계명구락부와 같이 민족계몽을 표방한 문화단체로부터 한국어 및 한글 연구와 운동이 이론적, 조직적 토대를 구축하면서 한국어와 한글을 조선문화의 아이덴티티를 근본적 기반으로 정립시켜 간 과정이었다. 그리고 이러한 조선어연구회, 곧 조선어학회 활동의 연장선상에서 또한 조선어사전편찬 문제가 중심적 의제의 하나로 떠오르고 있었다는 사실도 간과할 수 없는 대목이다.

> 지난 삼십일일(음 구월일시불이라)은 이제부터 삼년 전인 병인년부터 우리 조선 민족이 다가티 깃부게 직힐 명절로 작정하고 해마다 직혀 내려오는 "가갸날"이니 이 날은 곳 우리 력사상 대성주 세종대왕께옵서 훈민정음을 우리에게 반포하여 주신 날이다. …… (중략) …… 조선어연구회원들과 교육계와 언론계의 여러분들이 그날 하오 일곱시에 시내 수표정 조선교육협회 회관에 모히어 조선어연구회원 중 신명균 씨의 개회사와 안재홍 씨의 축사로 간단히 축하식을 마치고 니어서 리극로 씨의 발의로 우리가 이날을 축하식만으로 그치는 것보다는 좀더 뜻이 잇고 힘이 잇게 우리글의 정리와 발전을 위하야 무슨 사업을 맨들어보자는 제의로 이에 딸아 우리글을 정리하고 발전식이랴면 무엇보다도 우리말의 사전을 급히 편안하자고 하야 그 자리에서 곳 조선어사전 편찬회 발긔회를 열고 준비위원 리윤재 씨로부터 경과 보고를 하고 규약을 통과한 다음 위원을 선거하야 모든 사무를 위임하고 폐회하엿다더라.[22]

22) 「가갸날 기념성대」, 『동아일보』, 1929.11.2.

이날 조선어사전편찬회의 위원으로 선임된 이들은 박승빈, 유억겸, 안재홍, 주요한, 정인보, 방정환, 이광수, 노기정, 권덕규, 최현배, 장지영, 이상춘, 이병기, 김법린, 정열모, 이중건, 신명균, 이윤재, 이극로 등이었다. 이광수는 1880년생 박승빈 등의 뒷세대 지식인 작가로서 한글사전 편찬 사업에도 관여하고 있었다.

이렇게 보면 일제 시대 내내 이광수는 조선문 문학, 한글 문학 창조의 중심적 인물이었지만 그의 이러한 위상은 그 자신의 독창적인 실험의 산물이 아니라 당대의 맹렬한 한국어 및 한글 연구와 운동에 접맥됨으로써 획득된 것이었다.

3. 근대주의 담론과 한글을 둘러싼 구한말의 구체적 상황

이러한 판단은 이광수 문학을 당대 한국어 및 한글운동이라는 날줄의 맥락에서 살펴본 것이며, 그렇다면 이광수를 다시 한 번 그 씨줄의 맥락에서 살펴볼 필요도 있다. 이와 관련하여 지난 20년 가량의 한국현대소설사 연구는 이광수에 이르러 본격화되는 현대소설을 일본을 거쳐 서양으로부터 유입된 '노블'의 이식, 모방 과정으로 이해하려는 경향이 현저했다는 사실을 지적해 두어야 한다.

가라타니 고진의 『일본 근대문학의 기원』(민음사, 2005), 베네딕트 앤더슨의 『상상의 공동체』(나남출판, 2003) 등의 출간, 윤해동의 『식민지의 회색지대』(역사비평사, 2003), 이영훈 등의 『해방전후사의 재인식』(책세상, 2006) 등으로 이어지는 번역과 저작들은 한국 역사 연구 및 문학 연구의 방향 전환을 촉구하는 것처럼 보였고, 많은 신진학자들이 이 조류에 휩쓸리다시피 했다.

이러한 연구 경향의 현상적 주류화는 한국현대사의 비판적 연구가 『해방 전후사의 인식』(1979)으로 대표되는 '범마르크시즘'에 의해 주도되어 왔던 것, 마르크시즘 조류가 베를린 장벽 붕괴로 상징되는 사회주의 체제의 세계사적 몰락과 더불어 해석적 권위를 상실한 것과 밀접한 연관이 있다. 한국 현대문학 연구에서 이 세대는 특히 1970년대 중후반부터 1980년대 중반에 이르기까지 대학, 대학원에서 집단 학습을 통해 정치, 사회, 역사 의식을 공유했으나 1990년을 전후로 한 세계사적 전환 과정에서 새로운 패러다임을 창안하는 데 실패, 학문적 탄력성을 상실한다. 그리고 이를 대신한 것이 바로 앞에서 언급한 번역과 저술들로 대표되는 이른바 '근대주의' 사학 및 문학 연구다. 여기서 필자가 말하는 근대주의라는 것은 앤서니 스미스가 베네딕트 앤더슨, 어네스트 겔너 등의 민족 개념을 비판하면서 정리한 그들의 시각이다.

> '민족-형성'의 과정으로서 그리고 이데올로기와 운동으로서, 민족주의와 그 이상인 민족적 자율성, 통합, 정체성은 비교적 근대적인 현상으로 그것은 주권적이고 통일된 독특한 민족을 정치 무대의 중심에 놓았고 세계를 그 이미지에 따라 만들어 냈다.
>
> …… (중략) ……
>
> 근대주의는 연대기적이고 사회학적이라는 두 형태에서 말할 수 있다. 첫 번째로, 이데올로기, 운동, 상징으로서의 민족주의는 내가 지금까지 말했듯이 비교적 최근의 것이라는 것이다. 두 번째로, 민족주의는 질적으로 새로운 것이다. 여기에서 민족주의는 매우 오래된 것을 단순히 새로운 버전으로 만들어낸 것이 아니라 혁신이다. 그 비슷한 것은 과거에는 없었다.

그러나 이것은 단순히 역사의 영속적인 운동에서 나온 것이 아니다. 그것은 완전히 새로운 시대와 완전히 새로운 조건들에 의해 만들어진 현상이다. 간단히 말하면 민족주의는 근대성의 산물이며 다른 것이 아니다. 진정한 근대주의를 보여주는 것은 바로 이 마지막 주장이다.

근대적인 것은 민족주의만이 아니다. 민족, 민족국가, 민족 정체성, 전체 '민족 사이의' 공동체도 마찬가지이다. 근대주의자들에게는 이 모든 것이 시대로 볼 때만 근대의 것이 아니고 질적으로 새로운 것이다. 프랑스 혁명은 새로운 이데올로기를 만든 것만이 아니고 새로운 인간 공동체, 새로운 종류의 집단 정체성, 새로운 형태의 정체, 그리고 마지막으로 로 새로운 종류의 국제질서를 만들었다. 이 새로운 현상들의 연결 속에서 근대성의 새로운 질서가 반영된다. 그러나 그것들은 똑같이 근대성을 특징짓는 새로운 조건들도 반영한다.[23)]

이러한 근대주의적 시각은 민족이라는 집합 개념이 18세기 후반 서구에서 먼저 나타났으며 이것이 제국주의 세계제패 흐름을 따라 비서구 여러 지역에 전파된 것으로 인식한다. 한국의 근대주의 문학 연구자들이 빈번히 참조하는 앙드레 슈미드의 『제국 그 사이의 한국 1895~1919』(휴머니스트, 2007)는 한국에서 근대의 시작을 서구 충격의 맥락에서 고찰하며 따라서 한국에서의 민족의 형성 또한 1895년에서 1919년 사이에 벌어진 '발명적' 사건으로 이해한다.

한국에서의 '민족(주의)'의 형성을, 일본인 조선사 연구자 하야시 타이스케의 『쵸센시(조선사)』(1892)에 논의된 '통일신라' 담론이 조선 지식인들에게

23) 앤서니 스미스, 『민족주의란 무엇인가』, 강철구 옮김, 용의숲, 2012, 83~84쪽.

선사한 충격에서 찾는 『신라의 발견』(동국대출판부, 2008) 저자들의 논리는 그와 같은 근대주의적 민족 담론의 영향력을 고스란히 보여준다. 더욱 심각한 것은 제국으로서의 일본의 학자의 조선사 해석이 한국의 지식인, 문학인들의 상상의 한계를 규정지었다는 식의 심각한 식민주의적 논리가 배면에 자리잡고 있다는 점이다. 한국의 현대, 그것도 동시대의 학자들이 한민족 또는 한국 민족주의 형성의 동인을 일본의 일개 학자가 선사한 '통일신라' 담론에서 찾는 시도는 『근대의 특권화를 넘어서』(창비, 2013)에 수록된 글들을 통하여 김흥규에 의해 신랄한 비판에 직면한 바 있다. 그가 논의한 대로 하야시 타이스케의 '통일신라'의 발견이라는 것이 기실 김부식의 『삼국사기』(1145)에 나타난 김법민 문무왕의 '일통삼한', 서거정 등의 『동국통감』(1485) 등에 나타난 삼국통일 논의를 '짜깁기'한 것이라면 한국 지식인들에게 그들의 민족주의적 이상을 위한 논리적 거점을 제공해 주었다는 하야시의 식민사학은 정작 한국의 전통 사학의 논리에 기대고 있을 따름인 것이 된다.

국문학계에서 근대주의적 민족론 등에 기대어 한국근대문학의 형성을 서구 및 일본 근대문학의 이식, 모방, 또한 확산으로 보는 시각은 김윤식 이후 여러 후배 학자들에 의해 다양한 형태로 전개되어 왔다. 이 가운데 특히 『개화기 신문 논설의 서사 수용 양상』(소명출판, 2012)은 이들 '번역'으로서의 '한국 근대(문학)'론의 난점을 가장 투명하게 드러낸다.

여기서 저자는 한국문학이 근대화된 것은 '번역된 근대' 혹은 근대적 '제도로서의 문학'이 외부로부터 이입되어 정착되는 과정 외에 다른 것이 아니며, 이 과정에서 한국문학은 각종 신문의 논설에 근대적 서사가 '수입', '이식' 되는 초기적 단계를 통과해서야 비로소 본격적인 근대적 서사문학의 출발을 기약하게 된다.

개화기의 문학적 담론을 논의하는 경우에도 이러한 복잡한 사정을 고려하지 않을 수 없다. 인쇄매체를 통해 근대적 공공영역이 활성화됨으로써 담론이 생산과 소비라는 유통구조로 편입되고, 그 과정에서 '번역된 근대'(translated modernity) 또는 제도로서의 문학이 본격적으로 등장하기 이전, 전통적 글쓰기 방식과 새로운 글쓰기 방식이 충돌하기도 하고 겹치기도 하면서, 다시 말해 미분화 양상을 극명하게 보여주면서 새로운 가능성을 모색하고 있기 때문이다. 특히 개화기 문학을 논의하는 자리에서 제기되는 어려운 문제 가운데 하나는 당시에 생산된 문학적 담론(literary discourse)이 과연 미학적 또는 문학적 특성을 어느 정도 구비하고 있느냐는 것이다. 문학적인 것과 비문학적인 것의 경계를 뚜렷하게 구분 지을 수 있는 기준이 과연 무엇이냐는 물음이 이미 던져진 지점에서부터 우리는 논의를 진행할 수밖에 없게 된 셈이다. 우리의 관심사인 짤막한 형태의 문학적 서사를 논할 때 사정은 더욱 어려워진다. …… (중략) ……

이를 반성하고 나아가 개화기 문학을 연구하는데 있어 새로운 가능성을 모색하기 위해서는 무엇보다 문학적 텍스트를 확대해야 할 필요가 있다. 예컨대 개화기 담론 소통의 핵심 무대였던 각종 신문 및 학회지 그리고 잡지에 실린 기사 및 논설 등을 꼼꼼하게 검토하여 그 문학적 특성과 사상적 의의를 추출해 내야 한다. 실증적인 자료 검토를 통해 우리는 더욱 많은 자료들을 문학연구 영역으로 끌어들일 수 있을 것이고, 이와 함께 개화기 서사문학을 보다 다양한 관점에서 바라볼 수 있는 가능성이 열릴 것이다.[24]

24) 정선태, 『개화기 신문 논설의 서사 수용 양상』, 소명출판, 2012, 14~16쪽.

이와 같은 시각은 "'번역된 근대'(translated modernity) 또는 제도로서의 문학"이라는 것이 개화기 신문들의 논설에 도입된 "짤막한 형태의 문학적 서사"를 통하여 '걸음마'를 시작했을 것이라는 가설에 입각해 있음을 드러낸다. 이러한 초보적 형태의 현대적 서사 실험을 거쳐 본격적인 의미에서의 현대적 서사가 출현했을 것이라는 가정이 이러한 연구를 뒷받침하고 있으며, 이는 다시 서사물로서의 한국의 근대소설은 '번역된 근대' 또는 '제도' 이식을 통하지 않고는 시작될 수 없었다는 논리에 입각해 있다. 위의 인용문에서 말하는 "미분화 양상"이란 아직 어떤 '알'이 앞으로 있을 여러 유기적 기관으로 분화되지 못한 상태를 가리킨다. 이 미분화 상태에 '번역된 근대', 근대적 '제도로서의 문학'이 옮겨짐으로써 비로소 한국문학은 근대적 여러 글쓰기 양식으로의 분화를 시작하게 된다는 것이다.

그러나 이러한 시각은 프로이트 식의 '어른-아이'의 오이디푸스적 구조를 '제국'으로서의 서구 및 일본과 '식민지'로서의 '조선'의 관계에 투사하여, 한국에서의 근대문학은 서구 및 일본 근대문학이라는 '아버지'의 '법'을 내면화함으로써만 성장할 수 있다는 방식의 논법에 가깝다.

필자는 이러한 이식, 모방 대신에, 신채호의 「쑴하늘」을 논의하면서 언급한 '접합'이라는 것이 새로운 근대 창출의 방법론이 될 수 있을 것이라 생각하고 있으며, 또는 「쑴하늘」에 대해서 두 양식 사이의 접합(graft) 대신에 몽유록 양식의 자체적인 '내파'(implosion)에 의한 양식적 진화 또는 비약이라는 가설도 성립 가능하다고 생각한다. 또한 이는 조동일이 논의하는 '현대적 변용'(modern transformation)의 측면에서도 논의해 볼 수 있다.

'번역된 근대' 또는 '근대적 제도로서의 문학의 이식'으로서의 한국현대소설 형성이라는 명제를 부정적으로 기각한다면 과연 한국 소설은 어떻게 현대로 이행할 수 있었던 것일까? 여기서 연구자들은 한국문학의 현대 이행이라는 주제에 대한 탐구에 있어 그 현대적 자질의 가장 중요한 요소인 한글문학의 주류화, 한국 현대 소설의 한글 전용이라는 문제를 충분히 논의해 왔다고 볼 수 없을 것 같다.

최근에 필자는 이 문제를 새롭게 검토해 보기 위해서는 부득불 구한말로 거슬러 올라가지 않을 수 없다고 생각했으며, 이러한 맥락에서 적어도 너덧 가지의 요소에 주목하지 않으면 안 될 것이라는 가설을 세우고자 했다. 그 첫째는 19세기 말 20세기 초에 이르러 활발해진 고전 국문소설의 대중화이고, 둘째는 성경의 한글 번역 등 기독교의 한글에 대한 관심이고, 셋째는 『독립신문』, 『제국신문』 같은 한글 신문의 출현이며, 셋째는 국문 연구의 발흥이고, 마지막으로, 이러한 요인들에 의해 자극받은 당시 작가들의 한글문학적 실천이다. 이러한 여러 요소들이 혼류하며 서로 영향을 주고받는 과정에서 한글 창제 이후 꾸준히 영역을 넓혀오던 '한글문학장'이 현대문학의 중심부로 진입, 장악력을 행사할 수 있었으리라는 것이다.

이와 관련하여 최근에 흥미로운 논문 하나가 제출된 바 있는데, 그 필자들은 1896년 4월 7일 창간된 『독립신문』이 "당시로선 비주류 민중문자로 여겨졌던 한글을 채택"[25]했음에도 3개월만에 창간 작업을 마치고 이후 영향력을 급속히 확대해 나갈 수 있었던 배경은 무엇인지 물었다. 그들은 "한글 신문 제작을 위한 문화기술 하부구조와 잠재 독자층이 사전에 생성되어 있지 않았다면 이루어내기 힘든 성과"[26]였을 것이라 생각했다. 그리하여, 그들은 생각했다.

25) 김현수·이호규, 「『독립신문』 창간의 내적 기반에 관한 고찰: 조선 후기 한글 확산을 중심으로」, 『사회과학연구』 25집 2호, 2017, 40쪽.

26) 위의 논문, 같은 쪽.

> 전통은 근대와 대립하는 것이 아니라, 오히려 근대를 산출한 토양이라는 관점에서, 『독립신문』 창간의 문화적 준비 과정을 알아본다. 나아가 전통은 근대화를 촉진시키는 '힘'이기도 했다는 시각으로 『독립신문』의 창간과정을 재조명한다. 덧붙여, 근대 신문은 전통과 근대가 화학작용을 일으켜 창출해 낸 산물이라는 틀 안에서 『독립신문』의 내적 기반과 확장 동인을 살펴본다. 좀더 구체적으로 본 논문은, 조선후기 한글 확산이 『독립신문』 창간을 견인했다는 가정을 바탕으로, 그 과정에 작용한 주요 내적 변인들을 탐색하고자 한다. 한글은 『독립신문』의 독특한 형상 속에서 가장 뚜렷이 드러나는 한(韓)민족 고유의 전통문화 질료이기 때문이다.[27]

이들이 보여주는 전통과 근대의 관계에 대한 '새로운' 관점은 탁견이라 할 만하며, 특히 그들이 주목한 한글의 확장 과정에 대한 이해는 폭넓고도 깊어 보인다. 한글 창제 이후 언문청을 세우고 다양한 한글 서적이 편찬된 이후 통치계급이 한글을 활용한 여러 사례들, 한글의 쓰임과 독자층이 임진왜란 이후 다양한 경로로 확산되는 과정, 언해본 경서의 간행과 보급, 서인들의 한글 장려 정책, 18세기 여성들의 한글출판 진출, 동학 및 개신교 등의 종교 서적 한글 출판, 사회변혁을 다룬 한글 서적의 출현 등을 그들은 빠른 속도로 지적해 나간다.[28] 그들은 강만길, 정병설, 이창헌 등의 논의를 참고하면서 한글출판, 방각본 한글소설의 대중화 과정을 요약적으로 정리해 보여준다.

27) 위의 논문, 42쪽.

28) 위의 논문, 48~50쪽.

> 조선 사회는 임진왜란과 병자호란을 거치면서 농본 경제의 가치가 무너지고, 상업행위가 중요한 비중을 차지하게 되었다. 이런 분위기 속에서 광범위한 독자를 겨냥해 대량으로 책을 찍어내는 출판의 상업화가 싹을 틔웠고, 양반들도 생계를 위한 한글 소설 창작에 참여하기 시작했다. 상업적 목적으로 대량 인쇄한 방각본 한글서적은 시장을 통한 근대적 유통망을 타고 방방곡곡으로 확산되었고, 한글도 그 사용 범위를 더욱 빠르게 넓혀 나갔다. 현재로선 방각본 한글소설의 사업 규모를 구체적인 물증 자료를 근거로 산출하기는 어렵다. 다만, 1931년까지 활동하던 방각본 출판업자의 증언을 토대로 산출한 자료에 따르면, 최소한 2,700부 정도를 판매해야 생산비용 회수가 가능했다고 한다. 현대의 기준에 비추어봐도 상당한 규모의 사업이었음을 짐작할 수 있다.[29]

이런 과정을 거치면서 청나라와의 사대 관계를 끊어내고 명실상부한 독립국가로 우뚝 서고자했던 개화파 중심의 조선 정부는 "'법률과 칙령은 한글을 기본으로 삼되, 한문의 번역을 붙이며, 혹 국한문을 혼용할 수 있다'는 새로운 문서 규정을 반포"하고 "'한글이 언문에서 국문'으로 이름이 바뀌면서 '나라의 공식문자로 우뚝 선'" "한글의 공인화"를 이루게 된다.[30] 앞에서 필자는 한글문학장의 중심화, 주류화에 기여한 다섯 가지 요인을 꼽았는데, 이 논문의 논지를 감안하면 여기에 한 가지 더 구한말 조선정부의 한글 중심 정책을 꼽지 않을 수 없을 것이다.

김현수·이호규의 논문은 필자로서는 아주 오랜만에 보는, 시원스러운

29) 위의 논문, 51쪽.

30) 위의 논문, 54쪽.

논리와 성의를 갖춘 글이었다. 이러한 배경을 바탕으로 한글 전용의 『독립신문』이 그 혁명적인 형상을 세상에 나타내기에 이른다. 그 창간호는 오늘날 『한겨레신문』의 순한글 문체에 비교해 보아도 전혀 손색이 없다.

> 우리가 독닙신문을 오ᄂᆞᆯ 처음으로 츌판ᄒᆞᄂᆞᆫᄃᆡ 조션속에 잇ᄂᆞᆫ ᄂᆡ외국 인인의게 우리 쥬의를 미리 말ᄉᆞᆷᄒᆞ여 아시게 ᄒᆞ노라
>
> 우리는 첫ᄌᆡ 편벽 되지 아니ᄒᆞᆫ고로 무ᄉᆞᆷ 당에도 상관이 업고 샹하귀쳔을 달니ᄃᆡ졉아니ᄒᆞ고 모도죠션 사ᄅᆞᆷ으로만 알고 죠션만 위ᄒᆞ며 공평이 인민의게 말 ᄒᆞᆯ터인ᄃᆡ 우리가 셔울 ᄇᆡᆨ셩만 위ᄒᆞᆯ게 아니라 죠션 젼국인민을 위ᄒᆞ여 무ᄉᆞᆷ일이든지 ᄃᆡ언ᄒᆞ여 주랴ᄒᆞᆷ 졍부에서 ᄒᆞ시ᄂᆞᆫ일을 ᄇᆡᆨ셩의게 젼ᄒᆞᆯ터이요 ᄇᆡᆨ셩의 졍셰을 정부에 젼ᄒᆞᆯ 터이니 만일 ᄇᆡᆨ셩이 졍부일을 자세이알고 졍부에셔 ᄇᆡᆨ셩에 일을 자세이 아시면 피ᄎᆞ에 유익ᄒᆞᆫ 일만히 잇슬터이요 불평ᄒᆞᆫ ᄆᆞᄋᆞᆷ과 의심ᄒᆞᄂᆞᆫ ᄉᆡᆼ각이 업서질 터이옴 우리가 이신문 츌판 ᄒᆞ기ᄂᆞᆫ 취리ᄒᆞ랴ᄂᆞᆫ게 아닌고로 갑슬 헐허도록 ᄒᆞ엿고 모도 언문으로 쓰기ᄂᆞᆫ 남녀 샹하귀쳔이 모도 보게 ᄒᆞᆷ이요 ᄯᅩ 귀졀을 ᄯᅦ여 쓰기ᄂᆞᆫ 알어 보기 쉽도록 ᄒᆞᆷ이라 우리ᄂᆞᆫ 바른ᄃᆡ로만 신문을 ᄒᆞᆯ터인고록 졍부 관원이라도 잘못ᄒᆞᄂᆞᆫ이 잇스면 우리가 말ᄒᆞᆯ터이요 탐관오리 들을 알면 세샹에 그사ᄅᆞᆷ의 ᄒᆡᆼ젹을 폐일터이요 ᄉᆞᄉᆞᄇᆡᆨ셩이라도 무법ᄒᆞᆫ일 ᄒᆞᄂᆞᆫ 사ᄅᆞᆷ은 우리가 차저 신문에 셜명ᄒᆞᆯ터이옴 우리는 죠션 대군쥬 폐하와 됴션정부와 죠션인민을 위ᄒᆞᄂᆞᆫ 사ᄅᆞᆷ드린고로 편당잇는 의논이든지 한쪽만 ᄉᆡᆼ각코 ᄒᆞᄂᆞᆫ 말은 우리 신문샹에 업실터이옴 ᄯᅩ ᄒᆞᆫ쪽에 영문으로 기록ᄒᆞ기ᄂᆞᆫ 외국인민이 죠션 ᄉᆞ졍을 자셰이 몰은즉 혹 편벽 된 말만 듯고 죠션을 잘못 ᄉᆡᆼ각ᄒᆞᆯ짜 보아 실향 ᄉᆞ졍을 알게ᄒᆞ고 져ᄒᆞ여 영문으로 조곰 긔록ᄒᆞᆷ

…… (중략) ……

우리 신문이 한분은 아니쓰고 다만 국문으로만 쓰ᄂᆞᆫ거슨 샹하귀쳔이 다보게 홈이라 ᄯᅩ 국문을 이러케 귀졀을 ᄯᅦ여 쓴즉 아모라도 이신문 보기가 쉽고 신문속에 잇ᄂᆞᆫ말을 자세이 알어 보게 홈이라 각국에셔ᄂᆞᆫ 사ᄅᆞᆷ들이 남녀 무론ᄒᆞ고 본국 국문을 몬저 ᄇᆡ화 능통ᄒᆞᆫ 후에야 외국 글을 ᄇᆡ오ᄂᆞᆫ 법인ᄃᆡ 죠션서ᄂᆞᆫ 죠션 국문은 아니 ᄇᆡ오드ᄅᆡ도 한문만 공부 ᄒᆞᄂᆞᆫ ᄭᅡᄃᆞᆰ에 국문을 잘 아ᄂᆞᆫ 사ᄅᆞᆷ이 드물미라 죠션 국문ᄒᆞ고 한문ᄒᆞ고 비교ᄒᆞ여 보면 죠션국문이 한문보다 얼마가 나흔거시 무어신고ᄒᆞ니 쳣ᄌᆡᄂᆞᆫ ᄇᆡ호기가 쉬흔이 됴한 글이요 둘ᄌᆡ준 이글이 죠션들이니 죠션 인민 들이 알어셔 ᄇᆡᆨᄉᆞ을 한문ᄃᆡ신 국문으로 써야 샹하 귀쳔이 모도보고 알어보기가 쉬흘터이라 한문만 늘써 버릇ᄒᆞ고 국문은 폐ᄒᆞᆫ ᄭᅡᄃᆞᆰ에 국문으로 쓴건 죠션 인민이 도로혀 잘 아러보지 못ᄒᆞ고 한문을 잘알아보니 그게 엇지 한심치 아니ᄒᆞ리요 ᄯᅩ 국문을 알아보기가 어려운건 다름이 아니라 쳣ᄌᆡᄂᆞᆫ 말마ᄃᆡ을 ᄯᅦ이지 아니ᄒᆞ고 그져 줄줄 ᄂᆡ려 쓰는 ᄭᅡᄃᆞᆰ에 글ᄌᆞ가 우희 부터ᄂᆞᆫ지 아ᄅᆡ 부터ᄂᆞᆫ지 몰나셔 몃번 일거 본후에야 글ᄌᆞ가 어ᄃᆡ 부터ᄂᆞᆫ지 비로소 알고 일그니 국문으로 쓴편지 ᄒᆞᆫ쟝을 보자ᄒᆞ면 한문으로 쓴것보다 더듸 보고 ᄯᅩ 그나마 국문으로 자조 아니 쓰ᄂᆞᆫ고로 셔툴어셔 잘 못봄이라 그런고로 졍부에셔 ᄂᆡ리ᄂᆞᆫ 명녕과 국가 문젹을 한문으로만 쓴즉 한문못ᄒᆞᄂᆞᆫ 인민은 나모 말만 듯고 무슴 명녕인줄 알고 이편이 친이 그글을 못 보니 그 사ᄅᆞᆷ은 무단이 병신이 됨이라 한문 못 ᄒᆞᆫ다고 그 사ᄅᆞᆷ이 무식ᄒᆞᆫ 사ᄅᆞᆷ이 아니라 국문만 잘ᄒᆞ고 다른 물졍과 학문이 잇스면 그사ᄅᆞᆷ은 한문만ᄒᆞ고 다른 물졍과 학문이 업ᄂᆞᆫ 사람 보다 유식ᄒᆞ고 놉흔 사ᄅᆞᆷ이 되ᄂᆞᆫ 법이라 죠션 부인네도 국문을 잘ᄒᆞ고

> 각식 물졍과 학문을 ᄇᆡ화 소견이 놉고 ᄒᆡᆼ실이 졍직ᄒᆞ면 무론 빈부 귀쳔 간에 그부인이 한문은 잘ᄒᆞ고도 다른 것 몰으ᄂᆞᆫ 귀족 남ᄌᆞ 보다 놉흔 사ᄅᆞᆷ이 되ᄂᆞᆫ 법이라 우리 신문은 빈부귀쳔을 다름업시 이신문을 보고 외국 물졍과 ᄂᆡ지 ᄉᆞ졍을 알게 ᄒᆞ랴ᄂᆞᆫ ᄯᅳ시니 남녀 노소 샹하 귀쳔 간에 우리 신문을 ᄒᆞ로 걸너 몃돌간 보면 새지각과 새학문이 ᄉᆡᆼ길걸 미리 아노라[31]

위의 『독립신문』 창간호 논설은 한글 전용과 띄어쓰기, 영문 표기, 한자 및 한문 지양에 관해 상당한 분량을 할애하고 있는데, 이는 이 신문이 한글 문제에 얼마나 깊고 넓은 의미를 부여하고 있는지 알 수 있게 해준다.

4. 이광수의 전사로서 이인직 · 신채호의 한글소설 전통

앞에서 『독립신문』이 창간되던 구한말의 시기에 고전 국문소설들의 출판이 매우 활발했다는 것은 이미 살펴보았지만 두 번째로 꼽았던 기독교의 한글에 대한 관심 역시 한글소설 전통의 현대화에 큰 몫을 했던 것으로 알려져 있다. 이에 대하여 한 연구서는 기독교의 한글에 대한 기여를, 학교의 설립과 국어교육의 강화, 성경의 번역과 한글의 전용, 국문에 의한 새 교과서의 편찬 간행 등으로 요약한다.[32] 또한 이에 따르면 성경의 번역은 1881년으로까지 소급할 수 있으나 특히 1885년 미국 선교사 언더우드(H. G. Underwood)와 아펜젤러(H. Appenzeller)가 조선에 들어온 이후 1900년에

---

31) 「논셜」, 『독닙신문』, 1896.4.7.

32) 유창균, 『국어학사』, 형설출판사, 1988, 323쪽.

는 『신약전서』의 완역을 보게 되었고 이로써 얻어진 국문판 성경은 신자의 급진적인 증가와 더불어 국문 보급에 많은 영향을 끼치게 되었다.[33]

이 연구서는 이 시기에 국어에 대한 각성이 일어나게 된 내적 배경과 과정을, 기독교를 포함한 교육, 신문과 잡지, 학회 활동, 언문일치 운동, 지석영에 의한 「신정국문」의 제안, 국문연구소의 설립 등으로 열거해 나가는데, 특히 국문연구소 설립은 언문청이 폐지된 이후 정부의 힘으로 국어의 학문적 연구가 추진된 최초의 일이라고 강조한다.[34]

이와 더불어 새로운 국어연구와 운동이 구한말에 본격화되고 있음도 확인할 수 있어, 김민수는 유길준의 『대한문전』(1908, 1909), 이봉운의 『국문정리』(1897), 지석영의 「신정국문」(1905) 제안과 이로부터 나타난 논란으로부터 국문연구소의 설치(1907) 등을 체계적으로 설명하고 있다.

『서유견문』(1895)의 저자인 유길준(1856~1914)이 일본에 12년간이나 망명해 있으면서 국문 연구를 진행하여 망명에서 귀국한 지 3개월만에 최광옥이라는 타인의 이름으로 『대한문전』이 출간되고 다시 1년여 뒤에 본명으로 새로운 판본이 거듭된 과정은 그가 한국어의 연구에 얼마나 깊은 관심을 쏟고 있었는지 말해 주고도 남음이 있다.[35] 앞에서 이미 계명구락부와 관련하여 이름을 올린 바 있는 지석영(1855~1935)은 비록 아래아(·) 폐지를

33) 위의 책, 323쪽 참조. 19세기의 성경 번역과 한글 연구의 관련성에 대해서는 정길남, 『19세기 성서의 우리말 연구』(서광학술자료사, 1992)에 자세하다. 특히 '개역 성경'의 형성 과정에 대해서는 1~3쪽, 참조.

34) 위의 책, 328쪽. 같은 맥락의 논의를 김민수는 국어국문의 확립, 국어국문의 교육, 국어국문학의 성립 등 셋으로 나누어 설명하고 있다.(김민수, 앞의 책, 189쪽)

35) "그가 귀국한 지 3개월 뒤인 융희 2(1908)년 1월에 출판된 최광옥 저 『대한문전』을 가리켜, 국어문법연구 30년 동안에 8차나 원고를 개고하였는데, 그중 제4차 원고가 세간에 誤落해서 애서가의 손에 의하여 인쇄됨이 재판에 이르렀으나, 그러나 이것은 미정 초고이므로 잘못이 많음을 두려워한다고 서언에서 밝힌 바가 있다. 조사한 바에 의하면, 융희 2년 1월에 초판, 6월에 재판이 나온 崔光玉의 『대한문전』은 유길준의 『대한문전』고 이본 관계에 있는 것이다."(김민수, 앞의 책, 233쪽)

주장하고 '='자를 새로 만들고자 하는 등의 논의로 파문과 논란을 일으켰지만 국문 연구를 위해 지속적인 노력을 기울인 선각자였다.

한편으로 주시경(1876~1914)은 황해도 봉산 태생으로 11세에 상경, 한학을 배운 후 19세의 나이로 배재학당에 입학한다. 이러한 경로는 이광수의 선배 세대인 김구(1876~1949)나 안창호(1878~1938) 등과 유사한 행로를 보이는 것이다. 특히 그는 배재학당에서 공부하면서 감리교 선교부에서 세운 삼문출판사(Trilingual Press)에서 시간제로 일하는 중에 『독립신문』을 창간한 서재필에게 발탁되어 『독립신문』 한글판을 최초로 제작하며 국문연구의 길에 들어서는 한편 1896년 5월 국문동식회를 조직하는 등 국어운동의 길을 걷게 된다.[36] 그는 지석영이 경성의학교 안에 1907년 1월 세운 국어연구회에 관계하기도 하였는데,[37] 이 두 사람의 만남은 지석영의 「신정국문」 제안을 통하여 국문연구소의 설립으로까지 나아가게 되는 계기가 된다. 이 장면은 강렬한 인상을 주기 때문에 인용할 가치가 있는 것으로 보인다.

> 그는 1880(고종 17)년에 수신사 김홍집을 수행했던 개화파로서 독립협회에 가담하여 토론회에 참석하며 정부의 박해로 구속까지 당하는 등 크게 활동한 지도자였다. 1896(건양 1년) 11월 그 회보 창간호에 「국문론」이라는 최초의 논설을 발표하여 국문의 존중과 통일을 강조하고 점을 찍어서 고저음을 밝히자고 주장하였다. 1899(광무 3)년에 경성의학교 교장이 된 후, 1902년에는 주시경과 교류하였다.
>
> 당시 48세의 지석영은 20세 연하인 27세의 주시경을 만나, 아래아에 대한 주시경의 견해를 듣고 감화된 것 같다. 지석영은 3년 후인

36) 김민수, 앞의 책, 248쪽.

37) 위의 책, 246쪽.

> 1905년(광무 9, 을사) 5월에 논설 "대한국문설"을 집필하여 주시경의 『대한국어문법』에서 논한 아래아의 ㅣ — 합일설을 보고 전적으로 찬동한다고 한 까닭이다. 그런데, 1902년의 만남은 단순한 접촉이 아니라, 1905년의 사건이 이미 싹트고 있었다.
>
> 개화기 최대의 의문은 아래아의 음가였는데, 주시경의 학설이 가장 시선을 끌었다. 이에 감화된 지석영은 나아가 그 실행까지를 구상하고 있었다. 물론 그들의 주장은 틀린 것이었으나, 그 고증 과정이 매우 논리적이었기 때문이다. 그리하여 「신정국문」에 대한 이론편인 "대한국문설"을 완성한 그는 이어 신정국문 실시건을 상소하였고, 이것은 드디어 1905년 7월 19일 황제의 재가로 공포되기에 이르렀다. 그러나, 갑작스럽고 괴상한 개혁에 당황한 식자층에서는 이론이 분분하였다.[38]

이러한 장면은 『독립신문』 제작 과정에서 국문연구와 실천에 눈뜬 주시경과 그보다 훨씬 더 나이가 많음에도 기탄없이 국문을 둘러싼 논의에 성심을 발휘한 지석영의 관련 양상을 아주 잘 보여준다. 구한말로부터 한일합병에 이르는 시기는 이에 이르면서 더욱 확장된 한글 출판의 장을 배경으로 가히 혁명적인 언문일치를 선보인 『독립신문』과 이를 둘러싼 국문론자들의 연구와 논의가 살아 있던 시대였다.

그런데 여기서 우리가 간과해서는 안 될 것은, 바로 이러한 흐름에 개신유학자이자 새로운 소설의 작가로 나아간 신채호와 같은 인물이 합류하고 있다는 사실이다.

---

38) 위의 책, 245쪽.

吾輩ᄂᆞᆫ 諸公이 國文을 硏究ᄒᆞ야 壹部 辭書 或 字典을 著成하ᄂᆞᆫ가 ᄒᆞ엿더니, 今也에 不然하야 其硏究하ᄂᆞᆫ 바를 聞ᄒᆞᆫ즉 往往 實用에 無益ᄒᆞ고, 是宜에 無關ᄒᆞᆫ 事라. 壹人은 曰 國文은 新羅時 創造ᄒᆞᆫ ᄇᆡ라 ᄒᆞ며, 壹人은 曰 國文은 高句麗時 創造ᄒᆞᆫ ᄇᆡ라 ᄒᆞ며 壹人은 勝朝時 創造ᄒᆞᆫ ᄇᆡ라 ᄒᆞ고, 壹人은 國文 音義를 龍飛御天歌로 爲主하며, 壹人은 國文 音義를 奎韻玉篇으로 爲主ᄒᆞ야 支離張皇에 光陰을 虛度하는도다.

……(중략)……

乃者 諸公은 或「ㅈㅊㅋㄹㅍ흐」 等字를 擧ᄒᆞ야 終聲에 添入ᄒᆞ며, 「잇으니바ㅊ을」等語를 述ᄒᆞ야 文字를 反正케 ᄒᆞᆫ다 ᄒᆞ니, 此는 終聲을 復用初聲이라ᄂᆞᆫ 句語만 是遵ᄒᆞᆯ ᄲᅮᆫ 아니라 英文에 「바왈과 콘손엔트」音義를 取用ᄒᆞᆷ이나 初聲을 終聲에 復用함은 猶可說이어니와 假使 잇으니바ㅊ을노 論之면 으字ᄂᆞᆫ 卽初中聲 合音니어ᄂᆞᆯ 以바왈用之가 可乎-며 或은 ·를 廢ᄒᆞ고 二를 添用ᄒᆞ자ᄂᆞᆫ 오論이 有ᄒᆞ다 ᄒᆞ니 此ᄂᆞᆫ 當初에 制字의 本意를 不知ᄒᆞ는 者이니 不足論也로다.

設令 此音此語가 十分的當ᄒᆞᆯ지라도 徒히 讀者의 腦際만 昏亂케 ᄒᆞᆯ 而已요, 壹毫도 民知發達에 利益이 無ᄒᆞᆯ 지어ᄂᆞᆯ 況音韻에도 不適ᄒᆞ고 時宜에도 不適ᄒᆞᆫ 者-리오. 諸公의 不憚煩이 어찌 如此히 甚ᄒᆞ뇨. 諸公은 此等 汗漫·오怪·煩鬧 ·胡亂·無益의 事ᄂᆞᆫ 姑閣ᄒᆞ고 民智發達에 有益ᄒᆞᆫ 辭書 或 字典의 編撰에 從事ᄒᆞᄃᆡ 字樣을 簡易케ᄒᆞ고 音韻을 均壹케ᄒᆞ여 讀者로 掌을 示ᄒᆞᆷ과 如히 ᄒᆞᆷ을 望ᄒᆞ노라.[39]

위의 글은 신채호가 국문연구소 회원들에게 권고하는 내용을 담아 쓴

39) 신채호,「國文硏究會 委員諸氏에게 勸告함」,『大韓每日申報』1908. 11. 14.

논설로서 상당히 비판적인 견해를 제시하고 있다. 그가 보기에 국문연구소는 "실용에 무익ᄒᆞ고, 시의에 무관ᄒᆞᆫ 事"에 몰두하고 있는 것 같다는 것이다. 나아가 그는 앞에서 살펴본 바 있는 지석영의 「신정국문」의 논리에 대한 정면 반박을 꾀하고 있어, "或은 ·를 廢ᄒᆞ고 二를 添用ᄒᆞ자ᄂᆞᆫ 오論이 有ᄒᆞ다 ᄒᆞ니 此ᄂᆞᆫ 當初에 制字의 本意를 不知ᄒᆞ는 者"라는 구절은 바로 지석영의 논리에 대한 비판이다.

신채호는 『대한매일신보』의 논객으로 활동하면서 국어국문에 관한 여러 논설을 발표한 것으로 알려져 있다. 위의 글 「국문연구회 위원 제씨에게 권고함」(『대한매일신보』, 1908.11.14)을 포함하여 「국한문의 경중」(『대한매일신보』, 1908.3.17~19), 「근금 국문소설 저자의 주의」(『대한매일신보』, 1908.7.8), 「문법을 통일」(『대한매일신보』, 1908.11.7), 「구서 간행론」(『대한매일신보』, 1908.12.18~20), 「문법을 통일」(『기호흥학회월보』 5, 1908.12.25), 「서적계 일평」(『대한매일신보』, 1909.7.9), 「근일 소설가의 추세를 관하건대」(『대한매일신보』, 1909.12.2), 「국문의 기원」(『대한매일신보』, 1909.12.29) 등은 그가 이 시기에 한글과 한글소설, 한글서적 출판 등에 관해 두루 관심을 기울이고 있었음을 보여준다.

그리고 이 과정에서 그는 『대동 사천재 제일위인 을지문덕』(휘문관, 1908.5.30), 『수군제일위인 이순신』(『대한매일신보』, 1908.5.2~8.18), 『동국 거걸 최도통』(『대한매일신보』, 1909.12.5~1910.5.27) 등의 저술로부터 「익모초」(『가정잡지』, 1908년 연재),[40] 「디구셩미릐몽」(『대한매일신보』, 1909.7.15~8.10)과 「쑴하늘」(1916) 등 한글소설의 작가로 나아갔다. 이러한 맥락에서 그의 「쑴하늘」은 '무정·유정'의 사상을 안창호와 함께 공유했던 그의 사상적 지향점을 보여주는 작품일 뿐 아니라 그 스스로 한학에 기반한 유생의 글쓰기에서 한글문

40) 이 작품은 박건회 편 『천리경』(조선서관 1912)에 「김장하와 최완길」이라는 이름으로 작품 전재되었다.(김주현 주해, 『신채호 문학 주해』, 경북대학교출판부, 2018, 11쪽, 참조)

학의 장을 향해 비약해 나간 명실상부 한글 작가의 면모를 드러낸 작품이었다.

그리고 이러한 신채호의 사례를 통하여 필자가 논의하고자 하는 것은, 구한말의 신소설 작가들, 요컨대 이인직이나 이해조, 신채호 같은 작가들의 경우에도 그들의 한글소설의 실천은 단순히 그들이 현대 매체로서의 한글에 자각적인 선각자들이어서는 아니었다는 것, 말하자면 그들은 그들의 앞에 이미 형성, 발전, 융성하고 있는 한글 출판의 장, 한글소설의 인쇄매체화,성경 번역 과정에서 더욱 확장된 한글 문해력, 『독립신문』과 같은 한글 신문의 이에 대한 부응, 조선왕조에서 대한제국으로 나아가는 시기에 정립된 국문으로서의 한글, 유길준, 지석영, 주시경 등으로 대표되는 국문연구자들의 존재 등에 의해 부단히 자극받고 또 이들에 반응하고, 또 이들을 수용하면서 한글소설의 작가로서 진화해 나갔다는 것이다.

이인직이나 이해조, 신채호는 이 점과 관련하여 각론에 들어가면 매우 중요한 차이들을 보이게 되는데, 이는 특히 이인직이 도쿄 『都新聞(미야코신문)』의 견습생이었다는 점, 러일전쟁 당시의 종군 통역자였다는 점이나, 신채호가 성균관 유생에서 역사전기물의 작가로, 그리고 다시 여러 유형의 몽유록계 소설의 작가로 나아간 것과 관련이 있다. 그러나 이들은 모두 구한말의 한글문학장의 토대로부터 배태된 새로운 시대의 작가들이었다는 점에서는 공통된 면모를 지닌다.

그렇다면 이광수는 한글문학장이라는 한국 현대문학의 장을 열어나간 새로운 지식인, 작가들의 전통의 맥락에서 그 전통을 새롭게 이어간, 그러나 걸출한 작가라 해야 할 것이다.

신채호 소설 「꿈하늘」의 '정'·'무정'과 이광수 소설

1. 신채호의 맥락에서 본 이광수

한국현대소설사의 맥락에서 이광수는 일종의 태두로 이해되는 측면이 있다. 국문학계의 선배 학자들은 '개화기' 신소설 연구에 매진하기도 했고 이 과정에서 이재선의 『한국 개화기 소설 연구』(일조각, 1972), 최원식의 『민족문학의 논리』(창작과비평사, 1982)를 위시한 성과들이 도출되기도 했다. 21세기 들어 이러한 개화기 문학 연구는 어느 사이에 서구 및 일본 문학 '수입사'로 대체된 감이 없지 않다. 전통적인 국문고전소설이나 한문소설로부터의 변용 과정에 대한 연구는 미진한 채, 현대문학 특히 소설은 임화에서 김윤식으로 연결되는 '이식사'의 시각을 취하기에 바빴다고 해도 지나침은 크지 않다.

신문학사를 표면상 이식사로 내세운 임화의 진의는 다음과 같은 문장에 잘 나타난다. "동양제국과 서양의 문화 교섭은 일견 그것이 순연한 이식문화사를 형성함으로 종결하는 것 같으나 내재적으로는 또한 이식문화사를 해체할냐는 과정이 진행되는 것이다. 즉 문화 이식이 고도화될수록 반대로 문화창조가 내부로부터 성숙한다."[41] 이 문장에서 선명하게 드러나듯이 이식 그 자체를 긍정하고 마는 것과는 큰 거리가 있었다.

그러나 이식론은 김윤식의 「'정치소설'의 결여 형태로서의 신소설—이인직의 경우」(『한국학보』 9권 2호, 1983) 같은 논문에서 이인직의 소설들을 일본 정치소설의 결여형태로 규정하는 과정에서 일본 현대소설의 '결여' 또는 '과잉'으로서의 한국현대소설이라는, '비정상성' 본질 규정을 향해 한 발 보폭을 넓혀 나아간다.

> 당초 그의 포부란 신문사의 주필이나 사장이 됨으로써 정당정치의 대의사로서그 당의 정견을 펴는 정치소설가로 천하를 주름잡는, 저 『가인지기우』나 『설중매』 또은 『경국미담』의 작자를 본받음에 있었을 것이다. 그러나 독립협회와 그 연장선에 있던 만국공민회가 이미 보부상에 의해 해체된 지 오래이며, 의회정치는커녕 바야흐로 일본 총독정치가 시작된 한국에 있어서는 일본과 같은 정치소설은 생각할 수도 없는 여건이었다. 이러한 상태에서 그가 할 수 있는 현실적인 선택은 정치소설의 결여형태인 『혈의 누』를 만들어 내는 일이었다. 청국에의 증오와 일본에의 편향성, 구정치인에 대한 비판적 태도, 문명개화를 통한 사회개조가 『혈의 누』의 성격을 규정할 것이며, 1906년의 지식인의 수준에서 볼 때 이러한 성격은 현실적이라 할 것이다. 이를 두고 사이비 또는 준정치소설이라 불러도 될 것이다.[42]

41) 임화, 「조선문학 연구의 일과제」, 『동아일보』, 1940.1.18.

42) 김윤식, 「'정치소설'의 결여 형태로서의 신소설—이인직의 경우」, 『한국학보』 9권 2호, 1983, 70~71쪽.

이러한 견해는 서술자가 앞에서 언급했던 고전소설과 신소설의 관계 같은 요소를 즉각 '무효화'하면서 한국현대소설의 형성과정을 일본문학과의 관계의 소산으로 '일 방향' 규정하는 효과를 갖는다. 나중에 황종연이 이식론의 또 다른 변형 논리를 제시한 것도 그러한 맥락에 서 있다. 예를 들어 다음과 같은 문장, "한국근대소설 연구가 한국문학에 내재하는 형식적 원천을 탐색하는 작업에 치중해 왔음을 감안하면 노블이라는 이방의 장르가 한국소설의 근대화를 위한 작업에 유입되어 담당한 역할에 보다 많은 주의를 기울일 필요가 있다"[43]라고 한 것을 참조할 수 있다. 이와 같은 맥락에서 그는 "기존 장르를 합병하거나 소멸시키는 노블의 '식민주의'는 한국에서 노블형 소설이 발흥하는 장면에서도 엄연한 역사적 사실"[44]이라는 주장으로 연결된다.

이러한 이식론적 시각은 조동일의 『신소설의 문학사적 성격』(서울대출판부, 1990) 같은 '내재적 발전론'의 시각에 대한 반작용의 의미를 함축하고 있으나, 기존의 한국문학 연구가 한국문학에 내재하는 형식적 원천을 탐구해 오는 데 치중했다는 것은 현대문학 분야 쪽에서 보면 오히려 무리한 주장일 뿐 아니라 21세기 한국현대문학 연구를 통괄해 보면 오히려 이식론을 정당화하고 한국현대문학의 형성, 발전의 외발성을 증명하려는 '맹렬한' 열정을 보여주었다고 보는 것이 타당하지 않을까 한다.

이광수 문학 연구는 이와 같은 연구사의 한 시금석이다. 이광수 문학의 형성, 전개 과정을 어떻게 보는가 하는 것이 곧 한국현대소설의 동력학을 검토하는 중요한 위치를 점하고 있는 것이다.

여기서 필자는 다시 한 번 김윤식의 명저 『이광수와 그의 시대』(한길사,

43) 황종연, 「노블·청년·제국—한국 근대소설의 통국가 간 시작」, 『상허학보』, 2005, 268쪽.

44) 위의 논문, 274쪽.

1986)로 돌아가지 않을 수 없다. 이 돌올한 저작이 이광수는 일종의 '삼중의 고아' 의식의 소산으로 제시하는 양상에 주목하게 된다. 말하자면 이광수는 열한 살의 나이에 부친 이종원과 어머니 충주 김씨를 모두 잃고 '육친의 고아'가 되었고, 메이지중학을 졸업하고 이승훈의 오산학교 교사가 된 19세 때는 한일합병으로 나라를 잃은 '조국 상실의 고아'가 되었으며, 마지막으로 저작 전체에 그가 자신을 도산 안창호의 제자로 의식하고 있었다는 사실을 서술하고 있음에도 그 사상적 교호관계에 대한 체계적인 분석은 '부재한' 대신에, 그의 사유의 성장을 일본의 제도적 교육의 세례를 받는 과정에서 노출된 서양 및 일본 사상의 영향으로 대부분 설명한다는 점에서 일종 '사상의 고아'로서 '제국-식민지'로 양분된 세계에 입문한 셈이 된다.

이광수 연구에 있어 김윤식의 이 '삼중의 고아'라는 설정은 그의 에피고넨적인 연구자들에 의해 다양한 형태로 거듭 현출되어 왔으며, 그러는 사이에 이광수 문학의 다양한 원천들, 그리고 특히 그의 선배 세대 지식인들과 그의 사상적 교호 관계에 대한 탐구는 불필요한 것으로 방치되다시피 했다.

이광수와 신채호의 관계를 통하여 이광수 문학의 형성 과정을 재검토하려는 필자의 시도는 이와 같은 연구 경향에 대한 반성적 성찰의 의미를 함축한다. 필자가 지난 몇 년 사이에 이광수 연구를 진척시키면서 얻은 심각한 교훈 가운데 하나는 그와 약 십여 년 격차를 갖는 선배들과의 상관 관계를 간과해서는 이광수 사상과 문학의 형성과정에 대한 진정한 입체적 이해에 도달할 수 없으리라는 것이었다. 요컨대, 이상사회론과 '유정·무정'론으로 이광수 문학에 직접적이고도 지대한 영향을 미친 안창호(1978.11.9~1938.3.10), 안악에서부터 상해에 이르기까지 청년 이광수의 활동과 밀접한 관련을 맺었던 김구(1976.8.29~1949.6.26), '정·무정'론과 이순신 소설화, 그리고 조선 상고사 연구로 이광수 역사소설에 지대한 영향을 미친 신채호(1980.11.7~1936.2.21) 등의 존재는 그들과 같은 세대라 할 수 있는 한용운(1879.8.29~1944.6.29), 안중근(1979.9.2~1910.3.26) 등과 함께 이광수의 선배세대 그룹을 형성하면서 그의 사상적, 문학적 성장과정에 삭제될 수 없는 영향력을 행사했다.

필자는 이러한 교호 관계를 보여주는 중요한 사례로서 안창호의 '무정·유정'론에 대해 간략히 분석해 보인 바 있다. 「『무정』 독해의 국면들과 '무정·유정'의 사상」(『춘원연구학보』 10, 2017), 「장편소설 『흙』에 이르는 길—안창호의 이상촌 담론과 관련하여」(『춘원연구학보』 13, 2018) 등은 그러한 생각을 담고 있는 것들이다.

한편으로, 이광수 사상이나 문학의 특질은 선배세대 지식인들과의 관계망 속에서뿐 아니라 그의 같은 세대의, 다른 지향점을 보여준 지식인들과의 관계망 속에서 새롭게 검토되어야 한다. 이광수는 그의 세대에만 하더라도 함께 지고 있던 시대적 과제의 인식을 서로 다른 방식으로 해결해 나가고자 한 서로 다른 지식인들의 존재를 확인할 수 있다.

예를 들어 이학수 운허(1892.2.25~1980.11.18)는 이광수의 삼종제로 평양대성학교에서 수학한 경력을 가지고 있으며 저항적인 불교인이자 독립운동가로서의 삶을 지켰고, 이병기(1891.3.5~1968.11.29)는 한성사범을 나와 국학 연구에 매진하고 현대시조의 길을 개척하는가 하면 『문장』파의 정신적 거점 역할을 한다. 민촌 이기영(1895.5.29~1984.8.9)은 일본 세이소쿠 영어학교에서 수학한 바 있으며 신경향문학, 카프문학의 대표자로서의 길을 고수한 작가였다. 아울러 영성 깊은 종교인 다석 유영모(1890.3.13~1981.2.3)는 이광수와 같은 시기에 오산학교 교사로 있었고 일본에 유학했다 다시 오산학교 교장으로 재직했으며 오랫동안의 한학 수학 이후 기독교에 귀의하여 서양사상과 전통적 사상의 접합을 통한 종교 다원주의 사상을 형성한 중요한 사상가였다. 다석 사상의 정수를 박재순은 다음과 같이 제시한다.

> 이렇게 시작된 다석 사상의 넷째 시기는 동서고금의 정신과 사상을 회통함으로써 좀 더 깊고 자유로운 사상과 정신의 경지에 이른 사상의 완성기이다. 청소년기에 기독교 신앙에 빠졌다가 기독교의 울타리를 넘어서 동양의 종교사상과 생명철학에 깊이 몰두했고, 다시 한 번 기독교 신앙에 깊이 들어갔다가 천지인 합일 체험을 거쳐 동서양의 정신과 사상을 아우르는 대종합의 사상에로 나아갔다. 이렇게 두 차례씩 동양과 서양의 정신에 깊이 빠져드는 경험을 했기 때문에 다석은 동서양의 정신문화를 옹글게 통합하는 사상을 형성할 수 있었다. 다석은 동양정신과 서양정신의 성격과 개성을 살려내고 드러내는 방식으로 통합하였다. 기독교 신앙과 정신, 민주 정신과 과학사상, 동아시아 종교사상과 한국전통 사상이 각기 더욱 철저하고 심화된 형태로 다석의 삶과 사상 속에 구현되고 통합되었다. 다석은 이것을 "동양문명의 뼈에 서양문명의 골수를 넣는다"는 말로 표현했는데, 동양과 서양 사이에 주종관계나 선후 관계를 따지지 않고, 양쪽을 전적으로 긍정하고 수용하는 방식으로 동서 정신문화의 종합에 이르렀다.[45]

일생을 다석 연구에 바친 박재순에 의해 평가된 유영모 사상의 정수는 '제국-식민지'의 구조주의적 위상학과 식민주의의 위력에 주목하는 연구

45) 박재순, 『다석 유영모』, 홍성사, 2017, 75쪽.

들에 경종을 울리는 중요한 사례일 것이다.

유영모나 이학수 같은 존재들은 현대문학 대표자로서의 이광수의 존재를 완전자로 설정하지 못하게 하면서 동양과 서양, 제국과 식민지, 한국과 일본이라는 이분법의 초극이 어떤 방향과 양식을 취해야 하는가를 깨닫게 한다. 만공선사(1871.4.26~1946.10.26)의 선가적인 언어를 빌리면 '세계일화(世界一花)', 세계는 한 송이 꽃이거늘, 이와 저를 나누는 고질적 인식이 상하와 선후를 따져 묻는 습성에서 벗어나지 못하는 것을, 다석 유영모는 이광수가 안창호, 신채호와 같은 선지식의 존재와 가르침에도 불구하고 평생 자유롭지 못했던 다윈적 진화론과 위계의 사상에서 '홀연히' 벗어나 그의 세대의 사상의 한 경지, 극점에 도달했던 것이다.

여기서는 이와 같은 맥락에서 신채호와 이광수의 사상적, 문학적 교호관계를 새롭게 설정해 보고자 한다. 이 인물의 사상과 문학을 비교, 대조적으로 살피는 작업은 상당한 정도로 축적되어 있다. 황재문의 「장지연, 신채호, 이광수의 문학사상 비교 연구」(서울대박사학위 논문, 2004), 김용하의 「한국 근대소설의 기억의 서사화에 나타난 미적 범주와 윤리적 판단에 대한 비교연구」(고려대박사학위 논문, 2011) 등 종합적인 고찰에 가까운 논문들이 있고, 두 사람의 만남과 사상적 관계를 다룬 논문으로 김주현의 「이광수와 신채호의 만남, 그리고 영향」(『한국현대문학연구』 48, 2016)이 대표적이다.

또 신채호와 이광수의 이순신 서사화에 관한 논문은 여러 편 있으되 가까운 것으로는 이경재의 「이순신 서사에 나타난 明(人) 의식」(『인문논총』 77권1호, 2020)이 있다. 이 가운데 김주현은 논문에서 '정확히' 필자가 여기서 시도하고자 하는 것과 같은 목표를 제시한다. 그는, "단재가 근대문학 사상 형성에, 춘원이 근대소설 형성에 막대한 영향을 미쳤음은 부정할 수 없는 사실이다. 두 사람은 서로 영향을 주고받았지만 아직까지 이들의 영향관계를 직접 논의한 글은 거의 없는 실정이다."[46]라고 했고, "서로의 관계 속에서 단재와 춘원의 삶과 문학을 조명해보고자 한다. 두 사람의 문학을 독립된 모습으로 바라보는 것이 아니라 상호 관계 속에서 살피려는 것이다."[47]라고도 했다.

그러나 각각의 논의에 들어가면 김주현과 필자의 논의 사이에는 다소 다른 점이 나타날 것이며 특히 여기서 필자는 현대소설의 그 사상적 기반과 서사 전략의 형성, 전개 과정을 새롭게 의식하고자 한다.

2. 『신채호 문학 주해』에 나타난 신채호 소설문학의 풍요로움

신채호의 작품들을 수록한 김주현의 주해서가 나온 것이 2018년 6월 25일이다. 여기에 신채호 소설들이 차례로 실렸는데, 이 책의 분류법은 소설, 전기, 비평, 논설 기타 등이다. 소설 쪽에는 「익모초」, 「디구셩미릭몽」, 「꿈하늘」, 「백세 노인의 미인담」, 「용과 용의 대격전」 등이 실렸다. 전기 쪽에는 「을지문덕」, 「이순신」, 「최도통」 등의 세 편이 실렸다.

이 책의 작업을 김주현은 이렇게 썼다. "그러다 보니 오른쪽 어깨와 손목 관절이 견디지 못했다. 그래도 시간이 충분하지 않을 뿐더러 주석 작업에 적지 않은 시간이 소요되는 까닭에 고통을 참아가며 작업을 이어갔다. 그리고 또 한동안 중단했던 재작업을 작년 중국에 있으면서 다시 이어갔다. 미비한 것을 보완하고 잘못된 것들을 찾아가며 작업을 했다. 하마나 끝날까, 이제는 마무리될까 정말 고군분투했다. 단재는 감옥에서 50분 사역을

46) 김주현, 「이광수와 신채호의 만남, 그리고 영향」, 『한국현대문학연구』 48, 2016, 150쪽.

47) 위의 논문, 151쪽.

하고 10분 쉬는 시간에 책을 보았다고 했는데, 그에 비한다면 나의 일은 지나친 엄살일지도 모른다."[48]

좋은 문장이다. 일에 따르는 수고로움이 정직하게 담겨 있다. 김주현의 이상 주해서들을 둘러볼 때도 그랬지만 사실 이런 일들은 그럴듯한 담론을 내세우는 사람들은 보여주기 힘든 종류의 것이다. 물론 사람마다 기질은 다르다. 그렇다면 국문학 서지학자다운 기질을 타고난 이 연구자의 체질을 부러워해야 하는지도 모른다.

이 주해서는 신채호의 소설들에 대해서도 그 '저자성'을 확정하기 위한 노력이 담겨 있음을 확인할 수 있다. 예를 들어, 그는 신소설 풍의 「익모초」에 대해 이 작품이 신채호가 편집 및 발행을 맡았던 『가정잡지』 1908년 3월호에 첫 연재가 실렸고 총 6회가 연속되었을 것으로 보았다. 나중에, "박건회가 편한 "『천리경』(조선서관, 1912)에 「김장하와 최완길」이라는 이름으로 이 작품 전체가 실린 것이 최근 확인되었다"[49]는 것이다. 또, 「디구셩미릐몽」(『대한매일신보』, 1909.7.15~8.10)에 대해서 그는 이 작품을 신채호의 작품으로 확정하기 위해 「「디구셩미릐몽」의 저자와 그 의미」(『현대소설연구』 47, 2011.8)를 썼고, "선학들의 설명도 참조"[50]하여 주석 작업을 했다.

2018년이라면 1880년에 출생한 신채호가 이 세상에 온 지 어언 118년이나 되는 때다. 한 문제적 인간의 문학의 전모가 한 권의 책에 모아지는데, 이렇게 긴 시간이 걸려야 한다는 게 놀라울 정도인데, 이런 것이 한국 국문학의 현상을 말해주는 것이라고도 할 수 있다.

이렇게 해서 모습을 나타낸 『신채호 문학 주해』 가운데 필자는 먼저 소

---

48) 신채호 저, 김주현 주해, 「머리말」, 『신채호 문학 주해』, 경북대출판부, 2018, 5쪽.

49) 위의 책, 11쪽.

50) 위의 책, 33쪽.

설 「꿈하늘」을 새롭게 읽어 볼 수 있었다. 여기서 필자는 그전에는 미처 의식하지 못했던, 필자가 구상하는 한국현대소설사의 형성과정에 대한 하나의 '놀라운' 단서를 얻게 된다.

「꿈하늘」은 신채호의 자필 유고로 남아있는 흥미로운 작품이다. 김주현에 따르면 이 작품은 "1960년대 북한에서 발견되어 국문체로 바뀐 채 김주철의 주해와 함께 『문학신문』(1964.10.20~11.3)에 5회에 걸쳐 소개되었다"[51]. 나중에 "김병민은 북한에 있는 단재 유고를 직접 필사하여 『신채호 문학유고선집』(연변대학출판사, 1994)을 간행"[52]하였다.

이러한 「꿈하늘」은 물론 오래 전부터 그 존재가 알려져 있던 작품이지만 필자는 다른 측면에서 이 소설에 주목하고자 한다. 필자가 판단하기에, 이 소설은 작가로서 단재 신채호의 위상을 새롭게 의식하지 않을 수 없게 하는 문제작이다. 이 작품은 그를 역사전기물의 작가로서가 아니라 그야말로 소설가로서 인식할 것을 요구하기 때문이다.

본래 신채호는 역사전기문학으로 분류되는 『을지문덕』(휘문관, 1908.5.30)을 이미 저술한 바 있거니와, 「꿈하늘」의 주인공 '한놈'은 바로 이 『을지문덕』을 저술한 사람으로 소개되고 있다. 예를 들어 다음과 같은 부분을 보자.

> 한놈이 일즉 내 나라 歷史에 눈이 뜨자 乙支文德을 崇拜하는 마음이 간졀하나 그의 對한 傳記를 짓고 십은 마음이 밧버 미처 모든 글월에 考據하지 못하고, 다만 東史綱目의 젹힌 바에 의거하야 필경 傳記도 안이오, 論文도 안인 『四千載 第一偉人 乙支文德』이라 한

51) 위의 책, 58쪽.

52) 위의 책, 같은 쪽.

조고마한 冊子를 지어 세상에 發佈한 일이 엇셧더라.[53]

그렇다면 이 소설의 주인공 '한놈'은 그 시대에 이렇듯 을지문덕의 이야기를 쓴 사람은 신채호 그밖에 없으므로 신채호의 별칭이라 할 것이다. 그런데 신채호는 다시 '서(序)'가 보여주듯이 이 주인공 '한놈'이 바로 자신임을 드러내고 있다. 그는 서문 끝에 "단군 4249년 3월 18일 한놈 씀"[54]이라고 하여, 저자의 자리에 '한놈'을 필자로 당당히 내세우고 있다. 그리고 다시 이 '한놈'은 이 소설의 주인공이기도 하다. 이 소설은 마치 후대 소설 이상의 「날개」(『조광』, 1936.9)처럼 작품 텍스트 앞에 작가가 작품을 쓴 '작의'를 밝혀 독자와의 대화를 시도하고 있다. 이 저자 '한놈'은 "「쑴하늘」이라는 이 글을 짓고 나니 꼭 讀者에게 할 말삼이 세 가지가 잇"[55]노라 한다.

첫째는 이 소설이 일종의 '공상소설'임을 밝힌 것이다. 다음과 같은 문장이 주목된다. "한놈'은 元來 쑴 만흔 놈으로 近日에는 더욱 쑴이 만허 긴 밤에 긴 잠이 들면 쑴도 그와 갓이 길어 잠과 쑴이 서로 終始하며 또 그 쑨만 안이라 곳 멀건 대낮에 안저 두 눈을 멀둥멀둥히 쓰고도 쑴 갓흔 디경이 만허 ……(중략)…… 한놈은 발서부터 쑴나라의 백셩이니 讀者 여러분이여, 이 글을 쑴꾸고 지은 줄 아시지 말으시고 곳 쑴이 지은 줄로 아시압소서."[56] 이러한 문장들은 이 소설이 조선 전통적인 서사양식으로서 '몽유록' 계열의 소설이자 그러한 양식의 변형을 시도한 소설임을 먼저 말해준다. 즉 이 「쑴하늘」은 잠들어 꿈꾼 이야기를 한다는 몽유록 양식에 함축되어 존재하는 공상, 몽상의 요소를 일층 강화하여 꿈꾸고 지은 소설이 아닌,

53) 신채호, 「쑴하늘」, 위의 책, 69쪽.

54) 위의 책, 60쪽.

55) 위의 책, 58쪽.

56) 위의 책, 58~59쪽.

꿈, 즉 공상적, 몽상적 이상을 이야기로 옮겼다고 주장하는 것이다.

다음 두 번째로 밝힌 내용 또한 음미해 보지 않을 수 없을 만큼 의미심장하다.

> 글을 짓는 사람들이 흔히 排鋪가 잇서 몬저 머리는 엇더케 내리리라, 가온대는 엇더케 버리리라, ᄭᅩ리는 엇더케 마르리라는 大意를 잡은 뒤에 붓을 댄다지만, 한놈의 이 글은 아모 排鋪 업시 오직 붓씃 가는 대로 맥기여 붓씃치 하늘로 올라가면 하늘로 짤어 올나가며, 짱속으로 들어가면 짱속으로 짤어 들어가며, 안지면 짤어 안지며 셔면 짤어 셔서 마듸마듸 나오는 대로 지은 글이니 讀者 여러분이시여, 이 글을 볼 째에 압뒤가 맛지 안는다, 위아래가 文體가 달라 그런 말은 말으소서.[57]

이 대목은 '한놈'이 제안한 이 소설의 세 개의 '독법' 가운데 가장 중요한 것이라고 할 수 있는데, 왜냐하면 바로 이 대목은 이른바 일본의 '사소설' 읽기에의 요청 같은 '작가=주인공'의 수사학을 보여주기 때문이다. 그러니까 한놈은 여기서 자신이 쓴 이 작품이 어떤 허구적 구성 원칙에 따른 것이 아니요 "오직 붓씃 가는 대로" 쓴 것이라 하는데, 그렇다면 이것은 자신의 삶이나 생각을 가감 없이, 그러니까 덧보태거나 숨기는 것 없이 쓴다 하는, 그러면서도 그것을 가리켜 수필이라 하지 않고 소설이라 한, 사소설의 창작방법을 제시한 것이다.

이러한 독법의 제안에 포함된 신채호의 작가적 태도는 필자가 생각하기에 아주 '현대적'이어서 말하자면 그를 이른바 단순한 역사전기물의 작가

---

57) 위의 책, 59쪽.

로, 즉 현대소설의 본격적 전개의 앞 단계에 고착된 작가로 고정시켜 고립시킬 수 없도록 한다. 위의 진술은, 거기 나타난 '암시된 작가'에 대하여 역사전기 서사물의 작가라 할 때 떠오르는 이성적이고도 역사적인 인식의 소유자가 아닌, 지극히 사적이고 유동적이며 정의적인 인간의 형상을 떠올리게 하기 때문이다. 바로 이 독법 제안에 주목해 봄으로써 우리들은 신채호를, 역사가나 투쟁가, 그리고 실천을 위한 저작자가, 지극히 현대적인 작가로서, 현대적인 '자기'의, 사(私)적인 사유를 전개하는 개체적 존재로서 이해할 수 있게 된다. 또 그럼으로써 신채호의 소설들은 그러한 공론적 목적을 겨냥해서 쓴 실천의 보충적 텍스트로서가 아니라 살아 있는 인간 개체로서의 신채호라는 한 인간 존재의 '활사실'적 사유와 감정을 드러내는 텍스트들로 나타나게 된다.

3. '심경소설'적 인물형으로서의 「꿈하늘」 주인공 화자 '한놈'

그리고 이는 다음과 같은 새로운 문학사적 요청을 의미하게 된다. 즉, 우리는 지금까지 신채호며 박은식이며 이인직, 이해조니 하는 역사전기문학과 신소설의 시대를, 이광수, 김동인, 염상섭과 같은 '본격적인' 작가 '문학적인' 작가로부터 고립시켜, 그 앞에 온 '덜' 문학적이고, 따라서 더 정치적, 역사적인 작가들로서, 이후 세대와는 제대로 된 문학사적 교섭을 이루지 못한 채 자신들의 존재와 함께 자신들의 문학을 떠메고 사라진 작가들의 시대로 보아오지 않았던가?

물론 이인직, 이해조 같은 신소설 작가들의 경우에는 멀리 임화로부터 연원을 발견할 수 있듯이 그들의 신소설로부터 번안소설의 시대를 거쳐 이광수 등의 시대로 연결되는 계선이 설정되어 있는 것도 사실이지만, 이 계선조차 탄력적, 유기적, 교섭적으로는 충분히 설명되지 못하고 있을 뿐 아니라, 하물며 신채호 같은 작가의 경우에는 아예 그러한 계선의 설정조차 시도되고 있지 않은 형편이다.[58]

역사전기문학의 작가라고 보면 이인직, 이해조보다 더욱 앞에 있는 것 같고 또 더 고색창연하게 느껴지는 신채호가, 사실은 작가로서 그들보다 훨씬 더 현대적인, 동시대적인 문학으로 스스로를 진화시켜 갔으며, 바로 이「꿈하늘」같은 작품이 그 예증일 것이라고 필자는 좀 더 강하게 부각시켜야 할 필요를 의식한다.

「꿈하늘」의 주인공 화자는 세 번째 제언에 이르러 이렇게 썼다. "自由 못하는 몸이니 붓이나 自由하자고 마음대로 놓아 이 글 속에 美人보다 향내 나는 꼿과도 니야기하며 평시에 사모하던 옛적 聖賢과 英雄들도 만나보며 올흔팔이 왼팔도 되야 보며 한놈이 여들 놈도 되여, 너무 事實에 각갑지 안한 詩的 神話도 잇지만 그 가온대 들어 말한 歷史上 일은 낫낫이 古記나 三國史記나 三國遺事나 高句麗史나 廣史나 繹史 갓흔 곳에서 參照하야 쓴 말이니 讀者 여러분이시여, 셕지 말고 갈너 보시소서."[59] 이에 이르면 작가로서 '한놈'은 다시 자신이 공상, 몽상 속에서 현실 문법을 넘어 전개한 이야기들과 이런 이야기 속에 등장하기는 하되 '실제 역사'로서 기록되어 있었던 일들을 갈라볼 것을 요청한다.

여기서 다시 한놈, 신채호는 역사전기 문학 작가로서의 면모를 남겨 보여 주는데, 이것은 그가 자유로운 공상적, 몽상적 비행을 꿈꾼 개체적 작

58) 물론 이러한 계선을 설정하고자 한 여러 연구자들의 노력을 필요 이상으로 폄하시할 필요는 없다.

59) 위의 책, 59쪽.

가에의 꿈을 간직하고 있었으면서도 끝내 현실의 문제로부터 벗어날 수 없었던 역사가, 투쟁가이자, 리얼리스트이기도 했음을 의미한다. 그러나 이 리얼리스트는 꿈의 직능을 후대의 어떤 작가들보다도 중시할 수 있었던, 왜냐하면, 바로 전대의 전통적인 몽유록적 전통을 한껏 소화한 바탕 위에서 현실의 초극에의 길을 꿈꾸고자 했기에, 그런 드높은 상상력의 소유자였다.

이 「꿈하늘」이 지극히 현대적인 자전적 소설의 문법을 따르고 있음은 이 소설의 주인공 한놈이 곧 이 소설의 저자 한놈이며, 동시에 이 한놈은 『을지문덕』을 썼다는 사실을 징검다리로 하여 실존적 작가 신채호에 연결되는 관계가 정식으로 성립되기 때문이라고 할 것이다. 이것이야말로 저 필립 르죈이 『자서전의 규약』에서 자전적 소설의 요건으로 내세웠던 요소, 관계들을 '그대로' 재현하고 있으며 동시에 토미 스즈키가 『이야기된 자기』에서 사소설을 가리켜 일종의 '읽기 모드', 즉 쓸 때 가감 없이 썼기 때문이 아니라 독자들에게 그것을 자신의 숨김없는 이야기로 읽어 줄 것을 요청하고 독자들 또한 그렇게 읽어주기로 '약속한' 소설 장르라는 의미에서의 '읽기 모드', 즉 소설 독법상의 계약의 발현에 해당한다.

일본에서 사소설은 그 '진화' 형태로서 심경소설로 나아간 것으로 평가된다. 사소설이 작가 자신이 자신의 삶, 생활의 이야기를 가감 없이 쓴다는 논리 위에 구축되었다면 생활이 극적이 되고 숨길 만한 것이 있을 때 비로소 소설이 된다는 난경을 극복하고자 하는 위치에 이 생활을 '심경', 즉 마음의 체로 쳐서 걸러낸 '심리'를 소설의 소재이자 주제로 만든 것이 바로 심경소설이었다.

신채호의 「꿈하늘」은 작가 자신의 생활보다는 심경의 논리를 구축하고자 한 소설이며, 바로 여기에 몽유록적인 작가 자신의 사회적 이상을 함께 접합하여 새로운 소설의 진경을 구축하고자 한 것이다. 물론 여기서 신채호가 일본 사소설을 접했는가, 그를 전유하려는 의식을 가졌는가 하는 문제도 제기될 수 있다. 중요한 것은 신채호의 「꿈하늘」이 일본 사소설에 비견되리만큼 순도 높은 자전적 소설 양상을 보이고 있다는 사실이다. 그러면서 명백한 차이를 또한 보인다고 할 수 있다. 신채호의 주인공 '한놈'은 일본 사소설 작가들이 정치나 사회 대신에 개인적, 개체적 자아를 선택한 것과 달리 큰 자아, '대아'로서의 '나', 사회적 관계에의 자의식을 고도로 함축한 '정치적' '나'다. 이 점에서 신채호의 순도 높은 자전적 소설은 일본 사소설과는 다른 벡터를 가진다.

이 「꿈하늘」이 필자로 하여금 비상한 관심을 갖게 하는 것은 이 소설의 어떤 주제와 깊은 관련이 있다. 도대체 「꿈하늘」은 어떤 소설인가? 하고 물을 때, 우리는 김주현이 이 소설의 주해에서 밝힌 것처럼 이 소설을 '님나라'에 대한 소망을 담은 작품으로 일단 읽어볼 수 있다. 이와 관련하여 김주현은 다음과 같이 말했다. "단재는 꿈속에서 님나라에 들어가는데, 이것은 역사에 대한 알레고리이다. 님나라는 단재의 상상 속에 새롭게 형성된 국가이다. 단재는 『삼국사기』, 『삼국유사』, 『고려사』, 『해동역사』 등의 역사서를 참조하였다. 단재는 역사 속의 실체로서 우리 옛 조선을 님나라로 규정했다. 님나라는 단군을 비롯하여 을지문덕, 강감찬 등 역사적 인물들이 존재하고, 아울러 여러 선왕과 선현, 선민들로 구성되었다."[60]

물론, 일단, 이렇게 볼 수 있을 것이다. 그러나 주제를 좀 더 예각적으로 살피기 위해 우리는 이 소설의 주인공 '한놈'이 어떤 인물인지 살펴보아야 한다. 대개 농도 짙은 자전적 소설, 또는 사소설에서 중요한 것은 작가와 주인공 인물과의 관계를 살피고 또 그러기 위해서 작중 주인공의 심리나

60) 위의 책, 142쪽.

사상, 그가 벌이는 사건들을 깊이 따져보아야 한다. 작중에서 한놈이라는 인물은 다시 이렇게 묘사된다.

> 한놈은 대개 처음 이 누리에 나려올 때에 情과 恨의 뭉텩이를 가지고 온 몸이라. 나면 갈 곳이 업스며, 들면 잘 곳이 업고, 울면 미들 만한 니가 업스며, 굴면 사랑할 만한 아오가 업시 한 놈으로 와 한 놈으로 가는 한놈이라. 사람이 고되면 근본을 생각한다더니 한놈도 그리함인지 하도 의지할 곳이 업스매 생각하는 것은 죠상의 일뿐이라."[61)]

이러한 진술에 나타나는 한놈은 지극히 고독한 존재다. 그는 "정과 한의 뭉텩이를 가지고" 이 세상에 태어난 사람으로서, 이 세상에 어느 곳에도 의지할 데가 없고, 어떤 사람과도 믿음과 사랑을 완전하게 주고받을 수 없는 성정을 타고났다.

이러한 한놈의 성격은 「디구셩미릐몽」(『매일신보』, 1909.7.15~8.10)에 등장하는 주인공 '우세자(憂世子)', 즉 세상 걱정 하는 사람의 모습과도 일맥상통한다. 「꿈하늘」의 한놈이 자나깨나 조상의 일을 생각하는 것처럼 이 소설 속의 '우세자'는 밤낮으로 혼자만 세상 걱정을 하는 듯이 세상을 걱정하는 사람이다. 이 소설 속에서 이 인물은 다음과 같이 묘사된다.

> 우셰ᄌᆞᄂᆞᆫ 단군 이후 ᄉᆞ쳔여 년 시ᄃᆡ 사ᄅᆞᆷ이라. 일즉 교화가 붉지 못하고 풍쇽이 아ᄅᆞᆷ답지 못ᄒᆞᆫ 것을 근심ᄒᆞ야 혹 쳥년을 교육ᄒᆞ며 혹 지ᄉᆞ를 권고하고 혹 완고를 경셩하기 위ᄒᆞ야 셰샹에 도라ᄃᆞᆫ닌 지 몃 ᄒᆡ

61) 위의 책, 69~70쪽.

에 한 사람도 ᄭᆡ닷 쟈 업고 도로혀 지목ᄒᆞ기를 광패ᄒᆞᆫ 쟈ㅣ라 ᄒᆞ며 죠롱ᄒᆞ기를 허황ᄒᆞᆫ 쟈ㅣ라 ᄒᆞ야 인류로 ᄃᆡ졉지 아니ᄒᆞ거늘, 우세ᄌᆞㅣ, ᄌᆞ탄ᄌᆞ가ᄒᆞ다가 창ᄌᆞ 속에 더운 피가 ᄭᅳᆯ음을 금치 못ᄒᆞ야 일일은 표연히 멀니 놀 뜻을 두ᄆᆡ 손에 잡고 일반 동포에게 권고ᄒᆞ랴던 일체 잡지와 월보를 다 집어더지고 니러서니. 그 힝장을 볼작시면 쳥려장 일개와 셔ᄉᆡ집신 일 쌍이며 조고마한 보ㅅ짐 뒤에 소라표ᄌᆞ ᄒᆞᆫ 개를 들엇더라.[62]

이 「디구셩미릐몽」의 '우세자'와 「꿈하늘」의 '한놈'은 모두 저자인 신채호 자신을 가리키는 상징적 이름을 가진 인물들이다.

한놈의 고독은 다시 「꿈하늘」에서는 "울어도 홀로 울고 우서도 홀로 우서 四十 平生에 동무 한아 업시 자라난 한놈"[63]이라는 말로 표현되어 있기도 하다. 이러한 한놈에게 있어 작중의 신비스러운 환상적 무궁화 꽃송이 속에서 만난 을지문덕은 오래 전 사람이지만 어떤 사상의 선배로서 그가 나아갈 길을 깨우쳐 주는 역할을 한다. 그는 을지문덕으로부터 싸움과 대결의 세계의 본의에 대해 가르침을 듣기도 하면서 "님(神)과 가비(魔)의 싸홈"[64]이 일어나고 있는 쪽으로 가게 되는데, 도중에 자신과 똑같은, "낫도 갓고 꼴도 갓고 목덕도 갓"[65]은 여섯 한놈을 만나 모두 일곱 한놈이 되어 함께 길을 간다. 하지만 다른 여섯 한놈은 끝내 낙오되고 오로지 원래의 한놈만 남아서 마지막 도정을 향해 가게 된다. 이 한놈이 향해 가는 님나라를 작가는 다음과 같이 묘사한다.

62) 신채호, 「디구셩미릐몽」, 위의 책, 33~34쪽.

63) 신채호, 「꿈하늘」, 위의 책, 102쪽.

64) 위의 책, 101쪽.

65) 위의 책, 102쪽.

> 님나라(天國)는 하늘 위에 잇고 地獄은 땅 밋헤 잇서 그 샹거가 千里나 萬里인 줄은 人間의 생각이라. 實際는 그러치 안하여 땅도 한 땅이오', 때도 한 때인데, 재치면 님나라며 업지면 地獄이오, 실우 쒸면 地獄이오 갈우 쒸면 地獄이오 날면 님나라며, 기면 地獄이오 잡으면 님나라며, 놋치면 地獄이니 님나라와 地獄의 샹거가 요뿐이더라.[66]

그러니까 이 '님나라'는 지옥과 먼 거리에 떨어져 있는 것이 아니라 이 지옥 같은 것이 변화 여하에 따라 '님나라'도 될 수 있다. 이는 여기서 말하는 '님나라'라는 것이 이 지상적 세계의, 어떤 형질 변환된 세계임을 시사한다.

마침내 한놈은 이야기 속에서 그리는 '님나라'에 다가서게 된다. 그러나 이 '님나라'의 하늘은 "하늘을 못 보느냐. 오날 우리 하늘은 짜보다도 문지가 더 무덧다"[67]라는 말처럼 더 이상 푸른 하늘이라고 할 수 없다. 뿐만 아니라 이 '님나라'의 하늘은 "해와 달이 네모지며 쏘 새카마니"[68] 변고라 하지 않을 수 없다. 한놈이 그 연유를 "눌은 옷 입고 붉은 씌 띈 어른"[69]에게 물으니 그는 "다만 二千萬 人間이 지은 孼로 하늘을 드럽히고 해와 달도 빗이 업게 맨들엇나니 아모리 님의 힘인들 이를 엇지하리오"[70]라며 한탄한다.

여기서 말하는 얼(孼)이란 서자를 가리키는 말이지만 근심이나 재앙, 부정한 것 등을 의미한다. 이 '얼'의 내용을 그는 남의 사상으로 "님의 하늘을

---

66) 위의 책, 125쪽.

67) 위의 책, 133쪽.

68) 위의 책, 134쪽.

69) 위의 책, 133쪽.

70) 위의 책, 135쪽.

가리워 二千萬 사람의 눈이 한쪽으로 뒤집혀 보고 하는 일 보다 딴젼이 되어 國典과 國寶가 텩텩 문어지기 시작"[71]한 것이라 한다.

이에 한놈은 "그러면 한놈부터 내 책임을 다 하리다."[72]라고 주장하는데, 이는 민족의 외부로부터 온갖 사상과 조류에 의해 더렵혀진 조선 민족의 정신의 정수를 자신만은 끝내 새롭게 밝히고 지켜내리라는 다짐이다. 자기 자신부터 책임을 다하겠다는 이 한 문장은 신채호의 삶을 생각할 때 매우 중요한 의미를 갖는다.

이 소설은 한놈으로 분한 신채호가 자신의 삶의 태도와 노선에 다다르게 된 소이를 공상적, 몽상적 플롯에 실어 밝힌 것이고, 이 한 문장은 신채호 자신의 역사연구와 저항 투쟁의 내적 근거로서의 신념을 표명한 것인 때문이다.

4. 「꿈하늘」에 나타난 '정' 담론—이광수의 '무정 · 유정'과 관련하여

이제 앞에서 한놈에게 '님나라'의 하늘에 관해 말해준 이는 한놈에게 "도령군"[73]을 가서 구경하라고 한다. 아무리 성력이 깊더라도 성력만으로는 일을 이룰 수 없는 법, 신라 때부터 이어져 내려온 도령군, 곧 화랑의 정신과 힘을 현재화 할 때만 새로운 '님나라'를 만들 힘이 생기리라는 것이다. 그러자 한놈은 그의 말대로 "도령군 놀음곳"[74]을 찾아 당도하지만 그 문 앞에는 장수가 하나 버티고 서 있다. 그가 말하기를 이 곳에 들어가려면 뭔가

71) 위의 책, 135쪽.

72) 위의 책, 136쪽.

73) 위의 책, 137쪽.

74) 위의 책, 140쪽.

바칠 것이 있어야 한다는 것이다. 이 대목은 「꿈하늘」의 주제와 관련하여 아주 중요하므로 깊이 음미해야 한다.

문 압헤 한 장수가 셔서 직히는대 한놈이

「님나라로부터 구경하려 왓스니 들어가게 하여 주소셔.」 한즉

「네가 밧칠 것 이서야 들어가리라.」 하거를

「밧칠 것이 무엇임니가? 돈임닛가, 쌀임닛가, 무삼 보배임닛가.」 한대

「그것이 무삼 말이냐? 돈이던지 쌀이라던지 보배이던지는 人間에서 貴한 것이오. 님나라에서는 賤한 것이니라.”

「그러면 무엇을 밧칠닛가?」

「다른 것 안이라 대개 情이 만코 苦痛이 김흔 사람이라야 우리의 놀음을 보고 쌔닷는 배 잇스리니 네가 人間 三十餘年에 눈물을 몃 줄이나마 흘엿느냐? 눈물 만흔 이는 情과 苦痛이 만흔 이매 이 놀음에 참여하여 上等 손이 될지오. 그 남어는 中等 손 下等 손이 될지오. 아조 젹은 이는 들어가지 못하나니라.」

「어려서 졋 달라고 울던 눈물도 눈물임닛가?」

「안이다. 그 눈물은 못 쓰나니라.」

「열한아 열두 먹던 째에 남과 싸우다가 분하여 운 눈물도 눈물임닛가?」

「안이다. 그 눈물도 갑업나니라.」

「그러면 오직 나라 사랑이며 동포사랑이며 대적에 대한 의분의 눈물만 씀닛가?」

「그러니라. 그러나 그 눈물에도 眞假를 골으느니라.」

이러케 밧고 차기로 말하다가 左右를 돌아보니 한놈의 平日 親舊 들도 어대로부터 왓는지 문 압히 그득하덜. 이에 눈물의 경구가 되는대 한놈의 생각에는 내가 가쟝 슷히 되리로다. 나는 元來 無情하야 나의 人間에 對하여 쑤린 눈물은 몃 방울인가 세히랴.[75]

그러니까 이 대목에 따르면 한놈이 도령군들의 대열에 합류하기 위해서는 그가 "정이 만코 고통이 깁흔 사람"이어야 한다는 것이며, 그러자 한놈은 생각하는데, 자신은 본디 "무정"한 사람이라서 인간 세상을 위하여 흘린 눈물이 얼마 안 된다는, 자신의 상황에 대한 어떤 자각을 이루게 된다는 것이다.

여기서 주목해야 할 것은 이 「쑴하늘」에서 우리가 이광수 문학에서 흔히 보는 '정'과 '무정'에 관한 담론이 '님나라'로 들어가기 위한 최후의 요건으로 제시되고 있다는 사실이다. 즉, 놀랍게도, 이 장면이 말해주듯이 '정'이며 '무정'이란 이광수의 전유물이 아니었던 것이며, 이광수의 『무정』(『매일신보』, 1917.1.1~6.24)보다 한 해 전에 집필된 신채호의 소설에서 '먼저', '정'과 '무정'의 담론이 '님나라'를 위한 최후의 요건으로 제시되어 있었다.

이는 무엇을 의미하는 것일까? 이 신채호의 「쑴하늘」의 재독을 통하여 필자는 하나의 유력한 가설 하나를 제시하고자 한다.

필자는 이광수의 『무정』은 안창호의 '무정·유정'의 사상을 소설로 '번역'한 것임을 피력한 바 있다.[76] 안창호는 섬메라는 필명으로 '무정한 사회와 유정한 사회'(『동광』, 1926.6)를 발표했던 바, 비록 장편소설 『무정』이 이

75) 위의 책, 140~141쪽.

76) 방민호, 「『무정』 독해의 국면들과 '무정·유정'의 사상」, 『춘원연구학보』 10, 2017. 및 「『장편소설 『흙』에 이르는 길—안창호의 이상촌 담론과 관련하여」(『춘원연구학보』 13, 2018, 참조.

글보다 여러 해 앞서 발표된 것이기는 하지만, 이광수와 안창호의 일찍부터 존재했던 사제적 관계 또는 신민회 노선을 중심으로 한 안창호의 지도자적 위상을 감안할 때 이광수의 '무정·유정'의 사상은 바로 이 안창호의 '무정·유정'의 사상에 영향을 받은 것이었을 가능성이 아주 크다는 것이 필자의 생각이었다. 필자는 이를 위해 안창호와 이광수의 관계가 맺어지고 형성된 과정을 좀 더 구체적으로 추적해 볼 필요를 느꼈던 바 이는 필자로 하여금 1907년부터 1910년에 이르는 과정에 주목하도록 했다. 바로 이 시기부터 안창호와 이광수의 관계는 시작되었다.

이에 더하여 신채호의 「쑴하늘」에 등장하는 '정'과 '무정'의 담론은 또 하나의 가설을 성립하도록 해준다. 그것은 이 '무정·유정'의 사상이 안창호와 신채호 세대의 어느 한 사람의 전유물이 아니라 그들 세대의 공통적 사상으로 존재했을 가능성을 시사한다는 것이다. 그리고 이는 안창호, 김구, 신채호, 안중근, 한용운 등 1880년 전후 출생자들의 세대의 사상에 대한 관심이 한국현대문학사의 계보학을 꾸리는 데 있어 아주 중요한 역할을 할 수 있음을 시사한다.

다시 말해 이광수 소설에 나타나는 '무정·유정'의 사상이란 많은 논자들이 서구 원발적인 '지·정·의'론의 수입으로 이해되어 온 것과는 달리 오히려 그의 윗세대, 즉 '신민회' 계열의 실천가들의 공통의 사상에 연원을 둔 변용물이었을 가능성이 아주 높다. 이는 이광수와 신민회의 지도자들, 안창호와 신채호 등의 연계성에 각별히 주목해야 할 필요성을 제기한다.

한일합병을 앞둔 신민회원들의 망명 과정을 김윤식의 『이광수와 그의 시대』는 이렇게 묘사한다. "1910년 2월 이갑, 이종호 등은 압록강을 건너 펑텐(봉천)을 거쳐 베이징으로 가고 안창호, 신채호, 김지간, 정영도 등은 4월 7일 행주에서 목선을 타고 교동도로 가는 도중 신채호, 김지간은 멀미로 개성 근처에서 상륙하였다."[77]

신채호에 관한 이야기는 여기서 좀 더 자세하게 이어진다. 필자 역시 이광수가 단재에 관해 쓴 기록들을 읽었지만, 김윤식의 『이광수와 그의 시대』를 통하여 이광수가 본 단재의 모습과 함께 선배 학자의 음성을 다시 들어보는 것도 좋다.

> 단재가 오산학교에 들른 것은 1910년 4월이었다. 『황성신문』, 『대한매일신보』의 주필, 논설위원을 역임하고, 신민회 회원인 논객 단재는 도산과 더불어 거국 길에 올랐으나, 뱃멀미로 말미암아 도산 일행에서 멀어져 오산에 머문 것이다. 단재가 오산에서 수개월간 머물며 국사와 서양사를 가르쳤다는 설도 있으나 믿기는 어렵고, 십여 일 머문 것 같다. 단재는 교장인 여준과 한방에 머물렀다. "단상에 앉은 단재는 하얀 얼굴에, 코 밑에 까만 수염이 약간 난 극히 초라한 샌님이었다. 머리를 빡빡 깍고 또 그 머리가 끝이 뾰죽하게 생겨서 풍채가 그리 좋은 편은 아니었다"라고 춘원은 적고 있다. 동정에 때가 묻은 검은 무명 두루마기를 고름도 아무렇게 매고 섶은 꾸겨진 채 입고, 때 묻은 버선에 미투리를 신고 있는 초라한 모습이었지만 오직 그 눈만은 비범하였다. 아무것도 두려워하지 않는 그런 눈이었다. 학생들이 환영회를 열고, 춘원이 환영사를 했다. 단재는 다만 의자에서 일어나 학생들을 한 번 휘둘러보고는 한마디 말도 없이 앉았다. 단재다운 태도였다. 여준은 단재보다 십오 년 연상이나 서로 의기투합, 농담도 하곤 했다. 춘원이 관찰한 오산에서의 단재의 기벽은 다음 두 가지이다. 하나는 그가 담배를 몹시 즐겼다는

77) 김윤식, 『이광수와 그의 시대』 1, 솔출판사, 1999, 322~323쪽.

> 것이다. "장죽에 기사미를 담아서 피우고는 떨고, 떨고는 또 피우고 대통이 달아서 손으로 쥐일 수가 없으면 창 구멍으로 대통만을 바깥에 내밀어서 식기를 기다리고 있었다"는 것이다. 다른 하나는 세수할 저게 고개를 숙이지 않고 빳빳이 서서 한다는 것이다. 한번은 여준이, "에익, 으응, 그게 무슨 세수하는 법이람. 고개를 좀 숙이면 방바닥과 옷을 안 질르지" 하고 혀를 차도 단재는 고치지 않았다. 이런 단재를 춘원은 기미년에 상하이에 가서 다시 만나게 된다.[78]

문제적 인물이 운명을 개척해 가는 것이 아니요, 운명이 문제적 인물을 만든다고 하는 것이 차라리 타당할 것이다. 이광수와 안창호, 신채호의 만남 같은 것도 그러한 운명의 한 연쇄 고리일 것이다.

신채호에 대한 이광수의 기억은 상해 임시정부 시절 있었던 이광수와 신채호의 논쟁을 감안하고 읽어야 한다. 1919년의 3·1혁명 이후 중국 상해에서 결성된 대한민국 임시정부의 기관지 『독립신문』을 주재하던 이광수는 『신대한』을 중심으로 무장투쟁의 독립운동 노선을 전개한 신채호와 대립을 겪었다. 신채호는 『신대한』을 통하여 이승만을 국무총리로 추대한 상해 임시정부를 비판해 나갔고 이광수가 『독립신문』 지면에서 이를 비판하면서 두 사람은 대립적인 관계에 놓이게 되었다. 이광수가 단재를 타협할 줄 모르는 인간형으로 기억하게 된 것에는 이와 같은 사건이 배경을 이루고 있다.[79]

망명 이후 신채호는 블라디보스톡으로 가 1913년 7월경까지 『권업신

78) 위의 책, 325~326쪽. 이에 관한 이광수 자신의 회상은 이광수, 「탈출 도중의 단재 인상」, 『조광』, 1936.4, 『신채호 개정 전집』 하, 468쪽.

79) 이광수, 「탈출 도중의 단재 인상」, 『조광』, 1936.4, 『신채호 개정 전집』 하, 473쪽, 참조.

문』에 관계하며 주필 역할을 포함한 여러 역할을 했으며,[80] 이후 만주 봉천성 회인현 등지에 머무르다 베이징으로 가 도서관에 왕래하며 연구 및 저술 작업을 하며 독립운동에 관계한다. 연보를 보면 대략 1915년부터 1918년까지 신채호는 베이징을 중심으로 활동하고 있으며 중국 쪽 자료들을 통하여 조선사를 주밀하게 연구하는 일에 매달린다.

1916년 3월 18일에 탈고한 「꿈하늘」[81]은 바로 이 시대의 산물이라고 할 수 있다. 이 시기의 신채호는 『중화보』나 『북경일보』 같은 중국 신문에 기고할 수는 있었으나 한국어로 된 소설을 발표할 만한 언론 매체를 가질 수 없었다. 조국을 떠나 블라디보스톡에서 만주를 거쳐 베이징에까지 와야 했던 신채호의 상황은 「꿈하늘」에 나타나는 주인공의 고독한 내면적 심리를 「디구셩미릐몽」의 '우세자'에 비해 일층 심화시킨 것으로 보인다. 또한 필자는 이러한 작가적 상황이 「꿈하늘」의 양식적 성격에 영향을 미친 것으로 생각한다.

공교롭게도 이광수는 이 신민회원들이 해외로 망명을 떠나던 시기에 메이지중학을 졸업하고 서울로 건너온다. 서울은 그 전해에 이토 히로부미를 처단한 안중근 의사의 처형으로 들끓고 있었다. 불과 다섯 달 후면 합병을 맞이할, 망국 직전의 소용돌이, 그것이었다. 그의 졸업은 1910년 3월 26일이었으므로, 그가 현해탄 건너 서울로 돌아온 것은 4월 초쯤 되었을 것이다. 그런데 나중에 쓴 이광수의 회고 가운데 그가 서울에 와 안창호를 만났다는 진술이 있다. 어느 여관에서 두 사람은 비밀리에 만났다는 것인데, 어떻게 해서 두 사람은 연결될 수 있었던 것일까?

---

80) 김주현, 「단재 신채호의 『권업신문』 활동 시기에 대한 재검토」, 『한국독립운동사연구』 51, 2015, 참조.

81) 김삼웅, 『단재 신채호 평전』 3판, 시대의창, 2019, 185쪽, 참조.

이광수와 안창호의 관계는 이광수의 사상 전개 과정과 관련하여 배제할 수 없는 문제다. 이광수가 안창호를 처음 만난 것은 신민회 운동을 앞둔 안창호가 도쿄를 경유하여 조선으로 귀국하던 1907년경이었다. 그는 이때 연설하는 안창호를 볼 수 있었는데, 연설도 연설이지만 그는 뒤이어 연설하다 쓰러진 최남선을 둘러메고 뛰는 것이 아니던가?

최남선도 최남선이지만 이광수는 이때부터 안창호에 대한 존경의 염이 생겼으며, 그 때문인지 몰라도 메이지중학 시절 어느 때에는 여름방학을 이용하여 황해도 안악의 신민회 지부 격의 안악면학회에 가 활동하기도 한 기록이 남아 있다.[82] 이러한 점들을 생각해 보면 이광수가 메이지중학을 졸업하고 정주 오산학교 선생으로 간 것은 단순한 자기 의지라기보다 서울서 안창호를 만났던 일과 관련이 없지 않았을 것으로 여겨진다. 그리고 이러한 맥락에서 이광수가 1919년 2·8 독립선언서를 쓰고 상하이로 가 안창호를 만나고 그의 흥사단 원동지부의 첫 단원으로 가입하고 임시정부에 들어가 기관지 『독립』의 편집 일을 한 것도 이광수 개인의 의지나 능력만으로는 설명할 수 없다.

연구들이 말해주듯이 태평양을 건너 새로운 사조를 일으키기 위해 조선으로 돌아온 안창호와 『대한매일신보』의 주요 논객이었던 신채호는 신민회의 가장 중요한 인물들로서, 한 사람이 조직 책임자 같은 역할을 했다면 다른 한 사람은 대변인 격의 역할을 했다고 할 수 있다. 이들 신민회 사람들과 이광수는 충분히 알려지지 않은 만남들이 시사하듯이 모종의 깊은 관계를 맺고 있음에 틀림없는데, 그러나 이에 대해서는 깊이 조명되지 못했다.

---

82) 방민호, 「김구 자서전 『백범일지』와 이광수 '윤문'의 의미」, 『춘원연구학보』 17, 2020, 118~125쪽, 참조.

재론하지만, 이 작품의 서문에서 작가는 독자들에게 "한놈은 원래 쑴만흔 놈"이라고 소개하면서, "한놈은 발서부터 쑴나라의 백셩이니 독자 여러분이여, 이 글을 쑴 꾸고 지은 줄 아시지 마시고 곳 쑴이 지은 줄로 아시압소서"[83]라고 말한다.

이 문장은 이 소설이 양식적으로 몽유록계의 연장임과 동시에 그 혁신적인 개신임을 말해준다. 몽유록은 "현실-꿈-현실이라는 몽유구조"[84]를 형식적 특징으로 삼는 전통적 서사장르다. 한 연구는 근대 계몽기의 「몽배금태조」, 「몽견제갈량」, 「쑴하늘」에 주목하면서 전통적인 몽유록으로부터 이들 작품으로의 변모 과정을 다음과 같이 설명한다.

> 물론, 「꿈하늘」의 몽유자인 한놈 역시 전대의 전형적인 몽유록과 같이 상대(역사적 인물인 강감찬이나 을지문덕 등)로부터 '깨달음을 얻는 몽유자' 형상과 유사한 측면이 없지 않다. 그러나 그것은 궁극적으로는 '스스로 깨달음을 얻는 몽유자 형상'의 창출에 부수하는 것으로 기능하고 있다는 점에서 「꿈하늘」의 몽유자는 이전의 몽유록에서는 찾아볼 수 없었던 인물 형상이다. …… (중략) …… 이렇게 보면, '깨달음'의 문제가 자기 투시의 문제로 귀일되고 있다는 점에서 꿈하늘 의 몽유자는 어떤 식으로든 근대적 주체(자아)와 교섭하는 인물 형상으로 볼 수 있겠다. 세계(대상)가 …… (중략) …… 주체(자아)의 자기 결단에 의해 이해(해결)될 수 있다는 '깨달음의 몽유자(자아)' 형상이 이전의 몽유록에서는 호명된 바가 없었다. 근대계몽기의 몽유록 「꿈하늘」이 기릴만한 작품이라면, 바로 이러한 몽유자 형상

83) 신채호, 「쑴하늘」, 김주현 편, 앞의 책, 59~60쪽.

84) 김찬기, 「근대 계몽기 몽유록의 양식적 변이상과 갱신의 두 시선」, 『국제어문』 39, 2007, 321쪽.

의 창출과 무관하지 않은 듯하다[85)]

이것은 매우 탁견으로 보이는데, 그러면서도 이러한 시각은 신채호의 소설을 전통적 소설의 변용과 혁신으로 보는 '조동일적' 시각을 공유한다.

필자는 이와 다르게 「꿈하늘」을 일종의 접합을 통한 새로운 양식적 창조의 맥락에서 새롭게 보고자 했다.

최근에 신채호를 주제로 서울대학교 석사학위 논문을 쓴 중국 유학생 이천은 「디구셩미릐몽」, 「꿈하늘」, 「용과 용의 대격전」 등 신채호의 주요 작품들을 분석하면서, 필자가 논의한 양식 접합에 의한 창조적 비약으로서의 새로운 현대소설 창조의 맥락에서, 신채호 문학을 구체적으로, 풍부하게 해부해 보였다.

이에 따르면 신채호의 「디구셩미릐몽」은 몽유록계 소설뿐 아니라 고전소설 『춘향전』의 내용 및 문체의 전통을 이은 것이자 나아가 양계초의 정치소설 『신중국미래기』를 주체적으로 수용한 것이다.[86)] 또한 「꿈하늘」은 전통적인 몽유록의 플롯뿐 아니라 박지원의 「녹앵무경서(綠鸚鵡經序)」에 나타나는 자아의 고뇌와도 깊은 관련을 맺고 있다. 나아가 연구자는 박희병 등 선행 연구자들이 지적한, 번연의 『천로역정』과의 연관성을 더욱 철저하게 밀어붙여 이 작품이 그뿐 아니라 단테의 『신곡』과도 상호텍스트적 관계를 맺고 있음을 주밀하게 논증하였다. 또한 이 연구에서 『용과 용의 대격전』은 판소리계 소설 『흥부전』 및 『별주부전』을 수용한 것이자 중국소설 『서유기』에 나타나는 카니발적인 요소, 즉 "용이라는 모티프에 대한 전복적 서사와 손

85) 위의 논문, 326쪽.

86) 이천, 「신채호 문학의 글쓰기 전략 연구—전통과 외래의 결합을 통한 현대소설 한 양식의 창조」, 서울대학교 석사학위논문, 2022.8, 65쪽.

오공이 천궁에 한바탕 난동을 부림으로써 신성한 천상 세계를 파괴하며 계급 간의 경계를 무너뜨리는 장면"[87]과도 깊은 관련성이 있다.

대개 소설은 삶의 현실의 변화를 따라 변화하게 마련이다. 16, 17세기 한문단편소설에 나타나는 가족의 이산과 재회라는 모티프, 이를 통한 전란소설의 현저한 리얼리즘화는 조선 사회가 겪은 임진왜란, 병자호란 두 전쟁의 산물이었던 것이 그 한 예다. 이에 더하여 새로운 소설의 창조는 작가의 치열한 삶의 결과물이자 그 반영물이라고도 할 수 있다. 중국 망명기의 신채호는 누구보다 치열하게 독립운동의 대의와 절개를 지켜 나갔고, 이 과정에서 처음에는 길을 같이 했던 다른 '한놈'들과 결별해야 했다. 극도의 궁핍 속에서도 자신의 삶을 지켜나가는 과정에서 역설적으로 그는 오랜 몽유록적 전통의 한계를 뛰어넘어 새로운 '사소설적', '심경소설적' 국면을 개척할 수 있었으며, 망명으로서 오히려 넓혀진 시선을 통하여 중국과 서양의 여러 문학작품들을 섭렵함으로써 혼종적 접합을 통한 새로운 양식의 창조라는 문학사의 한 장면을 연출할 수 있었다.

5. 한국 현대소설 형성사의 신채호와 이광수

이러한 생각들은 이광수와 신채호의 관계 양상에 대한 논의가 이제부터 본격적으로 시작되어야 함을 말해준다. 이 작업은 이광수를 안창호와 신채호라는 신민회 세대의 사상가들의 맥락에서 새롭게 해석할 수 있도록 해줄 것이며, 이는 다시 이광수 문학으로 '대표되는' 한국현대문학사의 형성 과정을 지난 15년을 풍미해 온 이식론, 모방론의 틀에서 벗어나 새로운

87) 위의 논문, 117쪽.

과정으로 이해할 수 있게 할 것이다.

필자는 여기서 단지 신채호의 「꿈하늘」만을 중심에 두었지만, 앞으로는 신채호 문학 전체가 그 이후의 소설사 또는 이광수 소설세계와 밀접하게 연결하여 논의되어야 한다. 이러한 관점에서 필자는 여기서는 몇 가지 논점만을 짚어보고자 한다.

첫째, 특히 현대문학 형성과정과 관련하여 신채호의 국어국자론, 소설론, 출판론 등에 대한 새로운 서지 확보와 분석, 검토가 반드시 이루어져야 한다는 점이다. 김주현은 기존의 논의에 보태어 몇 가지 논설을 신채호 저작으로 확정하였던 바, 「극계 개량론」(『대한매일신보』, 1908.7.12)과 아직도 논란의 여지가 남아 있는 「천희당 시화」(『대한매일신보』, 1909.11.9~12.4)를 포함하여, 「국한문의 경중」(『대한매일신보』, 1908.3.17~19), 「근금 국문소설 저자의 주의」(『대한매일신보』, 1908.7.8), 「문법을 통일」(『대한매일신보』, 1908.11.7), 「국문연구회 위원 제씨에게 권고함」(『대한매일신보』, 1908.11.14), 「구서 간행론」(『대한매일신보』, 1908.12.18~20), 「문법을 통일」(『기호흥학회월보』 5, 1908.12.25), 「서적계 일평」(『대한매일신보』, 1909.7.9), 「근일 소설가의 추세를 관하건대」(『대한매일신보』, 1909.12.2), 「국문의 기원」(『대한매일신보』,1909.12.29), 「조선 고래의 문자와 시가의 변천」(『동아일보』, 1924.1.1) 「낭객의 신년만필」(『동아일보』, 1925.1.2) 등은 사상가일 뿐 아니라 현대적 작가로 변신해 가는 신채호의 언어의식과 소설 양식에 대한 이해를 담고 있다.

특히 필자는 이 가운데 그의 다음과 같은 '국문 중시론'을 이광수의 한글 중심 문학론에 직결되는 것이라 판단한다.

> 夫 國文도 亦文이며 漢文도 亦文이거늘, 必曰 國文重 漢文輕이라 함은 何故요. 曰 內國文 故로 國文을 重히 여기라 함이며, 外國文 故

로 漢文을 輕히 여기라 함이니라. 此雖內國이나 高僧 了義 創造한 以後 至今 千載에 只是 閨閣 內에 存하며, 下等 社會에 行하여 不經한 諺冊과 淫蕩한 歌詞로 人의 心德을 亂하였고, 彼雖外國文이나 機拾百年來로 學士大夫가 尊誦하며 君臣上下가 一遵하여 此로 治民에 以하며 此로 行政에 以하며 此로 明倫講道에 以한 故로 此則 諺文이라 名하며 彼則 眞書라 稱하였거늘 今忽 輕重을 轉倒함은 何故오. 曰 漢文은 弊害가 多하고 國文은 弊害가 無한 故니라.[88)]

이러한 신채호의 국문 중시론은 그가 『을지문덕』(휘문관, 1908.5.30), 『이순신』(『대한매일신보』, 1908.5.2~8.18), 『최도통』(『대한매일신보』, 1909.12.5~1910.5.27) 등 국주한종체를 구사한 일련의 역사전기물의 작가에서 완연히 국문 '전용'에 가까운 「디구셩미릭몽」(『대한매일신보』, 1909.7.15~8.10)과 「꿈하늘」(1916)의 작가로 나아가는 논리적 거점이 되었다.

한일합병 이후 본격적인 문학 활동을 펼친 이광수가 『무정』을 '기점'으로 하여 맹렬하게 펼쳐나간 다음과 같은, '조선문', 즉 한글 위주의 문학론은 바로 이러한 신채호의 국문론을 계승할 것이라 해도 무방할 것이다.

어느 나라의 문학이라 함에는 그 나라의 文으로 쓰이기를 기초조건으로 삼는 것이다.

支那文學이 漢文으로 쓰이고 英文學이 英文으로 日本文學은 日本文으로 쓰이는 것은 元享利貞이다. 만일 日本文學이 獨逸語로 쓰이고 希臘文學이 梵語로 쓰이엇다 하면 이러한 膽大無學에는 驚惶失色치 아니치 못할 것이다.

---

88) 신채호, 「국한문의 경중」, 『대한매일신보』, 1908.3.17.

「朝鮮文學」은 朝鮮 「글」로 쓰이는 것만을 일음이다. 朝鮮 「글」로 쓰이지 아니한「朝鮮文學」은 마치 나지 아니한 사람 잠들기 前 꿈이란 것과 갓치 무의미한 일이다.

朴燕岩의 「熱河日記」 一然禪師의 「三國遺事」 등은 말할 것도 업시 支那文學일 것이다. 그럼으로 國民文學은 결코 그 作者의 國籍을 �어 어느 國文學에 속하는 것이 아니요 오직 그 쓰이어진 國文을 땋아 어느 國籍에 속하는 것이다.

말하자면 文學의 國籍은 屬地도 아니요 屬人(作者)도 아니요 屬文(國文)이다.

같은 타-골의 작품도 印度語로 쓰인 것은 印度文學이요 「新月, 끼탄자리」 등 英文으로 발표한 것은 말할 것도 업시 英文學이다.

또한 英國의 海洋文學者라고 일홈 높은 콘림씨는 波瀾人이어니와, 그의 英文으로 쓴 작품을 波瀾文學이라고 할 사람은 업슬 것이다.

中西伊之助의 「汝等の背後より」는 「朝鮮文學」이 될 아무런 이유도 업슬 것이며 또한 張赫宙, 姜鏞訖 등의 저서도 朝鮮文學이라 할 수 업슬 것이다. 그러면 「九雲夢」 「謝氏南征記」 등은 어느 나라 文學인가? 그 取材가 支那에서라 하야 支那文學이 아니라 그 文이 支那文이기 때문에 支那文學이다. 다만 작자가 朝鮮 사람일 따름이다. 許蘭雪軒의 詩도 支那文學이요 漢文으로 쓰인 모든 文學-崔孤雲鄭圃隱以下 申紫霞, 黃梅泉 등에 이르기까지 모다 支那文學 製作者엿섯다.

그와 반대로 朝鮮「글」로 飜譯된 「三國誌」 「水滸誌」며 「海王星」 「復活」 갓흔 것이 돌이어 「朝鮮文學」이다. 朝鮮文으로 쓰인

까닭으로-

朝鮮 사람에게 「읽히우기」 위한 文學이란, 朝鮮「글」로 씌워진 것
이여야 할 것이다. 朝鮮文學이란 무엇이뇨?

「朝鮮文으로 쓴 文學이라!」[89]

둘째, 신채호는 당대의 다른 어떤 작가들보다도 전통장르와 외래로부터의 새로운 장르들을 접합(graft)시켜 새로운 문학 양식을 적극적으로 창출해 나가고자 노력을 기울인 독특한 창조력의 소유자였다는 사실을 특별히 유념할 필요가 있다.

그가 남긴 여러 '소설' 작품들은 저마다 그가 소설 '양식'에 대한 각별한 '접합'론적 인식의 소유자였음을 말해준다. 본래 『가정잡지』에 신채호의 이름으로 밝혀져 있는 「익모초」(「김장하와 최완길」, 『천리경』, 조선서관, 1912)는 전통적인 설화 형식을 신소설 형식으로 쓴 작품이며, 「디구셩미릐몽」은 『구운몽』의 결말 부분, 성진이 육관대사를 만나 대화를 나누는 장면을 방불케 하는 '몽자류' 소설적 결말 양상을 보여준다는 점에서 고전적인 몽자류 소설, 또 그와 친연성 강한 몽유록 계열 서사의 계승자로서의 신채호의 존재를 가늠하게 해준다.[90]

이인직의 『혈의 누』(1908)가 한문단편소설의 장르문법을 국문화하면서 동시에 일본 중심으로 격변기의 동아시아사를 읽는 정치소설적 감각을 접합시킨 것이라면, 신채호의 「디구셩미릐몽」은 '우세자'라는 주인공의 존재

89) 이광수, 「조선문학의 개념」, 『삼천리』, 1936.8, 83~84쪽. 이광수의 이 '조선문' '조선문학' 논리는 보다 일찍부터 확고한 형태로 전개되어 왔음을 여러 자료를 통하여 확인할 수 있다.

90) 환몽소설, 몽유록계 소설의 개념에 관해서는 강철준, 「몽유록계소설의 심리적 고찰」, 『부산여자대학교 논문집』, 1982, 29~30쪽, 참조. 『구운몽』을 액자소설로서의 몽유록계소설, 몽자류 소설의 맥락에서 분석한 논문으로는 유병환, 「『구운몽』의 구조와 서사미학—액자의 형상」, 『고전문학연구』 50, 2016, 참조,

가 말해주듯이 '환몽'소설적인 전통적 양식에 조선을 둘러싼 우국적 세계 인식을 접합시킨 작품이었다.

특히 현실과 타협하거나 굴종하지 않으려 했던 신채호의 소설 쓰기는 「디구셩미릐몽」과 「쑴하늘」에서 볼 수 있듯이 몽유록 또는 몽자류 소설의 소설의 현실 비평적 기능을 현재화, 극대화 하고자 한 의식을 엿볼 수 있게 한다.[91] 몽유록 계열 소설에서 "꿈은 현실의 작자와 역사적 인물과의 만남을 가능케 한 공간"[92]이라면 「쑴하늘」은 명실상부한 몽유록 계열 소설의 계승자이자, 앞에서 필자가 논의했듯이 1910년대 이래 일본에서 풍미한 사소설에 가까운 내면성을 스스로 키워내서 적극적으로 결합시킨 작품이었다.

또 한 편의 유고작 「용과 용의 대격전」 또한 그 내용이나 플롯을 살펴보면 전설이나 설화 양식, 또는 우의적인 요소를 현재화 하여 민중혁명의 새로운 시대에 관한 예언적 소설로 변환시킨 것이다. 필자는 이광수 문학에 나타나는 여러 '접합'의 양상을 이러한 신채호의 '접합술'에 연결 지어 읽을 때 비로소 한국현대문학의 '창조적' 전통을 새롭게 인식할 수 있으리라 판단한다.

마지막으로, 신채호의 역사 연구와 그로부터 획득한 역사관이 이광수의 세계인식이나 역사소설을 비롯한 창작적 산물에 광범위한 영향력을 행사했다는 사실에 주목해야 한다.

앞에서도 언급했듯이 신채호는 단순한 역사전기물의 작가는 아니었으며 이 양식의 비평적 기능을 의식하면서도 현대소설을 향해 그 자신의 방법

91) 몽유록계 소설의 현실비판적 기능에 대해서는 김정녀, 「몽유록의 비평적 기능과 그 저변의 확대」, 『한민족문화연구』 60, 2017, 참조.

92) 위의 논문, 176쪽.

으로 비약을 행한 작가였다. 그러나 이광수에 있어 신채호는 무엇보다 '이순신 서사'를 먼저 완성한 작가로서 강렬하게 의식된 흔적을 남기고 있으며, 『조선상고사』를 비롯한 여러 저작에 나타난 신채호의 상고사 인식은 이광수의 『사랑의 동명왕』과 『마의태자』, 『이차돈의 사』, 『원효대사』 같은 '신라 삼부작'의 밑바탕으로 작용하고 있음이 확인된다.

이순신 서사의 재창작 과정과 관련하여 김주현은 신채호의 『이순신』이 이광수의 신체시 「우리 영웅」(『소년』, 1910.3)을 거쳐 『이순신』(『동아일보』, 1931.6.26~1932.4.3)으로 나아가는 과정을 분석해 보인 바 있다.[93] 이광수의 또 다른 장편소설 『사랑의 동명왕』(한성도서, 1950)과 관련하여 필자는 이 소설에 나타난 고구려 및 한사군의 지리적 위치 인식, 그리고 단군조선의 이상화 등은 신채호의 『조선상고사』의 지리학적 시각과 밀접한 연관을 맺고 있는 것임을 구체적으로 논증해 보이고자 했다.[94]

필자는 신채호의 상고사 연구와 이두 등에 관련된 국어학적 주장들을 전적으로 신뢰할 수만은 없다는 사학계와 국어학계의 주장들을 불신할 만한 분명한 근거를 갖고 있지는 않다. 반대로 이러한 판명 여부와는 관계없이 신채호의 견해와 전망을 일종의 해방적 심상지리학의 일종으로 간주할 수 있으며, 이와 같은 관점에서 신채호의 여러 견해들이 이광수의 소설에 큰 영향력을 행사하고 있었다고 확신할 수 있다.

필자의 시각에 의하면 이와 같은 두 작가의 관계 설정은 한국현대소설사의 형성과 전개 과정에서 신채호에 대한 보다 적극적인 의미 부여를 필연적인 결과로 예정한다. 그리고 이는 다시 이광수를 그의 세대의 일원으로

93) 김주현, 「이광수와 신채호의 만남, 그리고 영향」, 『한국현대문학연구』 48, 2016, 155~162쪽, 참조.

94) 방민호, 「해방 후의 이광수와 장편소설 『사랑의 동명왕』」, 『춘원연구학보』 8, 2015, 참조.

환원하고 신채호를 그의 선배 세대의 일원으로 환원함으로써 두 격절된 세대의 지속성, 연결성을 확인하는 작업으로 나아가게 할 것이다.

한국 현대문학사는 한일합병을 전후로 해서 두 세대의 지식 집단이 연속성과 단속성을 공히 보여주며 교체되는 양상을 극적으로 드러내 보인다. 앞에서 필자는 1880년 전후에 출생하여 구한말의 위기에 청장년기에 이른 세대의 선각자들, 실천가들의 이름을 나열했거니와, 이광수는 평지돌출한 대작가가 아니라 그 윗세대로부터 사상적 영양분을 섭취한 존재였다. 또 나아가 그의 세대의 맥락 속에서 보아도 그는 이병기, 유영모, 이학수(이시열), 이기영 등 각기 지향점을 달리 하며 역사적, 사상적, 문학적 과제를 감당해 나가려 했던 인물들의 스펙트럼 선상에 자신의 위치를 할당받아야 한다. 이광수에만 시야를 고정시키면 윗세대의 풍요로움과 그의 세대의 역동성도 포착되지 않는다는 점에서 이광수 연구는 이제 그를 그물망의 한 점으로 존재케 하는 씨줄, 날줄의 연쇄 속에서 새롭게 인식될 필요가 있다.

한일합병이라는 역사적 사태에 의해 단절된 두 세대의 연속성과 기억의 공유를 회복하는 일, 그리고 이광수를 그의 세대의 어느 적절한 위치에 재배치 하는 작업은 한국현대소설사의 형성, 전개 과정을 새롭게, 그리고 구체적으로 살피는 작업의 중요한 고리가 될 것이다.

『무정』 독해의 국면들과 '무정·유정'의 사상

1. 일제 강점기의 『무정』 읽기—김동인과 임화의 경우

이광수 비평은 일제시대에도 허다하게 이루어졌지만, 그 선편을 쥔 사람은 응당 김동인이다. 그의 춘원 연구는 예술가 비평의 역작 가운데 하나로서 여기서 그는 『무정』과 『개척자』를 한데 묶어 이광수 문학의 체질을 살폈다. 그의 이광수론, 『무정』론은 이후의 『무정』 독해의 방향, 방법을 규정한 바 크기 때문에 깊이 음미될 필요가 있다.

김동인에 따르면 이광수는 이 소설을 도쿄 조선 유학생 감독부 기숙사에서 썼다.[95] "그는 소설을 언제든 설교 기관으로 삼았다"[96]며 "과도기의 조선의 모양"[97]을 그려 보이려 했다고 한다. "형식은 과도기의 조선 청년의 성격을 대표하는 자"[98]로 규정된다. 선형은 과도기의 신여성, 영채는 "구사

95) 김동인, 『춘원연구』 신구문화사, 1956, 28쪽.

96) 위의 책, 29쪽.

97) 위의 책, 같은 쪽.

98) 위의 책, 같은 쪽.

상의 전형"[99]이라 한다. 이 두 여성을 그리는 작가의 도식을 김동인은 다음과 같이 정리한다. "형식의 가슴에서는 두 개의 여성이 난무를 한다. 하나는 돈과 신식과 신학문을 가진 선형이라는 여성이다. 또 하나는 순정과 눈물과 열과 자기희생의 크나큰 사랑을 가진 영채라는 여성이다. 자기가 자유로 취할 수 있는 두 개의 여성에서 형식은 어느 편을 취하였나?"[100]

김동인의 『무정』 분석은 그답게 명석하고 날카롭지만 동시에 예단적인데다 심각한 오독이 있다. 그는 이광수가 신도덕을 말하고자 했지만 구도덕에 사로잡힌 나머지 "냉정한 붓끝으로 조상하여야 할 구도덕의 표본 인물"[101] 영채를 독자들로 하여금 열렬히 동정하게 하는, 의도치 못한 결과를 낳고 말았다고 한다. 그에 따르면 이광수는 과도기의 구도덕 청산과 신도덕 앙양을 목표로 삼았지만 그 자신의 낡은 감성으로 말미암아 이를 적극적으로 드러내는 데는 실패했다. 김동인은 이러한 부조화 또는 낡은 가치의 뿌리 깊은 잔재를 이광수 문학 전체의 본질적 문제로 높이기를 주저치 않는다.

> 『무정』이후의 춘원의 소설이 흔히 범한 오류가 역시 이것이다. 그의 생장과 교양과 전통이 그에게 준 바, 그의 이상이 낳은 바의 이론이 미처 조화되지 못하고, 그 조화되지 못한 것을 소설에서 억지로 부회시키려 하고 하여서 가여운 희극과 강제가 나타나고 한다.[102]

이광수가 이처럼 자신의 경험적 생리와 이론적 이상의 부조화, 상충을 겪

99) 위의 책, 30쪽.
100) 위의 책, 30쪽.
101) 위의 책, 31쪽.
102) 위의 책, 39쪽.

었고, 이것이 이광수 소설, 특히 『무정』에 나타났다고 본 김동인의 확신은 깊다. “성격의 통일과 감정의 순화에 서투른 작자는 형식이 공상에 빠질 때마다 혼선을 거듭한다.”[103] 그런데 이것은 작가 이광수를 작중 인물화시키는, 작가로부터 작중인물을 해석하는 독해로서, 본질상 사소설 작가라 할 수 없는 이광수의 소설을 사소설적으로 읽는 것이고, 작가가 사소설의 주인공처럼 작중 인물화 된 것으로 본 것이다. 이러한 독해 방식은 훗날에까지 길게 이어져 형식을 곧 이광수의 분신으로 보는 독법의 전통을 낳게 된다. 하지만 이광수의 경험과 사유는 『무정』에서 형식뿐만 아니라 특히 화자에 분여되어 있다. 화자와 주인공을 포함한 모든 인물에 적절한 역할을 주려는 ‘연출적’ 작가 대신에 사소설적 주인공으로서의 작가를 보려는 시각은 이광수 연구를 자주 과도한 작가론적 해석으로 돌아가게 한다.

『무정』에 관한 작가 연구는 응당 필수적이지만 이것이 작가의 경험세계나 체질 분석에 그치고 작가의 사상이나 작중에 작가가 착색하고자 한 주제를 면밀히 분석하지 않는다면 그 비평은 방향을 잘못 잡기 쉽다.

김동인의 『무정』 비평에서 주목해 보아야 할 것은 삼랑진 수해 장면을 귀하게 본 반면 마지막 126회 분량의 에필로그를 “사족”에 지나지 않는 것으로 취급한 것이다. 그는 『무정』의 무계획성, 답보식 전개 등을 지적한 끝에 삼랑진 수해 장면은 작가적 종합을 이끌어낸 훌륭한 발상으로 손꼽는다.

> 여기서 삼낭진 水害만난 사람들에게 대한 民族愛로서 4人의 감정을 융화시킨 점은 용하다. 이런 巨大한 사건이 突發하지 안헛드면 네사람은 제각기 제 품은 감정대로 헤지고 말앗슬 것이다.
>
> 이 民族愛라는 것이 또한 이 作者의 항용 쓰는 武器이나 대개가

103) 위의 책, 44쪽.

억지로 意識的으로 插入하여 作品의 內容과는 어울리지 안는 그괴한 느낌을 주는 것인데 이 場面에서 뿐은 이런 問題가 아니면 도저히 서로 한 좌석에 모혀서 한 마음으로 談笑를 못할 것으로서 春園의 全作品을 통하여 唯一의 「적절한 插入」이엇다.[104]

이로써, 『무정』에서 가장 중요한 곳, 가장 훌륭한 곳을 삼랑진 에피스드의 설정으로 간주하는 전통은 유구한 전통을 쌓는 길에 접어들며 이로부터 이탈된 독해를 시도하기는 어렵게 된다. 그런데 이러한 방식의 독해는 『무정』을 '계몽주의' 소설로만, 또 '현대화'만을 주장한 소설로 낙인찍는 효과를 발휘한다. 형식을 '과도기'의 인물로, 신사상을 추구하나 구사회의 탯줄을 잘라버리지 못한 인물로 간주한 위에 이렇게 유학, 교육, 실행을 주장한 대목에 상찬을 집중함으로써 무정은 일방향적, 일면적 해석의 길로 접어들어 고정화 된다.

한편 임화를 이 시대의 이광수 비평에서 제외할 수는 없다. 『개설 신문학사』로 통칭되는 그의 문학사 연구가 지닌 위상에 비추어 보거나, 프롤레타리아 문학을 역사적으로 새로운 단계의 문학으로 간주하면서 이광수를 부르주아적 타자로 대상화 하고자 했던 KAPF 문사로서의 초상에 비추어 볼 때, 그의 무정 비평은 이광수 연구사의 또 다른 축을 형성한다.

김동인이 말한 '과도기'라는 용어는 일종의 만병통치약(파르마콘) 같은 것이어서 이광수 『무정』의 1910년대 후반 경에도, 임화가 지적하는 "정치소설과 번역문학", "창가", "신소설"의 시대에도 적용될 수 있었고[105] 심지어는 채만식의 처녀작 「과도기」(1923)에서도 아무런 성찰 없이 사용된다. 이런 용

104) 김동인, 『춘원연구 4』, 『삼천리』, 1935.1, 211~212쪽.

105) 임화, 『개설 신문학사』, 『조선일보』, 1939.12.8.

어법 측면에서 보면 임화는 문학사를 유물변증법적 견지에서 명철하게 파지하고자 한 의미 있는 문학사가였다.

1939년부터 1941년에 걸쳐 단속적으로 집필된 『개설 조선 신문학사』은 KAPF 해산이라는 급박한 정세 속에서 쓴 「조선 신문학사론 서설」의 단순한 연장이라 할 수 없다. 『개설 신문학사』는 그의 마산행, 결혼과 휴식과 집중적 독서, 사해공론 편집장 생활 같은 기간을 거쳐 나타난 것으로, 이를 위해 그는 「조선문학 연구의 일과제—신문학사의 방법론」(『동아일보』, 1940.1.13~1.20)을 통해 대상, 토대, 환경, 전통, 양식, 정신 등 여섯 가지 지표적 범주에 의한 문학사 서술의 엄밀한 방법론 정립을 시도했다.

그는 여기서 "정신은 비평에 있어서와 같이 문학사의 최후의 목적이고 도달점"[106]이라 하거니와 그의 문학사 방법은 "조선의 근대문학"[107]이라는 대상을 그 "사회경제적 기초"[108]로부터 그 정신사적 위상의 구명에 이르기까지 주밀하게 밝힐 것을 목적으로 삼는다.

이러한 방법론적 계발은 임화의 문학사가로서의 전개과정 내내 지속적으로 심화되어 갔으며, 그의 이광수론 또는 『무정』론은 그 연장선상에서 그 문학에 부조된 현대정신의 '수준' 혹은 단계를 측정하는 쪽에 집중된다. 그것은 KAPF가 발원한 신경향파 문학의 문학사적 위상을 밝히려는 문제의식의 소산이다.

> 춘원으로부터 자연주의 문학에, 자연주의로부터 낭만주의 문학에로 그 근소한 일맥을 보전해 내려온 현실의 역사적 유동에 한 성

---

106) 임화, 「조선문학 연구의 일과제—신문학사의 방법론」, 『동아일보』, 1940.1.20.

107) 위의 글, 1940.1.13.

108) 위의 글, 1940.1.14.

실성과 진보적 정신은 한 개 비약적 계기를 통과한 것이다.

그러므로 춘원으로부터 낭만파에 이르기까지 각 시대의 제 경향이 전대의 단순한 대립표로서 일면적으로 이것을 계승하였다면 신경향파 문학은 그 모든 것의 전면적 종합적 계승표이었었다.

이것은 신경향파 문학이 의존하는 바 사회적 계급의 역사적 지위의 전체성, 종합적 통일성에 유래하는 것이나, 문학적 발전에 있어 그것은 심히 명확한 형태로 표시되어 있다.

……(중략)……

신경향파 문학은 국초, 춘원에서 출발하여 자연주의에서 대체의 개화를 본 사실적 정신과, 동일하게 국초, 춘원으로부터 발생하여 자연주의의 부정적 반항을 통과한 뒤 낭만파에 와서 고민하고 새로운 천공으로의 역의 비상을 열망하던 진보적 정신의 종합적 통일자로 계승된 것을 무한의 발전의 대해로 인도할 역사적 운명을 가지고 탄생된 자이다.[109]

임화에게 신경향파 문학의 역사적 위치는 자본주의에서 사회주의(공산주의)로 진화해 간다는 역사발전론의 조선문학사적 설명문이다. 그는 여러 면에서 탁월한 문학적 준재임에 틀림없지만 아쉽게도 그가 도달, 귀의한 마르크시즘의 몇 가지 속류적 '준칙'에서 자유롭지 못했다. 원시 공산제에서 계급사회의 제단계를 통과하여 다시 고도 공산주의에 도달한다는 '마르크스적' 생산양식 교체론은 그에 내재된 마르크스 정치경제학의 방법론적 의미, 독특함, 한계 같은 것이 고찰되지 못한 채 수용되었고, 이 맥락

109) 임화, 「조선 신문학사론 서설」 19, 『조선중앙일보』, 1935.11.5, 임규찬 편, 『임화 신문학사』, 한길사, 1993, 353~354쪽.

에서 이른바 아시아적 생산양식(asiatische Produktionsweise)론이나 '아시아적 정체성'론 같은 가설적 이론은 그 모호함과 대상범위의 광활함에도 불구하고 비판적 검토 없이 받아들여졌다.

이와 같은 '상투적' 수용 대상이 된 마르크시즘 구성 요소 가운데 하나가 바로 당파성론이다. 이것은 루카치의 역사와 계급이론에 와서 집대성되지만 마르크스가 이른바 『자본론』에서 물신성론을 주창한 때부터 문제는 시작되었다고 할 수 있다. 인식 또는 의식에 부르주아적인 것과 프롤레타리아적인 것이 있는가, 프롤레타리아적 입장에 설 때만 자본주의 운동의 메커니즘을 투시해 볼 수 있는가? 이와 같은 역사발전 단계론 및 '당파성' 논리는 임화에게서도 쉽게 간취된다. 임화는 이광수를 부르주아 문학으로, 그 계급성(당파성)을 담지한 문학으로 간주하면서도, 이인직의 『은세계』나 『혈의 누』가 그 자신의 시대에 대해 가졌던 것보다 훨씬 저급한 진보성만을 가진 문학이라고 주장한다.

> 춘원의 문학은 위선 그 자신이 소위 '발아기를 독점'하는 존재일 뿐 아니라 이해조, 이인직으로부터의 진화의 결과이고 동시에 동인, 상섭, 빙허 등의 자연주의문학에의 일 매개적 계기였다는 변증법(진실로 초보적인!)의 견지에서 이해되어야 하며, 다음에는 그의 사회적 역사적 의의를 구체적 현실과의 의존 관계의 법칙에 의하여 평가하여야 할 것이다.
>
> 이러한 견지에서 본 『무정』 등의 문학적 가치란 동인, 상섭 등에 비하여 떨어지는 것이고, 또 그의 선행자 이해조, 이인직의 수준보다는 높은 것일 수 있으며? 또 사실에 있어 그러한 것이다.
>
> 허나 이곳에 춘원이 관계한 전후의 문학적 세대와의 차이에 있어

약간의 특수한 고려를 필요로 한다.

그것은 『무정』 등이 이인직 등에 비하여 갖는 문학적 우월성이란 이인직의 작품이 그의 선행 시대에 있던 구투의 신구소설류에 대하여 가지고 있는 진보적 의의에 비하여 그리 높지 못한 것이다.

……(중략)……

더욱이 나는 춘원의 작품이 내용하고 있는 세계관의 요소라는 것의 본질이란 그 작품이 쓰여진 시대의 이상에 비하여 뒤떨어질 뿐만 아니라, 이 뒤떨어졌다는 것의 성질이 민족 부르조아지가 그 역사적 진보성을 포기한 기미 이후, 이 계급이 가졌던 환상적 자유와 대단한 근사점을 가지고 있다는 구체적 이유에 의하여 이 시대의 춘원의 작품의 진보성을 그리 높게 평가하는데 항의하는 자이다.[110)]

임화는 『무정』이 조선이 당면한 사회 진화적 단계와 그 시대적, 정신사적 과제에 비추어 뒤떨어진 사회 개혁 메시지만을 전달하고 있으며 따라서 그 진보적 의의가 심히 소극적인 것으로 간주했고, 이는 마르크시즘적 역사 발전 단계론의 필연성에 입각한 지극히 연역적인 논리를 보인 것이었다.

2. 『춘원 이광수』, 『이광수 평전』, 『이광수와 그의 시대』—작가론의 독법

1962년 2월에 박계주와 곽학송 두 사람이 펴낸 평전 『춘원 이광수』가 삼중당에서 출간된다. 이 경위를 박계주는 다음과 같이 소개한다.

110) 임화, 「조선 신문학사론 서설」, 6~7 및 10, 『조선중앙일보』, 1935.10.15~16 및 1935.10.22, 임규찬 편 『임화 신문학사』, 한길사, 1993, 329쪽 및 336쪽.

> 삼중당 사장 서재수 선생과 동사 전무 이월준 씨가 만나자 하여 상면하였더니, 서 사장으로부터 육당 최남선, 춘원 이광수 등 제씨의 전기를 출판하려 하니 춘원 편을 맡아달라고 요청해 왔다. …… (중략) …… 그런데 마침 문우인 소설가 곽학송 형이 춘원 선생과는 동향일 뿐더러 춘원 선생의 일이라면 전적으로 나서서 돕겠다고 쾌락하여 곽형의 희생적인 협조와, 활동에 의해 이 춘원전기는 완성되게 되었던 것이다.[111]

두 사람은 "실로 춘원의 수난은 민족 수난의 축도"[112]였고, "춘원의 문학적 업적은 영원 불멸이요, 위대하다"[113]는 관점에서 그의 생애와 문학을 전체적으로, 상세히 조명, 고찰해 나간다. 그들은 "소설, 시가, 수필, 평론, 기행문 등, 그 어떤 형식을 취하였든간에 춘원만큼 '자기의 뜻'을 표현한 사람은 전무후무하리라고 본다."[114]고 판단했다.

『무정』을 논의하는 장에서 두 사람은 백철과 조연현의 『무정』 비평을 비교적 소상히 소개한다. 백철의 『무정』 평가와 관련하여 두 사람이 특기한 것은, 그가 이 작품을 "계몽기의 신문학을 여기서 종합해 놓은 하나의 기념탑", "초창기의 신문학을 결산해 놓은 시대적인 거작", "이 시대의 모든 민족적, 사회적, 도덕적 문제가 제시되어 이 시대의 사조를 일장 대변한 작품" 등으로 고평한 것이며, 이 가운데서도 특히 "작자가 평양 대성학교를 중심하여 학교장의 연설 장면을 그린 것"에 주목한 것이다.[115] 백철은 여기

111) 박계주·곽학송, 『춘원 이광수』, 삼중당, 1963, 547~548쪽.

112) 위의 책, 34쪽.

113) 위의 책, 32쪽.

114) 위의 책, 34~35쪽.

115) 위의 책, 212쪽, 인용 및 참조.

서 "대성학교는 안도산이 설립한 학교라는 데 유의하기 바란다."[116]고 써놓았는데, 이는 무정과 안창호 사상의 관련성을 논의하기 위한 힌트 역할을 하는 것으로 보인다.

두 사람이 제시하는 조연현의 『무정』 평가는 이 작품을 전대의 신소설과 대비하여 적극적인 의의를 가진 것으로 보았다. 그는 『무정』에 대해, "신소설은 표면상으로는 개화의 현실을 보여주고 있었으나 그 속에 진실로 반영된 것은 봉건적인 시대였음에 반하여, 『무정』은 한국의 근대생활을 명실공히 그 속에 반영시켰다"[117]고 할 수 있으며, 나아가, "이것은 이를 테면 한국 최초의 조직적인 자아의 각성이며, 체계적인 개성의 자각이며, 그리고 그에 대한 희열"[118]이라고도 고평하기를 주저하지 않았다.

그가 지목하는 『무정』의 "자유연애"가 과연 이광수에 와서 처음 설정된 것인지는 미지수다. 가령, 조선 17세기의 한문단편소설 「최척전」에 등장하는 옥영과 최척의 사랑은 자유연애의 이상이 표출된 것 아니겠는가? 『무정』이 하나의 '대중소설'로서 제시한 자유연애란 시대의 유행이기는 하였으되 전대에 제시된 것에 비추어 개벽적이라 할 수는 없다. 그러나 이 연애를 매개 삼아 지적한 『무정』의, 자아와 개성 옹호는 확실히 주목해 볼 만한 것이라 할 것이다.

백철과 조연현의 평가를 비교적 공정한 것으로 평가하면서 그들은 『무정』의 집필 배경도 밝혀 놓음으로써 향후의 연구를 위한 정보 제공 역할도 하고 있다.

116) 위의 책, 212쪽.

117) 위의 책, 214쪽.

118) 위의 책, 같은 쪽.

> 이 『무정』이나 「오도답파기」는 당시 『경성일보』 사장으로 있었던 언론인이요, 학자요, 사학가였던 일본인 도꾸도미(德富蘇峰)의 청탁에 의해 집필된 것이다.[119)]

두 사람의 전기적 논의는 『무정』을 둘러싼 작가의 사정을 비교적 구체적으로 파악하게 해주거니와, 이와 관련 또 하나의 유용한 자료는 삼중당판 『이광수 전집』의 별책부록 『이광수 앨범』 가운데 들어 있는 「이광수 평전」의 전후 설명이다. 박계주, 곽학송의 전기 서술에 이어, 이 평전은 이광수 자신의 기록과 기타 선행 자료들을 참고하면서 이광수 소설의 전개과정을 작가론적 조명 쪽으로 한 걸음 더 옮겨 놓는다. 선행 기록들에 주석적 설명을 붙이는 방식으로 조합된 이 서술은 이광수 생애와 문학의 관련성을 더 깊이 드러낸다.

> 춘원은 이때 明溪館이란 곳에 하숙하고 있었는데 당시 서울 『매일신보』 편집국장(후에 『경성일보』 사장)이던 일인 德富蘇峰의 청으로 「동경잡신」을 집필, 그해 9월 27일부터 11월 9일까지 연재하였다. 그리고 계속하여 德富로부터 매신 신년호부터 장편연재 청탁을 받고 십이월부터 이 나라 신문학사상 최초의 장편소설인 『무정』을 집필하기 시작했다.[120)]

한편, 김윤식의 저술 『이광수와 그의 시대』는 이와 같은 전기적 집적을 배경으로 삼고 에토 준(江藤淳)의 『나쓰메 소세키와 그의 시대』 같은 선행

119) 위의 책, 218쪽.

120) 위의 책, 101~102쪽.

저작의 존재를 의식하면서 이광수 연구를 본격적 행정 위에 올려놓으려 한 시도다. 여기서 저자는 『무정』을 "춘원의 '자서전'"[121]이라 규정한다. 물론 작가와 작중 주인공을 완전 분신으로 이해하는 소박주의는 아니지만 그럼에도 이 저작 전체를 지탱하는 힘은 이광수 장편소설로부터 작가의 생애, 의식, 심리의 등가성을 찾는 상동성(homologie) 이론이다.

여기서는 이 논리를 깊이 다루지 못하지만, 그에 따르면 이광수라는 작가적 존재는 자신이 속한 '계급의 사상, 감정, 열망을 총체적으로 표현한다.' '여기서 개별 작가란 자신이 속한 계급의 세계관을 작품에 표현하는 예외적 개인(individu exceptionnel)'이다.[122] 이를 김윤식의 언어로 옮겨 보면 다음과 같다.

> (가)
>
> 『무정』 시대를 그린 허구적 소설이지만 동시에 빈틈없고 정직한, 고아로 자라 교사에까지 이른 춘원의 '자서전이다. 그 자서전은 그대로 당시 지식 청년들의 자서전으로 연결되는 것이기도 하였다.[123]

> (나)
>
> 골드만에 의하면 문학작품의 주체는 개인도 기호론도 기계론적 이데올로기도 아니고, '집단'이라는 것이다. ······ (중략) ······ 이 예외적 개인만이 그 사회 집단의 세계관을 최대한 발휘하며, 그들은 지적 측면에서는 과학자, 행동의 측면에서는 사회적 혁명가, 문학(감각)에

121) 김윤식, 『이광수와 그의 시대』 1, 솔출판사, 1999, 566쪽.

122) 한국문학평론가협회 편, 『문학비평용어사전』, 국학자료원, 2006, 참조.

123) 김윤식, 앞의 책, 566쪽.

서는 작가들이다. 따라서 훌륭한 문학작품은 특정집단의 이데올로기의 표현이며, 그 집단의식은 예외적 개인의 의식 속에서 '감각적 명징성의 최대치'에 도달된다. 이 세계관(이데올로기)과 작품 사이에는 의미 있는 구조, 즉 동족성 이론이 성립된다.[124]

(다)

춘원이 전개한 문자행위 중의 하나가 『무정』이라는 이른바 문학생산의 총체성 개념에 의지한다면 무엇보다도 『무정』 속의 세계관의 구조를 보다 명백히 하거나, 적어도 중요한 과제로 문제 삼을 수 있게 된다. ……(중략)…… 유학생으로서, 신문관 멤버로서, 또 총독부 기관지의 유력한 기고자의 하나로서 춘원이 소속된 여러 작은 공동체들은 그 나름의 집단적 이데올로기를 드러내고 있을 것이다. 그 이데올로기란 논설의 차원에서는 논리적 명징성으로, 『무정』 같은 작품에서는 감각적 명징성으로 드러나고 있을 것이다. ……(중략)…… 달리 말하면, 그가 특출한 예외적 개인이기에 그를 포함한 계층의 의식의 최대치를 드러내었을 것이다.[125]

김윤식은 이와 같은 방법론적 전제 위에서, 『무정』에 대한 총체적, 입체적 분석을 시도한다. 모두 다섯 개 층위에 걸쳐 표층적 분석에서 심층적 분석으로 밀고 내려가는 그의 분석에서, 그는 모두 다섯 차원의 의미 구조를 발견한다. 그것은, 첫째 상승계층의 생명적 진취성을 담고 있는, 논설문 차원의 구조층, 둘째 교사와 학생의 관계 구조, 즉 "사제 관계의 정결성"을

124) 위의 책, 570쪽.

125) 위의 책, 570~571쪽.

중심으로 한 형식-선형, 형식-하숙집 노파, 월화-영채, 병욱-영채, 형식-다른 모든 인물들의 관계 구조, 셋째 '누이 콤플렉스'라 명명된 순진성 혹은 정결성의, 충만한 구조. 이를 김윤식은, "이 '누이'라는 이미지와 순결성은 동일한 것이며 또한 생명의식과도 같이 정신을 앙양케 하고 감정을 고조케 하는 것으로 표현된다."[126]라고 했다. 넷째, 영채의 수난 이야기를 중심으로 발산되는 한의 구조층도 분석되어야 할 무정의 심층적 주제다.

김윤식은 나아가 『무정』에 나타나는 형식의 형상을 이광수의 실제 삶에서 근거를 찾을 수 있는 것으로 보아, 『무정』은 "꾸며낸 이야기이기보다는 작가 자신의 이십육년 간의 생애를 그대로 투영하였다"[127]고 보았으며, 무정의 문체, 작중에 나타나는 철도의 의미, 그 서지적 고찰, 그 문학사적 검토 등과 같은 문제들이 남아 있는 것으로 보았다.

오랫동안 김윤식의 연구는 이광수 연구의 표본처럼 간주되었으나 이 저작이 쓰인지 오래되고, 김용직이나 김윤식으로 대표되는 해방 후 한국현대문학연구 제2기의 학자들의 성세가 '기울어가는' 지금 그의 논의는 이광수를 시대의 예외적 대표자로 설정하는 상동 이론과 작가론적 설명력을 결합한 절충적 독해로서, 그 본격성만큼이나 '고전적'인 과거로 이해되는 면이 없지 않다. 『무정』에 나타나는 수많은 담론적 구조물은 아직 충분히 조명되지 못한 채 연구방법, 접근법이 다른 연구자를 기다려야 한다.

126) 위의 책, 585쪽.

127) 위의 책, 601쪽.

3. 『무정』 연구의 전문화 및 서양의 지적 원천 탐구

동국대학교 부설 한국문학연구소는 1984년에 『이광수 연구』 상하권을 펴냈다. 여기에는 그때까지 바쳐진 많은 연구자들의 심혈을 기울인 평론 및 연구 논문들이 다량 게재되어 있었던 바, 그 범위는 김붕구부터 박영희, 김문집 등을 포괄하는 적극적인 연구논문 앤솔로지였다. 여기서 이와 같은 노력들을 다 담지 못함은 전적으로 필자의 안식의 부족함과 게으름 때문이다.

한편으로 윤홍로 저술의 『이광수 문학과 삶』(한국연구원, 1992)은 이광수의 사상사적 면모를 종합적으로 살피고, 『무정』의 전통성과 현대성에 관한 담론적 논의를 종합함으로써 당시까지의 이광수 논의의 현황을 간명하게 이해할 수 있도록 해준다.

특히 그는 안도산 사상과의 교류 관계를 점진주의, 무실역행 사상 등과의 관계 속에서 조명하고, 도산 사상과 진화론의 관련성을 중심으로 「민족개조론」(1922)을 언급함으로써 뒤에 오는 많은 진화론 관계 연구의 도래를 시사하고 있다.

> 도산은 인간이 다른 동물과 다른 점은 '개조하는 존재'이기 때문이라고 보았다. 도산은 '나는 사람을 가리켜서 개조하는 동물이라 하오, 이에서 우리가 금수와 다른 점이 있소, 만일 누구든지 개조의 사업을 할 수 없다면 그는 사람이 아니거나 사람이라도 죽은 사람일 것이오'라고 설파하면서 인간과 다른 동물과 다른 점을 바로 종차를 개조하는 힘의 유무라고 보았다. 이때의 개조란 인격개조, 즉 도덕적인 개념이기 때문에 인간과 동물의 차이를 인격 개조에 있음

으로 구분하였던 것이다. …… (중략) ……

춘원의 「민족개조론」(『개벽』, 1922)은 도산이 창안해 낸 어휘인 '민족개조' 정신을 골격으로 해서 쓴 논문이다. 「민족개조론」의 사상적 배경은 진화론과 기독교적 종교사상에 근거하고 있다. 춘원은 "한 민족의 역사는 그 민족의 변천의 기록"이라 하고 고도의 "문명을 가진 민족의 목적의 변천은 의식적 개조의 과정"이라고 천명하였다.[128]

윤홍로의 『무정』 관련 분석은 김우창, 신동욱, 김윤식, 구인환에 이어 한승옥에 이르기까지의 『무정』 해석을 정돈해 보여주는 것으로도 이어진다.

그러나 앞서 주장한 논자(김윤식, 송하춘 등)들이 『무정』을 남성중심의 사회소설로 다룬 데 대하여 한승옥은 무정을 애정소설류로 다룰 것을 제안하였다. 한승옥은 『무정』과 『채봉감별곡』을 플롯과 주제 면에서 대비한 후에 많은 유사점을 찾는 결론으로 『무정』은 고대소설에서도 가장 뛰어난 자유연애를 실천하는 소설인 『채봉감별곡』 계열이라고 분류하였다. 나아가서는 춘원 작품 전체를 조선시대 애정소설 장르 계열로 볼 것을 제안하기도 하였다.[129]

『무정』을 서양 노블 양식의 일방적 수용으로 볼 것인가 전대소설 양식의 변용과정으로 볼 것인가에 대해서는 조동일, 한승옥에 이어 최근에는 고전문학 연구자 정병설의 논의가 있어, 그는 『채봉감별곡』보다는 『숙향

128) 윤홍로, 『이광수 문학과 삶』, 한국연구원, 1992, 49~50쪽.

129) 위의 책, 78쪽.

전』과의 연계성을 일층 강조해서 주장한 바 있다.[130] 이러한 견해는 한편으로 이입 또는 이식을 부정하는 내재적 발전 논리를 소설사에 대입한 것으로도 이해될 수 있으나 다른 한편으로는 그것이 신소설에서 이광수를 거쳐 채만식 등에 이르는 한국현대소설 '양식'의 일개 중요 특징임은 부인할 수 없다.

한국의 소설'들'을 하나의 본질적 유형, 즉 염상섭 같은 작가에게서 볼 수 있는 '순서구식' 리얼리즘에서만 찾을 수는 없을 것이다. 필자는 하나의 무정론에서 "접붙이기(graftation) 모델"을 제안하면서, 이광수 문학평론과 소설은 단순한 접목이 아니라 양식적, 사상적 측면에서의 풍요로운 종합을 꾀한 것이었음을 주장하고, 무엇보다 『무정』은 서양에서 발원한 노블 양식과 한자문화권인 동아시아 공통의 유산인 소설의 양식적 결합 양상을 뚜렷하게 보여주는 것으로 조동일이 논의했던 전통적 소설 변용의 측면을 적극적으로 평가하고자 했다.

한편, 이재선은 「문학의 가치」(1910), 「문학이란 하오?」(1916), 「문학에 뜻을 두는 이에게」(1922) 등의 논리적 저작에 나타난 이광수 문학론들을 그 지적 원천의 차원에서 상세하게 검토했다. 『이광수 문학의 지적 편력』(서강대학교 출판부, 2010)은 당시 십여 년에 걸친 이광수 연구 성과를 뛰어넘는 것으로 이광수 문학의 지적 배경을 구체적으로 드러내는 성과를 보였다. 이는 이광수의 초기 문학론과 관련해서는 이른바 'literature의 역어로서의 문학'론을 집대성한 것으로도 평가될 수 있다. 그는 "지금 일본이나 조선이나 중국에서 문학이라 하는 것은 서양어 literature의 번역"이라는 이광수의 생각에 유의하여 다음과 같이 말한다.

130) 정병설, 「『무정』의 근대성과 정욕」, 『한국문화』 54, 2011, 참조.

그래서 문학이라는 명칭을 설명하는 20세기 초 일본의 대부분의 문학개론서들—오타 요시오, 『문학개론』(1906); 시마무라 호게츠, 『문학개론』(1908); 혼마 히사오, 『문학개론』(1920)—에서 문학의 정의를 다루는 장에서는 역어 개념으로서의 'literature'가 매우 흔하게 일반화된 현상으로 등장한다. 이는 문화횡단적 관점에서 서구의 문화적 우위성에 일치시키려는 적응 반응 현상과 무관하지 않다. 이광수의 경우, 문학을 영어 '리터래처'의 역어 개념으로 파악한 것은 이러한 문화적 환경에서 영향을 받음으로써 이루어진 것이다. 이중적 오리엔탈리즘의 현상이다.[131]

이재선은 이러한 역어로서의 문학론의 의미를 일종의 서구중심주의 현상으로 포착하면서 이광수가 그러한 동아시아 문화론의 맥락에 서 있음을 강조한다.

약간의 시차는 있지만, 동아시아(한·중·일)에서 거의 동시대에 근대문학을 위한 문학론이 출현하였다. 나쓰메 소세키는 매우 독자적이고 본격적인 『문학론』(1907)을, 시마무라 호게츠는 『문학개론』(1927)을, 그리고 중국의 루쉰은 『마라시 역설』(1927)을 썼다. 그리고 이광수는 「문학이란 하오?」(1906)를 썼다. 이들은 모두 서구 중심주의적 성격을 지니고 있는 것이 사실이지만, 근대문학의 형성과 전개를 위한 기여와 가치의 의의를 지니고 있는 문학론이요, 평론이다.[132]

---

131) 이재선, 『이광수 문학의 지적 편력』, 서강대학교 출판부, 2010, 42~43쪽.

132) 위의 책, 71쪽.

나아가 이재선은 이광수의 문학 논의에 나타난 '정(情)'론으로서의 측면에 유의하는데, 이 대목에 들어서면 '지·정·의' 삼분법에 입각한 이광수 문학론의 지적 원천을 멀리 독일의 심리학에까지 소급하는 '발본적' 탐색이 나타난다.

> 이광수의 문학론 가운데서 문학의 요건으로서 정이 가장 강조된 글은 문학의 가치에 이어서 문학을 새롭게 정의하고자 한 「문학이란 하오?」이다. 여기서 "문학은 인의 정을 만족케 하는 서적"이라고 규정한다. 이 글은 19세기 경험적 심리학과 합리적 심리학을 구분, 독일의 능력심리학의 창시자인 볼프와 테텐스의 감정, 오성, 의지 등 인식능력, 욕구능력의 3분류법을 계승하여 칸트가 비로소 3분화한 '지·정·의' 삼분설을 전제로 하고, 과학·문학의 관계를 지·정으로 대비하는 관점을 견지한다. 여기에 목표로서의 '진·선·미'와 연계하여 문학은 바로 정을 충족시킴으로써 미를 추구하는 것으로 규정하려고 한다.[133]

이광수의 '정'으로서의 문학론을 멀리 독일 테텐스의 심리학 이론에까지 소급시키는 이재선의 논의는 이광수가 『무정』을 쓰고자 할 때의 문학 담론적 상황을 넓게 살핀 것이라 할 수 있다. 다만 이와 같은 일본 및 서구 중심적 논리의 추적은 이광수 문학론과 실제 창작으로서의 『무정』의 거리를 충분히 측정할 수 없게 하는 면도 없지 않다.

『무정』은 서양 문학론을 '번역'한 것으로 간주되는 문학론을 '그대로' 창작에 옮긴 것일 수 없고 이론과 창작 사이의 불가피한 낙차를 피할 수

133) 위의 책, 49쪽.

없으며, 특히 무엇보다 그가 몸담고 있던 조선문학의 전통, 관습, 문법 등과 서구적인 문학론의 습합, 충돌, 괴리, 공존 등을 수반하지 않을 수 없다. 이광수 문학론을 서구문학론의 번역의 입장에서 파악하는 이재선의 논의는 이광수 『무정』의 지적 원천을 어느 한쪽에서만 보고 있다는 반론을 낳을 수 있다. 동시에, 역으로, 어떤 문학의 지적 원천을 어느 쪽으로든 멀리 근원으로까지 소급하는 태도는 오히려 그럼으로써 이론과 창작 사이에서 펼쳐지는 드라마를 생생하게 포착하도록 할 수도 있다.

4. 안창호와 이광수의 관련성—유정 · 무정 사상과 관련하여

근년에 들어 필자는 이광수 『무정』에 나타나는 '무정·유정'의 대비법을 도산 안창호와 이광수 사이의 사상적 교호의 맥락에서 설명하는데 관심을 표명해 왔다.

안창호는 이광수 문학을 이해함에 있어 매우 중요한 인물이다. 안창호는 훌륭한 인품과 고매한 사상으로 청년 이광수에게 깊은 감화를 주었고, 그를 흥사단 원동본부에 입단시켰으며, 그가 상해에서 돌아온 후에도 수양동맹회를 매개로 지속적인 연락관계를 유지했으며, 끝내는 수양동우회 사건으로 함께 피검된 끝에 옥고를 치르다 세상을 떠나게 된다.

한 연구는 이러한 안창호와 이광수의 관계를 세 개의 시기로 나누어 고찰했다. 첫째는 두 사람이 상해에서 만나 임시정부 안에서 동지적인 결합을 이루었던 시기, 둘째는 이광수가 안창호의 만류에도 불구하고 조선으로 돌아가 수양동맹회를 창설하여 활동하면서 관계를 맺어나간 시기, 셋째는 수양동우회 사건으로 두 사람 모두 피검된 뒤에 서로의 운명이 엇갈려 한 사람은 죽음에 이르고 다른 한 사람은 대일협력에 경도되었다 해방을 맞이하게 된 시기 등이 그것이다.[134]

그러나 두 사람의 관계를 더욱 깊이 있게 조명하기 위해서는 네 번째의 시기 설정이 필요한 것으로 생각된다. 해방이후 이광수가 『도산 안창호 평전』을 내고 소설 『선도자』를 출간하는 등 안창호를 매개로 재기를 위해 몸부림치던 해방 이후 6·25전쟁 중 죽음에 이르기까지의 시기를 하나 더 설정해야 두 사람의 관계는 최종적으로 탐구될 수 있다.

이광수와 안창호라는 주제는 여러 각도에서 탐구해 볼만하다. 무엇보다 두 사람의 관계는 한일합병 후, 그중에서도 특히 3·1운동 이후 상해를 중심으로 한 독립운동사의 맥락에서 검토되어야 한다. 3·1운동이 일어나자 안창호는 조국과 인접한 곳에서 독립운동을 벌여나갈 생각으로 상해로 와 임시정부를 조각하고 기관지 『독립』을 발간하는 등 적극적인 활동을 벌이게 되며 여기에 이광수의 상해행이 겹쳐지게 된다.

이 문제를 둘러싸고 우선 이광수가 어떤 연유로 2·8 독립 선언서를 작성하고 상해로 나아가게 되었는가를 탐구할 필요가 있다. 이광수는 모두 알고 있듯이 『매일신보』에 1917년 1월 1일부터 6월 14일에 걸쳐 『무정』을 연재하였고, 뿐만 아니라 『매일신보』는 이 소설의 연재를 여러 차례에 걸쳐 예고하기도 하였다.[135]

이와 같은 양상은 당시 『매일신보』 내의 조선인 편집자들의 존재를 감안하더라도, 조선총독부 내의 실력자의 원조 없이는 도저히 상상할 수 없는 특전이랄 수밖에 없다.[136]

---

134) 박만규, 「도산 안창호와 춘원 이광수의 관계」, 『역사학 연구』 57, 2015, 참조.

135) 김영민, 『한국근대소설의 형성과정』, 소명, 2005, 참조.

136) 강동진, 『일제의 한국침략 정책사』, 한길사, 1980, 참조.

이와 관련하여, 이광수가 1916년부터 『매일신보』에 「동경잡신」을 기고하고 10월에 『매일신보』 및 『경성일보』 사장 아베 미쓰이에를 만난 사실을 특기할 필요가 있다. 아베 미쓰이에는 3·1운동 이후 조선 총독으로 부임하게 되는 사이토 마코토의 정책 조언자로서도 조선 지식인들 사이에서 인기가 높았던 인물이다.[137] 이광수라는 작가의 탄생은, 그러므로 보기에 따라 일제의 정책적 배려 또는 의도의 산물이라고도 볼 수 있다. 실제로 『무정』 탄생의 이러한 배경은 작품 내부의 마지막 부분에 해당하는 126회 「에필로그」에도 잘 나타나 있다.

이 대목에서 형식과 선형은 미국으로, 영채와 병욱은 일본으로 가 신학문을 배우면서 유정한 미래를 기약하는 낙관적인 결말을 보이는데, 이는 작중 스토리 전개의 심각성을 훼손하면서 식민지적 현실로부터 계몽적 메시지로 눈을 돌리는 작용을 하고 있다고 평가할 수 있다. 그럼으로써 『무정』은 작중 형식의, 차중 갈등에 나타나는 칸트적 자기 계몽의 요소에도 불구하고 속류적 계몽주의로 봉합되며, 도스토옙스키적인 다성성 또한 이인직의 『혈의 누』가 노정한 독백적 메시지로 최종화(finalization)되기에 이른다. 이러한 소설적 균열은 이 소설이 매일신보라는 조선총독부 기관지에 연재소설 형태로, 검열의 압력 아래 발표된 것이라는 '출생의 고뇌'를 생각하지 않을 수 없게 하는 것이다.

이렇게 해서 부상한 청년 작가 이광수가 어째서 2·8 독립선언을 기초하며 상해로 넘어가 안창호를 만나 기관지 『독립』의 사장겸 편집 책임자가 될 수 있었는가? 이미 알려진 바에 따르면, 1919년 1월 6일 동경 YMCA에서 촉발된 유학생 독립운동은 최팔용, 송계백 등의 실행위원들에 의해 비

137) 심원섭, 「아베 미츠이에의 조선기행문, 「호남유역」, 「무불개성잡화」」, 『한국문학논총』, 2009, 참조.

밀리에 추진되었으며 독립 선언서의 작성과 영문 번역은 이광수에게 위임되었다. 이는 『무정』의 작가이자 와세다대학 특대생으로서의 이광수의 위상이 고려된 결과일 것이지만, 이보다 먼저 그가 1918년 10월경 허영숙과 함께 상해로 갔다 11월의 제1차 세계대전 종결과 윌슨의 민족자결주의를 접하고 귀국, 다시 일본으로 건너가 유학생을 중심으로 결성된 조선청년독립단에 가입하는 등 시국 변화에 민감하게 반응, 고무된 것에서 기인한 것으로 판단된다.

이광수의 상해행 및 안창호와의 동지적 결합은 이와 같이 조선총독부에서 의해 양육된 청년 작가의 자기 변신을 위한 몸부림의 소산이었으며, 제도권 지식인이자 대중적 작가로서의 '유망한' 미래를 '포기하고' 망명 독립운동이라는 백척간두에 서고자 하는 결단적 선택이었다.

상해에서 이광수는 흥사단에 가입하고 『독립』 및 『독립신문』의 사장 겸 편집책임자로 일하면서 해외 독립운동의 양상과 실상을 소상히 인식할 수 있게 된다. 하지만 이는 이광수의 작가적 성향을 끝내 억눌러 두지 못한다. 그는 독립운동 상황에 대한 일종의 좌절과 작가적 삶을 향한 내적 욕구를 품고 결국 귀국한다. 그럼에도 그는 동시에 민족적 지사로서 살아가고자 하는 양립하기 어려운 의지를 품고 있었으며, 이것이 그의 문학의 특징과 운명을 좌우하게 된다.

이 귀국과 정착은 이광수를 논리 부재, 알리바이 부재 상황에 빠뜨리지만, 그는 「민족개조론」과 수양동맹회 창설로 벌충해 나가는 가운데 김동인 형 김동원이 주도한 동우구락부와 합쳐 수양동우회를 결성하고 기관지 『동광』을 발행하게 된다. 그러한 이광수는 평소 오로지 이순신과 안창호를 숭배하노라고까지 하는데,[138] 이광수에 대한 안창호의 영향력은 다음

138) 이광수, 「이순신과 안도산」, 『삼천리』, 1931.7, 참조.

과 같은 문장에 잘 나타난다.

「우리 민족에게는 사랑이 부족하오. 부자간의 사랑 부부간의 사랑 동지간의 사랑 자기가 보는 일에 대한 사랑 자기가 위한 단체에 대한 사랑 모르는 사람에게 대한 사랑…… 우리 민족에게는 사랑이 부족하오. 사랑이 부족한지라 증오가 잇고 猜忌가 잇고 爭鬪가 잇소-우리가 단결 못되는 원인의 하나도 여긔 잇소」

이것은 선생께서 새로온 동지들에게 늘 하시던 말슴입니다.

「그러닛가 우리는 사랑하기 공부를 합시다. 務實하기 공부, 역행하기 공부를 하는 양으로 사랑하기 공부를 합시다」

이러케 수업시 말슴하섯습니다. 「사랑하기 공부!」 아마 이것은 선생께서 처음 내신 문자라고 생각합니다.[139]

이러한 글에서 안창호는 사랑을 가르친 스승으로 인식된다. 수양동우회 기관지 『동광』 창간호(1926.1)에는 '섬메'라는 필명으로 쓴 안창호의 「무정한 사회와 유정한 사회—情誼敦修의 의의와 요소」라는 글이 발표된다. 이 글은 이광수 『무정』과 관련하여 깊이 음미해 볼만 하다.

인류 중 불행하고 불상한 자 중에 가장 불행하고 불상한 자는 無情한 사회에 사는 사람이요 다행하고 복잇는 자 중에 가장 다행하고 복잇는 자는 有情한 사회에 사는 사람이외다. 사회에 情誼가 잇스면 和氣가 잇고 和氣가 잇스면 흥미가 잇고 흥미가 잇스면 활동과 용기가 잇슴니다.

139) 이광수, 「도산 안창호 선생에게」, 『개벽』, 1925.8, 31~32쪽.

有情한 사회는 태양과 雨露를 밧는 것갓고 화원에 잇는 것 가태서 거긔는 고통이 업슬뿐더러 만사가 振興합니다. 흥미가 잇스므로 용기가 나고 발전이 잇스며 안락의 자료가 니러납니다. 이에 반하여 無情한 사회는 큰 가시밧과 가타여 사방에 괴로움뿐이므로 사람은 사회를 미워하게 됩니다. 또 譬하면 음랭한 바람과 가타서 공포와 우수만 잇고 흥미가 업스매 그 결과는 수축될 뿐이요 壓世와 無勇과 불활발이 잇슬 따름이며 사회는 사람의 원수가 되니 이는 사람에게 직접 고통을 줄 뿐 아니라 딸아서 모든 일이 안됩니다.

우리 조선사회는 無情한 사회외다. 다른 나라에도 無情한 사회가 만켓지마는 우리 조선사회는 가장 불상한 사회외다. 그 사회의 無情이 나라를 망케하엿습니다. 여러 백년 동안을 조선사회에 사는 사람은 죽지 못하여 살아 왓습니다. 우리는 有情한 사회의 맛을 모르고 살아 왓스므로 사회의 무정함을 견대는 힘이 잇거니와 다른 有情한 사회에 살던 사람이 一朝에 우리 사회가튼 무정한 사회에 들어오면 그는 죽고 말리라고 생각합니다. 민족의 사활 문제를 아페 두고도 냉정한 우리 민족이외다. 우리하는 운동에도 동지간에 情誼가 잇섯던들 노력이 더욱 만핫겟습니다. 情誼가 잇서야 단결도 되고 민족도 흥하는 법이외다.

情誼는 본래 天賦한 것이언마는 孔教를 숭상하는대서 우리민족이 남을 공경할 줄은 알앗스나 남 사랑하는 것은 이저 버렷습니다. 또 婚, 喪, 제사에도 허례에 기울어지고 진정으로 하는 일이 별로 업섯습니다.[140]

140) 섬메, 「무정한 사회와 유정한 사회—情誼敦修의 의의와 요소」, 『동광』, 1926.1, 29~30쪽.

여기에 나타나는 『무정』은 곧 정의가 없음이며, 조선 민족은 바로 그 정의 없는 "냉정"한 민족으로서, 그러한 '무정' 상태에서 벗어나 '유정' 사회로 나아가기 위한 각고의 노력을 기울여야 한다. 섬메 안창호는 이 무정 및 유정의 논리를 "정의돈수"라는 성어로써 집약한다.

> 情誼는 친애와 동정의 결합이외다. 친애라 함은 어머니가 아들을 보고 귀여워서 정으로써 사랑함이요 동정이라 함은 어머니가 아들의 당하는 苦와 樂을 자기가 당하는 것 가티 녀김이외다. 그리고 敦修라 함은 잇는 情誼를 더 커지게 더 만하지게 더 두터워지게 한다 함이외다. 그러면 다시 말하면 친애하고 동정하는 것을 공부하고 연습하여 이것이 잘 되어지도록 노력하자 함이외다.[141]

필자는 앞에서 『무정』에 드리워진, 서양 '지·정·의'론의 맥락에 대한 연구들을 검토했으나, 지금 인용한 글은, 이광수 『무정』의 사상이 '사랑 없음', 냉정함, 어머니가 아들을 사랑하는, 즉 피에타, 성모마리아가 예수의 죽음을 슬퍼하듯 한, 타자에 대한 지극한 사랑과 슬픔 없는 세계로서의 조선을 겨냥한 것이며, 그 원천은 안창호의 것으로 소급될 수 있음을 시사한다.

이광수가 안창호를 처음 만난 것은 제1차 유학시절인 1907년, 안창호가 신민회를 조직하기 위해 국내로 향하던 도중 도쿄 유학생들 앞에서 연설을 하던 시기로 돌아간다. 안창호는 본질상 독립운동가, 사회개혁가로서 저술인이라기보다 연설가였던 안창호는 자신의 '무정·유정' 사상을 1926년의 문장이 있기 아주 오래전부터 연설, 강연 및 일상적 감화 등을 통하여 일찍부터 가다듬어 왔을 가능성이 크며, 이는 이광수 『무정』에 있어

141) 위의 글, 29쪽.

서의 '정'의 의미 수준을 시마무라 호게츠, 칸트의 '지·정·의'론 이전에 안창호의 '무정·유정'론으로 소급시켜 볼 수 있게 한다. 그리고 이는 『무정』 독해에 있어 가외로 치부되어 온 126회의 의미 기능을 활성화할 것을 요청하는 것이다.

안창호의 「무정한 사회와 유정한 사회—정의돈수의 의의와 요소」가 '무정'한 현재와 '유정'한 미래의 대비라는 시간적 구조로 짜여 있듯이 이광수 『무정』은 첫 회부터 125회까지의 '무정' 세계와 126회가 열어 보여주는 '유정' 세계의 전망으로 구성된 것이다.

이와 관련하여 눈길을 끄는 논의 하나는 송현호의 한 논문이다. 이 논문은 이형식과 영채의 이야기 126회 분에서 보듯이 미국과 일본 유학으로 막을 내리는 것에 주목하여 '이주' 담론으로서의 의미를 밝히고자 한다.

> 미국 이주의 과정에서 형식은 막연하게 생각했던 삶의 가치와 목적을 구체화하고 있다. 아울러 교육자가 가질 이상을 확실하게 깨닫고 해외 이주의 분명한 목표를 세 사람의 여성들에게 설정해 주고 있다. 그의 미국에 대한 동경은 조선의 변혁과 조선인의 계몽에 필요한 선진화된 교육의 자양분을 공급받을 수 있는 공간으로 구체화된다. ……(중략)……
>
> 조선의 밝은 미래는 일본과의 불평등한 관계에서 벗어나 민주적이고 평등한 관계를 설정할 수 있는 교육과 계몽에 의해 가능하다고 본 것이다. 그렇다면 춘원은 자신이 실현하지 못한 미국 이주를 이형식을 설정하여 시공간을 초월하여 실현하고 있는 것으로 볼 수 있다.[142)]

142) 송현호, 「『무정』의 이주담론에 대한 인문학적 연구, 『현대소설연구』, 2017, 113~114쪽.

송현호는 형식의 미국 이주담에는 일본을 건너뛰어 이상적인 사회로 나아가는 길을 밝히고자했던 이광수의 뜻이 담겨 있다고 보았다. 그렇다면 그것이 왜 미국의 시카고대학이어야 하는 문제가 남는다. 이를 위하여 그는 이광수와 안창호, 안창호와 언더우드의 관계에 유의하여 이래 관계에 유의하여 다음과 같은 분석을 꾀하고 있다.

> 그렇다면 도산이 1915년경에 언드우드의 교육사업을 돕기 위해 언드우드가 편지를 보낸 곳을 순회하면서 북장로회 관계자들을 만나 기금운동을 하면서 재미동포들을 만나고 그들에게 민족의식을 심어주었을 가능성이 있다. 그때 도산이 들렀던 시카고대학이 춘원에게 영감을 준 것은 아닐까? 뉴욕이라면 자유의 여신상이 있는 곳이어서 제1차 동경유학시절 신한자유종과 연계하여 생각할 수 있을 것이나, 시카고대학은 1890년 록펠러의 지원으로 개교하여 프래그머티즘의 근거지로서 사회학, 교육학, 자연과학 분야에서 급속한 발전을 이룩한 대학이다. 그렇다면 미국 교육학의 요람으로 생각하고 형식을 시카고대학에 이주시킨 것은 아닐까? 도산의 실력양성론은 춘원의 교육을 통한 민족계몽운동에 영향을 준 것은 사실이어서 추론이 가능하다.[143)]

미국 시카고 대학이라는 구체적이주 공간 설정에까지 안창호와 이광수의 유대관계가 작용하였던 것으로 본 논의는 매우 흥미롭다. 형식의 유학을 '이주'로 볼수 있느냐는 흥미로운 논점이 될 수 있을 것이다.

일전에 필자는 이광수의 메이지학원 선배가 되는 작가 시마자키 도손의

143) 위의 논문, 115~116쪽.

『파계』(1906)를 일독해야 했던 바, 여기서 백정 출신 교사 우시마쓰는 자신의 신분을 밝힌 후 재계 유력자의 원조를 받아 미국 텍사스로 이주를 계획한다. 이 소설은 주인공이 교사인 점, 학교에서 불화에 휩쓸리는 점, 깊은 내면성의 소유자인 점 등에서 『무정』과 많은 유사성을 보인다. 이 작가에게서 나타나는 텍사스 이주와 『무정』 속 형식의 미국행은 사뭇 다른 것으로서 비교 검토를 요하는 문제다.

『무정』 '이주' 담론과 안창호의 관련성은 그 새로운 독해의 필요성을 다시 한 번 일깨우면서 『무정』 텍스트의 다층성과 입체성, 그 넓은 용적을 새삼스럽게 환기시킨다.

백 년 전의 오늘 이광수는 일본 도쿄의 하숙집에서 매삯 십원의 고료를 받으며 병중의 몸으로 『무정』을 집필해 가고 있었다. 이 가난한 고학생의 뇌리에는, 그러나 '무정'사회를 '유정'사회로 개조코자 하는 안창호 '정의돈수'의 사상이 움터 자라 줄기와 가지를 뻗치고 있었다. 이 나무의 내부를 다시 한 번 들여다보는 작업은 한 시대를 고통을 인내하며 헤쳐나간 '예외적 개인'의 내면적 우주를 탐사함으로써 오늘과 내일을 위한 지혜를 구하는 일이 될 것이라 생각한다.

『무정』의 논리 구조와 한국문학의 현대 이행

1. 현대문학 이행 문제와 이광수 초기 문학의 이해 방법

한국에서 문학, 특히 소설의 현대 이행이 어떤 형태로 이루어졌는가를 고찰하는 문제가 한국현대문학 연구의 중요한 주제로 다시 부각되고 있다. 이 문제는 표면에 드러나 있지 않을 때조차 한 번도 의식되지 않은 적이 없다고 해야 할 만큼 중요한 사안이다.

한국에서의 현대문학 연구는 한국문학 정체성을 수립하는 문제와 깊은 연관을 맺어왔다. 과연 한국현대문학은 얼마나 한 독자적 가치가 있느냐, 한국문학의 고유성과 보편성은 어떻게 설명할 수 있느냐 하는 것이 현대문학 연구의 중요 과제였다.

근년에 들어 이러한 정체성주의가 해체 양상을 보이고 있다. 후발 현대국가의 정체성을 묻는 것이 억압의 한 형태임이 드러나고 있다. 그럼에도 이 문제는 가히 무의식의 저층에 가로 놓여 있는 것처럼 큰 힘을 발휘한다. 어떤 연구는 한국현대문학의 '외삽성'을 주장함으로써 그런 문제와 절연한 것 같은 표정을 짓는다. 그러나 이 표정이야말로 자기 자신만은 정체성주의에서 멀리 떨어져 있는 듯 포즈를 취하고 싶어 하는 '콤플렉스'의 소산일 수 있다.

한국문학의 현대 이행이라는 문제를 사고함에 있어 많은 연구자들은 이식론의 입장을 취한다. 문학사가 임화에게서 연원하는 것으로 알려진 이 입장은, 신소설은 일본 정치소설의 결여 형태이고, 역사전기'소설' 역시 일본의 정치소설을 중국을 경유해 가져온 것이며, 이광수 소설은 말할 것도 없이 서양의 노블이 일본을 거쳐 한국에 정착된 양식이라는 식으로 논의를 전개한다.

이러한 이식론의 모델을 어떻게 이해해야 할까. 그것은 마치 사막 같은 불모지에 고무나 사탕수수 같은 농작물을 옮겨 심는 플랜테이션 농업을 연상시킨다. 이식, 곧 문학상의 트랜스플랜테이션(transplantation)이란, 현대문학을 그것이 자라난 서구나 일본이 아닌 한국에 가져다 현실화하는 것이라고 생각한다. 과연 이 이식 개념은 한국에서의 문학사 이행 문제를 얼마나 효과적으로 이해할 수 있게 해주는 것일까?

이러한 이식론 모델과는 성격이 조금 다른 모델을 구상해 볼 수 있다. 예를 들면, 감나무 가지를 고욤나무에 접붙여서 탐스러운 감을 수확하게 되는 접붙이기 모델 같은 것은 어떤가? 감나무 씨를 받아서 그대로 심으면 그 나무는 자라나 감을 만들지 않고 고욤을 만든다. 이 고욤나무가 3내지 5년쯤 되었을 때 감나무 가지를 떼다 붙이면 본래의 감나무가 된다. 이러한 접붙이기는 한 문화 또는 문학의 내적 형질을 무시하지 않고 외래적인 그것이 그것과 접합되는 양상을 드러낼 수 있는 이점이 있을 것으로 믿어진다.

비유가 정확하다고만 할 수는 없을지 모른다. 그러나 접붙여서 얻는 감나무처럼, 한국문학이 현대문학으로 이행해 온 과정은 '본래'의 것에 이질적인 것을 접붙여 새로운 것을 만들어 나간 것이라고 생각해 볼 수 있지 않을까.

이 모델은 외부에서 접붙여지는 것뿐만 아니라 본래 가지고 있던 것의 형질도 중요시할 수 있다고 생각한다. 또 바로 이 때문에, 이 접붙이기(graftation) 모델은 기존의 이식론과 내재적 발전론의 해묵은 이항대립을 해소시킬 수 있는 방안이 될 수 있을 것이다. 하지만 이것은 아직 하나의 가설 차원에 머물러 있다.

이와 같은 가설을 검증하는 일은 연구의 시야를 다시 한 번 현대문학 초창기 쪽으로 열어놓을 것을 요청한다.

이 시대는 역사전기 문학의 시대, 신소설의 시대, 번안문학의 시대, 그리고 1910년대 이광수 소설의 시대다. 또 그것은 김동인과 염상섭의 새로운 소설들이 만들어지던 시대이고, 나혜석, 김명순, 김일엽으로 이루어지는 제1세대 여성 작가들이 새로운 문학을 창출해 나가던 시대다.

요컨대, 우리는 1900년 전후부터 1920년 전후까지 약 20 내지 30년 동안에 나타난 문학사 현상을 문학사 이행 모델의 검증 차원에서 구체적으로 살펴볼 수 있어야 한다. 한국소설의 현대 이행이라는 문제는 추상도가 아주 높은 '형이상학적' 문제다. 이 문제를 다루기 위해서는 그 시대의 구체적인 문학 현상들을 새로운 눈으로 보아야 한다.

여기서 다루고자 하는 이광수는 한국현대문학사상 가장 문제적인 작가였다. 그는 한국현대소설의 형성, 전개 과정에서 가장 큰 활동력을 보여준 작가였고, 가장 문제적인 작품들을 남긴 작가였으며, 그 문학적 공과를 둘러싸고 지금까지 가장 큰 논란을 빚고 있는 작가였다. 뿐만 아니라 그는 단순한 창작자, 작가가 아니라 그 스스로 한국현대문학의 이론을 전개했던 비평가이자 문학 이론가이기도 했다.

지난 여러 해 동안 한국현대문학 연구 쪽에서는 이광수의 종합적인 면모에 대한 관심이 지속적으로 심화되어 왔다. 그 결과 이광수는 지금 한국현대문학만 아니라 한국현대 문화 전체를 현대적으로 기획한 사람으로 이해된다. 그는 문화 전반에 걸쳐 한국의 전체상을 새롭게 디자인한 사람으로 재조명된다. 그는 확실히 문학의 지평을 넘어서 존재하는 사람이었다. 소설가였을 뿐 아니라 언론인이었고 사상가이기도 했다. 문학은 그러한 종합적 면모를 이루는 중추적인 일부이지만 그것이 그의 전체를 설명해주지는 못한다.

그럼에도 그는 여전히 다른 어떤 것보다 한국현대문학을 건설한 사람이라는 점에서 주목되고 평가되어야 한다. 그는 자신의 문학생활 초창기부터 지속적으로 한국문학과 세계문학의 관계를 논리적으로 정립하려 했으며, 전근대와 근대의 문학을 준별하는 독자적인 시각을 제공하려 애썼다. 이러한 그의 비평가적, 문학이론가적 면모는 『문학과 평론』(영창서관, 1940) 한 권에 잘 집약되어 있다.

한국현대문학에 대한 다양한 이론적 성찰들이 담긴 그의 글들은 오늘날 우리가 목도하고 있는 한국현대문학의 형질과 본질적인 연관을 맺고 있는 것들이 많다. 뿐만 아니라 그는 평생에 걸쳐 다양한 형태의 자전적 기록을 남긴 문학인이었다. 그의 회고, 고백, 일기, 자전적 소설 등은 그가 한국현대문학에 관한 사유를 펼쳐 나간 과정을 자세히 '기록'하고 있다. 이러한 저작들은 한국문학의 현대 이행이라는 문제를 규명하기 위한 중요한 텍스트들이다.

여기서는 이러한 텍스트들의 하나인 「文學이란 何오」(『매일신보』, 1916.11.10~23)와, 가장 중요한 소설로 평가되고 있는 『무정』(『매일신보』, 1917.1.1~6.14) 사이의 거리를 따져 묻고자 한다. 이것은 앞에서 언급한, 접목을 통한 새로운, 현대적인 문화, 문학의 창조라는 가설을 이광수 문학을 자료 삼아 검증해 보기 위한 것이다.

「문학이란 하오」는 한국 현대문학을 위한 이광수의 기초 설계가 어떤 모습을 가지고 있었는지 생각해 볼 수 있게 한다. 이 글을 젖혀 놓고 이광수의 초기 문학사상을 논의하기란 쉽지 않다. 이 글과 이 시기에 쓴 장편소설 『無情』은 한국문학의 현대 이행이라는 문제를 검토함에 있어 간과될 수 없는 위치를 점하고 있다. 「문학이란 하오」와 『무정』이 함축하고 있는 각각의 메시지와, 이 두 텍스트 사이에 가로놓인 낙차 같은 것을 검토하지 않고는 이 문제를 제대로 검토할 수 없다고 보아야 한다.

지난 몇 년 동안 이루어진 연구들은 「문학이란 하오」와 『무정』을 하나의 연속적인 텍스트로 간주하는 듯한 양상을 보인다. 즉, 『무정』은 「문학이란 하오」이라는 이론적 저작물이 보여주는 논리적 구성의 직접적 결과물이라는 것이다. 과연 그럴까? 이 둘 사이에 논리적 모순이나 상충, 둘 사이의 낙차 같은 것은 없는 것일까?

최재서는 비평의 종류를 셋으로 나누면서 저널리즘 비평, 이론비평과 함께 작가적 비평을 또 하나의 비평적 유형으로 제시한 바 있다. 그런데 이 작가적 비평, 즉 창작자의 비평은 언제나 작품 그 자체의 논리와 모순 또는 괴리를 빚을 수밖에 없으며, 그럼으로써 그의 비평 논리를 새롭게 변화시키게 된다.

필자는 이광수의 비평과 소설 창작의 관계가 바로 그와 같았을 것이라고 생각한다. 「문학이란 하오」에 나타난 비평적 논리가 곧 『무정』이라는 소설의 내적 논리로 직결된다고 보는 것은 비평과 창작의 길항관계라는 측면에서 논리적 오류를 범하는 일이 될 것이다. 여기서는 이러한 맥락에서 이광수 초기 문학론의 실상으로서 「문학이란 하오」의 논리 구조를 규명하고,

이것이 『무정』과 어떤 내면적 거리를 함축하고 있는지 살펴보고자 한다.

2. 「문학이란 하오」의 논리 구조와 논점들

「문학이란 하오」는 이광수의 초기 문학 논리를 보여준다. 그러나 이 글은 이광수가 처음부터 대가적인 면모를 가진 문학인이었음을 알려준다. 그는 이 글에서 문학 자체의 개념에서부터 당면한 조선문학의 과제를 밝히는데 이르기까지 실로 총체적인 문학 논의를 개진하고 있다. 이 글을 효율적으로 다룰 수 있기 위해서는 먼저 이 글의 구성 전체를 살펴볼 필요가 있다.

①「新舊 意義의 相異」
②「文學의 定義」
③「文學과 感情」
④「文學의 材料」
⑤「文學과 道德」
⑥「文學의 實效」
⑦「文學과 民族性」
⑧「文學의 種類」
⑨「文學과 文」
⑩「文學과 文學者」
⑪「大文學」
⑫「朝鮮文學」

위에서 보듯이, 이 글은 모두 열두 개의 세부 항목을 가지고 있다. 그는 이 항목들을 통해서 문학에 관한 일반적, 보편적인 문제에서부터 1910년대 조선이라는 특수한 시공간에서의 문학이라는 특수한 문제에 이르기까지 총괄적인 시각을 제공하고자 한다.

또한 이렇게 방대한 구성답게, 이 글은 문학에 대한 풍부한 독서 경험을 내비친다. 이 글에는 일본에서 일찍이 언문일치를 주창한 요시다 비묘(由田美妙)를 비롯하여 당대에 가장 비싼 원고료를 받았다는 쓰보우치 쇼요(坪内逍遙), 나쓰메 소세키(夏目漱石), 모리 오가이(森鷗外) 등 당대의 거장들의 이름이 고루 등장한다. 또『萬葉集』,『古今集』,『原氏物語』같은 일본 고전문학의 유산들을 거론하고 있기도 하다. 그때 이미 이광수는 서양문학에도 해박한 지식을 쌓고 있었다. 이 글에는 셰익스피어, 호메로스 등의 이름과 작품이 자주 거론되어 있다.[144]

그런데, 자주 거론되고 있는「문학이란 하오」를 둘러싼 논점은 크게 두 가지다. 그 하나는 이 글이 이른바 이식문학론적인 양상을 보이는 것으로 간주될 수 있다는 것이다. 이는 'Literature의 역어로서의 문학'이라는 그의 주장을 중심으로 빈번하게 거론되는 문제다.

> 如此히 文學이라ᄂᆞᆫ 語義도 在來로 使用ᄒᆞ던 者와ᄂᆞᆫ 相異하다. 今日 所謂 文學이라 홈은 西洋人이 使用ᄒᆞᄂᆞᆫ 文學이라ᄂᆞᆫ 語義를 取홈

144) 이와 관련하여『무정』70회를 보면, 형식이 자신이 쌓은 지식들을 열거하는 대목이 나온다. 여기에는 서양철학과 서양학문, 루소의 참회록과 에밀, 셰익스피어의 햄릿 괴테의 파우스트, 크로포트킨의 저술들, 그밖에도 신간잡지에 나오는 각종 정치론과 문학평론들, 타고르와 엘렌 케이 같은 이들의 이름이 등장한다. 다방면에 걸친 다양한 독서를 통해 우주와 인생을 생각하고, 인생관, 우주관, 종교관, 예술관을 축적한 형식에게는 다양한 경험을 바탕으로 제2차 일본 유학에 나아가 새로운 학문을 무섭게 흡수하고 있는 이광수 자신의 면모가 담겨 있다고 볼 수 있다.

이니, 西洋의 Literatur 或은 Literature라는 語를 文學이라는 語로 飜譯ᄒᆞ얏다 홈이 適當ᄒᆞ다. 故로, 文學이라는 語는 在來의 文學으로의 文學이 아니오 西洋語에 文學이라는 語義를 表하는 者로의 文學이라 홀지라. 前에도 言ᄒᆞ얏거니와 如此히 語同意異한 新語가 多ᄒᆞ니 注意할 바이니라.[145]

이광수는 이와 같이 문학이라는 말을 그대로 사용하기는 해도 그 말뜻은 옛날과 다를 수밖에 없다고 한다. 이제 이 말은 서양의 literature의 뜻을 가진다는 것이다. 이처럼 조선에서의 문학의 개념을 과거의 개념에서 떼어내어 전적으로 새로운 것으로 보려는 이광수의 시각은 다음과 같은 조선 문학사 개괄에서 더욱 분명하게 나타난다.

余는 日本文學史를 讀할 때에 遠히 奈良朝에 漢文이 入ᄒᆞ야 勢力을 得ᄒᆞ면셔도 假名의 勢力이 全失치 아니ᄒᆞ야 萬葉集 古今集原氏物語 等 國民文學을 産出ᄒᆞ고 明治維新 以前ᄭᆞ지도 一邊, 漢文의 勢力이 膨脹ᄒᆞ면셔도 國文學이 絶ᄒᆞ지 아니하야 近松, 西鶴, 馬琴, 白石 等 國文學者를 出ᄒᆞ얏슴을 讃嘆不已ᄒᆞ노니, 朝鮮人이 적이 自我라는 自覺이 有ᄒᆞ얏던들 世宗의 國文 製作이 動機가 되야 新文學이 蔚興ᄒᆞ여야 可할 것이라. 念及 此에 退溪·栗谷 等 中國 崇拜者의 續出을 怨ᄒᆞ는 ᄉᆡᆼ각도 나도다. 然ᄒᆞ나, 經書와 史略, 小學 等 飜譯文學이 出홈은 朝鮮文學 蔚興의 先驅가 될 번 ᄒᆞ얏스나 科擧의 制로 因ᄒᆞ야 마츰내 朝鮮文學의 興홀 機會를 作치 못ᄒᆞ얏고 僅히 春香傳, 沈清傳, 『놀부흥부傳』 等의 傳說的 文學과 支那小說의 飜譯文學

145) 이광수, 「문학이란 하오」, 『매일신보』, 1916.11.10.

과 時調·歌詞의 作이 有ᄒᆞ얏슬 뿐이다. 坊間에 流行ᄒᆞ는 國文小說中에는 朝鮮人의 作品도 頗多ᄒᆞᆯ지니, 此ᄂᆞᆫ 應當 朝鮮文學의 部類에 編入할 것이어니와 此等 諺文小說도 大槪 材料를 中國에 取ᄒᆞ고, 또 佛敎道德의 束縛하에 自由로 朝鮮人의 思想感情을 流露한 者 無하며, 近年에 至ᄒᆞ야 耶蘇敎가 入ᄒᆞᆷ이 新舊約及 耶蘇敎文學의 飜譯이 生ᄒᆞ니, 此ᄂᆞᆫ 朝鮮文의 普及에 至大한 功勞가 有ᄒᆞ얏고, 實로 朝鮮文學의 大刺戟이 되엇스며, 十數年來로 百餘種의 諺文小說이 刊行되얏스나 그 文學的 價値의 有無에 至ᄒᆞ야ᄂᆞᆫ 斷言ᄒᆞᆯ 만한 硏究가 無ᄒᆞ니와 아모러나 朝鮮文學의 新興 ᄒᆞᆯ 豫告가 됨은 事實이다.

萬一 朝鮮文學의 現狀을 問ᄒᆞ면 余ᄂᆞᆫ 울긋붉긋한 書肆의 小說을 指ᄒᆞᆯ 수밧게 업거니와 一齋 何夢 諸氏의 飜譯文學은 朝鮮文學의 氣運을 促ᄒᆞ기에 意味가 深할 줄로 思ᄒᆞ노라. 단 以上 諸氏가 果然 朝鮮文學을 爲ᄒᆞ야라ᄂᆞᆫ 意識의 有無ᄂᆞᆫ 余의 不知ᄒᆞᄂᆞᆫ 바로ᄃᆡ 諸氏가 充實ᄒᆞ게 飜譯文學에 從事ᄒᆞ며 一邊 文學의 普及을 企ᄒᆞ는 硏究와 運動을 不怠ᄒᆞ면 諸氏의 功은 決코 不少ᄒᆞᆯ 줄 信하노라.[146]

이광수는 일본이 예로부터 국문학을 가졌던 데 반해 우리에게는 국문학이 없다시피 했다고 단정한다. 그에 따르면 조선에서의 국문학은 현대 이전에는 대부분 번역문학으로 존재했을 뿐이고, 그 외에 『춘향전』, 『심청전』과 같은 "전설적 문학"과 시조, 가사 등이 있었을 뿐이다. 이렇게 왜소한 국문학이 새로운 흥기를 맞이한 것은 서양에서 기독교가 들어오고 새로운 서양 번역문학이 생겨나면서부터다. 이로부터 국문학이 새롭게 신흥할 수 있는 단초가 마련되었다는 것이다.

146) 이광수, 「문학이란 하오」, 『매일신보』, 1916.11.23.

그는 이러한 문학사 인식을 바탕으로 그 자신을 새로운 문학의 건설자로 제시하고자 한다. 그에 따르면 조선의 현대문학은 울긋불긋한 장정을 한 딱지본 신소설과 일재 조중환, 하몽 이상협의 번역문학을 거쳐 자신에 이르렀다. 그는 조선문학이 전근대적인 문학에서 벗어나 자신에 이르기까지 약 두 단계의 진화 과정이 있었다고 파악한 것이다.

그런데, 이 글의 문학사적 의미망을 보다 구체적으로 이해하기 위해서는 이 글이 천재의 중요성을 거론하고, 인간 정신에 관한 '지·정·의'(知·情·意) 삼분법을 구사하는 등 독일 고전철학, 특히 칸트의 사상과 밀접한 관련성이 있음을 인식할 필요가 있다.[147]

이광수는 이 글에서 새롭게 발흥해야 할 문학, 즉 명실상부한 조선 현대문학의 요건을 다음의 몇 가지로 나누어 제시한다. 그리고 이 글에 관한 이광수 문학론의 두 번째 논점을 이룬다. 그것은 현대문학이란 '정의 문학'이 되어야 한다는 주장이다. 이러한 생각은 다음과 같은 문장들이 보여주듯이 「문학이란 하오」 곳곳에 자주 나타난다.

> (가) 「문학의 정의」 중에서
>
> 文學이란 特定한 形式 下에 人의 思想과 感情을 發表한 者를 謂홈이니라.……아모러나 他 科學은 此를 讀홀 時에 冷情ᄒᆞ게 外物을 對하ᄂᆞᆫ 듯ᄒᆞᄂᆞᆫ 感이 有한ᄃᆡ 文學은 마치 自己의 心中을 讀ᄒᆞᄂᆞᆫ 듯하야 美醜喜哀의 感情을 伴ᄒᆞ나니 此 感情이야말로 實로 文學의 特色이니라.[148]

147) 금빛내렴, 「칸트의 천재 개념에 관한 고찰」, 홍익대학교 대학원 석사학위논문, 2001, 참조.

148) 이광수, 앞의 글, 1916.11.10.

(나)「문학과 감정」 중에서

近世에 至ᄒᆞ야 人의 心은 知情意 三者로 作用되ᄂᆞᆫ 줄을 知ᄒᆞ고 此三者에 何優 何劣이 無히 平等ᄒᆞ게 吾人의 精神을 構成ᄒᆞᆷ을 覺ᄒᆞᄆᆡ, 情의 地位가 俄히 昇ᄒᆞ얏나니 일즉 知와 意의 奴隷에 不過ᄒᆞ던 者가 知와 同等한 勸力을 得하ᄒᆞ야 知가 諸般科學으로 滿足을 求하ᄒᆞ려 ᄒᆞᆷ에 情도 文學 音樂 美術 等으로 自己의 滿足을 求하려 하도다.[149]

(다)「문학의 재료」 중에서

情의 滿足은 卽 興味니 吾人에게 崔히 深大한 興味를 與ᄒᆞᄂᆞᆫ 者ᄂᆞᆫ 卽 吾人 自身에 關한 事이라.[150]

(라)「문학과 도덕」 중에서

情이 이믜 知와 意의 奴隷가 아니오 獨立한 精神作用의 一이며 從ᄒᆞ야 情에 基礎를 有한 文學도 亦是 精緻 道德 科學의 奴隷가 아니라 此等과 竝肩ᄒᆞᆯ 만한 도로혀 一層 吾人에게 密接한 關係가 有한 獨立한 一現象이라. 종래 朝鮮에서는 文學이라 ᄒᆞ면 반다시 儒敎式 道德을 高趣ᄒᆞ는 者 勸善懲惡을 諷諭ᄒᆞ는 者로만 思ᄒᆞ야 此 準繩 外에 出ᄒᆞᄂᆞᆫ 者ᄂᆞᆫ ○束ᄒᆞ얏나니 是乃 朝鮮에 文學이 發達치 못한 最大한 原因이라.[151]

이와 같은 인용문들은 이광수가 문학을 인간의 마음의 세 가지 작용 가

149) 위의 글, 1916.11.11.

150) 위의 글, 1916.11.11.

151) 위의 글, 1916.11.12.

운데 특히 '정'을 담보하는 것으로 이해하고 있음을, 그러면서 종래의 조선 문학이 도덕에 치우쳐 '정'을 고취하지 못하였던 바, 새로운 문학은 '정'을 고취하는데 그 목적이 있어야 한다고 주장하고 있음을 보여준다.

이 '지·정·의'론에 바탕한 '정'이라는 것이 칸트에게서 연유하는 것임을 의식해 보면, 「문학이란 하오」는 넓게 보아 서양에서 유래한 현대문학 또는 현대철학의 개념들에 기대어 현대 조선 문학의 위상을 새롭게 수립하고자 한 것이라 할 수 있다. 그러나 이것이 이식론을 충당하는 근거로 작용할 수 있는가는 더 많은 검토를 거쳐서야 판단해 볼 수 있는 일이다.

3. 이광수 '정으로서의 문학'을 둘러싼 최근 논의 양상

근년에 들어 국문학계에서는 이광수 문학에 관한 주목할 만한 논의들이 이루어졌다. 정병설의 「『무정』의 근대성과 정육」(『한국문화』 54, 2011)은 이러한 논의들 가운데 하나다. 이 논문은 하타노 세츠코[波田野節]의 이광수 논의를 비판적으로 조명하면서 이광수 장편소설 『무정』을 전통적인 '정'의 맥락에서 새롭게 고찰한다.

이 논문의 저자는 『무정』의 핵심적 사상으로 간주되어 온 '정육론'에 대한 하타노 세츠코의 '오독'을 두 가지로 나누어 비판한다. 그 하나는 그가 이광수의 '정'을 동시대 일본에서 다카야마 등에 의해 제기된 '본능'과 같은 형질의 것으로 보았다는 것이다. 다른 하나는 그 연장선상에서, 그녀가 이광수의 '정육론'을 서구 낭만주의 사상에 연결시켜 일종의 '본능 만족주의'로 귀결시키고 있다는 것이다.[152] 이 논문은 이광수 문학의 '정'을 고전문

152) 전소영, 「『무정』을 둘러싼 한 대립각」, 『문학의오늘』 창간호, 2011년 겨울, 327쪽, 참조.

학의 연속성 속에서 조명함으로써 하타노의 견해를 근본적으로 거절하고 자 한다.[153)]

이를 위해서 저자는 고전문학을 전공한 이답게 『무정』과 고전소설의 관련성을 상세하게 검토해 나간다. 그에 따르면 『무정』은 『춘향전』, 『옥루몽』, 『구운몽』, 『숙향전』 등 조선 고전소설과 밀접한 관련이 있다. 특히 『무정』에 나타난 어린 영채의 수난 과정은 『숙향전』을 도외시하고는 제대로 이해될 수 없다. "'영채 이야기에 관한 한 『무정』은 『숙향전』과 동일한 서사를 가지고 있"[154)]다.

이러한 검토 위에서 그는 다시 『무정』의 현대소설로서의 성취 여부를 까다롭게 측정한다. 그가 보기에 『무정』으로 하여금 현대소설적 성취를 이룬 것으로 평가받을 수 있게 한 계몽사상, 사실적 묘사, 내면 심리 형상화 같은 요소들 가운데 상당 부분은 전근대적인 문학의 그것에 미치지 못하거나 별달리 뛰어나다고 할 만한 것이 없다. 『무정』이 새롭다고 할 수 있는 부분은 마지막 항목, 즉 내면 심리의 형상화 쪽이며 여기서나 그 성취를 상당 부분 인정해 줄 수 있다.

이 논문은 이 새로움의 배경에 이광수의 정육론이 자리 잡고 있는 것으로 파악한다. 그리고 이러한 사상의 연원이 어디에 있는지 따져 묻는다. 여기서의 문제는 이 정육론이 어디에서 발원했는가 하는 것이다.

그는 주장한다. '정'의 발현이 관습이나 도덕보다 중요하고 그 종점에 생명이 있다는 이광수의 생각에 나타나는 '정'은, 동정으로서의 '정'이 아니라 감정으로서의 '정'이다. 『무정』을 통해 이광수가 제안하는 '정의 발견'이

153) 정병설, 「『무정』의 근대성과 정육」, 『한국문화』 54, 2011, 235쪽, 참조.

154) 위의 논문, 238쪽.

란 감정의 발견, 감정의 육성이다.[155] 그렇다면 이러한 생각은 어디서 온 것이냐? 그것은 이것은 많은 선행 연구들이 주장했듯이 일본문학을 섭렵한 결과물인가, 그렇지 않으면 이광수 자신의 문제의식의 산물인가?

그는 이광수의 정육론의 발원지에 관해 뚜렷한 견해를 제공하고 있는 것으로 믿어지는 하타노 세츠코의 견해를 비판적으로 취급함으로써 자신의 생각을 부각시키고자 한다. 하타노는 이광수의 정육론이 다카야마 조규(高山樗牛)의 낭만주의적 '본능'론의 영향을 받은 것이라 하지만, 그의 생각에 따르면 그것은 이광수의 '정'과 거리가 멀다.

> 춘원은 충신열녀의 충절이 지덕체에서 비롯되기도 했지만 더욱 중요한 것은 자연스러운 감정의 힘이라고 보았다. 그러니 도덕심을 기르기 위해서 감정도 길러야 하는 것이다. 반면 다카야마는 충신 절부의 충절은 지식이 아니라 본능에서 비롯되었다고 했다. 본능이라면 굳이 기를 필요가 없다. 그저 드러내게만 하면 된다. 춘원의 '정'과 다카야마의 '본능'은 후천적인 것과 선천적인 것이라는 근본적 차이가 있다.[156]

그는 이광수의 『무정』이 다카야마 조규의 사상을 그대로 받아들인 것이라기보다 감정과 욕망을 억압하고 통제하라는 존천리멸인욕(存天理滅人慾)의 유교사상에 대한 공격을 감행한 것이라고 생각한다. 조선은 다른 나라에서 유례를 찾아보기 어려울 정도로 감정의 억압이 강한 나라였지만, 일본은 세계 어느 나라보다도 욕망과 감정의 표출이 분방한 나라였다. 그러

155) 위의 논문, 244쪽.

156) 위의 논문, 246쪽.

한 조선의 상황에서 이광수의 정육론은 억눌린 감정을 풀어 고양시키자는 혁명적 성격을 가지고 있었다.[157] 감정을 육성하고 해방시켜야 한다는 이광수의 논리는 유교적 발상의 근원을 뒤흔드는 공격이었다.

그는 하타노가 이러한 정육론의 맥락을 정확히 인식하지 못했고, 이러한 그의 연구가 서영채, 권보드래 등과 같은 연구자들에 영향을 미쳤다고 판단했다. 반면에 홍혜원 같은 연구자는 이광수에게 있어 '정'과 '육'이 결코 분리되지 않은 채 시종일관 이광수 문학과 사상을 관통하는 역할을 한 것으로 보았다고 했다.[158]

정병설의 논의는 이광수의 정육론을 전통적 유교적 덕목에 대한 이광수의 문제의식의 깊이에서 찾으면서, 그것을 일본이나 서구의 시각을 빌려온 것으로 보지 않고 전통적인 사고방식의 반전이라고 본 것이다.

여기서 하나의 의문이 제기된다. 「문학이란 하오」에 나타나는 이광수의 정육론은 왜 '지·정·의'라는 인간 정신의 삼분법적 구성 모델 안에 자리를 잡고 있는 것일까? 이것은 이광수가 말하는 '정'이 사단칠정론에 유래를 둔 '정'이 아닐 수도 있음을 시사한다. 그러나 문제가 그렇게 단순하지만은 않다.

한 논문에 따르면, 유학에서 사단이란 인간 본성에서 솟아나는 인의예지(仁義禮智)의 도덕적 능력을 가리키며, 칠정이란 기쁨, 노여움, 슬픔, 두려움, 사랑, 미움, 욕망 등 인간의 일곱 가지 자연적 감정을 가리킨다. 송대 성리학에서 사단 칠정은 상대적인 의미망을 형성하게 된다. '단(端)'이 '성(性', 즉 '이理)'의 세계를 비추는 본질적인 마음 세계를 가리키는 것이라면 '정

157) 위의 논문, 248쪽.

158) 위의 논문, 250쪽.

(情)'은 그것에서 흘러나와 움직이는 마음의 작용을 가리키게 된다.[159]

조금 더 구체적으로 보면, 우주의 근본 이치를 '이(理)'라 하고, 그것이 현실화되어 나타난 기운을 '기(氣)'라 한다. 기운이 뭉쳐진 것이 '기질(氣質)'이고, 기질에 이치가 깃들어 모인 것을 '성(性)'이라 한다. 이 '성'은 '이', 곧 하늘이 명한 것이며, '정'은 '이', 즉 '성'을 따라 흐른다. 『맹자』는 사단(四端)을 말하였으며, 이 사단으로부터 '정'의 흐름이 규정된다고 보았다.

이러한 관점에서 보면 칠정은 사단과 대립하지 않는다. 그런데 이와 다른 관점도 있다. 『예기』는 사람이 고요한 상태의 본성을 가지고 났다고 한다. 이것이 '성'이다. 그러나 외부의 사물에 감응하게 되어 본성에 욕구가 생긴다. 이 욕구를 절제하지 못하면 사람은 본성에서 멀어지게 된다. 이러한 맥락에서 희노애락이 겉으로 드러나지 않는 것을 '중(中)'이라 하고, 그것이 절도에 맞게 드러나는 것을 '화(和)'라고 한다. 사람은 '정', 즉 감정을 '이', 즉 이치에 맞도록 조절, 절제함으로써, '예'를 지킬 수 있어야 한다.[160]

'성'에 해당하는 단의 자연스러운 발로가 '정'이라고 보는 관점과 '성'에 의해서 조절, 절제되어야 하는 '정'이라는 관점. 이렇게 '단'과 '정'의 관계를

---

159) 안영상, 「사단칠정론 이해를 위한 주희 심통성정론의 검토」, 『정신문화연구』 32권 4호, 2009, "그러나 주희의 견지에서 '성'과 '정'은 본디 대립적인 의미가 크지 않았고, 마음이 주관하는 두 양상의 의미를 지니고 있었다. '정' 또한 '성'에서 발원하는 것이었다. "그리고 지각 운용으로 대표되는 모든 의식적 행위는 심으로 이루어지는데, 이 심을 다시 구체적 의식 작용이 있기 전의 미발(未發)과 그것이 구체적으로 나타난 이발(已發)로 구분한다. 미발의 범주에 중(中), 체(體), 정(靜), 적연부동(寂然不動) 등을 적용시키고 이발의 영역에 화(和), 용(用), 동(動), 감이수통(感而遂通) 등을 적용시킨다. 그리고 이것들의 중심에 심이 있다. / 이런 의미는 심이 성과 정을 통섭(포괄)하고 관섭(관여)한다는 심통성정론(心統性情論)으로 귀결된다. 통(統)자는 심이 성과 정을 포괄하면서 관여하는 다양한 방식을 함축하고 있는데, 이것은 간추리면 겸(兼)과 주(主)로 압축된다. 겸은 심이 미발에서 성립되는 성과 이발에서 드러나는 정을 포괄한다는 뜻으로 쓰인다. 반면, 주재한다는 것은 심이 성의 내용을 정으로 드러나게 한다는 뜻이다. 즉 인(仁)은 성(性)이고 측은지심은 정(情)인데 심의 매개에 의해서 이러한 발현이 있게 된다."(294~295쪽)

160) 남지만, 「이황, 기대승, 송순의 사단칠정론」, 『한민족문화연구』 21, 2007, 285~287쪽, 참조.

어떻게 이해하느냐에 따라 '정'에 의미를 부여하는 방식이 달라질 수 있다. 조선에서 벌어진 사단칠정 논쟁, 즉 이황과 기대승 사이의 논쟁은 이러한 낙차를 더욱 분명하게 표현하고 있다.

사칠논쟁에 단초를 제공한 정지운은 「천명도」를 그리고는 사단은 이치에서 발하고, 칠정은 기운에서 발한다고 썼다.(四端發於理 七情發於氣) 이에 이황은 사단은 '이'의 발이고, 칠정은 '기'의 발이라고 한다.(四端理之發 七情氣之發) 즉 이황은 사단과 칠정을 '이'와 '기'에 나누어 배속시켰다.[161] 기대승은 이에 반발하여 칠정 역시 사단과 마찬가지로 같은 '성'에서 나오는 것이라 하였다. 그런데 이 논쟁은 적어도 표면상으로는 기대승이 이황의 논의를 수용하는 것으로 정리되었다고 한다.[162] 이것은 조선 성리학이 사단을 중심으로 칠정을 조절, 절제하는 주리론에 경사되었음을 의미한다.

정병설은 그와 같은 맥락에서 이광수의 정육론이 감정과 욕망을 억압, 통제한 조선 유학의 존천리멸인욕(存天理滅人慾) 사상을 수정함으로써 현대적인 개혁을 이루고자 한 문제의식의 산물이었다고 본다. 이러한 인식은 『무정』과 「문학이란 하오」 모두에서 근거를 찾을 수 있으며, 이러한 시각은 이광수가 정육론을 주장하고 나선 조선 내부적인 토양을 제시한 것이라는 점에서 주목할 만하다.

그러나 다만, 이로써 문제가 완전히 해결될 수 없음은, 이러한 내적 필요성의 부각이, 이광수가 사단과 칠정의 이항대립적 구조를 어떤 경로를 통해서 '지·정·의'의 삼분법적 구조로 대체했는가를 설명할 수는 없기 때문이다.

이광수의 정육론을 일본 유학 문학인들의 지식 형성이라는 맥락에서 고

161) 위의 논문, 288쪽, 참조.

162) 위의 논문,

찰하고자 한 또 한 사람의 연구자는 이광수의 정육론이 일본의 현대교육학 담론과 밀접한 관련성을 가지고 있음을 주장한다. 그러나 이러한 논의를 담은 논문에 일본 현대 교육학 담론에서 '지·정·의'론이 어떤 위상을 가지고 있었는지, 또 그것이 이광수의 정육론과 어떤 내적 관련성을 가지고 있는지를 충분히 논증해 놓은 것으로 보이지 않는다.[163] 특히 이 논문에서 "지정의론은 심리학의 인간 정신에 대한 분류법으로 출발했고, 인간 정신을 대상화 하는 과학 일반에 이론적 기반을 제공했다."[164]라고 규정하고 있는데, 이러한 논의의 근거는 분명히 제시되어 있지 않다.

이광수의 정육론의 근거를 '지·정·의'론과 관련하여 보다 상세하게 논의하고 있는 논문으로 「이광수 초기 문학론의 구조와 와세다 미사학」(『한국문학연구』 35, 2008)을 검토해 볼 수 있다. 이 논문은 이광수의 정육론이 '지·정·의'론과 밀접한 연관성을 가지고 있다고 하면서, 이 문제를 보다 면밀하게 살피려면 쓰보우치 쇼요의 『소설신수』와의 관련성을 논의해야 한다고 본다. 아이러니한 것은 이러한 주장 아래 바로 "『소설신수』 자체는 지정의론과는 크게 관련이 없다"[165]는 문장이 나타난다는 점이다. 그러면서도 이 논문은 이광수 문학론과 쓰보우치 쇼요의 관련성에 대한 구상을 계속 밀어붙여 이광수 문학을 이른바 '와세다 미사학'과 교호관계를 맺고 있는 것으로 설명한다. 이러한 맥락에서 이광수 정육론의 합리적 핵심이 파악될 수 있는지는 미지수로 남겨질 수밖에 없다.

163) 구장률, 「근대 지식의 수용과 문학의 위치—1900년대 후반 일본 유학생들의 문학관을 중심으로」, 『대동문화연구』 67, 2009, 353~358쪽, 참조.

164) 위의 논문, 354쪽.

165) 김재영, 「이광수 초기 문학론의 구조와 와세다 미사학」, 『한국문학연구』 35, 2008, 393쪽.

4. 칸트의 전인격적 인간과 이광수의 정육론

이광수 문학에서 도덕과 감정의 문제는 매우 중요하기 때문에 어떤 식으로든 칸트 철학과의 관련성을 제기하는 것이 무리가 될 수는 없다. 이러한 맥락에서 이광수 문학과 칸트의 관련성을 논의한 예는 서영채의 「이광수, 근대성의 윤리」(『한국근대문학연구』 19, 2009)를 꼽을 수 있다. 이 논문은 이광수 문학과 칸트 철학의 관련성을 현대적 지식 형성의 맥락에서 다루지는 않는다. 대신에 이광수가 일제시대 내내 고민해야 했던 모랄이라는 문제를 칸트의 『실천이성 비판』이나 『판단력 비판』, 또는 그에 대한 몇몇 논의들에 의거하여 설명해 나가고자 했다. 지금까지 논의해 온 '지·정·의'론과는 다른 맥락에서 칸트 철학의 개념을 가지고 이광수 문학을 분석하고자 한 것이다.

앞에서도 언급했듯이 '지·정·의'론에 바탕을 둔 이광수의 '정'의 문학론은 칸트와의 관련성 속에서 규명되어야 한다는 것이 필자의 생각이다. 이와 관련하여 다음과 같은 논의를 참고해 볼 수 있다.

> 칸트는 진선미의 성립 지평에 관하여 이렇게 부언한다. 「이리하여 이 지평은, 인간은 무엇을 알 수 있나(was der Mensch wissen kann), 인간은 무엇을 아는 게 좋은가(was er wissen darf), 그리고 인간은 무엇을 알아야 하는가(was er wissen soll) 라는 것의 판정, 규정에 관한 것이다.」라고.
>
> 이러한 「인식 지평」의 구분에는 분명히 당대의 테텐스(Tetens, 1736~1805)의 학설의 영향이 지적되어 있다. 테텐스는 인간의 심적 능력을 오성·감정·의지로 구분하고, 지·정·의의 삼분설을 확립하여 심리

학사상에 이름을 남겼다. 그리고 더욱 더 중요한 것은, 이 지 · 정 · 의와 진 · 선 · 미에 대응하여, 칸트의 유명한 삼비판서가 각기 『순수이성 비판』(1781, 제2판 1787), 『판단력 비판』(1790), 『실천이성 비판』(1788)으로써 성립했다는 것이다.

요컨대 삼비판서란, 각기 지·정·의에 즉응하여 지성으로서의 순수이성(오성), 감정으로서의 판단력, 의지로서의 실천이성이, 진으로서의 합법칙성, 미로서의 합목적성, 선으로서의 궁극목적을 주요테마로 삼아 논구한 것이다.[166]

이러한 논의는 요하네스 니콜라우스 테텐스(1736.9.16~1807.8.17)에서 발원하여 칸트를 거쳐 이광수에 다다르는 '지 · 정 · 의'론의 동양적 성립 사정을 가늠할 수 있게 한다. 칸트의 『순수이성 비판』, 『실천이성 비판』, 『판단력 비판』 등 '3비판서'는 '지 · 정 · 의'의 3요소에 엄밀하게 대응하고 있다.[167] 그렇다면 칸트의 명료한 삼분법적 구도는 어떻게 해서 이광수에 다다를 수 있었던 것일까?

이와 관련하여 눈여겨 볼 인물은 이광수가 와세다대학에 유학했던 시절에 철학과 교수로 재직하고 있던 하타노 세이이치(波多野精一, 1877.7.21~1950.1.17)다. 그는 1899년에 동경제대 철학과를 칸트의 『순수이성

166) 井上義彦(이노우에 요시히코), 「カントの"眞善美"の哲學について」, 『長崎大學總合環境研究』, 2006.8, 153쪽.

167) 칸트의 삼비판서가 어떤 체계를 가지고 있는가에 대해서는 다음과 같은 표를 참조해 볼 수 있다. 김광명의 『칸트 판단력 비판 연구』(철학과현실사, 2006)의 23쪽에서 재인용해 보면 다음과 같다.

심성의 전능력	인식능력	선천적 원리	적용범위
인식능력	오성	합법칙성	자연
쾌와 불쾌의 감정	판단력	합목적성	예술
욕구능력	이성	궁극목적	자유

비판』서문에 관한 논문으로 졸업하고, 1900년에 와세다대학의 전신에 해당하는 도쿄전문학교 강사가 되어, 1917년에 교토대학으로 옮겨갈 때까지 재직했다. 이 대목에서 이광수가 와세다대학으로 제2차 일본유학에 나선 것은 1916년이었음을 상기해 볼 수 있다. 그 사이에 하타노는 1904년경부터 1906년경 까지 독일의 베를린대학, 하이델베르크 대학 등에 유학하였으며, 1918년에는 칸트의 『실천이성 비판』을 공역으로 번역 출판하기도 했다. 그는 신칸트주의 서남독일학파를 대변하는 빌헬름 빈델반트(Wilhelm Windelband)와 하인리히 리케르트(Heinrich Rickert) 등과 사상적 교호관계에 있는 것으로 알려져 있다.

철학자로서 하타노의 중요성은 그가 니시다 기타로(西田幾多郎, 1870.6.17~1945.6.7)와 함께 교토학파를 주도한 인물이었다는 것이며, 일본의 칸트 이해에 있어 빼놓을 수 없는 중요성을 가진 인물이라는 데 있다.

일본에 있어 칸트 수용은 유구한 데가 있어 메이지 시대인 1882년경으로까지 거슬러 올라가는 역사를 가진다. 이 무렵 일본 정부는 제도적, 물질적 측면에서뿐만 아니라 국민의 도덕적, 정신적 생활까지도 지배하고자 하는 전략적 사고 속에서 보수적인 독일의 국민철학을 권장해 나갔다.[168] 이렇듯 오랜 역사를 가진 칸트 수용사에서 하타노 세이이치는 각별한 지위를 점하는 인물이다.

> 하타노가 일본의 철학연구에 미친 영향의 최대의 것 중 하나는 그 광범한 철학사적 지식의 제시뿐만 아니라, 그 엄밀한 원전 강독에서 볼 수 있는 엄격한 정통적 학문연구의 방법이었다. 1917년(大

---

168) 한단석, 「일본 근대화에 있어서 서구 사상의 수용과 그 토착화에 관하여」, 『인문논총』 19, 1989, 3쪽, 참조.

正 6년)부터 경도대학에서 종교학 강좌를 담당하게 된 하타노는 종교철학의 연구에 전념하면서 그 최초의 성과가 1920년(대정 9년), 신칸트주의의 비판주의적 입장에서 구상한 『종교철학의 본질과 그 근본문제』로 결실되었는데, 그 아카데믹한 학풍은 西田의 독자적인 사색의 자세와 더불어 경도학파의 철학 연구의 기조를 이루웠다.[169]

위에서 인용한 한단석의 논문은 이러한 평가에서 더 나아가 하타노 비판주의의 특징을 두 가지로 제시한다. 그에 따르면, 하타노는 칸트적 비판주의가 형식적 이상주의이자 반주지주의적인 특징을 가진다고 주장했다. 이 가운데 후자의 대목은 이광수의 '정'의 문학론과 관련하여 음미해 볼 만하다.

둘째로 비판주의는 反主知主義(antiintellectualism; Antiintellektualismus)이다. 우리의 입장은 역사에서 사실로서 존재하는 여러 文化領域을 공평하게 존중한다. 따라서 우리에게 있어서는 理性은, 칸트 이전처럼 知識의 능력, 즉 칸트가 특히 理論的 理性(theoretische Vernunft)이라고 부른 것만을 의미하지 않는다. 보편타당적인 가치가 있는 한, 칸트가 정당하게 생각한 것처럼, 그 근저에는 이성의 *存在*가 승인되지 않으면 안 된다. 이성이란 모든 종류의 보편타당적 가치의 전체를 말하는 것이다. 그런고로 우리는 理論的이 아닌 理性의 존재와 원리를 충분히 긍정한다. 그리고 종교는 主知主義의 사람들이 그릇되게 생각하는 것처럼 지식의 變形이나 불완전한 지식이 아니라 우리에 대

169) 위의 논문, 38쪽.

해서는 理性의 특색 있는 한 영역으로서, 自己의 獨立性을 확보할 수 있는 것이다.[170)]

그러면 여기서 칸트의 비판철학을 "반주지주의"로 이해한다는 것은 무엇을 말하는 것일까?

이것은 칸트 철학이 데카르트 철학의 '이론적 지성' 중심주의에 반하여 '지'만이 아니라 '정'과 '의'의 활동이 풍부한 전인격적 인간이야말로 인간 본연의 모습을 보여주는 것으로 인식했음을 의미한다. 지성만을 인간 '이성'의 영역으로 파악하는 관점에 대하여 칸트는 예술과 종교와 도덕까지도 전인격적 인간의 정당한 활동 영역으로 간주했다.

필자는 이광수의 '정'의 문학론, 곧 정육론이 이러한 칸트적 반주지주의와 관련이 있는 것으로 이해하고자 한다. 이광수 역시 칸트의 선례를 따라 인간 활동 영역을 '지·정·의'로 삼분하고 그 각각의 활동을 모두 평등하게 인식하는 전인격적 인간상을 제시하면서 특히 '정'의 의미와 가치를 높여 인식하고자 했다. 다음의 인용문이 그것을 분명히 해 준다.

吾人의 精神은 知情意 三方面으로 作用ᄒᆞ나니 知의 作用이 有ᄒᆞᄆᆡ 吾人은 眞理를 追求ᄒᆞ고, 意의 方面이 有ᄒᆞᄆᆡ 吾人은 善 又ᄂᆞᆫ 義ᄅᆞᆯ 追求ᄒᆞᄂᆞᆫ지라. 然則 情의 方面이 有ᄒᆞᄆᆡ 吾人은 何ᄅᆞᆯ 追求ᄒᆞ리오. 卽 美라. 美라 홈은 卽 吾人의 快感을 與ᄒᆞᄂᆞᆫ 者이니 眞과 善이 吾人의 精神的 慾望에 必要홈과 如히, 美도 吾人의 精神的 慾望에 必要ᄒᆞ니라. 何人이 完全히 發達한 精神을 有하다 하면 其人의 眞善美에 對한 慾望이 均衡ᄒᆞ게 發達되얏슴을 云홈이니, 知識은 愛ᄒᆞ야 此

170) 위의 논문, 39쪽.

를 渴求호딕 善을 無視호야 行爲가 不良호면 萬人이 敢히 彼를 責홀 지니 此와 同理로 眞과 善은 愛호딕 美를 愛홀 줄 不知홈도 亦是 奇形이라 謂홀지라. 毋論, 人에는 眞을 偏愛호는 科學者도 有호고 善을 偏愛호는는 宗敎家 道德家도 有호고 美를 偏愛호는 文學者 藝術家도 有호거니와 此는는 專門에 入한 者라, 普通人에 至호야는 可及的 此 三者를 均愛홈이 必要하니 玆에 品性의 完美한 發達을 見하리로다.[171]

여기서 볼 수 있듯이 이광수는 인간 정신이 '지·정·의'의 세 방면으로 이루어져 있어, 그 각각이 '진·선·미'의 이상을 추구하게 되며, 이 세 방면을 고루 사랑하는 것이 "품성의 완미한 발달"을 도모할 수 있는 방법이라고 주장한다. 이러한 생각은 하타노 세이이치가 수용한 칸트의 반주지주의적 인간관에 통하는 것이다.

그러나, 그가 이렇게 '지·정·의'론에 기반한 '정'의 육성을 추구한 것은 단순히 그가 하타노의 학생임을 의미하는 것일까? 필자는 그렇게 생각하지 않는다. 문화는 동서고금을 막론하고 이곳으로 저곳으로 부단히 흘러 다니는 것이며, 이것은 이른바 선진국이든 후진국이든 다를 것이 없다. 그와 같은 맥락에서 이광수는 당대의 지적 흐름인 신칸트주의적인 사고법을 새롭고 좋은 사고방식의 하나로 인식하고 그것을 자신의 문학이론에 접맥시키려 한 것이며, 그 결과물이 바로「문학이란 하오」였다고도 할 수 있다.

그러나 이광수의 문학에 대한 사유를 '지·정·의'론의 맥락에 국한시켜 놓고 마는 것은 정병설이 논의했듯이 이식을 합리화하는 것에 그치고 마는 누를 범하기 쉽다. 이광수의 '정'의 문학론의 의미를 더 천착해 보려면

171) 이광수,「문학이란 하오」,『매일신보』, 1916.11.15.

「문학이란 하오」와 달리 소설 형태로 나타난 '정', 즉 『무정』을 새로운 차원에서 논의해 보아야 한다.

5. '다성악적 소설' 『무정』, 또는 그 내면 묘사의 폭과 깊이

『무정』은 매우 문제적인 소설이다. 국문학계에서 이 소설은 오랫동안 본격적인 의미에서의 현대소설로 평가되어 왔다. 그렇다면 이 소설의 새로움은 어디에 있나? 필자는 『무정』의 진정한 새로움은 신교육 사상도, 자유연애 사상 같은 것이 될 수 없음은 물론이고 사실적 묘사 같은 것도 이 작품이 지닌 가치를 단지 지엽적으로나 포착한 것이라고 본다.

또한 『무정』이 매우 현대적인 사상을 축조해 놓고 있다는 방식으로 『무정』의 새로움을 설명하는 것도 사실은 매우 둔중한 설명이라고 하지 않을 수 없다.

우리들이 부단히 영위해 나가고 있는 삶 속에서 무엇이 현대적인 것이고 무엇이 현대적이지 않은 것인가? 합리적 계산은 현대적인 것이고 신에 대한 믿음은 현대적이지 않은 것인가? 정신이 중요하다고 말하면 현대 이전의 사상이 되고 육체가 중요하다고 말하면 현대적인 사상이 되는가? 정신이나 육체 가운데 어떤 것을 중시하는 것이 현대와 전현대를 가르는 구분이 아니고 정신과 육체의 관계를 설정하는 구성 방법 자체가 그런 구분을 가능케 한다고 말할 수도 있다. 그러나 그 정신이나 육체라는 개념은 그럼 현대적인 것인가, 그렇지 않은 것인가?

요컨대, 『무정』에서 현대성이라는 추상적인 개념에 합당한 요소를 추출하려고 하는 것은 대상을 너무 성글게 분석하는 결과를 낳기 쉽다. 필자는

『무정』이 지닌 문학작품으로서의 가치는 이 소설에 나타난 내면 묘사가 실로 도스토옙스키적인, 다성악적 특질을 드러내는데 있다고 생각한다.

바흐친은 도스토옙스키의 작품 구성법에 대한 분석적 저작에서 "독립적이며 융합하지 않는 다수의 목소리들과 의식들, 그리고 각기 완전한 가치를 띤 목소리들의 진정한 다성악(polyphony)은 실제로 도스토옙스키 소설의 핵심적인 특성이 되고 있다"라고 단언했다. 도스토옙스키의 작품에는 "한 작가의 의식에 비친 단일한 객관적 세계에서의 여러 성격들과 운명이 아니라, 동등한 권리와 각자 자신의 세계를 가진 다수의 의식들이 각자 비융합성을 간직한 채로 어떤 사건의 통일체 속으로 결합하고 있는 과정"이라는 것이다. 이것을 달리 표현하여 바흐친은 다시, "도스토옙스키의 주요한 주인공들은 실제로 예술가의 창조적 구상 속에서 작가가 하는 말의 객체가 될뿐더러 독자적이고 직접적으로 의미하는 말의 주체가 되기도 한다."고 했다.[172)]

바흐친이 말하는 다성악적 소설(polifoničesij roman)이란 문자 그대로 한 작품 안에 여러 이질적인 소리가 공존하는 소설을 말한다. 이것은 독백적인(monologic) 소설에 대비되는 뜻을 갖는다. 그는 이것을 설명하기 위해 여러 비평가들의 도스토옙스키론을 검토한다. 어떤 비평가는 도스토옙스키가 타인의 의식을 객체가 아니라 동등한 권리를 가진 주체로 보았다. 또 다른 비평가는 도스토옙스키 소설의 인물들이 각기 개성적 존재로 나타난다고 보았다. 또 한 사람의 비평가는 도스토옙스키가 예술이론의 전통적 규범에 반하여 극히 다양해서 양립할 수 없을 것 같은 요소들을 하나의 장에 끌어들였다고 주장했다. 그는 또한 도스토옙스키에게서 대화적인 특징을 발견했다. 때문에 그의 소설은 극적인 특징을 지니게 된다는 것이다. 그

172) 미하일 바흐친, 『도스토옙스키 시학』, 김근식 옮김, 정음사, 1988, 11쪽.

런가 하면 오토 카우스(Otto Kaus)라는 비평가는 도스토옙스키 소설이 극히 모순적이고 상호배타적인 개념들, 판단들, 평가들을 한 자리에 모아놓고 있다고 본다. 그리고 그것은 자본주의 사회의 특성을 잘 보여주고 있다고 했다. 자본주의는 무엇에도 속박되지 않고 개별적이고 서로로부터 폐쇄적이었던 사회적, 문화적, 사상적 국면들을 그 고립된 상태로부터 끌어내어 자본주의적인 모순적 통일성 속에 공존하도록 했다. 바흐친은 오토 카우스의 지적이 타당하다고 보았고, 이것을 도스토옙스키의 조국인 러시아의 상황에 결부시켰다. 번역본의 난삽한 문체를 감안하면서 이 부분을 옮겨 보면 다음과 같다.

> 카우스의 해설은 여러 면에서 타당하다. 사실상 다성악적 소설은 자본주의 시대에만 탄생할 수 있었던 때문이다. 더욱이 러시아는 그에게 가장 적합한 토양을 제공해 주었다. 자본주의는 그곳으로 거의 파멸적으로 찾아들었고, 점차적인 도입 과정에서 자본주의는 서구와 달리 이곳에서 개인적 폐쇄성을 그대로 지켜왔던 사회세계들과 단체들의 무결한 다양성과 마주치게 되었다. 여기서 온건하게 관조하는 확신에 찬 독백적 의식의 틀속으로 흡수되지 않고 있는 정체된 사회생활의 모순적 본질이 특히 날카롭게 표출되어져야 했었고 동시에 사상적 평형과 대립되는 세계들로부터 추출한 개인성은 특히 완전하고도 명료하게끔 되어 있었다. 그 결과 다성악적 소설의 본질적인 다음성과 다면성의 객관적 전제가 생겨났다.[173]

도스토옙스키 소설의 다성악적 특질을 자본주의 사회의 상호모순적 통

173) 위의 책, 31쪽.

일성에서 찾는 것이 흥미롭다.

그런데 이와 같은 논의를 지금 이 자리에서 인용하는 것은 그것이 한국 사회의 현대 이행이라는 문제를 상기시키고, 그럼으로써 이광수 소설, 특히 『무정』의 의미를 되새겨 보게 하기 때문이다. 『무정』 역시 형식, 영채, 선형 같은 이질적 존재들, 서로 다른 내면성을 가진 존재들을 하나의 평면 위에 공존케 하고 있지 않던가.

바흐친이 엔겔가르트의 논의를 빌려 도스토옙스키를 설명했듯이 이광수는 자신이 살아가던 시대의 조선의 여러 상황들을 동시적으로 포착하여, 공존과 상호작용으로 묘사할 수 있었던 작가였다.

이와 같은 측면에서 『무정』에서 필자에게 가장 흥미로운 장면은, 세 여성이 마치 어미 새에게 먹이를 받아먹으려고 다투어 부리를 내밀 듯이 형식의 이야기에 화답하고 있는 123~125회의 삼랑진 수해 장면이라고 할 수 없다.[174] 그것은 남대문 정거장에서 형식과 선형이 기차에 오름으로써 낯선 세계를 향해 움직이는 한 공간 안에 머물게 된 세 사람의 서로 다른 '우주적' 내면들이 시시각각 그 자태를 드러내는 104~118회의 장면들이 되어야 한다고 생각한다. 이 장면들에서 상호 교차적으로 묘사되는 인물들의 고민의 과정은 『무정』의 인물들을 저마다 각기 어떤 관념을 품고 있는 존재로 나타나게 한다. 여기서는 상대적으로 내면의 용적이 작기만 했던 선형조차 자기의식을 품고 있는 존재로 적극 부상한다.

『무정』에 나타난 인물들의 관념성, 또는 내면성과 관련하여 특히 형식이

174) 이광수 문학을 다이쇼 생명주의의 맥락에서 분석한 한 논문은 이 장면을, 『무정』에서 전개해 간 베르그송식 생명적 진화 과정, 즉 "등장인물들의 다양한 가능성, 정이나 사랑 등을 생명으로 삼고 살아가는 가능성을 단절시킨" 것으로 평가한다. (와다 토모미, 「이광수 소설의 생명의식 연구」, 서울대학교 국문과 대학원 박사논문, 2007, 64쪽) 이 대목을 『무정』이 추구한 생명적 가능성이 오히려 폐쇄되는 국면으로 읽은 것을 기존의 『무정』 독해의 일반적 경향을 따르지 않은 것이어서 주목할 만하다.

라는 인물과 관련해서 바흐친이 소개하고 있는 또 하나의 도스토옙스키 비평은 참고할 만하다.

> 도스또예프스끼의 주인공은 문화적 전통과 지반 그리고 잡계급 지식인의 토양으로부터 유리된 '우연 발생적 인종'의 대표자이다. 그러한 인간은 관념(idea)에 대해 특수한 태도를 보여준다. 그는 실생활(bytie)에 뿌리를 두고 있지 않고 문화적 전통을 상실한 채로 있기 때문에 관념과 또 그 관념의 힘 앞에서 무력하다. 그는 관념에 사로잡힌 '관념의 인간'이 되고 있다. 그에게 있어서 이 관념은 그의 의식과 인생을 전권적으로 결정하고 일그러뜨리기도 하는 관념 세력이 되고 있다. 관념은 주인공의 의식 속에서 독립적인 생을 누리고 있다. 즉 생을 이끌어 가는 것은 주인공이 아니라 관념인 셈이다. 그렇기 때문에 작가는 주인공의 전기를 제공하지 않고 주인공 내부에 있는 관념의 전기를 기술하고 있다. 결국 '우연발생적 인종'의 사가는 '관념의 사료편찬인이 되고 있다. 따라서 인습적 유형 대신에 주인공을 사로잡는 관념이 주인공의 비유적 특성의 주조음이 되는 것이다. 여기에서 도스또예프스끼의 소설을 '관념적 소설'이라는 장르로 정의할 수 있다. 하지만 그것은 어떤 관념을 내포했다고 하여 흔히 불리어지는 관념 사상적 소설이 아니다.[175]

위에서 인용한 도스토옙스키 소설 인물들의 관념성에 대한 진단은 이광수 소설 『무정』의 등장인물 형식이 보여주는 관념의 특질에 관해 많은 힌트를 제공한다.

175) 미하일 바흐친, 앞의 책, 35쪽.

나아가 바흐친은 타인의 내면세계들을 보고 있는 도스토옙스키의 특수한 재능을 강조한 비평가에게도 시선을 던진다. 그는 도스토옙스키 소설이 일인칭 고백 형식으로 이루어지든 화자 겸 작가에 의한 삼인칭으로 이루어지든 "동시에 존재하는 체험적 인간들의 평등한 권리를 우선적으로 전제하고"[176] 있다고 보았다. 바흐친은 또한 러시아 형식주의의 대변자 가운데 한 사람인 쉬클로프스키의 논의도 끌어들인다. 그는 도스토옙스키 소설에 역사적, 사회적, 정치적, 관념적인 힘과 목소리들이 논쟁을 벌이고 있다고 보았다. 때문에 도스토옙스키의 다성악적 소설은 극도로 대화적인 성격을 지닌다.

『도스토옙스키 시학』은 이 저술 안에 흘러넘치는 바흐친의 강렬한 영감과 해박한 지식에도 불구하고 사실상 다섯 개 장으로 이루어진 책의 첫 장에서 자기 이전의 비평들을 다루는 사이에 자신이 생각하고 있는 도스토옙스키 소설의 요점들을 전부 다 이야기했다고 해도 과언이 아니다. 첫 장 이후에 그는 세 장에 걸쳐 도스토옙스키 소설의 다성악적 특징을 첫째 주인공의 측면에서, 둘째 그 소설에 나타난 관념의 측면에서, 셋째 플롯의 측면에서 논의한다. 이 가운데 세 번째 측면, 즉 도스토옙스키 소설의 구성 원리에 대한 설명들은 서구에 있어 소설의 다양한 원천들에 대한 풍부한 검토를 수반하고 있어 자못 흥미롭다 하지 않을 수 없다.

그리고 이것은 다시 이광수 소설의 다양하고도 복합적인 여러 원천들을 떠올리게 한다. 그의 소설은 결코 한두 개의 말라빠진 원천들을 가진 것이 아니며, 다양한 사상적 원천들과 더불어 다양한 문학 양식이 이광수라는 하나의 작가적 우주 속에 합류함으로써 형성된 복합적 실체다. 그것을 도스토옙스키 소설에 곧장 비견할 수는 없겠지만, 확실히 이광수는 자신의

176) 위의 책, 58쪽.

문학 작품 속에서 그 자신이 알고 있는 사상적 견해들을 서로 만나게 하고, 충돌시키고, 경쟁하게 한다. 이것이 이광수 문학을 연구하는 많은 논자들로 하여금 서로 다른 견해를 제출하도록 하는 근본적 요인이다.

또한 이렇게 한 사람의 문학세계가 복합적인 형성 요인을 함축하고 있다면 그것은 필시 그가 구사하는 문학 언어의 차원에서도 그렇게 나타나게 될 것이다. 바흐친의 『도스토옙스키 시학』의 마지막 장은 바로 도스토옙스키의 그 언어를 분석하고자 한다. 이 장은 도스토옙스키 소설에 나타나는 양식화, 패러디, 화자의 서술, 소설에 나타나는 대화 등을 분석한다. 이와 같은 분석을 일별하다 보면 한 작가에 대해 고려해야 하고 탐구해야 할 것이 얼마나 많은지 생각하게 되며, 여기서 다시 이광수 문학과 같은 복합적인 문학, 고도의 언어적 구성을 가진 문학을 어떻게 취급해야 하는가를 생각하게 된다.

여기서 바흐친의 도스토옙스키론을 이렇게 길게, 상세하게 되돌아보는 것은 그것이 이광수 『무정』에 나타난 다성악적, 대화적 성격을 그 의미와 한계까지 함께 고려해 볼 수 있도록 해주기 때문이다. 바흐친은 도스토옙스키 소설에 대해 작가가 등장인물들의 사유에 대해 최종적인 판단을 내리기를, 다시 말해 최종화(zaveršennost, finalization)를 이루기를 가능한 한 연기해 가면서 그 인물들로 하여금 자기 우주를 위해 서로 피를 흘리며 싸우도록 한다고 주장한다.[177] 도스토옙스키의 소설에서는 화자가 인물들의 생각에 대한 판정을 내리지 않으며, 작가조차 주인공이나 그 밖의 인물들

177) "최종화말 말은 바흐친 자신의 용어이다. 이 말은 어느 주인공을 어떠어떠한 사람이라고 단정하고 결론짓는 완결된 말, 또는 최종적인 말이라 할 수 있다. 그러나 바흐친은 도스토옙스키의 어떠한 주인공도 인습적인 방법으로, 최종적인 말로, 또는 완결된 말로 단정지을 수 없다고 주장한다."(김근식, 「도스또예프스끼 연구의 현단계와 바흐친의 〈도스또예프스끼〉 시학」, 『러시아 소비에트 문학』 1, 1990, 220쪽) 일본어 번역에서 이 최종화는 "완결성"으로 번역되어 있다.(ミハイル·バフチン, 『ドストエフスキ-の詩學』, 望月哲男·鈴木淳一 譯, 筑摩書房, 1995, 63쪽, 참조.)

의 내면세계를 선불리 규정하지 않고 그들로 하여금 자신의 생각과 가치의식을 끝까지 밀어붙이도록 한다는 것이다. 도스토옙스키 소설은 때문에 이질적인 말들이 흘러넘치면서 서로 뒤얽히는 투쟁의 장이 된다.

이와 같은 맥락에서 이광수의 『무정』은 어떻게 평가될 수 있을까?

이광수를 도스토옙스키와 곧바로 비교할 수 없다고 다시 한 번 말해야 한다 해도, 그것이 한국문학사에서 처음으로 보는 내면성들의 투쟁의 장이었음을 부정하게 할 수는 없을 것 같다. 『무정』의 가장 중요한 인물은 형식이라기보다도 차라리 화자라고 해야 할 것이, 『무정』의 화자는 이 소설에 등장하는 인물들을 아주 높은 위치에서 내려다보면서 그 인물들의 저마다 다른 세계를 풍부하게 그려나간다. 물론 그의 시선은 형식에게 가장 많이 할애되어 있다. 그러나 영채에게 할애된 화자의 시선의 질량 또한 형식에 못지않다.

또한 이렇게 높은 고도에서 인물들을 조망한다는 것도 바흐친이 말한 도스토옙스키 소설의 다성악적 소설과 아예 거리가 멀다고만 할 수는 없다. 바흐친은 자신의 저술에서 도스토옙스키는 작가 자신마저도 인물들과 같은 평면에 놓고 그들과 자신의 세계를 놓고 겨루도록 한다고 했다. 그러나 사실상 어떤 소설도 작가 자신을 등장인물과 같은 평면에 위치 지을 수는 없다. 소설을 끝내려면 작가는 어떤 형태로든 최종화해야 하며 이것은 작가적 시선의 고도를 전제하지 않고는 이루어질 수 없기 때문이다. 최종화 없는 소설이란 일종의 형용모순이다.[178] 『무정』의 스토리 전개가 결말 쪽으로 이행하면서 갑자기 형식의 계몽사상이 부상하면서 그쪽을 향해 갑자기 최종화 하는 양상을 보이는 것은 사실이지만 그럼에도 이 형식의 사

178) 이문영, 「바흐친의 대화주의와 contradictio in adjecto」, 『러시아어문학 연구논집』 12, 2002, 135~142쪽, 참조.

상을 단조롭고 단순한, 속류적 계몽사상으로만 읽는 것은 『무정』을 주밀하게 읽지 못하는 것이다.

『무정』은 특출한 작가적 재능에 힘입어 새로운 가치와 낡은 가치가 상호 교차하는 시대를 '총체적으로' 부감한다. 현재와 과거, 경성과 평양, 신문사, 교회, 학교, 유곽, 사찰과 같은 시공간들을 가로지르면서 펼쳐지는 사건들은 시대의 거센 여울목에 놓여 있는 인물들의 운명을 갈라놓는다.

『무정』의 인물들은 자신의 뜻으로 좌우할 수 없는 힘들에 휩쓸려 삶의 전환을 맛본다. 화자는 이 인물들을 둘러싼 사건들을 치밀하게 따라가는데, 이러한 사건 서술 못지않은 역할은 바로 그들의 '관념'을 서술하는 것이다. 이 화자는 스스로 심오한 사유체계를 갖춘 또 하나의 인물로 등장하여 소설 속 인물들의 사유를 대리 설명해 나가고, 한편으로는 그에 대한 판단과 평가를 시행하기도 한다.

『무정』은 거친 고난을 겪어나가는 영채와 그런 영채를 앞에 두고 고뇌를 거듭하는 형식의 생각의 흐름을 몇 장을 두고 계속해서 서술해 나가기도 하고, 작중 인물의 정신적 상태나 성숙 여부를 두고 화자의 복잡한 판단을 드러내기도 한다. 이러한 양상으로 인해 『무정』은 그 나름의 확실한 플롯에도 불구하고 사건 중심적인 소설인 만큼이나 인물들의 내면세계가 풍부하게 묘출된 작품으로서의 특징을 고루 보여준다. 심지어는 작중에서 조역에 그칠 만한 유곽의 노파이나 계향에서도 이러한 내면이 자못 두드러져 보일 정도다.

그러나 역시 『무정』의 내면 묘사의 중심점은 형식에 초점이 맞추어져 있다. 작중에서 형식이 '참사람'에 대한 사유를 전개하는 『무정』의 27~28회, 영채의 자살 기도에 대해 뜯어 생각하는 53~54회, 작중 노인과 노파의 삶의 의미를 냉철하게 진단하는 63회와 73회, 영채를 버린 자신의 행위를 두고 번민하다 마침내 고민에서 벗어나기에 이르는 65~66회, 4년간의 경성학교 교사 생활을 반성하는 70회, 김장로의 인물됨을 품평하는 79회, 차중에 영채가 탄 것을 알게 된 후 자기 사랑의 의미를 곱씹어 생각하는 107회와 114~115회 등은 깊이 음미해 보아야 할 부분들이다.

6. 「문학이란 하오」와 『무정』의 거리 또는 두 개의 '정'의 접목

한편, 이렇듯 깊은 내면 심리 묘사를 통하여 『무정』의 주인공 형식은 불행한 과거와 무정한 자신의 현재를 딛고 "전인격덕(全人格的) 사랑"[179]을 꿈꾸는 존재로 거듭한다.

이 소설은 비록 조선에 문명을 주기 위해 교육과 실행으로 나아가야 한다는 계몽주의적 발상으로 결말을 맺고 있으나, 『무정』의 주제를 그것만으로 한정하는 것은 이 작품을 너무 좁게 평가하는 것이다. 일련의 사건들을 겪으며 성찰을 거듭한 끝에 형식은 "페스탈로치를 기다리는"[180] 조선, 교육으로 "신문명화「신문명화」한 신죠선"[181]을 건설해야 할 조선이라는, 고아의 표상을 한 조선에 대한 인식에서 과거와 현재를 두루 살펴 미래를 준비해야 할 조선에 대한 인식으로, 한층 성숙한 면모를 가진 인물로 거듭난다. 다음의 인용문은 이러한 형식의 사유방향을 가늠해 볼 수 있게 한다.

> 나는 죠션의 나갈길을 분명히 알앗거니ᄒᆞ얏다 조션사름의 품을

179) 김철교주, 『바로잡은 무정』, 문학동네, 2003, 656쪽. 『무정』, 114회.

180) 위의 책, 85쪽. 『무정』, 85회.

181) 위의 책, 86쪽. 『무정』, 85회.

리상과 따라셔 교육ᄌᆞ의 가질 리상을 확실히 잡엇거니ᄒᆞ얏다 그러나 이것도 필경은 어린ᄂᆡ의 ᄉᆡᆼ각에 지나지못ᄒᆞᄂᆞᆫ 것이다 나ᄂᆞᆫ 아직 죠션의 과거를 모르고 현ᄌᆡ를 모른다 죠션의 과거를 알랴면 위션 력ᄉᆞ보ᄂᆞᆫ 안식(眼識)을 길너가지고 죠션의 력ᄉᆞ를 ᄌᆞ세히 연구ᄒᆡ볼 필요가 잇다 죠션의 현ᄌᆡ를 알랴면 위션 현ᄃᆡ의 문명을 리ᄒᆡᄒᆞ고 세계의 대셰를 숣혀셔 사회와 문명을 리ᄒᆡᄒᆞᆯ만한 안식을 기른뒤에 죠션의 모든 현ᄌᆡ상ᄐᆡ를 쥬밀히 연구ᄒᆞ여야ᄒᆞᆯ 것이다 죠션의 나갈 방향을 알랴면 그 과거와 현ᄌᆡ를 츙분히 리ᄒᆡ한뒤에야ᄒᆞᆯ것이다 올타 ᄂᆡ가 지금것 ᄉᆡᆼ각ᄒᆞ야오던바 쥬장ᄒᆞ여 오던바ᄂᆞᆫ 모도다 어린ᄂᆡ의 어린 슈작이라

…… (중략) ……

나ᄂᆞᆫ 션형을 어리고 ᄌᆞ각업ᄂᆞᆫ 어린ᄂᆡ라 ᄒᆞ얏다 그러나 이졔보니 션형이나 ᄌᆞ긔나 다ᄀᆞᆺ흔 어린ᄂᆡ다 조상젹부터 젼ᄒᆞ야오ᄂᆞᆫ ᄉᆞ상(思想)의 젼통(傳統)은 다 일허바리고 혼도한 외국ᄉᆞ샹속에셔 아직 ᄌᆞ긔네에게 뎍당ᄒᆞ다고 ᄉᆡᆼ각ᄒᆞ는바를 ᄐᆡᆨᄒᆞᆯ줄 몰나셔 엇졋줄을 모르고 방황ᄒᆞᄂᆞᆫ 올아비와 누이 ᄉᆡᆼ활(生活)의 표쥰도 셔지못ᄒᆞ고 민죡의 리샹도 셔지못한 셰상에 인도ᄒᆞ는자도 업시 ᄂᆡ어던짐이 된 올아비와 누이-이것이 자긔와 션형의 모양인듯ᄒᆞ얏다

…… (중략) ……

올타 그럼으로 우리들은 ᄇᆡ호러 간다 네나 ᄂᆡ나 다 어린ᄂᆡ임으로 멀리멀리 문명한 나라로 ᄇᆡ호러 간다[182]

위의 인용문에 나타난 고아, 또는 미성년의 배움의 과정은 비록 “문명한

182) 위의 책, 659~660쪽. 『무정』, 115회.

나라"를 향한 동경을 품고 있지만 그럼에도 주체적인 자기 인식이라는 과제를 향한 자발적 실행의 면모를 보여준다. 이것은 형식이 자기 자신이 조선의 과거와 현재를 모르고 역사를 보는 안목을 갖추지 못하고 있다고 생각하고, 전통적인 사상의 전통은 다 잃어버리고 외국사상의 홍수 속에 휩쓸려 있다고 생각하는 데서 분명하게 드러난다. 자신을 일러 "어린ᄋᆡ"라 하는 이 생각에는 자기 자신의 힘으로 생각하고 길을 찾아야 한다는 자각이 담겨 있음을 알 수 있다.

그리고 여기서 우리는 다시 한 번 이광수를 칸트주의자로 재발견하게 된다. 왜냐하면 이 "어린ᄋᆡ"란 칸트의 짧은 명문 「계몽이란 무엇인가에 대한 답변」에 나오는 "미성년" 상태를 번역한 것으로 추측되기 때문이다. 칸트는 이 글의 첫 문장을 "계몽이란 우리가 마땅히 스스로 책임져야 할 미성년 상태로부터 벗어나는 것"이라고 했다. 그리고 미성년 상태란 "다른 사람의 지도 없이는 자신의 지성을 사용할 수 없는 상태"를 말한다. 왜 이 상태를 미성년인 그 자신이 책임져야 하는가? 그것은 "미성년의 원인이 지성의 결핍에 있는 것이 아니라 다른 사람의 지도 없이도 지성을 사용할 수 있는 결단과 용기의 결핍"에 있기 때문이다.[183)]

이광수는 이와 같은 칸트의 "미성년"을 "어린ᄋᆡ"로 옮기면서 자기 주체적인 생각을 갖지 못한 형식의 정신상태에 결부시킨다. 이광수에게 있어 미성숙 상태로부터 벗어나 계몽된다는 것은 남의 사상의 홍수 속에서 길을 잃어버린 현재 상태에서 벗어나 참된 자기 인식, 조선에 대한 명철한 인식으로 나아감을 의미한다.

이것이 『무정』에 빈번히 나타나는 바, '참사람'이 되는 것이며 '쇽 사람'

183) 임마누엘 칸트, 「계몽이란 무엇인가에 대한 답변」, 『칸트의 역사철학』, 이한구 옮김, 서광사, 2009, 13쪽. 그 의미 해석에 관해서는 최준호, 「「계몽이란 무엇인가?」에 함축된 욕망에 대한 칸트의 견해」, 『철학』 101, 2009, 참조.

이 깨어나는 것이다[184]. 『무정』에서 '참사람'이 된다 함은 스스로의 용기와 결단을 통해서 스스로를 새로운 세계인식을 획득한 인간으로 재정립함을 의미한다. 그리고 이러한 '참사람'의 가장 중요한 덕성이 바로 '정'이다. 『무정』은 '정'을 가진, 유정한 인간들이 건설하는 유정한 세계를 이상으로 제시한다. 이것이 바로 『무정』의 마지막 회에 해당하는 126회의 의미다. 이 장에서 화자는 이 미성년 상태에서 벗어난, 문명화한 미래의 조선을 가리켜 유정한 세계라 한다.

> 어둡던 셰샹이 평싱 어두올것이안이오 무졍ᄒᆞ던 셰샹이 평싱 무졍홀것이아니다 우리ᄂᆞᆫ 우리힘으로 밝게ᄒᆞ고 유졍ᄒᆞ게ᄒᆞ고 질겁게ᄒᆞ고 가멸게 ᄒᆞ고 굿셰게홀것이로다
> 깃분 우슴과 만셰의 부르지즘으로 지나간 셰샹을 죠상ᄒᆞᄂᆞᆫ「무졍」을 마치자[185]

이 126회 에필로그의 결말은 나중에 이광수가 쓰게 되는 『사랑』과 마찬가지로 미래에 대한 공상으로 이루어져 있다. 『사랑』에서 석순옥과 안빈이 북한요양원을 짓고 그곳에서 장장 15년 동안 병든 자를 구제하는 삶을 살아갔듯이 『무정』의 형식은 현재 시카고대학 4학년생으로 졸업을 앞두고 있다.

물론 이 미래는 『사랑』에 나타나는 미래에 비해 훨씬 더 현재에 가깝고, 그만큼 식민지 조선이라는 현실을 어떻게 타개할 것이냐 하는 문제에 대한 답변을 회피한 것이라는 점에서 이 작품의 치명적인 결함으로 남겨져 있다.

---

184) 김철 교주, 앞의 책, 54회 및 27~28회, 참조.

185) 위의 책, 720~721쪽. 『무정』, 126회.

그럼에도 이 소설은 위의 인용문이 보여주듯이 더 먼 미래, 지금 무정한 이 세계가 유정하게 바뀌어 있을 시대를 상정하고 있다. 이 미래를 "우리 힘"으로 만들고 굳세게 하자는 말에는 직설법으로 처리할 수 없는 어떤 자발적 의지를 함축하고 있다고 볼 수도 있다. 이와 관련해서 칸트는 다음과 같이 말했다.

> 이제 누군가가 "우리는 지금 계몽된 시대에 살고 있는가?"(Leben wir jetzt in einem aufgeklärten Zeitalter?)라고 묻는다면, 그 대답은 다음과 같은 것이다. "아니다. 그렇지만 우리는 계몽의 시대(in einem Zeitalter der Aufgeklärung)에 살고 있다." 현재의 상황이 보여주는 바와 같이 사람들이 종교상의 문제에서 타인의 지도 없이는 자신의 지성을 안전하고 적절히 사용하기에는 많은 것이 부족하다. 그러나 사람들이 이런 일을 자유롭게 처리할 수 있는 무대는 이제 그들에게 열려 있으며, 그리고 일반적 계몽을, 다시 말해 마땅히 스스로 그 책임을 져야 할 미성년에서의 탈출을 방해하는 장애가 차츰 감소되어 가고 있는 명백한 징후가 있다. 이런 점에서 이 시대는 바로 계몽의 시대이며, 환언하면 프리드리히 왕의 세기이다.[186)]

이광수가 『무정』을 쓰면서 자신의 시대를 "프리드리히 왕의 세기"로, 칸트적 의미에서의 자기 계몽이 가능한 시대로 보았는지는 미지수다. 그것은 지극히 복잡하고 불투명한 이광수의 내면의 영역 속에 감추어져 있다. 그러나 『무정』의 화자가 적어도 칸트적인 낙관적 어조를 흉내 내고 있음은

186) 임마누엘 칸트, 「계몽이란 무엇인가에 대한 답변」, 『칸트의 역사철학』, 이한구 옮김, 서광사, 2009, 20쪽.

부인하기 어려울 것이다. 그리고 이 어조에 담긴 시대인식이 『무정』을 새로움과 동시에 시대착오적인 작품으로 독해하는 것을 불가능하지 않게 하는 면이 있다.

그러나 칸트와의 관련성을 염두에 두고 『무정』을 읽으면 이 작품이 '정'이라는 용어와 인식의 맥락에서도 실로 복잡다단한 구성물이라는 사실에 다시 한 번 주목하게 된다.

『무정』은 서양과 동양의 서사양식뿐만 아니라 다양한 학설을 종합하여 자기세계를 창조하고자 한 천재적인 작가의 존재를 말해준다. 이미 와다 토모미가 논의했듯이 이 소설은 다이쇼 시대의 사상적 주조를 이루는 다양한 생명주의의 흐름들, 진화론과 퇴화론의 줄기들을 작품 안에 통합하고 있다. 또 하타노 세츠코가 주장한 것이 전부 허구일 뿐이라고 일축할 수도 없을 것이다.

나아가 『무정』에 흐르는 생명 사상은 교토학파의 학설들과의 사상적 교호 작용을 상상할 수 있게 한다. 이광수는 신칸트주의자인 하타노 세이이치뿐만 아니라 필시 니시다 기타로의 사상을 참조했을 가능성이 있다.

니시다 기타로는 아리스토텔레스, 칸트, 베르그송을 섭렵하면서도 그것을 비판적으로 성찰하며 자신의 생명 철학을 만들어간 사람이다. 그가 30대 초반에 친구에게 보낸 편지에는 『벽암록』에 나오는 유명한 구절인 "看脚下" 또는 "照顧脚下"를 떠올리게 하는 대목이 나타난다.

> 그것에 대하여 생각해 보면 지금의 서양의 윤리학이란 것은 전혀 지식적 연구이면서 의논은 정밀하지만, 인심(人心)의 깊은 soul-experience에 착안하는 자 하나도 없네. 전혀 자기의 발꿈치 아래(脚根下)를 망각해 버리네. 빵이나 물의 성분을 분석하여 설명한 자

가 있지만 빵이나 물의 맛을 설하는 자 없네.[187)]

선사(禪寺)에서 흔히 볼 수 있는 "看脚下" 또는 "照顧脚下"라는 말은 자기 성찰을 요청하는 뜻을 가지고 있다. 진리는 먼 곳에 있지 않고 바로 자기 발밑에 있으니, 자기 내부를 깊이 응시하는 것이 깨달음을 향한 첩경이라는 것이다. 위의 인용문에서 니시다는 선불교의 경구를 들어 서양철학이 인간 내부를 성찰하는 노력을 기울이지 못하고 있음을 날카롭게 비판했다. 그런데 이 똑같은 경구가 이광수의 단편소설 「난제오」(『문장』, 1940.2)에도 나타남을 볼 수 있다.

내가 아는 K선사를 찾았다. 그는 나를 상당히 존경하는 모양으로 맞았다. 불자는 어떠한 사람에게나 이만한 존경은 할 것이다.

K선사는 회색 누비 두루막을 입었다.

나는 절을 하였다.

그도 답례를 하였다.

나는 우두커니 앉아 있었다.

「저이는 정말 청정한 중일까?」

이러한 생각을 해 보다가 나는,

「나무 관세음보살 나무 관세음보살」

하고 속으로 염불을 모셨다. 관세음보살이 내 처지에 계셨으면 어찌 하셨을까, 이렇게 생각해 보았다. 저이가 청정한 중이거나 말거나 내가 그런 것 아랑곳 할 새가 있는 사람이 아니다. 나는 내 발부리를

187) 허우성, 『근대 일본의 두 얼굴: 니시다 철학』, 문학과지성사, 2000, 76쪽에서 재인용.

잊어서는 아니 될 것을 생각하였다.[188]

이와 같은 장면은 니시다와 이광수가 공유하고 있던, 불교라는 공통의 지적 원천을 떠올리게 한다. 『벽암록』은 한자문화권에서는 잘 알려진 불교서이고, 이광수는 니시다와 '마찬가지로' 동서양 사상을 폭넓게 섭렵한 사람이었다. 니시다가 서양철학을 비판적으로 보면서 불교적인 논리를 그것에 접맥하려 했다면, 이광수 역시 니시다와 마찬가지로 칸트를 단순하게 모방하려 하지는 않았다. 그는 칸트의 논리 속에 흐르는 '지·정·의'를 갖춘 전인격적 인간이라는 이상을 새롭게 재편해서 문학 평론과 소설 창작에 투영시켰다.

칸트에게 있어 『순수이성 비판』, 『실천이성 비판』, 『판단력 비판』은 서로 긴밀하게 맞물려 있었다. 다음의 인용문은 그것을 명료하게 설명해 주고 있다.

> 인식론과 도덕론(의지론)을 '감정'(Gefühl)의 이론으로서 통일시켜 우리로 하여금 인간의 자유의지에 있는 도덕성이 필연의 자연계에서 그 목적을 실현시키고 있음을 주장하였다. 그리고 또한 그러한 필연의 자연 개념이 어떤 방식으로든 인간의 자유 의지에서 그 목적을 실현해야 함을 주장하였다. 이때의 감정이란 극단적으로 쾌락이나 불쾌를 말하나, 궁극적으로는 목적연관성에 달려 있는 개념이다. 이러한 목적 연관성이 인간이나 인간의 취미에 달려 있게 되면 그것은 주관적이 되고, 자연이나 자연의 질서에 달려 있게 되면 그것은 객관적

188) 이광수, 「난제오」, 『문장』, 1940.2, 41~42쪽.

이 된다.[189]

이처럼 삼비판서는 서로 맞물려 완성되면서 하나의 인간학을 지향한다. 그러나 많은 이들에게 알려져 있듯이 칸트는 도덕주의자의 면모를 가지고 있다. "그는 모든 사람이 도덕법칙에 따라 서로가 잘 살아가면서 인간 이성의 모든 힘을 평화와 자유의 세상에서 실현하는 사회가 인간의 이상임을 주장하였다."[190]

이광수는 칸트의 삼분법적 인간학과 도덕주의를, 그것을 기반으로 삼으면서도 특히 '정'을 중심으로 한, 정육론적 문학론으로 재편했다고 할 수 있다. 이것은 이광수가 자신의 삶의 목표를 문학에 두었기 때문이었을 것이다.

그런데 여기서 중요한 것은 『무정』에는 칸트적인 의미의 '정', 즉 삼분법 체계 속에서 작동하는 '정'만이 아니라, 정병설이 주장한 바, 사단칠정론의 정, 즉 이분법 체계 속에서의 '정'에 대한 인식도 분명하게 나타난다는 사실이다. 예를 들어, 다음의 두 부분을 비교해 보자.

(가)

ᄌᆞ긔가 지금것 올타 그르다 슯흐다 깃부다 ᄒᆞ여온것은 결코 ᄌᆞ긔의 지의 판단(知의 判斷)과 졍의 감동(情의 感動)으로 된 것이 안이오 온젼히 젼습(前習)을 ᄶᅡ라 사회의 습관(習慣)을 ᄶᅡ라 ᄒᆞ여온것이엿다 녜로브터 올타ᄒᆞ니 ᄌᆞ긔도 올타얏고 남들이 됴타ᄒᆞ니 ᄌᆞ긔도 됴타ᄒᆞ얏다 다만 그ᄲᅮᆫ이로다 그러나 녜로브터 올타한 것이 ᄌᆞ긔의게 무

189) 위의 책, 98쪽.

190) 백승균, 『세계사적 역사인식과 칸트의 영구평화론』, 계명대학교출판부, 2007, 18쪽.

슨 힘이 잇스며 남들이 됴타ᄒᆞᄂᆞᆫ 것이 ᄌᆞ긔의게 무슨 상관이 잇스랴 내게ᄂᆞᆫ 내 지(知)가 잇고 내 의지(意志)가 잇다 내 지와 내 의지에 빗최어보아 올타든가 됴타든가 깃부고 슯흐다든가 ᄒᆞᄂᆞᆫ것이안이면 내게 ᄃᆡᄒᆞ야 무슨 샹관이 잇스랴 나ᄂᆞᆫ 내가 올타ᄒᆞ던것도 녜로부터 그르다 홈으로 ᄯᅩᄂᆞᆫ 남들이 올치안타홈으로 더 ᄉᆡᆼ각ᄒᆞ지도 안이ᄒᆞ야보고 그것을 ᄂᆡ여바렷다 이것이 잘못이로다 나ᄂᆞᆫ 나를 죽이고 나를 바린것이로다

ᄌᆞ긔ᄂᆞᆫ 이졔야 ᄌᆞ긔의 ᄉᆡᆼ명을 ᄭᆡ다랏다 ᄌᆞ긔가 잇ᄂᆞᆫ줄을 ᄭᆡ다랏다 마치 북극셩(北極星)이 잇고 ᄯᅩ 북극셩은 결코 ᄇᆡᆨ랑셩(白狼星)도 안이오 로인셩(老人星)도 안이오 오직 북극셩인 듯이 짜라셔 북극셩은 크기로나 빗으로나 위치(位置)로나 셩분으로나 력ᄉᆞ(歷史)로나 우쥬(宇宙)에 ᄃᆡᄒᆞᆫ ᄉᆞ명(使命)으로나 결코 ᄇᆡᆨ랑셩이나 로인셩과 ᄀᆞᆺ지 안이ᄒᆞ고 북극셩ᄌᆞ신의 특증(特徵)이 잇슴과 ᄀᆞᆺ치 ᄌᆞ긔도 잇고 ᄯᅩ ᄌᆞ긔ᄂᆞᆫ 다른 아모러한 사ᄅᆞᆷ과도 ᄭᅩᆨ ᄀᆞᆺ지 안이한 지와 의지와 위치와 ᄉᆞ명과 ᄉᆡᆨᄎᆡ(色彩)가 잇슴을 ᄭᆡ다랏다 그러고 형식은 더홀슈업ᄂᆞᆫ 깃붐을 ᄭᆡ다랏다[191]

(나)

아- ᄂᆡ기 잘못홈이 아닌가 ᄂᆡ가 넘어 무졍홈이아인가 ᄂᆡ가 좀더 오ᄅᆡ 영ᄎᆡ의 거쳐를 챠자야 올흘것이아인가 셜ᄉᆞ 영ᄎᆡ가 죽엇다ᄒᆞ더라도 그 시톄라도 챠자보아야홀것이아니던가 그러고 대동강가에 셔셔 쓰거온 눈물이라도 오ᄅᆡ 흘려야 홀것이 아니던가 영ᄎᆡᄂᆞᆫ 나를 ᄉᆡᆼ각ᄒᆞ고 몸을 죽엿다 그런데 나ᄂᆞᆫ 영ᄎᆡ를 위ᄒᆞ야 눈물도 흘리지아너

191) 김철교주, 앞의 책, 398~399쪽. 『무정』, 65회.

아- ᄂᆡ가 무졍ᄒᆞ고나 ᄂᆡ가 사ᄅᆞᆷ이아니로고나 ᄒᆞ얏다[192]

(가)는 형식이 영채를 찾아 평양에 갔다 영채가 죽은 것으로 안 후 자기 생명의 독이적 가치를 새롭게 인식하고 있는 부분이다. 이 장면은 젊은 이광수가 인간의 심리를 얼마나 깊이 꿰뚫고 있었는지 알 수 있게 해준다. 영채에 대한 양심적 부담 때문에 괴로워하면서 그녀를 찾아 평양을 헤매어 다녔지만 그의 마음속 깊은 곳에는 관습적 굴레로부터 벗어나 한 사람의 자유인이 되고자 하는 강렬한 욕망이 숨어 있었다. 영채가 죽었다고 생각하자 이 욕망이 마침내 '독아'를 내민다. 다른 무엇이 아닌, 자기 자신의 지적 판단과 정적 감동을 따라 자신의 생명적 삶을 창조해 나가고자 하는 의지가 약동하기 시작한 것이다. 이러한 대목에 나타나는 '정'은 확실히 칸트적인 삼분법 체계 속의 '정'이다.

반면 (나)에 나타나는 '정'은 그와 달리 사단칠정론의 맥락에 서는 '정'이다. 인용된 부분에서 형식은 자신이 영채를 마음속에서 내다 버렸음을 한탄한다. 그러한 한탄의 한가운데에는 자신이 "무정"한 사람이라는, "무정"해서 사람답지 못하다는 인식이 자리 잡고 있다. 『무정』에서 이 제목이 가리키는 무정함이란 바로 이 형식의 무정함을 가리키고 있다. 『무정』의 이야기 속의 현실이 무정한 것은 그 세계가 형식이 영채를 버리는 세상이기 때문이다. 그리고 이것은 작가가 자신이 몸담고 있던 당대세계를 무정한 세계로 인식하고 있음을 의미한다. 그런데, 자신이 무정해서 사람답지 못하다는 형식의 생각을 뜯어보면 거기에는 사단칠정론의 '정'의 의미가 오롯이 담겨 있음을 알 수 있다.

앞에서 잠시 살펴보았듯이 성리학 체계 속에서 사단과 칠정의 관계를

192) 위의 책, 404쪽. 『무정』, 66회.

이해하는 방식에는 엇갈림이 없지 않다. 그런데 "사람은 모름지기 정이 있어야 한다"거나, "저 사람은 참 정이 많은 사람이야."라고 말할 때의 이 '정'은 부정적인 함의를 내포하고 있지 않다. 그것은 인간의 선한 본성으로부터 자연스럽게 흘러나오는 것, 사단이라는 성의 외적 표현으로서의 '정'이다. 이렇게 파악된 '정'은 사람이 세상을 살아가는데 없어서는 안 될 귀중한 마음의 작용이다. 이것을 버리고서야 세상이 살 만한 것이 될 수 없다.

이것이 바로 『무정』을 쓴 이광수가 당대를 인식한 방식이다. 새로운 세계사적 조류, 새로운 관념과 이상, 새로운 가치 체계가 밀려오면서 전통적인 것, 낡은 것은 새로운 것에 휩쓸려 밀려 나가 버렸다. 이 밀려나가는 과거적 세계의 사람들을 대변하는 인물이 바로 영채다. 역사를 통찰하는 작가 이광수의 시점에서 보면 영채는 형식에게 버림받지 않을 수 없다. 그러나 과거를 물리치고 부정하는 새로운 조류들, 그것을 추수하는 사람들, 형식이나 선형으로 대변되는 현재적 세계의 사람들이 이 세계를 바르게, 풍요롭게 만들어 가고 있느냐 하면 그렇지도 못하다. 영채를 버리고 선형을 택한 형식의 무정함, 바로 그와 같은 무정세계를 유정세계로 만들어 나가야 한다는 것이 이광수의 생각이다. 그가 생각하는 유정한 세상은 그러므로 미래 속에 과거와 현재가 함께, 그 어느 쪽도 버림받지 않은 상태로 새로운 관계를 수립한 상태를 가리킨다. 만약 『무정』이 묘사하고 있는 현실이 이광수가 생각한 '현대'의 모습이라면, 『무정』은 그러한 현대성을 넘어선 '탈현대적' 지평을 작품 안에 함축하고 있다고도 말할 수 있다.

7. 이광수 문학과 한국문학의 현대 이행이라는 난제

「문학이란 하오」에서 『무정』으로 나아간 과정은 한국문학의 현대 이행이라는 문제를 새롭게 인식하도록 한다. 앞에서 필자는 이식 모델이나 내재적 발전론 대신에 접붙이기(graftation) 모델을 생각해 보는 것이 가능하다고 하였다. 이 '접목'의 견지에서 이광수의 문학평론과 소설을 살펴보면 그것은 단순한 접목이 아니라 양식적, 사상적 측면에서의 풍요로운 종합을 꾀한 것이었음이 드러난다.

무엇보다 『무정』은 서양에서 발원한 노블 양식과 한자문화권인 동아시아 공통의 유산인 소설의 양식적 결합 양상을 뚜렷하게 보여준다.

조동일이 논의했듯이 중세는 공동의 문어를 바탕으로 공통적인 문화적 가치를 공유하려 한, 공동문어 문학의 시대였고,[193] 소설은 동아시아에서 한문 문어문명권의 공동의 문화적 행위 가운데 하나였다. 『무정』은 이러한 전통 속에서 전개되어 온 다양한 소설 작품들의 영향력을 보여준다. 뿐만 아니라 『무정』은 이광수가 섭렵한 다양한 서양 문학 작품들과의 관련성을 도외시하고는 충분히 설명될 수 없는 것이기도 하다. 필자는 『무정』에서 도스토옙스키의 면모를 보는 듯한 느낌에 자주 사로잡혔다. 이 소설에 등장하는 노파에 대한 화자나 형식의 생각은 『죄와 벌』에 나타나는 노파에 대한 관점을 상기시켰다. 물론 이광수는 자신을 톨스토이주의에 경사된 사람으로 밝히고 있으나, 형식의 내면의식은 『죄와 벌』의 라스콜리니코프나 『카라마조프의 형제』의 이반 같은 인물의 존재를 환기시켰다. 필자가 형식의 내면성을 설명하면서 바흐친의 『도스토옙스키 시학』을 끌어들

193) 조동일, 「한국문학사의 시대 구분과 세계문학사」, 『한국문학과 세계문학』, 지식산업사, 1991, 76~95쪽, 참조.

인 것은 바로 그 때문이었다. 그러나 비단 도스토옙스키만이 아닐 것이다. 많은 선행 연구들이 보여주듯이 이 작품은 다양한 텍스트 연관성을 함축하고 있으며, 이러한 풍요로운 상호텍스트성이야말로 이 작품으로 하여금 한국소설의 현대 이행을 가리키는 기념비적 저작물로 정립될 수 있도록 했을 것이다.

사상적 측면에서도 『무정』은 다양한 조류의 동서양 사상을 종합하는 면모를 보여준다. 본론에서 거론하지 않았지만 『무정』에서 말하는 "사룸"의 문제, "참사룸"이 되고, "속 사룸"이 눈을 뜬다는 것은 천도교가 말하는 '사람성(사람性)'과도 내적 관련성이 있을 것으로 추정된다. 최제우의 시천주(侍天主) 사상을 인내천(人乃天) 사상으로 계승한 것이 손병희였다면, 이를 현대 서양철학에 대한 검토를 거쳐 '사람성주의'로 재정립한 것은 이돈화(1884~?)였다. 그는 1902년부터 『천도교 월보』를 펴내는 일을 했고 1920년에는 『개벽』을 창간하여 천도교 사상을 체계화했다. 이광수가 본디 천도교에 입문한 사람이었고 이를 인연으로 일본 유학에 나아갔음을 감안하면 그가 이러한 사상적 흐름을 몰랐다고 생각할 수 없다. 이러한 문제는 추후에 새롭게 검토되어야 한다.

『무정』이 보여주는 사상적 종합 양상을 규명하는 일은 결코 간단치 않은 듯하다. 여기서는 「문학이란 하오」와 『무정』이 칸트적 인식론과 윤리학, 그리고 예술 인식과 밀접한 관련을 맺고 있음을 보여주고자 했다.

칸트적인 '지·정·의'론은 「문학이란 하오」의 기본적 논리가 되어 나타나 있다. 그러나 「문학이란 하오」와 『무정』의 '정'론에는 낙차가 있다. 『무정』은 칸트적인 계몽 개념을 활용하여 형식이라는 문제적 인물의 '자기의식' 형성 과정을 형상화한 소설이다.

이러한 관점에서 보면 『무정』의 결말에 나타나는 형식의 미국 유학에는 속류적인 계몽, 즉 선생이 학생을, 제국이 식민지를, 어른이 아이를 무지에서 벗어나게 해준다는 일방향주의적 계몽이 아니라, 학생이, 식민지가, 아이가 스스로의 결단과 용기를 발휘하여 '진리'를 밝히고 자기 운명을 타개해 나간다는 새롭고도 적극적인 의미가 부여될 수도 있다.

또한 여기서 필자는 『무정』에 나타나는 '정'이 중의적이면서도 혼합적인 의미를 내포하고 있음을 보여주고자 했다. 분석에 따르면 『무정』은 칸트적인 '지·정·의'론의 '정'의 의미에서 논리를 전개하는 부분도 있으나, 주제 제시에 이르면 전통적인 의미에서의 '정'의 의미와 가치를 새롭게 부각시키고 있음이 드러난다. 결말에서 이광수는 전통적인 사단칠정론에 의해서 억압된 '정'을 활성화하여 무정 세계에서 벗어나 새로운 세계, 유정한 세계를 창조해야 한다는 메시지를 전달하고자 한다. 주제와 관련된 '무정', '유정'이라는 말에는 '지·정·의'론의 '정'이 아닌 전통적인 정'의 의미가 보존되어 있다.

이광수 초기 문학이론과 그 실천으로서의 창작 사이에는 어떤 거리, 낙차 또는 상충이 있다. 또 그의 문학은 많은 이질적인 문학 양식들, 사상적 조류들을 종합하고자 한 산물이기도 하다. 『무정』의 이 복잡다단한 특성은 한국문학의 현대 이행을 조명하는 두 이항 대립적 관점, 즉 이식론과 내재적 발전론을 지양한 새로운 논리를 상상해 볼 수 있게 한다. 그것을 가리켜 종합, 접목, 또는 접붙이기를 통한 한국문학의 현대 이행이라고 일단 명명해 보고자 한다.

번역과 번안, 그리고 '무정·유정' 사상의 새로운 '구성'—장편소설 『재생』

1. 진화론 맥락의 『재생』과 다른 독해의 가능성

필자가 가장 인상 깊게 접했던 『재생』론은 박사학위 논문을 수정, 보완하여 책으로 펴낸 『이광수 장편소설 연구』(예옥, 2014) 안에 들어 있는 『재생』 논의였다. 분량상으로도 가장 많은 부피를 차지하는 이 책의 『재생』론은 이광수 문학 사상을 진화론과 연관 짓는 폭넓은 맥락 속에서 『재생』을 가장 중요한 텍스트로 다룬다. 그리고 이광수 문학의 진화론 관련 이 논의는 이광수와 그의 문학을 일본 또는 일본문학과의 관계 틀 안에서만 읽어내려는 한국 국문학계의 한계를 뛰어넘으려는 새롭고도 야심찬 기획이 투영된 것이었다.

이 『재생』론을 읽음으로써 우리는 진화(evolution), 퇴화(degeneration),[194] 재생(regeneration) 등의 진화론, 퇴화론 개념들과 문학의 관련성에 새로운 눈을 뜨게 된다. 같은 맥락에서 이 책의 저자는 「민족개조론」을 degeneration

194) 와다 토모미, 『이광수 장편소설 연구』, 예옥, 2014, 154쪽.

담론에 연결 짓고 있으며,[195] 소설 『재생』은 'race regeneration'('인종 재생' 또는 '민족의 재생') 담론의 맥락에서 자연스럽게 독해될 수 있는 작품으로 분석, 제시된다.

『이광수 장편소설 연구』의 『재생』론의 또 다른 분석 착점은 이 작품을 오자키 고요의 『곤지키야샤(금색야차)』의 맥락 속에 위치시키는 것이다. 이 저작은 국문학계에 『곤지키야샤(금색야차)』의 참조 작품으로서 『weaker than a woman』(여자보다 약한 자, 1890) 등 영미권의 대중소설들이 선행해 있음을 소개한다. 또 그로부터 『weaker than a woman』→『금색야차』→『재생』의 선형도를 제시한다. 이 저작은 '고의로' 조중환의 『장한몽』에 대한 분석과 언급을 자제하면서, 『재생』을 『금색야차』의 포섭적 산물에서 '해금'시키고, 이 작품이 19세기 후반 이래 전 세계를 휩쓴 진화론, 퇴화론, 재생론의 맥락에 서 있음을 주장함으로써, 일제 강점기의 한국문학을 일본문학으로부터, 즉 '제국-식민지'의 이항대립적 관계망으로부터 '독립'시키고자 한다.

2000년대 이래 국문학계에서 생산되어 온 숱한 이광수론이 오히려 이 '제국-식민지'의 이항대립항을 강화시키는 방향으로만 논의를 반복해 왔던 점에 비추어 보면, 필자는 이 논자가 얼마나 중요한 기여를 했는지, 그럼에도 불구하고 얼마나 간단히 잊혀져 버리다시피 했는지 다시 한 번 씁쓸한 감상에 잠기지 않을 수 없다. 새로운 『재생』 논의가 있을 수 있다면 사실은 바로 이 저작의 『재생』론에서 시작해야 한다는 점을 다시 한 번 강조해도 지나치지 않을 것이다.

다른 한편으로, '재생'(再生)이란 '부활'(復活)과도 통하는 것이라 생각된다. 그리고 여기서 부활이란 기독교적 의미를 함축하는 'resurrection'으

195) 위의 책, 특히, 169쪽.

로 번역될 수 있다. '재생', '다시 생명을 얻는다는 것'은 이 작품에서 기독교적인 의미 중첩을 띠고 나타난다.

예를 들어, 작중에서 조선에 와 선교 활동에 일생을 바치고 있는 P부인은 타락의 끝에서 죽을 작정임을 고백하는 순영을 향해 말한다. 이 대목은 『재생』의 작가가 독자들에게 전달하고자 하는 핵심적 요지 가운데 하나다.

> "(전략)
>
> 우리 생명 장난감 아니오. 우리 맘대로 가지고 놀다가 싫어지면 아무렇게나 깨뜨려 내버려도 좋은 장난감 아니오. 하나님의 역사하신 것 중에 생명 제일 귀한 것 아니오? 이 생명 하나님의 영광 위해 내이신 것 아니오? 주 예수 그리스도께서 그 생명 어떻게 쓰시었소? 만백성, 온 인류 구원하시는 일에 쓰시었으니 우리도 주의 본을 받을 것이오. 우리도 우리 생명 살아 있는 동안 하나님의 자녀를 주의 앞으로 인도하기에 이 생명 바치어야 할 것이오.
>
> 하나님, 일 위해서 몸 바치는 사람 결코 실망하거나 낙심하는 일 없소. 제 욕심 채우려고 애쓰는 사람 항상 실망 있소. 낙심 있소. 그런 사람 저밖에 모르오. 쎌피쉬한 사람이오. 쎌피쉬한 것 가장 큰 죄악이오. 또 모든 죄악의 근본이오. 내가 보니 조선 젊은 사람들 쎌피쉬한 성질 많소. 저를 희생하는 정신, 쎌푸 쌔크리파이쓰 정신 심히 부족하오. 저를 쌔크리파이쓰해서 하나님께 써브(섬기기)하는 생각, 나라에 써브하는 생각 심히 부족하오. 공부 오래오래 한 사람들, 서양까지 갔다 온 사람들도 쎌피쉬니쓰(이기심) 떠나지 못하고 써비스(봉사)하는 생각 잘 깨닫지 못하는 사람 많아. 나 그것 대단히 슬퍼하오. 또 입으로 말하는 사람 있어도 몸으로 행하는 사람 대단히 적

어. 나 그것 슬퍼하오. 우리 학교 졸업생 많이 났으나 써비스하는 정신 잘 알아 하나님 일 위해 사는 사람 많지 아니하니 내 마음 아프오.

지금 조선 나라 대단히 어려운 중에 있소. 쎌푸 쌔크리파이쓰(저를 희생)하는 남자와 여자 많이 있어서 힘을 합하여 일하면 살 수 있고, 저마다 쎌피쉬니쓰 따라가면 망하는 수밖에 없는 것이오. 그런 누구, 그런 사람 있소? 나 하는 사람, 그런 사람 대단히 적소. 순영이 그런 사람이오?"[196]

이 '이기심'과 '자기희생'의 문제는 이 작품의 후반부에 가서 명료하게 나타나 점점 더 중요한 의미를 띠고 나타나게 된다. 앞에서 이야기한 『이광수 장편소설 연구』는 이 문제를 시종일관 진화론, 퇴화론, 재생론의 맥락에서 밀어붙인다.[197] '민족의 재생'을 위해서는 "이기심"을 억제하고 "저를 희생" 하는 정신을 앙양시켜야 하며, 타락의 확산과 번식을 억제해야 한다.

작품에서 선영이 거부 백윤희와의 사이에서 출생한 눈 먼 딸과 함께 금강산 구룡연에 몸을 던져 생을 끝막는 결말은 3·1운동 세대가 직면한 민족의 퇴화의 위기로부터 새로운 재생으로 나아가고자 한 작가적 의도가 투영된 것으로 해석된다.

그러나 이 자리에서 상세하게 논증, 논의할 수는 없으나 이광수는 분명 톨스토이와 도스토옙스키의 애독자였고 그들의 기독교 사상에서 깊은 감화를 받은 인물이었고, 필자는 톨스토이의 『부활』이나 도스토옙스키의 『카라마조프의 형제』 같은 작품들에서 『재생』에 나타나는 중요한 모티프

---

196) 이광수, 『재생-춘원 이광수 전집』 5, 태학사, 2020.5, 394~395쪽.

197) 와다 토모미, 앞의 책, 247~275쪽.

들을 다양하게 발견하게 된다.

예를 들어, 작중의 신봉구가 인류와 민족을 위해 자기 한 몸을 내던지고자 하는, '자기희생'의 화신으로 거듭나고자 하되, 순영이 눈 먼 딸을 데리고 경원선 연변의 '금곡'으로 찾아왔음에도 이 모녀를 거둬들이지 않은 것은, 『카라마조프의 형제』에서 '이반'이 인간은 인류를 사랑할 수 있으되 한 사람을 사랑할 수는 없는 모순적 존재라 주장했던 것을 새로운 형태로 환기시킨다 할 수 있다. 또한 봉구가 순영과의 원한 맺힌 사랑을 뒤로 하고 금곡으로 '내려가' 농촌공동체를 위해 헌신하고자 한다는 이야기도 『부활』의 네흘류도프 백작이 카츄샤를 따라 함께 유형지로 향하다 자신의 소유지를 농민들에게 분배해 주는 행위에 연결된다.

이광수의 톨스토이즘은 이미 반복적으로 지적되어 온 것이지만 필자는 심지어 『무정』의 다원적인 인물 창작방법은 톨스토이보다도 오히려 바흐친이 논의한 도스토옙스키의 다성악적 창작방법과 관련이 깊다고 생각한다.[198]

요컨대, 『재생』은 '진화론, 퇴화론, 재생론'의 맥락 안에서도, 톨스토이와 도스토옙스키 사상의 맥락 속에서도, 그리고 『여자보다 약한 자』, 『금색야차』의 관련성 속에서도 다양하고도 다채롭게 재독될 수 있으며, 바로 그러한 점에서 이 작품은 풍요로운, '접합을 통한 창조적 비약'을 이룬 중요한 사례로 간주될 수 있다.

필자는 여기서 『여자보다 약한 자』에서 『금색야차』를 지나 『재생』에 이르는 『이광수 장편소설 연구』의 '선형도'에서 누락된 번안 소설 『장한몽』의 문제를 『재생』과 관련하여 새롭게 검토해 봄으로써 앞에서 말한 '접합

198) 방민호, 「『문학이란 하오』와 『무정』, 그 논리 구조와 한국문학의 근대 이행」, 『춘원연구학보』, 5, 2012.12, 228~237쪽.

을 통한 창조적 비약'의 과정에서 번역 또는 번안의 의미를 살펴보고자 한다. 나아가 그 동안의 논의에서 간과되어 온 『재생』의 사상적 특성의 일단을 밝힘으로써 이광수 문학의 계보학적 위상을 새롭게 하면서 이를 통하여 현대 한국문학의, 여타의 문학으로 환원 불가능한 '특이성'에 주목해 보고자 한다.

2. 번안과 번역의 거리—『금색야차』·『장한몽』·『재생』의 맥락

『장한몽』과 『금색야차』의 관계에 대해 논의한 중요 논문 가운데 하나는 이경림의 「『장한몽』 연구」(서울대석사학위논문, 2010)다. 이 논문은 이재선 등에서 비롯된 『금색야차』와 『장한몽』의 거리에 대한 고찰을 바탕으로 번안의 의의를 격상시키는 맥락에서 두 작품 사이의 거리를, 특히 『장한몽』의 문학성을 논의하고자 한다. 이를 위해 논자는, 번역이 "'언어의 다양성에 대해 보편적 이해가능성의 개념으로 반응'하는 행위라면 번안은 서사의 다양성에 대해 보편적 적용가능성의 개념으로 반응하는 행위"[199]라고 하면서, 번안의 의의를 다음과 같이 구체화 한다.

> 번안은 이미 발표된 작품을 자국으로 옮겨와 적용(adapt)시키는 행위이다. 따라서 원작에 대한 '정확성'의 정도가 번역 작품의 가치 판단의 기준으로 성립할 수 있다면, 번안에 있어서는 오히려 원작을 자국의 풍토에 적용시키기 위한 번안자의 창작적 의도에 의해 개작을 거침으로써 독자성을 확보하는 것이 그 본령이자 특질이라고 할

199) 이경림의 「『장한몽』 연구」, 서울대석사학위논문, 2010, 6쪽.

> 수 있다. 이와 같이 원작의 해체와 재구성을 통해 드러나는 번안자의 의도를 읽어내는 것은 번안소설을 연구할 때 반드시 선결되어야 할 과제라고 할 수 있다.[200]

번안과 번역을 위와 같이 구별하는 것은 타당한 면이 있다. 이 논문은 이러한 맥락에서 『장한몽』의 '자국화', 곧 "적용(adapt)" 양상을 체계적, 구체적으로 분석, 논증하고자 했다. '시공간적 배경의 변개'나 '원서사의 개작' 등에 대한 이 논문의 논의는 흥미롭다. 필자는 이러한 의미의 번안 개념을 따라 『장한몽』을 분석할 때 가장 중요하게 인식되어야 할 사안 가운데 하나를 생각한다. 두 나라 사이의 가족 제도, 특히 서양자 제도, 결혼 제도 등의 근본적 차이로 말미암아, 『금색야차』의 하자마 간이치는 오미야 집안의 양자로 설정되어 있는 반면 『장한몽』의 이수일과 심순애는 그렇지 않았다.

도쿄와 아타미의 관계가 경성과 평양의 관계로 변환되어 있는 것은 두 나라 사이에 서로 교환될 수 없는 지리적, 역사적, 문화적 차이가 가로놓여 있음을 의미한다. 여기서 더 나아가 가족 제도, 결혼 제도 등 제도, 관습, 풍속 상의 '피할 수 없는' '차이'를 작가가 어떻게 인식하고 표현했는가 하는 문제는 매우 중요하다 하지 않을 수 없다. 이 문제의 인식은 채만식의 「과도기」, 염상섭의 「남충서」 같은 작품에서도 나타난다. 또, 특히 일제 말기의 내선 결혼 문제를 다룬 소설들, 그리고 창씨개명 문제에 관련된 문학인들의 의식 문제 등을 고찰하고자 할 때 이 점이 매우 중요하다는 사실을 부기해 놓기로 한다.

그런데 필자는 이 번안의 문제에 관해 보다 더 시야를 넓혀 이해할 필요

200) 위의 논문, 같은 쪽.

성을 제기하고자 한다. 위의 「『장한몽』 연구」에서 논자는 『장한몽』을 현대 상업적 동기와 연결 지으면서도 "고소설 시기부터 신소설 시기에 이르기까지 실제적으로 한국에서 번안이 이질적인 외국 작품을 자국어로 옮기는 번역의 하위 방법으로서보다는 창작방법의 일부로서 활용되어 온 예를 찾을 수 있다"[201]라고 한다. 이는 번안이 전통적으로 새로운 창작으로 기능했다는 점을 강조함으로써 번안 작품으로서의 『장한몽』의 가치를 적극적으로 논의하기 위한 전제를 삼은 것이다. 필자는 이러한 번안의 위상을 다시 번역의 맥락에서 재검토해야 할 필요성을 의식한다.

이를 위하여 하나의 시금석 역할을 하는 것은 조선조 19세기 초반 경에 중국소설 『경화연』을 번역한 홍희복의 견해다. 홍희복(1794~1859)은 중국 청대의 '백회본' 소설 『경화연』을, 1835년부터 1848년에 이르는 약 13년 세월 동안 『제일기언』 스무 권으로 나누어 번역하였으며, 그 가운데 9권과 12권이 유실되었으나 나머지 부분이 모두 남아 있어 그 전모를 대부분 파악할 수 있다.[202]

이 번역소설 서문에서 홍희복은 소설 양식의 유래를 '경사자집'의 고전적 글쓰기 양식 분류에 비추어 논의하면서 특히 '중국 선비는 글 읽어 과거를 이루지 못하면 이로써 뜻을 붙여 문학을 자랑하고 가계 빈궁하면 이로써 생애하여 저자에 매매하니 이로써 천방백기와 기담괴설이 아니 미친 바 없'었다고 하여 상층 남성 계급들 사이에 소설 창작이 성행했음을 밝힌다.

그런 후 그는 '우리 동국'은 '부인 여자'들이 '언문'을 배워 '소설신화(小說新話)의 허탄기괴한 바를 다투어 즐겨 보'기에, 이에, '선비와 재주 있는 여자'들이 '고금 소설에 이름난 바를 낱낱이 번역하고 그 밖'에 '허언을 창설

201) 위의 논문, 16쪽.

202) 박재연·정규복 「『제일기언』에 대하여」, 『제일기언』, 국학자료원, 2001, 4~8쪽, 참조.

(唱設)하고 객담(客談)을 번연(繁衍)하여 신기하고 재미 있기를 위주하여 누천권'을 넘어선다고 한다.

이어서 그는 중국소설 번역본과 조선 소설들의 목록을 자세하게 나열함으로써 소설이 성행하는 세태를 밝히고 조선 소설이 그 천편일률적인 한계와 더불어 세속의 부정적인 일들을 묘사하고 있음을 들고는 자신이 번역하고자 한 『경화연』은 그와 다른 면모를 지닌 작품임을 강조하고자 한다. 이 대목은 홍희복의 번역 의식이 잘 드러나는 대목이므로 인용할 만한 가치가 충분해 보인다.

> 우연이 근셰 즁국 션ᄇᆡ 지은 바 쇼셜을 보더니 그 말이 죡히 사ᄅᆞᆷ의게 유익ᄒᆞ고 그 뜻이 부ᄃᆡ 셰샹을 ᄭᆡ닷과져 ᄒᆞ야 시쇽쇼셜의 투ᄅᆞᆯ 버셔ᄂᆞ고 별노히 의ᄉᆞᄅᆞᆯ 베퍼 경셔와 ᄉᆞ긔ᄅᆞᆯ 인증ᄒᆞ고 긔문벽셔(奇文僻書)ᄅᆞᆯ 샹고ᄒᆞ야 신션의 허무ᄒᆞᆫ 바ᄅᆞᆯ 말ᄒᆞ되 곳곳이 빙게 잇고 외국에 긔괴ᄒᆞᆫ 바ᄅᆞᆯ 말ᄒᆞ되 낫낫치 ᄂᆡ역리 이셔 경셔ᄅᆞᆯ 의논ᄒᆞ면 의리ᄅᆞᆯ 분셕ᄒᆞ고 ᄉᆞ긔ᄅᆞᆯ 문답ᄒᆞ면 사비ᄅᆞᆯ 질졍ᄒᆞ야 쳔문지리와 의약 복셔로 잡기방슐에 니르히 각각 그 묘ᄅᆞᆯ 말ᄅᆞ고 법을 ᄇᆞᆰ히니 이 진짓 쇼셜에 대방가요 박남ᄒᆞ기의 읏듬이라. 그 지은 사ᄅᆞᆷ의 뜻인즉 평ᄉᆡᆼ에 ᄇᆡ호고 아ᄂᆞᆫ ᄇᆡ 이ᄀᆞ치 너르고 깁것마ᄂᆞᆫ 마ᄎᆞᆷᄂᆡ 뜻을 닐우지 못ᄒᆞ야 쓰일 곳이 업ᄂᆞᆫ지라. 이에 홀일업셔 부인 녀ᄌᆞ의 일홈을 빌고 뜻을 부쳐 필경은 쓸ᄃᆡ 업스믈 ᄇᆞᆰ히미라. 이에 그 번거ᄒᆞᆫ 바ᄅᆞᆯ 덜고 간략ᄒᆞᆫ 곳을 보ᄐᆡ며 풍쇽에 갓지 아닌 곳과 언어의 다른 곳을 곤치고 윤ᄉᆡᆨᄒᆞ야 언문으로 번역ᄒᆞ야 일홈ᄒᆞ되 "졔일긔언第一寄諺"이라 ᄒᆞ니 사ᄅᆞᆷ이 그 뜻을 뭇거ᄂᆞᆯ ᄃᆡ답ᄒᆞ야 왈,
>
> "진셔쇼셜 즁 삼국지(三國志)ᄅᆞᆯ 니르러 졔일긔셔(第一奇書)라 ᄒᆞᄆᆡ

나는 일노써 언문쇼셜 즁 졔일긔담인 고로 특별이 졔일긔언이라 ᄒᆞ노라."[203]

여기서 우선 중요한 것은 홍희복이 중국소설『경화연』을 어째서 번역하고자 했는가 하는 것이다. 무엇보다 그는 이 소설에 담긴 작가의 기상이 남다르되 그 배우고 아는 바가 쓰이지 못하매 소설 형식을 통하여 자신의 경륜을 펼쳐 보인 것이라고 보았다. 그러니까 홍희복에게 있어 이 작품의 번역은 당대에 유행하는 '조선식' 소설들의 천편일률과 세속 잡사의 부정적 묘사로부터 벗어날 수 있는, 소설의 새로운 존재 방식, 그 가능성을 보여주는 것으로 이해되었던 것이다. 이는 번역이 단순히 우수한 외래문화를 이식, 모방하기 위한 수단이 아니라 자기 나라의 문화를 새롭게 하고 창조적으로 변모시키기 위한 매개로서 이해되어 왔음을 의미한다. 즉 번역은 타자의 수동적 수용이 아니라 자기의 능동적, 창조적 변화를 위한 타자의 적극적 '매개화' 과정이다.

다음으로, 이 글에 담긴 홍희복의 번역에 대한 사고는, 우리가 흔히 아는 바, 번역의 가능성과 불가능성을 말할 때 '규준'으로 삼는 '일대일 번역'식 사고에서 벗어나 있음이 강조될 필요가 있다. 홍희복은 자신이『경화연』을 있는 그대로 글자 뜻을 따라서나 의미를 중심으로 옮기는데 엄격성을 기하지 않고 '번거한 바를 덜고 간략한 곳을 보내며 풍속에 같지 아니한 곳과 언어의 다른 곳을 고치고 윤색하여 언문으로 번역'했다고 말한다. 이러한 의미에서의 '옮김'은 현대적으로 말하면 '번역'이라기보다는 차라리 '번안'(adaption)에 가까운 것이라 말해야 할 것이다.

다시 말해 지금 우리가 번안이라는 용어로 개념화하는 행위가 전통적으

203) 박재연·정규복 교주,『제일기언』, 국학자료원, 2001, 23쪽.

로는 번역으로 이해되었음을 의미하는 바, 이에 대해서는 다시 한 번 번역 담론의 도움을 빌려야 한다.

필자가 주목하는 한 저작은 "'단어 대 단어(word-for-word)' 또는 '의미 대 의미(sense-for-sense)'의 번역이라는 고대의 구분"[204]법이 아직 전통적, 정통적인 것으로 성립되기 이전의 시기로 독자들을 이끈다. 우리가 상식화 하고 있는 "번역은 전통적인 정의에 따르면, 다른 언어들로 이루어진 두 텍스트들 사이에서 가능한 한 최상의 의미적 등가성을 성취하기 위한 과정"[205]이다. 이 책의 3장 '제국으로서의 번역:이론적 기록' 부분 가운데에서 이와는 다른 번역 관념의 존재를 엿볼 수 있다. 3장 2절에서 저자는 번역 이론사에서 중요한 몫을 차지하는 키케로와 호라티우스를 재독해하면서 번역의 새로운 이해를 도출하고자 한다.

> 호라티우스의 언급은 이러한 보다 큰 맥락에서 몇 가지 점을 명확하게 해준다. 그 하나는 우리가 생각하는 번역가상(텍스트의 의미를 정확하게 생각하여 다른 언어로 믿음직스럽게 옮기는 작업에 헌신하는 사람)게 그가 호소하고 있는 것은 아니다. 그는 고대의 이야기들을 개작하는 작가에게 호소하고 있는 것이다. 구체적으로 위의 경우는 호메로스의 『일리아드』에서 트로이를 물리친 그리스를 이야기하고 있다. 종종 '자유모방'(free imitation)으로 문학과 번역 이론의 역사에서 언급되는 이러한 상상적 개작은 번역으로 간주될 수는 있으나, 단지 가장 넓은 의미에서만 가능하다. 이러한 맥락에서 볼 때, 호라티우스는 구체적으로 작가들이 원본에만 너무 지나치게 얽매여 있는 점

204) 더글러스 로빈슨, 『번역과 제국』, 정혜욱 옮김, 동문선, 2002, 7쪽.

205) 위의 책, 75쪽.

> 을 경고한 것이다.
>
> 더 큰 맥락에서 명확성의 두 번째 계기는 호라티우스가 사적 소유("당신은 공통의 토대에서 사적 권리를 획득할 수 있다")라는 말로서 명확하게 제시하기를 원했던 작가의 독창성(originality;"당신 개인 방식으로 공통의 것을 다루는 것")에 그는 관심을 가진다.……'공통의 토대'(common ground)란 그리스어이며, 사적인 권리(private right)는 로마어이다. 호라티우스가 로마 작가들을 불러들이는 것은, 원본 텍스트와 비교해서 로마의 독창성을 설정하기 위해서일뿐 아니라(그래서 2천년 간의 번역 이론으로부터 물려받은 지금까지의 번역가의 정의와 놀라울 정도로 차이가 있다) 로마 제국을 위해 그리스 문화를 전유하기 위해서이다. 그리스적인 동시에 '공통적인 것'은 이제 로마적이고 '사적인' 것이 되었다. 즉 지금까지는 그리스가 우월하다고 인지되었지만, 이제는 더 이상 그 우월성에 빚지지 않는 로마 작가 개인의 소유인 것이다. 로마는 호전적으로 수십 년 전에 이미 그리스 제국을 벗어던졌으며, 13세기 후반에 시작되어 기원전 1세기 중반에 정점에 도달했다. 로마의 정복의 결과로서 로마의 작가들이 로마를 위해 그리스 문화, 문학, 철학, 법률 등을 전유하고, 이러한 방식으로 로마인의 독창성을 확립하기 위해 한때 제국이었던 그리스의 위대성에 대한 부채의식을 단절하는 것은 포스트식민 기획이 그 앞에 놓여 있었기 때문이다.[206]

여기서 번역은 의미 대 의미 번역 같은 초권력적 행위가 아니라 문화적 전유, 포스트식민 기획의 일부로서의 의미를 가진다. 이 책은 더 나아가 히에로니무스의 번역 유형에 대한 서술을 인용하면서 그 의미를 다음과 같이

206) 위의 책, 83~84쪽.

논의한다.

> 여기서 중요한 인용은 '정복자와 마찬가지로 그는 원본 텍스트를 포로로서 그의 모국어로 끌고 갔다'라는 마지막 구절이다. 번역가가 문자 그대로, 즉 노예 근성에 찬 혹은 굴종적 번역(즉 많은 후세의 저자들이 말한 바와 마찬가지로 노예화된 번역)을 통해 원본의 저자에게 자신을 구속하거나 족쇄에 묶기보다는 텍스트와 그 의미를 통제하고 나아가 원본의 작가와 원천이 되는 문화를 통제함으로써 그들을 노예화 한다.[207]

그러니까 번역은 "굴종적 번역", "노예화된 번역", 즉 "원본의 저자에게 구속"되는 번역, 그 "족쇄에 묶"이는 번역이 아니라 그 '원본'의 "의미를 통제하고 나아가 원본의 작가와 원천이 되는 문화를 통제함으로써 그들을 노예화" 하는 행위라는 것이다.

이러한 더글러스 로빈슨의 논의는 우리가 이상적인 번역이라고 생각하는 의미 전달로서의 번역 이전에 문화 전유로서의 번역이라는 개념이 선행해 있었음을 말해준다. 그리고 이와 같은 번역 개념은 우리가 알고 있는 '번역'을 '번안' 쪽으로 힘 있게 밀어붙인다. 극단적으로 말해 번역은 곧 번안까지 포괄하는 문화 전유 행위이며, 이 점에서 '변역'이라고도 말할 수 있다.[208]

그렇다면 『장한몽』은 현대 이전부터 한국인들이 중국에 대해 행해 왔던

---

207) 위의 책, 90쪽.

208) 이 '변역'이라는 말을, 필자는 『제일기언』에 관한 논문 제목에서 발견했지만 무슨 까닭인지 데이터베이스로 공유되지 않는 까닭에 그 내용을 확인할 수 없었다.

번역을 통한 문화 전유라는 것을 현대 이후의 서양과 일본에 대해 행사한 맥락에서 그 텍스트적 위상을 새롭게 이해할 수도 있다. 홍희복이 『제일기언』을 통하여 『경화연』에 대해서 행사한 "사적인 권리"를, 이번에는 조중환이 『장한몽』을 통하여 『금색야차』에 대해서 되풀이한 것이며, 이는 이 작품이 능동적, 적극적인 '번역적' 문화 전유임을 시사한다. 그리고 이러한 생각은 번안을 현대적 행위로, 또한 서양이나 일본 현대 문학을 모방, 이식하는 수동적 행위로 이해하는 방식에 대한 성찰을 요청하는 것이기도 하다.

현대에 들어서서도 그러한 문화 전유로서의 번역의 사례는 백석의 『테스』 번역에 아주 잘 '실현'되어 있다. 그는 토마스 하디의 『테스』를 번역하면서 기독교적인 메시지에 관련된 상당 부분을 덜어내면서 이 영국의 이야기를 '순우리말'이라 부를 만한 어휘들로 충만한 생생한 구어체 문학의 세계로 재탄생시켰다.

이러한 맥락에서 보면 번안은 이경림도 의식하고 있었듯이 현대적 현상도 아니고, 서구 노블 양식이 한국에 수용, 정착되는 과정에서 나타나는 중간적 단계인 것도 아니며, 그것대로 새로운 문화적 창조를 겨냥하는 '번역적' 행위로서 창작과는 다른 차원에서 발현되는 문화적 전유, 창조 행위라고 의미화할 수 있다. 다시 말해 한국문학은 서양의 노블로 나아가기 위해 '노예적인' 번안의 단계를 거친 것이 아니라 한일합병 이후의 엄혹한 조건 속에서 주어진 협소한 신문 공간, 출판 공간을 활용하는 문화 전유 행위로서 번안을 시도했던 것이다. 이 번안이 매우 전통적이고도 지속적인 문화 전유 방식이었다는 사실은 일제 강점기 초기의 『장한몽』을 위시한 조중환, 이상협 등의 번안에 선행하여 김교제와 같은 신소설 작가들의 번역, 번안이 존재했다는 사실을 통해서도 다시 한 번 확인된다.[209)]

209) 강현조, 「김교제 번역·번안소설의 원작 및 대본 연구」, 『현대소설연구』 48, 2011, 참조.

이러한 번안을 전현대적 한국소설이 현대적 노블 양식을 수행하는 과정에서 나타나는 중간 단계로 이해하는 방식은, 서양사상의 영향을 받은 개화계몽기의 신문 논설에 나타나는 현대소설의 맹아가 '자라나' 신소설의 '아이' 단계를 거쳐 현대소설 양식을 이루게 된다는 주장과 일맥상통한다. 그리고 이러한 시각은 한국현대소설을 서구적 노블과 '아서구'로서의 일본 현대소설의 '거울상'에 사로잡힌, 프로이트적 강박증을 앓는, 그렇기에 이들의 모방이자 이식이고, 때문에 필연적으로 이들의 결핍이나 과잉 양태로 특징지어지는 '하위문화'로 규정하도록 인도한다.

이와 같은 문제는 『재생』과 『금색야차』의 관계를 새롭게 살펴볼 것을 요구한다. 『재생』에는 순영을 향한 원념에 사로잡힌 봉구가 자신을 하자마 간이치에 비겨 생각하는 대목이 나타난다. 이는 이광수가 『재생』을 써나가며 『금색야차』를 의식하고 있음을 표나게 내보인 것이며, 그럼으로써 자신의 『재생』의 작의가 한갓 모방이나 이식 같은 것과는 거리가 있음을 강조하고 있다고도 말할 수 있다. 이 대목을 살펴보면 다음과 같다.

> '나는 남의 신세를 져서는 안 된다. 신세 진 종이다. 돈을 모으랴거든 식은 밥 한술도 신세를지지 마라. 돈을 모으자면 맘을 즘생과 같이 만들어야 된다.' 이러한 말을 어디서 들었던 것이 생각이 나고 또 그 말이 옳은 듯하여 봉구는 결코 남의 신세를 아니 지기로, 또 따뜻한 인정이란 것을 베어버리기로 결심한 것이다.
>
> 『금색야차(金色夜叉)』라는 일본 소설에 나오는 주인공 하자마 간이치(間貫一)를 생각한 것이다. 그는 가끔 자기를 간이치에 비기어본다, 비기어보면 어떻게도 이렇게도 같은가 하고 감탄하게 된다.
>
> 그러나 간이치가 왜 그렇게만 오미야에게 원수를 갚았나. 왜 더욱

더욱 철저하게 통쾌하게 시원하게 갚지를 아니했나 하였다.[210]

이렇듯 작가 자신이 두 작품의 관계를 표면화하고 있다면, 그렇다면 『재생』은 『금색야차』의 모방이나 이식이 될 수는 없었을 것인데, 여기서, 이 『재생』을 『장한몽』과는 또 다른 차원의 '비약적 창조물'로 인식하게 해주는 요소들은 무엇인가? 하는 문제로 시선을 돌려야 한다.

『금색야차』에 대한 『재생』의 '의식' 양상을 수사학적 차원에서 가장 잘 설명해 주는 것은 '패러디'다. 『재생』은 위에서 인용한 봉구와 간이치의 관계뿐 아니라 오미야와 순영의 관계 속에서 인물 간 유사성이 명료하게 확인되며, 이는 욕망의 대상으로서의 '금강석'과 '자동차'의 유비 관계로도 확장됨을 볼 수 있다.[211]

패러디는 기본적인 인물 관계와 핵심 모티프를 선행 텍스트와 유사하게 설정하면서도 그것과의 주제적 차이를 추구함으로써 선행 텍스트의 존재를 알고 있는 독자들로 하여금 두 텍스트 사이의 거리, 유사성과 차이의 '변증법'에서 오는 어떤 지성적인 미학적 향유를 가능케 하는 양식이다. 이 점에서 매우 지적인 수사학이고 이것이 지배적인 스타일로 나타났을 때 우

210) 이광수, 『재생-춘원 이광수 전집』 5, 태학사, 2020.5, 218쪽.

211) 위의 책, 60~61쪽. "순영은 값가는 비단으로 돌라붙인 자동차 내부를 돌아보고, 손길같이 두껍고 수정같이 맑은 유리창과 그것을 반쯤 내려 가린 연회색 문장을 얼른 손으로 만져보고, 그러고는 천장에서 늘어진 팔걸이에 하얀 손을 걸치고는 운전대 뒷구석에 걸린 뾰족한 칼륨 유화에 꽂힌 백국화 송이를 바라보았다. 이때의 순영의 얼굴에는 흥분의 붉은 빛이 돌고 가슴에는 알 수 없는 욕망의 오색 불길이 타올랐다.……그러나 이 자동차는 부의 상징이었다. 수없는 인류중에 오직 뽑힌 몇 사람밖에 타보지 못하는, 마치 왕이나 왕후의 옥좌와 같은 그렇게 높고 귀한 자동차와 같았다. 자기가 그 자리에 턱 올라앉았을 때에 순영은 이 자동차의 주인이 되어 마땅한 사람인 듯한, 지금까지에 일찍이 경험해 보지 못한 자기의 높고 귀함을 깨달았다." 이 대목에서 『금색야차』의 오미야를 사로잡은 물질적 욕망의 집약체로서의 다이아몬드는 물질적 문명의 새로운 총아로서의 '자동차'로 교체되어 제시됨을 볼 수 있다. 이 장면의 '자동차' 내부의 화려한 '세계'는 순영이 추구하는 물질적 안락의 환영을 대표한다.

리는 그 작품을 '패러디물'이라고 부를 수 있다.

『재생』을 『금색야차』의 번안이라고 볼 수 없음은 비교적 명료하다. 그렇다면 두 작품 사이에는 패러디 관계가 성립하는 것인가? 하면 필자는 패러디 수사학이 작품 전체를 지배하지는 않는다는 점에서 패러디의 요소를 함축하고는 있으나 '『재생』은 『금색야차』의 단순한 패러디물'이라고도 규정할 수는 없다.

앞에서 필자는 『재생』의 독해가 와다 토모미의 '진화론, 퇴화론, 재생론'과 같은 진화론 사상의 맥락 속에서 이루어질 수 있을 뿐 아니라 톨스토이와 도스토옙스키의 '기독교' 사상과의 관련성 속에서도 수행될 수 있음을 지적한 바 있다. 그리고 또 『재생』은 『금색야차』의 번안으로서의 『장한몽』에 관련되고 뿐만 아니라 『금색야차』의 패러디적 요소를 풍부하게 함축하고 있으므로 그와 같은 계보학 속에서도 역시 분석될 수 있다. 그러면서도 『재생』은 이 모든 것 이상이기도 한다.

이제 필자는 『재생』을 『무정』과의 관계망 속에서 다시 한번 독해하고자 한다. 이는 이 작품이 '무정·유정' 사상이라는 안창호의 이상사회론의 맥락에서 유효하게 해석될 수 있음을 드러내는 것이기도 하다.

3. '무정 · 유정' 사상의 계보학 속에서 『재생』 읽기

잘 알려져 있듯이 이광수의 『무정』은 전현대적 조선의 현대화를 주장한 소설로 인정되어 왔다. 그러나 이러한 설정은 1917년에 연재된 이 작품이 어째서 '아직도' 현대화를 주장하고 있는가? 하는 의문을 불러일으킨다. 물론 이 문제는, 개화기를 거치고도 아직 충분히 현대화되지 못한 사회 발달상의 '지체 현상'을 목도한 작가가, 일본유학 등을 통하여 습득한 현대적 사회와 문화에 대한 이해를 바탕으로, 특히 문학에 관한 서구 및 일본의 '지·정·의'론적 이해를 수용하여 그 지각 단계에서 벗어날 것을 주창한 것이라는 '스토리'를 통하여 해결될 수 있는 것으로 오랫동안 믿어져 왔다.

필자의 『무정』 재독해는 이 작품이 현대화를 주장하고 있을 뿐 아니라 동시에 조선이 현대적 '무정' 상태로부터 탈현대적인 '유정' 상태로 나아갈 것을 주문하고 있다는 것으로 요약될 수 있다. 『무정』에서 말하는 '정'이 무엇이냐에 관해서는 그것이 서양, 특히 독일의 '지·정·의'론에서 발원하여 일본을 거쳐 이광수에 수용된 것이라는 가정이 유력하게 논의되어 왔으며, 이러한 견해는 이재선의 저술 『이광수 문학의 지적 편력』(서강대학교출판부, 2010)에서 그 원본성이 확인된다.

이재선에 따르면 그리스의 '진·선·미'를 정신활동의 삼분법으로서의 '지·정·의'론으로 재확립한 니콜라우스 테텐스(Johann Nicolaus Tetens, 1736~1805)의 견해를 받아들여 칸트는 그 각각에 해당하는 『순수이성 비판』, 『판단력 비판』, 『실천이성 비판』을 저술했다. 이재선은 이러한 현대적 삼분법이 일본을 경유하여 이광수 문학에 수용된 것으로 논의한다.[212] 이러한 맥락에서 보면 이광수의 제2차유학 시기가 특별히 주목되는데, 이광수가 '특대생'으로 수학한 와세다대학 철학과에는 독일에 유학했던 신칸트주의 학자 하타노 세이이치(波多野精一, 1877.7.21~1950.1.17)가 교수로 재직하고 있었다. 하타노 세이이치는 1899년에 칸트의 『순수이성 비판』 서문에 관한 논문으로 도쿄대학 철학과를 졸업하고, 1900년에 와세다대학의 전신에 해당하는 도쿄전문학교 강사가 되어, 1904년경부터 1906년경 까지 독일의 베를린대학, 하이델베르크 대학 등에 유학, 신칸트주의를 연구했으며, 1917년에 교토대학으로

212) 이재선, 『이광수 문학의 지적 편력』, 서강대학교출판부, 2010, 48~49쪽.

옮겨갈 때까지 도쿄대학에 철학과에 재직했다.[213]

물론 이 하타노 세이이치의 존재가 아니더라도 니시다 기타로 등을 위시하여 당대의 일본 철학계는 신칸트주의 학파의 무대였고, 이광수 또한 그러한 철학계의 동향에서 자유롭지 않았을 것이 물론이다. 필자는 이러한 맥락에서 『무정』에 나타난 '어린니'의 문제를 칸트의 저술 「계몽이란 무엇인가에 관한 답변 Beantwortung der Frage : Was ist Aufklärung? (An Answer to the Question: "What is Enlightenment?")」에 나타난 '자기 계몽'에 연결지어 논의했다.

동시에 필자는 이 이광수의 '정', 즉 '무정·유정'이 『맹자』나 『예기』 등 전통적인 유학에서 논의하는 '정'에 소급될 수도 있는 것으로 보고자 했다. 이러한 맥락에서 이광수의 '정'은 동서양의 '정' 사상을 통합하는 위상을 지니는 것으로 새롭게 해석했다. 그럼에도 이 문제는 시원스럽게 해결된 것 같지 않았던 가운데 필자가 새롭게 착목한 것은 안창호의 저작 가운데 하나로 남아 있는 텍스트 「무정한 사회와 유정한 사회—情誼敦修의 의의와 요소」(『동광』, 1926.1)다. 이 텍스트는 『동광』 지에 안창호가 '섬메'라는 필명으로 쓴 것으로 나타나지만 그 경위를 보면 이광수가 안창호의 언설을 '받아적은' 것으로 나타난다.

필자는 이 텍스트에 나타난 안창호의 '무정·유정'의 사상이 이광수의 『무정』에 나타난 그것보다 시기적으로 먼저 성립해 있었을 가능성을 제기하고자 했다. 안창호와 이광수의 만남은 시기적으로 1907년경 안창호가 신민회 조직을 위해 미국에서 귀국하던 중 도쿄 유학생들 앞에서 연설한 때로까지 거슬러 올라간다. 이로부터 시작된 두 사람의 '사제적' 관계는 메

213) 방민호, 『「문학이란 하오」와 『무정』, 그 논리 구조와 한국문학의 근대 이행』, 『춘원연구학보』, 5, 2012.12, 225쪽, 참조.

이지중학생 이광수의 방학 중 '안악면학회'에서의 활동, 한일합병 전야인 3월 두 사람의 서울에서의 비밀스러운 만남, 3·1운동 직후 이광수의 상해 탈출과 그곳에서의 흥사단 원동지부 회원 가입과 임시정부 참여 독립운동 과정 등으로까지 지속되어 왔음이 확인된다. 본질상 집필가, 문학인이 아니라 사상가, 운동가, 연설가였던 안창호의 특성상 그의 '무정·유정' 사상이 제자격인 이광수에게 언설로서 전언되었을 가능성 등을 참작해야 한다.

이에 더하여 필자는 신채호의 유고로 남은 소설 「꿈하늘」(1916)에 나타난 '정', '무정' 등의 언설에 대한 분석을 통하여 이 '근대 초극'의 사상이 안창호와 신채호 등 1880년 전후에 출생하여 1900년경에 조국인 조선의 위기를 목도해야 했던 세대의 공통의 사상이었을 가능성을 논의했다. 그들은 서양과 일본의 조선 침탈을 통하여 이미 지극히 현대적인, 자본주의적 제국주의의 위력의 사상, 약육강식, 우승열패의 사회진화론적 사상의 폐해를 목도했으며 바로 이로부터 이 '무정'한 세계사적 현실에서 벗어나 '유정'한 인류사로 나아가야 한다는 현대 초극, 탈현대의 사상을 주조해 낼 수 있었다.

이러한 맥락에서 보면 『무정』은 이광수가 자신의 윗세대가 간난신고의 실천적 삶과 투쟁 과정에서 창조한 위기의 사상을 자신의 세대적 위치에서 이어받은 산물로 이해될 수 있다. 이 작품은 윗세대가 제국주의와 싸우며 주조한 사상을 그 일본 제국주의에 의해 '강점된' 현실 속에서, 그리고 그것을 그 지배권력의 기관지 신문에 옮겨야 하는 협착한 조건 속에서, 그 실정성, 즉 시대적 현실성을 상당량 유실되어 버린 형태로 '번역해' 놓은 작품이었다.

지금 필자는 『재생』을 『무정』의 연속선상에서 읽는 문제를, 다시 말해 『무정』에 나타난 '무정·유정' 사상의 맥락 속에서 읽는 문제를 논의하고 있다. 이는 이 문제를 안창호와 그의 세대의 '무정·유정' 사상과의 관계 속에서 읽는 문제이기도 하다. 이광수는 『재생』을 1924년 11월부터 1925년 9월까지 『동아일보』에 연재한 것으로 나타난다. 이 시기는 이광수가 안창호의 '언설' 「무정한 사회와 유정한 사회—情誼敦修의 의의와 요소」를 수양동우회 기관지 『동광』에 발표한 1926년 1월의 시점에서 많이 떨어져 있지 않다.

어떻게 보면 「무정한 사회와 유정한 사회—情誼敦修의 의의와 요소」는 마치 이광수가 자신의 소설 『재생』을 연재한 끝에 제시한, 이 소설에 대한 참조 텍스트인 것처럼 보일 정도다. 비록 이광수가 안창호의 '무정·유정' 사상을 수용한 것이라고 해도 그가 아무런 창조적 재구성이나 상상적 비약도 없이 단순히 스승의 사상의 번역물로서 자신의 소설들을 써나간 것이라고 생각할 수는 없다. 어찌 되었든 이광수는 당대의 최고의 문학적 사상가요, 제 사상들의 '창조적 접합'과 이를 통한 '사상적 비약', '비약적 창조'의 '달인'이었다.

『재생』의 두 주인공 신봉구와 김순영은 3·1운동의 소용돌이 속에서 만나 인연을 맺었다. 순영의 셋째 오빠 순흥은 오 년이나 징역을 살았고, 봉구도 2년 6개월이나 징역을 살았지만 순영은 불과 두어 달만에 세상으로 돌아올 수 있었다. 이 3·1운동으로부터 4년이 지난 시점에서 봉구와 순영의 이야기는 시작된다. 혁명의 소용돌이 속에서[214] 연인으로 맺어진 두 사람의 운명의 행로는 실로 순탄치 않다. 감옥에서 나온 봉구가 오랜 기다림 끝에 순영을 찾았을 때 순영은 이미 당대 '제일'의 거부 백윤희의 자동차와 화려한 저택에 영혼을 빼앗긴 채 그의 여학생 첩이 되기로 작정하고 있었다. 그럼에도 순영과 봉구는 경원선을 타고 이광수가 방인근과 함께 『조선문단』을 구상하던 석왕사로 여행을 떠나 하룻밤을 지내게 되고 이로부

214) 3·1운동은 비록 독립은 즉각 달성할 수 없었다는 점에서 실패한 것이기는 했으나 상해 대한민국 임시정부라는 공화정부와 왕정을 대신하는 공화정의 이상을 한국사회에 싹틔웠고, 이 이상이 마침내 해방 이후에 현실화했다는 점에서 실로 혁명이라 재명명하지 않을 수 없다.

터 '불행'의 씨앗인 아이가 서게 된다. 봉구는 들려오는 소문에 순영을 향한 의혹을 품는 중에도, 자신의 왼쪽 무명지를 이로 깨물어 살점을 떼어내고 거기서 흐르는 피로 삼팔 수건에 '영원불변' 넉 자를 쓰는 순영의 퍼모먼스에 의혹을 씻고 사랑을 나눈다.

이 작품의 상편은 순영이 이렇듯 봉구와 하룻밤을 지내고 태중에 아이가 선 것도 모른 채 백윤희와 결혼식을 올리고 동대문 밖 저택에 들어앉는 것으로 마무리된다. 하편이 시작되면 『금색야차』의 하자마 간이치처럼 깊디깊은 원한을 가슴에 품은 채로 봉구는 김영진으로 변성명을 하여 인천 '마루김' 미두 취인 중매점에 사환 겸 점원으로 들어간다. 『금색야차』의 하자마 간이치가 고리대금업자의 하수인으로 들어간 것처럼 돈에서 비롯된 원한이니 돈을 벌어 갚겠다는 심산이다. 여기서 그는 독일이 프랑스에 대한 전쟁 배상 지불을 거절했다는 국제적 뉴스에 기민하게 움직이는 등의 수완을 보이며 주인의 신임을 얻으며 승승장구한다. 주인 딸 경주의 흠모함까지 받던 그는 주인의 아들 경훈의 살부 사건에 연루되어 누명을 쓰고 감옥에 들어가 사형선고를 받는 등 고난에 처한다. 한편 순영은 봉구의 아들을 낳고 번민하게 되면서도 끝내 봉구의 결백을 밝혀줄 수 있는 결정적 기회를 저버린 채 자신의 행복을 향해 나아가지만 순영과 봉구의 석왕사행이 탄로 나는 바람에 백으로부터 쫓겨날 위기에 처한다. 문란한 백으로 인해 온갖 성병까지 차례로 앓으며 다시 백의 아이를 낳게 된 순영은 이 딸아이와 함께 백으로부터 버림받은 채 세상의 '무정'한 풍파 속에 내던져진다. 이때 봉구는 경훈이 벌이는 폭탄 투척 사건의 여파로 누명을 벗고 감옥에서 나온다.

바로 이 대목에서 이광수는 '어머니의 사랑'이라는 명제를 제시한다. 작중에서 봉구는 억울한 누명을 쓰며 사형선고까지 받지만 극적으로 회생하여 어머니 곁으로 돌아온다. 봉구와 경주의 두 모친은 감옥에서 돌아온 아들이며 딸을 극진히 받아들인다. 이에 봉구는 깊은 감동을 맛본다. 이 장면은 봉구가 '어머니의 사랑'에 새롭게 눈뜨는 대목이자, 예수의 '사랑'이 바로 이 '어머니의 사랑'에 뿌리박은 것임을 깨닫는 대목이기도 하다. 다소 길지만 이광수가 제시하는 '사랑'의 논리를 살펴보기 위해서 필요한 만큼 인용한다.

> 봉구는 어머니의 사랑이란 것을 처음 깨닫는 것같이 감격하였다. 만일 저렇게 깊도록 은근하고도 헌신적이요 아무 갚아지기를 바라지 않는 어머니의 사랑으로써 사람이 사람을 서로 사랑한다 하면 얼마나 세상이 행복될까. 만일 자기 혼자만이라도 이 어머니의 사랑을 가지고 조선을 사랑하고 모든 조선사람을 사랑할 수가 있으면 얼마나 좋을까?
>
> 이때에 봉구의 눈앞에는 한 비전(광경)이 보인다. 그것은 맨발로 허름한 옷을 입은 예수가 갈릴리 바닷가에 무식한 순박한 어부들과 불쌍한 병인들을 모아 데리고 앉아서 일본 가르치고 일변 더러운 병을 고쳐주는 광경이다. 사막의 볕이 내리쪼이고 바다에는 실물결을 일으킬 만한 바람도 없다. 그 속에서 얼굴이 초췌한 예수는 팔을 두르며 '사랑'의 복음을 말하고, 불쌍한 백성들은 피곤한 얼굴로 예수를 치어다보다 그 말을 듣는다.
>
> "여우도 굴이 있고 공중에 나는 새들도 돌아갈 것이 있으되, 오직 인자는 머리 둘 곳이 없다."
>
> 과연 그는 집도 없고 재산도 없고 아내도 없고 전대도 없고 두 벌 옷도 없고, 싸 가지고 다니는 양식도 없었다. 그는 거지 모양으로 이

성에서 저 성에, 이 동네에서 저 동네에, 이 집에서 저 집에 돌아다니면서, 주면 먹고 아니 주면 굶으면서, "사랑하라, 서로 사랑하라." 하고 돌아다녔다. 그리고 정치적으로 로마 제국의 압박을 받고, 계급적으로는 바리새교인의 압박을 받고 척박한 토지에서는 먹을 것, 입을 것도 넉넉히 나오지 아니하여 헐벗고 굶주리고 인심이 효박하여지고 궤휼하여지어서, 서로 미워하고 서로 속이어 이웃이 모두 원수와 같이 된 유대의 불쌍한 백성들에게 끝없는 희망과 기쁨과 위안을 주었다. 그가 무엇을 바라던고. 돈이냐 권세냐 이름이냐 일신의 안락이냐. 그는 오직 어머니의 사랑으로 불쌍한 인류에게 기쁨을 주기를 바란 것이다.

봉구의 눈 앞에는 다시 조선이 떠 나온다. 산은 헐벗고 냇물은 말랐는데, 그 틈에 끼어 있는 수없는 스러져가는 초가집들. 그 속에서 먹을 것이 없고 입을 것이 없어 허덕이는 이들, 앓는 이들, 우는 이들, 죽는 이들, 희망 없는 기운 없는 눈들, 영양 불량과 과도한 노동으로 휘어진 등들, 가난과 천대에 시달려서 꾸부러지고 비틀어진 맘들, 그러면서도 서로 욕설하고 모함하고, 서로 속이고, 서로 물고 할퀴는 비참한 모양과 소리, 이런 것이 봉구의 눈앞에 분명한 비전이 되어 나뜬다.

"가거라! 어머니의 사랑과 노예의 겸손으로 저들 불쌍한 백성에게로 가거라!"

봉구의 귀에는 분명히 이 소리가 울린다.[215)]

이로부터 작품이 말미를 향해 나아갈수록 이 '어머니의 사랑'이라는 주

215) 이광수, 『재생-춘원 이광수 전집』 5, 태학사, 2020.5, 447~448쪽.

제는 플롯을 통하여 점점 더 분명한 뜻을 나타낸다. 그런데 바로 이 대목은 안창호의 텍스트 「무정한 사회와 유정한 사회—情誼敦修의 의의와 요소」에서 제시된 '유정'의 개념과 서로 맞물려 상응하는 양상을 보인다.

> 情誼는 친애와 동정의 결합이외다. 친애라 함은 어머니가 아들을 보고 귀여워서 정으로써 사랑함이요 동정이라 함은 어머니가 아들의 당하는 苦와 樂을 자기가 당하는 것 가티 녀김이외다. 그리고 敦修라 함은 잇는 情誼를 더 커지게 더 만하지게 더 두터워지게 한다 함이외다. 그러면 다시 말하면 친애하고 동정하는 것을 공부하고 연습하여 이것이 잘 되어지도록 노력하자 함이외다.[216]

위에서 안창호는 자신이 말하고자 하는 情誼, 곧 유정함을 어머니의 '친애와 동정'에서 찾고 있음을 볼 수 있다.

필자는 이러한 양상에 주목하여 『무정』에 나타난 '무정·유정'의 사상을 소급적으로 재해석하고자 했다. 즉 "이광수 『무정』의 사상이, 사랑 없음, 냉정함, 어머니가 아들을 사랑하는, 즉 피에타, 성모마리아가 예수의 죽음을 슬퍼하듯 한 타자에 대한 지극한 사랑과 슬픔 없는 세계로서의 조선을 겨냥한 것이며 그 원천은 안창호의 것으로 소급될 수 있음을"[217] 논의한 것이다.

위의 『재생』 인용 대목은 바로 그러한 맥락에서 이광수가 안창호를 '본받아' 자신의 사상적 거점을 '어머니의 사랑'에서 찾고 있음을 명료하게 보여준 것이다. 이 대목에 나타나는 조선의 헐벗은 산야, 가난한 민중들의 참상,

216) 섬메, 「무정한 사회와 유정한 사회—情誼敦修의 의의와 요소」, 『동광』, 1926.1, 29쪽.

217) 방민호, 「『무정』 독해의 국면들과 '무정·유정'의 사상」, 『춘원연구학보』 10, 1917.6, 64쪽.

메마른 영혼들의 형상은 『무정』에서는 삼랑진 수해를 만나 열차가 정지하면서 겪게 된, 형식의 눈에 비친 조선의 비참한 현실에 비견될 만하다.

1917년의 시점에서 『무정』의 주인공 형식의 질문과 영채, 선형, 병욱의 대답으로 제시된 조선의 구원책은 '교육'을 통한 '인도'였다.

> 「그러면 엇더케ᄒᆡ야 저들을……저들이 아니라 우리들이외다……저들을 구제ᄒᆞᆯ가요?」 하고 형식은 병욱을 본다. 영치와 선형은 형식과 병욱의 얼굴을 번갈아 본다. 병욱은 자신잇ᄂᆞᆫ지
>
> 「힘을 쥬어야지요? 문명을 쥬어야지여?」
>
> 「그리하랴면?」
>
> 「가랴쳐야지요? 인도ᄒᆡ야지오!」
>
> 「엇더케요?」
>
> 「교육으로 실ᄒᆡᆼ으로」
>
> 영치와 선형은 이 문답의 뜻을 ᄌᆞ세히ᄂᆞᆫ 모른다. 무론 ᄌᆞ기네 아ᄂᆞᆫ 줄 밋지마는 형식이와 병욱이가 아ᄂᆞᆫ이만큼 절실(切實)ᄒᆞ게 단단ᄒᆞ게 알지ᄂᆞᆫ 못ᄒᆞᆫ다. 그러나 방금 눈에 보ᄂᆞᆫ 사실이 그네에게 산 교훈을 쥬엇다. 그것은 학교에서도 ᄇᆡ호지 못ᄒᆞᆯ 것이요 대웅변에서도 ᄇᆡ호지 못ᄒᆞᆯ 것이었다.[218]

이 대목이 『무정』의 이념을 대표하는 곳으로 두고두고 전해져 내려온 것도 무리인 것만은 아니었다고도 할 수 있다. 그러나 필자는 이 '속류적' 계몽주의만큼이나 『무정』에서 중요하게 제기된 것이 칸트적 의미의 '자기 계몽'이며, 이 '참사람' 되기, 스스로 각성하여 나아가는 것이야말로 『무정』이

218) 이광수, 『무정』 123회, 『매일신보』, 1917.6.9.

제시하고자 한 계몽의 중요한 요소임을 논의한 바 있다.

이 『무정』의 단계에서만 해도 이광수는 형식이 자신의 유학과 '입신출세'를 위하여 영채를 버린 것, 그리고 영채의 기구한 인색역정과 겁탈 위기, 그리고 경성학교 학생들의 인심세태 등에서 이 세계의 '무정'함을 증거할 사례를 찾았을 뿐이었다. 이에 반해, 『재생』은 3·1 혁명의 이상이 좌절된 시대를 지배하는 절망과 타락, 물질적, 육체적 욕망에 휘말린 당대 조선 사회의 실상을 생생하게 그려내며 이로부터 이 세계, 조선을 비롯한 인류 사회의 무정함을 적시하고 이를 구원할 구체적 방도로서의 유정, 곧 어머니의 사랑, 이것을 체현할 수 있는 종교적인 차원으로까지 승화된 '자기희생'이 절실이 요구됨을 설파하고자 한다.

작중에서 봉구는 바로 이 자기희생을 향해 나아가기 위한 방편으로서 경원선변 금곡이라는 곳 가까운 농촌으로 가 농촌공동체 운동을 벌이는 가운데 어느덧 삼 년 세월이 다시 흐른다.[219] 그 사이에 순영은 백윤희에게 봉구와의 사이에서 낳은 아들 모세(낙원)를 빼앗기고 소경으로 태어난 백 소생의 딸과 함께 영등포 방직공장 노동자로 '전락'한다.[220] 그런 순영은 금곡의 봉구를 마지막으로 만나보고 "죽음의 길"[221]을 떠난다. 지나간 세월 동안 순영은 욕망을 따라 황폐화된 자신의 삶을 뉘우치고 '참사람'이 되고자 하나 모진 세파 속에서 삶의 의지는 꺾여버리고 만다. 순영을 향한 '무정'한 세상의 냉대는 봉구에게 부쳐져 온 순영의 편지에 잘 나타난다.

사랑하는 나의 봉구 씨여! 순영은 전날의 모든 생활을 뉘우치고

---

219) 이광수, 『재생-춘원 이광수 전집』 5, 태학사, 2020.5, 519쪽.

220) 위의 책, 518쪽.

221) 위의 책, 525쪽.

> 새로운 참생활을 하여보려고 있는 힘을 다하였나이다. P부인께와 기타 어른께 청하여 교사 자리도 구하여보았사오나 이 더러운 순영을 용서하는 이도 없어 그것도 못 하옵고, 하릴없이 세브란스와 총독부 의원에 간호부 시험도 치러보았사오나 모두 매독, 임질이 있다고 신체검사에 떨어지어 거절을 당하옵고, 배오개 어떤 정미소에서 쌀 고르는 일도 하여보고 영등포 방직공장에 여공도 되어보고 갖추갖추 애를 써보았사오나 몸은 점점 쇠약하여지고, 어미의 병으로 소경으로 태어난 어린 것을 제 아비 되는 이는 제 자식이 아니라 하야 받지 아니하고, 선천 매독으로 밤낮 병은 나고 도저히 이 병신 한 몸으로는 세 아이를 양육할 길이 없사와, 두 아이는 일전에 말씀한 바와 같이 큰오빠 댁에 다려다 두옵고 순영이 모녀만 죽음의 길을 떠났나이다. 인제는 몸의 힘도 다하고 맘의 힘도 다하야 이 세상에 하루라도 더 살아갈 길이 없으므로 죽음의 길을 떠났나이다.[222]

이 대목에 등장하는 "세 아이"란 셋째 오빠 순흥의 아내가 남기고 간 베드로와 메리, 그리고 백윤희 소생의 눈 먼 딸을 말한다. 순흥 오빠의 두 아이를 첫째 오빠 댁에 맡긴 순영은 눈 먼 딸만을 데리고 원산을 거쳐 금강산 구룡연으로 마지막 죽음의 순례길을 떠난다. 여기서 세속에서는 얻지 못한 사람들의 동정과 도움을 맛본다. 이 마지막 과정에서 순영은 세상이 '무정'하지만은 않음을 새삼 생각한다.

> ……순영은 그 사람이 자기네 모녀를 위하여 진정으로 근심해 주는 것이 심히 고마웠다.

222) 위의 책, 524~525쪽

반드시 무정한 세상은 아니다. 자기 모녀를 바위 비탈로 끌어 올려주던 사람들의 정을 생각하면 인생은 반드시 무정한 것은 아니다. 역시 천지간에는 사랑의 신이 있고 사람의 가슴 속에는 사랑의 신이 사는구나 하고 순영은 소경 딸을 껴안았다.[223)]

그러나 순영은 끝내 금강산 속에서 우연히 마주친 모교의 학생들, P 부인과 인순의 냉대를 겪기까지 하며 구룡연에 투신, 죽음을 결행한다. 그리고 순영의 편지에 뒤미처 금강산 구룡연까지 찾아간 봉구는 이미 때가 늦었음을 깨닫는다.

과연 나는 무정한 사람이다. 내 품을 의탁하고 들어온 두 생명을 건져 주지를 아니하였다. 마치 물에 빠져 살겠다고 허우적거리는 두 생명을 내 손으로 떼밀어낸 것과 같다. 아아, 무정한 봉구야! 너는 이천만 조선 불쌍한 생명을 건지기 위하여 몸을 바치겠다고 하면서, 네 품으로 들어오려는 순영과 그의 불쌍한 소경 딸을 건지지 못하였구나. 봉구는 이렇게 스스로 애통하였다.[224)]

이렇듯 『재생』은 특히 하편에 들어가 결말을 향해 나아가면서 순영의 죽음을 둘러싼 세상의 '무정'함을 교차적으로 제시해 나간다. 오로지 순영의 젊음과 육체만을 탐닉한 백윤희와 김박사의 추악하고도 탐욕스러운 무정, 자신은 순수하다고 믿어 의심치 않는 P 부인과 인순에 의해 대표되는 세상의 무정, 그리고, 인류와 민족을 위해서는 자기희생을 마다하지 않는

223) 위의 책, 531쪽.

224) 위의 책, 540쪽.

길을 가고자 하면서도 순영과 그의 눈 먼 딸을 위해서는 사랑을 베풀 수 없는, 『카라마조프의 형제』의 이반이 제시한 인류애의 모순에 사로잡힌 봉구의 무정, 등등이 교차하는 가운데 순영은 마침내 1920년대 타락 사회의 희생양으로서 '민족의 성소' 금강산의 구룡연에 몸을 던져 이 민족의 재생을 위한 제물로 사라지고 만다.

비록 눈 멀고 선천성 매독으로 인해 온갖 병에 시달리는 딸이라 해서 순영 자신의 죽음에 동반시키도록 상황을 설정한 이광수의 여성의식, 인권의식을 비판적으로 취급하는 문제는 여기서는 논란치 않기로 한다.

여기서 중요한 것은 순영의 죽음을, 참담한 비극을 초래한 것이 순영의 외부에 존재하는 사람들, 세상들일 뿐만 아니라 순영 자신의 무정함에도 그 원인이 존재하는 것으로 그려져 있다는 점이다. 순영은 단적으로 말해 자신의 짧은 생애를 통하여 '어머니의 사랑'과는 동떨어진 태도를 취한 것으로 나타난다. 억울한 재판을 통해 사형선고를 받은 봉구의 '부재 증명'을 밀고 나갈 기회를 스스로 막아버렸다는 것이 그 하나의 중요한 사례요, 다른 하나의 사례는 김박사의 유혹에 넘어가 아이를 떼어버리려는 심산으로 "다섯 달이면 이목구비와 사지백체 다 갖추어진단 말을 생각"[225)]하면서도 "노희환"[226)]이라는 약을 복용해 버린 것이다.

어쩌면 이광수는 이 대목에서 아주 '급조된' 발상으로 순영의 죽음을 모성애를 저버린 자신의 행위로부터 기인된 인과응보로 처리하고자 하는 충동을 받았는지도 알 수 없다. 그렇다면 와다 토모미가 논의한 바, '민족의 퇴화'를 방지하기 위해서라면 '이기심'에 사로잡힌 열등한 인자를 타고난 존재를 대표하는 순영을 희생시킴으로써 이광수는 '민족의 재생'을 위한

225) 위의 책, 465쪽.

226) 위의 책, 485쪽.

'자기희생'과 '봉사'의 논리를 제시한 것이라고도 해석될 수 있는 여지가 없지는 않다. 그러나 이 경우에 작품의 최후 결말에 나타나는 봉구의 후회와 회한은 작품의 사족이 되고 마는 것이 아닐까? 다시 말해 필자는, 이 봉구의 후회와 회한은 이광수가 이 순영의 존재마저도 끌어안는 '어머니의 사랑'을 이야기하기 위해서 설정한 최후의 장치였다고 생각하는 것이며, 이렇게 볼 때 『재생』의 참주제를 책임지는 마지막 심급의 사상은, 그가 전수받고 또 새롭게 발전시키고자 했던 '무정·유정'의 피에타 사상과, 이를 통한 이상사회 '건설'의 담론에 있는 것으로 판단될 수 있으리라는 것이다.

4. 당대 사회상의 종합과 그 지양—저항 담론, '여성해방' 담론의 맥락

『재생』은 삼일운동 직후 1920년대 전반기의 청년들의 절망과 좌절, 타락과 황폐를 그려내는 외에도 당대의 사회상을 종합적으로 보여주는 리얼리스틱한 면모를 갖춘 작품이다.

이와 관련하여 먼저 주목할 만한 것은 작중 인천 미두점 주인의 아들 경훈을 둘러싼 항일 무장 투쟁 단체의 활동상이다. 경훈은 당시에 시대의 사상으로 새롭게 부상하고 있던 마르크시즘과는 다른 류의 투쟁 단체에 연계되어 있는 것으로 나타난다. 이 "비밀결사"[227]는 '○○단'이라는 익명으로 처리되는데, 이 조직은 상해를 비롯한 해외에 근거를 두고 있고 육혈포와 폭발탄을 가지고 다니며 밀고자나 배신자는 가차없이 처단하면서 "혁명사업"[228]을 벌여나간다. 이러한 '○○단'에 연계된 경훈이 혁명사업 자금을 마

227) 위의 책, 223쪽.

228) 위의 책, 236쪽.

련하기 위해 자신의 부친을 육혈포로 살해한다는 설정은 이러한 공공단의 활동방식에 대한 이광수의 위화감을 드러내 보인다.

그러나 작가의 감정은 동시에 양가적이다. 작중에서 이 경훈의 조직에는 순영의 셋째 오빠 순흥도 연계된 것으로 나타난다. 그 또한 책상 서랍에 "종이에 싼 동글한 공 같은 것"[229]을 감춰두고 있는데, 이는 경훈과 순흥의 조직의 성격을 가늠하게 해준다. 순흥 부인은 그가 내보인 폭탄을 보고 "종로경찰서에 일전에 폭발탄을 던진 것, 총독부에 폭발탄을 던진 것, 효제동에서 김상옥이 경관과 싸워 죽은 것, 백 검사가 육혈포를 맞은 것, 경성 시내에서 여러 부자들과 이름난 사람들이 협박장을 받고 매를 맞고 한 것"[230] 등을 떠올린다. 이는 이 조직이 역사상의 의열단을 모델로 삼고 있음을 시사한다.

의열단은 1919년 11월 김원봉의 주도로 결성된 조직이다. 1923년 1월에 단재 신채호가 의열단 선언이라 할 「조선혁명선언」을 작성하였으며, 백과사전에 따르면 밀양·진영 폭탄 반입사건(1920.3), 부산경찰서 폭탄 투척 의거(1920.9), 밀양경찰서 폭탄투척 의거(1920. 12), 조선총독부 폭탄투척 의거(1921.9), 상하이 황포탄(黃浦灘) 의거(1922.3), 제2차 암살파괴계획(황옥, 김시현 등의 폭탄반입 사건)(1923), 종로경찰서 폭탄투척 및 삼판통(三坂通) ·효제동 의거(1923.1), 도쿄 니주바시 폭탄투척 의거(1924.1), 동양척식회사 및 식산은행 폭탄투척 의거(1926.12) 등을 연달아 벌여나갔다.[231]

작중에 나타나는 종로경찰서 폭발탄 투척 사건이나 효제동에서 김상옥이 경관과 싸워 죽은 것이란 바로 이 의열단 투쟁을 가리키는 것이다. 이광

229) 위의 책, 410쪽.

230) 위의 책, 같은 쪽.

231) 이러한 의열단 투쟁과정에 관한 상세한 연대기적 서술은 김용달, 「한국독립운동사에서 의열단과 의열투쟁의 의의」(『한국독립운동사연구』 49집, 2014.12)에서 찾아볼 수 있다.

수는 신채호에 연결되는 의열단 투쟁에 대해 비상한 관심을 보이고 있음이 이로써 확인된다.[232] 이광수는 1910년 조선을 떠나 망명하던 신채호의 오산학교 방문 기억을 남기는 등 안창호와 함께 신민회를 이끌었던 신채호의 존재를 각별히 의식하지 않을 수 없었을 것이다. 특히 상해 임시정부에서 활동하면서 그는 『독립신문』 주필로서 『신대한』 주필로 활동하던 신채호과 독립투쟁 노선상의 대립을 노정하기도 했다.[233] 임시정부 시절 이광수는 신채호의 비타협적 무장투쟁론에 대한 위화감을 표명하였으며, 그의 귀국은 이러한 태도의 연장선상에 있었다.

그렇다면 이광수는 신채호 노선과 같은 양상을 보이는 작중 '○○단'의 투쟁에 대해 비판적인 필치로 일관할 수도 있으련만, 그럼에도 이야기 전개는 그렇지 않다. 이광수는 순흥의 아내로 하여금 자신의 남편을 대신해서 서대문 감옥에 폭발탄을 투척하게 함으로써 자기 한 몸을 희생하여 남편의 생명을 구하는 자기희생의 본보기를 '○○단'의 폭발탄 투척 사건을 매개로 삼아 찾는 창작적 선택을 보여준다. 물론 순흥의 아내가 남편을 대신하여 폭발탄을 투척하고 목숨을 바친다는 설정은 역으로 '○○단' 투쟁 방식의 비현실성을 드러내고자 한 것이라고 볼 수도 있으나 처음에 경훈과 관련하여 '○○단'의 존재가 부각되던 것과 이 모티프의 종결 양상은 그 뉘앙스에서 아주 다르다고도 하지 않을 수 없다.

이와 같은 맥락에서 『재생』을 통하여 이광수는 과연 이 위기의 민족을 무엇으로 구할 수 있는가 하는 '은밀한' '담론 투쟁'을 벌이고 있다고도 말할 수 있다. 앞의 장에서 분석한 바 안창호의 '무정·유정' 사상을 승계하

232) 김상옥의 가열찬 투쟁과 장렬한 최후에 관해서는 오일환, 「김상옥 의사의 항일 구국투쟁과 그 의미」, 『민족사상』 8권 1호, 2014.4, 참조.

233) 김주현, 「이광수와 신채호의 만남, 그리고 영향」, 『한국현대문학연구』 48, 2016.4, 169~171쪽, 참조.

는 것으로 자부하는 구도자적인 '어머니의 사랑'과 '○○단'의 투쟁은 그 실천 방식에 있어 사랑과 '파괴'라는 대립 양상을 띤다. 작품은 이 '파괴적' 방식의 난점을 순흥의 아내의 '살신성인'은 역설적으로 드러내고 있다고도 말할 수 있다. 그러나 동시에 순흥의 아내의 자기희생이 성립할 수 있었던 것이 역으로 순흥이 소속한 비밀결사의 투쟁 노선이 선행해 있었기 때문이라면 이광수는 자신의 노선이 올바르다고만 자위할 수도 없다. 더구나 작중에 나타나는 '○○단' 투쟁, 즉 김상옥 의사가 종로경찰서에 폭발탄을 투척하고 '삼판통', 즉 지금의 후암동에 은신하다가 효제동으로 옮겨 가며 단신으로 일경과 맞서 싸우다 장렬히 자결한 사건은 오히려 자기희생의 큰 본보기라 하지 않을 수 없고, 그렇다면 이러한 1920년대 전반기의 독립 투쟁 양상 속에서 상해 임시정부를 뒤로 하고 귀국한 이광수가 느꼈을 위기감이 매우 중대했을 것임을 능히 짐작할 수 있다.

이러한 독립운동 노선상의 담론 투쟁적인 난경을, 이광수는 작중의 순흥으로 하여금 자기희생을 이룬 아내를 본받아 아이들을 위해 헌신적인 사랑을 기약하는 방식으로 봉합한다.

> 짤짤 끓는 조그마한 팔다리가 자기의 몸에 닿을 때마다 순흥은 전에 경험하지 못한 어버이의 사랑과 기쁨을 느끼고, 이 어린 것들을 위해서는 목숨을 버려도 아깝지 않다는 순진하고 열렬한 헌신적 사랑을 깨달았다. 붙들려 가도 좋다. 붙들려 가 죽어도 좋다. 요 조그마한 생명을 품어주다가는 몸이 아무렇게 되어도 아깝지 아니하다.
>
> 메리는 조그마한 손과 불같이 뜨거운 입으로 순흥의 가슴을 더듬어 젖을 찾다가는 두어 번 킹킹하고 실망의 뜻을 표하고는 또 잠이 든다.

'어머니의 사랑!' 순흥의 머릿속에는 이런 생각이 번뜻 난다.

이러한 사랑이 있길래 어머니들이 밤잠을 못 자며 오줌똥을 치워 가며 아들딸을 기르는 것이다.

이런 생각을 하면 아내 생각이 더욱 간절하였다. 남편과 자녀를 위하여 언제나 몸을 바칠 수 있는 그의 사랑, 진실로 맑고도 뜨거운 사랑의 뜻이 깨달아지는 듯하였다. 그의 갚아지기를 바라지 않는 사랑이 갸륵하게 생각혔다.

순흥은 스스로 나라를 사랑한다고 자처하였다. 그러나 과연 그 사랑이 아내의 사랑과 같이 순결하고 열렬하고, 그러고도 자연스러웠을까. 순흥은 스스로 의심하지 아니할 수가 없었다.[234]

잃어버린 나라를 위해 무장투쟁을 지향하던 순흥이 아내의 희생을 통하여 '어머니의 사랑'과 같은 자기희생의 사랑에 눈뜨는 대목은 '억지스러운' 면이 없지 않다. 그러나 바로 이와 같은 안창호 식의 '유정' 사상, '어머니의 사랑'의 설정을 통하여 이광수는 자신의 상해로부터의 귀국(1921.3)으로부터 「민족개조론」(『개벽』, 1922.5)을 거쳐 '수양동맹회'(1922.2) 활동으로 연결되는 전신(轉身)의 알리바이를 삼고자 한다.

한편으로, 바로 이와 같은 '어머니의 사랑'을 품은 순흥의 아내와 같은 존재와 대조되는 표상으로서 이광수는 당시 조선사회의 신여성들의 형상을 날카롭게 소환한다. 삼일운동의 '순수'를 뒤로 하고 안일과 욕망의 삶에 길들여진 여성들의 모습에 대한 이광수의 비판적 '묘사'는 백윤희나 윤변호사 같은 상층 지배계급의 타락상과 함께 당대 사회의 타락 양상에 대한 이광수의 인식을 대표한다.

---

234) 이광수, 『재생-춘원 이광수 전집』 5, 태학사, 2020.5, 432~433쪽.

당대 신여성을 향한 이광수의 비판적 시선이 가장 날카롭고도 전면적으로, 총체적으로 드러나는 대목을 찾아보면 다음과 같다.

> 그러나 순영의 생각은 차차 변하기를 시작하였다. 독립운동이 지나가고 사람들의 맘이 모두 식어서 나라나 백성을 위하여 일생을 바친다는 생각이 적어지고, 저마다 저 한 몸 편안히 살아갈 도리만 하게 된 바람은 깊은 듯한 W여학교 기숙사에도 불어 들어왔었다. 그래서 그때 통에 울고불고 경찰서에와 감옥에 들어가기를 영광으로 알던 계집애들도 점점 그때 일을 웃음거리 삼아 이야기할 뿐이요, 인제는 어찌하면 잘 시집을 갈까, 어찌하면 미국을 다녀와서 남이 추앙하는 여자가 될까, 이러한 생각들만 많이 하게 되었다. 순영도 이 바람에 휩쓸려 넘어가기를 시작하였던 것이다.
>
> 더구나 오래 전부터 학교에 있던 조선 사람 선생들이 혹은 그때 통에 감옥에 들어가 버리고 혹은 외국으로 달아나고 혹은 무자격이라 하여 쫓겨 나가고, 새로 애숭이 선생들이 들어와서는 학생들이 제 몸을 희생하여 조선을 위하여 힘쓰라는 자극을 받을 곳이 없어져 버리고, 더욱이 순영에게는 가장 감화하는 힘이 많은 그의 셋째 오빠 순흥이 오 년 징역을 받고 감옥에 들어간 뒤로는 그의 감화도 받을 길이 없어서 순영은 그만 예사 계집애가 되어버리고 만 것이다.[235)]

이 대목은 봉구가 2년 6개월이나 되는 긴 감옥살이를 하고 있는 사이에 순영의 정신이 점차 변질되어 가는 과정을 설명한 것이다. 또한 이제 인용

235) 위의 책, 108쪽.

하려는 대목은 윤 변호사 집 안방, 곧 명선주의 방에 모인 여성들에 대한 묘사를 통하여 기독교 계통의 신여성들이 본래의 숭고한 희생정신을 잃어버리고 당대의 타락상, 돈과 연애에 젖어들어 버린 것을 날카롭게 비판하는 곳이다.

'연애는 신성하지. 사랑만 있으면 나이가 많거나 적거나, 본처가 있거나 없거나 상관 있나.' 하는 것이 그들의 연애관이다.

이 연애관이 서로 같기 때문에 그들은 서로 친하는 것이다.

그 여자들은 대개 예수교회에 다녔다. 그들이 예배당에서 허락할 수 없는 혼인을 하기까지는 대개는 예배당에 다녔고, 혹은 찬양대원으로 혹은 주일학교 교사로 예수교회 일을 보았다.

또 혹은 그들의 가정의 영향으로, 혹은 삼일운동 당시의 시대정신의 영향으로 그들은 거의 다 애국자였었다. 만세 통에는 숨어 다니며 태극기도 만들고 비밀통신도 하고 비밀출판도 하다가, 혹 경찰서 유치장에도 가고 그중에 몇 사람은 징역까지 치르고 나왔다. 그 때에는 모두 시집도 안 가고 일생을 나랏일에 바친다고 맹세들을 하였다. 그러한 여자가 서울, 시골을 합하면 사오백 명은 되었다. 그러나 만세열이 식어가는 바람에 하나씩 둘씩 모두 작심삼일이 되어버려서 점점 제 몸의 안락만을 찾게 되었다. 처음에 한 사람이 시집을 가버리면 맘이 변한 것을 책망도 하고 비웃기도 하였다. 그러나 그 사람이 시집을 가서 돈을 잘 쓰고 좋은 집에 아들딸 낳고 사는 것을 보면, 그것이 부러운 맘이 점점 생겨서 하나씩 하나씩 시집들을 가버렸고, 아직 시집을 못 간 사람들도 내심으로는 퍽 간절하게 돈 있는 남편을 구하게 되었다.

'조선을 위하여 몸을 바친다.'는 것은 옛날 어렸을 때 꿈으로 여기고 도리어 그것을 비웃을 만하게 되었다.

'연애와 돈!' 이것이 그들의 정신을 지배하는 종교다.

그러나 이것은 여자뿐이 아니다. 그들의 오라비들도 그들과 다름없이 되었다. 해가 가고 달이 갈수록 그들의 오라비들의 맘이 풀어져서 모두 이기적 개인주의자가 되고 말았다. 오라비들이 미두를 하고 술을 먹고 기생집에서 밤을 새우니 그들의 누이들은 돈 있는 남편을 따라 헤매지 아니할 수가 없었다. 이리하여 조선의 아들과 딸들은 나날이 조선을 잊어버리고 오직 돈과 쾌락만을 구하는 자들이 되었다. 교단에서 분필을 드는 교사도, 신문 잡지에 글을 쓰는 사람도 모두 돈과 쾌락만 따르는 이기적 개인주의자가 되고 말았다. 순영이 선주의 집에 모여 앉은 동무들을 대할 때에 아까 P부인에게 들은 말을 생각하였다.

"쎌피쉬하고 써브하려는 생각이 없다…… 그런 사람 많은 나라는 불행하다."

그들의 이야기는 포도주를 마시고 청지연을 피우는 이에게 합당하도록 멋지고 고상한 말들이었다. 음악 이야기, 소설 이야기, 문사 비평, 시집 간 동무들의 남편 비평, 집 비평, 세간 비평, 새로 지은 옷 비평…….

이러한 것들이 다 애국이라는 금박과 종교라는 은박을 벗어놓은 그들에게는 불행히 이런 것 이상의 화제는 어없었다.

"인생은 돈이다!"

"오직 나 하나의 쾌락만 생각하여라!"

"나라나 종교나 사회에 대한 의무나, 이런 것은 모두 허깨비이다!"

이것이 그때의 조선의 젊은 아들과 딸들의 생활을 지배한 원리였었다.[236)]

위와 같은 비판적 진단에 나타난 1920년대 전반기는 문학사적으로 보면 삼일운동의 격류 속에 몸을 담갔던 이광수, 염상섭, 김동인 등이 모두 작가로 변모해 나가는 시기이기도 했고, 또한 이러한 민족운동을 배경으로 새롭게 태동한 여성해방 사상의 담당자들, 예컨대 나혜석, 김일엽, 김명순 같은 여성 작가들이 문단의 전면에 나서 활동하기 시작한 시기이기도 했다.

나혜석은 삼일운동에 참여한 이후 상처한 경력이 있는 일본 외교관 김우영과 결혼하여 만주로 이주했다가 돌아와 화가로서 활동한다. 김일엽은 이노익과의 첫 번째 결혼 생활을 '청산'하고 오스카 와일드 류의 예술지상주의자 임노월과 본격적인 관계에 접어들면서 그의 '신개인주의'에 공명하는 글까지 발표한다.[237)] '신개인주의'라는 것은 전체주의적인 색채를 띠는 것으로 '판명'된 사회주의 혁명을 통하여 예술과 인격의 자유를 추구하는 대신에 부르주아 자본주의 체제 아래에서도 오스카 와일드가 말한 예술지상주의적 '개인주의'를 추구하자는 것으로, 당시에 부상하고 있는 마르크시즘 논자들의 비판의 대상이 되기 좋은 논리였다.[238)] 김명순은 1921년 귀국하여 1924년경에는 「돌아다볼 때」(『조선일보』, 1924.3.31~4.19), 「탄실이와 주영이」(『조선일보』, 1924.6.14~7.15) 등을 발표하며 활발한 창작활동을 벌

236) 위의 책, 400~402쪽.

237) 임노월, 「사회주의와 예술」, 『개벽』, 1923.7 및 김원주, 「인격 창조에—과거 1개년을 회상하야」, 『신여성』, 1924.8, 참조.

238) 마르크시스트로서 김기진은 김일엽과 김명순 등에 대한 '극심한' 편견 어린 직설적이고 원색적인 비판을 발표한다. 김기진, 「김원주 씨에 대한 공개장」, 『신여성』, 1924.11 및 「김명순 씨에 대한 공개장」, 『신여성』, 1924.11.

였다. 그러나 "김명순을 성적으로 모독하며 쓰인 공개장이 김명순의 이미지에 결정적 영향을 준 것으로 판단"[239]된다. 이 "결정적 영향"이란 물론 "치명적 피해"[240]를 의미한다.

김일엽, 나혜석, 김명순 등의 활동 양상과 이에 대한 남성 문학인들의 비판적인 반응은 김기진의 비판 글 외에도 염상섭의 장편소설 『너희들은 무엇을 얻었느냐』(『동아일보』, 1923.8.27~1924.2.5)와 『진주는 주었으나』(『동아일보』, 1925.10.17~1926.1.17) 같은 작품들을 통해서도 확인된다. 김동인이 김명순이나 김일엽에 대해 지독한 남성우월주의적 편견에 사로잡혀 있었음은 널리 알려져 있기도 하다. 또 이와 같은 편견과 선입견에서라면 '건실한' 단편작가로 알려진 현진건이 「B 사감과 러브레터」(『조선문단』, 1925.2)와 같이 '노처녀'의 여성 히스테리를 풍자하는 소설을 쓴 것도 간과할 수만은 없다.

이와 같은 맥락에서 이광수의 『재생』에 나타난 신여성 세태 비판은 단순히 민족주의적 이상을 품은 작가의 '선한' 의도의 소산으로만 분석될 수만은 없다. 이광수 또한 당대의 남성 작가들이 '공통적으로' 품고 있던 신여성의 사회적 진출과 활동에 대한 위화감으로부터 자유롭지만은 않았다. 이광수는 이와 같은 공통 감각에 기대어 신여성의 타락상을 민족주의적 이상이나 '어머니의 사랑' 같은 현실 초극적인 정신에 대비시킨다. 신여성의 타락과 황폐함은 그것을 대표하는 순영을 매개로 삼아 작가가 자기 희생과 봉사의 화신으로 설정한 작중 순흥의 아내와 같은 성스러운 여성과는 대립되는 여성군으로 설정된다.

그런데 바로 그와 같은 인식과 설정으로 말미암아 『재생』은 다른 한편

239) 서정자, 「김기진의 「김명순 씨에 대한 공개장」 분석」, 『여성문학연구』 43, 2018, 272쪽. 이 논문은 김기진의 김명순에 대한 공개장을 "미디어 테러"(254쪽)로 규정한다.

240) 위의 논문, 같은 쪽.

으로 민족주의나 마르크시즘, 의열단의 저항 사상 같은 거대 담론과 크레바스와도 같은 간극, 틈을 사이에 두고 있던 여성주의 혹은 페미니즘이라는 당대의 이념적 지형도를 '무의식적으로' 재현하는 양상을 나타낸다고 평가할 수 있다. 또 이광수는 어디서든 무의식적이지만은 않았다. 『재생』은 삼일운동 직후 1920년대 전반기의 민족적 절망과 위기를 종교적인 '어머니의 사랑'이라는 현실 초극적 이상을 통해 넘어서고자 하는 관념성에도 불구하고 당대의 이념적 현실까지도 리얼리스틱하게 재현하고 있다.

5. '경원선 소설' 『재생』의 새로운 독해 문제

한편으로, 이러한 '리얼리즘'의 맥락에서 『재생』이, '경원선 소설'이라 별칭을 부여해도 좋을 정도로 작중 중요 사건들이 경원선 역들과 연변 지역들을 통하여 전개되고 있다.

예를 들어, 순영이 봉구의 아이를 임신하게 됨으로써 두 사람이 떼려야 뗄 수 없는 운명적 관계를 맺게 되는 장소는 경원선 역이 있는 석왕사다. 작품은 두 사람의 석왕사행을, 지나치는 역들을 일별하는 '섬세함'을 발휘하여 묘사한다.

> 봉구는 침대차에 누워 자는 순영을 마치 천사와 같이 깨끗하게, 생명과 같이 귀중하게 바라보고 섰다. 그는 순영이 과거에 어떠한 일이 있었는지 꿈에도 알지 못한다. 다만 순영의 태도가 심히 활발해지고 전에 있던 수줍은 티가 없어진 것과 옷 모양을 내는 것이 이상도 했으나 그것은 순영이 명춘에 대학을 졸업할 여자인 것을 생각할

때에 가장 자연스럽게 보일 뿐이었다.

순영은 티없는 처녀다. 오직 하나님의 품에밖에 안겨본 일이 없고 장차 오직 자기의 품에밖에 안겨볼 일이 없을 그러한 깨끗하고 티없는 처녀다. 저 하얀 가슴속에는 아직 끌러보지 못한 사랑의 봉지가 있다! 그것은 오직 나에게만 끌러놓을 것이다. 봉구는 이렇게 생각한다.

그러할 때에 순영이 눈을 뜬다. 차가 정거장에 닿느라고 속력을 늦춘 것이 순영의 잠을 깨운 원인이 된 것이다.

"아니, 아즉 안 주무세요?

하고 순영은 봉구의 손을 잡으며 방긋 웃었다. 잠이 다 안 깬 눈에 웃는 웃음이 더 어여뻤다.

"왜 안 주무시었어요? 그리고 나 자는 양만 보시었네. 아이 숭해라."

하고 봉구의 손을 잡지 아니한 다른 손으로 눈을 가리더니 벌떡 일어나 앉으며,

"여기가 어디야요? 평강 지내왔어요?"

하고 눈을 비빈다.

"담 정거장이 삼방이야요."

하고 봉구도 순영의 곁에 걸터앉았다.

"삼방?"

"왜요? 삼방 와보시었어요?"

"아니요. 잠깐 들렀었어요……. 아이, 그렇게 안 주무셔서 어찌해?"

"가서 자지요."

"인제 석왕사까지가 몇 정거장이야요?"

"삼방, 고산, 용지원. 인제 셋 남았습니다."

하고 봉구가 일어나서 옷 벗어놓았던 데 가서 시계를 꺼내어서 귀에다 대어보고 본다.

"벌써 다섯 시나 되었는데요."[241]

위 인용에 나타나는 삼방, 고산, 용지원 등은 물론 경원선 역들로서, 이 경원선은 1910년 10월 착공하여 1914년 9월 6일 개통을 보았고, 일제 말기까지 경성역과 원산역을 포함하여 모두 35개의 역을 거느리고 있었다.[242] 이 가운데 현재 휴전선 이남 쪽의 마지막 역은 비무장지대 안에 위치한 월정리역이며, 여기서 가곡, 평강, 복계, 이목, 검불랑, 성산, 세포, 삼방협, 삼방, 고산, 용지원, 석왕사 등으로 열이 늘어서 있다. 석왕사역은 이성계와 무학대사의 설화가 전해지는 사찰로, 이광수는 이 절에서 잡지 『조선문단』을 구상하는 등 인연이 깊다. 『재생』에서 이광수는 봉구와 순영이 석왕사로 밀월을 떠나는 과정을 상세히 묘사하고 있을 뿐 아니라 두 사람이 석왕사 감천정(甘泉亭)에 머무르면서 벌이는 일들이나, 향적암, 수미암, 내원암, 불이문, 영월루, 설봉산, 벽송대 등 석왕사 일대의 장소성 있는 곳들의 풍광을 상세하게 묘사해 놓기도 한다.

또한 『재생』은 봉구가 살인 누명을 겨우 벗고 풀려나 대오각성한 끝에 농촌공동체를 일구기 위해 내려간 곳을 '금곡'으로 설정한다. 작중에 이 금곡은 '경원선'으로 설명되고 있지만 실상 금강산선에 딸린 작은 역으로서 강원도 철원군 근북면에 위치했던 곳이다.

241) 위의 책, 148~149쪽.

242) 방민호 편, 『경원선 따라 산문여행』, 예옥, 2020, 5쪽.

금강산선은 경원선역이기도 한 철원에서 갈라져 금강산 내금강역으로 통하는 철로로서 1924년 8월 철원과 김화 사이 구간이 개통된 것을 시작으로 1931년 7월 1일 내금강 장안사 입구까지 철도가 전부 개통되기에 이른다.[243] 백과사전의 설명에 따르면 금강산선 각 역은 철원, 사요, 동철원, 동송, 양지, 이길, 정연, 유곡, 금곡, 김화, 광삼, 하소, 행정, 백양, 금성, 경파, 탄감, 남창도, 창도, 기성, 현리, 도파, 화계, 오량, 단발령, 말휘리, 병무, 내금강 등이다. 그러므로 『재생』의 다음과 같은 대목에서 순영이 왕십리에서 금곡 오는 완행 기차를 탔는데, 그 기차는 복계까지만 운행한다는 설명은 어딘지 어폐가 있다. 경원선에 복계 이전에 금곡과 역명이 유사한 역은 전곡과 가곡 등이 있는데, 혹시 작가가 착각한 것은 아닐까?

> 경원선 금곡(金谷) 정거장에서 석양에 내리는 여자가 하나 있다. 복계까지밖에 아니 가는 완행차라 삼등 객실 하나밖에 달지 아니한 이 차에는 이 정거장에서 저 정거장까지 가는 농부 승객밖에 없으므로 차가 정거장에 닿아도 극히 종용하였다.
>
> 그 여자는 서너 살 된 계집애 하나를 안고 짐도 아무것도 없이 왕십리(往十里)에서 금곡 오는 삼등 차표를 내어주고는 정거장을 나와서 사방을 휘휘 살피더니, 피곤한 듯이 조그마한 대합실로 들어가서 안았던 계집아이를 걸상 위에 내려놓고 자기도 그 곁에 앉는다.[244]

여하튼 봉구는 서울과는 상당한 거리를 두고 있는 이 '금곡'에서 낮에는 노동하고 겨울에는 이 동네 저 동네 돌아다니며 농민들 편지도 써 주고 아

243) 「금강산 전기철도 금년 칠월 전부 개통」, 『조선일보』, 1931.9.16.

244) 위의 책, 511쪽.

이들에게 국문도 가르쳐 주고 함께 교유하며 농촌 공동체를 일구어 간다. 그는 "조선의 불쌍한 백성"이 자신의 "사랑"이자 "님"이라고 생각하며, 자신의 남은 목숨을 그들을 위해 바치고자 한다.

이 경원선 '금곡'(또는 전곡이나 가곡)이 작중에서 하는 역할을 우리는 이광수의 또 다른 장편소설 『흙』에서도 볼 수 있는데, 여기서 허숭의 숭고한 삶의 태도에 감화를 받은 갑진은 경원선이 통과하는 곳 가운데 하나인 '검불랑'에 가 농촌운동에 헌신하고자 한다. 『재생』에 있어서 봉구의 '금곡'과 『흙』에 있어 갑진의 '검불랑'은 이곳 경원선이 통과하는 지역이 1920년대 초중반의 조선에서는 미개척의 새로운 땅이자 동시에 이광수에 의해서는 단순한 개발의 대상지가 아니라 주인공과 주요 인물들이 조선과 조선 민족을 위해 헌신해야 할 미래의 땅으로 표상된다.

그리고 앞에서도 간략히 언급했듯이 아직 금강산선이 개통되지 않은 『재생』 연재의 시점에서 경원선 끝 원산에서 배를 타고 장전항을 통해 들어가야 하는 금강산, 곧 외금강은, 서울이라는 1920년대 전반기 절망과 타락의 현장에서 훌쩍 벗어나 순영이 자신의 '죄 많은' 몸과 마음을 씻고 이 희생 제의를 통하여 민족의 '재생'을 기약할 수 있는 장소성을 함축한 공간으로 다시 한 번 제시된다. 금강산 구룡연은 순영이 자신의 죽음으로써 무정한 세상을 유정한 세상으로 되돌리기 위한 성소로서의 역할을 한다. 김동인의 「마음이 옅은 자여」(『창조』 1919.12~1920.5, 4회 연재)에서 '현대적' 연애의 괴로움의 연옥에 빠진 주인공의 영혼이 '되살아나는' 계기를 마련해 준 것이 금강산 비봉폭, 구룡연, 연주담 순례였다면, 『재생』은 다시 한 번 금강산을 1920년대 전반기의 인물들을 휘감고 있는 현대적 욕망과 타락으로부터 구원할 수 있는, 그들이 새로운 생명을 희사받을 수 있는 성스러운 장소의 위치에 올려 놓았던 것이다.

이와 같이, 이광수의 문제적인 장편소설 『재생』은 그 의미를 새롭게 살펴보는 작업을 통하여 그것이 다윈 류의 진화론 사상에 연관된 '진화, 퇴화, 재생'의 맥락에서 이해될 수 있을 뿐 아니라 그것만으로는 이 작품의 전체적 독해에 다다를 수 없는 한계 지점에 가닿게 된다.

폴 드 만이 논의했던 바 '모든 독해는 오독이며', 바로 이 독해의 한계 지점에서 새로운 독해의 필요성과 새로운 독해 방법의 설정이 요구된다는 사실은 이광수의 『재생』에 있어서도 변함없이 관철될 수 있는 명제다.

여기서 필자는 『재생』의 진화론적 독해 문제로부터 시작하여 그것이 『곤지키야샤』, 『장한몽』 등과 함께 번역, 번안, 패러디에 관한 논의를 함축하고 있다는 것, 나아가 이 작품이 『무정』에 연결되는 작품으로서 『무정』, 『흙』과 함께 일종의 삼부작을 형성하면서 안창호의 이상사회론, '무정·유정' 사상과 교호관계에 있다는 것 등을 밝히고자 했다.

또한 이 작품은 동시에 당대의 저항 담론, 여성해방 운동 등을 겨냥하면서 이광수 자신의 이상사회론을 펼쳐 놓은 것이라는 점에서 그 아이디얼리스틱한 지향에도 불구하고 리얼리즘적 재현 효과를 발휘했던 바, 이 재현 효과는 다시 경원선, 금강산선 등 당대의 철로와 이 소설의 관계 양상을 통해 이광수가 구상한 구원의 논리를 장소적인 맥락에서 구현해 보인 것으로도 연결된다.

이광수의 소설이 한국 현대소설의 창조성을 대표하는 측면이 있다면, 바로 이와 같은 종합, 접합(graft)을 통한 새로운 구성과 그 속에서의 창조에 그 핵심이 있음을 다시 한 번 강조해 두고자 한다.

2부

그리하여 '사랑'은 어디로 갔나

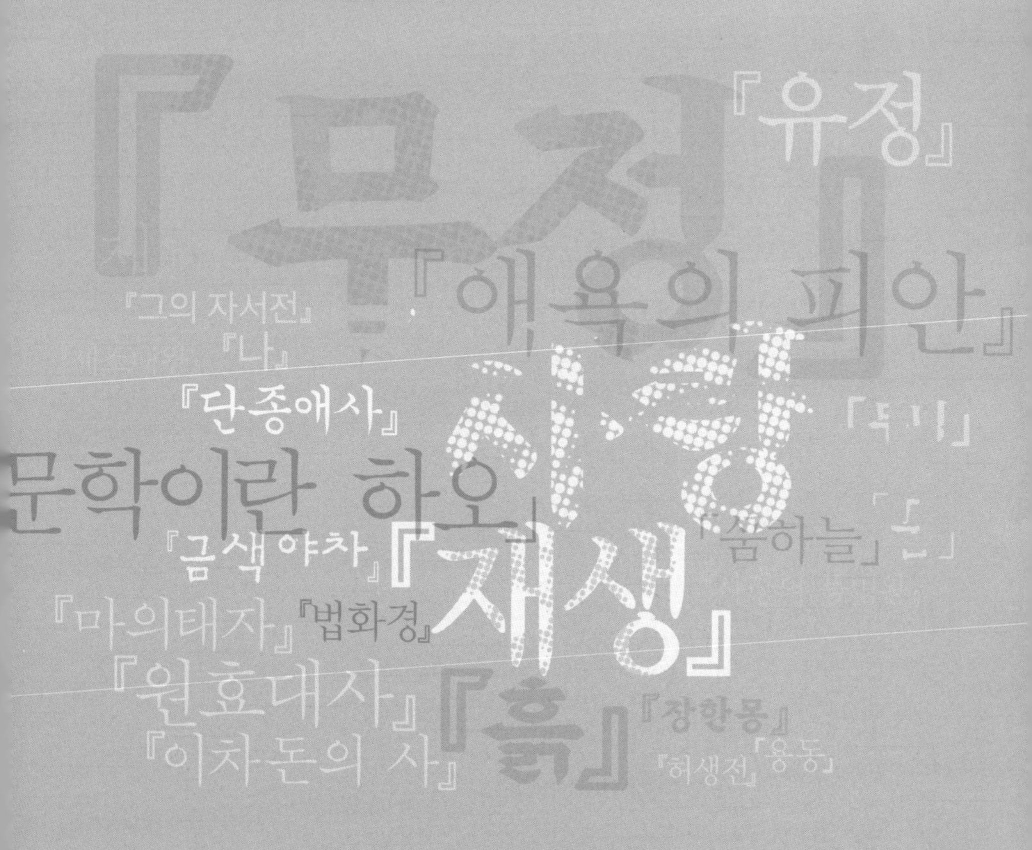

'신라 삼부작', 『마의태자』·『이차돈의 사』·『원효대사』의 '민족 내러티브'

1. 이광수 문학, 다른 독해의 길

이광수(1892.3.4~1950.10.25) 문학은 한국현대문학에서 심각한 논의를 유발하는 존재다. 무엇보다 그는 한국현대문학을 개척한 공로자로 인식됨과 동시에 한국을 36년 동안 식민지로 '점거'한 일제에 동조, 협력한 부역자로 인식되고 있다.

이 양면성은 이광수 연구자들을 종종 곤혹스러운 상황에 빠뜨리곤 한다. 전자에 주목하는 이들은 이광수의 어둠을 애써 보지 않으려 하며, 후자에 주목하는 이들은 이광수의 문학에서 제국주의적 담론에 포섭된, 파시즘 선호 경향의 인간을 '일관되게' 설명해 내려 한다.[245]

그러나 이광수 문학은 식민지적 현대화 과정을 겪어 나온 비서구 사회의

245) 이러한 분석들은 둘 다 이광수를 정치적으로 분석, 평가하는 것이다. 최근의 문학 이론들 중에는 문학성이라는 것이 따로 없고, 그 작품의 정치성에 포섭되거나 또는 그것과 불가분한 관계하에 있을 수밖에 없다고 보는 관점들이 많아서, 특히 신진 연구자들은 이 시각에 의지해 이광수를 파악하려고 한다. 그러나 문화라는 '상부구조'를 이루는 정치와 예술(문학)을 같은 것으로 취급할 수 없다면, 이광수는 정치적 측면에 국한되지 않는 보다 넓은 조명 아래 세워질 필요가 있다.

문학인의 복합성을 보여주는 커다란 저수지다. 이 복합성을 해명하는 일은 옹호와 비판 이상의 탐구를 필요로 한다.

식민지 상태에 떨어지지 않은 사회였다 해도 서구적 현대성을 어떤 방향으로든 처리해야 했던 것은 비서구 사회의 공통된 고민이었다. 식민지 과정을 헤쳐 나와야 했던 비서구 사회들 가운데 한국은 일종의 예외적인 경험을 했다고도 할 수 있다. 한국은 서구 제국이 아니라 같은 동아시아의 일부인 일본에 강점된 나라였다. 일본은 비록 서구의 영향 아래 현대화 과정에 들어섰지만 시대적 추세에 발 빠르게 적응하면서 류큐를 복속시키고, 홋카이도에 진출한 데 이어, 한국을 식민지로 강점하는데 성공을 거두었다.

일본에 강점되던 무렵 한국은 어떤 상태에 놓여 있었을까? 이는 한국의 현대화 과정에 미친 일본의 영향을 평가하는데 중요한 판단 기준이 된다.

한국이 중국 아닌 외부세계에 문호를 연 것은 1876년, 일본과 강화도 조약을 맺으면서다. 이후 한국은 8~10년 단위로 격렬한 사회혁명을 겪어 나가야 했다. 1884년에는 김옥균 일파에 의한 위로부터의 혁명 시도가 있었고(갑신정변), 1884년에는 현대 신흥 종교인 동학의 교도들이 농민전쟁을 일으켜(동학농민혁명), 이에 청나라와 일본이 한반도에서 자기들끼리 전쟁을 치르고(청일전쟁), 그 와중에 일본의 사례를 깊이 참조한 현대적 제도 개혁을 이루게 된다(갑오경장). 일본은 청나라를 이겨놓고도 한반도를 곧 지배할 수 없었는데, 그것은 러시아의 존재 때문이었다. 1904년의 러일전쟁은 일본으로 하여금 동아시아 및 한반도의 맹주 위치를 확고히 하도록 했다. 조선의 외교권을 박탈한 1905년의 을사보호조약, 조선왕조를 무너뜨린 1910년의 한일합병은 그 직접적이면서도 자연스러운 결과였다고 할 수 있다.[246)]

246) 김영작의 『한말 내셔널리즘 연구』(청계연구소, 1989)는 이 구한말 역사 전개 과정을 체계적으로 분석해 보였다. 구한국은 갑신정변, 갑오경장(동학농민혁명, 청일전쟁), 러일전쟁의 단계를 거치면서 자주적 현대화의 가능성을 상실하고 끝내 국권을 상실하기에 이르게 된다.

이 35년에 걸친 시대는 결과론적으로 보면 한국이 국권을 상실하고 식민지화 할 수밖에 없었던 한 과정이었다. 그러나 그 내부는 단순치 않다. 한국의 위정자들, 지식인들, 위정자들은 자주적 현대화를 이루기 위해 애썼고, 이 과정에서 한국은 어떤 형태로든 현대화 과정에 이미 진입해 있었다.

이러한 판단은 일본의 식민지 체제 아래서 한국이 비로소 현대화를 향해 나아갔다고 하는 이른바 식민지 근대화론에 대한 반론을 함축한다.

오늘날 한국에서는 지난 10년 넘는 기간 동안 식민지 시대를 평가하는 새로운 관점으로 선전된 식민지 근대화론이 여러 이형태들을 선보이면서 다기하게 전개되어 왔다. 이 이형태들에 공통된 요소는, 역사는 가정을 허용하지 않는다는 현실주의적 관점이다. 그들은 이 도저한 현실주의를 바탕으로 삼아 한국의 식민지적 과거, 일본의 식민 지배를 어떻게든 합리화하고자 했다.

필자는 이러한 식민지 근대화론을 학문적인 논리의 합리성 여하 이전에 가치론적인 견지에서 부정할 수밖에 없다. 그것은 이 시각이 불가피하게 피지배 민족의 자발성과 창조성을 부인하고 이민족의 지배 없이는 변화될 수 없는 무능력한 존재로 간주하기 때문이다.

오늘날 세계 각국이 구가하고 있는 현대성은 결코 유토피아적인 상태가 아니다. 과거로부터 현재로의 이행, 즉 현대화는 어떤 중대한 상실이나 망각 없이는 이루어질 수 없었다. 이 과정에서 인간이 보존해야만 했던 과거의 가치들은 말살되거나 왜소화 했고 그 빈 공간을 아주 단순하고도 기계적인 '현대적' 가치들이 점유해 들어갔다. 이 대체는 결코 바람직한 것만은 아니었다. 인간의 평균 수명이 늘고, 신분이 해방되는 만큼, 인간 사회는 야만적인 전쟁과 살상을 일삼고 일방이 타방을 무자비하게 지배하는 비인간적인 세계로 변모되었다.

일본의 한국 지배는 그러한 20세기 식민주의의 전형적인 사례 가운데 하나였다. 한국은 그 스스로 추진하던 현대화와 '다른' 현대화 과정에 노출될 수밖에 없었다. 이 과정에서 한국인들은 스스로의 능력과 가능성을 부정당해야 했다. 한국이 식민지로 전락한 그 20세기 전후에는 사회적 다위니즘이 일세를 풍미했다. 서구에서 배태된 우승열패, 약육강식의 논리는 일본의 지배층을 뒤흔들었고 한국의 위정자들, 지식인들에까지 영향을 미쳤으나, 그들은 이를 서구나 일본의 지배층들과 같은 맥락에서 받아들일 수는 없었다.

이광수는 그러한 시대의 문학인이다. 그는 일찍이 일본에 유학하여 일본사회를 직접 경험하면서도 일본을 현대성의 최종 척도로 간주하지 않고 서구의 여러 담론의 흐름을 날카롭게 직시하고자 하였을 뿐 아니라 한국의 전통적인 유산들에도 깊은 관심을 표명했던 사람이었다. 이러한 이광수 문학에 대한 조명은 그가 현대성, 현대화, 탈현대화 같은 개념들을 어떻게 이해하고 있었는가에 대한 주밀한 탐구를 필요로 한다.

그러나 비교적 최근까지의 이광수 논의는 그의 문학을 서구 및 일본의 모델을 따라 한국사회와 한국문학 모두를 현대화하고자 한 의도를 함축하고 있는 것으로 독해하곤 했다.

이에 따르면 한국 최초의 본격적인 현대소설로 평가되는 그의 장편소설 『무정』(『매일신보』, 19171.1~6.14)은 서구의 전형적인 서사양식인 노블이 전 세계로 확장되는 양상을 보여주는 중요한 사례다. 이광수는 이 소설을 통해서 당대 한국사회도 해외 유학과 계몽 등을 통하여 일본이나 서구와 같은 현대화를 추구해야 한다고 역설한 것으로 간주된다. 이러한 이해는 서구와 그것에 영향 받은 일본의 서사 양식을 현대소설의 보편적인 척도로 간주하는 것이며 비서구 사회의 현대화 과정을 그 수동적 모방 과정으로 이해하는 관점을 적용한 것이다.

이에 관하여 필자는 전년에 그와 다른 독해 방향을 제시하고자 했다. 그에 따르면 『무정』은 한국의 전통적 서사양식과 서구 및 일본의 서사 양식을 창조적으로 접합시키면서 이를 통하여 비서구적일 뿐만 아니라 비일본적인 현대성에 직면해 있는 한국적 현실을 날카롭게 인식하면서 이 현대성을 지양할 것을 주장하고 있는 작품이다.

다시 말해 『무정』은 이미 식민화라는 형태로 현대적 행정에 들어서 있는 당대 한국사회의 모순을 직시하면서 그 현대화만큼이나 탈현대화를 동시적으로 달성하고자 하는 복합적 문제의식을 구현하고 있는 작품이다.

2. 이광수 문학과 그 역사소설의 위상

이처럼 이광수 소설을 두 문화권의 서사 양식을 창조적으로 접합한 데서 찾고자 할 때 이광수의 역사소설은 그의 소설 창작 중에서 현대를 다룬 것과는 다른, 각별한 의미를 지닌 작품들로 부각된다.

이광수 소설 창작 가운데 역사소설은 어떤 의미를 띠는가? 이 질문에 답하고자 할 때 우리는 먼저 이광수 자신의 회고로 돌아가 보아야 한다. 그는 일제 강점 말기에 접어드는 시점에서 자신의 역사소설 창작의 동기를 다음과 같이 되돌아본다.

> 역사소설에 유의하기는 퍽 오래전이었었다.
>
> 明治 43년에 六堂 崔南善 군이랑 한자리에 뫃여 앉아서 朝鮮역사소설 5부작을 앞으로 완성하기로 의논했었는데, 5부작이라 하면,

> 제1부가 檀君을 주인공으로 하여 그 시대를 그리려한 것이오 제2부는 東明王과 그 시대, 제3부는 高麗末과 李朝初, 제4부가 李朝중엽, 제5부가 李朝말엽인데, 이러구 보면 檀君으로부터 시작해서 李朝末까지 朝鮮역사의 대부분을 소설화시키게 되는 것이다. 그러나 모든 것이 여의케되지 않아서 나는 제1부부터 시작 못하고 新羅末, 高麗初, 李朝중엽, 이렇게 순서없이 쓰기 시작했던 것이다.[247]

여기서 주목되는 것은 "明治 43년"이라는 시점이다. 일본 연호에서 메이지 43년은 서기력으로 1910년, 즉 한일합병이 있었던 해다. 한국에서는 1910년 8월 29일을 '경술국치일'라 하여 매우 치욕스러운 날로 기억하고 있다. 한일합병은 단군의 고조선 창건 이래 반만 년 역사를 이어온 것으로 자부되는 한국사의 중단을 의미하는 것이다. 이광수는 바로 이때 자신의 역사소설 창작 계획을 수립한다. 그는 이 시점에서 한국 민족사의 시원에서부터 현대에 이르기까지의 "대부분"의 과정을 소설로 그려내는 계획을 가졌다. 이는 이광수가 자신의 역사소설에 대해 역사 서술에 버금가는 의미를 부여하고 있었음을 의미한다. 민족사의 중단이라는 일대 사변을 겪으면서 이광수는 최남선과 함께 한국사를 소설적으로 구성해 냄으로써 한국인, 그리고 한국사의 정체성을 수립하고자 했다.

흔히 소설은 국민국가적인 국민을 창조하는 기능을 수행했던 것으로 논의되곤 한다. 그러나 현대에 접어들면서 국권을 상실해야 했던 한국의 지식 문학인으로서 이광수는 한국인들을 제국 일본의 국민에 병합시키는 방향과는 전혀 다른 소설 작업을 기획하고 있었다. 그는 독자적인 한국사

247) 이광수, 「「端宗哀史」와 「有情」, 이럭저럭 二十年間에 十餘篇을」, 『삼천리』, 1940.10, 183~184쪽.

의 중단 사태에 직면하여 그 역사를 처음부터 '끝'까지 소설로 씀으로써 한국인의 독자적 정체성을 '확인'하고자 한다. 비록 일본의 식민지로 전락했을지언정 엄연히 일본인과는 다른 민족적 실체로서 한국인의 존재를 확인함과 동시에, 역으로, 그것을 새롭게 실체화하고자 한 것이다.

이러한 기획을 입증하듯 이광수는 자신의 일생을 통하여 여러 편의 역사소설을 남겼으며, 그 면면은 다음과 같다.

○『마의태자』---------『동아일보』, 1926.5.10~1227.1.9.
○『단종애사』---------『동아일보』, 1928.11.30~1929.12.1.
○『이순신』------------『동아일보』, 1931.6.26~1932.4.3.
○『이차돈의 사』--------『조선일보』, 1935.9.30~1936.4.12.
○『세조대왕』----------박문서관, 1940.
○『원효대사』----------『매일신보』, 1942.3.1~1942.10.31.
○『사랑의 동명왕』------한성도서, 1950.

이와 같이, 이광수는 일제시대에 여섯 편, 해방 이후에 한 편의 장편소설을 집필한다. 이를 시대별로 나누어 살펴보면,『사랑의 동명왕』은 고구려사를 다룬 것이고,『마의태자』,『이차돈의 사』,『원효대사』는 신라사를 그린 것이며,『단종애사』와『이순신』과『세조대왕』은 조선사를 그린 것이다.

이 목록을 그가 애초에 설정했던 역사소설 집필 계획과 비교해 보면, 그는 자신의 계획을 충분히 실현할 수는 없었다고 말할 수 있다. 그 5부작의 설계 가운데에서 그는 "檀君을 주인공으로 하여 그 시대"를 그리고자 한 제1부와, "高麗末과 李朝初"에 해당하는 제3부, "李朝말엽"에 해당하는 제5부에 해당하는 작품은 아예 쓰지 못했다. 그는 "東明王과 그 시대"에 해당하는 제2부와 "李朝중엽"에 해당하는 제4부를 중심으로 일련의 역사소설을 집필했으며, 이는 특히 신라사(『마의태자』, 『이차돈의 사』, 『원효대사』)와 조선의 단종·세종 간 역사(『단종애사』, 『세조대왕』)에 집중되는 양상을 보인다.

여기서 신라사를 배경으로 집필한 세 작품을 필자는 '신라 삼부작'이라 명명하고자 한다. 여기서는 이 '신라 삼부작'의 의미나 위상에 관하여 독립된 챕터를 설정하여 논의할 것이다.

다른 한편으로, 이광수가 역사소설을 써나간 이유를 가늠하게 해주는 또 하나의 단서를 최초의 본격적인 현대 장편소설로 평가되는 『무정』 속에서 발견할 수 있다.

『무정』은 이광수의 자전적인 소설로 읽힐 수 있는 것으로 평가되곤 한다. 이 소설의 주인공 이형식은 일찍이 고아가 되어 일본에 유학한 경력이 있는 경성학교의 영어 선생으로서, 김장로의 딸인 김선형과 박진사의 딸 박영채 사이에서 사랑의 갈등을 겪게 되는 인물이다. 여기서 이 소설의 제목인 '무정'은 의미심장한 뜻을 함축하고 있다.

'무정'이란 '인정이 없다'는 뜻을 가진 한자어다. 사람으로서 응당 가져야 할 인정을 가지지 못한 것을 가리켜 '무정하다'고 한다. 작중에서 이러한 제목의 뜻에 해당하는 사건을 찾아보면, 형식이 왕년에 집안 어른들끼리 서로 혼약을 맺은 영채 대신에 구한말에 미국 공사를 지냈고 부유하기도 한 김장로의 딸 선형을 선택하는 행위가 나타난다. 작중에서 형식은 기생으로 전락한 영채를 가리켜 여러 번씩 "참사람"이라고 하지만, 정작 그는 그러한 영채와의 신의를 저버리고 자신에게 입신출세의 기회를 선사해 줄 수 있는 선형과 약혼한다. 그러나 이때는 영채 또한 병욱이라는 여인의 도움을 받아 일본으로 유학을 떠나게 된 참이다. 바야흐로 선형을 대동하고 떠난 유학길에 형식은 같은 차중에 영채가 타고 있음을 알게 되며, 이는 그를 깊은 번민에 빠뜨린다. 다음은 그 일부 대목이다.

> 나는 죠션의 나갈 길을 분명히 알앗거니 ᄒᆞ얏다 조선 사ᄅᆞᆷ의 품을 리상과 따라서 교육ᄌᆞ의 가질 리상을 확실히 잡엇거니ᄒᆞ얏다 그러나 이것도 필경은 어린ᄋᆡ의 ᄉᆡᆼ각에 지나지 못ᄒᆞᄂᆞᆫ 것이다 나ᄂᆞᆫ 아직 죠션의 과거를 모르고 현ᄌᆡ를 모른다. 죠션의 과거를 알랴면 위션 력ᄉᆞ보ᄂᆞᆫ 안식을 길너가지고 죠션의 력ᄉᆞᄅᆞᆯ ᄌᆞ셰히 연구ᄒᆡ볼 필요가 잇다 죠션의 현ᄌᆡ를 알랴면 위션 현ᄃᆡ의 문명을 리ᄒᆡᄒᆞ고 세계의 대세를 ᄉᆞᆲ혀서 사회와 문명을 리ᄒᆡᄒᆞᆯ만한 안식을 기른 뒤에 죠션의 모든 현ᄌᆡ상ᄐᆡ를 쥬밀히 연구ᄒᆞ여야ᄒᆞᆯ것이다 죠션의 나갈 방향을 알랴면 그 과거와 현ᄌᆡ를 충분히 리ᄒᆡ한뒤에야ᄒᆞᆯ것이다 올타 ᄂᆡ가 지금것 ᄉᆡᆼ각ᄒᆞ여오던바 쥬장ᄒᆞ여오던바ᄂᆞᆫ 모도다 어린ᄋᆡ의 어린 슈작이라[248]

이 대목에서 형식은 자신을 어린애의 상태에 놓여 있는 것으로 이해하고 있으며, 이 상태에서 벗어나기 위해서는 조선의 과거와 현재를 정확히 인식할 수 있어야 한다고 생각한다.

그러면 어떻게 하면 조선의 과거와 현재 상태를 파악할 수 있는가? 후자에 해당하는 것은 바로 이형식이 지금 행하고 있는 구미 유학이다. 조선의 현재를 알려면 현대문명을 이해하고 세계의 대세를 살펴서 사회와 문명을 이해할 만한 안식을 기른 뒤에 조선의 모든 현재 상태를 주밀하게 연구해야 한다. 그와 달리, 조선의 과거는 그러면 어떻게 해야 이해할 수 있나? 그것은 바로 조선 역사의 연구다. 조선의 과거를 알려면 역사를 보는 안식

248) 김철 교주, 『무정』, 문학동네, 2003, 658~659쪽.

을 길러 조선의 역사를 자세히 연구해야 한다.

이와 같은 사유 과정의 결과로서, 형식은, 자기 자신의 본모습을 어린애로 간파하면서 그러한 칸트적 미성년 상태에서 벗어나 새로운 자기 인식을 획득하게 될 수 있기를 염원한다.

> 나ᄂᆞᆫ 선형을 어리고 ᄌᆞ각업ᄂᆞᆫ 어린ᄂᆡ라 ᄒᆞ얏다 그러나 이제보니 선형이나 ᄌᆞ긔나 다ᄀᆞᆺ흔 어린ᄂᆡ다 조상젹부터 젼ᄒᆞ야오ᄂᆞᆫ ᄉᆞ상의 전통은 다 일허바리고 혼도한 외국ᄉᆞ샹속에서 아직 ᄌᆞ긔네에게 덕당ᄒᆞ다고 ᄉᆡᆼ각ᄒᆞᄂᆞᆫ 바를 틱홀줄 몰나서 엇절줄을 모르고 방황ᄒᆞᄂᆞᆫ 오라비와 누이 ᄉᆡᆼ활의 표쥰도 서지못ᄒᆞ고 민죡의 리샹도 서지못한 세상에 인도ᄒᆞᄂᆞᆫ자도 업시 ᄂᆡ어던짐이 된 올아비와 누이-이것이 자긔와 선형의 모양인듯ᄒᆞ얏다
>
> ……(중략)……
>
> 올타 그럼으로 우리들은 ᄇᆡ호러 간다 네나 ᄂᆡ나 다 어린ᄂᆡ임으로 멀리멀리 문명한 나라로 ᄇᆡ호러 간다 형식은 저편챠에 잇ᄂᆞᆫ 영채와 병욱을 ᄉᆡᆼ각한다 「불샹한 처녀들-」한다.[249]

필자는 이러한 형식의 생각에 나타난 '어린애'라는 문제를 이광수 당대를 풍미하던 칸트철학과 관련지어 특히 「계몽이란 무엇인가에 관한 답변 Beantwortung der Frage : Was ist Aufklärung? (An Answer to the Question: "What is Enlightenment?")」에 나타난 자기 계몽의 문제와 관련지어 분석해 보인 바 있다.

요컨대, 『무정』에 나타난 계몽은 지금까지 흔히 통속적으로 평가되어 왔

249) 위의 책, 659~660쪽.

던 바, 자기보다 우월한 자에게서 배우고 열등한 자에게 가르친다는 일방주의적인 계몽이 아니라, 용기와 결단으로 오성을 발휘하여 자신이 나아갈 길을 스스로 찾는 자기 계몽이라는 것이며, 이러한 자기 계몽의 기획 속에서 주인공 형식은 먼저 미국 유학에 나아가 세계 속에서 조선이 처한 현재적 상황을 인식하고, 이후 돌아와 조선의 과거를 탐구한다는 방법론적 자각에 도달하고 있다.

이와 같은 형식의 생각은, 이 소설을 일종의 자전적 소설로 읽는 견지에서 보면 이광수 자신의 것이었다고 간주해 볼 수도 있다. 그와 같은 맥락에서 이광수가 일본에서 『무정』을 쓴 후 우여곡절 끝에 조선에 돌아와 집필한 일련의 역사소설들은 그가 『무정』에서 제시했던 바로 그 한국사의 탐구 과정이며, 혼도한 외국사상 속에서 방황하는 상태에서 벗어나 조상으로부터 전해져 내려오는 사상의 전통을 습득하기 위한 과정에 다름아니다.

바로 그렇게, 이광수에 있어 역사소설 집필은 단순한 소설 집필이 아니라 역사 연구를 통한 자기 발견의 과정이었다. 이를 잘 보여주는 것이 잡지 『동광』에 나타난 이광수의 '역사' 번역이다.

이광수는 상해에서 독립운동을 하다 귀국한 이후 안창호의 흥사단 사상을 바탕으로 한 수양동맹회를 조직하고(1922) 이를 수양동우회로 변환시키면서 잡지 『동광』을 기관지적인 잡지로 운영해 나간다.(1926)

이 『동광』을 중심으로 한 이광수의 문학 활동 가운데, 예컨대, 「동명성왕 건국긔, 삼국사기 고구려본기에서」(『동광』 2, 1926.6) 같은 번역 글은 이광수가 고려시대에 편찬된 대표적인 한국사서 『삼국사기』를 접했을 뿐 아니라 이를 번역하는 수준에서 탐구하고 있었음을 보여준다. 이광수가 해방 후에 집필한 『사랑의 동명왕』은 그러고 보면 유구한 연원을 가진 소설이었던 셈이다.

아울러 이광수가 『동광』 1931년 8월호부터 9월호에 걸쳐 2회로 나누어 분재한 번역 글 『이충무공행록』이 비슷한 시기에 연재를 시작한 역사소설 『이순신』과 불가분의 관계에 놓여 있음은 물론이다. 그는 한편으로는 이충무공의 조카인 이분(李芬, 1566~1619)의 『이충무공행록』을 번역하면서 『이순신』 집필의 기본적인 뼈대를 얻고 이를 바탕으로 다양한 이순신 관련 기록들을 참조하면서 소설 연재를 이어갔다. 뿐만 아니라 이광수는 『이순신』 집필을 위한 준비 과정의 일환으로 이순신의 유적을 실제로 답사하면서 그에 관한 기록을 남겼으니, 그것이 『동아일보』 1931년 5월 21일부터 1931년 6월 11일까지 연재한 「충무공 유적 순례」였다.

이렇듯 이광수에게 있어 역사소설 창작은 한일합병이라는 역사 단절의 위기를 딛고 민족사의 과거에 대한 기억을 내러티브로 재구성, 재창조함으로써 보존하고자 하는 의도의 산물이다. 이광수는 자신의 역사소설 창작 과정을 지속적으로 스스로 시도해 나간 한국사 탐구에 병렬적으로 연계시키고자 했다. 이 시도는 이광수 문학이 태동하던 아주 이른 시기부터 이루어졌다. 이광수는 자신의 창작 활동 전체를 통하여 이러한 민족 내러티브 재구성을 위한 노력을 지속적으로 펼쳐 나갔다. 이 점에서 그의 역사소설은 일종의 탈식민주의적 문제의식의 소산에 다름 아니다.

한국의 이광수 연구 가운데에는 이광수의 역사소설을 두고 서구 '노블'을 수용하는 수준에서 후퇴한 것으로 보는 관점이 있다. 그러나 이는 이광수 문학이 서구적인 노블과 한자문화권 중심의 소설을 양식적으로 결합시키고 있다는 사실을 간과한 것이며, 특히 그의 역사소설이 다양한 역사적, 설화적 텍스트들을 역사소설 양식에 통합시키면서 서구 노블의 개념으로는 포괄할 수 없는 양식적 특성을 보여준다는 사실을 폄하하는 것이다.

3. '신라 삼부작'의 전개 과정과 이광수의 한국사 인식

『마의태자』, 『이차돈의 사』, 『원효대사』 등의 '신라 삼부작'은 이광수의 동아시아 역사 인식 및 한국사 인식에서 매우 중요한 의미를 띠는 작품들이다. 그러나 이들 작품군을 하나로 아울러 보는 연구는 많지 않다. 특히 『이차돈의 사』에 대한 최근 논의는 전무하다시피 하고, 『원효대사』는 이광수의 일제 말기 대일협력 문제와 관련하여 '정치적' 분석의 수준에서 거론되는 형편이며, 『마의태자』에 대해서는 비교적 논의들이 있었다고 볼 수 있으나 그 플롯상의 결함에 주목하는 견해가 두드러진다.

'신라 삼부작'을 아울러 보고자 한 드문 연구자로서 서은혜는 이 작품들의 역사소설로서의 양식적 특성을 다음과 같이 설명한다.

> 『마의태자』, 『이차돈의 사』, 『원효대사』 등의 신라 배경 역사소설은 실제 알려진 역사적 인물의 행적과는 다른 서사 및 에피소드의 삽입이 두드러지는 반면 『단종애사』, 『이순신』 등 조선시대 배경 역사소설은 사료적 전거성의 비중을 최대한 높이 잡고 정확성 및 객관성을 강조하는 서술 태도를 보인다. 터너의 분류법에 따르자면 신라배경 역사소설은 가장적 역사소설 및 창안적 역사소설에, 조선 배경 역사소설은 기록적 역사소설의 형태와 유사한 것이다. 그리고 이광수의 역사소설의 이러한 형식적 다양성은 그 자체가 한국 근대역사소설의 장르적 규범을 형성하는 과정이라는 점에서 의미 있다고 할 수 있다.[250)]

250) 서은혜, 「이광수 역사소설 연구: 역사담론과의 관련성을 중심으로」, 서울대대학원 석사학위논문, 2010, 10쪽.

위에서 언급했듯이 '신라 삼부작'은 "실제 알려진 역사적 인물의 행적과는 다른 서사 및 에피소드의 삽입"이 빈번한 "가장적" 또는 "창안적" 역사소설의 성격이 강하다는 점에서 조선사를 다룬 역사소설들과는 확연히 구별되는 점이 있다. 여러 가지 이유가 있겠지만 무엇보다 이는 '신라 삼부작'의 역사공간이 조선사 공간에 비해 역사 텍스트가 매우 빈핍한 공간이기 때문일 것이다.

'신라 삼부작'의 배경을 이루는 시기는 한국에서 삼국시대 및 후삼국시대라 불리는 때로서 고구려, 신라, 백제가 삼정립해 있다가 신라가 당나라의 힘을 빌려 고구려, 백제를 통합하여 민족사의 새로운 단계를 수립한 때이고, 시간이 흘러 신라가 문약해 감에 따라 다시 후백제와 태봉 등으로 나뉘어 할거하다가 고려가 삼국을 재통합하기에 이르는 때다. 이 신라나 백제, 고구려는 모두 자국의 역사를 서술한 기록들을 남긴 것으로 알려져 있지만 오늘에 전해지는 것은 없고, 지금으로서는 고려시대에 편찬된 『삼국유사』, 『삼국사기』를 중심으로 한 몇몇 텍스트들을 중심으로 그 시대를 상고할 수밖에 없는 형편이다.

그런데 이러한 역사 기록의 부족 상태는 작가에게는 오히려 창조적 상상력이 활동하기에 유리할 뿐만 아니라 작가로 하여금 자신의 이념적 가치에 걸맞게 역사를 재서술할 수 있도록 해주는 조건으로 작용할 수도 있다. 이광수는 그러한 역설적 이점을 민첩하게 활용한 작가였다. 여기서 이광수가 신라를 어떻게 인식했던가 하는 문제가 떠오른다. 그리고 이는 이광수 스스로 상정하고 있던 이상적인 민족사와 밀접한 연관을 가질 수밖에 없다.

이광수는 역사소설만이 아니라 번역, 기행문, 논설 등 다양한 서술 형태로 민족사에 대한 자신의 시각을 적극적으로 표출했던 작가다. 이러한 글들에 나타난 이광수의 신라사 인식은 지극히 양가적이었던 것으로 나타난다. 한편으로 그는 신라를 찬란한 문화를 이룩한 나라로 평가한다.

> 1천년전 新羅의 문명이 찬란하였음은 이제 다시금 말치 안허도 우리는 알고 있다. 그 중에서도 新羅시대의 예술……조각 무용 회화 등……은 朝鮮사회뿐만이 아니라 널니 세계에 자랑할 만하다. 이러한 우리 조상들이 끼친 공적과 유물을 오늘날까지 우리는 넘우나 도외시하여왔고 등한시하여온 것이 아닌가 한다. 인제 1천년전 新羅시대의 예술을 우리의 손으로 캐내여서 오래 오래 기념하기 위해서, 佛蘭西의 巴里祭나 러시아의 復活祭모양으로 널니 민중적으로 두고 두고 기념할 방법이 필요한 줄 안다. 그것을 명칭해서 『新羅祭』라 해도 조흘 것이다.[251]

이러한 신라 문명의 한 가운데에 불교문화가 놓여 있는 것은 주지의 사실이다. 이광수의 '신라 삼부작' 가운데 두 작품인 『이차돈의 사』 및 『원효대사』는 서역에서 중국을 거쳐 한반도에 들어온 불교로써 신라문명의 기초를 닦고 또 그것을 절정에까지 끌어올린 이차돈과 원효의 생애를 그린 것이다. 다시 말해 이차돈이나 원효는 민족 문화의 전성시대였던 신라문명의 영화를 대표하는 인물들이다. 이와 같은 시각은 먼저 『이차돈의 사』를 집필하면서 밝힌 작가의 소회에 잘 나타난다.

> 이차돈은 신라사뿐 아니라 전조선의 반만년 력사를 통하야 가장 아름답게 살고 가장 아름답게 죽은 영웅일 것이다. 신라의 문명의

251) 이광수, 「신라제」, 『삼천리』, 1936.11, 40쪽.

기초를 혼자 다 세웟다고 할 만한 법흥왕 시대 한창 국력이 성하고 문화가 자리잡히는 시대, 이종(伊宗=異斯夫)을 비롯하야 만흔 인물이 배출한 시대-그때에도 가장 대인물인 이종 황종(荒宗-居柒夫)과 함께--아니 그보다 더욱 뛰어나고 빗나 영원히 그빗치 살아지지 아니할 위인은 이차돈이엇습니다.

……(중략)……

이차돈이나 월ㅅ주, 성주는 비록 일천사백년 전 사람이라 하더라도 인정은 마찬가지, 우리는 이 옛날 사람의 참된 젊은 남녀의 참된 생활, 참된 사랑 속에서 우리 자신의 그림자를 차저보고 십습니다.[252)]

이차돈이 순교자로 살아간 진흥왕대가 신라 문화가 융성기에 접어드는 길목이었다는 인식 위에서 이광수는 이차돈을 현대인이라도 본받아야 할 "참된 생활, 참된 사랑"의 대표자로 제시하고자 한다.

이처럼 신라 사회를 불교문화가 극성했던 시대로 파악하면서 그를 대표하는 인간의 내면을 입체적으로 형상화하고자 하는 시도는 『원효대사』에서도 변함이 없다.

대사가 찬술한 소(疎)란 말하자면 화엄경과 대승기신론에 주석을 가한 것으로서 이것은 일즉이 당송(唐宋)에도 업섯던 것이니 진실로 불교가 남어 잇는 한 영원히 빗날 금자탑이다 당시 불교에 잇서 최고의 자리를 차지하고 잇던 당의 지엄대사(智儼大師)가 이것을 보고 크게 감탄하여 「해동사문(海東沙門)의 원효가 불교 사교(四教)를 주

252) 이광수, 「작자의 말」, 『조선일보』, 1935.9.27.

창햇다」고 한 말은 원효대사의 불교에 잇서서의 지위를 말하고 남음이 잇다[253]

『원효대사』 연재를 알리는 또 다른 글에서 이광수는 『송고승전』을 빌려 "……勇擊義圍 雄橫文陣……(용격의위 웅횡문진)"으로 알려진 원효의 위인됨과 파계에 이른 고뇌를 그리겠다고 예고하고 있다.[254]

말하자면 이광수는 이차돈이나 원효 같은 인물들을 내세워 민족사의 융성기에 해당하는 신라의 삼국통일 전야를 이상적인 시대로, 또 그 인물들을 현대의 한국인이 구현해야 할 인간상으로 제시하고자 했다.

그러나 이광수의 삼국사 인식은 복잡하고도 다층적이어서 그는 한국사 전체 맥락에서 신라가 차지하는 위상이나 영향을 긍정적인 것만으로는 간주하지 않았다. 이는 한국에 미친 중국 또는 유교의 영향을 지극히 부정적인 것으로 보는 시각으로부터 파생하는 것이었다. 예를 들어, 이광수는 백제 멸망의 현장인 낙화암을 찾아가 쓴 글에서 다음과 같이 말하고 있다.

高麗中葉以降으로 李朝來에 至하는 7,8백년간에 三國時代의 勇壯하고 건전한 숭고하던 정신은 왼통 소멸되고 말앗다. 偏僻挾隘한 儒教思想은 朝鮮人의 정신의 생기를 말끔 食盡하고 말앗다. 孔子의 儒教가 生한지 2천여 년에 그것으로 망한 자가 잇슴을 드럿스나 흥한 자 잇슴을 듯지 못하엿다. 儒教思想은 일부 修身正心의 자료는 되는지 모르되 결코 치국평천하의 道는 아니다. 유교는 진실로 潑剌

253) 「대승보살행의 진수 천의무봉의 필치로 역거질 희대의 역작 춘원의 "원효대사"」, 『매일신보』, 1942. 2.27.

254) 「28일 석간 소설부터 연재 원효대사」, 『매일신보』, 1942.2.24.

한 정신의 활기를 죽이고 모든 문명의 萌芽를 枯死케하는 曝陽이다.

三國時代의 朝鮮人으로 하여금 今日 朝鮮이 되게 한 것은 그 罪가 오직 儒教思想의 專橫에 잇다.

나는 朝鮮史에서 高麗와 李朝를 削去하고 십다. 그러고 三國으로 溯去하고 십다. 그 중에도 李朝時의 朝鮮史는 결코 朝鮮人의 朝鮮史가 아니오. 자기를 바리고 支那化하고 말랴는 엇던 노예적 조선인의 朝鮮史다. 그것은 결코 내 역사가 아니다. 나는 三國時代의 朝鮮人이다. 高句麗人이요 新羅人이요 百濟人이다. 高麗를 내가 모르고 李朝를 내가 모른다.

西洋의 신문명이 古思想 復活에 잇다는 것과 동일한 의미로 朝鮮의 신문명은 三國時代의 부활에 잇슬 것이다.[255)]

여기서 그는 고려 중엽 이래 한국인들이 중국문화, 특히 유교의 영향 아래 자기를 잃어버렸다고 단언하면서 고려 이전 삼국시대의 한국인으로 되돌아갈 필요가 있다고 역설한다. "조선의 신문명은 삼국시대의 부활"에서나 찾을 수 있다는 것이다.

이러한 낭만적 투사로서의 회귀형 민족사관은 그가 단군릉을 견학하고 쓴 글에서도 확연히 드러난다. 그러나 이 글에서의 이광수는 삼국시대를 신라 중심으로 보는 사관을 배격하면서 단군의 고조선과 동명왕의 고구려가 한국사의 중심이 되어야 했다고 통탄한다.

檀君陵이냐, 아니냐하는 문제가 없지 아니합니다. 그러나 李朝에

255) 이광수, 「아아 낙화암」, 『삼천리』, 1933.4, 60~61쪽.

서도 해마다 江東縣令으로 하여금 致祭를 하여왓고 민간에서도 입에서 입으로 이 무덤이 檀君陵인 것을 전하여 왓으니 檀君陵이 아니십니까. 유식한 체하는 무리들로 하여곰 제 멋대로 檀君의 존재를 의심케하고 檀君陵의 존재를 의심케 하라 하시오. 그러하더라도 우리에게 국가생활을 처음으로 주시고 360事의 문화생활을 처음으로 가라치신 檀君은 엄연한 實在시오 또 檀君이 實在시면 다른데 그 어른의 陵이 발견되지 아니하는 동안 江東의 檀君陵 밖에 우리가 檀君陵으로 생각할 곧이 없지 아니합니까. 그러므로 江東의 檀君陵은 우리 始祖 檀君의 陵寢으로 尊崇하고 守護할 것이 아닙니까.

……(중략)……

그러나 그 平壤은 1200여년 前 羅唐聯合軍의 손에 쑥밭이 되어 버렷습니다. 고구려의 精髓分子 380,000人은 포로가 되어 唐으로 잡혀갓습니다. 漢族은 대대로 큰 怨讎인 고구려로 하여곰 再起의 力이 없도록 根絶을 시킬 결심이엿습니다. 그런데 그 앞잡이를 신라인이 하엿습니다. 신라인은 三國 中에 가장 노예적 근성을 많이 가진 무리. 玉으로 부서진 고구려의 문화와 血統이 끊어지고 구차한 안전을 도모하는 신라의 혈통과 정신만이 남은 것이 지나간 1,000년의 불행이엇습니다.[256]

신라인들이 중국의 앞잡이였다든가, "신라인은 三國 中에 가장 노예적 근성을 많이 가진 무리"라든가, 또 "구차한 안전을 도모하는 신라의 혈통과 정신만이 남은 것이 지나간 1,000년의 불행"이었다는 인식은 신라의 삼국통일에 대한 극단적인 반감을 표출한 것이다.

256) 이광수, 「단군릉」, 『삼천리』, 1936.4, 74~76쪽.

이러한 이광수의 역사인식이 뿌리깊음은 그로서는 가장 먼저 쓴 역사 장편소설인 『마의태자』를 통해서도 확인된다.

이 소설은 제목은 '마의태자'임에도 불구하고 실제로는 신라 제48대 경문왕대부터 제56대 경순왕대에 이르는 신라 말기를 연대기적으로 서술하면서 궁예, 견훤, 왕건과 마의태자 등의 차례로 주인공을 교체시켜 가면서 신라가 쇠퇴해 가는 과정을 에피소드 중심으로 엮어나간 것이다. 뚜렷한 주인공이 존재하지 않는다는 점에서, 그리고 등장인물 설정상의 혼란조차 엿보인다는 점에서[257] 장편소설의 추동력이나 치밀성을 모두 결여한 것으로 평가될 수도 있지만, 이는 앞에서도 언급했듯이 이광수가 한국사 탐구의 맥락에서 역사소설을 집필하고자 했음을 반증해 주는 것이기도 하다. 한 편의 완결된 장편소설로서는 미성숙한 구성을 취하고 있다고 볼 수 있으나, 그것대로 이광수의 역사소설의 성장, 성숙 과정을 보여주는 귀한 자료임에는 틀림없다.

여러 대에 걸친 사건을 다루고 있는 만큼 이 소설에는 다양한 인물들이 등장한다. 그런데 필자의 논점과 관련하여 흥미를 끄는 것은 바로 최치원에 관한 서술 양상이다. 소설 전개 전체를 통하여 최치원은 당나라 문화와 예법을 중시하는 사대주의적 인물에서 주체적인 역사 인식을 갖는 인물로 변모해 간다.

예를 들어, 소설의 앞 부분에 나타난 최치원은 경문왕이 승하하자 조정 대신들 사이에서 벌어진 논쟁에서 당나라 예법을 충실히 따를 것을 주장하는 인물로 나타난다.

257) 『마의태자』 하편의 「포석정」 및 「오호 경순왕」 장에는 마의태자 김충을 사모하는 여인 계영과 궁예를 따르는 여인 난영을 혼동하는 대목이 작중에 나타난다.

이때에 내뎐에서는 종친과 대신들이 모히여 영결과 인산의 절차를 서로 다토고 잇섯다 상대등(上大等) 위진(魏珍)은 모든 것을 녯날 우리나라 법대로 하는 것이 조타고 주장하고 시중(侍中) 린흥(藺興)은 모든 것을 당나라 법대로 하자고 주장하야서 서로 지지 아니하엿다……새로 당나라에서 과거하고 도라온 최치원(崔致遠)은 무론 린흥의 편이엇다 위진은 비록 일국에 제일 놉흔 상대등의 자리에 잇스나 새로 당나라에 다녀와 당인 모양으로 외자 성과 두자 일홈을 갓는 무리의 세력을 당해낼 길이 업섯다[258]

이와 같은 사대주의자로서의 최치원 이미지는 진성여왕 대에 이르면 충신의 이미지로 변모되고 궁예왕 앞에 신라 봉명 사신으로 나서서는 친당파로서의 구태를 벗고 신라 왕조를 향하여 충절과 덕성을 갖춘 인물로 나타나게 된다.

치원은 처음 당나라에서 도라와서는 모든 것을 당나라와 가치 하려고 힘을 쓰고 본대 우리나라 것은 다 이뎍(夷狄)의 것으로 더럽게만 보앗다 그러나 점점 내 나라 것을 알아보고 나ㅅ살을 먹을사록 내 나라는 내 나라요 당나라가 아닌 것을 깨닷게 되고 더구나 산중에 들어 방랑한 지 십 년 동안에 여러 국선(國仙)을 맛나 도(道)를 토론할 때에 우리나라에 녜로부터 전하는 도가 우리나라 사람의 골수에 깁히 박혓슬뿐더러 결코 남에게 지지 아니함을 깨달앗다 이리하야 치원은 오랫동안 뒤집어쓰고 잇든 당나라 사람의 껍더기를 버서 버리고 참된 신라 사람이 되여 기우러지는 신라 나라를 바로 잡기에

258) 이광수, 『마의태자』 15회, 『동아일보』, 1926.5.25.

목숨을 밧치기로 결심하고 시무십여조(時務十餘條)라는 상소(上疏)를 품고 표현히 서울에 낫타낫다[259)]

이와 같이 이광수가 화자의 목소리를 빌려 최치원 표상을 변모시켜 간 것이 최치원의 사적과 얼마나 일치하는가는 엄밀하게 상고해 보아야 할 문제다. 그러나 이를 통하여 이광수는 신라사를 다룬 역사소설들을 통하여 중국과는 차별될 뿐만 아니라 그에 못지않은 정체성을 지향하면서 높은 문화적 수준을 창조해 가는 사회의 모습을 재현해 내려 했다.

4. '네이션'과 '에쓰니시티'의 이항대립을 넘어서

한편, 『마의태자』를 비롯한 '신라 삼부작'의 존재는 이광수의 역사소설을 민족담론과 관련하여 다양한 논의를 가능케 한다.

지난 10여년 이상 한국현대문학 연구 분야에서는 베네딕트 앤더슨(Benedict Anderson)의 저술인 『상상의 공동체Imagined Community:Reflections on the Origin and Spread of Nationalism』(1983)가 지대한 영향력을 행사했다. 이는 무엇보다 이 저술이 지닌 가치로부터 연유하는 현상이겠지만, 여기에 서구의 앞선 논의라면 '무조건' 따르고 모방하고 보는 서구 추수주의가 작동하지 않았다고도 말할 수는 없다.

현대 이래 한국에서는 마치 러시아에서 서구주의와 슬라브주의가 길항작용을 하고 영국에서 대륙주의와 영국주의가 대립했던 것처럼 한국적인 전통과 유산에 의지하려는 경향과 서구 또는 일본의 문물에 기대려는 경

259) 이광수, 『마의태자』 93회, 1926.8.10.

향이 날카롭게 대립해 왔다. 바른 태도는 언제나 중용에 있는 것이겠지만 현실 속에서 이를 취하기가 어렵기 때문에 인문학과 예술은 언제나 이 두 대립하는 극점 사이에서 스윙 운동을 하기 쉽다. 그런데 지난 십수 년 간의 국문학계는 학문적 동향 면에서 서구 추수 쪽에 현저히 경사되어 있었던 것이 사실이다.

베네딕트 앤더슨의 민족 담론이 그토록 무비판적으로, 열렬하게, 반복적으로 수용된 것도 그와 같은 서구 편향의 한 현상이었다. 한국의 현대문학 연구자들은 과거의 연구들이 너무 민족주의적이었음을 비판하면서, 민족이란 앤더슨이 말했듯이 "상상의 공동체"일 뿐이고, 현대에 와서 발명, 창조된 것일 뿐이기 때문에, 그러한 민족주의의 시각으로 한국현대문학의 제 현상을 분석, 평가해서는 안 된다고 주장한다.

그렇다면 무엇을 연구해야 하는 것일까? 아마도 그 대답은 앤더슨이 그러했듯이 한국현대문학이 어떻게 현대적 민족 관념을 형성하는데 기여했는가에 관한 제 주제들일 것이다. "앤더슨은 인쇄자본주의의 발달로 인한 신문과 소설 등 출판물의 대량 생산이 민족 공동체의 실재를 구성하고 재현해 주는데 커다란 공헌을 했다고"[260] 보았다. 한국의 많은 연구자들이 바로 그러한 시각을 따라 어떻게 하여 한국의 현대문학인들이 민족을 발명, 창조했는가를 밝혀내려 했다.

여기서 하나의 난점이 개입한다. 앤더슨이 말한 민족이라는 것이 현대의 발명적 창조물이고 따라서 현대적 관념이라면 일제에 의해 식민지화되기 이전에는 '결코' 현대적이지 않았던 한국에서 어떻게 스스로 민족 관념을 고안할 수 있었겠는가 하는 것이다. 이 난제에 대한 가장 명쾌한 답안

260) 윤형숙, 「역자 서문」, 『민족주의의 기원과 전파 Imagined Community:Reflections on the Origin and Spread of Nationalism』, 사회비평사, 1991, 10쪽.

은 그것을 외부로부터 수혈받은 것으로 보는 것이다. 실제로 학계에는 한국을 지배한 일본이, 그 지식인들, 특히 역사학자들이 한국의 지식인들, 즉 문학인과 역사학자들에게 한국 민족이라는 관념을 선사했다고 주장하는 이들이 있고, 그것이 마치 한국의 민족 관념 형성에 관한 아주 유력한 견해라도 되는 듯이 통용되기도 했다.

앤더슨은 민족(nation), 민족성(nationality), 민족됨(nationness), 민족주의(nationalism)란 서구에서 약 18세기 말경에 만들어진 "특수한 종류의 문화적 조형물"[261]이라고 했다. 그것은 "제한되고 주권을 가진 것으로 상상되는 정치적 공동체"[262]로 이 무렵에 고안된 것이며, 특히 인쇄 자본주의의 산물이다.

바로 그렇다면, 한국에서는 20세기에 접어들기 전에는, 다시 말해 일본에 의해 식민지화됨으로써 인쇄 자본주의나, 산업생산 체계로서의 자본주의가 도입되기 전에는 민족이란 관념이 존재했을 리가 없다!, 는 것이다. 이것을 좀더 현학적으로 말하면, 현대 이전의, 따라서 일본에 의해 통치되기 이전의 한국인들은 '에쓰니시티(ethnicity)'[263]로서의 정체성은 확보하고 있었을지 몰라도 '네이션'(nation=근대적 의미의 민족)으로서의 정체성을 보유하고 있지는 못한 것이 된다.

이러한 확신에 인식적 기반을 두게 되면, 예를 들어, 이광수의 역사소설 같은 것은 일본 또는 일본을 매개로 한 서구의 자극에 힘입어 이전에는 존재하지 않았던 민족을 고안, 발명, 창조하기 위한 서사적 실천으로 이해되지 않을 수 없다. 이광수는 일본이 선행해서 보여준 민족의 발명을 '모방하

261) 위의 책, 19쪽.

262) 위의 책, 21쪽.

263) 종족. 근대적 민족 개념에 미달하는 동족 집단의 뜻으로 흔히 사용된다.

여' 한국민족이라는 "상상의 공동체"를 상정하고 저 찬란한 단군 고조선과 삼국시대로까지 그 형성의 기원을 소급하는 작업을 벌였으니, 그것이 곧 '신라 삼부작'을 비롯한 역사소설들이라는 것이다.

이러한 견해는 일련의 비평적 논쟁 과정에서 『근대의 특권화를 넘어서』(창비, 2013)를 간행한 김흥규에 의한 신랄한 비판에 직면했다. 그는 일본인들이 선사했다는 한국인의 민족 관념이라는 것이, 삼국통일에 대한 역사적 기록을 상고해 보면 김부식의 『삼국사기』(1145)나 서거정 등의 『동국통감』(1485) 등에서 볼 수 있듯이 이미 오래 전에 형성, 전개되어 온 것임을 효과적으로 논증했다.

사실은, 서사 이론에서 서구의 '노블(novel)' 또는 '로만(Roman)'과, 동아시아 한문문명권의 소설(小說)이 같지 않은 것이듯, 앤더슨이 논의한 바 서구에서 18세기 말경에 주조되었다는 '네이션(nation)'이라는 것과, 일본, 한국, 중국에서 그것을 번역한 '민족'이라는 말이 가리키는 실제 대상은 그 연원이나 구성 과정, 그리고 함축적 의미 등에서 같을 수가 없을 것이다. 서구의 '네이션'이 앤더슨이 말한 바 인쇄 자본주의의 융성과 밀접한 관련이 있는 것이라면, 비록 그것의 번역어라고는 해도, 그것이 가리키는 실재로서의 한국 민족의 형성 과정은 그 사정이 같지 않을 수 있다. 서구의 '네이션(≒민족)'이라는 것은 현대적인 '네이션 스테이트'(국민국가)의 형성과 밀접한 관련이 있다면 한국에서의 '민족'의 형성은 그것과 별도로, 또는 그 오래 전에 이미 고안, 형성, 전개된 관념일 수도 있다. 단지 '네이션'의 번역어로서의 '민족'이라는 말을 사용하지 않았다고 해서 한국인들을 하나로 개념화하는 공동체 개념이 존재하지 않았다고 보는 것은 사료상으로 보아 타당하지 않다.

이광수의 '신라 삼부작'은 바로 그와 같은 맥락에서 서구나 일본을 선례 삼아 현대적인 개념으로서의 민족을 고안하기 위한 것이었다기보다는 일본의 침탈로 인해 중단될 위기에 빠진 한국인의 역사를 내러티브, 즉 이야기의 형태로 보존하고, 그 기억의 서사를 통하여 한국인의 정체성을 재차 새롭게 창조하고자 한 것이라 할 수 있다. 이광수는 일본이라는 국가의 국민으로 환원될 수밖에 없는 한국인의 피식민 상태를 의식하면서, 국가의 국민이라는 개념으로서의 민족과는 다른, 과거의 한국인 공동체로서, 신라를 비롯한 삼국시대의 이미지를 제시함으로써, 이러한 '민족적' 고대 또는 중세로의 환원을 통한 탈식민적주의적 저항을 시도한 것이다. 비록 정치적으로는 그는 언제나 일본과 타협했고 또 굴종하기까지 했으나 문화적으로나 문학적인 맥락에서 보면 그의 역사소설들은 빌 애쉬크로프트(Bill Ashcroft) 등이 논의했던 '본질주의' 전략에 의거한 탈식민주의적 실천이었다고 평가해 볼 수 있다.[264] 이광수는 '신라 삼부작'에 나타난 찬란했던 한국 고대사의 시간들과 그 시대를 살아간 인물들을 통하여 민족적 위기에 빠진 한국인들의 각성과 재생을 추구했던 것이다.

이와 같은 서구 현대 '네이션' 중심의 일방향적 민족론에 대해서 필자는 다른 곳에서 상세한 비판을 시도하였던 바, 이광수의 역사소설에 함축된 민족주의를 그러한 '네이션'의 맥락에서 평가하는 방식은 잘못된 관념, 개념의 족쇄에 스스로를 얽어매는 일이 될 것이다.[265]

---

264) 빌 애쉬크로프트(Bill Ashcroft), 개레스 그리핀스(Gareth Griffins), 헬렌 트리핀(Helen Triffin), 『포스트콜로니얼 문학이론』, 이석호 옮김, 민음사, 1996, 참조.

265) 방민호, 「'민족'에 관하여—근대주의적 민족론에의 비판적 조명」, 『국제한인문학연구』 25, 2019, 참조.

운허 이학수와 춘원 이광수 문학
—금강산·봉선사·『단종애사』

1. 이광수 문학의 원점의 하나, 그 '죄의식'

역사소설 『단종애사』(『동아일보』, 1928.11.30~1929.12.1, 217회)는 이광수 장편소설의 백미 가운데 백미다. 가장 우수한 작품이다. 이 우수함은 구성의 완미함에서도 말하는 것이지만 무엇보다 이에 깃든 미학적 빼어남을 이야기하지 않을 수 없다. 비극의 어린 왕 단종의 죽음을 둘러싼 역사 이야기는 당대 사람들뿐 아니라 오늘날 독자들의 마음의 현을 울린다. 이광수 장편소설 가운데 이만큼 비극미, 완성미를 구축한 소설은 또 다른 역사소설 『이순신』과 『유정』, 『사랑』 정도를 꼽을 수 있을 뿐이다.

그런데 원래 이광수가 역사소설을 기획하기로는 『단종애사』나 『이순신』은 생각에 없었던 것으로 추론된다. 이는 이광수 역사소설 구상에 관한 거의 유일한 참고 자료에 바탕한 것이다.[266] 이에 따르면 한일합병을 목전에 두고 이광수는 최남선과 머리를 맞대고 임박한 민족의 위기에 대해 5부작

266) 이광수, 「「端宗哀史」와 「有情」, 이럭저럭 二十年間에 十餘篇을」, 『삼천리』, 1940.10, 183~184쪽.

의 역사소설로써 대응하고자 하는 계획을 세운다.

이 5작의 제1부는 단군 이야기이며 제2부는 동명왕 이야기였고, 제3부는 고려말과 조선초의 역사 전환기, 제4부는 임진왜란과 병자호란의 국난기, 제5부는 일제 강점기로 귀결되는 구한말을 대상으로 한 것이었다. 그렇다면 단군 이야기는 정식으로는 쓰지 못한 채 『사랑의 동명왕』의 서막 구실로 끝났고, 조선 중엽, 즉 임진왜란, 병자호란의 국난기 이야기는 『이순신』으로 갈음한 것이라 할 수 있다. '신라 삼부작'에 해당하는 『마의태자』, 『이차돈의 사』, 『원효대사』가 들어서 있는 것도 원래 계획대로 이루어진 것은 아니었는데, 이는 『삼국사기』 등의 역사서에 대한 관심이 급증하고 번역 작업이 이루어져 간 것과 관련이 있다. 이광수가 고려말 조선 개국 초기의 상황을 배경으로 소설을 쓰고자 했던 것은 원래의 역사소설 구상이 민족의 시원(단군), 그 융성(동명왕), 민족사의 전환(고려말, 조선초), 그 위기(임진왜란, 병자호란)와 쇠퇴(이조 말엽, 즉 구한말) 등을 중심으로 뼈대를 이루고 있었기 때문일 것이다.

어찌 되었든 여기서 중요한 것은 애초의 계획에 없던 『단종애사』와 『세조대왕』이 어째서 쓰여질 수 있었으며, 또 그것이 어째서 단연 백미라 할 높은 수준의 미학을 구축할 수 있었는가하는 것이다. 이 문제를 해명하기 위해서는 이광수 정신세계의 심층으로 들어가지 않으면 안 된다. 한갓 겉으로 표방한 이념이나 이데올로기, 사상 같은 것에 시선을 빼앗겨서는 큰 작가가 언제, 어떻게 문제작을 낳게 되는지 하는 내밀한 사연을 간과하기 쉽다.

여기서는 이광수의 『단종애사』를 환국 이후 그가 내내 품었고 시달리지 않을 수 없었던 '죄의식'의 문제와 관련하여 논의하고자 한다. 그런데 이를 위해서 결코 도외시하거나 간과할 수 없는 것은 바로 그의 삼종제 운허 이학수의 존재다. 필자는 『단종애사』 집필의 심정적 내인을 이광수의 깊은

'죄의식'에서 비롯된 것으로 보고자 하며, 바로 그러한 의미에서 이 작품의 참된 '배경 공간'이란 작중에 등장하는 조선 '세종·문종·단종·세조' 대의 어떤 곳이 아니라 이광수가 운허를 만난 금강산과 세조 어찰 봉선사야말로 『단종애사』의 배경이 되지 않을 수 없다고 말하고자 한다.

2. 1923년의 금강산행, 이학수를 만난 사건

이와 관련하여 『금강산유기』(시문사, 1924)가 『민족개조론』(『개벽』, 1922.5)에 바로 맞붙어 있는 텍스트라는 점에 유의하지 않을 수 없다. 이 기행문은 출간은 1924년에 이루어지는데, 이는 1921년의 제1차 금강산 기행과 1923년의 제2차 금강산 기행의 이야기를 합쳐 놓은 것이다. 필자는 서울대학교 소장 1924년의 시문사판 『금강산유기』를 직접 살펴보았으나 제1차 금강산 기행의 기록인 『신생활』 연재는 부분부분 확인할 수 있었고, 이 두 번의 금강산 기행의 변화를 세밀하게 연구한 김미영에 따르면 제2차 금강산기행 기록은 『동아일보』에 연재했다 하지만 찾지 못하였다.

김미영의 『금강산유기』 선행연구는 아주 중요하다. 그는 "민족을 위한 번제물로서의 삶과 '채우기'로서의 1차 금강산행", "불교적 성찰의 시간과 '비우기'로서의 2차 금강산행"[267]으로 두 번의 금강산 기행의 낙차를 준별하고 있으며, 특히 2차 금강산행 기록에 대해 "1차 산행의 기록들에 비해 문체가 덜 수사적이고 덜 장식적인 편인 이들 글에서 이광수는 직절적이고도 진솔한 표현들로 자신의 속내를 담아낸다"고 날카롭게 평가했다.

267) 김미영, 「이광수의 『금강산유기』와 「민족개조론」의 관련성」, 『한국문화』 70, 2015.6, 201쪽 및 208쪽.

필자 또한 이 낙차에 유의하고자 한다. 이광수는 1921년 4월 상해에서 돌아와 5월에 허영숙과 정식 결혼, 8월 3일 금강산으로 신혼여행을 떠났으며, 『개벽』 1922년 5월에 발표한 『민족개조론』을 1921년 11월 22일에 집필했고,[268] 다시 1922년 3월부터 『신생활』에 제1차 금강산 여행 기록을 수차례에 걸쳐 나누어 발표한다. 그런데 이 『신생활』에는 신상우의 「춘원의 민족개조론을 독하고」(『신생활』, 1922.6), 신일용의 「춘원의 민족개조론 비판」(『신생활』, 1922.7) 등이 나란히 실리기도 하고 있어 그가 세속적 비난의 표적이 되고 있음을 확인할 수 있다.

이러한 논전의 와중에 쓴 「금강산유기」 전반부는, 김동인이 「마음이 옅은 자여」의 주인공으로 하여금, 현대적 연애로 인해 피폐해진 심신을 전현대적인 시원의 공간인 금강산에서 구제받도록 설정했듯이, 삶의 노선을 바꾸는 절박한 상황에서 자기 구제를 구하여 떠난 여행이라고도 할 수 있다. 이러한 심정은 1924년의 시문사판 서문에 절절하게 드러나 있다.

> 그러나 以上에 말한것보다는 더욱 重要한 動機라할만한 것은 偉大莊嚴한 自然속에서 내 靈의 洗禮를 밧자. 支離滅裂한 내 人格의 統一을 어더보자. 直接으로 天公의 啓示를 들어 나의 一生의 進路를 定하자함이외다. 나의 몸은 마치 滿身瘡의皮膚病을 가진 사람도 갓고 모든 骨髓와 筋肉과 血管에 不淨한 毒이 浸潤된것도 갓고, 五官이 모다 무슨 膜에 가리워저서 朦朧하야 事物을 明察할 힘이 업는것도 갓습니다. 이것이 惑 大自然의 물洗禮, 불洗禮에 一滌해 버릴수가 업슬가, 꼭 그러될것갓다하는 信念을 가젓습니다. 願컨댄 明哲한 慧眼을 엇고져, 願컨댄 깨끗한 思言行을 가지고저, 願컨댄 社

268) 『이광수 전집 20-연보·총색인·보유』, 삼중당, 1963, 283쪽.

會를 爲하야 내 몸을 바치는 불갓고 敬虔한 誠意를 엇고저, 願컨댄 民族의 進路를 밝히찻고져, 願컨댄 이속에 一條의 淸流가 더의로서나 흘러들어오소서하고 빌고져.

이리하야 나는 金剛山구경의 길을 떠낫습니다. 巡禮의 길을 떠낫습니다. 致誠의 길을 떠낫습니다. 때는 一九二一, 八月.[269]

그러니 이것은 물에 빠진 사람이 지푸라기라도 잡고 싶어하는 심정과도 다를 바 없었다. 특히 이 여행이 『민족개조론』 집필에 앞서 있었음은 이 여행이 국내 귀환의 알리바이를 얻고자 하는 심리에서 그다지 멀지 않은 때에 계획된 것이었음을 말해준다.

그러므로 빈번한 세평과 달리 이 『금강산유기』의 여정과 감흥은 특히 그 전반부를 보면 그 사상적, 정서적 깊이 면에서 충분치 못하다고 판단될 수도 있다. 이는 마치 상업적 출간을 염두에 둔 듯 여정을 아주 촘촘하게 기록하고 있는 상황과도 부합된다고 생각한다. 이 기행문의 결말 또한 상당히 졸속적이라는 인상을 버릴 수 없게 하는, 다음과 같은 내용으로 '막음'되어 있다.

百塔洞 구경으로 再入金剛의 目的도 다 達하엿습니다. 아직도 남은 것이 毘盧峯의 日月出을 보는것과 鉢淵의 달림沐浴을 하는것과 聲問洞에 들어가는것이어니와 이보다도 金剛의 春景과 秋節의 丹楓과 冬節의 雪景을 봄이니 두 번씩이나 金剛에 入하엿건마는 인제 겨오 金剛全景의 三分乃至 四分의 一을 보앗슴에 不過합니다. 이것을 다보랴면 三入四入하고 七入八入이나 하여야 할것가틉니다.

269) 이광수, 『금강산유기』, 시문사, 1924. 4쪽.

> 그러나 이만하여도 地球의 자랑인 金剛山의 槪略은 보앗스니 高麗國에 禀生한보람은 되엇는가합니다. 나의 拙劣한 感賞力과 筆力으로 나의 사랑하는 祖國의 자랑인 金剛의 美를 그리게된 것은 크게 榮光으로 하는바이어니와 비록 나의 拙劣함이 金剛의 美를 잘못 傳하엿다하더라도 金剛山은 儼然히 實在하야 누구든지 親히 보랴면 언제나 볼수잇스니 그리 큰 罪는 아니될가하옵니다.[270]

이러한 내용에 비추어 볼 때 『금강산유기』의 전반부는 어떤 사정에 의해 금강산 전체를 둘러보아야 하는 의무 같은 것에 매여 있었으며, 그 때문에 기행문은 여정에 따라가고 보고 들은 것을 일일이 기록하는 양상을 보인다.

그런데, 김미영이 지적했던 것처럼 제2차 금강산 여행을 쓴 이 작품 후반부는 갑작스럽게 갈급한 여정의 분위기를 뒤바꾸어 놓은 듯한 정황이 펼쳐진다. 7월 24일 박현환, 이병기 등과 함께 떠난 이광수의 이 제2차 금강산 여행 여정은 이병기의 『가람일기』 2(전북대학교 출판문화원, 2019)에 상세하게 기록되어 있다. 특히 이 일기에는 이광수의 일가뻘 여성 둘이 비구니가 되어 득도암에 와 있더라는 이야기까지 밝혀져 있다. 어쩐 일인지 이광수의 「금강산유기」는 이 일을 기록해 두지 않는다.[271] 이는 이 『금강산유기』 후반부가 상세한 사실 기록보다는 심정의 세계, 그 내면적 변화를 중심으로 쓴 것이라 생각하게 한다. 무엇이 글쓰기의 이러한 변화를 가능케 한 것일까?

그것은 바로 '운허용하' 이학수와의 해후일 것이다. 운허와 이광수의 관

270) 위의 책, 210쪽.

271) 이병기, 『가람일기』 2, 전북대학교 출판문화원, 2019, 603쪽.

계에 대한 많은 정보는 중요한 연구자 신용철에게 빚지고 있다고 해도 전혀 과언이 아니다. 제2차 금강산 여행에서의 이 해후 또한 이미 신용철에 의해 자세하게 검토된 바 있다. 몇 편의 논문에서 거듭 논의되는 이 장면에 관해서 그중 한 논문은 이 여행이 운허와의 만남을 염두에 둔 것이었다고 추론하고 있는데, 그 근거는 분명하게 제시되지 않았다.

> 1921년 이광수는 부인 허영숙과 함께 금강산을 여행한 후 다음 해 다시 박한영 등과 함께 금강산으로 여행하였다. 특히 이 절에서 년 초 상해에서 헤어지고 더구나 이름을 바꾼 후 처음으로 오랜만에 이학수를 만났다. 그때 춘원은 이학수가 이곳에 있다는 말을 듣고 여행 겸 찾아온 것이다. 이학수가 입산 출가한 지 3년만이었다. 1923년 8월 춘원은 그때의 여행에서 그의 유일하고 중요한 기행문인 「금강산유기」의 꽤 긴 글을 남겼다.
>
> 자기를 찾는 춘원에 대해 들은 박용하는 처음 매우 당황하였다. 그들의 만남이 이름을 바꾸고 지내는 그의 정체가 드러나면 적어도 10년 이상의 징역을 감수해야 하는 위험이 있기 때문이었다. 행자를 통해 춘원을 불러낸 박용하는 유점사에 제일 높은 중내원 누마루에 올라 상해에서 헤어진 뒤의 이야기를 하느라 밤이 짧았다. 밤이 붉게 익어 알밤이 뚝뚝 떨어지는 달 밝은 8월의 한밤중이었다. 그리고 그 이튿날 춘원은 유점사를 떠났다.[272)]

과연 이 여행 중 해후는 춘원에 의해 의도된 것이었을까? 이 논문에서 신

272) 신용철, 「춘원 이광수와 운허 스님—망국과 해방, 분단과 전쟁을 겪은 20세기의 두 위인」, 『춘원연구학보』 2호, 2009.12, 180쪽.

용철은 『금강산유기』에 나타난 두 사람의 해후 과정을 찬찬히 따라가며 분석한다. 특히 운허를 향한 춘원의 경외심에 대해서도 놓치지 않고 언급한다.[273]

아마도 삼종제 이학수와의 만남은 기행문에 나타난 '그대로' 뜻밖이었을 가능성이 높다고 생각되며, 그렇게 해석할 때 이광수 『금강산유기』의 의미 역시 더 흥미롭게 되살아날 수 있지 않을까 한다. 『금강산유기』의 이 장면을 다시 인용해 보면 다음과 같다.

> 그날 夕飯後에 般若庵을 차즈니 마츰 法華會를 한다하야 數十僧侶가 各地로서 모혓는데 그中에는 有髮한 居士도 二人 잇습니다.
>
> 工夫하는 차림차림이 전혀 古代式인 거시 甚히 재미잇습니다.
>
> 밤에 바야흐로 잠이 들엇슬때에 門밧게서 누가 내 일홈을 부름으로 닐러나 나가본즉 엇던 알지못할 僧侶라 웬일이냐고 물은즉 그는 나를 잇글고 저 法堂압 어두은 곳으로 가서 컴컴한 그림자 하나를 가라치고 어듸로 슬어져버리고맙니다. 그 僧侶가 슬어지자 컴컴한 그림자가 내게로 움지겨오더니 내 팔을 꽉 잡으며
>
> 「○○이야요」 합니다.
>
> 나는 대답할 새도 업시 그를 셔안앗습니다. 天涯萬里에 서로 離別한지 四五年이 지나도록 生死를 未判하던 ○○가 僧侶가 되어 楡岾夜半에 서로 만날줄을 누라 뜻하엿겟습닛가. 우리는 손을 잇글고 樓上에 올라 萬籟俱寂한 가온데 긋업는 叙懷가 잇섯습니다. 그는 그동안 그의 지내는 崎嶇한 生涯를 말하고 나는 나의 지내온 崎嶇한 生涯를 말하니 진실로 感慨無量입니다.

273) 위의 논문, 182~183쪽.

나는 꺼리는 바 잇서 그의 波瀾重疊한 半生을 말하지 못하거니와 讀者여 기다리라 不遠의 將來에 반다시 叢林의 碩德으로 그의 名聲이 諸位의 귀에 들릴 날이 잇스리라 합니다.

이 사람 여긔서 볼 줄 그 누라 알앗스리
恢天雄圖가 一色衲 되단말가
度衆生 三生 大願을 일워볼가 하노라[274]

3. 월초 홍거연과 운허 이학수, 그리고 최서해를 봉선사에 보내다

지금 필자는 이광수의 『단종애사』, 그리고 나아가 『세조대왕』이 죄의식의 세계에 연결되어 있으며, 이 작품들이 세조 어찰 봉선사의 운허 이학수와 긴밀한 연관 관계를 맺고 있다고 말하고자 한다.

과연 이광수의 문제작 『단종애사』가 이학수의 봉선사로부터 기인한다는 것을 입증할 수 있는 직접적 자료는 있기는 한 것이냐? 하면 꼭 그렇지는 않다. 그런데 이광수가 『조선문단』을 통해 문학계에 입문토록 한 최서해(1901.1.21~1932.7.9)가 이광수의 권유에 따라 봉선사에 가 있었다는 사실은 이광수와 봉선사 사이에 모종의 관계가 성립해 있었음을 말해주는 하나의 자료다. 최서해가 일찍 세상을 떠났을 때 이광수는 그를 추모하는 글에서 다음과 같이 쓰고 있다.

벌서 17,8년 전인가, 내가 東京에 잇슬 때에 崔鶴松이라고 署名한

274) 이광수, 『금강산유기』, 시문사, 1924, 192~193쪽.

편지를 밧엇다. 그는 그때 城津 어느 보통학교를 졸업하엿느라고 자기를 내게 소개하엿다. 내 글을 읽은 관계로 내게 편지할 뜻이 생겻노라고 하엿다. 퍽 여러장 書信왕복이 잇섯다. 이이가 崔曙海다.

1923년 頃일가 그는 내게 편지를 하고 나를 밋고 上京하노라고 하엿다. 나는 上京한댓자 할 일이 업스니 아직 時機를 기다리라고 권하엿건마는 어떤날- 겨울 어떤날 그는 야주개 내 집을 차자왓다.

「崔鶴松이 올시다」

할 때에 나는 퍽으나 반가웟다. 그때에 그는 臀腫이 나서 다리를 절고 허리를 펴지못하엿다. 그는 자기의 放浪생활의 대강을 내게 말하엿다. 나는 할 수 업시 그를 楊州 奉先寺 어떤 佛堂에게 소개하야 衣食을 들이게 하고 거긔서 중노릇하며 독서와 思索을 하기를 권하엿다. 그는 「허허」웃고 그리하마하고 소개장과 路費를 가지고 奉先寺로 갓다. 나는 내 솜옷 한벌을 싸서 餞別을 삼엇다.

두어달이나 되엇을까 어느 눈만히 온날 아츰에 그는 飄然히 내 집에 낫타낫다.

그 아니꼬운 중놈하고 싸우고 나왓습니다. 그 놈이 아니꼽게 굴길래 눈ㅅ속에 걱우로 박아놋고 뛰어나왓습니다.

하엿다. 우리 두사람은 실컨 웃엇다.

그 해에 方春海君과 함께 朝鮮文壇을 하게 되어 曙海는 그 일을 보며 春海의 집에 잇섯다. 탈출기를 쓴 것도 이때다.[275]

위의 인용문에 따르면 이광수는 1923년 겨울 자신을 찾아 상경한 최서해에게 "양주 봉선사 어떤 불당에 소개"하여 거기 머물며 "중노릇하며 독

275) 이광수, 「최서해와 나」, 『삼천리』, 1932.8, 90쪽.

서와 사색"을 하며 지내기를 권고한다. 최서해는 이를 받아들여 봉선사로 가지만 두어 달만에 봉선사 스님과 싸우고 이광수에게 돌아왔으며, 이에 이광수는 다시 최서해를 『조선문단』의 방인근 집에 머물도록 한다. 이와 관련하여 김동환은 최서해가 상경하던 시절을 다음과 같이 쓴다.

> 그 이듬해 가을 내가 서울 동아일보사에 입사하자 며칠 아니잇서 서해가 차저 올너왓다. 그는 노모와 처자를 모다버리고 뜻을 세우고저 상경하엿노라 하며 將士一去不復還式의 고전적 비장한 表情을 보엿다. 그래서 그는 내방에 한동안이나 함께 잇스면서(근 밥갑이 없섯스니까) 밤낮 끙끙하고 창작의 붓을 노치 안엇다.
>
> 後者 文名을 날니든 처녀작 등 수편은 이 때에 된 것이엇다.[276]

사실의 전후를 따져보면 최서해는 김동환을 찾아갔다 다시 이광수를 찾아갔으며 그 소개로 봉선사로 갔던 것으로 추론된다. 이에 관해서는 최서해 자신의 회상도 있는데, 여기서는 봉선사가 봉은사로 바뀌어 있다.

> 발서 6, 7년전 내가 처음 서울오든 해다. 음력으로 10월이 거진 지나 하늘에서 눈낫치 폴폴 빠지는 때인데 나는 흰 여름 양복을 내의도 업시 맨몸에다 입고 설넝탕과 호떡으로 열흘동안을 지냇다.
>
> ……(중략)……
>
> 이튼날 아침도 굶고 점심때가 되여서 지금은 朝鮮日報에 잇지만 그때에 東亞日報-그러니까 시방 이 집-中外日報 자리 이 집이다.-로 金東煥君을 차저 갓다.

276) 巴人,「埋葬後記」,『삼천리』, 1932.8, 96쪽.

> 맛나지 못하고 거리에 나서니 넘우나 시장한 탓인지 정신이 휘어 질하고 그러고 악이 밧삭나서 맛나는 놈마다 그저 두들겨 주고만 십헛다. 하물며 매초롬한 여자가튼 것은 눈에 썩 띄운대도 나하고는 천리나 만리에 떠러져 사는 딴 세상의 딴 동물가치 보엿다.
>
> 그러니 도통 一晝野半을 굶은 셈인데 그날 밤에는 金東煥君을 하숙집으로 차저가서 맛나 가지고 한 보름동안 신세를 끼치다가 할 수 업시 차저간 곳이 奉恩寺의 중노릇이다.[277]

최서해가 "문인으로서의 무관심함과 건망증"[278]을 가지고 있었다는 김동인의 회상을 참고하면 확실히 봉선사가 맞을 것이다. 최서해는 이광수의 회상대로 『조선문단』 1925년 3월에 「탈출기」로 세상에 존재를 알리게 되며 그 후로는 이광수에 대한 세상의 악평을 따라 소원하게 지내다 불과 서른두 살의 나이로 요절하게 된다.

이광수가 최서해를 봉선사로 보낼 수 있었던 것은 운허 이학수의 존재 외에는 다른 근거가 없었던 것으로 판단된다. 이광수는 최서해를 봉선사로 보내며 자기 솜옷을 함께 보내주고 '벗'을 산으로 보내는 시를 지어 발표하기도 했다.[279]

그렇다면 1923년 여름의 제2차 금강산 여행에서 이광수와 해후한 운허 이학수는 과연 언제부터 봉선사와 관계를 맺었던 것일까? 이와 관련하여 필자는 운허와 봉선사 주지 月初(洪巨淵, 1858.6.12~1934.4.30)의 관계에 대한 보다 직접적인 자료를 접한 적 있으나 지금은 찾을 수 없고, 대신에 두 사

277) 최학송, 「네 끼 굶고 중노릇, 굴머본 이약이」, 『별건곤』, 1930.2, 29쪽.

278) 김동인, 「사람으로서의 曙海」, 『삼천리』, 1932.8, 92쪽.

279) 이광수, 「입산하는 벗을 보내고서」, 『조선문단』, 1924.12. 『인생의 향기』, 홍지출판사, 1936, 322~323쪽에 수록.

람의 만남에 관해 전해지는 이야기를 소개해 보고자 한다.

1922년 1월 어느 날, 성숙은 대중들과 함께 봉선사 큰방에서 월초 화상을 기다리고 있었다. 이날도 누군가 잘못한 일을 화상이 알아차리고 경책을 하기 위해 모이라고 했기에 다들 긴장한 표정으로 앉아 있었다.

그런데 잠시 후 낯모르는 젊은 스님이 들어와 인사를 하고는 화상이 앉아야 할 어간에 자리를 잡고 앉았다. 대중들이 영문을 몰라 서로 얼굴만 바라보고 있을 때, 한 스님이 "그 자리는 월초 큰스님의 자리"라고 일러주자 젊은 스님은 얼굴까지 빨갛게 붉혀가며 황급히 자리를 옮겨 앉았다.

대중방에서는 서열에 따라 앉는 자리가 정해져 있었으나, 젊은 스님은 그 법도를 모르고 있었던 것이다. 이렇게 아무 것도 모르는 스님을 일러 불교에서는 '오후 세시에 머리 깎았다'는 표현을 쓰기도 했는데, 그 앉을 자리 구별도 하지 못하고 대중방에 들어선 이가 바로 운허 스님이었다.

월초 화상은 대중들을 경책하고 나서 운허를 따로 불러 앉혔다. 운허의 스승 경송에게서 이미 삭발염의한 이유를 들어 알고 있던 화상은 "우선 중다운 중부터 될 것"을 당부했다. 운허는 독립운동을 하던 중 일본경찰에 쫓기게 되었고, 인연이 되어 1921년 5월 강원도 홍천의 봉일사에서 경송 스님을 만나 출가를 하게 되었다. 그리고 금강산 유점사로 자리를 옮겨서 서기 일을 하던 중에 월초 화상의 부름을 받고 봉선사에 오게 되었다.[280]

---

280) 「운암 김성숙 20—봉선사에서 운허 스님을 만나다」, 『법보신문』, 2007.6.20.

독립운동에 맹진하다 경찰에 쫓기던 이학수는 신분을 감추기 위해 승려가 되었는지도 모르는데, 이러한 운허를 불법의 세계에 이끌어들인 장본인이 바로 월초 화상이었던 바, 이에 관해서는 다음과 같은 일화가 전해져 내려온다.

> 1922년 동안거 해제를 한 뒤였다. 겨울의 손끝이 아직 매서울 때였다. 월초가 금강산으로 가는 봉선사 학인 편에 유점사 주지에게 서찰을 보냈던 것이다. 월초와 호형호제하는 유점사 주지는 운허를 불러 말했다.
>
> "양주 봉선사에 계시는 홍월초 스님은 자네로 말하면 할아버지뻘되네. 월초 스님이 서찰을 보내왔네. 손상좌인 자네를 친히 보고 싶으니 봉선사로 보내라는 것이네. 그러니 어서 가보도록 하게"
>
> ……(중략)……
>
> 마침내 운허는 저녁공양을 마치고 월초를 만나기 위해 주지채로 올라갔다. 아직은 겨울이라 낮이 짧았다. 저녁예불이 끝나자마자 경내는 금세 캄캄해졌다. 주지채 방안의 불빛이 마루와 토방을 희미하게 비치고 있었다. 토방에는 신발 한 켤레가 단정하게 놓여 있었다. 운허는 신발을 향해 합장한 뒤 말했다.
>
> "큰스님, 유점사에서 온 객승입니다."
>
> "들어오너라."
>
> 월초는 운허가 절하는 순간 호롱불을 꺼버렸다. 불이 꺼진 심지에서 한동안 연기 냄새가 났다. 방안은 어둠에 휩싸였다. 운허는 창졸간의 변화에 놀랐다. 잠시 후 눈이 어둠에 익숙해지자 월초의 모습이 그림자처럼 보였다.

"중이 왜 됐느냐?"

"절로 피신했던 것이 인연이 됐습니다."

"절은 몸을 숨기는 곳이 아니다. 정말 중이 될 생각이 있느냐?"

"큰스님, 실다운 중이 되게 해주십시오."

"지금 방안이 어떠한지 말해보아라."

"캄캄합니다."

월초가 다시 물었다.

"방안의 어둠을 몰아내려면 어찌해야 하느냐? 몽둥이를 휘둘러 몰아내야겠느냐, 아니면 칼을 휘둘러 몰아내야겠느냐?"

"불을 다시 켜야만 합니다."

운허가 당황하지 않고 대답하자 월초는 잠시 침묵했다. 그러더니 운허를 다그치듯 말했다.

"방문을 열어 보아라. 바깥은 어떠한지 말해보아라."

"겨울바람이 차갑게 불고 있습니다."

"북풍을 피하려면 몸으로 막아내야겠느냐, 담을 쌓아 막아내야겠느냐?"

"밖으로 나가지 않으면 됩니다."

그제야 월초가 심지에 불을 붙였다. 심지를 태우는 불이 심하게 흔들리자 운허에게 방문을 닫으라고 손짓했다. 월초는 운허의 총기에 만족했다.

"방안의 어둠은 몽둥이를 휘둘러도, 칼을 휘둘러도 몰아낼 수 없다. 네 말대로 불을 켜면 된다. 중은 지혜의 불을 켤 줄 아는 사람이다."

순간, 운허는 머리에 벼락이 치는 느낌이 들었다. 월초의 법문에 눈

앞이 크게 밝아지는 듯했다. 피신 중에 임시방편으로 승려 행세를 하다가 월초를 만나 비로소 참다운 수행자가 돼야겠다고 발심을 했다.

"북풍한설을 몸으로도, 담으로도 막을 수는 없는 일이다. 네 말대로 방문을 닫으면 된다. 중은 자기를 가둘 줄 아는 사람이다. 알겠느냐?"

"큰스님, 다시 절 받으십시오."

운허는 월초에게 다시 삼배를 올렸다. 단 몇 마디로 자신을 압도하는 월초야말로 소문대로 큰스님이었다.[281]

이 일화는 여러 곳에서 여러 가지 버전으로 전해져 내려오는데, 위의 인용은 운암 김성숙을 소재로 쓴 '실화소설'에서 가져온 것이다. 여기서 운허와 월초의 만남은 1921년의 동안거 해제 이후라 했으니 음력 정월 대보름 이후에 있은 일이었을 것이다.

여기서 월초는 젊은 혈기에 넘치는 운허를 『무문관』 제28칙 「久響龍潭」에 등장하는 숭신과 덕산의 일화를 빌려 진정한 불법의 길로 인도하고자 한다. 이로부터 운허는 새로운 마음가짐으로 불법의 세계의 귀의한다. 이광수가 제2차 금강산 여행에서 목도한 1923년 여름의 운허의 모습, 그것은 월초와의 만남을 통해 새로운 눈을 뜬 운허의, 진정한 수도자로서의 초상 바로 그것이었을 테다. 이미 신용철에 의해 인용된 바 있는 이 대목을 앞뒤 분량을 더하여 여기 다시 옮겨 보면 다음과 같다.

龍夏和尙이란 내가 前日 楡岾 夜半에 奇遇한 和尙입니다. 그는 在俗時에도 내가 畏敬하던 人物이어니와 日來로 그의 言語와 行止를

281) 정찬주, 『조선에서 온 붉은 승려』, 김영사, 2013, 85~89쪽.

보건댄 眞實로 修養의 香薰이 人을 襲합니다. 그의 容貌에는 恒常 敬虔과 滿足의 빗이 잇고 그의 片言隻句에도 悟와 信醇味가 잇습니다.

나는 龍夏和尙과 從容한 談話의 機會를 엇기 위하야 屋外에 나와 黃昏 細雨中에 岩壁에 부듸치는 陰冷한 바람ㅅ소리로 들으면 슷업는 니야기를 하엿습니다. 그중에 人生問題가 나오고 佛敎問題, 信仰問題, 生死問題도 나왓는데 가장 興味잇는 것은 人生의 苦樂問題와 生死問題입니다.

苦도 空이오 樂도 空이라 人生이 空華니 空華에서 나오는 것이 모도 空이라 苦는 무엇이며 樂은 무엇이뇨 苦를 避하고 樂을 逐함도 모도다 空이로다, 死生도 그와 가트니 生도 空華이며 死도 空華라 다만 輪廻의 一線의 億千劫을 貫通할쑨이로다. 바람이 구름을 날리니 나도 바람이오 구름도 나며 풀숩헤 벌레가 우니 풀도 나의 前身이오 벌레도 나의 前身이로다. 無窮無際한 空空中에 神祕한 劫火만 번뜩이니 나의 性도 그를 짜라 明滅하는도다.

黃昏은 더욱 깁허가고 風雨는 더욱 재오치니 全身에 戰慄이 옵니다. 그 戰慄은 반다시 치운데서만 오는 戰慄이 아닙니다. 아아 人生이여![282]

여기서 필자는 이 "전율"이라는 어휘 앞에서 잠시 문장을 멈춘다. 이학수는 이광수에게는 "외경"의 감정 없이 생각할 수 없게 하는 존재였다.

이학수는 만주에서의 치열한 독립운동과, 특히 광한단 활동과 관련하여 상해 임시정부의 이광수를 찾아 안창호의 흥사단에 가입했고,[283] 월초

282) 이광수, 『금강산유기』, 시문사, 1924, 197~199쪽.

283) 신용철, 「항일 독립운동가 이시열, 운허 스님」, 『춘원연구학보』 16, 2019.12, 217쪽.

스님의 인도로 불법에 귀의한 후에도 노농총동맹의 중앙집행위원으로 활동하고,[284] 청담 선사와 함께 조선불교학인대회를 개최하고 연맹을 창설한다.[285] 즉, 운허는 實踐躬行의 사람으로서 이광수의 눈앞에서 사라지지 않았다. 뿐만 아니라 운허는 월초와 만난 이후 1929년까지 7년간 午後不食을 이어가는 수행의지를 발휘했다.[286] 필자는 이러한 운허의 존재가 이광수로 하여금 불교 쪽으로 강렬하게 이끌리도록 했을 것이라 생각한다. 뿐만 아니라 바로 이 운허의 봉선사가 세조대왕을 기리기 위한 원찰(願刹)이었다는 사실로부터 『단종애사』와 나중의 『세조대왕』의 발상이 얻어질 수 있었을 것이라 판단하고자 한다.[287]

4. '인정과 의리', 감춰지며 드러나는 '죄의식'의 세계

이광수가 『단종애사』를 연재하기 시작한 1928년은 무진년이고, 세종대의 무진년이었던 세종 30년에는 후일의 단종을 왕세손으로 책봉한 해였다.[288] 이광수는 「병창어」에서 금부도사 왕방연의 시조를 언급하기도 한다.[289]

이와 함께 『단종애사』의 작의를 논의하기 위해서 거쳐야 할 글의 하나는 비슷한 시기에 쓴 「젊은 조선인의 소원」(『동아일보』, 1928.9.4~9.19)이다. 여기서 이광수는 완연히 불교적인 "願力"의 중요성에 대해 논의한 후, 이 "願"

284) 「노농총동맹의 최종일 만세성리에 폐회」, 『시대일보』, 1924.4.21.

285) 「비주지 승려로 불교학인대회」, 『조선일보』, 1928.3.16. 및 신용철, 위의 논문, 217~218쪽, 참조.

286) 심정섭, 「운허스님 (중)」, 『법보신문』, 2012.4.10.

287) 김희찬·김용길·나호열·민경조·윤종일·임병규, 『운악산 봉선사』, 경인문화사, 2008, 7~16쪽.

288) 「朝鮮史와 戊辰」, 『동아일보』, 1928.1.1.

289) 이광수, 「병창어 25」, 『동아일보』, 1928.11.1.

에는 "正한 것과 不正한 것"이 있다고 하며, "正한 願이 發하는 動機"에는 "眞理感과 正義感과 嘉味感"의 세 가지가 있다고 한다.[290] 이 가운데 정의감을 설명하는 자리에 단종에 관한 언급이 나타남을 볼 수 있다.

> 正義感이란 道德의 根本이 되는 一種의 判斷力과 感情을 總稱하는 말이다. 이것은 眞理感이나 審美感에 비겨서 더욱 强烈한 것이다. 正義感은 不義를 對할 때에 가장 顯著하게 發現된다. 成三問, 朴彭年 등이 從容取死한 것이 世祖의 簒奪이 不義다 端宗의 復位가 正義라 하는 正義感에 依한 것이다. ……(중략)…… 忠臣, 烈士와 仁人, 志士라 하는 것은 正義感으로 살고 行하는 사람을 가르친 것이다. 이런 사람들은 眞情한 意味에서 人類의 支配者요 導師다. 蒼生은 義人의 피ㅅ속에서 삶을 엇는 것이다. 恒常 動物 以下에 墮落하랴는 人類를 人의 地位로 끌어올리는 것은 義人의 힘이다. 그럼으로 義人을 많이 產한 民族은 文化가 놉고 昌盛하거니와 義人을 待接할 줄 모르는 百姓은 野昧하고 남의 奴隸가 되는 것이다. 예수를 十字架에 죽인 猶太人의 末路를 보라. 金玉均, 金弘集을 虐殺한 李氏朝鮮의 末路를 보라.
>
> 眞理의 人보다도 正義의 人은 더욱 만흔 試鍊과 苦楚를 밧는다. 正義는 恒常 現在의 不義의 反抗하야 닐어나랴는 것이기 때문에 現在의 權力의 逼迫을 밧는 것이 通例다. 義人을 기다리는 것은 自古로 貧窮이오 嘲笑요 執權者에게서 오는 刑과 民衆에게서 오는 詬辱과 돌팔매다. 孔子는 累累然喪家之狗가탓고 顔子는 營養不良으로 早死하얏고 釋迦如來는 누울집도 업서서 八十老軀가 路上에서 行

290) 이광수, 「젊은 조선인의 소원」, 『동아일보』, 1928.9.7.

旅屍를 作하야고 耶蘇는 十字架에서 피를 흘렷고, 申叔舟, 鄭麟趾가 富貴榮華를 누리거든 成三問, 朴彭年은 三族屠戮을 當하고 骸骨조차 간곳을 몰랏다.[291]

이렇듯이, 세조의 왕위찬탈이라는 역사적 사건에서 성삼문과 박팽년은 정의감으로 충만한 충신들로, 그리고 신숙주와 정인지는 불의의 인으로 나타난다. 그리고 이는 『단종애사』를 집필하는 작가의 변에서도 다음과 같이 '반복'된다. 그런데 여기서는 '인정'과 '의리'가 정의감을 충족시키는 요건으로 제시되고 있다.

단종대왕처럼 만인의 동정의 눈물을 끄을어내인 사람은 조선만 아니라 전세계로 보드라도 드믈 것이다.

왕 때문에 의분을 먹음고 죽은이가 사륙신을 머리로 하야 백으로써 세일 만하고 세상에 뜻을 끈코 일생을 강개한 눈물로 지낸 이가 생육신을 머리로 하야 천으로써 세일 것이다. 륙신의 충분의렬은 만고에 꺼짐이업시 조선백성의 정신ㅅ속에 살 것이오 단종대왕의 비참한 운명은 영원히 세계인류의 눈물로 자아내는 비극의 대목이 될 것이다. 더구나 조선인의 마음, 조선인의 장처와 단처가 이 사건에서와가티 분명한 선과 색채와 극단한 대조를 가지고 들어난 것은 력사전폭을 떨어도 다시업슬 것이다. 나는 나의 부조한 몸의 힘과 맘의 힘이 허하는 대로 조선력사의 축도요 조선인 성격의 산 그림인 단종대왕 사건을 그려보려 한다.

이 사실에 들어난 인정과 의리–그러타 인정과 의리는 이 사실의

291) 이광수, 「젊은 조선인의 소원」, 『동아일보』, 1928.9.8.

중심이다-는 세월이 지내고 시대가 변한다고 낡어질 것이 아니라고 밋는다.

사람이 슯은 것을 보고 울기를 닛지 아니하는 동안, 불의를 보고 분내는 것이 변치 아니하는 동안 이 사건, 이 니야기는 사람의 흥미를 끄을리라고 밋는다.[292]

그리하여 소설은 세종이 미래의 단종대왕 元孫을 두고 신숙주와 성삼문 두 집현전 학사들에게 顧命을 내리는 것으로 이야기를 시작한다.[293] 그렇다면 여기서 신숙주란 어떤 존재이고 성삼문은 또 어떤 존재인가. 이에 대한 해답은 이미 주어져 있거니와, 작중의 신숙주는 한명회에 비견될 만한 기회주의적 인간의 전형으로 제시된다.

명회가 말한 바와 가티 문장도덕은 권람이가 명회보다 승하얏스나 모략으로는 명회가 권람보다 훨신 상수엿다. 권람이나 명회에게 도덕이란 것도 웃읍지마는 그래도 권람은 선악을 변별할 줄은 알앗다. 어떤 것은 인정에 맛는 일이오 어떤 것은 인정에 맛지 안는 일이오 어떤 것은 세상에서 올타고 하고 어떤 것은 세상에서 맛당치 못하게 녀길 것을 잘 알앗다. 다만 그까진 것을 그다지 요긴한 것으로 알지 아니하얏슬 뿐이다.

그러치마는 명회는 전혀 선악을 변별하는 량심이 업다. 그에게는 오즉 욕심과 그 욕심을 달하랴는 한량업는 꾀가 잇슬 뿐이엇다.

……(중략)……

292) 이광수, 「소설 예고 단종애사」, 『동아일보』, 1928.11.20.

293) 이광수, 『단종애사』, 『동아일보』, 1928.11.30.

> 집현뎐 여러 학사들 중에 후일에 가장 상뎍한 이는 신숙주(申叔舟) 엿섯다. 그것은 신숙주가 도덕지사인 까닭은 무론 아니오 돌이어 그가 목뎍을 위하야서는 수단을 가리지 아니하는 것이 자긔와 서로 합하얏든 까닭이다.[294]

이와 대비하여 성삼문은 신숙주와 전혀 상반되는 인물로 작중에 나타나며, 부친 성승과 함께 의를 위하여 목숨을 바칠 것을 꺼리지 않는 인물로 그려진다.[295] 실로 작중에서 "인정"과 "의리", "의", "충의"라는 어휘는 간단없이 출몰하여 성삼문과 신숙주라는 두 대조적인 인물에 대한 평가적 시선으로 작용한다.

수양대군의 왕위 찬탈과 노산군으로 전락한 단종의 죽음에 이르는 과정은 실로 당대인들의 심금을 울리고도 남음이 있었다. 박종화가 이 소설을 가리켜 말했듯이 이 작품이 만인의 심금을 울린 것은 이 이야기 속의 단종은 조선인들을 가리키고 세조는 일제를 가리킨다는 역사소설적 암시의 문법이 작용하고 있었기 때문일 것이다. 이광수의 동시대인이자 노련한 역사소설가인 박종화의 진단, 평가는 설득력이 충분하다.

> 다음에는 무엇인가. 선과 악의 대결이다. 사람은 선에 동정하고 악에 도전한다. 선은 정의가 되고 악은 불의가 되는 것이다. 선을 사랑하고 악을 미워하는 인정은 국경이 없는 것이다. 제 나라 같은 동종이면서도 악한 놈은 나쁜 놈이요, 착한 사람 올바른 사람은 존경하는 법이다. 춘원은 이 심리를 이용하여 성삼문과 신숙주를 붙잡

294) 이광수, 『단종애사』 37회, 『동아일보』, 1929.1.7.

295) 이광수, 『단종애사』 167회, 『동아일보』, 1929.10.4.

았다. 악한 자는 일본 사람을 미워하는 심정과 공통감을 갖게 되는 것이요, 선한 사람은 본받을 만한 우리의 존경할 인물들인 것이다.

춘원은 이렇게 하여 단종애사의 작품을 구성해 나갔다.

이에 이 당시, 일본 사람한테 나라를 뺏긴, 조선사람 삼천만의 마음은 마치 사백여 년전에 동족은 동족이면서 강폭한 수양대군한테 강제로 신민 노릇을 당하고 있는 그때 그 심경이었다. 어린 단종왕의 폐위와 학살은 마치 현실의 고종(광무제)이며 순종(융희제) 같이 생각되고 세조는 일본의 명치나 대정과 같은 생각을 갖게 하는 것이다. 낮에는 세상에 나가서 억울한 사정을 말을 못하고, 밤이면 집에 들어와 베개 위에서 눈물을 흘렸다. 이것이 당시의 한국사람의 심정이었다. 성삼문, 박팽년, 하위지, 이개, 유성원, 유응부, 성승, 김시습 등은 한말의 민충정공, 조병세, 황매천, 최면암 같이 생각되고, 신숙주, 정인지, 한명회, 권람 같은 이는 이완용이나 송병준 같이 생각되었다.

춘원은 이렇게 민족적 정의감을 사실에 고증을 두어 전개시키면서 마침내 세조가 육신을 죽이고 노산마저 목을 매어 죽이는 장면으로 끝을 막았다.[296]

그러나 이뿐은 아닐 듯하다. 『단종애사』의 이야기 속에서 성삼문과 신숙주는 과연 어떤 숨겨진 함의를 지니고 있었던 것일까?

필자의 판단에 의하면, 작중의 신숙주는, 작가 이광수는 비록 화자의 목소리를 빌려 그를 일방적으로 타매하고 있으나, 그 자신이 바로 그와 같은 신숙주의 위치에 서 있다는 자의식을 감당하지 않을 수 없는 인물로 나타

296) 박종화, 「해설」, 『이광수 전집 5—단종애사 · 세조대왕』, 삼중당, 1962, 549~550쪽.

난다. 반면에 성삼문은 작가 자신이 그렇게 되고자 하는 이상적인 자기로서, 자신의 지향태로서 등장한다.

이광수는 비록 논설적인 어조로서는 『민족개조론』에서 『젊은 조선인의 소원』으로 옮겨오는 과정에서 계몽적인 어조의 고도를 유지하려 애쓰고 있으나 심정적으로는 그 자신이 신숙주의 위치에 떨어져 버릴 수 있다는 위기의식에 감싸여 있었다. 이와 같은 위기감은 신숙주의 아내가 스스로 목숨을 끊는 장면에서 더욱 부각된다. 성삼문의 국문과 처형이 끝나고 신숙주는 집으로 돌아오면서 깊은 죄책감에 사로잡힌다.

> 대궐에서 삼문이 자긔를 노려보든 눈을 숙주는 어두움 속에 보는 듯하야 눈을 감앗다. 가슴이 두근거렷다. 삼문의 원혼이 자긔의 뒤를 딸흐지나 아니하나는 어림업는 생각까지도 나서 솔음이 끼침을 깨달앗다.
>
> 숙주가 집에 다달으니 중문이 환히 열렷다. 어찌하야 중문이 열렷는고 하고 안마당에 들어서서 기침을 하야도 부인이 내다봄이 업섯다. 평일 가트면 반듯이 대청마루 끄테 나서서 남편을 맛든 부인이다.
>
> 숙주는 안방에 들어왓다. 거긔도 부인이 업섯다. 건넌방을 보아도 업섯다. 어대를 보아도 부인의 그림자도 업섯다.
>
> "마님 어대 가시엇느냐" 하고 집사람더러 물어도 아는이가 업섯다.
>
> 숙주는 다락문을 열엇다. 들여쏘는 등잔불빗이 소복을 하고 손에 긴 베 한 폭을 들고 울고 안젓는 부인을 비추엇다.
>
> 숙주는 놀랫다. 의아하얏다.
>
> "부인 어찌하야 거긔 안젓소?"
>
> 하고 숙주가 물엇다.

부인은 눈물에 저즌 눈으로 숙주를 바라보며,

"나는 대감이 살아 돌아오실 줄은 몰랏구려. 평일에 성승지와 얼마나 친하시엇소? 어대 형뎨가 그런 형뎨가 잇슬 수가 잇소. 그랫는데 들으니 성학사, 박학사 여러분의 옥사가 생겻스니 필시 대감도 함께 돌아가실 줄만 알고, 돌아가시엇다는 긔별만 오면 나도 딸하 죽으량으로 이러케 기다리고 잇는데 대감이 살아돌아오실 줄을 뉘 알앗겟소?" 하고 소리를 내어 통곡한다.

부인의 이 말에 숙주는 부끄러워 머리를 숙이고 어찌할 바를 모르다가 겨우 고개를 들며,

"그러니 저것들을 어찌하오?"

하고 방에 늘어선 아이들을 가르친다. 이때에 숙주와 부인과 사이에는 아들 팔형뎨가 잇섯다. 나종에 옥쇄를 위조하야 벼슬을 팔다가 죽임을 당한 정(靜)이 그 맛아들이엇다.

그러나 숙주가 이말을 하고 고개를 든 때에는 부인은 벌서 보ㅅ국에 목을 매고 늘어지엇다.

숙주가 놀래어 집사람들과 함께 부인의 목맨 것을 그르고 방에 나려 누엿스나 그러케 순식간이언마는 어느새에 숨이 끈허지어 다시 돌아오지를 아니하얏다. 부인 윤씨는 죽은 것이다.[297]

우리는 이 장면이 선사하는 숨막히는 긴장과 처절한 비극을 오로지 성삼문과 신숙주를 이광수의 내면을 둘로 나눈 각각의 분신들로 이해할 때 비로소 충분히 이해할 수 있다. 성삼문이 이광수가 지향하고 싶어 한, 운허 이학수를 닮은, 그 자신도 상해에서 돌아오기 전까지는 바로 그러한 지향

297) 이광수, 『단종애사』 191회, 『동아일보』, 1929.11.2.

을 하고 있던 철저한 '저항인'의 형상을 하고 있다면, 신숙주는 성삼문과 함께 죽었어야 하건만 살아돌아온, 상해에서 살아 돌아온 이광수 자신의 현실과 같은 형상을 취하고 있었고, 이 피할 수 없는 '부끄러움'은 오로지 숙주의 아내 윤씨의 죽음을 통해서만 '보상' 받을 수 있다.

이와 관련하여 우리는 이광수가 『단종애사』를 쓸 무렵의 심신 상태를 극명하게 보여주는 인터뷰에 시선을 집중해야 한다. 춘해 방인근이 『문예공론』 기자 자격으로, 서울 숭인2동 127번지, 『단종애사』를 쓰고 있는 이광수 저택을 찾아 이광수, 허영숙, 그리고 의사 백인제와 이야기를 나눈다.

이광수의 병은 유서가 깊다. 다이쇼 6년 1917년 도쿄에서부터 시작된 폐결핵은 『오도답파기』(『매일신보』, 1917.6.26~9.12) 이후에는 한해만 빼고 늘 봄마다 각혈을 하게 한다. 『조선문단』(1924.10) 시절부터 앓기 시작한 척추 카리에스(tuberculous spondylitis)는 폐결핵의 연장으로 척추뼈에 옮겨붙은 결핵이라 할 만한 것이었다. 1927년 1월 말경부터 시작된 발열은 5월 29일 봉근의 출생과 더불어 40일 넘는 각혈과 혈담으로 이어졌다. 그해 8월 말부터는 신천온천, 관악산 연등사, 안악 등지로 요양을 다니면서도 각혈을 하고 혈담을 뱄다가 그해 말 12월 31일에 백인제의 총독부병원에 입원한다. 계속되는 병으로 허영숙은 굿까지 할 생각을 했고, 1928년 여름에도 이광수는 각혈을 심하게 할 지경이었다.[298]

『단종애사』는 이렇게 극에 오르던 병이 차츰 나아지면서 1928년 11월에 비로소 연재가 시작되었지만, 그 겨울부터 다시 몸이 안 좋아지면서 신장결핵을 앓고 있음이 판명되었고. 인터뷰 당시에는 왼쪽 콩팥을 떼어낼 수술 날짜를 받아놓다시피 한 상태였다.[299]

298) 이상, 「병상방문기」, 『문예공론』 1, 1929, 62~68쪽, 참조.

299) 위의 책, 69~70쪽.

이광수는 귀국 이후 어째서 이렇게 지독하게 앓아 왔던 것일까? 인터뷰에서 그 자신 "과로"[300] 때문이라고 말하고 있지만 이것은 몸의 원인일 것이요, 마음의 이유는 다른 데 있었다. 병중의 감상이며 인생관이 바뀐 것을 묻는 물음에 이광수는 다음과 같이 답한다.

> "별로 변한 것은 업습니다. 종교적으로 생각이 키이고 또는 늘 죄가 만타. 죄의 갑시다. 그 죄란 것은 반드시 종교적 의미뿐 아니라 육체적, 생리적 죄도 포함됩니다. 참 인생은 영과 육을 남용치 말고 죄를 짓지 말어야 할 것입니다."[301]

계속되는 병과 죄에 관한 이야기는 인터뷰 뒤에서도 좀 더 따라붙는다.

> "……약도 쓸대로 쓰고 갈만한 곳 다 가서 치료하고 입원도 여러 번 하고 수술도 여러 번 하엿습니다. 입천장도 수술하고 가슴 쌕다귀도 수술하고 한 개 쏍아냇습니다. 나는 아모 원망이 업고 다만 이 신세를 갑지 못하는 것만 유감으로 생각합니다. 처자에게 친구에게 괴롭게만 하고 슯흐게만 하고 죄만 짓는 것이 늘 생각되여 미안하다, 감사하다는 것이 병이 더할 째면 심해집니다. 감사-죄-이것들이 내 지금 심리상태의 주류입니다."[302]

이처럼 『단종애사』를 쓰던 무렵의 이광수는 깊은 '죄의식'에 침윤되어 있

300) 위의 책, 63쪽.

301) 위의 책, 71쪽.

302) 위의 책, 72~73쪽.

었음이 드러난다. 그러면 이 죄는 도대체 무슨 죄란 말인가? 하면 이는 회고담이라 할 「다난한 반생의 도정」(『조광』, 1936년 5월)을 돌아볼 필요가 있다. 여기서 이광수는, 자신이 상해에서 죽지 않고 돌아온 죄는 면할 수 없는 죄라고 고백한다.[303] 해외, 곧 상해에서 독립운동을 하다 국내로 돌아왔는데도 감옥에 가지 않았는데, 이것은 분명 일제와 모종의 타협이 있었을 것임을 짐작하게 한다고 할 수 있었고, 이것은 분명 훼절, 변절의 혐의를 살 만한 것이었다. 또 실제로도 이광수가 이렇게 오래 감금당하지 않고 곧 풀려나 자유의 몸으로 살아갈 수 있었음은 그와 총독부 사이에 어떤 양해 관계가 성립되어 있었을 것임을 추론하게 한다. 세상은 그가 외국에서 죽지 않고 돌아와 자유를 누리는 것을, 그리고 허영숙과 재혼한 것을 두고 비난을 가하는데, 분명 그것은 자신의 아픈 폐부를 찌르는 것이었음에 틀림없다.

그는 작가로서, 그리고 사람의 통성으로서 돌아와 살아가고자 했으며, 독립운동의 노선으로서도 "지구전"[304]이 필요하다고 생각했음에 틀림이 없지만, 그러나 이것은 논리의 세계, 알리바이의 세계요, 심정의 세계, 내성적 자기 응시의 세계는 아니었다. 이러한 상황에서 개벽사의 김기전이 그에게 글을 발표할 기회를 줌으로써 세상에 나온 것이 『민족개조론』(『개벽』, 1921.11)이었고, 이것은 세상을 또 한 번 들끓게 만든다. 이 『민족개조론』을 둘러싸고 이 시대 연구자들은 이광수 계몽주의, 근대주의의 귀결점이라고 동어반복을 하고 있지만, 심리적 차원에서 보면 이 글은 '민족의 죄인' 된 상황에서 벗어나고자 한 논리적 강변이라고도 말할 수 있다. 지식인은 어떤 논리라도 주조해낼 수 있지만 내면의 진실만은 스스로 뼈아프게 느끼지 않을 수 없으며, 이 시기의 이광수는 그러한 죄의식에서 벗어나기 위해

303) 이광수, 「다난한 반생의 도정」, 『조광』, 1936.5, 참조.

304) 이광수, 「젊은 조선인의 소원 15—용기와 신념」, 『동아일보』, 1928.9.19.

몸부림치고 있었다.

이광수는 『단종애사』를 잇따라 찾아온 병마와 사투를 벌여가며 끊어졌다가는 이어가는 끈질긴 의지를 발휘하여 마침내 완성을 보게 된다. 이에 관한 서지적 접근 역시 박종화에 의해 먼저 밝혀져 있다.

> 춘원이 병고로 인하여 『동아일보』에 휴재한 날짜는 아래와 같다.
> 1928년 12월 17일(제17회~제18회 사이)
> 1929년 1월 1일(제31회~32회 사이)
> 1929년 2월 20일~24일(제80회~81회 사이)
> 1929년 3월 7일~26일(제 89회~90회 사이)
> 1929년 4월 8일(제100회~101회 사이)
> 1929년 4월 10일~11일(제101회~102회 사이)
> 1929년 4월 19일(제107회~108회 사이)
> 1929년 5월 6일(제123회~124회 사이)
> 1929년 5월 12일~8월 19일(제128회~129회 사이)
> 1929년 11월 4일~11일(제192회~193회 사이)
> (이때만은 병고가 원인이 아니라 집필 도중에 입수한 자료 정리 때문에 일주일을 휴재한다고 밝혔음)
> 1929년 11월 24일~25일(제203회~204회 사이)[305]

『단종애사』를 집필하는 사이에 이 간단없이 이어진 몸의 질병은 어쩌면 그가 상해로부터의 귀국 이후에 깊이 앓아온 마음의 병의 현상물이었을 것이다.

---

305) 박종화, 「해설」, 『이광수 전집 5—단종애사 · 세조대왕』, 삼중당, 1962, 552~553쪽.

5. 이광수 역사소설의 '자전적' 독해에 관하여

이광수 소설을 그의 자전적인 맥락에서 읽어내고자 하는 노력은 주목할 만한 성과들을 남겨왔다. 이 가운데에서 서은혜의 『이광수 소설의 '암시된 저자' 연구』(서울대학교 박사학위 논문, 2017)는 그 가장 안정되고도 새로운 성과 가운데 하나다. 이 연구는 기존의 연구 맥락을 종합하고 있어 충실한 검토를 필요로 한다. 필자 역시 「자전적 소설의 제 문제와 이광수 장편소설 『세조대왕』」에 관한 논의를 통하여 역사소설의 '자전적' 요소에 주목하면서 그 중층적, 복합적 독해를 시도한 바 있다.

여기서는 그때 쓴 『세조대왕』론의 연장선상에서 다시 『단종애사』를 분석한 것이다. 특히 여기서 필자는 『단종애사』와 『세조대왕』을 일종의 연작적인 성격의 작품으로 취급하면서 금강산에서 봉선사로 나아간 운허 이학수와 이광수의 관계 맥락 속에서 이광수의 '외면적' 논리와 '내면적' 심리의 '쌍곡선'을 드러내 보이고자 했다.

이광수와 이광수 문학은 오랫동안 그의 '대일협력' 문제와 관련하여 비판적 시선에 직면해 왔다. 그가 상해에서 돌아와 감옥에 갇히지 않고 일제하의 현실 속에서 직책을 얻고 소설을 쓰며 살아간 것은 비타협적 저항을 제일의적인 선으로 취급하는 맥락에서 보면 마땅히 비난의 대상이 될 수도 있다. 그러나 이광수는 작가로서의 체질적 특성상, 그리고 열악한 현실 속에서 역사 문제에 있어 현실적 가능성을 타산하는 맥락에서 해외에서의 투쟁 일변도의 삶을 지속해 갈 수 없었던 것으로 판단된다.

이광수는 도산 안창호와 백범 김구와 단재 신채호를 위시한 자신의 선배들의 투쟁정신의 세례를 받았으나 한편으로는 조선총독부 체제가 양성한 지식인이라는 양면적 속성을 한몸에 가진 문제적 인간이었다. 일제 강점기의 현실을 힘과 위력의 자본주의적 현대가 야기한 질곡으로 파악하고 이를 뛰어넘으려, 초극적인 의지를 발휘한 선배들과 달리 이광수는 그러한 현대적 체제가 선사한 문사로서의 삶의 가능성을 이미 엿보아버린 사람이었다. 그러한 체질과 판단의 결과로서 그는 국내로 돌아오기는 했으나 이 '갇힌' 현실 속에서나마 투쟁을 이어가려 했다. 이는 수양동맹회에서 수양동우회로 이어지는 결사운동과 소설을 통한 현실 개조의 노력으로 나타났다. 그러면서도 그는 삶의 결절점마다 자신을 향해 가해지는 비난으로부터 자유로울 수 없었는데, 이것은 상해로부터의 귀국이라는 결정적인 노선의 수정에 담긴, 일제에의 타협의 혐의를 결코 끝내 벗겨낼 수 없었기 때문이었다. 이것은 불가능했다. 상해에서 살아 돌아온 죄는 결코 용서받을 수 없는 죄였고, 이를 그 자신 누구보다 깊이 인식하고 있었다. 상해에 남아 떠도는 선배들의 존재, 그리고 국내에 들어와서도 자신과는 다른 길을 걷는 운허와 같은 존재들의 거울에 비친 이광수 자신은 언제나 죄에 물들어 있었다.

『단종애사』는 바로 그러한 '죄의식'의 소산이자 이를 인식하고 넘어서기를 염원했던 이광수의 깊은 고뇌의 산물이었다 하지 않을 수 없다. 이 고뇌의 깊이가 박종화가 말했듯이 일제의 강압에 울분을 품고 있던 당대 조선인들의 마음의 현을 강하게 울릴 수 있었다.

『흙』에 이르는 길
—안창호의 이상촌 담론과 이광수 소설의 행로

1. 이광수 문학에 있어 『흙』의 위상

장편소설 『흙』은 『동아일보』에 1932년 4월 12일부터 1933년 7월 10일에 걸쳐 연재된 작품이다. 이에 관한 근년의 논의로는 서은혜의 「노동의 향유, 양심률의 회복—『흙』에 나타난 이상주의적 사유의 맥락과 배경」(『어문연구』 45, 2017), 강헌국의 「이광수의 민족 계몽 이론과 그 실천—「민족개조론」과 『흙』을 중심으로」(『우리어문연구』 56, 2016), 주영중의 「흙의 이중 주체 연구」(『Journal of Korean Culture』 42, 2016) 등이 있다.

이 가운데 서은혜의 「노동의 향유, 양심률의 회복」은 『흙』에 나타난 이상향적 사유에 주목하면서 이광수의 직접적 경험 및 독서 체험에서 그 원천을 찾아내자 한 것이다. 이 논문은 『흙』의 '살여울' 공간 묘사의 저변에 수양동우회의 이상촌 기획과 톨스토이 및 웰즈 독서를 통한 유토피아적 상상력이 가로놓여 있음을 논의한다.[306] 이 논의의 두드러진 점은 『흙』

306) 서은혜, 「노동의 향유, 양심률의 회복—『흙』에 나타난 이상주의적 사유의 맥락과 배경」, 『어문연구』 45, 2017, 263쪽.

을, “작가 이광수의 오래된 문제의식과 섬세하게 맞닿아 있는 지점들을 섬세하게 배치한 텍스트”[307]로 간주한 것이다. 논자는 윤홍로의 「춘원의 용동 체험과 글짓기 과정」(『춘원연구학보』 3, 2010)에서 논의되는 이광수의 초기 자료 「용동」과 「농촌계발」 등의 산문 및 논설에까지 소급하여 『무정』에서 『흙』에 이르는 사상적 맥락을 설정하려 했다.

한편, 「용동」(『학지광』 8, 1916.3) 및 「농촌계발」(『매일신보』, 1916.11.26~ 1917.2.18) 등 초기 문헌의 의미에 관해서는 김효진·김영민이 발표한 「계몽운동 주체의 변화와 ‘청년’의 구상—이광수의 「용동」·「농촌계발」·『무정』을 중심으로」(『사이』 7, 2009)에 그 의미가 자세히 논의되어 있다. 이 논문은 “1910년대 이광수의 논설과 서사 작품 모두에서 두드러지는 요소는 반봉건성과 계몽의식”[308]이라는 논지에 입각하여, “기본적으로 반봉건성과 계몽의식을 노정한다는 점에서 『무정』은 「용동」 및 「농촌계발」과 맥을 같이 한다”[309]는 시각을 취한다. 이 방향에서 세 개의 자료를 각각 ‘옛 것’의 부정과 ‘청년’이라는 새로운 근대적 주체의 탄생을 그린 것으로 간주한다. 이 논문의 가장 큰 의미는 역시 「용동」과 「농촌계발」이라는 두 개의 텍스트를 장편소설 『무정』의 전사로 배치한 데 있다. 이로써 『무정』의 사상사적 원천을 새롭게 볼 수 있는 자료를 제시했다고 할 수 있다. 특히 “「용동」은 이광수가 재직했던 오산학교 교주 남강 이승훈과 그의 농촌 계몽운동을 회고 혹은 보고의 형식으로 기술한 글”이라는 평가는 『무정』의 사상적 원천을 ‘용동촌’ 건설로까지 소급할 수 있는 가능성을 제공한다.

그런데, 이 논문은, 첫째, 한국 현대소설의 형성이 현대적 논설 등에 나타

307) 위의 논문, 같은 쪽.

308) 김효진·김영민, 「계몽운동 주체의 변화와 ‘청년’의 구상—이광수의 「용동」·「농촌계발」·『무정』을 중심으로」, 『사이』 7, 2009, 47쪽.

309) 위의 논문, 49~50쪽.

나는 서사적 변화가 소설에 수용된 데 따른 것이라는 기존의 논의를 재확인하고 있는 점, 둘째, 『무정』을 반봉건적 계몽의식, 즉 근대주의의 소산으로 일원화한다는 점 등에서 반론의 여지를 남긴다.

먼저, 한국 현대소설의 기본적 플롯은 논설에 나타난 현대적 서사를 소설에 수용하는 '걸음마' 과정을 거쳐 형성되었다고는 볼 수 없다. 예를 들어 17, 18세기 한문 단편소설에 나타나는 전란으로 인한 가족의 이상과 재회라는 플롯은 이인직의 『혈의 누』에 한글화하면서 전유, 재정착된다. 이인직은 여기에 서양 중심적, 일본 중심적 세계인식을 다만 착색한 것이었다.[310] 요컨대 『혈의 누』는 전통적 '소설'과 서양적 '노블'이 착종적으로 결합하면서 나타난 새로운, 제삼의 형식이었다.

플롯은 유구하고 담론은 새로울 수 있으며 이 새로운 담론을 담아내기 위해 플롯은 불가피하게 변형될 수도, 이질적인 서사적 플롯과 결합, 새로운 형식으로 나타날 수도 있다.

문제작 『무정』은 단순히 현대화를 주장하는 소설일 뿐 아니라 오히려 작가 자신이 살아가는 시대를 현대로 간주하고 이 현대를 넘어설 것을 주장하는 탈현대적 요소를 함축하고 있다. 이 소설은 소설의 내재적 발전론이나 노블의 이식론 대신에 소설과 노블 두 양식의 접붙이기(graftation) 모델을 충족시키며,[311] 동시에, 근대주의만을 착색한 소설은 아니라는 점에서 오히려 근대주의의 표방과 더불어 탈현대적 지평을 함축하고 있다. 필자는 이와 같은 생각을 한 연구를 통하여 적극적으로 개진한 바 있다.

---

310) 방민호, 「신소설은 어디에서 왔나」, 『문학사의 비평적 탐구』, 예옥, 2018, 69~78쪽.

311) 방민호, 「「문학이란 하오」와 『무정』, 그 논리구조와 한국 문학의 근대 이행」, 『춘원연구학보』 5, 2012, 205~206쪽.

> 이것이 바로 『무정』을 쓴 이광수가 당대를 인식한 방식이다. 새로운 세계사적 조류, 새로운 관념과 이상, 새로운 가치 체계가 밀려오면서 전통적인 것, 낡은 것은 새로운 것에 휩쓸려 밀려 나가 버렸다. 이 밀려나가는 과거적 세계의 사람들을 대변하는 인물이 바로 영채다. 역사를 통찰하는 작가 이광수의 시점에서 보면 영채는 형식에게 버림받지 않을 수 없다. 그러나 과거를 물리치고 부정하는 새로운 조류들, 그것을 추수하는 사람들, 형식이나 선형으로 대변되는 현재적 세계의 사람들이 이 세계를 바르게, 풍요롭게 만들어 가고 있느냐 하면 그렇지도 못하다. 영채를 버리고 선형을 택한 형식의 무정함, 바로 그와 같은 무정세계를 유정세계로 만들어가야 한다는 것이 이광수의 생각이다. 그가 생각하는 유정한 세상은 그러므로 미래 속에 과거와 현재가 함께, 그 어느 쪽도 버림받지 않은 상태로 새로운 관계를 수립한 상태를 가리킨다. 만약 『무정』이 묘사하고 있는 현실이 이광수가 생각한 '근대'의 모습이라면 『무정』은 그러한 근대성을 넘어선 '탈근대적' 지평을 작품 안에 함축하고 있다고도 말할 수 있다.[312]

이러한 해석은 『무정』의 '에필로그' 부분을 활성화해서 독해할 것을 요청하는 것이기도 하다. 『무정』의 126회에서 화자는 "어둡던 세상이 평생 어두울 것이 아니요, 무정하던 세상이 평생 무정할 것이 아니니다. 우리는 우리 힘으로 밝게 하고, 유정하게 하고, 즐겁게 하고, 가멸게 하고, 굳세게 할 것이로다. 기쁜 웃음과 만세의 부르짖음으로 지나간 세상을 조상하는 『무정』을 마치자……."라고 한다. 이 126회의 '미래적 현재'에서 물론 "형식과 선형은 지금 미국 시카고대학 사년 생"이지만, "영채도 금년 봄에 동경 상

312) 위의 논문, 247~248쪽.

야 음악학교 피아노과와 성악과를 우등으로 졸업하고" "동경 어느 큰 음악회에서 피아노와 독창과 조선 춤으로 대 갈채를 받았다."

요컨대, 『무정』은 단순히 현대화를 표방한 소설인 것만은 아니며, 이 근대주의와 옛 것, 민중적인 것, 조선적인 것이 소외되고 폄하되는 근대를 넘어서야 한다는 탈근대주의가 동거, 혼거하는 소설이다.

여기서는 이러한 『무정』 독해의 연장선에서 서은혜의 논문에서 "노동의 향유"나 "양심률의 회복"으로 표현된, 『흙』의 '살여울'로 표상되는 '유정'한 세계의 연원을 보다 구체적으로 살펴보고자 한다. 이는 『무정』, 『재생』, 『흙』을 연속적인 텍스트로, 이광수 소설의 하나의 유형을 이루는 작품으로 '새롭게' 분류할 수 있는 근거를 제공할 수 있다.

2. 『무정』의 '정'론의 연원—안창호의 '정의돈수'

『무정』의 사상사적 연원을 추적하려는 노력은 이 작품을 「문학이란 ᄒᆞ오」(『매일신보』, 1916.11.10~23) 등 논리적인 문장들에 나타나는 '정'의 의미와 관련지어 분석하는 쪽으로 나아가게 했다. 이는, 한편으로는, 『무정』의 양식사적 의미를, "西洋人이 使用하는 文學", 곧 "Literatur 酷은 Literature라는 語를 文學이라는 語로 飜譯"한, 이식론적 맥락에서 찾도록 하였고, 다른 한편으로는 '무정'의 '정'의 의미를 서양 철학사에 나타나는 '지·정·의' 삼분법과 특히 이를 수용한 칸트의 삼비판서(『순수이성 비판』, 『실천이성 비판』, 『판단력 비판』)의 사상이나 『맹자』나 『예기』 등의 저술이나 사단칠정론 등 유학, 성리학에서 논의해 온 '정'론에 연계지어 이해하도록 했다.[313)]

313) 방민호, 「「문학이란 하오」와 『무정』, 그 논리구조와 한국문학의 근대 이행」, 『춘원연구학보』 5,

필자는 『무정』에 나타나는 '정'의 의미를 지금까지와는 다른 맥락에서 '섬메'라는 필명으로 쓴 도산 안창호의 「무정한 사회와 유정한 사회—情誼敦修의 의의와 요소」(『동광』 창간호, 1926.1)에 연결 지어 검토하고자 했다.

이 글에서 도산은 "인류 중 불행하고 불상한 자 중에 가장 불행하고 불상한 자는 무정한 사회에 사는 사람이요 다행하고 복 잇는 자는 유정한 사회에 사는 사람이외다. 사회에 정의가 잇스면 화기가 잇고 화기가 잇스면 흥미가 잇고 흥미가 잇스면 활동과 용기가 잇습니다."[314]라고 주장했다.

이 '무정·유정'의 사상은 비록 이광수의 소설 『무정』(『매일신보』, 1917.1.1~6.14)에 비해 훨씬 뒤늦게 활자화되었으나, 안창호가 본시 문필가라기보다는 사상가이자 연설가로서 자신의 사상을 일찍부터 설파해 왔을 가능성이 크고, 특히 이광수는 1907년경 신민회를 조직하기 위해 국내로 돌아오던 중 일본에 들른 안창호의 연설 등을 직접 접했을 뿐 아니라[315] 같은 서북 출신 지식인인 안창호의 존재와 그 사상에 깊은 관심을 가져왔을 것이라는 점을 고려해야 한다. 안창호와 이광수의 두 텍스트의 관계를 시간 순서상으로 단순하게 파악할 수만은 없다.

무엇보다 이광수는 서북 동향의 큰 선배이자 선각자였던 안창호의 인격에 깊이 감심되었던 것으로 보인다. 그 계기는 2·8 독립 선언 작성 후 상해로 망명하여 그를 가까이서 접하던 시기보다 훨씬 이전에 마련되었다. 다음과 같은 회상이 이를 말해준다.

2012, 참조.

314) 섬메, 「무정한 사회와 유정한 사회—情誼敦修의 의의와 요소」, 『동광』 창간호, 1926.1, 29쪽.

315) 신민회를 조직하기 위해 미국에서 국내로 돌아오던 중 안창호는 일본 도쿄에 들러 1907년 2월 3일 유학생 단체 태극학회의 주선으로 유학생들 앞에서 연설을 하게 된다. 이광수, 『도산 안창호』, 『이광수 전집』 13, 삼중당, 1962, 24쪽 및 「잡록—安昌浩氏 歡迎 及 金錫桓氏 送別會」, 『태극학보』 7, 1907.2, 57쪽. 상해 임시정부 시절 이전 이광수와 안창호의 관계에 대해서는 박만규, 「도산 안창호와 춘원 이광수의 관계」, 『역사학 연구』 57, 2015.2, 161~162쪽, 참조.

島山은 丁未年에 귀국하엿다. 그때는 보호조약이 체결되고 양위가 잇고 군대는 해산되고 풍운이 바야으로 급하든 때라 나는 그가 귀국하는 도중에 東京에 들넛슬 때 먼 방으로 보앗슬 뿐이다. 그때의 내 나히 열다섯이라 안창호가 유명한 사람인 줄도 몰느든 때엇는데 다만 미국서 온 조선청년이 연설한다고 하기에 우리들은 유학생회로 갓섯다. 그때 崔南善君도 島山의 뒤를 이어 연설하다가 각금 발작하는 학질 때문에 그만 단상에 꺽구러졋섯다. 그러자 島山은 六堂을 자긔 가슴에 안고 그 길로 여관에 와서 극진히 간호하여 주엇다. 島山과 六堂이 안 것이 이때가 처음이라 六堂은 이 일에 크게 감동바더 「자기는 지금까지 평상에 선생이라고 불느는 이가 업스나 오직 島山 한 분은 선생으로 안다」고 今日에 이르기까지 고백하는 것을 들엇다.

엇재뜬 島山선생은 귀국하여 平壤에 大成學校를 만들고 친히 교장이 되어 애쓰는 한편 류동열 리갑 기외 여러 분들과 가치 西北學會를 중심으로 만흔 활약을 보엿다. (略)

내가 선생을 정말 올케 맛난 것은 바로 이때이니 하로는 新民會 일로 욱적욱적하든 판에 서울 남대문안 엇든 여관에서 眉目이 수려하고 언해가 명쾌한 30左右의 호남자 한 분을 만낫다. 氏가 도산이엇다. 그는 실로 세상에 드무다 하리만치 秀麗하고도 典雅한 용모를 가지고 잇섯섯다.

……(중략)……

島山선생은 경술년에 해외로 나갓는데 나간 뒤 嚴親이 도라가시고 年前에 伯씨까지 도라갓섯고 오직 세상에 한분이든 慈親까지 작년에 마저 도라가섯다. 청년시대의 선생을 기록하기에 얼마나 자유

스럽지 못한 이 붓을 나는 잡엇든가…… 여기에는 이에 끗칠 뿐.[316)]

이 회고에 따르면 이광수가 안창호를 상해 시대 이전에 만난 것은 두 번 이상이었다. 그 한 번은 도쿄 유학생 시절이던 1907년 초봄, 다른 한 번은 이광수가 1910년 3월 메이지중학을 졸업하고 국내로 돌아온, 그러면서 안창호가 1910년 4월 7일 행주, 인천, 장연을 거쳐 중국, 러시아, 유럽을 경유, 미주로 망명하기 전의 짧은 어느 시점이었다. 이때의 심경을 이광수는 신민회와 관련지어 다음과 같이 회상한다.

이때에는 신민회는 벌써 상당히 뿌리를 박아서, 밖에 내어 놓은 사업으로는 평양 대성학교, 태극서관, 마산동 자기회사 등이 창립되었고, 그 자매단체라 할 청년학우회도 발기되어 있었다. 신민회 자체는 독립 완성을 목표로 하는 비밀 결사였으나 교육, 산업, 청년 운동은 합법적으로 하자는 것이었으니, 이는 실로 우리 민족의 조직적 운동의 시작인 동시에 그 후에 오는 모든 민족 운동의 원천이 되는 것이었다. 이 운동의 기관지로 영국사람 배설의 이름을 빌어서 발행한 것이 유명한 『대한매일신보』였던 것이다. 이 모든 것이 실로 도산 안창호가 미국으로부터 돌아와서 이갑, 이동녕, 전덕기, 양기탁 등 동지로 더불어 이룩한 것이었다.

하르빈 사건 뒤에 우리는 공부할 마음을 잃었다. 조국의 흥망이 경각에 달렸다는 핍절한 의식이 우리들의 마음을 설레게 한 것이었다. 홍명희는 졸업시험도 안 치르고 환국하였다.

『그까진 졸업은 해서 무얼해?』

316) 이광수, 「島山 安昌浩 氏의 活動」, 『삼천리』 7, 1930.7, 10쪽.

> 그는 나를 보고 이런 소리를 하고 본국으로 돌아갔다. 나는 열아홉 살 되는 봄에 중학교를 졸업하고 고등학교에 들어가면 학비를 당해 주마고 하는 독지가도 있었으나 마침 정주 오산학교에서 교사로 초빙이 왔기로 공부를 그만두고 귀국하였다.[317)]

위의 서술에서처럼, 안중근이 하얼빈 역두에서 이토 히로부미를 '척살'한 1909년 10월 26일 이후 정국은 일층 술렁이고 이어 1910년 12월 27일 안명근의 데라우치 마사다케(寺內正毅) 암살 미수 사건을 계기로 신민회 사건이 촉발되면서, 도쿄의 유학생 사회도 동요와 흥분 상태에 돌입해 있었다. 이러한 분위기 속에서 이광수는 오산학교 교원으로 초빙되어 진학을 포기하고 국내로 돌아온다.

또한 그가 메이지중학 시절 방학 기간을 이용하여 신민회 황해도 지부 역할을 한 안악면학회의 강사 일을 했다는 기사를 참고하여 그의 오산학교 행을 "간접적으로 신민회의 민족운동에 관여한"[318)] 것으로 본 견해 역시 적극 참조해 볼 만하다.

앞의 회고담에서 이광수는 "新民會 일로 욱적욱적하든 판에 서울 남대문안 엇든 여관에서 미목이 수려하고 언해가 명쾌한" "호남자"를 만났다고 하였으니, 이는 신민회 사건 직후 3개월여의 옥고를 치르며 비밀리에 망명을 준비하던 안창호와 이광수 자신의 비밀스러운 만남을 드러낸 것이다. 이 글의 앞뒤에 이른바 '중략'이 넘쳐나는 것은 이 시기의 이광수가 이미 안창호 계열의 독립운동 조직과 모종의 관계를 맺고 있었음을 시사한다. 새로운 길을 갈구하는 자는 자신을 이끌어줄 사상을 찾게 마련이고 그때

---

317) 이광수, 『나의 고백』, 『이광수 전집』 13, 삼중당, 1962, 192~193쪽.

318) 정주아, 「순교자 상의 형성과 수용」, 『한국어문교육연구회』 38권 3호, 2010.9, 360~362쪽, 참조.

목마른 젊은이 이광수는 자신보다 멀리 나아가 공부하고도 드높은 이상을 잃지 않은 선각자의 인격과 이상에 감화될 수 있었을 것이다.

이상에서와 같은 논의들은 모두 『무정』에 나타난 '정'론은 후대에 발표된 안창호의 '무정·유정'론에 연결할 수 있음을 보이기 위한 것이다. 따라서 이광수의 『무정』의 '정'론은 여기서 다시 안창호 사상에 나타나는 '정'의 이해의 문제로 한 번 더 소급될 필요가 있다.

이에 중요하게 부각될 수 있는 것은 안창호에 있어 유학 사상과 기독교 신앙의 관계 맥락이다. 이와 관련하여 중요하게 다루어져야 할 것이 안창호의 이른바 '정의돈수(情誼敦修)' 사상이다. 안창호는 '무정·유정'의 문제를 "조선 민족의 사활에 관련되는 문제"로 보았고, "무정한 조선의 사회를 유정하게 만들어 무정으로 꺽굴어진 조선을 유정으로 다시 일으키자"고 하면서, "情誼敦修"의 의미를 다음과 같이 설파한다.

> 情誼는 친애와 동정의 결합이외다. 친애라 함은 어머니가 아들을 보고 귀여워서 정으로써 사랑함이요 동정이라 함은 어머니가 아들의 당하는 苦와 樂을 자기가 당하는 것 가티 녀김이외다. 그리고 敦修라 함은 잇는 情誼를 더 커지게 더 만하지게 더 두터워지게 한다 함이외다. 그러면 다시 말하면 친애하고 동정하는 것을 공부하고 연습하여 이것이 잘 되어지도록 노력하자 함이외다.[319]

위의 인용 문장들은 유학적 논리와 기독교 신앙이 새로운 사상으로 융합되는 사례를 잘 보여준다. 안창호는 일찍부터 한학을 몸에 익힌 후, 서울에 올라와 구세학당에 다니며 기독교 교육을 받아들인 사람이었다.

319) 섬메, 「무정한 사회와 유정한 사회—情誼敦修의 의의와 요소」, 『동광』 2, 1926.6, 29쪽.

1878년 11월 9일 평양성 밖 봉상도(도롱섬)에서 출생한 그는 7세에서 8세 때는 국수당에서 천자문을 배웠고, 9세에서 13세까지는 노남리에서, 14세에서 15세까지는 심정리에서 서당에 다녔다.[320] 주요한의 『안도산 전서』에 따르면 안창호가 심정리에서 한문을 수학한 것은 16세 무렵까지다.[321] 1895년 서울에 올라온 안창호는 언더우드와 밀러가 운영하던 구세학당에 다니며 기독교를 받아들이게 된다.

한 논문은 안창호의 사상적 연원을 셋으로 나누어 설명한다. 유교적 연원, 기독교 및 서구 견문의 영향, 사회 진화론의 영향 등이 그것이다.[322] 이러한 분류법을 받아들인다면 안창호는 전통적인 유학 사상의 덕목들을 기독교 교리와 결합시키면서 당대의 유행 사조이던 사회 진화론적 사유를 탈맥락화 하는 독특한 전유의 방식으로 자신만의 사상을 창안, 개진한 것이다.

이러한 안창호의 사상적 면모를 염두에 두고 "情誼敦修"를 새롭게 보면 이는 유학적 맥락에서의 "정의"를 기독교에서의 어머니의 사랑, 더 나아가 예수의 죽음을 슬퍼한 성모 마리아의 사랑에 연결 지어 말한 것이라 할 수 있다.

위의 인용문에서 안창호는 "情誼는 친애와 동정의 결합"물이라며, "친애라 함은 어머니가 아들을 보고 귀여워서 정으로써 사랑함이요 동정이라 함은 어머니가 아들의 당하는 苦와 樂을 자기가 당하는 것 가티 녀김"이라

320) 이태복, 『도산 안창호 평전』, 동녘, 2006, 27쪽.

321) 주요한, 『안도산 전서』, 삼중당, 1971, 14~15쪽. 이와 관련된 논문에서의 논의로는 황수영, 「도산 안창호 사상의 유학적 연원과 체계」, 『한국사상과 문화』 88, 2017, 289쪽, 참조. "도산은 7~8살까지 가정에서 한문공부를 하였고, 9살에서 14살까지는 같은 고을 남부산면 노남리에서 한문서당을 다니기도 했다. 14살에서 16살까지 잠시 강서군 심정리에서 살았는데, 이 때 김현진에게서 유학을 배우고 서너 살 위인 필대은과 함께 동문수학하였다. 필대은은 황해도 안악인으로 한문을 잘 하였고, 고서적과 중국서적을 많이 읽어 해박한 인물이었다. 그는 철저한 민족주의자로 당시의 신사조에 정통하였으므로 도산에게 많은 영향을 미친 것으로 보인다."

322) 황수영, 「도산 안창호 사상의 유학적 연원과 체계」, 『한국사상과 문화』 88, 2017, 참조.

하는데, 여기서 "정의"는 이탈리아 말 피에타, 즉 '경건한 동정'의 의미를 띠면서 기독교적인 의미로 채색되어 있다.[323]

"情誼"라는 말의 연원을 조금 더 구체적으로 살펴보면 사서오경 등 경서에는 등장하지 않고 경서들에 대한 주석서에 일부 등장할 뿐이다. 청대에 와서 강희제의 경서 주석에 수 회 등장한다. 유학 경전 연구자인 송명호에 따르면 情誼라는 글자는 중국의 경사자집(經史子集)에 등장하지 않는다. 한말까지의 주요 문헌에도 나타나지 않는다. 『논어』, 『맹자』, 『상서』, 『모시』, 『역』, 『의례』, 『주례』, 『예기』, 『공양전』, 『곡량전』, 『좌전』, 『여씨 춘추』, 『묵자』, 『도덕경』, 『순자』, 『장자』, 『한비자』, 『管子』, 『淮南子』, 『사기』, 『戰國策』 등 200만여 자에도 나오지 않는다. 송 대의 韋驤(1033~1105) 『전당집(錢塘集)』에 칠언시로 처음 나오지만 출현 빈도가 아예 드물다. 위양이 시를 쓰다가 글자를 짜 맞춘 것으로 추측된다. 주희(朱熹, 1130~1200)가 문도인 듯한 유덕수(劉德修)에게 보낸 글에 情誼란 글자가 딱 한 번 등장한다. 주희는 이 글자를 다시는 사용하지 않는다. 또 명대에 몇 번 등장하지만 언급할 만한 게 되지 못한다. 청대에 이르러 비로소 강희제의 경서 주석에 수 회 등장한다. 강희제의 경연록에 『논어』 「태백」의 아래 구문에 주석을 달면서 情誼라는 글자가 나타난다.

---

323) 여기서 잠시 이야기를 돌려 보면, 영화 『피에타』(2012)는 자본주의 체제로 상징되는 철공장 지대에서 살아가는 남자 주인공 강도(이정진 분)는 어느 날 자신을 엄마라고 소개하면서 다가오는 여성(조민수)을 점차 진짜 어머니라 믿게 된다. 엄마는 강도로 하여금 혈육을 나눈 엄마가 죽는 '체험'을 통해 자신의 죄를 깨달을 수 있도록 그가 보는 앞에서 건물에서 뛰어내리는 극단적 선택을 행한다. 이 영화는 알레고리적 의미망을 가진 작품으로, 철공장 지대는 금전이 지배하는 현대자본주의 세계를 가리키며, 이 버림받은 세계를 구원할 수 있는 것은 오로지 자식을 잃은 어머니의 지극한 슬픔 같은 사랑뿐임을 이야기하고자 한다. 이러한 해석의 연장선상에서 저 구한말 일제 강점기의 안창호에 있어 강도 같은 일제 지배하의 환금적 세계를 구원할 수 있는 길은 오로지 어머니의 사랑 같은 "정의"를 "돈수"함으로써 "유정한 사회"를 이루는 데 있다고 생각했던 것이라 할 수 있다.

◐ 子曰, "恭而無禮則勞, 愼而無禮則葸, 勇而無禮則亂, 直而無禮則絞. 君子篤於親, 則民興於仁, 故舊不遺, 則民不偸."

◐ 孔子又曰化民成俗 必有所本 在上之擧動卽下民之則效也 如有位之君子於一本九族 因情誼之當然而敦篤之 此上之自盡其仁也 彼下民貴賤雖殊 要莫不有其親 亦必孝於父母 睦於宗族 各親其親而興起於仁矣[324]

송명호에 따르면 안창호가 이렇게 논례를 찾기 어려운 "情誼"라는 글자를 사용하여 자신의 사상을 개진한 것은 그가 주희의 『논어집주』를 넘어서 강희제의 경연록 『日講四書解義』를 참고할 정도로 한문학 지식이 깊었음을 방증한다.[325]

이렇게 안창호의 "情誼敦修"에서 『무정』의 "무정"과 "유정"에 대한 해석의 실마리를 찾을 수 있음은 이 소설에 나타나는 '정'에 관한 논의를 서양의 현대적 '지·정·의' 삼분법에서 다시 소환하여 동양적인 '정'론에 입각해

324) 강희제, 『日講四書解義』 卷6, 「論語 述而」. 위 인용문에 대한 송명호의 번역은 다음과 같다. "자왈, 공손하되 예의가 없으면 헛수고를 가져오며, 지나치게 신중하면서 예의가 없으면 주변 사람들이 두려워하고, 용감하면서 예의가 없으면 사태를 혼란스럽게 한다. 지나치게 정직하면서 예의가 없으면(융통성이 없으면) 사람들이나 상황을 졸라매게 한다. 군자가 부모님을 잘 모시면 백성들이 올바름을 높이는(仁) 기풍을 일으키고, 옛 친구를 버리지 않으면 백성들의 덕풍도 두터워진다." 또한 주석 부분의 번역은 다음과 같다. "공자께서 또 말씀하시길, 백성을 교화하여서 좋은 풍속을 이루는 데에는 윗자리에 있는 사람의 행동거지가 아래 백성들에게 본받음이 되는 데에 있다. 군자가 관직에 있다면 정의(情誼)의 당연함으로서 그들을 돈독케 해야 한다. 이들 위에 있는 자들이 스스로 자신의 仁을 다해야 한다. 아래의 백성들이 귀천은 비록 다를지라도 '자신의 어버이가 있지 않음이 없으니, 반드시 부모에게 효도하고 종족에게 화목하여 각자가 자신의 親(겨레붙이)를 親히 하게 되면 仁의 기풍이 일어나게 되도록' 해야 한다.

325) 참고로 데이터베이스화 한 『조선왕조실록』 원문에는 "情誼"라는 말이 선조 1회, 숙종 2회, 경종 1회, 영조 3회, 정조 3회, 순조 2회, 고종 3회, 순종 1회 등 모두 열여섯 차례 등장할 뿐이므로 비교적 근세에 들어 정립된 말임을 알 수 있고, 『승정원 일기』에도 189회가 등장하지만 모두 숙종 이후에 나타나고 영·정조 연간에 그 사용례가 집중되어 있다.

볼 것을, 또 동시에 유교적인 의미에서의 '정'과 기독교적인 의미에서의 "친애"와 "동정"이 하나로 결합하는 '비약' 또는 '창안'에 관심을 기울일 것을 요청한다.[326)]

3. 안창호의 이상촌 건설 계획과 이광수의 체험
—도산 · 남강 · 춘원의 계보학

이광수는 1930년대 중반 경에 쓴 하나의 글에서 안창호의 이상촌에 관한 이해를 드러내고 있다. 그에 따르면 이 모범 부락의 창안은 안창호가 생각한 '민족개조'와 밀접한 관련을 맺고 있다.

> 民族改造의 실행 방법으로 가장 有效한 것은 模範部落의 창립이라는 것이 安島山의 생각인 모양입니다. 개인의 內的 改造運動의 결과는 模範部落에서 구체적 실현을 볼 것입니다. 더욱이 사람의 생활은 共同的이어서 一個人을 共同體에 따로 떼어서 완성할 수는 없는 것입니다.
>
> 安島山의 意向에는 우리네 중에서 新生活을 원하는 무리가 특정한 一地點에 모혀서 朝鮮이 높은 문화의 사회가 되자면 各部落이 이만은 해야겟다하는 程度의 문화적 조직과 시설과 정신을 가진 部落

326) 『무정』에 나타난 '정'의 의미를 유학적인 전통과 관련하여 논의한 논문으로는 정병설, 「『무정』의 근대성과 정욕」, 『한국문화』 54, 2011 참조. 필자는 정병설의 연구를 일부 수용하여 『무정』의 '정'을 두 개의 정, 즉 칸트적인 삼분법 체계 속의 '정'과 사단칠정론의 맥락에 서는 '정'의 의미가 복합적으로 작용하고 있는 것으로 파악하고자 했다.(방민호, 「「문학이란 하오」와 『무정』, 그 논리구조와 한국문학의 근대 이행」, 『춘원연구학보』 5, 2012, 245~247쪽, 참조.)

을 건설하자는 것인데 島山의 이 案은 空想的인 超人間的인 理想鄕의 實現에 잇는 것이 아니라, 朝鮮의 現在情勢와 將來展望에 적합할 실제적인 理想部落을 세워서 部落自體로는 新實驗의 경험을 얻고 밖에 대하야서는 넓히 實物模範을 주자는 것입니다.

이 模範部落은 職業學校를 포함하야 그 속에서 직업교육을 施하야 一人一業으로 熟鍊한 직업기술을 가진 사람을 양성하는 동시에 그들로 하여금 각각 자기가 定住한 部落改造의 使徒가 될 정신과 기술을 주자는 것입니다.

島山의 이 「模範村」案은 民族改造運動에 가장 實際的이오 有效한 방법이라고 믿습니다.[327]

위에서 이광수는 안창호의 "모범부락" 건설에 관한 생각을 논의에 올린다. 그에 따르면 안창호는 "신생활을 원하는 무리가 특정한 일 지점에 모혀서 조선이 높은 문화의 사회가 되자면 각 부락이 이만은 해야겠다 하는 정도의 문화적 조직과 시설과 정신을 가진 부락을 건설하자"라는 사고를 가지고 있다. 이광수 자신은 이 "공동체" 건설이야말로 "민족개조운동"의 "가장 실제적"이자 "유효한" "방법"이라고 믿고 있다. 높은 수준의 "조직과 시설과 정신을 가진 부락"들의 집합 속에서 조선 민족이 새롭게 사는 길을 찾은 이광수의 생각은 그의 장편소설 『흙』에 나타나는 '살여울'의 형상을 안창호의 이상촌에 대한 사유로 소급해 보게 한다.

구한말 일제 강점기의 이상촌 건설운동은 신민회의 이상촌 또는 모범촌 건설 운동으로 소급된다. "신민회 회원들은 철도가 가까운 곳이나 기선이 드나드는 해변에 촌락을 정해서 가옥과 도로를 부설하고 농산물을 재배

327) 이광수, 「民族에 關한 몟가지 생각」, 『삼천리』 7권 9호, 1935.10, 63쪽.

하며, 문명한 촌락을 설립"[328]하고자 했는데, 이는 곧 안창호의 새로운 공동체 건설론에 입각한 것이다.

안창호가 구상한 이상촌은 그가 미주에 머무르던 시대부터 배태, 성숙되어 온 것으로, ① 첫 구국사업으로서의 국내의 모범촌 건립운동(1907~1910) ② 중국대륙을 중심으로 한 재외 韓族의 생활 근거지 및 독립운동 기지 설치운동(1910~1932) ③ 국내에서의 이상촌 건립운동(1935~1937) 등에 걸쳐 전개되었지만,[329] 다음의 세 가지 사항, 즉 "① 재외동포의 반항구적 생활 근거지, ② 독립운동의 실력 양성 기지, ③ 이상적인 농촌으로서의 지역 공동체"[330] 등의 공통적 특질을 지니고 있었다.

이와 같은 논의에서 저자는, 이상촌의 기능은 그것이 국외일 경우와 국내일 경우에 각각 다른 성격으로 나타난다면서, 해외에서의 계획은 주로 앞

---

328) 이순신, 「도산 안창호의 이상촌 운동에 관한 연구」, 『도산사상연구』 1, 1986, 122~13쪽.

329) 이순형, 「도산 안창호의 이상촌 건설운동」, 『도산사상연구』 1, 1986, 참조. 다른 논문에 따르면 안창호의 이상촌 건설론은 1910년대부터 1920년대에 집중되어 전개된 것으로 이해된다. 그 첫 단계에 해당하는 1900~1910년대의 이상촌 건설운동은 안창호의 미주 공립협회와 신민회를 중심으로 주로 만주와 러시아 등지에 독립운동 기지 역할을 할 정착촌을 건설하자는 내용을 담고 있었으며, 이는 대상 지역을 선정하고 자금을 모아 조선인을 국내로부터 집단적으로 이주시켜 새로운 한인촌을 건설, 토지를 개간, 경영하여 경제적 자립을 달성하고 자치 행정을 실현하고, 학교와 교회 등 문화시설을 설치하고 무관학교를 설치하여 독립군을 창설한다는 내용을 담고 있었다. 이러한 구상은 신민회의 망명 인사들이 집결한 1910년 7월의 '칭타오(靑島) 회담' 및 블라디보스톡 등에서의 논의들을 거쳐 우여곡절 끝에 북만주와 러시아 국경 지대인 '봉밀산'을 중심으로 정착촌을 건설하는 것으로 귀결된다. 두 번째 단계의 1920년대 초의 이상촌 건설운동은 1920년 상해에서 열린 흥사단 제7회 원동대회를 계기로 이루어진다. 안창호는 임시정부를 안정화시킬 수 있는 방책으로서 집단농장에 기반을 두면서 납세, 군역 등의 의무를 가진 새로운 이상촌을 건설하고자 했다. 세 번째 시기인 1920년대 중반을 전후로 하여 안창호의 이상촌 건설 운동은 그 대상 지역이 매우 넓어져 산해관을 위시하여, 남경, 북경, 천진, 만주 등 중국의 남북지방 각지를 답사하고, 남경과 진강 사이의 하촉 일대를 적절한 대상지로 보는가 하면 남양과 광동, 필리핀, 보르네오, 싱가폴, 자바까지 흥사단원들을 파견하기도 했고, 내몽고 지역까지 관심 대상으로 삼기도 하였다. 이러한 노력은 모두 임시정부를 위한 공동체적 기반으로서 국민개병, 국민개업, 국민개납 등이 가능한 촌락을 건설하고자 한 시도였다.—이순신, 앞의 논문, 144~153쪽, 참조.

330) 이순형, 앞의 논문, 165쪽.

의 두 개 항목에 치중한 반면 국내에서의 계획은 "근대적인 농업경영을 중심으로 하는 사회 혹 기능이 고루 조화된 모범 농촌의 전형을 이상으로 한 것"[331]이었다고 평가한다. 이 논문은 안창호의 이상촌 계획을 새마을운동에 연결시키려는 의도를 가진 까닭에 안창호의 농촌 공동체를 "근대적인" 것으로 간주하고자 하며, 같은 맥락에서, 특히 송태산장 시절을 중심으로 한 세 번째 시기의 이상촌 건설 운동에 대해 "이 모범 농촌 운동은 보다 합리적인 경제생활을 추구하는 형태의 것으로서, 미적, 합리적 구조를 갖춘 농가 주택과 상하수도 등을 갖춘 근대적 도로, 농산물 가공과 판매 처리를 위한 가공 조합, 협동조합, 그 외에 금융기관, 또 농업학교 등의 교육기관을 거느린 근대화된 농촌사회를 지향하려던 것이었다"[332]라고 평가한다.

곽임대에 의해 회상된 안창호의 첫 번째 시절의 이상촌 건설운동에 대하여 이 논문은 다음과 같이 설명한다.

> 그 위치는 우선 교통이 편한 곳으로 철로 근방이거나 해상교통이 편리한 지역을 선정하여 새로운 형태의 농촌 주택과 도로 등을 만들어 위생적, 문화적인 부락 환경을 갖추고, 협동에 의한 근대적 농촌사회를 건설함으로써 보다 잘 사는 문명한 농촌을 만들려는 구상이었다. 공동의 우마 보관소와 농기구 수리소, 공동 욕장, 소비조합 등을 세워 협동 생활의 형태를 실현하고 도서실, 오락실, 학교, 병원들을 무료로 시설하여 농민들의 농산물 수확에서 그 1/10을 운영비에 충당하도록 하였다. 10~20년 후에는 각각 자기 소유의 농토를 가지고 경제적 문화적으로 윤택한 생활을 누리도록 그 표본을

331) 위의 논문, 같은 쪽.

332) 위의 논문, 166쪽.

만들어 전국에 확대시키려 하였다.

이러한 그의 구상에 따라 동지 중에 김필순, 곽임대 등이 호응하였고, 특히 김홍량은 황해도 봉산군 누루지(유동)에 토지를 매입하여 이를 추진하였다. 김은 1910년 이태건 등과 양산 소학교의 경영 경험을 토대로 모범적인 중학교를 설립하고 그 주위에 모범 농촌을 세우기로 계획, 최명식을 서간도로 파견하여 농장경영 가능성을 타진하기도 하고 안동현에 무역회사를 설립할 계획까지 하여 진행중이었다. 그러나 당시에 데라우치 총독의 암살 혐의로 인한 안명근 사건으로 이 계획은 실패하고 말았다.[333]

위에서 볼 수 있듯이 안창호의 국내 이상촌 건설 구상은 "표본" 또는 '모범'을 통하여 그 의의를 전국적으로 확산시키고자 하는 방략을 취하고 있었다.

이와 관련하여 『안도산 전서』에 나타나는 이광수의 안악 체험은 중시될 만하다. 안악면학회를 중심으로 한 신민회 황해도 지부의 활동을 통하여 이광수는 이상촌 건설 운동의 실제를 메이지중학 학생 시절부터 생생하게 접하였을 가능성이 크기 때문이다.

을사보호조약 반대 대회에 참석하기 위하여 신민회원인 김구가 장연으로부터 상경하던 기회에 안악에 들러 예배당에서 반일 연설을 한 일이 있다. 이때 안악에는 김용제, 최명식 두 청년이 평양에 가서 도산의 쾌재정 연설을 듣고 애국운동에 뜻을 두게 되었던 중, 중화 사람으로 평양 숭실학교 제일회 졸업생인 최광옥이라는 이십여

333) 위의 논문, 167쪽.

세 청년이 일본 유학을 갔다가 병을 얻어 안악 연등사에 와서 휴양하는 기회에 서로 만나게 되었다. 김용제의 오촌 조카가 김홍량이요, 그는 일본 유학시에 최광옥과 알게 되었으므로 연등사에 와서 요양하도록 주선한 것이다. 세 사람의 의사가 합치되어 면학회를 조직하기로 하여 동지를 구하고 서울의 자강회 규칙과 윤치호 저술인 『의회 통용 규칙』 등을 참고하여 회를 만드니, 1906년의 일이요, 회의 목적은 자강회와 같은 민지 계발, 산업 증진, 교육 장려요, 특히 김용제의 제안으로 농·공의 장려를 삽입하였다.

……(중략)……

면학회가 기금을 세워 삼백원으로 면학서포를 세우고, 최광옥의 『대한문전』이 여기서 출판되었다. 다음에는 최광옥의 제의로 사범 강습소를 두기로 하여 김용제, 최명식 등 유지들이 경영하는 양산 소학교의 하기 방학을 이용하여 개강하였는데, 김구가 책임자가 되고, 강사 중에는 최광옥, 최명식 외에 당시 십칠 세의 소년 이보경(李寶鏡), 즉 후일의 문호 춘원 이광수도 있었다. (그는 일본 유학 중 유학생 야구단이 방학에 본국으로 원정 오는 데 따라 왔다가 안악서 떨어져 강사가 된 것이다.) 이 하기 사범 강습소는 세 번 개최되었는데, 3회에는 황·평 양도에서 교육에 종사하는 인사 칠백여 명이 수강하였고, 이로 인하여 황해도 안에 신교육열이 진흥되어, 서당이 학교로 변하였고, 재산가들이 학교에 돈을 기부하고 자제를 일본으로 유학시키게 되었다. 또 면학회 주최로 춘계 연합 운동대회를 해마다 열었는데, 특색은 운동 구경 온 군중을 향하여 계몽 연설을 하는 것이었다.

……(중략)……

김성무는 미국서 도산의 뜻을 받아 만주에 토지를 사서 모범 농촌을 건설할 계획을 가지고 만주로 가는 길에 안악에 들렀다고 전한다. 제2회 하기 강습회 때에 김구의 발기로 강습원 전원이 머리를 깎았다고 전한다.

……(중략)……

일본서 돌아온 김홍량의 발기로 양산 학교를 중학교로 승격하기로 하여, 그 조부 김효영이 삼천 원의 기금을 내고 유지들의 찬동으로 약 삼만 원을 수집하여 삼십 명의 학생으로 개교하였으나, 안악 사건으로 김홍량 이하가 체포되므로 폐쇄되었던 것이다. 이처럼 하여 안악은 면학회, 양산학교, 면학서포 등을 중심으로 하여 당시 황해도의 교육과 문화운동, 민족운동의 중심지가 되어 작은 평양의 모습을 보이고 있었으므로, 합병 직후 일본 경찰이 이곳을 주목한 것은 당연한 일이었다.

1910년에 김홍량은 이태건, 이승준, 정달하, 전봉훈 등과 결의하고 각자의 전재산을 합동하여 봉산군 누르지(유동)에 모범적 중학교를 세우고 그 주위에 모범 농촌을 세우기로 하였던 바, 합병으로 인하여 좌절되었고, 최명식을 서간도로 파견하여 농장경영 가능성을 시찰한 결과 그것이 유리하지 못하다는 결론을 얻고, 안동현에 무역회사를 설립할 계획을 하여 진행 중이다가 안악 사건으로 하여 동지들이 투옥되므로 실현을 못 보았거니와, 최명식의 만주 시찰을 일본 관헌은 안명근의 무관학교 설립 계획과 결부시켜 사건을 확대, 날조하게 된 것이다.[334]

집필 당시 아직 출판되지 않은 원고 상태의 『최명식 약전』의 기록에 기

334) 주요한, 『안도산 전서』 재판본, 삼중당, 1971, 156~158쪽.

대어 서술된 『안도산 전서』의 위 내용은 이광수의 안악에서의 신민회 활동 체험을 잘 보여준다. 연대 등의 사실 확인이 필요한 위의 글에서 이광수는 메이지중학 학생으로서 신민회에 연결된 안악의 강습소 강사로 일하고 있으며 이는 안창호의 이상촌 건설 구상의 일환으로 '굴러가는' 큰 수레바퀴의 일부분이었다.

김홍량은 이광수가 『나의 고백』에서 다음과 같이 소개하고 있다. "나의 중학교 일년 선배로 와세다대학에 다니던 김홍량이 유 참령과 함께 동경을 떠났다. 김홍량이 학교를 내버리고 귀국한다는 데는 무슨 뜻이 없을 수 없다고 나는 그들을 전송하는 신바시역에서 어마어마한 일을 상상하였다. 나중에 알고 보니, 두 사람은 신민회의 한 사업으로 만주에 무관학교를 세우려고 유 참령이 김홍량을 데리고 간 것이었다. 김홍량은 황해도의 부호로서 이 일을 위하여 김씨 대소가의 전 재산을 털어 바칠 결심을 하고 동경을 떠나서 귀국한 것이었다."[335] 중학 선배라는 점, 나중에 이광수도 공부하게 될 와세다대학생이라는 점에서 김홍량은 소년 이광수의 심중에 적지 않은 인상을 남겼을 것이다. 이광수의 신민회 계열 안악면학회 관계는 이 김홍량을 매개로 한 것임에 다름 아닐 것이다.

한편, 윤홍로의 「춘원의 용동 체험과 글짓기 과정」(『춘원연구학보』 3, 2010)은 이광수 장편소설 『흙』의 원천을 남강 이승훈의 오산학교를 중심으로 한 용동 체험에서 찾는 탁견을 보여준다. 그는 다음과 같이 논의한다.

"춘원이 『흙』을 쓰기까지는 서사적 논설체로 쓴 「농촌계발 의견」→농촌 체험 보고와 실증적인 전망을 기록한 「용동」→논설 형식에서 소설 형식으로 이행하는 반소설태로 쓴 「농촌계발」의 글쓰기 단계를 거쳐 비로소 민족 계몽적 사실적인 소설 『흙』으로 발전한다. 그런 과정을 살피면

335) 이광수, 『나의 고백』, 『이광수 전집』 13, 삼중당, 1962, 192쪽.

『흙』의 '살여울'의 피사체는 춘원이 오산 시절 농촌 계몽을 체험한 용동으로 추정된다. 춘원은 용동 체험을 원인상으로 각인된 이데올로기소를 치따, 동경, 서울에서 여러 장르의 글짓기로 변형하면서 소설로의 길을 찾는다. 용동 이데올로기 소는 신민회 운동의 애국계몽운동과 교육구국운동 사상의 물줄기를 원천으로 한다. 개화기 국권해방 운동의 민족주의 사상과 사회진화론과 개신교의 적극적이고 긍정적인 개혁사상(될 수 있소, 잘 될 수 있소:「용동」)을 융합한 무실역행 사상을 발판으로 한 신민회의 구체적 실천 작업 중의 하나가 용동 농촌 계몽 새마을 사업이다."[336]

「용동」 및 「농촌계발」 텍스트에 더하여 「농촌계발 의견」(『대한인정교보』 9, 1914.3), 「모범촌」(『대한인정교보』 11, 1914.6) 등을 더하여 정밀하게 계보화 한 윤홍로의 논의는 『흙』의 탄생사를 아주 잘 보여준다. 확실히, 「용동」은, "평안북도 정주군에 용동이라는 동네가 잇다."[337], "한번은 그가(이참봉-필자) 평양을 갓다가 엇던 학교 개학식에서 당시 엇던 명사의 연설을 듯고 감동되어 당장 머리를 싹고 새로은 희망과 새로은 결심으로 집에 돌아왓다."[338]라는 대목 등에서 남강 이승훈의 존재를 직접적으로 드러내고 있다.

반면, 「농촌계발」에 나타나는 '김촌' 또한 용동을 '피사체'로 파악한 것은 단순하지만은 않다. "동경 유학생 김일이라는 청년 판사가 영달을 버리고 김촌이라는 농촌 마을로 들어가서 농촌 지도자가 되어 농촌계발운동을 한다"는 내용을 담고 있는 이 글은, 용동 오산학교의 남강 이승훈과 더불어 소년 이광수가 체험한 황해도 안악의 도쿄 유학생 김홍량의 존재를 시사하고도 있다. 이와 관련해서는 보다 정밀한 검토가 필요하지만, 특히

---

336) 윤홍로, 「춘원의 용동 체험과 글짓기 과정」, 『춘원연구학보』 3, 2010, 10쪽.

337) 제석산인(흰옷), 「용동」, 『학지광』 8, 1916.3, 39쪽.

338) 위의 글, 40쪽.

"김일 군은 다년 동경에 유학ᄒᆞ야 법률을 연구ᄒᆞ고 본국에 도라와 모 지방 재판소에 판사로 영문이 잇떠니, 태연히 조선 문명의 근본이 농촌계발에 잇슴을 ᄭᆡ닷고 단연히 직을 사ᄒᆞ고 고향에 도라왓소."[339]라는 문장은 오산학교의 이승훈과는 다른 모델을 상정하고 있음을 시사한다.

「용동」 및 「농촌계발」 두 텍스트는 그러므로 메이지중학생 시절 경험한 안악 공동체와 중학을 졸업하고 오산학교 교사로 나아갔던 시절의 용동 공동체 체험을 고루 바탕 삼아 도산 안창호의 이상촌 구상을 '서사적 논설' 형태로 그려낸 것이다. 남강 이승훈이 안창호의, 쾌재정 연설로 대표되는 감동적인 언설에 감동되어 고향 용동에 오산학교를 세우고 공동체를 건설해 나간 것처럼,[340] 김홍량은 나중에는 노골적인 대일협력으로 나아가게 되지만 1910년 전후에는 신민회의 유력한 회원으로 안악, 사리원을 중심으로 이상촌 건설과 교육 사업에 매진했고, 이광수는 이 두 사례를 함께 경험한다.

흰옷, 제석산인 필명으로 쓴 이광수의 「용동」은 남강 이승훈에 의해 주도된 용동을, 「농촌계발」에 나타나는 "향양리"[341] 즉 '김촌'은 김홍량에 의해 주도된 안악 '누루지' 유동(楡洞)을 가리키고 있었던 것이라 추정될 수 있다. 물론 그렇다 해도 이광수가 오산학교의 이승훈에게서 받은 강렬한 인상과 용동촌 체험의 깊이를 단순하게 볼 수만은 없다.

---

339) 춘원생, 「농촌계발」, 『매일신보』, 1916.12.1.

340) 이 과정에 대한 자세한 기술은 김기석, 『남강 이승훈』, 세운문화사, 1970, 63~70쪽 및 77~92쪽, 참조. 이승훈과 안창호의 만남과 관계에 대한 또 다른 자료로는 한규무, 「도산 안창호와 남강 이승훈」, 『도산학 연구』, 13, 2010, 참조. 이 논문은 안창호 후원자인 오희원, 오치은의 존재를 매개로 한 안창호와 이승훈의 관계 양상을 자세히 살피고 있다.

341) 춘원생, 「농촌계발」, 『매일신보』, 1916.11.28.

4. 「용동」 및 「농촌계발」, 『허생전』에 나타난 문명의 의미

도산 안창호가 추구한 "정의돈수"에 입각한 이상촌 건설론의 이념적 성격에 대한 논의는 이광수의 이념적 경향에 대한 분석이나 평가와 관련하여 중요한 의미를 띤다. 현재 '통용되는' 이광수 문학에 대한 진단 가운데 하나는, 이광수가 당대의 우승열패의 사회진화론에 깊은 영향을 근대주의자였다는 것이며, 이것이 『무정』(『매일신보』, 1917.1.1~6.14)에서 「민족개조론」(『개벽』, 1922.5)을 지나 일제 말기의 대일협력으로 나아가는 사상사적 과정에서 결정적인 요인으로 작용하고 있다는 것이다. 앞에서 언급한 김효진과 김영민의 「용동」, 「농촌계발」, 『무정』에 관한 논의도 이와 같은 맥락에 위치한다.

앞에서 필자가 논의한 안창호의 "정의돈수"는 유학에서의 '정'의 개념을 기독교에서의 '피에타'와 결합시켜 "유정한 사회"라는 사회적 이상을 제안한 것인데, 그렇다면 이를 이광수 문학에 대한 평가의 견지에서 근대주의적 사유라고 논단할 수 있을까?

이 문제를 논의하기 전에 먼저 두 개의 텍스트를 비교해 볼 필요가 있다. 섬메의 「무정한 사회와 유정한 사회」와 이광수의 「농촌계발」은 서로 흡사한 개념들을 통하여 논리 구사를 행하는 텍스트들이다.

(가)

인류 중 불행하고 불상한 자 중에 가장 불행하고 불상한 자는 無情한 사회에 사는 사람이요 다행하고 복잇는 자 중에 가장 다행하고 복잇는 자는 有情한 사회에 사는 사람이외다. 사회에 情誼가 잇스면 和氣가 잇고 和氣가 잇스면 흥미가 잇고 흥미가 잇스면 활동과 용기가 잇슴니다.

有情한 사회는 태양과 雨露를 밧는 것갓고 화원에 잇는 것 가태서 거긔는 고통이 업슬뿐더러 만사가 振興합니다. 흥미가 잇스므로 용기가 나고 발전이 잇스며 안락의 자료가 니러남니다.

이에 반하여 無情한 사회는 큰 가시밧과 가타여 사방에 괴로움뿐이므로 사람은 사회를 미워하게 됩니다. 또 譬하면 음랭한 바람과 가타서 공포와 우수만 잇고 흥미가 업스매 그 결과는 수축될 뿐이요 厭世와 無勇과 불활발이 잇슬 따름이며 사회는 사람의 원수가 되니 이는 사람에게 직접 고통을 줄 뿐 아니라 딸아서 모든 일이 안됩니다.[342]

(나)

통틀어 말ᄒᆞ면 밥이 업고 교육이 업고 종교적 신앙이 업슴이 우리 농촌의 결점이외다. 우리 농촌에ᄂᆞᆫ 쟈미가 업습니다. 깃븜이 업습니다. 바람이 업습니다. 화목이 업고 想愛, 相敬, 相依, 相救가 업고, 瑞氣가 업습니다. 온통 살벌이요, 퇴폐요, 증오요, 건조요, 불결이요, 궁상이요, 망ᄒᆞ여 가ᄂᆞᆫ 상이요, 죽어가ᄂᆞᆫ 상이외다. 城과 公廨ᄭᆞ지 씨그러져 가ᄂᆞᆫ 것이 망국의 象을 表함과 가치 담과 집이 씨그러지고, 도로가 문허지고 사람의 얼골에 음침ᄒᆞᆫ 기운이 浮動함이 亡村之象이라 하오.[343]

(나)의 「농촌계발」의 인용문 뒤에는 "아모러나 이러ᄒᆞ던 촌중을 십 년

342) 섬메, 「무정한 사회와 유정한 사회—情誼敦修의 의의와 요소」, 『동광』 창간호, 1926.1, 29~30쪽.

343) 춘원생, 「농촌계발」, 『매일신보』, 1916.11.30.

기약을 ᄒᆞ고 부ᄒᆞ고 문명ᄒᆞᆫ 촌을 만들려 ᄒᆞ니, 그 고심과 노력은 여간이 아닐 것이외다. 이제 여러 독자로 더불어 엇던 촌의 개량담을 경청합시다."[344] 라는 문장이 덧붙여져 있는데, 이는 이광수가 안창호의 '무정·유정'론을 '문명'론 쪽으로 구부리는 뜻을 함축한다.

작중의 김 군은 사람들에게 "이것은 영국이라는 나라의 촌이요.", "이것은 미국 대농장의 광경이외다."라고 하면서 서양 사회를 이상적 사회로 제시하는데, 섬메의 글에서 이에 해당하는 부분을 살펴보면 그 뜻이 단순히 서양 문명의 물질적 힘을 찬미하는데 있지만은 않다.

> 이제 한 번 눈을 돌려 다정한 남의 사회를 봅시다. 그들의 가정에서는 …… (중략) …… 이리하여 어렷슬 적부터 공포심이 조곰도 업시 和氣 중에서 자람니다. …… (중략) …… 학교 뿐 아니라 船車속에서도 집회석에서도 和氣가 잇습니다. …… (중략) ……
>
> 그네들은 情誼를 밥과 옷 이상으로 녀김니다. 상인이나 학생이나 심지어 신문파는 아희들까지라도 구락부 안가진 자가 업습니다. 그들은 情誼업시는 살 수 업다는 주지에서 이러케 합니다. …… (중략) ……
>
> 서양사람은 情誼에서 자라고 情誼에서 살다가 情誼에서 죽습니다. 그들에게는 情誼의 만흠으로 和氣가 잇고 딸아서 흥미가 잇서서 무슨 일이 다 잘 됩니다.[345]

섬메가 논의하는 서양 사회의 특장은 단순한 물질문명의 우수성이나

---

344) 위의 글, 같은 쪽.

345) 섬메, 「무정한 사회와 유정한 사회—情誼敦修의 의의와 요소」, 『동광』 창간호, 1926.1, 31~32쪽.

현대성에 있지 않고 그 "정의"의 충만함에서 찾아져야 한다. 이에 반하여 「농촌계발」에 나타나는 '金村'의 바람직한 미래상, 그 문명화한 상태는 다음과 같이 정신적 요소를 아울러 갖추고 있음에도 불구하고 전반적으로는 마을을 부유하게 만들어 줄 물질적 요소들에 대한 강조 쪽으로 경사되어 나타난다.

> 金村人의 정신은 일신ᄒᆞᆯ 것이 무다. 그네의 정신은 강용ᄒᆞ고 관대ᄒᆞ고 근면ᄒᆞ고 우아ᄒᆞ고 인자ᄒᆞ고 염결ᄒᆞ고 진취적이오 쾌활ᄒᆞ고 심각ᄒᆞᆯ 것이외다. ᄯᆞ라서 그네에게ᄂᆞᆫ 신종교 신윤리 신도덕 신습관이 싱겻을 것이외다.
>
> 정신이 일신ᄒᆞᄂᆞᆫ 동시에 모든 물질 방면도 왼통 일신ᄒᆞᆯ 것이외다. 첫ᄌᆡ 촌중 주위에ᄂᆞᆫ 삼람이 鬱茂ᄒᆞᆯ지오 가옥은 전혀 최신 학리에 적합ᄒᆞ도록 개량되엇슬지며 도로와 교량도 차마가 자유로 통행되도록 번쯧ᄒᆞ게 되엇슬 것이외다.
>
> 이리ᄒᆞ야 金村은 과연 부ᄒᆞ고 귀ᄒᆞ게 될 것이외다. 이에 비로쇼 신문명의 태평이 임ᄒᆞ야 지우만세ᄒᆞᆯ 것이외다. 엇지 金村쁜이리오, 이것이 조선 십삼 도의 장래외다.[346)]

이 글의 결말 부분이다. 여기서 그는 김촌이라는 마을의 부함과 귀함을 이야기하는데, 이 글의 맨 앞부분에서는 "먹고야 살겟소. 목하 우리의 걱정은 부도 아니오 귀도 아니오 안락도 번영도 아니오 먹고 살 일이오. 먹고 살려면 산업이 잇서야 ᄒᆞ겟소."[347)]라고 하여 물질적 생존의 절박함을 역설

346) 춘원생, 「농촌계발」, 『매일신보』, 1917년 2월 18일.

347) 춘원생, 「농촌계발」, 『매일신보』, 1916.11.26.

하고 있어, 일종의 수미상관의 구조를 이루고 있고, 이는 물질적 문명화를 강조하는 뜻을 함축한다.

이와 같은 사유의 경사는 「용동」에서도 같은 양상으로 나타난다. 이 글에서 이참봉은 새로운 생각을 품고 마을에 돌아와 문명한 사회, 신생활의 이상을 다음과 같이 역설한다. "돌아와서 그날 밤으로 동민을 자기 집에 모호고 시세가 변한 것과 문명국인의 생활에 비하야 우리 생활이 아조 야만됨을 극설하고 만일 우리가 생활을 고쳐 문명인의 생활과 가치만 되면 의식도 족하여지고 지금보다 행복되기도 하고 또 훌륭한 양반이 되어 전과 가티 남에게 천시 아니바들 것을 말하고 그러닛가 지금부터 신생활을 시작하여야 된다는 말을 열렬하게 설명한다."[348] 이 글의 마지막 대목에서도 화자는 "부력의 증가"와 더불어 "정신적 진보"를 함께 말하지만 이때의 "증가"나 "진보"는 섬메가 말한 바 "정의"가 충만한 것과는 사뭇 다른 뉘앙스를 띤다고 하지 않을 수 없다.

그러나 이 「용동」 및 「농촌계발」과 시차를 거의 두지 않고 발표된 장편소설 『무정』은 이들 두 텍스트에서와는 달리 마치 필자가 「문학이란 하오」와 『무정』의 내적 논리를 비교하면서 언급한 "둘 사이에 논리적 모순이나 상충, 둘 사이의 낙차 같은 것"[349]을 확인하게 한다. 『무정』은 실로 인간 개체들의 서로 다른 내면들을 묘사해 나가는 폭과 깊이를 보여주면서 바흐친이 언급한 다성악적 소설과도 같이 각각의 인물들의 정신적, 심리적 상태에 주의를 집중함으로써, "나의 요구하는 것은 정신적이라든가 육적이라든가 하는 부분적 사랑이 아니요, 전인격의 사랑"이라는 명제를 반복적으로 보여

348) 제석산인(흰옷), 「용동」, 『학지광』 8, 1916.3, 40쪽.

349) 방민호, 「「문학이란 하오」와 『무정』, 그 논리구조와 한국문학의 근대 이행」, 『춘원연구학보』 5, 2012, 210쪽.

준다. 이는 『무정』에 이르러 앞의 두 '계몽주의', 사회진화론적 언설과는 달리 섬메적 의미의 "정의"의 문제가 전면에 나서고 있음을 의미한다.

이 『무정』에서 『흙』(『동아일보』, 1932.4.12~1933.7.10)으로 나아가는 과정을 어떻게 설명할 수 있을까?

『무정』에서 『재생』, 『흙』을 거쳐 『유정』과 『사랑』으로 나아가는 과정은 이광수가 "정의돈수"를 통해 달성되는 "유정한 사회"라는 안창호의 사상을 자기 나름의 방식으로 전유하면서 사회 원리로서의 사랑에 대한 사유를 구축해 나가는 과정이라고 요약할 수 있다.

그리고 이와 같은 '이상사회'론의 맥락에서 살펴볼 수 있는 또 다른 소설이 바로 『허생전』(『동아일보』, 1923.12.1~1924.3.21.)이다. 박지원의 소설 『허생전』에 나타나는 "공도 이상촌"[350]의 묘사를 '다시 쓰기' 한 이광수의 『허생전』은 안창호의 '이상사회'론이 이광수의 방식으로 전유되는 양태를 보여주는 또 하나의 텍스트다. 여기서 이광수는 『무정』에서 제시된 '무정함', 그 환금적 세계의 운영 원리가 극복된 사회 상태를 여러 차례에 걸쳐 제시한다.

> (가)
>
> 새 나라의 세월이 어느덧 삼년이 지내엇습니다. 그동안에 혹 전에 보지 못하던 큰비도 오고, 전에 보지 못하던 큰바람도 불고, 혹 아이와 어른이 병도 들엇스나 별로 큰 불행도 업시 순탄하게 지내엇습니다. 그동안에 허생은 일본에도 사오차 다녀와서 곡식과 기타 이곳에 나는 진긔한 물건을 갓다 팔아 큰 리익을 어덧스나 새 나라에서는 돈의 필요가 업슴으로 금은과 은돈 멧 푼을 녹여서 어린애들 노리개를 만들어 주고 그 밧게는 혹 구녕을 뚤코 실을 끼어서 개와 고

350) 임광명, 「이상 농촌 운동의 역사 소고, 『농촌 지도와 개발』」 21권 2호, 2014, 116쪽.

양이에게도 매달아 주고 한 번은 놀러 나려온 긔린의 목아지에 금은 두 푼을 매달아 준 것밧게 별로 쓸 곳도 없어서 그냥 뷔인 배에 싸하 두엇슬 뿐입니다.[351]

(나)

하로 여전히 허생과 변 진사가 밤이 깁도록 술을 먹고 니야기하든 끗헤 또 돈 모흐는 이야기가 나왓습니다.

허생은 변진사다려 "이 세상은 김가의 것도 아니오 리가의 것도 아니오, 텬하ㅅ 사람의 것이지오. 그러닛가 땅이나 집이나 물건이나 텬하ㅅ 사람이 골고로 먹고 입고 살기 위하야 잇는 것이 아닌가요. 그런데 엇던 사람 하나가 두 사람 먹을 것을 차지하엿다 하면 엇던 사람 하나는 먹을 것을 일흘 것이 아니오닛가. 지금 이 술병에 술이 열 잔이 들엇다 하고 내가 혼자 그 열 잔을 다 먹으면 진사께서 잡수실 것이 업서지지 아니해요? 그러길래 넷날에 한 장수가 공을 일우자면 만 사람이 죽어야 한다는 말이 잇거니와 한 사람이 부자가 되자면 만 사람이 가난해저야 하지오. 그러닛가 돈을 모와 부자가 된다는 것은 다른 사람의 의식을 빼앗는단 말이 되지오-이런 줄을 알진댄 뷘 주먹으로 왓다가 뷘 주먹으로 가는 인생이 애써 가튼 인생의 밥과 옷을 빼스러 들 것이 무엇 이오닛가-량식이 만석이 싸혓더라도 한 끼에 열 섬이나 백 섬 밥을 먹을 것도 아니오, 집이 천 간 잇더라도 잘 때에는 요 펼 곳 하나면 족하고, 땅이 몟만 결이 잇더라도, 죽어서 관 하나 들어갈 구뎡이만 잇스면 그만이 아닌가요-그런 걸 재물은 그리 모화서 무엇하나요?" 하고 여전히 돈 모흐는 법을 말하

351) 이광수, 『허생전』, 『동아일보』, 1924.2.12.

지 아니함니다.[352)]

한 연구에 의하면 박지원은 『허생전』을 통하여 "당쟁으로 인한 정치적 불안정과 부의 불균등 배분, 신분 질서의 혼란, 집권층 및 양반 사대부 계층의 무능과 폐쇄적 인식 등이 초래한 국가적 생산력의 저하와 피지배계층의 빈곤 심화라는 18세기 후반 조선의 상황을 직시하는 현실관"[353)]을 제시하고자 했다. 이밖에도 "개인 및 계층간 조화와 협력의 공동체 의식"[354)] 등을 표백한 것으로 널리 알려진 박지원의 『허생전』을 이광수는 한편으로는 증산교의 '남조선' 신앙을 담아내기 위한 장치로 다시 쓰기 했을 뿐 아니라[355)] 다른 한편으로는 안창호의 무실역행 사상을 작품화하는 장치로 활용하기도 했다.[356)]

위의 인용된 (가)와 (나) 대목은 이처럼 새로운 공동체를 주창하는 이광수 텍스트 『허생전』에 돈의 무용성, 빈부 격차가 존재하는 현대 세계의 부조리에 대한 날카로운 비판의식이 깃들어 있었음을 보여준다. 이는 부함과 귀함을 추구한 이광수의 이상 사회관에 물질적 부의 근원적 허무에 대한 인식이 자리 잡고 있었음을 확인시켜 준다.

이광수에게는 이 소설 『허생전』과 다른 또 하나의 「허생전」 텍스트가 있으니, 그것은 '외배'라는 필명으로 『새별』 16호(1915.1)에 발표한 "장편 서사

352) 이광수, 『허생전』, 『동아일보』, 1924.3.13.

353) 김정호, 「박지원의 소설 『허생전』에 나타난 정치의식」, 『대한정치학회보』 14집 2호, 2006, 274쪽.

354) 위의 논문, 277쪽.

355) 와다 토모미, 「이광수 소설과 증산교의 관련 양상—증산교 사상 발현 장치로서의 『허생전』」, 『한국현대문학회 학술발표회 자료집』, 2006,

356) 이종덕, 「연암 『허생』과 춘원 『허생전』의 대비 고찰」, 『선청어문』, 1977, 154쪽, 참조.

시" 「허생전」이다.[357] 이 '노래'의 화자는 『무정』에서 이광수가 비판하고자 한 '자본'과 '지식' 지배를 현실 세계, 곧 현대 세계의 문제점을 다음과 같이 드러낸다.

> 얼마 아녀 이 나라에 요물들이 생기리니
> 그 요물 생기거든 집과 집에 싸움 나고
> 쌀독에는 피가 묻고 술항아리 깨어지고
> 노래하던 그 입에는 통곡소리 나리로다
> 그 요물은 얼굴 곱고 말 잘하는 두 오누니
> 오라비는 돈이라고 그의 누이 글이로다[358]

이러한 내용을 살펴보면 이광수는 자신이 살아가는 현대 세계의 메커니즘에 대해 지극히 비판적인 태도를 갖고 있었고 이를 초극한 새로운 세계에 대한 지향을 일찍부터 품고 있었던 셈이다.

5. 계몽인가, 귀의인가?—'살여울'의 의미

『흙』(『동아일보』, 1932.4.12~1933.7.10)을 연재하던 무렵 이광수는 나쓰메 소세키(夏目漱石,1867.2.9~1916.12.9)에서 구니키다 돗포(國木田獨步, 1871.8.30~1908.6.23)의 소설 쪽에 기울어 갔다.

---

357) 김원모, 「오산학교와 교육보국」, 『자유꽃이 피리라—춘원 이광수의 민족주의 사상』 상, 철학과현실사, 2015, 157~164쪽.

358) 위의 책, 162쪽.

인터뷰에서 그는 "일본인의 것으로는 夏目漱石과 國木田獨步의 소설인데, 지금도 夏目 것은 그러케 재독하고 싶지 않으나 國木田獨步의 예술만은 늘 보고 십허요."[359]라고 말한다. 나쓰메 소세키가 지식인 청년의 시대와의 긴장을 정밀하게 묘사해 나간 작가였다면, 구니키다 돗포는 가라타니 고진(柄谷行人)이 『일본 근대문학의 기원』에서 논의한 것처럼 "공허를 채워 줄 '신세계'"[360]를 찾아 현실에서 떠나 홋카이도로 이주할 것을 꿈꾼 작가였다. 그에게 "홋카이도는 안식, 평온, 자아를 되찾을 수 있는 신세계"[361]였다. 동시에 이광수가 『동아일보』에 『흙』을 연재하던 무렵 신문은 브나로드 운동, 즉 '흙으로 나아가자'는 운동을 한창 전개하고 있었다.[362]

와다 토모미는 『흙』을 진화론적 서사로 독해하면서 에드워드 카펜터의 '천연'에의 지향, 접근이라는 사유와 흡사한 사상을 그려낸 것으로 보았다.[363] 이 시기에 이광수와 깊은 관계를 맺고 있던 모윤숙은 "역사물로는 아무래도 「端宗哀史」가 최고봉일걸요. 현대물로는 「흙」이고요."[364]라고 이야기한다. 이 유순은 『빛나는 지역』(조선창문사, 1933)의 시인 모윤숙을 모델로 삼았을 가능성도 없지 않다. 물론 허숭은 채수반이라는 인물을 모델로 삼은 것이라고 작가는 이야기하고 있다.[365]

---

359) 「이광수 씨와 교담록」, 『삼천리』, 1933.9, 60쪽.

360) 서익원, 「일본 근대문학의 기원을 이루는 풍경과 루소의 작품에 나타난 풍경의 비교」, 『아시아문화연구』 29집, 2013, 191쪽에서 재인용.

361) 위의 논문, 192쪽.

362) 김윤식, 『이광수와 그의 시대』 개정판 2, 솔출판사, 1999, 183~188쪽, 참조.

363) 서은혜, 「노동의 향유, 양심률의 회복—『흙』에 나타난 이상주의적 사유의 맥락과 배경」, 『어문연구』 45, 2017, 263쪽. 와다 토모미는 흙에의 적응이라는 진화론적 담론을 펼친 논자로 이시카와 산시로 등을 꼽고 그가 소개한 에드워드 카펜터의 논리를 상세하게 설명하고 있다.(와다 토모미, 『이광수 장편소설 연구』, 예옥, 2014, 277~294쪽, 참조.)

364) 「女流作家 議會」, 『삼천리』, 1938.10, 209쪽.

365) "나는 지금 이 흙을 신의주 형무소에서 치안유지법 위반으로 복역중인 벗 채수반(蔡洙般) 군에게 드립니다. 채수반 군은 흙의 주인공인 허숭과 여러 가지 점에서 같다고만 말슴해 둡니

이광수는 앞에서 언급한 기자와의 인터뷰 가운데, 누구의 작품을 애독하느냐는 기자의 질문에 "역시 露西亞의 톨스토이 것이올시다. (중략) 최근 것으로는 「하-듸」도 조와요, 하-듸의 「테스」는 과연 조트군요."[366]라고 답변한다. 이렇게 보면 확실히 『흙』의 유순은 자연적인 세계의 아름다움을 타고난 여성이라는 점에서 토마스 하디의 테스와 흡사해 보인다.

> 그는 통통하다고 할 만하게 몸이 실한 여자엿다. 낮은 자외선 강한 산ㅅ지방의 볕에 걸어서 가므스름한 빗이 도나 눈과 코와 입이 다 분명하고 그리고도 부드러운 맛을 잃지 아니한 처녀다. 달ㅅ빛에 볼 때에는 그 얼굴이 달빛 그것인 것같이 아름다웟다.
>
> 흠을 잡자면 그의 손이 거츨은 것이겟다. 김을 매고 물일을 하니 도회ㅅ여자의 손과 같이 옥가루로 빚은 듯한 맛은 잇을 수 없다. 뺏뺏한 뵈 치마에 뵈 적삼, 그 여자는 검정 고무신을 신엇다. 그는 맨발이엇다. 발ㅅ등이 까맣게 볕에 걸엇다. 그의 손도, 팔목도, 목도, 짧은 고쟁이와 더 짧은 치마 밑으로 보이는 종아리도 다 볕에 걸었다. 마치 여름의 해ㅅ빛이 그의 아름답고 건강한 삶을 탐내어 빈틈만 잇으면 가서 입을 마추려는 것 같앗다.[367]

그녀는 또한 "조선의 딸의 예법"[368]을 가진, 옛날 조선식 여성의 마음을 가진 꾸밈없는 존재로 존재로 설명되기도 한다. 이와 대비되는 정선은 "이 세상에 돈이 제일이지" 하는 근본 사상을 가진 여성이며, 동시에 "성욕을

다."(이광수, 「흙을 끝내며」, 『동아일보』, 1933.7.13.)

366) 「이광수 씨와 교담록」, 『삼천리』, 1933.9, 60쪽.

367) 이광수, 『흙』, 『동아일보』, 1932.4.12.

368) 위의 소설, 1932.7.24.

중심으로 한 향락생활"을 지향하는 여성이기도 하다.[369]

허숭은 사람이 하는 모든 일 중에 오직 농사하는 일만이 옳고 거룩하고 참된 것만 같았다고 생각하는 인물이기도 하다. 그는 조선 민족의 뿌리요 줄거리 되는 농민을 가르치고 인도하여 보다 힘 있고 보다 안락한 백성을 만들자던 맹세를 하지만 '살여울'의 공간을 상징하는 유순에게 이끌리면서도 마치 『무정』의 형식이 영채 대신에 선형을 선택한 것처럼 윤참판의 제안을 받아들여 정선을 아내로 맞이한다.

그러한 허숭을 사로잡고 있는 것은 고향을 버리고 서울로 올라와 도시 생활에 물든 숱한 젊은이들의 하나라는 자의식이다. 허숭은 농민들을 학대하는 일로 주재소 순사들과 마찰을 겪은 후 "어디 해보자. 내 힘으로 살여울 동네를 얼마나 잘 살게 할 수 잇는가"[370] 하고 심각하게 고민한다. 유순과 정선이 대비되듯 허숭과 대비되는 인물은 갑진이다. 김갑진은 정미 칠조약 체결에 공을 세워 남작 벼슬을 얻은 김남규의 아들로 가문이 몰락한 후 아버지의 막역한 친구이던 윤참판의 도움으로 공부를 한 교만한 수재다.

이 소설 속의 배경 공간 '살여울'은 자연의 아름다움을 가장 극명하게 보여주는 공간이자 숭과 순의 조상들의 피와 살이 배어 있는 공간이다. 자연과 인간의 조화, 흙에 의지해 살아가는 인간의 아름다움을 보여주는 마을은 지금 바깥으로부터 침습해 오는 힘에 의해 훼손당하고 있다.

> 그것을 숭의 조상들이-아마 순의 조상들과 함께 개척한 것이다. 그 나무들을 다 찍어내고 나무ㅅ부리를 파내이고, 달여울 물을 대이느라고 보를 만들고, 그리고 그야말로 피와 땀을 섞어서 갈아놓은

---

369) 위의 소설, 1932.7.26.

370) 위의 소설, 1932.8.12.

것이다. 그 논에서 나는 쌀을 먹고, 숭의 조상과 순의 조상이 대대로 살고 즐기던 것이다. 순과 숭의 뼈나 살이나 피나 다 이 흙에서 조상의 피땀을 섞은 이 흙에서 움돋고 자라고 피어난 꽃이 아니냐.

그러나 이 논들은 이제는 대부분이 숭이나 순의 집 것이 아니다. 무슨 회사, 무슨 은행, 모슨 조합, 무슨 농장으로 다 들어가고 말았다. 이제는 숭의 고향인 달여울 동네에 사는 사람들은 마치 뿌리를 끊긴 풀과 같이 되었다. 골안개 속에서 한가하게 평화롭게 울려오던 닭, 개, 즘승, 마, 소의 소리도 금년에 훨신 줄엇다. 수효만 준 것이 아니라, 그 소리에서는 한가암과 평화로옴이 떠나갓다. 괴롭고 고닯브고 원망스러웟다.[371]

이 대목은 이른바 자연적 공간으로서의 '살여울'에 침습된 이른바 현대적 기구들의 힘에 대한 비판적 인식을 잘 보여준다. '살여울'은 이제 "다만 물과 일광만이 아직 대하, 불하, 공동판매도 아니 되어서 자유로 마시고 쪼이기를 허"[372]한 세계로 전락했다. 허숭의 눈에 비친 농민들의 전락은, "논ㅅ바닥에서 썩는 이 생명들은 영원한 가난뱅이, 영원한 빗진 종, 영원한 배곯븐 사람으로 남아 있는 것"[373]이라 인식된다. 다음의 대목은 이와 같은 허숭의 인식을 잘 보여준다.

신작로가 나고 자동차가 다니고 짐트럭까지 댕기게 된 오늘날에는 조선 땅에 말과 당나귀의 방울ㅅ소리도 듣기가 드물게 되었다. 그

371) 위의 소설, 1932.4.14.

372) 위의 소설, 1932.7.15.

373) 위의 소설, 1932.7.15.

것이 문명의 진보에 당연한 일이겟지마는 숭에게는 그것을 아까웟다. 그 당나귀를 끌고 다니던 사람은 무얼 해서 벌어먹는지, 심히 궁금하엿다.[374]

이러한 농촌 문제는 소설 속에서 무엇보다 품팔이로 전락해 가는 농민들의 삶으로 축약되어 나타난다.

이십 년래로 돈이란 것이 나와 돌아다니면서 차란 것이 다니면서, 무엇이니 무엇이니 하고 전에 없던 것이 생기면서 어찌 되는 심을 모르는 동안에 저마다 잇던 땅말지기는 차차 차차 한두 부자에게로 모이고 예전 땅의 주인은 소작인이 되엇다가 또 근래에는 소작인도 되어 먹기가 어려워서 혹은 두벌 소작인(한 사람을 지주에게 땅을 많이 얻어서 그것을 또 소작인에게 빌려주고 저는 그 중간에 작인의 등을 처먹는 것, 말음도 이 종류지마는 말음 아니고도 이런 것이 생긴다)이 되고, 최근에 와서는 서력 없는 농부는 소작인도 될 수가 없어서 순전히 품팔이만 해먹게 되는 사람이 점점 늘어가는 것이다.[375]

이 대목은 자본주의화로 인한 농촌 공동체의 파괴, 계급론적으로 논의하면 쁘띠 부르주아라 할 자작 농민들 사이에서 자본주의적 계급 분화가 일어나면서 '토지 노동자'로 전락해 가는 농민들이 급증하는 현실을 나타내고 있다. 이와 같은 상황은 작중 스토리가 전개되어감에 따라 더욱 극심한 상태에 다다른다. 고리대금과 장리로 재산을 키운 유산장의 아들 정근

374) 위의 소설, 1932.8.10.

375) 위의 소설, 1932.7.17.

의 전횡 속에서 '살여울' 사람들은 깊은 수렁에 빠져든다.

> 삼 년의 세월이 흘러갔다. 살여울의 농민들은 이 동네 생긴 이래로 처음 당하는 견딜 수 없는 곤경을 당하엿다. 집간 논말지기 밭낟가리는 대부분 유정근이가 경영하는 식산조합의 채무 때문에 혹은 벌서 경매를 당하고 혹은 가차압을 당하고 혹은 지불명령을 당하고 잇게 되엇다. 빗을 얻어 쓰기가 쉬운 것과 옛날의 신용 대부 대신에 신식인 저당권 설정이라는 채권 채무의 형식은 가난한 농민들을 완전히 옭아 넣고 말앗다. 숭이가 경영하든 협동조합이 농량과 병 치료비와 농구 사는 값밖에는 일체로 대부하지 아니하던 것을 야속히 여기든 살여울 농민들은 잔치비용이거나 노름 밑천이거나를 물론하고 저당만 하면 꾸어주는 유정근의 식산조합을 환영한 것은 사실이엇다. 그러나 가여운 농민들은 그것이 자기네의 자살행위인 줄을 몰랏든 것이엇다.[376]

이와 같은 측면에서 『흙』은 자본주의 비판서이자 마치 『무정』이 김장로와 선형으로 대표되는 '무정한 시대'의 지배계급을 넘어서 영채로 대변되는 민중, 옛 것, 주변화 되는 존재들까지 아우르는 '유정한 시대'로의 진입을 꿈꾸었듯이 자본주의에 의해 해체되어 가는 농촌 공동체의 현재 상태를 넘어선 이상적 상태로의 진화를 꿈꾸고 있다고 말할 수 있다.

이러한 이야기 속에서 허숭의 이상주의는 그를 둘러싼 금융업자들과 총독부 체제를 떠받치는 치안유지법과 주재소 순사들을 비롯한 사법적 체제에 의해 그 실현이 가로막히는 양상을 빚는다. 이광수는 작품을 통하여 유

376) 위의 소설, 1933.6.20.

정근의 식산조합과 허숭의 협동조합을 대비시키면서 총독부 체제라는 외부적 메커니즘으로부터 '독립된' 농촌 공동체의 건설을 꿈꾸지만 그 실현은 결코 낙관적이지만은 못하다.

6. 이광수 소설의 어떤 계보학—『유정』과 『사랑』까지에 이르는

본래 도산 안창호의 이상촌 건설론의 모델은 그가 미국에서 처음으로 세운 한인 정착촌 리버사이드를 모델로 삼은 것이라 추정된다.[377] 이 한인촌은 미국 사회와 관계를 맺으면서도 그와 거리를 가진 독립적 자치 공간으로 일종의 고립된 공동체를 형성한다는 점에서 농촌을 기반으로 가진 자립적 경제 공동체를 추구한 안창호의 사유의 밑거름이 되었다고 할 수 있다. 이광수는 자신이 성공적으로 구축한 '고립적' 공동체 사회의 경험을 토대로 삼고 이를 그 자신의 유학적 지식 체계에 산입시켜 특유의 이상촌론을 개진한 것이다.

다음의 논문의 내용은 이와 같은 안창호 '이상사회'론의 특성을 압축적으로 설명하고 있다.

> 그리고 유교의 이상인 大道가 사회에 구현되었을 때 이를 大同이라 한다. 대동의 모형은 중국의 신화시대인 복희, 신농, 황제, 요, 순에서 찾을 수 있으며, 이러한 세계는 권력적 지배와 수탈이 없으며 경제적 빈곤도 없는 태평시대로 관념화 되었다.

377) 장이욱, 『도산 안창호』, 태극출판사, 1972, 66~74쪽 및 윤병욱 엮음, 『도산의 향기 백년이 지나도 그대로—안창호의 세계와 사상』, 기파랑, 2012, 94쪽, 참조.

대도가 행해지는 이상국으로서의 대동 실현은 어떻게 가능할 것인가? 증자는,

大學之道 在明明德 在親民 在止於至善

이라 하였다. 공자의 경지가 바로 止於至善에 다름 아닌 것이다. 그리고 이 지선에 歸宿하려면 格物致知로부터 출발하여 誠意正心에 이르고 다시 수신제가, 치국평천하에 달하여야 하는 것이니 치지와 역행이 그 첩경(원문은 捷經–필자)이라는 뜻이다. 대동세계란 결국 치지, 역행을 바탕으로 평등, 노동, 무수탈, 풍요를 욕망하는 이상향이다.

이같은 유가적 이상향은 실학이 개신유학에 머물고 도산 사상의 핵심이 務實力行임을 생각할 때 그대로 연암과 춘원의 이상향이 됨을 알 수 있다.[378]

대동 이상에 바탕을 둔 안창호의 공동체 건설 노선은 체제로부터 어느 정도 간격을 둔 채 자유롭게 자치 공간을 마련할 수 있는 미국 대륙에서는 성공을 거둘 수 있었지만, 이를 조선 사회나 만주 공간으로 옮겨오면서 즉시 일제를 비롯한 국가 권력 기구의 억압과 침탈에 노출되고 마는 형국을 빚을 수밖에 없었다.

『흙』에 나타나는 허숭의 피체를 둘러싼 서사적 전개는 안창호의 이상촌 건설론을 조선에 옮겨 옴으로써 노정하게 되는 곤경과 위험을 잘 보여준다. 때문에, 비록 소설 속에서는 허숭의 이상주의가 막바지에 이르러 김갑진 같은 위선적 인물이나 유정근 같은 속물마저 감화시키는 것으로 전개되지만 '살여울'의 미래는 『무정』 연재의 마지막 회에 상상된 "유정한 사회"

378) 이종덕, 「연암 『허생』과 춘원 『허생전』의 대비 고찰」, 『선청어문』, 1977, 154쪽.

의 꿈처럼 오로지 이상의 힘에 의해서만 밝게 조명될 수 있을 뿐이다.

결과적으로, 서울에 올라가 독학으로 고등문관시험에 합격, 변호사가 되고 삼청동 윤참판의 딸 정선과 결혼한 허숭이 '살여울'에 내려와 야학을 하고 공동체를 건설하면서 얻은 것은 고향, 본향의 위안과 안식뿐이라고 극언할 수도 있지나 않을까?

그렇지만은 않을 것이다. 그러나 불가피하게 허숭의 '살여울' 경제공동체 노선은 외압에 의해 침식당할 수밖에 없는 위험에 처했고 조선과 동아시아에 이상촌을 건설하기 위한 안창호의 무수한 시도들이 거듭 실패로 귀착했듯이 허숭의 '살여울', 갑진이 몰두한 평강의 검불랑의 미래도 낙관적이지만은 않다. 또 이 때문에 『흙』은 심훈의 『상록수』가 순연한 농촌 계몽의 서사로 일관할 수 있었던 데 반해, 그러한 계몽의 외피에도 불구하고 차라리 '살여울'에의 '귀의'라고나 해야 할, 신앙적 차원의 숭고한 아우라에 감싸인 채 낭만적 이상의 아이러니를 맛보게 한다.

『무정』에서 『허생전』을 거쳐 『흙』에 귀착된 '무정·유정'의 이상사회 실험이 난관에 봉착했을 때, 이광수는 비로소 안창호 노선의 공동체론적 측면은 약화된 반면 그 정신적, 신앙적 측면은 그만큼 잘 부각되는, 『유정』에서 『사랑』으로 나아가는 새로운 궤선을 그릴 수 있었을 것이다.

『사랑』의 종교 통합 논리와 '그후'

1. 이광수 문학에서 『사랑』의 위치

『사랑』은 박문서관에서 계획한 '현대장편소설전집' 시리즈의 일부로 간행된 전작소설이다.[379] 1938년 10월 25일에 '전편'이 간행되었고, '후편'은 1939년 3월 3일에 간행되었다. 그 이전의 이광수의 장편소설들이 모두 신문연재소설의 형태로 씌어졌던 데 반해 『사랑』은 '역사소설전집'의 일부로 간행된 『세조대왕』과 함께 단행본으로 기획, 집필되었으며, 이 때문에 문학적 완성도가 더욱 높은 작품이 될 수 있었던 것으로 알려져 있다.

이광수 스스로도 자신이 쓴 모든 장편소설이 신문에 연재되었기 때문에 그날그날 한 회 한 회씩 쓸 수밖에 없었고, 신문연재물이라는 관념을 떨쳐버릴 수 없었던 반면, "끝까지 다 써가지고, 또 연재물이라는 데 관련된 여러 가지 제한도 없이 써 가지고 세상에 발표하는 것은 이 『사랑』이 처음이오, 또 내 인생관을 솔직히 고백한 것도 이 소설이 처음"[380]이라고 단언하고

379) 박계주·곽학송, 『춘원 이광수』, 삼중당, 1962, 447쪽.

380) 이광수, 『사랑』 전편, 9판본, 박문서관, 1938, 5쪽, 참조.

있다. 이광수 문학에서 『사랑』은 가장 높은 문학적 가치를 함축하고 있는 작품이라고 해도 지나치지 않다.

이광수 문학세계에서 『사랑』이 차지하는 높은 비중에 비추어 볼 때 이에 관한 논문은 충분치 못한 편이다. 이 가운데 비교적 논의가 상세한 것을 꼽아보면, 신헌재의 「구원자 집단과 수혜자의 관계 구조—이광수의 『사랑』의 경우」(『국어교육』 55, 1986), 이경훈의 「인체실험과 성전—이광수의 「유정」·「사랑」·「육장기」에 대해」(『동방학지』 117, 2002), 신정숙의 「이광수 소설에 나타난 '민족개조 사상'과 '몸'의 관계양상에 대한 연구—몸을 통한 개조의 '완결편' 『사랑』」(『현대문학의 연구』 22, 2004), 한승옥의 「이광수 소설에 나타난 희생양 모티프」(『한국문학이론과 비평』 26, 2005), 허연실의 「1930년대 대중소설과 대중적 전략」(『현대소설연구』 28, 2005), 정진원의 「춘원 이광수의 소설 『사랑』의 불교적 상호텍스트성—불교시 「인과」·「애인」·「법화경」을 중심으로」(『텍스트언어학』 20, 2006), 박병훈의 「춘원 이광수의 『사랑』 연구—사제관계간 자비를 통한 삼계 속에서의 진화」(『관악어문연구』 31, 2006) 등이 있다. 이 연구들은 대체로 『사랑』과 그 주변 텍스트를 상호 연관시켜 『사랑』의 이데올로기적 차원을 검토하는데 집중한다. 이 논문들의 의미나 가치에도 불구하고 『사랑』에 나타난 불교적 사상과 그 특이성은 이광수 문학의 전개과정 속에서 아직 정확한 위치를 확보하지 못한 감이 없지 않다.

이 논문은 『사랑』을 그 주변 텍스트와 연관지어 새롭게 검토함으로써 이광수 문학의 전개 과정 속에서 이 작품이 차지하는 위치를 규명하고, 이를 통해 『사랑』에 나타난 종교 통합의 이상이 의미하는 바를 조명해 보고자 한다. 『사랑』과 『법화경』 사상의 관련성에 대해서는 일찍부터 언급이 되어 왔지만, 이에 대해서 상세한 분석을 꾀한 것은 위에 언급한 정진원의 논문이 거의 전부인 듯하다. 이광수 문학의 전개 과정과 관련하여 김윤식은

『사랑』과 『원효대사』가 연작적인 성격이 있는 것으로 보았고,[381] 신헌재와 한승옥은 각각 이광수 문학에 나타난 '구원자' 또는 '희생양' 모티프의 보편성 속에서 『사랑』의 의미를 규명하고자 했다.

이광수 문학에 대한 논의는 이광수의 일제 강점기의 체제 협력 문제에 집중되는 경향이 있다. 이러한 맥락에서 『사랑』은 그 이후의 소설들, 특히 「무명」(『문장』, 1939.1), 「꿈」(『문장』, 1939.7), 「육장기」(『문장』, 1939.9), 「난제오」(『문장』, 1940.2) 및 장편 『원효대사』(『매일신보』, 1942.3.1~10.31)와 직접 연결되는 작품으로 해석되는 경우가 많다. 이 맥락에서 보면 『사랑』은 직접적이든 간접적이든 이광수의 『법화경』 사상의 대일협력적 성격에 관계된 것으로 해석될 소지가 크다. 그러나 본론에서 살펴보게 되겠지만 『사랑』에서 전면화되는 이광수의 『법화경』 사상은 이광수가 신체제 논리에 적극적으로 동조하기 이전에 형성된 것이다.

『사랑』 이후에 일본 국가주의에 접맥되는 『법화경』 사상이란 그것의 변질된 형태에 불과하다. 또 그런 만큼 『사랑』과, 특히 「육장기」와 「난제오」 및 『원효대사』 사이에는 그 연속성만큼이나 격절이 커서, 그 공통적 성격을 논하기 전에 어떤 차이가 왜 발생했는가에 대한 논의가 필요한 상황이다. 여기서는 이러한 인식 위에서 『사랑』에 나타난 종교통합의 문제를 조명해봄으로써 이광수 문학의 전개 과정에 나타난 불교의 의미를 새롭게 규명해 보고자 한다.

381) 김윤식, 『이광수와 그의 시대』 2, 솔출판사, 1999, 293쪽.

2. 『법화경』과 이광수의 만남, 또는 이학수와 이광수

이광수가 『법화경』을 언제, 어떻게 수용하게 되었는가는 일제 강점기 말 이광수의 대일협력 문제를 이해하는데 있어 중요한 단서 가운데 하나다. 이와 관련하여 최주한은 김윤식의 선례를 따라 이광수의 불교적 국가주의를 니치렌주의에 소급되는 것으로 논의한 바 있다.[382]

이광수의 불교와 대일협력의 관련성에 대한 최주한의 논의는 매우 성실한 데다 특히 이광수의 불교에 함축된 대일협력적 성격을 규명하고자 한 노력들을 집약하고 있다는 점에서 문제적이다.

> 단정하기는 어렵지만, 이광수가 니치렌주의를 알게 된 것은 동우회 사건이 상고중이던 시기 잠시 대화숙에 머물며 일본 정신을 수행하고 있던 때가 아니었을까 싶다. 「행자」(1941.3)에 의하면 당시 이광수가 대화숙에 머문 것은 '명상과 저술'에 힘쓰라는 '당국의 호의'에 의한 것으로 되어 있는데, 이곳에 머물면서 이광수는 일본정신과 관련된 책을 닥치는 대로 읽는 가운데 니치렌주의자 다나카 치가쿠를 알게 되었을 가능성이 크다. 실제로 이 무렵 이광수는 그야말로 일본정신과 불교의 관련성을 언급한 논의들을 집중적으로 쏟아내기 시작하며 그 가운데는 니치렌 상인에 대해 직접 언급하고 있는 글도 두어 편 발견되는데, 그것은 어디까지나 국가주의에 침윤된 니치렌

382) 니치렌주의란 1901년경 다나카 지가쿠가 만들고 그의 영향을 받은 혼다 닛쇼에 의해 확산된 말이다. 法國冥合(政教一致)에 의한 이상세계의 실현을 최종적인 목적으로 삼았던, 지극히 사회적이자 정치적인 지향성을 가진 종교운동이었다. 지가쿠와 닛쇼에 의해 주도된 니치렌주의는 제2차 세계대전 전의 일본에 있어 『법화경』에 의거하여 불교적인 정교일치를 추구했으며, 이를 바탕으로 일본 통합과 세계 통일의 실현이라는 이상세계의 달성을 위해 사회적, 정치적 활동을 전개했다.(大谷榮一, 『近代日本の日蓮主義運動』, 法藏館, 2001, 3쪽 및 15쪽, 참조.)

주의의 색채를 띤 것임을 확인할 수 있다.[383)]

위의 인용에서 보듯이 최주한은 이광수가 니치렌주의에 접한 것이 그가 대화숙(大和塾)에 머물렀던 때였을 것이라고 추정한다. 그런데 사상보국연맹이 대화숙으로 재편된 때는 1940년 12월 말부터 1941년 초엽이다.[384)] 또 이광수가 이곳에서 내선일체 훈련을 받은 것은 「행자」(『문학계』, 1941.3) 및 「내선일체수상록」(중앙협화회, 1941.5) 등을 집필하던 무렵으로 추정된다.[385)] 이 시기는 이광수가 「육장기」를 집필한 훨씬 후의 일이다. 이는 「육장기」에 나타난 대일협력적 태도를 대화숙을 매개로 한 니치렌주의적 『법화경』 사상의 수용에 연관 짓는 것이 다소 무리한 해석이 될 수 있음을 의미한다.[386)] 일제 강점기 말의 이광수의 행적과 문학을 대일협력에 귀착시키는 연구 경향은 『사랑』에 이르러 절정을 보이는 이광수의 종교적 구원 사상을 이해하는데 일종의 장애로 작용할 수 있다.

이광수가 유독 『법화경』에 이끌린 연유에 대해서는 이미 김윤식이 상세한 고찰을 하고 있다. 그는 그 이유를 다음의 여섯 가지로 제시했다. 첫째 이광수가 처음 만난 불경이 『법화경』이었던 것, 둘째 이광수가 금강산 두

383) 최주한, 「이광수의 불교와 친일」, 『춘원연구학회 2008년도 학술발표논문집』, 2008.9.25, 51~52쪽.

384) 高原克己, 「大和塾の設立と其の活動」, 『朝鮮』, 1941.10, 29~30쪽 및 이중연, 『황국신민의 시대』, 혜안, 2003, 197쪽, 참조.

385) 김윤식, 앞의 책, 358~360쪽, 참조.

386) 물론 그렇다고 해서 이광수가 현대 일본에 이르러 재활한 니치렌주의에 무지했을 리는 없다. 그의 법화 행자 운운이 일본적인 니치렌주의의 존재를 염두에 둔 일종의 '가면' 역할을 한 것도 사실이기 때문이다. 이와 관련해서 특히 당시에 『法華經の行者 日蓮』(姉崎正治, 博文館, 1916)과 같은 책이 판을 거듭하여 출판되면서 널리 읽혔고 그와 더불어 법화행자라는 말이 유행어가 되다시피 했던 점을 참고할 필요가 있다. 그러나 이러한 점들에도 불구하고 이광수의 니치렌주의 수용은 이광수와 『법화경』 사상의 관련성을 말해주는 여러 종합적 설명 가운데 하나가 될 수 있을 뿐이다.

번째 기행에서 혈서로 씌어진『법화경』을 보고 충격을 받았던 것, 셋째『법화경』의 종합철학적 성격이 그가 배운 메이지 시대의 우주론 설명과 상통했던 것, 넷째 대승경전인『법화경』에 내재된 이타주의적 성격이 그에게 매력적이었던 것, 다섯째『법화경』이 14세기 일본의 니치렌종에 연결되어 있을 뿐만 아니라 메이지 시대의 일본사상가들의 니치렌주의를 환기시킨다는 것, 여섯째『법화경』이 다른 어느 경전들보다 문학적이라는 것 등이 그것이다.[387] 김윤식이 밝혀놓은 이유들과 또 다른 여러 사실에 따르면, 이광수에게『법화경』은 니치렌주의와의 관련성 이상으로 뜻깊은 것이다.

이광수와『법화경』의 만남을 이해하는데 있어「육장기」는 간과해서는 안 될 텍스트다. 여기에는『법화경』을 매개로 한 이광수와 불교의 만남의 과정이 압축적으로 제시되어 있다. 사소설적 성격이 농후한 이 단편소설에서 이광수는 '나'와 "兀然禪師", "耘虛法師", "白性旭師" 등의 인연 및 이들을 매개로 한『법화경』과의 오랜 인연에 대해 다음과 같이 술회한다.

> 이집 역사가 아직 다 끝나기 전에 兀然禪師가 나를 찾아왔소. 그는 일주일 간이나 少林寺에 유숙하면서 나를 위하여서 날마다 법을 설하셨소.
>
> 이보다 전에 아직 이 집 터를 만들 때에 耘虛法師가 法華經 한 절을 몸소 져다 주셨는데 이 법화경을 날마다 읽기를 두어달이나 한 뒤에 兀然禪師가 오신 것이오. 耘虛, 兀然 두 분은 무론 서로 아는 이지마는 내게 온 것은 서로 의논이 있어 오신 것은 아니오. 그야 말로 다생의 인연으로, 부처님의 위신력, 자비력으로, 내게 오신 것이라고 나는 믿소.

387) 위의 책, 239~243쪽.

또 이보다 수개월 전에 나는 금강산에서 白性旭師를 만나서 삼사일간 설법을 들을 기회를 얻었소. 또 이보다 십이삼년 전에 나는 映虛堂 石嵌老師와 금강산 구경을 갔다가 神溪寺 普光庵에서 비를 만나 오륙일 유련하는 동안에 불탁에 놓인 법화경을 한 번 읽은 일이 있는데 이것이 법화경에 대한, 이 생에서의 나의 첫 인연이었고, 또 그 전해에 내가 안해와 春海 부처와 함께 釋王寺에서 여름을 날 때에 華嚴經을 읽은 일이 있었소. 또 우연하게 金剛經, 圓覺經 한 절씩을 사둔 일이 있었는데 이 집을 짓던 해 봄에 그것을 통독하였소.[388]

여기서 "兀然禪師"란 일찍이 개운사 불교 강원에서 운허와 인연을 맺으면서 일본적 불교와는 다른 불교의 길을 걸었고, 이후에 수덕사의 만공선사에게 "올연"이라는 법호를 받을 정도로 그 도력을 인정받게 되며, 해방 이후에는 퇴옹 성철과 함께 봉암사 결사(1947.10~1950.3)를 일으키는 한국 현대 불교사의 대선사 청담 순호(青潭 淳浩, 1902.10.20[음]~1971.11.15)를 말한다.[389]

또 "耘虛法師"란 이광수의 삼종제로서 "박룡하"로 변성명하여 조선불교학인대회를 이끌었고, 나중에는 봉선사와 동국대학교 역경원을 중심으로 불교 역경 사업에 혁혁한 업적을 남겼으며, 그 전에 이미 개운사 불교 전문 강원에서 청담과 인연을 맺은 바 있는 이학수(李學洙, 1892.2.25[음]~1980.11.17) 운허당을 가리킨다.[390]

---

388) 이광수, 「육장기」, 『문장』, 1939.9, 6쪽.

389) 혜자, 『빈 연못에 바람이 울고 있다』, 생각의 나무, 2002, 280쪽, 참조.

390) 운허 선사가 주도한 조선불교학인대회에 대한 기록은 운허 및 청담 관련 저서마다 약간씩 차이가 있다. 대회 준비를 위한 발기 모임은 1927년 10월 29일에 개운사에서 열렸으나 대회

또한 "白性旭師"란 독일에 유학까지 한 학승으로 김일엽과 관련이 깊었고 나중에 동국대학교 총장을 역임한 無號 백성욱을 지칭한다.[391] 이들은 모두 이회광, 김대련, 권상로, 김태흡 등으로 대표되는 일본식 불교와 거리를 두면서 조선 불교의 선불교적 전통을 새롭게 수립하기 위해 큰 노력을 기울인 승려들이다.

이광수에게 있어 이들과의 인연은 이후 그가 강압적 상황에서 수용하게 되는 니치렌주의와는 비교할 수 없을 정도로 직접적이고 감동적인 체험에 연결되어 있다. 무엇보다 이들의 존재는 상해에서의 독립운동을 방기하고 귀순증을 들고 귀국한 이래 줄곧 식민지 통치 체제에 타협하면서 입신출세의 길을 걸어온 그에게 심각하면서도 지속적인 정신적 충격을 선사한다.

김윤식은 이 운허에 대해, "이학수가 춘원의 생애에서 가장 중요한 '보이지 않는 지주'였다"[392]고 했고, "춘원이 우리 근대 문학사에서 또 사상사에서 요란한 허명을 남겼다면 이를 지켜보고 이끈 불교계의 거성이 봉선사의 운허당, 즉 이학수"[393]였다고 했다. 또한 "승복을 걸친 삼종제 이학수는 타인의 눈에 띄지 않는 존재"이면서 "춘원에게만 등신대로 보였던 것"[394]이라고도 썼다.

김윤식에 따르면 이광수가 이학수를 만난 것은 1923년 8월경 어느 날 금강산 유점사에서였다. 이광수의 금강산행은 그때가 두 번째로 이후 이

가 개최된 시기는 1928년 3월 14일부터 17일이었고 개최 장소는 개운사가 아니라 각황사였던 것으로 보인다.「비주지 승려로 불교학인대회-조선불교계에 일대 세력」,『조선일보』, 1928.3.16, 참조.

391) 방민호,「김일엽 문학의 사상적 변모 과정과 불교 선택의 의미」,『한국현대문학연구』 20, 2006.12, 377~382쪽, 참조.

392) 김윤식,『이광수와 그의 시대』 1, 솔출판사, 1999, 69쪽.

393) 위의 책, 67쪽.

394) 위의 책, 70쪽.

기행의 경험은 『금강산유기』(시문사, 1924)로 나타나게 되는데, 여기에 이학수와의 만남에 대한 이광수의 놀람과 경탄이 기록되어 있다.[395] 요컨대, 이광수 스스로만은 이학수의 삶이 자신보다 도덕적으로나 민족적으로 우월함을 명확하게 인식하고 있었을 것이다.

그러므로 이렇게 표현하는 것이 가능하다. 이광수 쪽에서 이학수를 보면 그는 이광수라는 세속적 명성을 지닌 대문호의 배면의 인물로서, 이광수라는 대서사의 극적 성격과 흥미를 고조시키는 보조적 역할을 하는 것처럼 보인다. 그러나 이학수 쪽에서 이광수를 보면 전혀 다른 양상이 펼쳐진다. 이광수는 일제에 타협하고 좌절하는 인물인 반면 이학수는 한국현대불교사 또는 일제강점기하 조선해방운동의 핵심적 인물 가운데 한 사람으로서, 귀국 이래 언제나 일제에 타협하거나 굴신해 온 이광수의 눈앞에 입신출세의 욕망을 실현해 나가는 세속적 삶과는 전혀 다른 삶의 방식이 가능함을 체현해 보이고 그로써 이광수의 사상을 조선적인 선불교 쪽으로 견인해 나간 지도적 인물이다.

운허당이 해방 후에 세운 광동학교 출신의 신용철이 묘사하는 그의 생애는 오욕으로 점철된 이광수의 삶과 달리 일제강점기 하의 신고 속에서도 타협이나 변절과 거리가 멀다. 이를 간단히 요약하면 다음과 같다.

어려서 한학을 배우고 대성중학을 중퇴한 이학수는 1909년경 만주에서 신민회 계열의 비밀청년단체인 대동청년단의 조직과 활동에 참여한다. 이때 대종교에 귀의하여 이름을 이시열(李時說)로 고쳤으며 인재양성을 위해 1911년에 동창학교를, 1915년에는 흥동학교를 설립한다. 1919년에 3·1운동이 일어나자 등사판 통신인 『경종』을 발간하였고 남만주에서 군정부(=서로군정서)에 가담하고 재만동포들의 자치기관인 한족회(=부민단의 후신)

395) 위의 책, 70~73쪽.

에 참여하여 기관지를 집필한다. 1919년부터 1920년까지 이시열이라는 이름으로 광복군사령부 대한통의부의 기관지인 『한족신보』의 발행 책임을 맡고 이후에 다시 새로운 기관지 『신배달』을 출간하는 일을 한다. 또한 1920년 경에는 국내에 침투하여 일제 통치기구의 파괴를 목적으로 한 광한단 결성에 참여하고 12월에는 그 존재와 활동을 임시정부에 알리기 위해 상해에 다녀온다. 이때 상해에 있던 이광수를 만나기도 한다.[396] 1921년 경 국내에 들어오다 잡혀 신의주 경찰서에 구류된 후 서울로 오게 되고 동료가 체포되는 바람에 일경의 추적을 받자 서울역을 거쳐 강원도 평강으로 탈출한다. 여기서 그는 가명인 조우석을 버리고 김종봉으로 바꾸었다가 다시 박명하로 변명하여 회양군 봉일사로 간다. 이 절에서 그는 박용하로 이름을 바꾸어 봉일사에서 사미계를 받고 금강산 유점사로 가서 법무계 서기 일을 하다 1923년에 경기도 양주군 봉선사로 오게 된다. 1927년부터 1928년 사이에는 서울에서 청담과 함께 조선불교학인대회를 주최하고 조선불교학인연맹을 조직한다. 1929년에 만주로 돌아가 만주 보성학교 교장으로 취임하고 조선혁명당에 가입하여 1931년에는 교육부 책임을 맡는다. 1932년에 조선혁명당 대회중 일경의 피습을 받게 되자 피신하여 국내 봉선사로 돌아와 해방이 될 때까지 줄곧 그곳에 머무르게 된다. 이후 그는 불교 역경 사업에 전력을 기울여 『국역 법화경』(=『묘법연화경』, 법보원, 1971)을 저술하고 동국대학교 역경원을 창설하고 팔만대장경의 국역 사업 책임을 맡는 등 실로 위대한 공적을 남기게 된다.[397]

이광수의 생애나 문학적 이력을 보면, 금강산 유점사에서의 만남 외에도 봉선사에 관계된 일이 유난히 많음을 알 수 있다. 만주에서 찾아

---

396) 위의 책, 79쪽, 참조.

397) 신용철, 『운허 스님의 크신 발자취』, 동국역경원, 2002, 27~69쪽, 참조.

온 최서해를 봉선사에 보냈다든가 해방 직후의 인생 고비에 봉선사에 몸을 의탁했다든가 하는 것이 그것이다. 뿐만 아니라 『단종애사』(『동아일보』, 1928.11.30~1929.12.11)나 『세조대왕』(박문서관, 1940)은 모두 세조의 능침 사찰이기도 한 봉선사의 존재를 뚜렷하게 부각시키고 있어, 이광수 문학에서 운허당 이학수와 봉선사의 영향이 선명함을 보여준다.

이광수가 금강산에서 만난 혈서로 쓴 『법화경』은 이러한 이광수와 불교와의 만남을 상징한다 해도 과언이 아니다. 이광수는 혈서 『법화경』의 인상을 『금강산유기』에 자세하게 기록하고 있으며, 『사랑』의 준비작으로 해석될 만한 『애욕의 피안』(『조선일보』, 1936.5.1~12.21)에서도 주인공 혜련의 시각으로 그 감동의 경험을 번역해 놓고 있다. 이 혈서 『법화경』은 비구승 신운(辛芸)이 부모형제와 일체 친척의 제도를 위해 옮긴 것으로, 이광수의 『법화경』 사상이란 바로 이 혈서 『법화경』의 정신, 즉 자신과 "동읍동소하는 동족"의 "삼생의 제도와 안락을 위하여 축"하고자 하는 마음을 가리키며(『금강산유기』),[398] 아비를 죄악에서 구제하기 위해 자기 한 몸을 기꺼이 희생하는 마음을 가리킨다(『애욕의 피안』).[399]

즉 이광수에 있어 『법화경』 사상이란 니치렌주의 이전에 중생을 제도하기 위해 자기 한 몸을 바치고자 하는 마음의 세계를 의미하며, 이를 위해 자기 자신을 깨끗하게 지키는 삶의 태도를 의미한다. 『사랑』은 이광수가 이러한 태도를 발전시켜 『법화경』을 중심으로 한 대승불교적 논리와 여타의 종교 및 철학 논리를 종합하여 완성한 문제작이다.

398) 이광수, 『금강산유기』, 『이광수 전집』 18, 삼중당, 1963, 117~118쪽, 인용 및 참조.

399) 이광수, 『애욕의 피안』, 『조선일보』, 1936.10.8~9, 참조.

3. '법화경 사상'의 형성 과정—『애욕의 피안』에서 『사랑』으로

와다 토모미의 「이광수 소설의 '생명' 의식 연구」(서울대학교 박사학위논문, 2007)는 필자가 여기서 논의하려는 방향과 관련성이 깊다. 이 논문은 이광수 소설에 나타난 생명의식을 당대의 사상적 조류와의 관계 양상을 통해 새롭게 이해하고자 한 것으로 논지가 전반적으로 신선하고 날카롭다.

여기서 저자는 이광수의 생명사상을 다이쇼 생명주의와 관련지어 폭넓게 조명하면서 그의 초기 문학에 나타난 '생명'이 진화론과 밀접했다면 후기로 갈수록 종교 사상과 깊게 연관된다고 평가한다.[400] 『사랑』은 후기의 경향을 대변하는 작품이 되는데, 이 작품에 대해서 논문은 "「자서」에서부터 진화의 논리에 불교 및 크리스트교의 개념들이 기묘하게 혼합되어 있"[401]는 것으로 보았다.

특히 안식교도인 석순옥이 안빈과 만나기 전부터 불교적인 채식성에 밀착해 있었음을 보여주면서, 이러한 석순옥이 진화론 쪽에서 보면 "퇴화"형에 해당하는, 허영과 같은 "앓는 영혼"들을 구원하는 인물로 설정된 과정을 분석하는 대목은 인상적이다.

이 논문은 이러한 분석의 끝에서 "『사랑』의 문학적 의의는 전 작품들에서 개인적인 차원에서 행해진 '생명'의 간호가 간호를 축으로 하는 사회의 구축으로 승화시킨다는 주제를 전면에 내세웠던 데 있다"[402]고 하였다. 이광수가 순옥을 안식교도로 묘사한 것에 대해서는 『사랑』을 구상할 무렵일 1936년경에 안식교도들이 현 휘경동 배봉산 기슭에 3층짜리 경성 요양

---

400) 와다 토모미, 「이광수 소설의 '생명' 의식 연구」, 서울대학교 대학원 박사학위 논문, 2007, 10쪽.

401) 위의 논문, 117쪽.

402) 위의 논문, 130쪽.

원을 설립하고 있었다는 사실을 상기시키고 있다.[403] 또한 『사랑』의 주제와 관련하여 안식교의 교리 실천 방식의 하나로 치료 의례가 중요시되어 왔음을 지적하고 있다. 그에 따르면 안식교에서는 신학교를 졸업한 이후에 보건학이나 의학 학위를 딴 전문 의료 인력들이 건강 전도를 추진하는데, 식이요법과 단식을 통한 대체의학을 주된 방법으로 삼아 심적 안정을 추구한다는 것이다.[404]

이러한 분석에는 탁발한 면이 많다. 반면에 이 논문의 저자가 처음에 제시한 종교 "혼합"의 측면은 아직 충분히 조명되지 않았다. 석순옥을 중심으로 전개된 논의는 안식교와 진화론의 관계 양상에 집중되어 있는 편이다.

정진원은 "그 동안 『사랑』이 주로 '문학 텍스트'로 읽혀져 온 것을 재고해 볼 만큼 '불교 텍스트'로도 손색이 없으며, 오히려 『사랑』의 작품성은 이러한 관점에서 탁월한 가치를 지니고 있음을 뒷받침하는 동반 텍스트(para text)의 역할을 한다"[405]라고 평가한다. 그는 "석순옥은 안빈을 애인으로 삼아 임을 향한 육바라밀을 펼쳐나가고 있"[406]으며, "『사랑』이 불교 텍스트를 문학화한 것이라는 관점에서 보면, 불교의 '보살'이 천상의 세계에서 중생의 세계로 내려와 인간화된 사랑, 하화중생(下化衆生)을 실현하는 불경 내용을 문학으로 '장르 바꿈'하는데 성공한 작품"[407]이라고 한다. 나아가 그는 "『사랑』은 크게 『법화경』을 선 텍스트로 삼아 작품을 개작, 윤

403) 위의 논문, 120쪽.

404) 위의 논문, 122~123쪽. 안식교의 조선 전파에 일찍부터 의료 행위가 매개 수단이 되어 있었음을 보여주는 자료로는 한규무, 「'허시모 사건'의 경위와 성격」, 『한국 기독교와 역사』 23, 2005, 참조.

405) 정진원, 「춘원 이광수의 소설 『사랑』의 불교적 상호텍스트성—불교시 〈인과〉·〈애인〉·〈법화경〉을 중심으로」, 『텍스트언어학』 20, 2006, 427쪽.

406) 위의 논문, 427쪽.

407) 위의 논문, 428쪽.

색, 재편한 상호 텍스트"[408]라는 전제 아래 『사랑』의 서사전개 과정을 육바라밀, 즉 대승불교에 있어 보살이 열반에 이르기 위해 실천해야 할 여섯 가지 덕목인 '보시, 지계, 인욕, 정진, 선정, 지혜' 등과 관련지어 자세하게 논의하고, 안빈과 석순옥의 인물 면면을 부처 또는 보살의 의미에 견주어 상세하게 분석하였다.

앞에서 「이광수 소설의 '생명' 의식 연구」의 저자는 『사랑』에 나타난 이러한 종교 혼합적 측면을 종교적 차원의 것이라기보다는 일종의 생활 윤리적 차원에 해당하는 것이라 보았고, 「춘원 이광수의 소설 『사랑』의 불교적 상호텍스트성」의 저자는 『사랑』과 『법화경』의 관련 양상에 초점을 맞추어 분석했다. 필자의 시각에서 보면 『사랑』에 나타난 기독교와 불교의 "혼합"은 무의식적이지 않고 의식적이며 방법론적이다. 뿐만 아니라 이것은 『애욕의 피안』과 같은 중간적 실험 단계를 거쳐 비로소 완성에 다다른 일련의 실험적 결과물이다.

『사랑』은 안식교의 품에서 자라난 석순옥이 법화경 행자 안빈의 사상에 감화를 받아 성장, 성숙해 가는 과정을 그리면서 부처의 가르침과 예수의 가르침이 다르지 않음을 보여준다. 그 구체적 양상은 예수의 가르침이 부처의 가르침에 귀일됨을 보여주는 방식으로 이루어진다. 예를 들어 허영과의 관계에서 상처를 받고 안빈을 찾아온 순옥에게 안빈은 『법화경』의 「안락행품」을 빌려 다음과 같이 말한다.

> 『그보다도 더 큰 타격이 올 때에는 어떻게 하랴고 어느 사이에 그런 말을 하오? 다 참아야지-참으되 부드럽게 참아야지. 이를 악물고 참는 것 말고 어머니가 어린 자식에게 대해서 참는 모양으로 모든

408) 위의 논문, 436쪽.

것을 순순히 참는단 말이요. 그러길래 주인욕지하여 유화선순하는 것을 석가여래께서 보살의 안낙행(安樂行)의 첫 허두에 말슴하셨소. 주인욕지(住忍辱地)-욕을 참는 자리를 떠나지 말고서, 그 말이오. 유화선순(柔和善順)이란 것은 부드럽게 화평하게 선하게 순하게, 한 말요. 그러니까 중생을 바른 길로 인도하는 첫 비결이 참는 것이란 말이요. 참을 수 있는 것을 참는 것이야 누구는 못 하나? 참을 수 없는 것을 참길래로 참는 것이라지-안 그렇소? 예수께서도 그렇게 말슴하시지 아니 하셨소? 용서하라고. 또 원수를 사랑하라고. 하느님이 해를 악인에게나 선인에게나 꼭 가치 비치시는 것을 배우라고. 그리고 맨 나중에 하늘 우에 계신 너의 하느님 아버지께서 완전하심과 같이 너의도 완전하라고. 또 바울도 그러지 아니 하셨소? 사랑은 참고 사랑은 용서한다고. 또 예수께서 그러셨지? 형제가 네게 잘못할 때에 몇 번이나 참으리까, 고 누가 여쭐 때에 너희 조상께서 일곱 번 참고 용서하라고 하셨거니와 나는 진실로 너희다려 일르노니 일곱 번씩 일흔 번이라도 참으라고. 이에 대해서 부처님께서는 무한히 참고 영원히 참으라고 하셨소. 사랑은 참는 것이니까. 그런 사랑이 점점 높은 정도에 올라가면 참는다는 것마저 없어질 것이요. 모두 자비니까. 왼통 자비니까, 자비 속에 참는 것은 어디 있소? 참는다는 것이 아직 사랑이 부족한 것이지. 정말 나를 완전히 잊고, 나를 잊는 줄도, 잊은 줄까지도 완전히 잊고 보살행을 하는 마당에야 참는다는 생각이 날 까닭이 없지. 그러니까 부처님은 벌서 참는 경계를 넘어서셨지. 그렇지마는 우리는 아직 참는 시대야, 억지로라도 참는 공부를 하는 시대요. 아니 참는-참을 것이 없는 지경에 들어가서 위하여서 참는 가시밭을 피를 흘리면서 걸어가는 것이오. 우리 중생이-

인류가 말이지-다 참는 공부를 완성할 때면 이 사파세계가 곧 극낙 정토요, 천국은 거기 가는 중간도 못 되고.』[409]

또한 안빈이 인원에게 『법화경』의 「제바달다품」을 인용하여 순옥이 보여준 인고적 사랑의 의미를 해석해 주는 장면은 기독교적 사랑을 『법화경』의 대승적 자비의 사상에 귀결시켜 높은 경지이 통합을 이루고자 한 『사랑』의 주제를 직접적으로 암시하고 있다.

『응. 인원은 사람의 목숨의 영원성을 믿지 아니하오? 이 우주에는 없던 것이 생기는 법도 없고, 있던 것이 없어지는 법도 없소. 난다 죽는다 하는 것은 한 계단에서 다른 계단으로 옮아 가는 것을 가리켜서 말하는 것이요. 우리는 슬어질 수가 없는 존재야. -마치 이 허공이 슬어질 수가 없는 모양으로. 그러므로 우리의 행위의 인과의 사슬도 영원히 끝날 수가 없는 것이요. 우리가 우리의 존재의 목적을 완성하는 날에 비로소 우리는 무여열반(無餘涅槃)에 들 수가 있는 것이요. 그러니까 순옥이가 허영군이나 허영군 자당에게 하는 일도 결코 결과 없이 슬어질 원인은 될 이는 없는 것이요. 이 생에 안 되면 다음 생에, 다음 생에도 안 되면 또 다음 생에, 언제나 순옥이나 허영군의 마음에 심은 씨가 날 날은 있는 것이오. 이것은 시간적으로 한 말이지마는 공간적으로 본다면 순옥이 한 사람의 사랑의 일이 여러 천, 여러 만 사람의 마음에 사랑의 불을 붙여 놓는 것이야. 순옥이가 벌서 사랑의 불을 붙여 놓은 사람도 여러 사람이요. 나도 순옥의 사랑의 불씨를 얻은 사람중에 하나야. 순옥이라는 사람을

409) 이광수, 『사랑』 후편, 박문서관, 1939, 321~323쪽.

보았기 때문에, 그 사람이 살아가는 양을 보았기 때문에 내 마음의 사랑의 불이 더 큰 세력을 얻을 수가 있었거든. 우리 마음에 있는 사랑의 불을 다른 마음의 사랑의 불을 볼 때에 더욱 빛을 발하고 열을 발하는 것이야. 만일 순옥이가 지금 모양으로 사랑의 생활을 계속한다면 그 일생에 얼마나 많은 중생의 마음 속에, 탐욕의 식은 재에 묻혀서 마치 아주 불이 꺼진 듯이 졸고 있는 사랑의 숯에 불을 붙여 놓을른지 모르지. 사랑이야말로 생명의 본질이니까. 인원이, 이것이 우리의 할 일이 아닌가? 이 일밖에 더 할 일이 어디 있는가? 이렇게 우리의 사랑의 불로 중생의 사랑의 숯을 태워서 이 세계를 사랑의 세계로 화하는 것-이것밖에 우리가 할 일이 무엇이냐 말야? 안 그렇소, 인원?』[410]

그런데 이처럼 기독교적 사랑을 『법화경』의 대승적 자비의 범주로 재해석할 수 있다면 예수의 존재 역시 『법화경』「관세음보살보문품」이 가르치는 바와 같이 시간과 공간에 따라 모습을 달리하여 출현하는 부처의 다른 모습으로 해석될 수도 있을 것이다.[411] 『법화경』은 부처의 편재성을 역설하는 인연, 비유, 언사들로 가득 차 있다. 이러한 맥락에 서면 석순옥과 안빈의 사제지간처럼 정결한 사랑과 고통의 승화를 그린 『사랑』이라는 작품 자체가 『법화경』의 「방편품」과 「비유품」 등이 말해주듯이 하나의 방편적

---

410) 위의 책, 453~454쪽. 제바달다Devadatta는 부처를 따르는 제자 가운데 하나로 일찍이 출가하여 석가의 제자가 되었으나 부처를 시기하여 대항한 끝에 피를 토하고 죽었다는 인물이다. 『법화경』 가운데 「제바달다품」은 이러한 악인도, 또 전통적으로 부처가 될 수 없었던 것으로 믿어졌던 여성도 모두 성불하여 열반에 들 수 있음을 역설하는 장이다. 이원섭, 『법화경—그 오묘한 세계』 중판, 삼중당, 1993, 243~253쪽, 참조.

411) 위의 책, 406쪽, 참조. 비교적 근년에 『보살 예수—불교와 그리스도교의 창조적 만남』(현암사, 2004)이라는 저술을 펴낸 길희성 역시 이러한 입장에서 논의를 전개하고 있음이 확인된다.

비유담이라고 생각할 수 있다.

'장자화택의 비유'나 '장자궁자의 비유' 등을 비롯한 『법화경』의 '칠유(七喩)'[412]와 마찬가지로, 『사랑』은 보는 자만이 볼 수 있고 보지 못하는 자는 보지 못한다는 비의적 알레고리의 원리가 작용하는 소설이다. 때문에 여기서 육바라밀의 보살행을 추출하는 일은 어렵지 않으며, 『법화경』이외의 다른 여러 경전의 가르침을 발견하는 일도 얼마든지 가능하다. 예수의 사상과의 공통성을 발견하는 일 역시 불가능한 일이 아니다.[413] 『사랑』은 주인공과 등장인물의 이름에서부터 제 사건들에 이르기까지 상징적, 알레고리적인 함축성을 보여준다. 그런데 이처럼 예수의 사상을 『법화경』의 논리에 포용하거나 또는 안식교적 기독교 논리와 『법화경』의 대승 사상을 종합하려 한 이광수의 소설적 시도는 무모한 실험에 지나지 않는 것이었을까?

한 연구에 따르면 『법화경』은 BC 1세기부터 AD 150년 전후에 형성된 경전이라고 한다. 이 연구의 저자는 『법화경』 28품을 세 부분으로 나누어 각기 형성 연대가 다르다고 보았으나 적어도 AD 150년경까지는 『법화경』의 체제가 완비되었으리라고 했다.[414] 불문학자이면서 『법화경과 신약성서』(불일출판사, 1986) 및 『토마스 복음서에 나타난 불교사상』(불일출판사, 1987) 등을 저술한 민희식은 "『법화경』의 편집 시기는 예수가 살아서 활동하던 시대에 가깝고 기독교에서의 '성부'·'성자'·'성령'의 본질이나 '십자가 숭배

412) 『법화경』에 나오는 일곱 가지 비유를 가리키는 것으로, 「비유품」의 화택유, 「신해품」의 궁자유, 「약초유품」의 약초유, 「화성유품」의 화성유, 「수기품」의 의주유, 「안락행품」의 계주유, 「수량품」의 의자유 등을 가리킨다.

413) 위의 책, 303쪽, 참조.

414) 현해, 「법화사상 성립사」, 『승가』, 1985, 73~74쪽, 참조. 그에 따르면 「제바달다품」을 제외한 『법화경』 28품은 성립 연대를 따라 '제1류-「방편품」 제2부터 「수학무학인기품」 제9까지, 제2류-「법사품」 제10부터 「촉루품」 제21까지와 「서품」 제1, 제3류-「약왕보살본사품」 제22부터 「보현보살권발품」 제27까지' 등으로 나누어 볼 수 있고 각기 성립 연대가 조금씩 다르다.

집단'의 발생 내지 '사도'나 그리스도 출생의 시기에 대해서 결정적 영향을 『법화경』은 미친 것 같다."[415]라고 했다.

그에 따르면 프랑스 학자 필립 드 슈아레에 의해 세상에 알려진 기독교 외전 토마스 복음서는 "예수의 사상이 불교사상, 그 중에서도 불성내재(佛性內在)를 역설한 『법화경』과 유사한 것을 입증하고 있다."[416] 민희식의 주장은 심지어 예수가 어려서 유학을 동방으로 떠나 『법화경』을 중심으로 한 대승 불교적 자비의 논리를 습득한 후 고국으로 돌아가 이를 유태교와 같은 유일신교의 전통에 접맥시켜 인류 보편적 사랑을 역설하는 종교 혁명을 일으켰다는 것으로까지 뻗어 나간다.

이러한 주장에 어느 정도의 학술적 근거가 마련되어 있는가에 대해서는 신중한 접근이 요구될 것이다. 그러나 그가 신약 제 복음서에 나타난 예수의 전언과 『법화경』에 등장하는 비유담 사이에 존재하는 유사성을 적시한 것은 음미해 볼 만하다. 그는 『누가복음』 15장 11~32절에 나오는 '탕자의 비유'와 『법화경』의 「신해품」에 나오는 '장자궁자의 비유'를 비교하는 등 신약의 여러 경전과 『법화경』에 나타나는 비유담들의 유사성을 적시하는데, 이는 예수의 실존성 여부를 떠나 신약성서의 사상과 『법화경』의 사상 사이에 가로놓인 공통성과 상호 연락 관계를 드러낸다.[417] 그렇다면 기독교와 불교에 두루 밝았던 이광수가 이러한 공통성에 대한 인식을 바탕으로 두 개의 종교적 논리를 새로운 차원 또는 대승불교적 논리 위에서 새롭게 통합하고자 한 시도를 아주 황당무계하게 받아들일 수만은 없다. 이광

415) 민희식, 『법화경과 신약성서』 개정판, 불일출판사, 1995, 27~28쪽, 참조.

416) 위의 책, 14쪽.

417) 위의 책, 70~71쪽, 참조. 이와 관련하여 정승석의 「법화경에서의 일승 사상과 기독교에서의 유일신 사상」(『석림』 22, 1989) 역시 민희식과 유사한 논지를 펼치고 있다. 이 논문은 『법화경』의 일승 사상과 기독교의 유일신 사상을 비교하면서 그 동이점을 밝히고 있다.

수는 순옥이 인원에게 "내가 안선생께 대한 것은 아가의 사랑이 아니라 시편 이십삼 편의 사랑이란 말야"[418]라고 말하도록 한 데서 알 수 있듯이 구약과 신약에 나오는 일화 또는 비유담들의 의미 차이를 예리하게 인식하고 있었으며, 신약의 논리를 『법화경』의 제 논리에 견주어 재해석할 수 있는 안목과 능력을 갖추고 있었다.

나아가 『사랑』과 『애욕의 피안』의 여러 상관관계는 이러한 이광수의 종교 통합적 논리가 하루아침에 형성된 것이 아님을 시사한다. 『사랑』에 나타난 안 선생을 향한 정신적 사랑, 육체 없는 영혼의 사랑을 역설하는 순옥의 면모는 『애욕의 피안』에 등장하는 독실한 기독교 여학생 혜련의 그것으로 거슬러 올라가는 성질의 것이다. 『애욕의 피안』은 순결한 기독교적 사랑을 지향하는 혜련이 애욕에 물든 아버지의 삶을 구원하기 위해 자살을 감행한다는 줄거리를 보여준다. 『애욕의 피안』은 이야기의 짜임새가 단순하고 사건 전개가 애욕, 질투, 살인, 자살 등의 통속적, 엽기적 계기를 중심으로 이루어지는 까닭에 문학성 면에서 여타의 장편소설들에 앞서지 못하는 만큼 빈번하게는 논의되지 못하는 작품이다. 그러나 이 작품은 『사랑』에 이르는 길을 보여준다는 점에서 중요하다. 이 작품에 대해서 특기할 만한 것은 혜련 외에도 그녀를 중심에 둔 여러 인물들이 『사랑』에서의 순옥을 가운데에 둔 인물 관계와 유사한 변주적 양상을 보인다는 점이다.

예를 들어, 『애욕의 피안』에 혜련의 학교 선생님으로서 혜련을 사랑하지만 애욕을 이겨내고 죽음으로써 사제관계를 지켜내는 강 선생이 있다면 『사랑』에는 이에 대응하는 안빈이 있는 식이다. 혜련과 같은 학교에 다니는 여학생 선배 문임은 『사랑』에서는 그 맡은 바 역할은 다르지만 순옥의 선배인 인원의 존재로 대응된다. 또 혜련을 짝사랑하는 임준상이라는 대

418) 이광수, 『사랑』 전편, 박문서관, 1938, 55쪽.

학생은 『사랑』에서는 순옥을 따라다니는 허영의 존재로 나타나며, 혜련에게 오빠가 있듯이 『사랑』의 순옥에게도 오빠인 석영옥이 있다. 물론 『애욕의 피안』의 종호는 자신과 가족의 실상을 정확히 파악하고 있음에도 타락한 생활을 지속해 나가지만 『사랑』의 석영옥은 그렇지 않다. 또 『애욕의 피안』에 남편의 타락에 실망하고 암에 걸려 세상을 떠나게 되는 혜련의 어머니가 등장하는 것처럼 『사랑』에는 순옥과 안빈의 관계를 오해했다가 결국 순옥을 신뢰하면서 안빈을 부탁하고 세상을 떠나는 천옥남 여인이 등장한다. 물론 이러한 대응을 보여주지 않는 인물들도 있다. 가장 큰 차이는 『애욕의 피안』에 등장하는 설은주라는 제삼의 청년이다. 설은주는 김장로의 집에서 키워진 고아로 혜련을 사랑했다가 거절당하고 문임의 유혹에 빠졌다 김장로에게 돌아선 그녀를 살해하게 된다.

『애욕의 피안』은 정결하고도 완전한 영혼의 사랑을 꿈꾸는 혜련이 문임과 설은주의 불행을 촉매제로 삼아 아버지를 죄에서 구원하기 위해 죽음을 선택하는 것으로 귀결된다. 여기서 주목할 것은, 작중의 혜련이 내내 기독교적 순결을 지향하는 여학생으로 나타남에도 정작 그녀로 하여금 아버지의 죄를 죽음으로써 대속하게 한 내적 계기는 앞에서도 잠깐 언급했듯이 금강산에서 혈서 『법화경』을 목도한 사건이라는 점이다.

> 중들이 반쯤 눈을 감고 참선하는 것도 구경하고 손ㅅ가락 끄틀 바늘로 찔러서 피를 내어서 썻다는 법화경도 보앗다. 그리고 그 끄테다 생부모를 천도하기 위한 것이라는 원문을 볼 때에는 혜련은 눈물을 금할 수가 업섯다.
>
> 「나도 아버지와 어머니를 건저야 할 것이 아닌가.」
>
> ……(중략)……

혜련은 그 법화경 끄테 씨운 발원문을 한 번 다시 읽고는 일어서서 아버지와 문임의 뒤를 따라 나섯다. 준상은 백운대에 혼자 올라가고 업섯다.

혜련은 어듸로 가는 줄도 모르고 따라갓다. 혜련의 마음은 돌아간 어머니와 이긔적 향략 속에서 헤매는 —분명히 죄악 속에서 아버지를 어떡케 건질까 하는 것으로 꽉 차 잇섯다.

「만일 내 몸을 희생하는 것으로 아버지를 바른 길로 끌어 들일 수가 잇다고만 하면」

하고 혜련은 생각햇다.

「내 몸을 죽어서라도.」

하고 혜련은 한 번 더 다짓다.[419]

이 장면은 이광수가 두 번째 금강산 기행 중에 만난 혈서『법화경』을 얼마나 충격적으로 받아들였는가를 실감케 한다. 이 혈서『법화경』쪽에서『애욕의 피안』을 보면 이 작품은 혜련이 부모형제와 친척 모두를 불법으로 제도코자 했던 신운의 발원을 좇아 타락한 아버지와 오빠를 생명을 바쳐 구제하는 이야기가 된다. 그리고 이것은『사랑』에서 순옥이 타락하고 병든 허영을 자신의 모든 것을 바쳐 구제하게 되는 것으로 연결된다. 그럼에도『애욕의 피안』의 혜련과『사랑』의 순옥의 사랑 사이에는 질적인 차이가 존재한다. 혜련의 방법이 그 형식은 불교적이면서(소신공양적) 내용은 기독교적이었다면(죄로부터의 구원), 순옥의 방법은 형식과 내용 면에서 공히 대승적이면서 그 안에 기독교적인 사랑과 희생의 정신을 함축한다. 작중에서 안빈은 순옥의 희생에 담긴 의미를『법화경』「제바달다품」의 문장을 빌려

419) 이광수,『애욕의 피안』,『조선일보』, 1936.10.8.

다음과 같이 해석하는데, 그 해석의 방향은 한 사람을 구제하는 것이 곧 사회와 인류를 구제하는 행위 그 자체가 된다는 것이며, 이는『사랑』의 주제를 병든 사회의 간호에서 찾은「이광수 소설의 '생명' 의식 연구」의 논지를 뒷받침한다.

> 석가여래도 한 번에 한 사람씩 구원하신 것이요. 그의 수없는 전생에는 한 생 한 사람씩 건진 일도 많으셨고. 그래서 한 번 세상에 날 적마다 한 중생을 건져서 천 생에 천 사람 만 생에 만 사람, 이 모양으로 중생을 건지는 것이 석가여래의 생활이요, 또 모든 보살의 생활이요.[420]

4. 1940년 전후 일제 파시즘과『법화경』사상의 변질

그렇다면『사랑』은 이렇게 간호해야 할 치유의 대상인 사회를 어떻게 그려내고 있는 것일까?『사랑』의 문제점 가운데 하나는 순옥이나 안빈의 행위가 펼쳐지는 시공간의 모습이 선명하게 제시되지 않고 지극히 추상화되어 있다는 점이다. 물론 사건이 펼쳐지는 대체적인 시간대나 공간적 배경은 어림짐작해 볼 수 있다. 예컨대 다음과 같은 것들이다. 작중에서 순옥은 채식주의를 실천하는 안식교 가정에서 자라나 전문학교를 졸업하고 중등교원 자격을 갖고 있으며 간호사 시험을 치러 안빈의 병원에 들어간다. 안빈의 병원은 수송동에 자리잡고 있고 자택은 삼청동에 있다. 순옥은 전문학교를 졸업하고 평양에 있는 여자고보에 영어 선생으로 가서 이태 동안 근

420) 이광수,『사랑』후편, 박문서관, 1939, 445쪽.

무하다 안빈의 병원으로 오게 된다. 그로부터 3년 후 순옥이 26세가 되던 해에 안빈은 학위논문이 모 제국대학 의학부 교수회를 통과함으로써 의학박사가 된다. 순영은 허영을 데리고 인천 월미도의 한 호텔에 데려가 안빈 박사의 실험을 돕기 위한 행위를 실연한다. 안빈은 박사학위를 취득한 후 아내를 송도원 바닷가 별장으로 데려가 정양한다.

그러나 이 모든 것들은 어떤 이름을 가진 텅 빈 용기 같은 것일 뿐이어서 소설 내적 인물들의 삶을 규정하는 구체적 배경으로 작용하지 않는다. 시간과 공간은 인물들이 실험적 연기를 펼치는 텅 빈 무대와 같다. 안빈이나 허영의 삶에 비친 사회의 모습은 좀더 어떤 윤곽을 그려내기는 한다. 예를 들어 아내를 여름방학을 맞아 도쿄에서 돌아오는 기차 속에서 만났다는 것으로 보아 안빈은 일본 유학생 출신이다. 또 그는 젊어서부터 시와 소설을 써서 명성을 얻었고 『신문예』라는 이름의 문예잡지를 운영하면서 32~33세에 이미 문단의 거장 또는 지도자로서의 지위를 획득했다. 허영이 활동하고 있는 문단은 감각파가 한 축을 형성하고 있고 안빈의 문학은 계몽기 문학쯤으로 폄하 당하기도 한다. 이러한 것들은 『사랑』이 1930년대 중반 전후의 조선 현실을 시공간적 배경으로 삼고 있음을 말해주기는 한다. 그러나 이 시공간적 배경은 개개인들의 정치경제적 삶에 영향을 미치는 구체적 현실로 작용한다기보다는 간호받아야 할 사회, 마음으로 보면 모두 병투성이로 살아가는 사람들의 사회라는 메시지를 전달하는 상징적, 알레고리적 형상으로 나타날 뿐이다. 허영은 바로 그러한 사회의 병리적 특성을 대표하는 사람이다. 순옥과 결혼한 후 허영은 다니던 신문사를 그만 두고 주식판에 뛰어들지만 가산을 탕진해 버린다. 그는 순옥 몰래 귀득이라는 여인에게서 아들을 낳기도 하고 이미 창궐한 매독에 걸려 있기도 하다. 그 사이에 의사 면허를 딴 순옥은 귀득이 아이를 낳다 죽고 허영이 뇌일혈로 쓰러지자 허영과 그 식구들을 돌보고자 그들을 데리고 직업을 구해 간도로 간다. 그러나 이곳에서 인플루엔자가 돌면서 허영도 귀득과의 사이에서 난 아이도, 허영의 어머니도 죽어버린다. 주식판의 욕망에 휘둘리고 매독과 뇌일혈과 인플루엔자에 걸려 죽음에 내몰리는 허영의 삶은 조선뿐만 아니라 현대인들의 삶의 보편적 조건을 환기시킨다. 허영은 하나의 예시 또는 비유로 제시된 것이다. 부처나 예수가 넓은 의미의 간호사로서 평생을 헌신했듯이 사람들은 안빈과 순옥처럼 허영과 같은 존재들, 병든 인간들이 살아가는 사회를 치유해야 한다.

문제적인 것은 안빈의 북한요양원이 이러한 병든 이들의 사회에 대해 일종의 대안으로 제시된다는 점이다. 작품에서 이곳은 낙원과 같은 이미지를 띠고 나타난다. 요양원은 서울 시내에서 떨어진 북한산 속에 자리 잡고 있는데 이곳에서 순옥은 안빈과 더불어 결핵환자들을 보살피면서 15년이나 되는 세월을 보내게 된다. 『사랑』은 마치 『무정』(『매일신보』, 1917.1.1~6.14)의 마지막 회처럼 에필로그를 펼치는데 그것은 15년 후의 만찬 장면으로 나타난다. 그런데 앞에서 말했듯이 『사랑』에서 펼쳐지는 이야기가 대략 1930년대 중반 전후의 조선을 배경으로 삼은 것이라면 이때는 이광수 당대가 아닌 먼 미래의 시점에 해당하게 된다. 다시 말해 이것은 아직 오지 않은 미래이며, 따라서 북한요양원의 15년이란 세월 역시 실현되지 않은 미지의 시간이다. 그렇다면 북한요양원이라는 곳 자체가 하나의 가상적 공간에 지나지 않는 것이라고 말할 수도 있을 것이다. 이 가상적 미래의 시점에서 안빈은 순옥을 비롯한 여러 사람들에게 마치 최후의 만찬에 참석한 예수와 같은 형상으로 다음과 같이 말한다.

『첫째로 우리가 시시각각으로 고마운 절을 드릴 분은 우리의 마음속에 사랑과 옳음의 씨를 주시고 이것이 돋아나도록 힘써 주시는 부처님이시고-하느님이라든지, 원 이름야 무에라든지 말야. 우리 속에 사랑의 씨가 없었더면 우리의 지난 생활이 어떠하였겠나?

둘째로 우리가 시시각각으로 고마운 절을 드릴 분은 나라님이시고. 나라님이 아니시면 어떻게 우리가 질서 있는 사회에서 살기는 하며 옳은 일은 하겠나? 그런데 우리가 나라님의 은혜를 느끼는 감정이 부족해.

셋째로는 부모시고, 넷째로는 중생 즉 남님이셔. 남님이란 말은 퍽 서투른 말이지마는 우리가 남이니 남들이니 하고 가볍게 생각하는 것이 큰 잘못이어든. 우리가 중생의 은혜 속에 살지 않나? 그러니까 남님이라고 불러야 옳을 거야.

이건 내가 발명한 말이 아니라, 부처님의 가르치심이야. 사대은-네 가지 큰 은혜라고. 사람이 이 네 가지 큰 은혜만 잊지 아니하면 그것이 도야. 이 네 가지 도리를 잊지 아니하는 사람이면 자연히 감사의 생활을 할 것이고, 감사의 생활은 곧 사랑의 생활, 자비의 생활이어든. 순옥이가 아까 내 사상이 한량이 없다고, 그 중에서 저를 잊는 사랑만을 배웠노라고 하였지마는 한량이 없는 것은 부처님의 사랑뿐이고, 또 저를 잊는 사랑이면 부처님의 한량이 없는 사상을 다 포함한다고 믿어. 나 안빈이가 오늘 할 일은 부처님, 나라님, 어버님, 남님을 그대들에게 소개하는 일야.』[421)]

어떤 가공적 미래의 시점에서 안빈은 마치 예수와 같은 형상을 띠고 부처와 나라와 부모와 남에게 감사하는 삶을 살아갈 것을 말한다. 여기서

---

421) 위의 책, 524~525쪽.

문제가 되는 것은 특히 "나라님"에 관한 것이다. 이 "나라"는 과연 어떤 구체적 시공간적 의미를 담고 있는 대상인 것일까? 본래 『법화경』은 중국에서 호국삼부경의 하나로 불리는데,[422] 이는 「관세음보살보문품」, 「다라니품」, 「여래수량품」 등에 나타나듯이, 제법실상의 원리에 따라 정토는 파괴되지 않고 영원불변하다는 사유에 기반을 둔 것이라 한다.[423] 『법화경』에 나타나는 정토는 본래적 의미에서 보면 세속적인 국가를 가리키는 것이 아니다. 또 여기서 안빈의 북한요양원이 구체적인 시대 현실과 격절된 가상적 시공간으로 상정되어 있다는 점을 중시할 필요가 있다. 안빈과 순옥이 창조하는 낙원 공간은 중일전쟁에서 태평양전쟁으로 연결되는 이광수 당대의 시대 상황에 의해 침해되거나 압박받지 않는 곳이다. 나아가 이광수는 그 자신이 『사랑』을 집필하고 있는 현재로부터 멀리 떨어진 미래의 시점을 선택함으로써 북한요양원을 모든 현대적 병리가 치유되는 상징적 공간으로 제시한다. 순옥의 안식교와 안빈의 법화 사상은 이 가상적 시공간 속에서 각각의 개체들로 구성된 인류 사회를 치유할 수 있는 힘을 보유하게 되는 것이다.

그런데 『사랑』에 나타난 이광수의 이상이 무엇을 의미하는지 더 깊이 이해하기 위해서는 그 시대의 다른 작가들이 보여준 이상적 공동체의 구상을 이것에 견주어 볼 필요가 있다. 이태준의 『청춘무성』(『조선일보』, 1940.3.12~8.11, 연재중단 후 박문서관에서 1940년 11월 발간)은 그 하나의 예다. 이 이태준 소설에 나타난 이상적 공동체주의는 당시의 작가들이 현실의 논리를 떠나 공상적, 이상주의적 공동체의 설정에 이끌렸음을 보여준다.

장성규는 「이태준 문학에 나타난 이상적 공동체주의」(『한국문화』 38, 2006)

422) 정영식, 「호국불교와 불교의 국가관」, 『마음사상』 4, 2006, 55쪽, 참조.

423) 위의 글, 58쪽, 참조.

에서 『청춘무성』의 주인공인 젊은 목사 원치원이 일본의 무교회주의자 우치무라 간조의 사상에 감화를 받은 인물로 설정된 점에 착안하여 이태준의 이상적 공동체주의에 주목한 바 있다. 이 논문에 따르면 "『청춘무성』은 식민지 시대 말기 파시즘의 대두 앞에서 무교회주의를 통해 시대의 폭력을 우회하려는 문제적인 작품"[424]이다. 작중에 나오는 원치원은 이미 논의되었듯이 우치무라 간조는 물론 헨리 데이빗 소로우의 영향을 받아 간소주의, 생식주의를 실천하는 인물로 설정되어 있다.

그러나 『청춘무성』의 결말은 시작과 달리 원치원이 수리사업과 금광업에 성공한 후 재벌이 되어 사회사업에 투자를 하고 그와 인연을 쌓은 득주는 재생의 길을 걸어 나중에 재락원을 건설하게 되는 것으로 귀결된다. 즉 이들은 『사랑』에서 순옥과 안빈이 북한요양원이라는 현실과 격절된 공간을 중심으로 자신들의 이상을 펼쳐나갔던 것과 달리 자본의 힘이 지배하는 현실에 뛰어들어 타락한 현실에 자신을 적응시키는 방법으로 이상을 실현시켜 간다. 다음의 인용은 원치원과, 순옥 또는 안빈 사이에 놓인 거리가 매우 큼을 보여준다.

> 「더우면 우선 찬 것이 조타! 육신의 요구! 심령을 육신 속에 몰아너코 그걸 자연이니, 필연이니 하고 그 이상의 것을 미들 줄을 모른다고 「파스칼」은 인류를 향해 분노하엿다. 심령에 편중하는 것 과연 인류를 행복되게 하는 사상일 수 잇슬가?
>
> 내가 신학공부를 한 것 후회해 본 적이 잇는가?
>
> 종교란 언제든지 오늘보다는 명일에 더 관심하는 것이 아닌가? 그런데 생(生)이란 무언가? 오늘의 것 언제든지 현재가 업시 생이 존재

424) 장성규, 「이태준 문학에 나타난 이상적 공동체주의」, 『한국문화』 38, 2006, 152쪽.

할 수 잇는가? 예수께셔도 내일을 근심하지 말라 하시지 안헛는가? 예수께서도 오늘을 현재를 귀중히 평까하신 말씀이 아닌가?

그러나 예배당에서 들은 아니 모-든 종교들은 얼마나 현재는 망각시키며 미래에만 열중하는 것인가?

한 민중의 한 사회의 한 국가의 운명이란 미래에서 결정되는 것이 아니라 언제든지 현재에서 결정되는 것이다! 이태리의 행복과 불행은 미래주의의 노마 법황의 손에 달린 게 아니라 현재주의자 「무쏠리니」 손으로 운전되며 잇지 안흔가? 물론 사람은 언제든지 죽을 거다. 그러타고 해서 사형선고를 바든 죄수와 가치 현재에서 질식할 필요가 무언가? 파스칼은 사람들이 장차 죽을 것을 생각치 안흐며 산다고 이상스럽다고 하엿다.

내일 죽을 것을 생각하기에 오늘의 삶을 텅 비어 놋는 것도 이상스럽지 안흔가?

사는 동안은 창백한 사(死)의 예찬자기보다는 건실한 생(생)의 예찬자가 되어야 할 거다.」[425]

위의 인용문이 보여주듯이 이태준은 공상적 이상을 현실에 적용하고자 하는 인물을 그려내고자 했다. 원치원은 자신의 굳은 결심에 따라 금광업과 수리사업에 뛰어들어 결국 성공을 거두고 자기 이상 실현의 꿈을 가진 청년들에게 자본을 대주는 역할을 자임한다. 작품 막바지에 작가가 마치 시간에 쫓겨 두서없이 거친 펜을 휘두른 듯한 『청춘무성』의 결말은 원치원의 꿈이 마침내 실현되어 원치원 재벌의 녹지대가 일시에 꽃을 피우는 것이다. 미래적 결말을 현실적 사회의 낙관적 변화로 설정하는 이러한 결말은

425) 이태준, 『청춘무성』, 『조선일보』, 1940.5.14.

공상적이라거나 몽상적이라거나 이상적이라는 말로 표현하는 것이 적절치 못하다. 이것은 공상적, 몽상적, 이상적인 것이 아니라 궤변적, 날조적인 데 오히려 가까웠던 것이 아닐까?

이러한 현실로서의 미래는 1940년 당시의 엄혹한 시점에서 전혀 실현 불가능했을 것이기 때문이다. 이러한 소설적 파탄이 이후 『별은 창마다』(『신시대』, 1942.1~1943.6)에서 볼 수 있는 일제 파시즘 문화미학에의 동조적 포즈로까지 연결됨은 물론이다. 이러한 소설적 파탄은 우치무라 간조와 김교신의 무교회주의나 헨리 데이빗 소로우의 원시공동체주의가 당시의 상황에서 현실적 체제의 '외부'에만 존립할 수 있고 또 힘을 발휘할 수 있는 유형의 사상이었음을 웅변적으로 시사한다.

이러한 맥락에서 보면 『사랑』에 나타난 이광수의 '『법화경』 사상'은 그 공상적 경향에도 불구하고 구체적, 현실적 시공간의 '외부'에 북한요양원이라는 이상적 공간을 구축함으로써 현실을 재현하는 유형의 문학이 직면할 수밖에 없는 난관을 효과적으로 우회하게 하였던 것이라 평가해 볼 수 있다. 그러나 이러한 『사랑』의 논리는 이광수가 고안할 수 있었던 이상적 구상의 최대치에 가까운 것이었다.

『사랑』의 후편이 출간된 것은 1939년 3월인데, 그로부터 몇 달 뒤에 발표된 사소설적 단편 「육장기」(『문장』, 1939.9)에서 이광수는 주인공으로 하여금 북한요양원에서 평생을 보내게 되는 『사랑』의 안빈의 경우와 전혀 다르게 홍지동 산장이라는 격절된 공간에서 뛰쳐나와 대담한 견강부회식 논리를 펼치도록 한다.

> 우리가 이렇게 차별 세계에서 생각하면 파리나 모기는 아니 죽일 수 없단 말요. 내 나라를 침범하는 적국과는 아니 싸울 수가 없

단 말요. 신문에서 보는 바와 같이 우리 군사가 적군의 시체를 향하야서 합장을 하고 나무아미타불을 부른다는 것이 차별세계에서 무차별세계에 올라간 경지야. 차별세계에서 적이오 내 편이어서 서로 싸우고 서로 죽이지마는 한번 마음을 무차별 세계에 달릴 때에 우리는 오직 동포감으로 연민을 느끼는 것이오. 싸울 때에는 죽여야지, 그러나 죽이고난 뒤에는 불상히 여기는 거야. 이것이 모순이지, 모순이지마는 오늘날 사바세계의 생활로는 면할 수 없는 일이란 말요. 전쟁이 없기를 바라지마는 동시에 전쟁을 아니할 수 없단 말요. 만물이 다 내 살이지마는 인류를 더 사랑하게 되고 인류가 다 내 형제요 자매이지마는 내 국민을 더 사랑하게 되니 더 사랑하는 이를 위하여서 인연이 먼 이를 희생할 경우도 없지 아니하단 말요. 그것이 불완전 사바세계의 슬픔이겠지마는 실로 숙명적이오. 다만 무차별 세계를 잊지 아니하고 가끔 그것을 생각하고 그리워하고 그 속에 들어가면서 이 차별의 아픔을 주리랴고 힘쓰는 것이 우리가 하여야 할 일이겠지오.[426)]

그런데, 불교적 무차사상을 무단 배격하고 『법화경』적 정토사상을 전쟁논리로 미화한 위의 인용문과 달리 『사랑』의 전편에 실린 「자서」는 '나' 아닌 '남'을 위한 한없는 사랑을 다음과 같이 역설하고 있었다.

사랑의 극치로 말하면 무론 무차별, 평등의 사랑일 것이다. 그것은 부처님의 사랑이다. 모든 중생을 다 애인같이, 외아들같이 사랑하는 사랑일 것이다. 그러나 거기까지 가는 노중에는 어느 한 사람

426) 이광수, 「육장기」, 『문장』, 1939.9, 34쪽.

만이라도 육체를 떠나서 사랑하는 대목도 있을 것이다.

육체를 떠난다는 것은 동물적 본능을 떠난다는 말이다. 그 말은 「이기욕」을 일체로 떠난다는 말과도 같다. 완전히 「나를 위하야」라는 「욕심」을 떠나고 「오직 그를 위하야」 사랑할 때에 그것이 비로소 「자비심」의 황금색을 띤 사랑이 되는 것이다.[427]

이처럼 현격한 대조는 『사랑』에서 「육장기」로 나아가는 급격한 논리의 반전이 신념이나 논리의 차원에서 설명할 수 있는 것이 되지 못함을 시사한다. 지금까지 이광수의 대일협력은 자발적 신념에 따른 것이자 굳건한 논리적 체계를 가지고 있었던 것으로 평가되곤 했다. 그러나 이러한 평가는 다른 몇몇 작가들의 경우와 마찬가지로 신중히 재고해 볼 필요가 있다.

해방 후에 발표한 『나의 고백』(『춘추사』, 1948) 중 「나의 훼절」 부분이 얼마나 진실에 부합한 것이냐는 따로 검토해 보아야 하지만, 중요한 대목들의 경우 날짜까지 밝혀져 있는 등 그것의 자료적 가치를 전연 부인하기는 어렵다. 이 글은 『사랑』이 수양동우회 사건이 진행되는 와중에 병석에서 씌어진 것이며, 이 사건을 전후로 일제 권력이 이광수를 집요하게 구속, 회유했음을 보여준다.

수양동우회 사건에 연루되기 전에는 "훼절"하지 않은 것처럼 생각하는 데서 알 수 있듯이 이광수의 자기 인식에는 기본적인 결함이 있었던 것으로 보인다. 그러나 그가 1937년 6월 7일 수양동우회 사건으로 수감되어 예심에 회부되었다 1937년 12월 18일 보석으로 풀려나 병석에서 심문을 받으면서 1938년 3월 12일 도산 안창호가 타계 이후 1939년 12월에 조선문인협회의 회장이 되기까지의 과정은 결코 간단치 않았다. 이 과정에서 한 사

427) 이광수, 『사랑』 후편, 박문서관, 1939, 3쪽.

람의 문학인이 제국주의 국가 권력의 힘에 무방비상태로 노출될 수밖에 없는 상황이 연속되었고, 이광수는 그로부터 벗어날 수 있는 현실적 수단을 찾는 것이 지극히 어려운 조건 하에 놓여 있었다. 『사랑』에서 「육장기」 및 「난제오」로의 궤변적인 논리적 반전은 이러한 상황 아래서 이루어진 것이었다. 『사랑』이라는 형이상학적 종교통합의 논리도, 「육장기」와 「난제오」로 대변되는 전쟁 동원의 논리도 모두 이광수라는 개인과 제국주의 국가권력이 만나는 힘의 장력 속에서 형성되고 변질된 문학적 형상이었다.

5. '그 후'의 소설들—「무명」·「꿈」·「육장기」·「난제오」

이광수 단편소설 「난제오」는 본래 「무명」·「꿈」·「육장기」로 연결되는 '사소설' 연작 가운데 마지막 편에 해당한다. 「난제오」의 독해를 위해서는 이들 작품들과의 내적 연관성 역시 중요하게 취급할 필요가 있다. 「무명」은 이광수가 수양동우회 사건으로 투옥되었을 당시의 병감 생활 체험을 그린 것이고, 「육장기」는 이광수가 만 5년간 이른바 법화 행자의 삶을 살았던 홍지동 산장을 팔게 된 소회를 그린 것이다. 또 「꿈」은 아들을 데리고 인천에 갔다 악몽을 꾼 이야기를 그린 것으로 이광수의 내면 깊숙이 자리잡고 있는 죄의식이 투영된 작품이다.

그 위치상 「난제오」는 이러한 작품들의 결산 편에 해당한다고 할 수도 있다. 그렇다면 과연 이광수는 세평처럼 "작가의 얼굴이 실물 크기로 드러난 알몸뚱이"[428]라고 할 수 있을까?

작중에서 '나'는 집에서 나와 아내의 병원에 갔다 종로 거리로 향하게 되

428) 김윤식, 『이광수와 그의 시대』 2, 솔출판사, 1999, 268쪽.

며 이곳에서 여러 지인들을 만난 후 안동에 있는 선학원으로 향하게 된다. 그곳에서 '나'는 'SS 선사'를 만나 대화를 나누게 된다.

> 내가 말없이 있는 것을 보고 사는,
> 「남화경 읽으셨소?」
> 하고 새 화두를 내었다.
> 「네, 애독하지오.」
> 「서산대사 독남화경시가 있읍니다. 오언절구지요.
> 可惜南華子 祥麟作孼虎 寥寥天地闊 斜日亂啼烏
> 라고 하셨지오」
> 하고 사는 빙그레 웃었다.
> 나도 소리를 내어서 웃었다.
> 「장자가 괜히 말이 많단 말슴이지오」
> 「고맙습니다」
> 하고 나는 일어나서 절을 하고 물러나왔다.
> 집에 오는 길에 나는 「사일난제오」를 수없이 노이고는 혼자 웃었다. SS사는 이 말을 내게 준 것이다. 하고 자꾸만 웃음이 나와서 견딜 수가 없었다.
> 겨울해는 금화산에 걸려 있었다.[429]

이러한 결말에 비추어 보면 이 소설의 주제는 자기인식의 문제이고, 소설 속의 이야기는 '나'가 선사의 가르침을 계기로 자기 자신의 모습을 정관하게 되기까지의 사연을 그린 것이라고 할 수 있을 것 같다. 그러나 이 자기

---

429) 이광수, 「난제오」, 『문장』, 1940.2, 46쪽.

인식은 완전치 않아 보인다. 선사가 자기 자신을 가리켜 석양녘에 어지럽게 우짖는 까마귀라고 한 것을 그대로 승인하면서도 그것을 그렇게 수긍하는 '나'의 심리는 엄숙하다기보다는 체념 섞인 자조에 가까운 인상을 남기며, 심지어는 대상이 분명치 못한 어떤 힐난을 보내고 있는 것 같기도 하다. 자신을 향한 선사의 가르침에 십분 동의하는 뜻을 표명하고 있음에도 불구하고, 그러한 '나'의 태도에 뭔가 석연치 못한 기운이 느껴지는 이유는 무엇일까?

그 중요한 이유 가운데 하나는 '나와 선사 사이의 대화가 전혀 선문답 같지 못한데 있을 것이다. "달마선사가 서쪽에서 온 까닭은 무엇이냐"(祖師西來意)는 제자의 물음에 "뜰 앞의 잣나무"(庭前柏樹子)라고 답할 뿐이었다는 조주(趙州)의 일화가 말해주듯이, 불교적 문답은 불입문자의 원리에 입각해 있어 일상적 논리의 세계에서 논의할 수 있는 것이 되지 못한다. 그것은 언어적 의미에 얽매인 질문을 무화시키는 것이 되어야 하며, 언어적 분별에 의해 가려진 실상을 드러내기 위한 생략과 비약을 함축해야 한다.[430] 이러한 맥락에 비추어 보면 작가가 전달하고 있는 '나'와 선사의 문답 또는 대답이란 고갱이가 쏙 빠져버린 외면적 대화에 불과할 뿐이다. 주인공과 선사 사이에 서산대사의 「독남화경」 시를 둘러싼 대화가 오간 것은 사실이라 해도 그가 과연 이 시의 속뜻을 얼마나 깊이 인식하게 되었는가는 여전히 미지수라 해야 할 것이다.

반면에 인용된 「독남화경」에 나오는 "하늘과 땅은 텅 비어 넓기만 한데, 석양녘에 어지러이 울고 있는 까마귀여"라는 문장은 "미네르바의 부엉이는 황혼이 깃들 무렵에야 비로소 날기 시작한다"[431]라는 헤겔의 문장을 떠올

430) 이원섭, 『깨침의 미학』, 법보신문사, 1991, 13~16쪽, 참조.

431) Die Eule der Minerva beginnt erst mit der einbrechenden Dammerung ihren Flug.(헤겔,

리게 한다.

본래 서산대사의 시는 남화자, 즉 장자에 대한 비판의 뜻을 담은 것이므로, 앞에서 언급한 언어의 근본적 한계에 대한 불교적 통찰 위에서 장자가 언어의 뜻에 얽매어 있음을 비판한 것으로 해석되어야 한다. "하늘과 땅은 텅 비어 넓기만 한데"라는 시구는 "五蘊皆空"의 원리를 빗대어 설명한 것이고, "석양녘에 어지러이 울고 있는 까마귀여"라는 시구는 그러한 대진리을 미처 다 깨닫지 못한 채 말의 뜻에 얽매어 있는 장자의 사유방식을 가리키는 것이다. 그러나 이야기의 문맥 속에서 이 마지막 결구는 마치 헤겔의 문장처럼 인간의 역동적인 삶이 다 끝난 황혼의 시간에 여전히 문학에 매달려 있는 자기 자신을 빗대어 말하고 있는 것 같은 효과를 자아낸다. 인간 이성의 사후적 성격에 대해서 논의한 헤겔에 비추어 보면, 역사가 종막과 파국을 향해 나아가고 있는 현실을 깨닫지 못한 채 이루어지는 언어행위의 부질없음을 탓하고 있는 것으로 해석 가능하다.

물론 이광수가 자신의 굳건한 신념에 따라 대일협력에 나선 것으로 보면 이러한 해석은 불가능하다. 그러나 장편소설 『사랑』(박문서관, 1938~1939)이 보여준 충만한 불교적 자비의 세계를 「육장기」(『문장』, 1939.9)에 나타난 차별적 "聖戰"[432]의 논리와 비교해 보면, 그의 내선일체 사상이라는 것도 결코 천의무봉하지 못한 급조물임이 드러난다. 이러한 맥락에서 보면 「난제오」는 밀려오는 '대경성'의 어둠 아래서 제국의 황혼을 예감하면서 읊조리는 조사와 같은 음산한 기운을 발산한다.

이러한 맥락을 좀더 구체적으로 이해하기 위해서는 선사를 만나기 전 '나'의 행로를 되돌아볼 필요가 있다. 여기서 '나'는 아내가 입원해 있는 병

『법철학』, 지식산업사, 1989, 37쪽.)

432) 이광수, 「난제오」, 『문장』, 1940.2, 35쪽.

실에 들렀다 몇몇 책사를 방문한 뒤 종로로 향했다. 이 시대의 종로, 화신백화점은 깊은 얕든 상징성 없이 접근할 수 없는 함축적 의미를 갖는다. 그곳에서 '나'는 전차를 기다리는 사람들을 본다. 그들에게서 '나'는 자기 자신을 발견한다. 그들은 모두 "나와 비슷한 기쁨, 슬픔, 근심, 욕심들을 품고 움지기는 무리들"[433]이다. 화신백화점 앞에서 '나'는 우연히도 연이어 지인들을 만나게 된다. 잡지를 경영하는 K, 광산업에 성공한 R, 가난한 문사인 H와 W 등이다. '나'는 K를 통해서 "민간신문통제"[434]의 시대를 목도하고, R을 통해서는 금광열에 사로잡힌 세태를 실감하게 된다. 종로는 "소한추위"[435]의 우울한 풍경에 물들어 있다. 이러한 마음의 풍경은 H와 W라는 두 "세외인(世外人)"[436]을 만나면서 세속적 욕망에 길들여진 자기 자신의 모습을 되돌아보는 쪽으로 발전한다.

> 사실 나 자신도 비단옷이 좋았다. 음식이나 거처가 다 화려한 것이 마음에 좋았다. 이 마음을 떼어버리지 못하고 회색 무명옷이나 입는다면 그것은 안해말 마따나 위선일 것이다.[437]

그러나 이러한 고백쯤은 '사소설'의 원리에 비추어 보면 고백을 가장한 자기변명에 지나지 않는 것이 될 수도 있다. 자기 또한 평범한 속인의 하나일 뿐임을 드러내는 행위는 그 이면에 가로놓인 더욱 중대한 '죄'를 감추려는 포즈가 될 수 있다. 이 무렵 이광수는 바야흐로 적극적인 대일협력 쪽

433) 위의 소설, 33쪽.

434) 위의 소설, 34쪽.

435) 위의 소설, 26쪽.

436) 위의 소설, 38쪽.

437) 위의 소설, 39~40쪽.

으로 두 발 모두 담가놓은 상태였다. 이러한 작가적 상황에 비추어 볼 때 「난제오」가 보여주는 고백과 깨달음의 수사는 지극히 불투명하고 위장적이다. 작가는 이 작품을 "겨울해는 금화산에 걸려 있었다"라는 문장으로, 환한 깨달음의 전망을 가진 것처럼 끝맺었지만, 이러한 수사들 뒤에는 제국과 운명을 같이할 수밖에 없다고 생각하는 숙명적 사유가 작동하고 있었던 것이다.

6. 이광수 문학 전개와 『사랑』의 재인식

앤서니 기든스에 따르면 현대사회는 기본적으로 민족국가다.[438] 현대사회의 본질을 규명하기 위해서는 민족국가의 특성을 포착해야 한다. 그러나 일제강점기 아래 놓인 조선은 다민족적인 제국적 구성을 유지하기 위해 모순적 논리 위에서 작동하는 메커니즘에 의해 통제되고 있었다. 민족국가에서 출발하여 다민족적인 제국적 질서를 구축, 유지, 확장하려 했던 일본은 항상적으로 강상중이 지적한 국체의 동요를 노정할 수밖에 없었다.[439]

일본은 천황제를 현대국가 체제의 근간으로 삼았지만 조선은 그러한 이질적인 권력 메커니즘 및 문화를 수용할 수 없는 자기 전통을 가진 사회였고, 그러한 개체들로 구성된 사회였다. 때문에 일본의 제국주의적 조선 통치는 처음부터 전제적일 수밖에 없었다. 전제적 파시즘은 일제의 조선 통치의 조건이었으며 이러한 통치 메커니즘은 만주전쟁에서 태평양전쟁에 이르는 15년 전쟁기 내내 심화, 악화되었다. 1940년 전후는 국제정세의 악

438) 앤서니 기든스, 『포스트모더니티』, 이윤희·이현희 옮김, 민영사, 1991, 28쪽, 참조.

439) 강상중, 『내셔널리즘』, 임성모 옮김, 이산, 2004, 102~117, 참조.

화 속에서 그러한 파시즘의 강제력이 급격히 강화된 때였다. 『사랑』은 이광수의 '생명' 의식의 전개과정에서 비롯된 필연적 산물이자, 위기의 시대적 국면에서 창출된 현실 초극의 실험적 산물이었던 것으로 평가된다.

여기서 필자는 이광수의 『사랑』에 표현된 종교 통합적 논리를 중심으로 이광수의 불교사상이 조선 현대불교의 개혁에 진력했던 선사들과의 사상적 교호 작용 아래 성립된 것임을 드러내고, 「금강산유기」나 『애욕의 피안』 등에서 볼 수 있듯이 일련의 실험적 과정을 거친 결과물임을 밝히면서, 구체적 통합 양상을 분석하여 그 의미를 적극적으로 평가하고자 했다.

『사랑』은 이광수가 전작 장편소설로 발표한 작품답게 그의 소설 가운데 완성도가 가장 높은 작품이다. 여기에서 그는 자신이 학창시절에 깊은 영향을 받았던 기독교 사상과 운허 이학수 등에 의해 자극 받아 수용해 나간 대승 불교 사상을 통합하여 인류 사회를 구원할 수 있는 이상적인 사랑의 가치를 보여주고자 했다. 그에게 있어 이 사랑은 기독교적인 것이자 불교적인 자비의 사상에 통합될 수 있는 것으로, 그는 이를 안식교도인 석순옥이 『법화경』 행자인 안빈과 함께 병든 사람들을 치유해 나가는 '비유담'을 통해 드러내고자 했다.

『사랑』에 대한 이러한 분석과 평가는 향후 『세조대왕』 및 『원효대사』의 대비적 분석과 평가에 연결되는 것이며, 「무명」·「꿈」·「난제오」의 자기 인식에도 연결된다. 『사랑』에서 이 작품들에 이르는 과정에 대한 고찰은 엄혹한 시대 상황을 헤쳐 나가야 했던 이광수의 내적 갈등과 위기와 거듭된 변질을 심층적으로 이해할 수 있도록 해줄 것이다.

역사소설 『세조대왕』과 '죄의식'의 문제

1. 이광수 자전적 문학의 '트릭'과 그 접근

이광수는 평생에 걸쳐 다양한 형태로, 다양한 차원의 자전적 기록을 남긴 작가다.[440] 이 때문에 이광수의 소설들은 언제나 그 자전적 성격을 지목 받곤 하며, 이에 대해 작가 또한 아주 날카롭게 의식하고 있었다. 이러한 작가적 자의식이 잘 드러나는 대표적인 예로는 장편소설만 해도 『그의 자서전』, 『원효대사』, 『나—소년편』과 『나—스무살 고개』 등의 작품들이 있다. 특히 『그의 자서전』은 작가로서는 일종의 트릭을 쓴 작품이라고 할 것이, 작중 주인공의 이름도, 그가 출생한 곳도, 이광수 자신과는 다르게 설정되어 있는데, 작중에 펼쳐지는 이야기는 이광수를 아는 독자들이라면 누구라도 이건 이광수 자신의 얘기군, 하고 느낌과 동시에, 그런데, 기분 나쁘군, 숫제 소설을 써 놓았어, 하고 반응할 수 있을 정도로 특히 작중 후반부가 매우 가공적인 '환타지'로 이루어져 있다.

아무튼 이 자전적 소설의 측면에서 보면, 『무정』도, 『흙』도, 어느 의미에

440) 방민호, 「이광수의 자전적 문학에 나타난 작가의식 연구」, 『어문학논총』 22, 2003, 참조.

서는 작가 스스로 부정한 적이 있다 해도 상당한 수준에서 자전적이라고 말할 수 있으며, 그밖에 단편소설 쪽에서 보면 더 많은 극명한 사례들이 발견된다.

예를 들어, 일제 말기의 「육장기」, 「난제오」, 「꿈」, 「무명」 등의 작품은 사소설이라 해도 무방할 만큼 작중 주인공이 작가를 방불케 하는 면모를 보인다. 이러한 사례들은 이광수 문학에 대한 다양하면서도 상이한 엇갈리는 분석들을 가능케 하는 요인이 된다. 이와 관련하여, 이광수는 다음과 같이 말한 바 있다.

> 엇재뜬 小說속에 3人稱을 아니 쓰고 1人稱 卽 「나」를 쓰면 大槪의 讀者들은 그것이 作者自身의 일가치 잘못 해석하는 모양이다. 이런 것은 作者의 小說的 「트릭」에 讀者들이 걸니는 例일걸.[441]

실제 작가로서의 이광수는 이러한 "트릭"의 존재를 잘 알고 있었고, 때문에 트릭에 다시 트릭을 더하는 방식을 구사하곤 했다. 그 결과 이광수 문학의 실체는 우리 앞에 아주 불투명한 수중세계와 같은 존재로 대두해 있다.

이 문제를 도외시하고 이광수 텍스트를 함부로 논단할 수 없다. 단지 자전적으로 알려진 작품만이 아니라 이광수의 텍스트 전체가 그러한 트릭 속에 놓여 있기 때문에, 예컨대, 일제 말기 이광수가 남긴 텍스트들을 있는 그대로 읽고, 곧이곧대로 믿는 식의 독해는 어느 쪽으로 시도되어도 어리석은 일이 되기 쉽다.

이러한 난점을 해결하는데 지금까지 가장 유효한 시도를 보여준 것은

441) 이광수, 「내 소설과 모델」, 『삼천리』, 1930.5, 64쪽.

김윤식이다. 그는 이광수의 다양한 문체(한국어 텍스트와 일본어 텍스트)와 저자명(이광수, 춘원, 카야마 미츠로)에 유의하여 그 텍스트들을 일종의 가면 바꿔 쓰기 행위로 간주했다.[442] 다만, 이러한 해결법은 흥미로운 만큼이나 실용적인 측면이 있다. 비록 '가면쓰기'라는 것이 거슬러 올라가면 웨인 부스의 용어였다 해도 김윤식의 논의에서 이에 관련된 이론적 문제는 첨예하게 부각되어 있지 않다.

젊은 세대의 연구자 가운데 이 문제를 이론적으로 접근해 보고자 시도한 것은 최주한이다. 그는 이광수 소설의 애정 삼각관계의 구조가 그의 정치적 행로의 문제와 관련된 자전적 삶을 구조화하고 있다고 주장했다. 이것은 이광수 장편소설의 자전적 성격을, 『무정』, 『흙』, 『사랑』, 『원효대사』 등 이광수와 자전적으로 유사한 특징을 가지고 있는 인물들을 중심으로 해서만 논의하는 제한에서 벗어나, 이광수 소설 전체를 자전적 측면에서 총체적으로 분석하기 위한 것이었다.

최주한은 일종의 유비 관계를 통해서 그의 작품 세계 전반에 그의 인생의 문제가 관철되고 있음을 증명하고자 했다. 그는 이광수 소설의 자전적 성격과 관련하여 다음과 같이 논의한다.

> 이에 본고에서는 〈애정 삼각 관계〉를 그 구조적 기반으로 하고 있는 이광수의 소설이 그의 정치적 행로의 문제와 관련된 자전적 삶을 구조화하고 있는, 이를 테면 일종의 〈자전적 공간〉을 구성하고 있다는 가설을 세우고자 한다. 이광수의 소설이 〈자전적 공간〉을 구성하고 있다고 해서 그의 소설이 일종의 〈자서전〉이거나 〈자전적 소설〉이라는 주장을 하려는 것은 아니다. 〈자서전〉이 언술 행위의 차원에서

442) 김윤식, 『일제 말기 한국 작가의 일본어 글쓰기론』, 서울대출판부, 2003, 참조.

작가와 주인공의 동일성을 전제로 한다면, 이광수 소설은 근본적으로 허구의 체계를 갖추고 있다는 점에서 이들과 엄밀하게 구분되기 때문이다. 그러나 어떤 텍스트가 허구의 체제를 갖추고 있음에도 불구하고, 한 작가의 텍스트 전체의 층위에서 일정한 작가의 모습과 관련된 자아의 상을 구성하고 있다면, 그러한 유형의 소설들은 간접적인 형태로 자서전의 규약을 주장하고 있다는 점에서 〈자전적 공간〉을 내포하고 있다고 할 수 있다.[443]

이러한 주장은 흥미롭다. 하지만 모든 소설은 어느 의미에서는 자서전이라는 평설을 환기시키는 점이 없지 않다. 조금 더 범주를 좁혀 말한다면 모든 소설은 어떤 의미에서는 그것을 쓴 작가의 내면적 자서전이라고 말할 수 있다. 뿐만 아니라 이광수의 많은 장편소설을 이광수의 두 가지 자전적 측면, 즉 백혜순과 이혼하고 허영숙을 선택한 것, 총독부와 타협하고 끝내 일본을 조국으로 선택한 것에서 그 근본적 설명 근거를 찾는 것은 복잡한 이광수를 지나치게 단순화한다는 혐의를 받을 소지가 있다.[444] 이것은 이 논문의 저자가 이광수 소설을 지탱해 주는 근원적 원리를 일종의 도식에서 찾았기 때문이지만, 그럼에도 이광수 소설의 자전적 성격을 새롭게 제기하고 그 해답을 구하려 한 데서 그 의미를 부여해 볼 수 있다.

여기서는 이광수 소설 분석에 개입하는 자전적 특성의 문제를 이론적 차원에서 해결할 수 있는 방법을 모색해 보고자 한다. 구체적으로 이 작업은 이광수의 역사소설 『세조대왕』을 분석하면서 구체화될 것이다. 소설과 작

443) 최주한, 「이광수 소설 연구: 애정삼각관계의 양상과 그 의미를 중심으로」, 서강대학교 대학원 박사학위논문, 2000, 19~20쪽.

444) 위의 논문, 15~16쪽, 참조.

가의 관련성 또는 자전적 소설에 대한 논의를 진전시키면서 이를 도구로 삼아 이광수 소설의 복잡한 양상을 도해할 수 있는 가능성을 『세조대왕』을 예로 들어 추구하고자 한다.

그러나 동시에 이 작업은 이광수의 의식, 내면심리의 심층에 도달하고자 하는 시도이기도 하다. 이광수는 역사소설을 쓸 때도 『이차돈의 사』나 『원효대사』 등에서도 볼 수 있는 바와 같이 자신의 내면적 삶을 '기록'해 두고자 하는 강렬한 충동에 이끌렸던 작가다. 특히 『세조대왕』의 경우 이 충동의 근저에는 '죄의식'이라는 도저한 감정이 자리잡고 있다.

2. 최근의 서술 이론과 자전적 소설의 존립 방식

자전적인 기록들은 허구적이든 비허구적이든 서술론 상의 복잡한 문제들을 함축한다. 필자는 자전적 기록들의 측면에서 특히 허구적이니 비허구적이니 하는 분간이 혼란을 부추기기 쉽다고 생각한다. 글로 된 모든 텍스트는 본질상 허구적인 측면이 있다. 삶 자체는 글로 구성되어 있지 않으므로 이 삶에 대한 기록은 그 자체가 일종의 번역이며, 모든 번역이 불가피하게 그러하다는 의미에서 '사실'의 삭제, 축소 또는 과장, 첨가를 수반하지 않을 수 없는, 창작물이다.

자전적인 텍스트들은 글로 이루어진 모든 텍스트의 운명을 거스를 수 없다. 그러면 이렇게 본질상 허구적일 수밖에 없는 자전적 기록들을 자전적이라고 말할 수 있는 근거는 어디에서 찾을 수 있을까?

그것은 그 텍스트가 그것을 쓴 사람의 삶과 연관성이 강하다는 것으로 설명될 수 있다. 그런데 이는 일종의 대조, 비교 작업을 필요로 하는 판단이다. 한쪽에 작가의 텍스트가 있고 다른 한쪽에 그의 삶이 있다. 이 둘을 비교, 대조해 보면 그 텍스트가 과연 자전적인지, 얼마나 자전적인지 가늠해볼 수 있다.

필립 르죈은 사실상 이런 방법으로 자서전이나 자전적 소설을 논의했다. 그런데 이런 자전적인 텍스트들이 가리키고 있는 작가의 삶이라는 것도 사실은 텍스트로 구성되어 있다. 다시 말해 우리는 하나의 텍스트가 가진 자전적 특질을 다른 텍스트들에 기록된 그것에 관한 문헌들에 비추어 순환적, 환원적으로 분석, 평가할 수밖에 없다. 예를 들어 이광수의 장편소설 『그의 자서전』이 얼마나 어떻게 자전적이냐 하는 문제는 이 소설이 표현하고 있는 주인공의 '모험담'을 이광수의 삶에 대한 여러 텍스트들, 이광수 자신의 기록이든, 그에 대한 타인들의 기록이든, 에 비추어 추론할 수밖에 없다. 이렇게 보면 자전적인 기록들은 사실 및 진실에의 접근 또는 진실성 규명이라는 복잡한 문제를 함축한다.

이러한 자전적 텍스트의 진실성 문제와는 또 다른 측면의 문제가 있다. 그것은 문학성의 차원이다. 신비평주의는 텍스트의 문학성을 텍스트 자체의 의미 구축 양상을 중심으로 평가하려는 경향을 보였다. 이러한 시각에서 보면 자전적 기록이라는 것은 텍스트를 그 '외부의 것'에 연결 짓는다는 점에서 그 문학성 면에서 상당히 미심쩍은 것이 된다. 자전적인 기록들은 텍스트를 자체로 평가하지 않고 그것을 쓴 사람과의 관계 속에서 중요시하거나 평가 절하하도록 하기 때문에 '좋지' 못하다. 그것은 작가와의 관계망 속에서가 아니면 독립적으로 존립하지 못한다.

하지만 그러한 신비평주의는 지극히 평범한 진리, 즉 우리가 어떤 대상을 다른 것들과의 관계 속에서 더 많이, 더 깊게 고찰하면 할수록 그 대상의 존재 의미를 더 잘 알고 더 잘 평가할 수 있다는 사실을 애써 무시하려

한 것이다.

문학 작품을 내적으로만 독해하려는 태도는 그것을 다양한 외적 연관들 속에서 보려는 태도를 이겨낼 수 없다. 문학 작품은 작가, 현실, 독자와의 관계 속에서 심층적으로 조명되어야 한다. 이런 점에서, 우리는 의도의 오류(intentional fallacy)나 감정의 오류(affective fallacy)를 기피해야 하는 만큼이나, 내적인 독해만을 고집하는 우물 안 개구리가 되지 않도록 해야 한다. 다시 말해 자전적 소설의 존재 방식과 문학성은 양립할 수 있다.

지난 몇 년 사이에 서술론 분야에서는 자전적 소설의 독해를 위한 방법적 도구가 알게 모르게 준비되어 왔다. 예를 들어, 수잔 랜서(Susan S. Lanser)는 텍스트 안과 바깥을 연결시켜 사유할 수 있는 새로운 시각을 제안한다. 그는 각종 텍스트를 결합 텍스트(attached text), 분리 텍스트(detatched text), 결합과 분리 여부가 애매한 텍스트(equivocal text) 등으로 삼분했다.

결합 텍스트란 텍스트가 그것을 쓴 저자의 존재를 환기시키는 텍스트들이다. 이러한 결합 텍스트의 내부에서 활동하고 있는 '나'는 곧 그 텍스트를 창조한 저자로 간주된다. 분리 텍스트란 관습적, 일반적으로, 작가의 정체성과 무관하게 읽히는 텍스트들이다. 이러한 텍스트들에서 텍스트와, 그것을 쓰거나 만든 저자와의 관계는 독해에 영향을 주지 않는다.[445)]

문학 텍스트들은 저자와 텍스트의 분리가 애매한 제삼의 유형에 속한다. 특히 작중 인물인 '나'의 이미지가 그 작품을 쓴 저자의 그것에 겹쳐지는 동종제시적 소설(homodiegetic fiction)에서 이 애매모호함은 두드러진다.[446)] 독자들은 어떤 일인칭 소설에 대해서 작중 주인공을 작가에 연결지

445) Susan S. Lanser,「The "I" of the Beholder: Equivocal Attachments and the Limits of Structuralist Narratology」,『A Companion to Narrative Theory』, Blackwell Publishing, 2006, 206~210쪽, 참조.

446) homodiegetic: (literature, film) Describing the narrator of a dramatic work who is also

어야 할지 여부를 두고 혼란을 겪는다. 이러한 텍스트에서 텍스트 안의 인물의 행동이나 행위를 그 바깥의 저자와 연결시켜 생각하게 되는 것은 자연스럽고도 필연적이다.

또한 웨인 부스는 말년에 쓴 글에서 자신의 '암시된 저자(implied author)' 개념을 재차 옹호했다. '암시된 저자'란 그야말로 텍스트가 암시하고 있는 저자를 말한다. 이 암시된 저자는 실제 저자인가? 물론 그렇지 않다. 그것은 텍스트를 통해서 작가가 독자들에게 제시하고 싶어 하는 이상적인 작가상이다. 웨인 부스는 이 개념을 이번에는 시의 분석을 통해 옹호하고자 했다. 『소설의 수사학The Rhetoric of Fiction』(1961)에서 이미 소설을 중심으로 논의를 펼친 후이기 때문이다. 그는 로버트 프로스트와 실비아 플라스의 시들에 나타난 암시된 저자의 모습을 이 두 시인에 관한, 다른 텍스트들에 나타난 두 사람의 모습에 비추어 비교, 대조한다. 로버트 프로스트의 시에 나타난 시적 화자의 모습이 환기시키는 시인의 모습은 여러 전기 작가들의 저술에 나타난 시인의 '실제' 모습과는 상당한 거리가 있다. 실비아 플래스의 경우에도 이는 마찬가지다. 그녀가 시 속에서, 그리고 스스로 쓴 자서전 속에서 자신을 이해하고, 또 제시하려 한 자기의 모습은 그녀의 어머니가 알고 있던 그녀의 모습과는 괴리가 있었다.

부스는 이러한 논의들을 통해 이 상충이나 괴리는 암시된 저자 개념을 무용한 것으로 만드는 것이 아니라 오히려 이 개념이 왜 필요한지 새롭게 인식하게 한다고 주장했다.

> 결론을 향해 가면서, 이 논의의 어떤 것도 시적 자아로서의 가면 쓰기가 속임수임을 시사하지는 않는다는 것을 강조하는 일은 중요

---

the protagonist or other character in the work.

하다. 창조된 암시된 저자는, 몇몇 전기작가들이 주장했고 다른 이들이 종종 시사했듯이, 우리가 한탄할 만한 가짜로서 창조자를 비난하게끔 되는 바로 그러한 창조를 한 어떤 사람은 아니다. 암시된 저자는 살아있는 죄인들인 프로스트와 플래스의 단순한 진짜 버전들이 이니다. 그들은 어떤 의미에서는 '좀 더' 진짜이며 그리고 물론 아주 좀더 존경할 만하며 영향력이 있다. 시인들은 좋아하지 않는 자신들을 몰아내면서 그들의 세계와 우리 둘 다를 고양시키는 버전들을 창조해 왔다. 더 우월한 버전들로부터 나온 이 같은 행위가 없었다면 우리의 삶이 얼마나 피폐할 것인지 한번 생각해 보라.[447]

이와 같이 부스는 암시된 저자는 저자 자신과 같지 않으며, 그와 달리 이상화 된, 창조된 존재이며, 이런 존재를 가리켜 단순히 가짜라고 할 수만은 없다고 주장한다. 이 창조된 존재를 통해 우리는 우리 자신의 삶을 높게 고양시킬 수 있기 때문이라는 것이다.

이와 같은 부스의 주장은 시인과 시 작품의 관계를 중심으로 전개된 것이지만 우리는 이것을 다시 자전적 소설의 문제로 치환하여 사고할 수 있다.

특히 이 에세이의 논의 대상인 이광수만큼 그 실제와 작중에 제시된 저자, 즉 암시된 저자의 이미지 사이의 괴리가 그토록 빈번히, 또 그렇게 격렬하게 제시된 사례는 다시없을 것이다. 그 대부분은 이광수가 위선자요, 거짓 이상을 제시한 인간이었다는 것으로 모아진다.

부스의 암시된 저자 개념은 아주 오래 전에 제기되었고, 한동안 제라르 주네트 등의 서술론자들에 의해 불필요한 개념으로 간주되었으나, 자전적

447) Wayne C. Booth, 「Resurrection of the Implied Author:Why Bother」, 『A Companion to Narrative Theory』, Blackwell Publishing, 2006, 85쪽.

소설에서의 진실성 또는 진정성 문제를 생각하고자 할 때 그 중요성이 현격하게 드러난다.

저자 자신과 저자에 의해 창조된 암시된 저자를 구분함으로써 우리는 작가의 위선을 일방적으로 비난하는 차원에서 벗어나 저자의 '실제' 삶과 그에 의해 창조된 이상적인 삶의 관계를 심층적으로 탐구할 수 있게 된다.

자전적 소설은 또한 시모어 채트먼(Seymour Chatman)에 의해 제시된 서술 커뮤니케이션 다이어그램의 맥락에서도 고찰될 수 있다. 채트먼은 특정한 저자로부터 독자들에게 이야기가 전달되는 과정을 다음과 같이 도표화했다.

실제 저자→ | 암시된 저자→(서술자narrator)→(서술자적 청중narratee)[448]→암시된 독자 | →실제 독자

해리 쇼(Harry Shaw)에 의하면 위와 같은 도표는 그 유용함만큼이나 논란거리가 되어 왔다. 이 도표를 특히 제라르 주네트(Gerard Genette)의 경우처럼 정보의 이동과 흐름이라는 맥락에서 볼 때와 웨인 부스의 경우처럼 수사학적인 측면에서 볼 때는 특히 암시된 저자 항이나 암시된 독자 같은 항의 필요성에 대한 평가가 달라진다.

정보 전달의 측면에서 단순, 명쾌하게 살피면 실제 저자와 서술자 항만이 존립 근거를 가지고 있다. 그러나 수사학의 측면에서 보면 암시된 저자는 소설 분석에 매우 유용한 개념이다. 이에 관련된 대목을 직접 인용해 보면 다음과 같다.

---

448) 이 도표에서 필자가 "서술자적 청중"이라고 옮긴 것을 『이야기와 담론』을 번역한 한용환은 "수화자"라고 했다. 시모어 채트먼, 『이야기와 담론』, 한용환 옮김, 푸른사상사, 2003, 168쪽, 참조.

> 암시된 저자는 하나의 서술 작품에 영향을 미치는 수사학적 목적의 배후에 있는 정신을 비평적으로 재구축한 것이다. 암시된 저자는, 믿을 만한 의인화 된 주체를 만들어 냄으로써, "이 작품을 창조하였다고 믿고 또 가치를 부여해야만 하는 것은 무엇인가?" 하는 질문에 초점을 맞추도록 한다. 따라서 암시된 저자는 방대하고도 섬세한 많은 기술들을 활용하도록 초대하는데, 이 기술들의 대부분은 정식화 되어 있지도 않고 거의 의식되지도 않는다. 그럼에도 우리가 일상적인 삶 속에서 다른 이들의 가치와 의도를 평가하고자 할 때 이 기술들을 이용하게 된다. 암시된 저자는 풍요로운 해석학적 전문 지식이 예술 작품에 초점화 될 수 있도록 하는 특별한 교육학적 미덕을 지닌다. 그러나 이것은 동시에, 그 해석학적 지식이 과도하게 넘치게 되는 것(자연적으로 이렇게 되는 것이겠지만)을 막아서, 우리 모두가 알고 있는 주체, 다시 말해 실제로 예술 작품을 만든 저자를 검토하도록 만들지만 그 대신에 초점은 작품 그 자체에 머무르도록 만드는 특별한 교육학적 미덕도 지닌다.[449)]

이 논의는 제라르 주네트 등이 암시된 저자 개념을 부정한 것을 비판적으로 취급하면서, 이것이 작품을 이해하고, 또 이 작품을 통해 작가가 요청하는 독자, 즉 암시된 독자를 이해하는데 중요한 몫을 한다고 주장한다. 암시된 저자 개념은 텍스트 내부를 그 외부의 살아 있는 작가 자신과 직접 또는 거칠게 연결 짓지 않으면서 동시에 그 외부를 내부와 연계시켜

449) Harry E. Shaw, 「The Narrative Communication Diagram」, 『A Companion to Narrative Theory』, Blackwell Publishing, 2006, 301쪽, 참조. 이에 대한 번역으로는, 「왜 우리의 용어들이 머물러 있지 않으려 할까?—검토되고 역사화 된 서술 커뮤니케이션 다이어그램」, 방민호·최라영 옮김, 『문학의 오늘』, 2013년 가을호, 402~403쪽.

사고하게 한다.

자전적 소설의 가장 극단적인 사례로 지목되어 온 것은 아마도 일본의 사소설일 것이다. 많은 사소설 작가와 이론가들은 사소설이 작가 자신의 삶을 사실 그대로 재현해 놓는 양식이라고 반복적으로 주장해 왔다.

그러나 앞에서 말했듯이 '사실 그대로'라는 표현은 어불성설이며, 이와 관련하여 스즈키 토미는 사소설을 "읽기 모드"로 규정하는 방식을 선택한다. 일본 사소설은 저자가 '규약'의 이니셔티브를 쥐고 있는 유럽의 자서전 양식과 달리 독자 쪽에서 규정되는 양식이라는 것이다.

> 근대 일본 문학의 텍스트가 대상 지시적, 자전적으로 읽힌 것은, 반드시 작가가 규약을 제시했기 때문은 아니었다. 사소설의 경우, 텍스트 안에 '암묵적인 규약'을 상정하는 것은 최종적으로 독자이다. 그러한 독자는 텍스트의 대상 지시 층위의 '충실함'이나 특유의 형식적 특징, 또는 그 양자를 작가가 사소설을 의도하고 있는 징후로 간주한다. 이제까지의 통설과는 반대로, 사소설은 대상지시적, 주제적, 형식적 특성 등과 같은 그 어떤 객관적인 특성에 의해 정의될 수 있는 장르가 아니다. 그 대신 독자가 해당 텍스트의 작중 인물과 화자 그리고 작자의 동일성을 기대하고 믿는 것이 궁극적으로 그 텍스트를 사소설로 만든다. 사소설은 일종의 읽기 모드로 정의하는 것이 가장 타당하다. 그것은 사소설이 단일한 목소리로 작가의 '자기'를 '직접적'으로 표현한 것이고, 거기에 씌어진 말은 '투명'하다고 상정하는 읽기모드이다. 사소설은 특정한 문학형식이나 장르라기보다는, 대다수의 문학작품을 판정하고 기술했던 일종의 문학적이고 이데올로기적인 패러다임이다. 즉 어떤 텍스트라도 이 모드로 읽힌

다면 사소설이 될 수 있는 것이다.[450)]

유럽에서는 허구적인(fictional) 내러티브와 지시적인(referential) 내러티브의 구별에 대한 이해가 공유되어 있었던 데 반해 일본은 그렇지 못했고, 이러한 상황에서 사소설을 작가 자신의 삶의 숨김없는 표현으로 읽어준 것은 독자들이었다고, 이 점에서 사소설은 쓰기 쪽에서 결정된 양식이 아니라 읽기 쪽에서 결정된 양식이라는 설명이다. 이는 흥미롭기는 하지만 어딘지 불완전해 보인다. 일본 사소설은 과연 유럽에서의 자전적 소설과 '다르게', 일본적인, 특별한 읽기 모드로 규정해야 하는 것일까?

3. '암시된 저자', '암시된 독자' 그리고 이광수 소설의 자전적 성격

이는 또 다른 방식으로 일본 소설을 특화시키는 것이다. 스즈키 토미의 방식으로는 자전적 소설 또는 사소설에서의 진실성 또는 사실 일치성 문제는 완전히 해결되지 않는다. 오히려 모든 소설은 쓰기의 단계에서부터 독자들에게 어떤 읽기를 요청하는 암시된 저자를 가지고 있으며, 이것이 암시된 독자의 단계에서 실현되는 것이라고 봄이 더 타당할 것 같다.

이 문제를 보다 분명하게 해주는 것은 '암시된 저자'와 '암시된 독자'가 대칭적인 뜻을 함축하고 있는 개념이라는 사실을 분명히 하는 것이다. 이것을 사소설 양식에 적용하여 생각해 보면, 사소설 양식에서 실제 저자는 사소설의 이야기를 통해서 자기 자신을 암시하며, 실제 독자들은 암시된 저자가 요청하는 암시된 독자, 다시 말해 사소설의 이야기를 실제 저자 자

450) 스즈키 토미, 『이야기된 자기』, 한일문학연구회 옮김, 생각의나무, 2004, 30~31쪽.

신의 숨김없는 기록으로 읽어주는 독자로서의 기능을 담당한다. 사소설의 저자는 자신이 호소해야 할 독자들을 염두에 두고 자기 이야기를 하며, 독자들은 이것을 그가 요청하는 대로 읽어준다. 작가와 독자 사이의 이상적 관계를 상정한다면 말이다.

다시 말해 사소설 작가는 자기 이야기를 함에 있어 그것을 들어줄 자신의 청중을 이미 상정하고 있으며 바로 그러한 코드를 사소설의 독자들이 수용하게 된다. 그러나 동시에 사소설 작가는 그러한 청중들의 세계에 자신의 이야기를 가지고 참여하고 있는 셈이기도 하다.

'암시된 저자'에 관한 웨인 부스의 생각이나 시모어 채트먼의 도식은 모든 소설에 적용되지만 특히 자전적 소설을 이해하고자 할 때 도움이 된다. 이들은 모두 작가가 자신의 독자들에게 제시하고자 하는 '암시된 저자'에 특별한 의미를 부여한다. 그리고 이 '암시된 저자'는 '실제 저자', 즉 작가와 동일시될 수 없다는 점에서, 자전적 소설에서 말해진 것이 곧 실제 작가에 대한 사실 그대로의 보고일 수는 없다는 인식과 잘 어울린다. 또한 그럼에도 불구하고 이 '암시된 저자'는 작가를 상기시키고 그와 작중 주인공의 연관성을 염두에 두도록 하는 효과를 갖는다.

그리고 이는 다시 '암시된 독자'라는 개념에 연결된다. '암시된 독자'는 저자가 염두에 두는 독자다. 그것은 일단 어떤 하나의 문화 속 깊숙이 묻혀 있는, 암시된 저자를 특징짓는, 그의 의식적인 설득 행위(=이야기)에 앞서 존재하면서 그 행위를 뒷받침해 주는 상황들을 명시하는 용어로 간주될 수 있다. '암시된 독자'란 저자가 이야기를 함에 앞서 상정하는 독자들의 언어적 능력, 문화적 지식, 가치 공유의 정도를 표현한다. 또 그런 맥락에서 '서술자적 청중'은 서술자에 의해서 말이 건네지는, 특별히 어떤 이야기를 듣고 있는 사람을 지칭하는 용어가 된다. 액자소설에서 화자(=서술자)의 이야기를 듣고 있는 사람이라든가 어떤 소설의 작중에서 화자가 특별히 말을 건네고 있는 사람이 바로 '서술자적 청중'이다.[451]

해리 쇼는 시모어 채트먼이 도식화한 서술상황을 정보의 이동과 흐름의 관점에서 일단 이렇게 구분한다. 그러나 이 서술상황을 그것에 참여하는 이의 관점에서 보면 '암시된 독자'와 '서술자적 청중' 개념이 명료하게 이분화 되기는 어려울 것이라고 한다. 이 도식의 오른 쪽에 있는 '암시된 저자' 또는 '서술자'가 염두에 두면서 참여하고자 하는 '암시된 독자' 또는 '서술자적 청중'은 서로 중첩될 수 있다. 그는 이것을 『엉클 톰스 캐빈』을 예로 들어서 설명한다. 이 작품 속에서 서술자는 '미국의 어머니'들을 구체적인 독자(=서술자적 청중)로 상정하고 있지만, 이를 통하여 모든 가능한 독자들에게 말하고 있다.

어떤 자전적 소설에서 이 '서술자적 청중'이 누구이며, 또 '암시된 독자'는 누구인가를 파악하는 것은 그 소설의 성격이나 주제를 이해하는 문제에 직결된다. 예를 들어서 일제 말기에 채만식, 이태준, 박태원, 이효석 등의 작가들이 하나같이 매달렸던 자전적 소설들은 누구를 상대로 말한 것인가? 그들의 작품들을 채트먼의 서술상황 도식 속에 집어넣어 그 양상을 살펴보면 그 작품들의 진의를 손쉽게 갈파할 수도 있다.

일제 말기 문학에서 그 성격이나 주제를 두고 논란이 되는 것 가운데 하나는 역사소설들이다. 이태준의 『왕자 호동』을 둘러싸고 이 소설이 국책을 수용한 것이냐 그렇지 않은 것이냐를 둘러싸고 시각이 엇갈린 적이 있으며, 그때 필자는 역사소설이라는 양식의 우회적 성격, 그 불투명함으로 말미암아 작가의 진의는 드러내어지는 한편 감추어지는 이중적 효과를 갖게 된다

451) Harry E. Shaw, 앞의 논문, 302쪽, 참조.

고 했다.[452] 왕자 호동의 이야기는 국책을 수용하여 멸사봉공을 주장한 소설인가? 그렇지 않으면 일제 말기라는 위기의 상황에 민족 내러티브를 통해 그 정체성을 지키고자 한 것인가? 『청춘무성』이나 『별은 창마다』에 나타난 국책적인 메시지들에도 불구하고 이 문제는 그리 간단치 않다.

그리고 이 문제는 『원효대사』나 『세조대왕』과 같은 특수한 형태의 '자전적 소설'과 관련하여 특히 시사적이다. 이 텍스트들이 특수한 것은 그 역사소설 장르 문법 때문에 이 소설들은 종래의 방법으로는 결코 자전적이라고 확언할 수 없을, 즉 실제 작가의 생애와 작중 주인공의 생애 사이에 심각한 시간적 거리가 존재하기 때문이다. 그러므로 이들 텍스트 내부와 외부, 즉 작가의 생애를 비교, 대조하는 방법으로는 그 몇몇 단편적인 '사실들'의 일치 여부를 들어 『원효대사』나 『세조대왕』을 가리켜 자전적이라고 쉽게 단정할 수 없다.

『원효대사』를 둘러싼 주된 논점은 이것이 신라사를 내선일체론의 맥락에서 재구성한 것인가, 아니면 주인공 원효의 고뇌를 통하여 일제 말기라는 엄혹한 상황을 헤쳐 나가야 했던 이광수 자신의 내면세계를 드러낸 것인가 하는 데 있다. 이 점에서 『원효대사』는 역사소설로서의 불투명성에 이 소설을 자전적 소설로 읽을 수 있느냐 하는 문제까지 함축하고 있는 복잡한 작품이 된다.

이 문제를 해결하는 고전적인 방법은 텍스트 내부와 외부를 비교, 대조하는 것이다. 르죈의 논의가 바로 대표적이다. 그의 논의를 따르면 자전적 소설이란 저자와 작중 인물(특히 주인공)의 유사성에 의해 규정된다.

---

452) 방민호, 「일제 말기 이태준 단편소설의 '사소설' 양상」, 『상허학보』 14, 2005, 참조. 241~245쪽, 참조.

따라서 언술된 내용에서 저자와 주인공이 유사성을 갖는 텍스트는 '자전적 소설'의 범주에 포함된다. 저자 자신이 주인공과 동일인임을 부인하거나, 아니면 적어도 그것이 자기의 이야기라고 스스로 말하지 않는다 하더라도 독자가 그 이야기 속에서 그것이 저자 자신의 이야기와 유사하다는 것을 알아차리고, 그 때문에 작가와 주인공이 동일인물이라고 생각하게 되는 그러한 허구의 텍스트들을 자전적 소설이라 부를 것이다. 이렇게 정의될 때 자전적 소설은 일인칭으로 씌어진 이야기(화자와 주인공이 동일함)뿐만 아니라 주인공이 삼인칭으로 지칭되는 이야기까지도 포함하게 된다. 결국 자전적 소설은 언술된 내용의 층위에서 정의되며, 자서전과 달리 그 내부에 몇 단계를 포함한다. 독자가 상정하는 '유사성'은 주인공과 저자가 어렴풋이 '닮은 것 같은' 단계에서부터, 그 둘이 '그대로 빼어 닮은' 분명한 유사성의 단계까지 이를 수 있기 때문이다.[453)]

이와 같은 관점에 따르면 『원효대사』는 자전적 소설인가? 또는 어느 정도 자전적인 소설인가? 이 작품의 주인공인 원효는 분명 주인공인 이광수를 "그대로 빼어 닮은" 인물이라고 할 수 없다. 우선 사는 시대가 다르고 보낸 생애와 하는 일이 같지 않다. 그럼에도 불구하고 원효는 어딘지 모르게 이광수를 "어렴풋이 닮은 것 같은" 인상을 주기는 한다. 원효의 파계와 그에 따른 고민을 이광수 자신의 전향에 겹쳐 볼 수 있게 하기 때문이다. 그 행위의 결정적 성격과 그에 따른 고민의 깊이 면에서 『원효대사』는 어딘지 모르게 자전적인 소설인 듯한 인상을 선사한다. 그러나 이 때문에 『원효대사』를 자전적 소설이라고 규정하기에는 상당한 무리를 범하는 부담

453) 필립 르죈(Philippe Lejeune), 『자서전의 규약』, 윤진 옮김, 문학과지성사, 1998, 35쪽.

감이 생겨난다.

이때, 웨인 부스나 시모어 채트먼의 '암시된 저자' 개념이 이 문제에 관하여 탄력적인 사고를 제공해 줄 수 있을 것으로 판단된다. '암시된 저자'는 작가와 작중 주인공의 '유사성' 문제를 그 세부적 사항들의 일치 여부에서 찾지 않을 수 있도록 해주며, 그럼에도 불구하고 왜 그가 이런 주인공을 창조했는가, 이러한 주인공을 통하여 독자들에게 작가가 자신에 관하여 제시하고자 하는 이미지는 무엇인가를 생각하게 한다.

4. 『세조대왕』의 자전적 성격과 일제 말기의 이광수 독해

이광수 소설의 전개 과정 속에서 주목할 만한 국면의 하나는 장편소설 『사랑』을 쓰고 『세조대왕』을 거쳐 『원효대사』에 이르는 과정이다. 이 과정은 단편소설로 보면 그가 일련의 '사소설'을 쓰던 시기이기도 하다.

김윤식은 앞에서도 언급했듯이 이 시기의 소설들을 가리켜 일종의 '가면 쓰기'로 규정했다.[454] 가면을 쓴다는 것은 진짜 내면적 진의는 감춘 채 어떤 포즈를 취함을 의미한다. 여기에는 작가적 진정성이 전혀 개입하지 않는 듯한 뉘앙스가 작용한다. 이를 자전적 소설에 관한 학술적 언술들의 맥락에서 재규정해 보면, 이광수는 일련의 소설들을 통해서 자신에 관한 이미지나 표상으로서의 '암시된 저자'를 누적적으로 제시해 나갔다고 평가할 수 있고, 또 그러한 이야기를 들어줄 어떤 독자를 향해 지속적으로 신호를 보낸 것이었다고도 말할 수 있다.[455]

454) 김윤식, 『일제 말기 한국 작가의 일본어 글쓰기론』, 서울대학교 출판부, 2003, 364~386쪽, 참조.

455) 우정권은 1920년대 소설을 고백의 측면에서 논의한 바 있다. 그런데 자전적 소설에서의 고백

여기서는 특히 『세조대왕』에 주목하여 이 시기의 이광수가 자신의 모습을 어떻게 제시하려 했으며 이를 통하여 당시의 독자들과 어떤 관계를 형성하고자 했는지 살피고자 한다. 이것은 『세조대왕』이나 『원효대사』 같은 역사소설을 그 주인공들이 지닌, 작가와의 관계 면에서 매우 취약한 유사성만을 가지고도 자전적 소설로 읽을 수 있는가 하는, 한계 지점을 시험하는 것이기도 하다.

『세조대왕』은 1940년에 박문서관에서 출간된 전작 장편소설이다. 이광수는 1938년 8월에 『사랑』 상권, 1939년 4월에 하권의 집필을 끝낸 후 5월에 『세조대왕』 집필에 착수하여 약 1년 여만에 탈고를 본다. 1941년 11월에 『원효대사』 집필에 착수하여 1942년 3월 『매일신보』에 연재하게 되고, 이것이 10월에까지 이어진다.[456] 이와 같은 양상은 『사랑』, 『세조대왕』, 『원효대사』가 하나의 흐름 속에 놓여 있음을 알 수 있게 한다.

특히 『세조대왕』은, 「춘원연보」에 "불서를 비롯한 참고도서 사천여 장을 독파하고, 전작 「세조대왕」의 집필을 착수함."[457]이라는 문장을 볼 수 있는 것과 같이, 각종 참고문헌을 수집적인 태도로 수용하여 써나간 독특한 양식의 역사소설이다.

이와 관련하여 서은혜는 『세조대왕』이 『단종애사』나 『이순신』과 마찬가지로 다양한 사료를 접하고 배치하여 창작한 소설이지만 수적으로 훨씬 많은 사료들의 편린들을 가져와 재배치하는 작가의 역할이 훨씬 컸음을 지적한다. 특히 『세조대왕』은 이광수가 여러 사료들을 종합적으로 수

이란 서술론의 맥락에서 보면 곧 특정한 '서술자적 청중' 또는 '암시된 독자'를 요청하는 과정이라고 할 수 있다.(우정권, 「1920년대 한국소설의 고백적 서술방법연구」, 서울대학교 박사학위논문, 2002, 참조.)

456) 노양환 편, 「춘원 연보」, 『이광수 전집』 별권, 삼중당, 1971, 181~183쪽, 참조.

457) 위의 글, 181쪽.

용하여, 일제의 동조동근설에 대한 대응으로서 문화 전파의 시혜자로서의 조선의 역할을 강조하는 논리를 구축한 것이기도 하다.[458]

이 『세조대왕』, 그리고 더불어 『원효대사』는 이광수 역사소설의 계보 속에서 보면 독특한, 예외적인 국면을 형성한다. 본래 이광수의 역사소설 기획은 한일합병의 문제의식에 연결된다. 그는 대한제국의 멸망이라는 현실 속에서 역사소설을 기획했고, 따라서 그의 역사소설은 기억의 재구성, 전통의 확인, 역사 멸실로부터의 구원이라는 탈식민주의적 의도를 함축한다. 다음의 회고에 그 의도가 명료하게 나타난다. 이 중요한 대목을 다시 한 번 인용해 본다.

> 역사소설에 유의하기는 퍽 오래전이었었다.
>
> 明治 43년에 六堂 崔南善군이랑 한자리에 몰여 앉아서 朝鮮역사소설 5부작을 앞으로 완성하기로 의논했었는데, 5부작이라 하면, 제1부가 檀君을 주인공으로 하여 그 시대를 그리려한 것이오 제2부는 東明王과 그 시대, 제3부는 高麗末과 李朝初, 제4부가 李朝중엽, 제5부가 李朝말엽인데, 이러구 보면 檀君으로부터 시작해서 李朝末까지 朝鮮역사의 대부분을 소설화시키게 되는 것이다. 그러나 모든 것이 여의케 되지 않아서 나는 제1부부터 시작 못하고 新羅末, 高麗初, 李朝중엽, 이렇게 순서 없이 쓰기 시작했던 것이다.[459]

위의 인용에 나타나는 메이지 43년이란 1910년, 곧 한일합병이 있던 해

458) 서은혜, 「이광수 역사소설 연구:역사담론과의 관련성을 중심으로」, 서울대학교 석사학위논문, 2010, 61~70쪽, 참조.

459) 이광수, 「「端宗哀史」와 「有情」, 이럭저럭 二十年間에 十餘篇을」, 『삼천리』, 1940.10, 183~184쪽.

다. 그의 역사소설은 최남선과 머리를 맞댄 자리에서 역사적 현실을 생각하며 구상한 것이다. 1920년대와 1930년대에 집필된 그의 많은 역사소설들은 그의 내면이 투영되어 있으리라는 추론에도 불구하고 대체로 그와 같은 의도가 살아 있는 작품들이었다. 그러나 『세조대왕』이나 『원효대사』는 그 발상이 서로 다른 작품이라고도 말할 수 있다. 이와 관련하여 이광수는 『세조대왕』을 쓰면서 특별한 고심했음을 밝힌다.

> 朝鮮日報社는 나온 후 全作장편으로 「사랑」, 「世祖大王」을 썼으며, 「사랑」은 내 장편중 독자로부터 가장 많은 편지를 받은 작품이었고, 「世祖大王」은 작년 5월에 시작해서 금년 5월에 끝낸 것으로, 참고서적을 보기도 무려 4, 5천頁을 읽기까지 한 내 장편 중에서는 가장 고심한 작품이다.[460]

무엇이 작가로 하여금 이토록 "고심"케 한 것일까? 연보를 통해서 이와 관련된 생애 사실을 간단히 일별해 볼 수 있다.

이 시기에 이광수는 수양동우회 사건으로 1937년 6월 7일에 피검되어 12월 24일 반 년만에 병보석으로 출감하게 되며, 1938년 3월 10일 안창호가 옥에서 나와 곧 서거한다. 이 무렵 그는 병상에서 지내다 1939년 5월에는 산장을 팔고 효자정으로 거처를 옮긴다. 1939년 12월 8일, 7년 구형을 받았던 수양동우회 사건을 무죄선고 받지만 검찰 측은 이에 상소한다. 12월 29일에 조선문인협회 회장이 되었으나 1940년 1월에는 수양동우회 형사사건 연루를 빌미로 조선문인협회를 탈퇴한다. 그러나 1940년 3월에는 다시 香山光郎으로 창씨개명한다. 7월 21일에는 수양동우회 사건 2심에서

460) 위의 글, 184쪽, 참조.

5년형을 선고받는다. 그는 이에 불복 상고하지만 10월에는 총독부로부터 『흙』, 『무정』 등의 저술이 발매금지 처분을 받기도 한다. 이 무렵에 모던일본사로부터 제1회 조선예술상 수상자가 된다. 수양동우회 사건은 4년 5개월을 끌어 1941년 11월에야 전원 무죄 판결을 받게 된다. 태평양전쟁이 발발한 것은 그 직후인 12월 8일이다.

이와 같은 연보 상의 세부사항들은 이광수의 『세조대왕』 집필 시기가 소위 말하여 당근과 채찍으로 점철된 위기의 시기를 보내고 있었음을 보여준다. 『세조대왕』은 산장을 팔고 산 아래로 내려오면서 집필을 시작한 것이고 대일협력 메시지가 강한 「육장기」(『문장』, 1939.9)를 비롯한 일련의 사소설들을 쓰던 시기에 함께 집필해 나간 것이다.

『세조대왕』은 세조 11년 4월 7일부터 승하한 재위 14년 9월 7일까지의 생애를 연대기적으로 서술하고 있는 작품이다. 그런데 이 작품에 나타난 세조의 면모는 몇 가지 점에서 작가 이광수의 생애와 연결지어 볼 수 있게 한다.

첫째, 작중의 세조와 이 작품을 쓰던 시기의 이광수는 자연 연령 면에서 비슷하며 모두 중한 병을 앓고 있다. 작중에 나타난 세조는 49세에서 52세에 이르는 시기를 보내고 있다. 이광수는 48세가 되는 1939년에 『세조대왕』 집필을 시작하여 49세에 탈고를 본다. 이 시기에 세조가 부스럼 병으로 고생했던 것과 같이 이광수는 폐결핵을 앓고 있다.[461)]

둘째, 작중의 세조는 열일곱 살의 나이로 일찍 세상을 뜬 세자의 죽음으로 인해 깊은 정신적 상처를 받고 있는데, 이는 이광수가 1934년 2월에 아들 봉근을 패혈병으로 잃고 비통해 했던 것과 상통한다. 아들의 죽음으로 인한 슬픔 속에서 이광수는 그해 5월에 조선일보사 부사장직을 사임했으며, 9월에 홍지동 산장으로 거처를 옮겼다.

461) 세조를 죽음으로 몰고 간 병은 나병이었던 것으로 전해지기도 한다.

셋째, 작중의 세조는 불교에 깊이 심취해 있는 모습으로 나타난다. 그는 대원각사를 짓고, 불경을 번역하고, 유신들로 하여금 불경을 암송하도록 하며, 스스로 불교적 인식을 표현한 문장을 짓기도 한다. 이것은 홍지동 산장에 기거하면서 법화경 행자를 자처하고, 불경 번역에 관심을 기울이고, 불교적 세계관이 깊이 스며든 『사랑』, 『춘원 시가집』(박문서관, 1940), 『세조대왕』 등으로 나아간 이광수의 모습에 겹쳐진다.

넷째, 『세조대왕』 작중의 세조는 단종을 비롯한 친인척을 죽음으로 몰고 간 '죄의식' 속에서 악몽에 시달리고 있는데, 이는 「꿈」(『문장』, 1939.7)이나 「난제오」(『문장』, 1940.2)에서 보듯이 악몽 속에서 '죄의식'에 시달리는 이광수의 모습과 일맥상통한다. 이 '죄의식'의 문제는 『세조대왕』의 중심적 테마 가운데 하나다. 다음은 작중에서 세조와 신숙주가 대화를 나누는 장면이다.

> 『그러한 대의를 꾸며내더라도 임금을 죽인 것은 임금을 죽인 것이요, 사람을 죽인 것은 사람을 죽인 것이요. 노산을 죽인 죄를 내나 범옹이 벗을 줄 아오? 못 벗소. 대의가 어쩌고 하더라도 그것은 다만 저를 속이는 말이요, 제 죄를 가볍게 하지는 못하는 것이요. 범옹. 노산 죽인 데 대하여서는 나도 죄인이요. 범옹도 죄인이요.』
>
> 『그러하오나 나라를 위하여서 하신 일이어든.』
>
> 『응, 범옹은 내 죄를 벗기려고 하는 말이지마는, 내 죄를 벗길 자는 범옹이 아니요.』
>
> 『부처님이시리이까?』
>
> 『부처님도 중생의 죄를 못 벗기시오.』
>
> 『그러면?』
>
> 『내 죄를 벗길 자는 아무도 없소. 나는 죄인이요. 나는 임금을 죽

이고, 조카를 죽이고, 아우들을 죽이고, 충신을 죽이고-나는 죄인 이요.』

『그것은 너무 겸손하시는 말씀이시고.』

『아니, 실상대로 한 말이지.』

『그야 제왕은 만민의 죄를 대신 지시는 어른이시니. 옛날 성탕께서도-』

『아니, 아니, 죄인은 그런 말을 하는 법이 아니요. 그것이 첨곡(諂曲)이라는 것이요. 제 허물을 허물 아닌 것처럼 꾸민단 말요. 그것은 죄 위에 또 죄를 더 짓는 것이요. 유가들은 그것이 병이야. 죄를 졌거든 나는 죄인이요, 이러지 아니하고 무에라고 사기를 끌어오고 경서를 끌어다가 그것을 꾸미려 들어. 저를 속이는 것이지, 천지신명이야 속소?』[462]

다섯째, 이 작품에는 세조가 조·중 관계보다 조·일 관계를 중하게 생각하는 대목이 등장하며, 여기에 조선사를 국수적으로 사유했던 전통의 상실을 안타까워하는 세조의 모습이 나타난다. 신라 불교도들에게는 중국을 존숭하는 마음이 없었고, 적어도 정치적으로는 자기를 존숭하는 마음이 있었으며, 고신도 정신을 보존한 것도 신라 불교도들이었다는 서술자의 진술에는, 『원효대사』에서 볼 수 있듯이 신라 고신도 사상과 불교의 결합 양상을 탐구해 나간 이광수의 모습이 겹쳐진다.[463] 물론 이러한 양상은 서은혜의 논의가 보여준 것과 같이 대일협력적인 메시지를 함축한 것으로 해석될 수도 있기에, 일방적으로, 단순하게 평가할 수만은 없다.

---

462) 이광수, 『세조대왕』, 『이광수 전집』 5, 삼중당, 1962, 400쪽.

463) 위의 소설, 511~512쪽, 참조.

『세조대왕』은 본질상 역사소설이다. 작가 자신과는 멀리 동떨어진 시공간을 살다 간 인물을 다룬 소설이다. 이 작품이 당대의 역사담론들과 밀접한 관련을 맺고 있고, 또 앞에서 언급한 세목들과 같은 작가와의 유사성을 지닌다 할지라도, 이와 같은 역사소설에서 자전적인 성격을 추출해 내는 것은 논리상 쉽지 않다. 그럼에도 이러한 독해는 아주 일반화되어 있다. 『세조대왕』에 대한 박종화의 짧은 논평이 그 단적인 예다.

> 〈세조대왕〉을 집필하던 1940년대의 춘원은 그 패기와 사상에 있어 다소 흔들림을 보이던 시기라고 할 것이다. 신변과 주위의 벅찬 고민을 민족문학 수립으로만 지탱해 나갈 수 없는 심경이었다.
>
> 〈단종애사〉에서 폭악무도한 인면수심으로 처리했던 세조가 문둥병으로 만신창이가 되어 만년에 가서 불도에 귀의하면서 임금의 자리도 선위하는 「회한의 세조」를 그려놓았다.
>
> 본권에 수록되는 〈세조대왕〉은 〈원효대사〉와 함께 모두 다 불도에 귀의하는 심경을 잘 표현한 작품이다. 번뇌무진한 속한의 세계를 벗어난 담담한 경지에서 춘원은 만년의 세조를 그린 듯하다. 한편으로는 춘원의 자서전이라 해도 좋을 것이다.[464]

『세조대왕』과 같은 역사소설에서 "자서전"을 보려는 태도는 불가피하게 이 작품을 작가와의 관계망 속에서 읽을 수밖에 없도록 한다. 지금 이와 같은 독해 방향에서 의미 있게 읽히는 것은 서은혜의 논의다. 그는 이 소설에 대하여 "작가 자신의 내면을 과거의 의장을 빌어 우회적으로 표현하는 것"으로 보아, "역사적 인물의 서사를 변형하면서 특정 심리를 반복적으로

464) 박종화, 「해설」, 『이광수 전집』 5, 삼중당, 1962, 558쪽.

부각시키고 작가의 자전적 사실을 환기시키는 모티프를 삽입하는 것에서 작가 자신의 내면 심리를 역사적 인물에 투영시키고 있"[465]다고 평가한다.

이와 같은 맥락에서 서은혜는 동순(東巡)에 나선 세조가 그 마지막 방문지인 문수사에서 문수보살을 만나 지병을 치유 받는 것으로 처리한 대목에 주목한다. 이 대목을 가리켜 단순한 육체적 질병의 치유가 아니라 '죄의식'의 해소에 대한 작가의 바람이 투영된 것이라고 본 것은 탁견이다.[466]

여기서 필자는 '암시된 저자'와 '암시된 독자'의 교호 작용 속에서 『세조대왕』을 읽는 것이 자전적 소설의 개념 범주의 한계를 넘나들면서 이 작품을 작가와의 관련성 속에서 독해할 수 있게 해주는 이점을 가지고 있다고 논의하고자 한다.

『세조대왕』 속의 세조는 야망과 출세, 살육과 지배를 뒤로 하고, 질병과 죄의식과 악몽과 허무감 속에서 「욥기」의 주인공의 시련을 방불케 하는 고통스러운 말년을 보내며, 불법에 귀의하고 또 귀의한 끝에 마침내 제법세계가 허공의 꽃이 어지럽게 피었다 지는 것과 같아서, 중생이 본래부터 성불했던 것이며 살고 죽는 것과 열반에 드는 것이 모두 어젯밤의 꿈과 같은 것이라는,[467] 『원각경』의 사상을 깨달으며 삶을 마감한다.

이 소설에 등장하는 세조의 면모는 한 마디로 말해 삶의 고뇌를 딛고 죽음에 직면하여 숭고한 존재로 거듭나는 인물이다. 작중 서술자(=화자)는 이러한 세조의 모습을 연대기적으로, 담담하게, 그러나 심리적으로 동정을 머금은 목소리로 묘사해 나간다. 우리는 여기서 이 인물을 창조해 나가는 '암시된 저자'의 이미지에 관심을 기울일 수 있다. 이러한 화자의 배후에 가

465) 서은혜, 앞의 논문, 71쪽.

466) 위의 논문, 79쪽.

467) "諸法世界 猶如空花 亂起亂滅", "始知衆生 本來成佛 生死涅槃 猶如昨夢"(이광수, 『세조대왕』, 『이광수 전집』 5, 삼중당, 1962, 544쪽.

로놓여 있는, 그러면서 실제 저자인 이광수가 자신을 대리하여 독자들에게 제시하고자 하는 '암시된 저자'는 어떤 존재일까?

그는 세조의 말년 마지막 3년간의 행적을 그와 관련된 각종 사료들을 수집하고, 선별하고, 종합하고, 취사선별하고, 재구성하면서, 세조의 삶에 내재된 비극성과 숭고함에 주의를 기울이고, 이것을 현재적 현실 속에서 고난을 겪어 나가며 육체적 죽음을 방불케 하는 정신적 파멸에 직면할지 모르는 자기 자신의 모습에 비추어 성실하고도 심각하게 반추해 나가는 사람이다. 그러나 그는 이러한 작업 속에서 단순히 자기 자신에게 찾아온 불행과 고난에만 주의를 기울이지는 않으며 세조 당대에 있었던 일들과 현재 자신의 주위에서 일어나고 있는 일들 사이에서 어떤 연관성을 찾고, 그 과거의 일들 속에서 현재를 위한 지혜를 얻어내고자 하는 지성적 면모를 구비하고 있기도 하다.

이렇게 '암시된' 작가가 창조한 제삼의 인격은 자신의 이야기를 읽어줄 당대의 사람들, 그리고 그와는 다른 시공간의 독자들에게, 지극히 불행하면서도 장엄하고도 세조의 말년의 모습에서 자기 자신의 모습을 겹쳐 보아 줄 것을 요청한다. 그가 요청하고 있는 현실 속의, 또는 미래의 독자를 향해 그는, 그 자신이 대일협력을 향해 나아가고 있음을 알고 있고, 그 죄과가 결코 씻길 수 없음을 알고 있으며, 그것이 세속적 욕망과 절연할 수 없었던 그 자신의 결함으로부터 온 것임을 알고 있음을 보여준다. 또한 그러한 자신의 행위가 단순히 자신의 욕망에 기인한 것만이 아니라 이 세계를 구원하고자 하는 보살과 같은 심리와 태도를 수반한 것이기도 하다는 것을 호소하고자 한다.

『세조대왕』을 비롯하여, 『사랑』에서 『원효대사』에 이르는 일제 말기의 소설들, 해방 후 그가 자신을 냉정하게 비판하겠노라고 쓴 『나』와 같은 작품들에 나타나는 '암시된 저자'들은 이와 같은 엇갈리고 '분열된', 그러면서도 자신의 운명으로부터 벗어날 수 없는 비극적인 심정에 감싸여 있다. 그는 이미 자신의 죄를 알고 있는 사람으로서 자신을 용납해 줄 수 있는 포용력 있는 독자들, 공동체의 구성원들의 부응을 요청한다. 오늘날 이광수에 대한 연구와 비평의 논조가 그토록 혼란되고 또 엇갈리는 것은 이광수의 행적뿐만 아니라 그의 텍스트에 기입된 '암시된 저자'의 요청에 대한 서로 다른 응답들일 것이다.

5. 작가에 대한 한 윤리적 요청 방식에 관하여

여기서 필자는 자전적 소설 또는 소설의 자전적 요소나 특성에 관한 비교적 최근까지의 논의를 일괄해 가면서 이 문제에 대한 인식을 특히 이광수 소설의 분석에 적용, 활성화시켜 보고자 했다.

웨인 부스는 우리에게는 신비평주의적인 비평 이론과 개념을 구축한 이론가로 알려져 있지만 그가 『소설의 수사학』을 출간하던 때는 이미 작가와 작품의 완고한 분리를 주장하는 신비평주의에 대한 반성이 촉구되고 있었다. 작가와 작품을 서로 넘어설 수 없는 경계에 의해 단절시킴으로써 발생할 수 있는 부의 효과의 하나는 작품에 관한 윤리적 요청을 수행할 수 없다는 사실일 것이다.

작가와 작품이 다른 것이라면 작가는 윤리적으로 타락해 있더라도 작품만 미적(문학적)으로 훌륭하면 그만이다. 그러나, 어떤 아름다운 작품이라 해도 작가나 세계(현실)이나 독자들에 연결시켜 맥락적인 독해를 수행하는 순간 추함이 밝게 드러날 수 있다. 작품만을 독자적으로 따로 떼어놓고 읽음은 그 작품의 진정한 가치에 관한 물음을 지연시키거나 은폐하는 효과를 가져올 수도 있다.

암시된 저자와 암시된 독자 개념에 대한 새로운 인식과 이를 통한 소설 텍스트 독해를 통하여 해당 작품의 복합적인 또는 진정한 의미를 발견할 수 있고, 이를 통하여 그 작품과 작가의 관계 및 해당 작가의 진정성을 새로운 차원에서 문제 삼을 수 있다.

이광수는 한국 현대문학사의 그 어느 작가도 따라올 수 없는 복합적인 소설 창작 양상을 보였고, 그 주된 특징 가운데 하나가 바로 자전적 소설 형식을 통한 '트릭'이다. 그는 『무정』에서 『사랑의 동명왕』에 이르는 여러 소설들을 통하여 이 트릭을 즐겨 활용했고, 그로써 그 자신에 대한 독자들의 가치 판단을 지속적으로 시험대 위에 올렸다.

이러한 이광수 소설의 수법을 상대하기 위해서는 서술이론적인 정교함과 날카로움이 필요하다는 것이 필자의 판단이었으며, 이는 특히 그의 일련의 '자전적' 역사소설들을 독해하기 위한 필수 요건이라고 보았다.

그 하나의 전형적 사례로 다룬 작품이 바로 『세조대왕』이다. 여기서 필자는 '암시된 저자'와 '암시된 독자'의 개념이 그와 같은 역사소설 속에서 어떻게 작동할 수 있는가를 보임으로써, 『세조대왕』의 작가 이광수가 자기 자신이 살던 시대와 현격히 먼 시대의 인물을 등장시키면서도 어떻게 지속적으로 자신에 관한 이미지를 불러일으키는지, 그럼으로써 그가 어떤 독자들을 요청하고 그렇게 기대된, 암시된 독자들 속에서 그 자신을 어떻게 위치 짓고자 하는지 살펴보았다.

『세조대왕』에 대한 서술이론을 통한 접근은 작가론으로서의 이광수론, 그의 의식과 심리의 심층을 읽어가는데 유효한 하나의 방식이 될 수 있을 것이다.

장편소설 『원효대사』와 '사상 전향'의 심층

1. 이광수의 조선적 정체성 탐구와 내선일체론이라는 소켓

최근에 이광수의 창씨개명과 관련하여 흥미 있는 연구 자료가 제시된 바 있다. 역사학자 김원모가 자신의 논문에서 이광수가 자신의 창씨개명 훨씬 이전에 이미 '香山'이라는 말을 의식하여 사용하고 있었음을 밝힌 것이다.[468)]

그에 따르면 이는 1936년으로까지 거슬러 올라간다. 김원모가 제시한 자료는 수양동우회 사건의 안창호 관련 증거품으로 총독부 경무국에 압수된 동우회 서기 李英學이 가지고 있던 앨범 안에 씌어진 이광수의 글이다. 이를 여기에 다시 옮기면 다음과 같다.

> 呈 香山 李兄
>
> 神市 三千衆에 이 몸도 바치리라

468) 김원모, 「춘원의 '스러진 젊은 꿈'(이애리수)·'새나라로!'(안기영)와 광복주의 정신」, 『춘원연구학보』 2, 춘원연구학회, 2009, 297~298쪽, 참조.

그 분의 옛터에서 새로운 일 할
때 香山의 나무 한 그루 커서
이 몸 받아들여 주소서

春園[469]

인용 글에 따르면 "香山"은 앨범을 소지하고 있던 이영학의 호이며, 문맥상으로 보아 이광수가 향산 이영학에게 자신도 "신시 삼천중"으로 상징되는 민족운동에 헌신하겠다고 다짐하는 것으로 이해된다. 여기 등장하는 "향산"이란 단군신화에 등장하는 태백산(太白山), 즉 묘향산을 의미한다. 이 짧은 분량을 가진 자료의 의미는 결코 작지 않다. 지금까지는 이광수가 창씨개명의 변으로 밝혔다는 『매일신보』 기자의 전언이 카야마 미츠로, 즉 향산광랑(香山光郎)이라는 이름에 대한 최초 구상인 것처럼 논의되어 왔으나, 이것이 이광수 자신의 에두른 거짓말일 가능성이 생겨나기 때문이다.

『매일신보』의 기자가 전한 이광수 창씨개명 변은 다음과 같았다. 여기에서 "향산"은 일본 천 황이 나라를 연 "향구산(香久山)"을 가리키는 것으로 나타난다.

지금으로부터 二천六백 년 신무천황(神武天皇)께옵서 어직위를
하신 곳이 강원(橿原)인데 이곳에 잇는 산이 향구산(香久山)입니다
뜻 깁흔 이 산 일흠을 씨로 삼어 『향산』이라고 한 山인데 그밋헤다
『광수』의 『광』자를 붓치고 『수』자는 내지식의 『랑』으로 고치어

469) 국회도서관 수서정리국 편, 『항일독립운동 관계 도산 안창호 자료집』 2, 국회도서관, 1998, 467쪽.

『향산광랑』이라고 한 山입니다.[470]

과연 어느 쪽이 진실에 가까운가? "향구산" 쪽을 따른다면 이광수는 선일체론을 내면화한 신념형 대일협력론자로 해석될 것이다. 반대로 묘향산의 "향산" 쪽을 따른다면, 이광수 해석은 위장전향이나 협력으로 해석될 가능성이 열린다. 본래는 민족주의 사상을 좇기 위해 지은 호를 표면상 논리만 바꾸어 천황을 좇는 것처럼 강변한 셈이 되기 때문이다.

이 문제는 이광수의 조선(인) 정체성론이 함축하고 있는 양가성의 문제로 이해될 수 있다. 즉 "향산"은 독자적으로 기능할 때는 조선 역사의 독자성을 상징하는 담론으로 기능하지만 내선일체론이라는 소켓에 끼워지는 순간 "향구산"을 가리키는 말로 새롭게 재조정되는 마술을 부린다.

"향산"이라는 씨에 관한 문제가 '光郎'이라는 이름에 대해서도 똑같이 작용한다. 위의 인용문에서 이광수는 '광랑'이라는 이름이 "내지식"이라고 한다. 그러나 그의 또 다른 글에 따르면 이것은 본래 '신라식', 조선식이다.

> 우리의 在來의 姓名은 支那를 崇拜하던 朝鮮의 遺物이다. 永郎, 述郎, 官昌郎, 初郎, 所回(嚴), 伊宗, 居柒夫, 黑齒, 이런 것이 古代 우리 先祖의 이름이엇다.[471]

'광랑'은 본래 신라식 이름이지만 내선일체론의 맥락 속에서는 내지식, 즉 일본식 이름으로 기능한다. 이러한 맥락 속에서 조선적 정체성론은 내선일체 담론의 지배적 구조의 일부로 편입된다. 그러나 이 소켓에서 빠져나

470) 기자, 「칠백 년 전의 조상들을 따른다―『향산광랑』 된 이광수씨」, 『매일신보』, 1940.1.5, 5쪽.
471) 이광수, 「創氏와 나」, 『매일신보』, 1940.2.20, 2쪽.

오면 그의 호나 이름은 조선적 독자성을 가리키는 어휘로 환원된다.

그런데 이광수의 역사 인식은 일본 유학시절부터 관계가 밀접했던 최남선의 지대한 영향 아래서 형성된 것이다. 최남선의 불함문화론이 이광수 고대인식의 밑바탕을 이루고 있음은 『이차돈의 사』(『조선일보』, 1935.9.30~1936.4.12)를 통해서도 손쉽게 확인된다. 여기에는 "검님"을 숭상하는 신라인들이 등장하는데 이 "검님"이란 최남선의 『조선상식』에 따르면 단군왕검의 "검", 유리이사금 의 "금"과 통하는 것으로 초월적 능력을 가진 존재, 우두머리, 임금 등의 뜻을 갖는 순우리말이다.

> 震域 고대의 귀신관은 그 근본에 있어서 동북아시아 공통의 것이지마는, 표현 형태에 있어서는 스스로 일종의 특색을 가졌다. 귀신에 대한 일반적인 명칭이 무엇임은 벌써부터 漢字 「鬼神」을 상용하게 된 관계로인지, 시방 와서 용이히 尋繹하여 내기 어렵다. 다만 거기 恰當한 여부는 모르지마는, 무릇 可畏可敬할 인물을 통틀어 「검」이라 일컬음으로부터 귀신의 類도 역시 「검」의 일종으로 관념한 것만은 어느 정도만큼 상정할 수 있다. 단군의 尊號인 「王儉」, 신라의 王號인 「尼師今」 「○錦」, 시방까지도 군주를 「임금 또 「上監」, 고관을 「대감」, 노인을 「영감」이라 하는 儉 · 今 · 錦 · , 監 등이 죄다 무서운 이, 위할 이라는 의미로 써 稱謂함일 것이다.[472]

윤영실은 최남선의 민족담론이 일본 학계의 식민담론과의 관계 속에서 길항하는 양상을 보였다고 지적한다. 그에 따르면 "무엇보다 일제의 식민담론이 조선에 대한 이화(차별)와 동화(내선일체) 라는 이중적 전략을 구사

472) 최남선, 『조선상식』, 『육당 최남선 전집』 3, 동방문화사, 2008, 304쪽.

했기에, 최남선의 민족서사 역시 각각의 담화 상황에 따라 일본과의 문화적 동원성과 민족적 차이라는 두 축 사이에서 유동하는 양상을 띠게 되었다"[473]는 것이다. 그의 불함문화론은 민족 정체성을 규명하기 위한 폭넓은 의도에서 불구하고 특히 내선동조론의 근거를 제공한 도리이 류조(鳥居龍藏) 식의 제국 담론에 편입될 수 있는 위험성을 내포하고 있었다. 즉, 불함문화권의 폭을 좁게 잡으면 그것은 조선인의 민족적 정체성을 뒷받침하는 논리가 되지만 그 범위를 넓게 잡으면 고대사로 소급되는 담론 전개 속에서 조선인과 일본인의 민족적 경계는 모호해진다.

이러한 난제는 최남선 정체성 담론의 독특한 성격에 기인한 것이다. 최남선의 민족 정체성론은 내선일체론에 접속되면 그 지배적 담론의 하위담론으로 배치될 위험성에 처하지만 그러한 접속 에서 벗어나는 순간 조선민족의 고유성이나 독자성을 밝히는 민족주의적 담론으로 환원된다. 다시 말해 최남선 텍스트는 내셔널한 아이덴티티와 에쓰닉 아이덴티티(Ethnic identity) 사이에서 스윙 운동을 하는 양상을 보인다. 이렇다 할 개작을 가하지 않고도 이렇게 자질 변환할 수 있는 것이 최남선이나 그의 영향 아래 있었던 이광수의 정체성 담론의 독특함이라면 독특함일 것이다. 이와 같은 문제가 이광수의 장편소설인 『원효대사』에도 유사하게 적용될 수 있다. 해방 후에 펴낸 단행본 『원효대사』의 서문에서 이광수는 민족 원형의 탐구를 위해 이 소설을 썼노라고 진술하고 있다.

> 나는 원효를 그림으로 불교에 있어서는 한 중생이 불도를 받아서 대승 보살행으로 들어가는 경로를 보이는 동시에 신라 사람을 보이고 동시에 우리 민족의 근본정신과 그들의 생활이상과 태도를 보이

473) 윤영실, 「최남선의 근대적 글쓰기와 민족담론 연구」, 서울대학교 박사논문, 2009, 163쪽, 참조.

려 하였다. 이러한 것은 다 내게는 감당치 못할 과중한 과제다. 그런 줄 알면서도 한 번 하여 본 적은 내 눈에 어렴풋이 띄운 우리 민족의 모습이 아니 그려 보고서는 못 박이도록 그리웠기 때문이었다.[474]

이광수 연구는 언제든지 연구자의 논리를 뒷받침하기 위해 이광수 텍스트를 선택적으로 수용, 배제하는 위험에 빠지기 쉽다. 만약 해방 이후 이광수의 '고백'을 대일협력을 견강부회하기 위한 논리로만 받아들인다면, 그것은 이 무렵의 이광수 텍스트를 진실과 관련 없는 것으로 배제하는 것이다. 똑같은 문제가 1940년 이후 해방 이전의 텍스트들에서도 발생할 수 있다. 앞에서 확인할 수 있었던 것처럼 "향산"이라는 창씨의 배경은 "향구산"에 있지 않을 가능성이 농후한데, 그렇다면 창씨의 근거를 "향구산"에서 찾은 이광수의 발언은 배제되어야 하는가?

이런 문제를 해결할 수 있는 방법은 이광수 텍스트들을 진실 또는 거짓으로 양자택일해야 할 것으로 다루지 않고 진실에 '관련된' 텍스트로 다루는 것이다. 텍스트 자체는 진실을 직접 드러내 지도, 직접 위배하지도 않을 수 있다. 우리는 그의 텍스트들을 진실에 '관련된' 것으로 받아들이고 진실에 좀더 근접한 해석과 평가를 얻을 수 있도록 노력해야 한다.

위의 인용문에서 이광수는 조선인의 근본 정신과 그들의 생활 이상과 태도를 보이기 위해 『원효대사』를 집필했다고 한다. 이러한 주장은 우리 학계에서 논의되어 온 『원효대사』론의 일반적 경향과는 배치되는 것이다. 학계의 연구들은 대체로 『원효대사』를 일본의 니치렌주의에 연결되는 법화경 사상으로 해석하면서 내선일체론적 대일협력 사상을 형상화한 것으로 본다. 이러한 해석은 분명 이광수 자신의 술회와는 모순된다.

---

474) 이광수, 「내가 왜 이 소설을 썼나」, 『원효대사』 상, 생활사, 1948, 5쪽.

그런데 만약 『원효대사』에 내선일체론적인 담론의 측면이 어떤 형태로든 구체적으로 형상화 되어 있다면, 이태준이 『사상의 월야』를 해방 후에 펴내면서 첨삭을 가하여 완성했듯이 이광수 역시 단행본을 내면서 어딘가 개작을 시도했을 가능성이 없지 않다.

필자가 지금까지 확인한 바에 따르면, 이광수는 신문 연재본을 단행본으로 꾸미면서 장 이름을 바꾸고 행렬을 바꾸거나, 신라어 탐구에 관련된 몇몇 부분들을 섬세하게 고치고, 미소한 자구를 넣고 뺀 것을 제외하면 크게 의도적인 개작을 시도한 흔적은 없다. 그러나 이 개작 방향이 내선동조론과 밀접한 관계를 갖는 언어 문제, 어원 탐구 쪽에 집중되어 있다는 점이 문제다. 1940년 전 후의 상황에서 언어 문제는 대일협력의 가장 중요한 척도 가운데 하나이기 때문이다.

2. 고신도와 대승불교의 결합 또는 어원 '탐구'의 의미

『원효대사』는 1942년 3월 1일부터 10월 31일까지 『매일신보』에 연재한 것이다. 이 장에서는 이 『원효대사』를 내선동조론 또는 니치렌주의의 맥락에서 어디까지 분석 가능한가를 검토해 보기로 한다.

니치렌주의란 일본주의와 불교, 특히 법화경 사상의 현대적 결합물로 정의될 수 있을 것이다.[475] 따라서 『원효대사』를 니치렌주의의 맥락에서 살핀다는 것은 논리적으로 볼 때 이 작품에 나타난 일본주의와 법화경 사상의 결합 양상을 살피는 것이 되어야 한다. 그러나 다 알고 있듯이 『원효대사』

475) 방민호, 「이광수 장편소설 『사랑』에 나타난 종교통합적 논리의 의미」, 『춘원연구학보』 2, 2009, 107쪽, 참조.

는 신라 사회를 배경으로 원효의 행적을 그린 것이므로 여기에 일본주의가 직접 표백되어 있을 리 없다. 이것은 당시의 역사소설들을 대일협력 담론의 맥락에서 분석하고자 할 때 나타나는 공통적 난점을 보여주는 것이다.

예컨대, 이태준의 『왕자 호동』은 그것이 충효를 강조했다 해서 대일협력적 메시지를 표방하고 있는 것으로 분석될 수 있다. 그러나 소설의 배경상 대일협력이란 메시지는 역사소설로서의 특수성 탓에 작품의 표면에 직접 나타날 수 없으며, 오로지 간접적인 이데올로기 효과로서만 그 대일협력적 성격이 추정될 수 있을 뿐이다. 또 이것이 채만식의 『여인전기』(『매일신보』, 1944.10.5~1945.5.17)가 알레고리로 읽힐 수 없는 이유다. 이 소설은 러일전쟁을 배경으로 일본군을 위해 순사하는 조선인 군인의 이야기를 등장시키고 있는데, 바로 이 직접성 탓에 알레고리로서의 간접성, 지시적인 비결정성을 충족시키지 못하는 것이다.

따라서 『원효대사』의 대일협력적 성격은 소설 텍스트의 내적 분석을 통해서는 직접, 충분히 증명될 수 없으리라는 것이 필자의 생각이다. 이 작품을 대일협력적인 것으로 평가할 수 있는 유일한 방법은, 이광수가 작중의 원효를 국가사상에 충실한 인물로 그림으로써 일본주의와 법화경적 불교사상의 결합을 추구한 니치렌주의적 메시지를 환기시켰을 것이라는 식으로 일종의 유추적 판단에 의존하는 것이다. 그에 따르면 원효가 국가에 충성했듯이 우리 또한 국가에 충성해야 한다. 그런데 지금의 국가는 일본이고 우리는 일본의 신민, 국민이다. 그러므로 우리는 일본에 충성해야 한다.

『원효대사』를 이러한 맥락에서 살피고자 할 때 가장 흥미로운 부분은 「龍神堂 修鍊」의 장일 것이다. 『원효대사』에서 이 장은 소설의 전반부와 후반부를 나누는 결절점을 이루면서 화엄 종주인 원효가 민족 신앙인 고신도를 만나는 곳으로 설정되어 있기 때문이다. 이 장은 환몽적인 요소가

다분해서 현대소설의 맥락에서 보면 결함이 많은 부분이고, 이후의 소설적 '파탄'을 결과하게 되는 원인을 이루는 곳이지만, 다음에서 보듯이 작가적 의도가 원효와 고신도의 만남을 그리려 한 데 있었다면 이 장은 오히려 작품의 핵심 부분을 이룬다고 해야 맞다.

> 나는 원효와 불가분의 것으로서 당시의 신라 문화를 그려보려 하였다. 그 고신도(古神道)와 거기서 나온 화랑과 역사에 남아 있는 기록으로, 또는 우리 말에 품겨 있는 뜻으로 당시의 사상과 풍속을 상상하려 하였다. 특별히 나는 「말은 역사다」하는 것을 믿음으로 우리 말에서 문헌에 부족한 것을 찾아서 보충하려 하였다. 그 중에는 나의 억측, 견강부회도 있을 것이다. 그러나 나는 그 중에 버릴 수 없는 진리가 있음을 믿어서 장담한다. 나는 독자가 이것을 웃어 버리지 말고 연구의 대상을 삼아서 우리의 역사와 성격을 천명하기를 바란다.[476]

작중에서 원효는 이 고신도 전당인 용신당에서의 수련을 통해 새로운 사람으로 거듭나게 된다. 이에 앞서 「瑤石宮」의 장에서 요석공주와의 관계로 인해 파계의 짐을 짊어진 원효는 정처 없이 헤매다 고향인 상상주(上湘州), 곧 지금의 상주로 향한다. 작품에 따르면 상주는 신라 전역에서 태백산(太白山)의 가장 큰 당이 있는 곳으로 방아신과 상아신을 모시고 있으며, 방아신과 상아신은 보듯이 각각 박혁거세와 석탈해를 가리키는 것으로 설정되어 있다.[477]

가뭄에 타들어 가는 중생들의 삶을 고통스럽게 느끼며 방랑을 계속해

---

476) 이광수, 「내가 웨 이 소설을 썼나」, 『원효대사』 상, 생활사, 1948, 3쪽.

477) 이광수, 『원효대사』 73회.

가던 원효는 가마새미라는 곳에 이르러 어느 "순전한 신라식 고가"[478]에 들어가 상아사사마(湘泉) 또는 사사나오라는 이름을 가진 소년을 만난다. 이 소년의 조부는 산속 가상아당이라는 수련 도량의 스승으로 있고 아사가(阿慈介)라는 누이 역시 산속 가상아당의 가상아였다. 가상아란 "가시나, 갓나위, 기생"[479]을 뜻하는 상서로운 직책의 이름이다.

이윽고 「용신당 수련」의 장에 이르면 원효는 강아당이라는 곳에서의 수련을 거쳐 가상아당이 있는 산속으로 들어가게 된다. 강아당이라는 곳을 거쳐 들어가게 된 가상아당이라는 곳은 해를 모신 사당과 같은 곳이다. 이광수는 일본 신사를 연상하게 하는 가상아당의 외양을 자세히 묘사해 놓았다.

> 가상아당은 강아당보다 적으나 더 깁숙하고 엄숙하엿다. 둥근 지추, 둥근 기둥에 모도 둥근 재목을 썻다. 해의 둥글음을 보인 것이다. 당아 압헤는 홍살문이 잇섯다. 두 기둥을 놉히 세우고 긴 도리(月)을 언고 그 우에 궁형(弓形) 널의 쪽을 부치고, 그 널쪽에서 방사상(放射狀)으로 여듧개 실을 뻿게 하엿다. 그리고 이것을 통틀어 붉은 칠을 하엿다. 또는 해를 상징하는 것이엇다. 달이 해를 인 것이다.
>
> 궁형으로 된 것을 바(해)라고 하고 바에서 뻬친 살을 『바가라』라고도 하고 『사가라』라고 한다. 사가라는 상아라로서 광선이란 뜻이다. 집을 지을 때에 도리를 걸고 서까래를 거는 것도 이것이다. 이것은 일월신을 함께 상징한 것이어서 달이 해를 인 것을 표한 것이엇다.[480]

478) 이광수, 『원효대사』 75회.

479) 이광수, 『원효대사』 75회.

480) 이광수, 『원효대사』 78~79회.

이 가상아당에서 힘든 수련을 통과해 나가면서 원효는 비로소 우리나라의 조상 때부터의 수련이 무엇인지 알 것 같다고 생각하며, 여기서 더 높은 앙아당이 있는 시로에서의 수련을 끝마친 끝 에 마침내 새로운 사람으로 거듭난다. 그러자 가상아당의 노인은 크게 기뻐하면서 원효를 데리고 산 아래 마을로 돌아와 잔치를 벌인다. 그런데 이광수는 이 장면을 신도와 불교의 만남으로 묘사한다.

> 이날 밤에 이집에는 큰 자노자(잔치)가 버러젓다. 큰 잔치라야 사람이 만히 모인 것이 아니 라, 신도의 거두와 불교의 거두가 의지가 상합하여서 금후로 신불 양교가 어쩌케 조화하여 갈 것을 의논하는 자리엇고 아울러 가상아 대성생이 원효에게서 화엄의 대설법을 바다서 불문에 귀의하는 자리엇다. 원효의 말에 의하면 고신도(古神道)는 곳 고불(古佛)의 가라치심으로 석가 세존이 성도하신 것도 고불의 가라치심을 바드심이니 고불은 곳 우리 조상이시오 고불의 가르치심은 우리의 『말』 속에 잇다고 하엿다.[481]

또한 작품은 스승이 원효에게 『神誌』라는 책을 선사하는 것으로 그려놓았다. 여기서 『신지』 또는 『신사』란 우리 고대사가 기록되어 있었다고 믿어지는 책이다.

> ……상아 선생은 매우 깃버하며 일어나서 불근 보에 싼 책을 새내엇다. 그것은, 「가마나 가라나 마다」라는 책으로 『神誌』라고도 하고 『神史』라고도 하는 책이다. 가나다라마바사아 여들 권으로 난

481) 이광수, 『원효대사』 86회.

호여 오늘 언문과 가트나 바침이 업는 글로 적은 것이다. 이 글을 가나다라라고도 하고 가나라고도 하니 가나라 함은 하늘이란 말도 되고 나라라는 뜻도 되는 말이다.

이 속에는 애초에 허공으로부터 천지가 배판하는 말이 적히고, 다음에는 가나라사(해, 밝 음, 어두움, 생명) 네 분 신의 말슴이 적히고, 다음에는 마(미리, 용) 바(볏, 봉) 다(말) 아(허 공) 등 신의 말이 적혓다.

그러고는 사람의 첫 조상이신 이사나미나미고도, 이사나기나미고도의 사적이 적히고, 이러한 신들의 당을 차리는 법과, 제사하는 법과, 제사할 때에 부르는 축문과 차려놋는 제물과 또 남녀가 목욕재게 하고 수도하는 법과 인생생활에 필요한 근본원리 삼백여순가지가 적혀 잇섯다. 이것이 최치원(崔致遠)이가 지은 난랑비(鸞郎碑)에, 『國有玄妙之道曰風流…說教之源. 備詳神史』라고 한 그 신사다.[482]

이렇듯 일본 신사를 방불케 하는 모습을 가진 가상아당, "가나"라는 이름을 가진 한글을 닮은 고문자, 석가의 깨달음을 고불, 즉 시조신의 가르침을 받은 결과로 풀이하는 것 등은 일본 고신도 사상의 존재를 떠올리지 않을 수 없게 하는 것이다. 또한 앞에서 필자는 이광수가 단행본을 내면서 전반적으로 수정하지 않았다고 했지만 이 인용 대목에 해당하는 단행본에서는 사람의 첫 조상을 가리키는 말을 "이사나미나미고도, 이사나기나미고도"에서 "사나가, 사나미"[483]로 수정하고 있다. 이 수정 사항은 『원효대사』의 중요한 특징 가운데 하나인 신라어 탐구와 관련하여 어떤 내선동조론적인 함의를 띠고 있을 가능성이 크다.

482) 이광수, 『원효대사』 87회.

483) 이광수, 『원효대사』 상, 생활사, 1948, 297쪽.

한 연구에 따르면 일본의 고신도 사상은 불교의 전래 과정에서 한때 마찰과 갈등을 빚었지만 결국 수용하게 되면서 신불습합 양상이 나타나게 된다. 이 논문은 신불습합 양상을 세 단계로 나누어 고찰한다. 그 제1단계는 신이 불교를 옹호한다는 사상, 즉 호법신 관념의 출현이며, 제2단 계는 신이 부처에 의해 보호받고 구원받는다는 관념의 출현이다. 제3단계에 해당하는 것이 헤이안 시대 말기에 등장하는 본지수적설(本地垂迹說)이다. "일본의 재래적인 신은 한층 그 입상이 높혀져서 부처가 되었으며 謀臣의 본체는 釋迦如來로 설명되어져서 본지수적도가 성립되었다. 이때 신은 본지인 부처가 수적한 것이라고 간주된다."[484] 원효와 상사 선생의 만남 및 사상적 교류는 이와 같은 일본 고신도의 신불습합 양상을 투영시킨 것이라 볼 수 있을 것이다.

또한 원효와 상아 선생이 마주 앉아 도학과 세상 일에 대해 토론을 하면서 풍류의 도가 쇠함을 근심하고, 원효가 불교가 결코 현세를 무시하고 저 한 몸이 잘 되기를 바라는 교가 아님을 밝히는 것"[485] 역시 일본 고신도의 불교 이해 방식으로 통하는 것이다. 일본 고신도는 "자연적 현세주의"[486]가 특징이다. 일본 신도에서 위력 있는 존재인 가미(神)는 본질적으로 현세의 신이다. 고신도 사상은 이 세상 그대로를 낙토로 인식하는 경향이 있어 염세주의와 거리가 있다.[487] 이러한 고신도 사상이 불교에 영향을 미친 결과 나라, 헤이안 시대의 불교 사상에는 신도적인 인간관과 세계관, 즉 낙천적인 현세관이 작용하고 있었다. 이때 불교의 염세사상은 현세 긍정적인 사상과 공존했다. 『겐지모노가타리』의 주인공 겐지는 결국 출가하

484) 최미경, 「일본 신도사 연구」, 동아대학교 석사논문, 2000, 17쪽.

485) 이광수, 『원효대사』 상, 생활사, 1948, 296쪽.

486) 최미경, 앞의 논문, 11쪽.

487) 위의 논문, 3쪽 및 12쪽, 참조.

게 되지만 생의 영화를 다 맛본 뒤에야 그렇게 하는 것이며, 따라서 현세의 영화를 다한 결과로서의 출가다.[488] 『원효대사』에서 상아 선생이 풍류도의 쇠퇴를 근심하면서 조상 숭배, '충효신용인'을 강조한 것, 불도를 닦는 자가 염세적인 세계관에 빠져 나라를 돌아보지 않고 자기 한 몸 극락왕생할 것을 바란다고 한 것이나, 원효가 현세주의적인 불교 인식을 표방한 것은 이러한 고신도의 현세주의에 접맥되는 성질의 것이다.

신라 고신도, 곧 국선도 사상을 불교를 근접시키고 이를 다시 불함문화권의 공통적 지반 위에 올려놓으려는 『원효대사』의 의도는 고신도와 삼국어 및 일본어를 긴밀하게 결합시키는 다음의 장면에서 단적으로 드러난다.

> 가튼 하느님을 모시면서 세 나라는 그 건국조신을 이러케 망아, 방아, 당아로 달리 하여서 서로 미워한 것이다. ㄱ ㄴ ㄷ ㄹ ㅁ ㅂ ㅅ ㅇ는 모도가 신이오 하나둘 하는 셈이다. 마한(馬韓)과 고구려는 마신을, 변한(弁韓)과 신라는 바신을, 진한(辰韓)은 사신을, 백제는 다신을 주장으로 모셧스나 다만 주장이 다르다 쁀이지, 열분 신을 다 모셧다. 고구려는 가신 마신을 가장 놉혀서 가마라면 신이라는 총칭이 되고 신라는 가바사 세분을 가장 존숭하엿고 백제는 가나다라를 존중하엿다. 또 가튼 나라에서도 시대를 따라서 존숭하는 신이 달라졋다. 가신 한 분 만은 어느 나라에서 어느 때에나 머리로 존숭하엿스니 이것은 아신과 혹선혹후, 혹상혹하로 대 근원이신 까닭이엇다.
>
> 신라의 문화와 또 원효, 요석공주가 살던 시대의 가장 큰 영향을 가진 신은 사신이엇다. 사신은 원래 진한(상아강아)의 주신으로서 수

488) 위의 논문, 18~19쪽, 참조.

신이다. 가신의 넷재 아드님으로서 가장 어린 아드님이시다. 불을 맛고 생명을 맛고 사랑을 맛는 신이시다. 생명의 물을 신라에서는 술이라고 하엿다. 국물은 모도 술이엇다. 오월 단오를 수리라고 하는 것은 사라신 즉 술신의 명절인 때문이엇다. 오월 단오에 놉다라케 다나(당아에서 온 말이다)를 매고 사당이라는 미남자 신관이 수리노리를 올리는 것이다. 그럼으로 오월을 사다기(삿닭)라고 부르고 그때에 쓰는 제구에 사닥다리라는 것이 잇다.

이제 신라에서 존숭하던 중요한 신을 통틀어 말하면 나가라사아다. 이것을 한썩번에 일그면 거느리시와가 된다. 거느리시와는 나라를 다스린단 말이오, 국어에 『カナラズ』와 가튼 말이다. 백제가 가나다 또는 가나다라(クダラ)라고 하는 것과 갓다. 『간다간다』라는 것은 가나다 삼신의 명호를 부른 노래다. 부여(扶餘)에서는 가사바라엿섯고 고구려에서는 가마나사엿섯고, 나종에는 가마사바엿섯다.

그럼으로 당에는 이때에는 네 분 신주를 모시엇다. 그래서 손도 네 번 비비고 절도 네 번 하엿다. 가신은 후세에는 모시지 아니하엿던 모양이다.

더 옛날에는 가마아 삼신을 모신 모양이나 후세에는 사신을 모신 것이엇다. 『그미아, 기미아』다.[489]

여기서 고구려, 백제, 신라는 같은 신을 존숭하는 하나의 민족으로 단단히 결합되고 여기에 일본 또한 같은 종교를 가진 가지로 묘사됨으로써 은연중에 내선동조론적인 함의를 전달하려는 뜻이 함축되어 있었음을 인식하게 한다.

489) 이광수, 『원효대사』 71회.

그러나 이렇듯 『원효대사』가 일본 고신도의 몇몇 특성을 신라 고신도에 투사한 것이 사실이라 해도 이 작품이 신라사 탐구, 신라 고신도 탐구라는 '간접성'을 유지하는 한 이것으로 이 작품의 대일협력적 성격을 적시할 수는 없을 것 같다. 이 작품에 나타난 신라 고신도와 대승불교의 결합 양상이 내선동조론의 하위담론으로 포섭될 가능성을 배제할 수 없다고 해도, 동시에 이 작품에는 일본사와 다른 조선 민족사를 구성하는 중요한 측면들을 담고 있기 때문이다.

그 가장 중요한 요소는 『원효대사』가 『삼국유사』와 『삼국사기』를 비롯한 많은 고전 문헌들을 통해 삼국사를 내러티브화함으로써 민족사를 새롭게 재생시킨다는 점이다. 『원효대사』에 등장하는 많은 설화들은 대부분 고전에 그 근거를 갖고 있는 것이어서 이광수는 그와 관련된 여러 설화들 가운데 이야기를 위해 필요한 것을 적절하게 선택하고 그 재현의 방향 역시 신중하게 고려하는 태도를 보였다. 원효가 의상과 함께 중국 유학길에 올랐다 홀로 돌아오게 되는 장면은 그 단적인 예다. 『원효대사』는 원효가 의상과 함께 중국 양주까지 배를 타고 가서 낙양을 향해 걸어가다 해골물을 먹고 돌아온 것으로 묘사한다.

> 원효는 지금부터 십년 전 의상과 함께 당나라에 가던 일을 생각하엿다. 그때에 원효는 스물세 살, 의상은 스무살이엇다.
>
> 두 사람은 양주(楊洲)까지 배를 타고 가서 낙양을 향하여 걸엇다. 나제는 민가에서 밥을 어더먹고 밤이면 무덤속에서 잣다. 그 쪽 무덤은 박석으로 방을 만들고 그 속에 시체를 관에 너허 놋는다. 그래서 그 속에 사람이 들어가 누울수가 잇섯다. 길을 가다가 날이 저물면 백양목(白楊木) 둘러선 묘지를 차자 들어가는 것이엇다.

……(중략)……

원효는 어제밤에 달게 먹은 물맛을 생각하고 소세도 하고 한번 더 물을 먹고 길을 써나량으로 물웅덩이를 차잣다.

원효는 깜짝 놀랏다. 그 웅덩이에 사람의 해골이잇섯다.

길다란 잇발이 그냥 남아잇는 두골이며 손발이며, 정강이며 이것을 보매 원효는 구역이 낫다. 이 물을 마셧거니 하면 오장이 다 뒤집히는듯 하엿다.

원효는 이것을 보고 두어 걸음 물러섯다가 다시 돌아서 업드러 그 웅덩잇물을 벌떡벌떡 마시엿다.

『모든 것이 다 마음으로 되는 것이다』 하고 원효는 낙양에 갈 필요가 없다 하야 그 길로 신라로 돌아오고 의상만 혼자 낙양으로 갓다. 더 배울 것이 업다고 생각한 것이엇다.[490]

그러나 『삼국유사』의 의상전에 등장하는 원효의 이야기는 그와 달리 원효가 중국 남부에까지는 이르지 않은 것으로 기록되어 있다.

법사 의상(義湘)의 아버지는 한신(韓信)이고 김씨이다. 나이 29세에 서울 황복사(皇福寺)에 몸을 맡겨 머리를 깍고 승려가 되었다. 얼마 후 중국으로 가 부처의 교화를 보고자 하여 마침내 원효와 함께 길을 나서 요동 변방으로 가던 길에 국경을 지키는 군사에게 첩자로 의심받아 갇힌 지 수십 일만에 겨우 풀려나 죽음을 면하고 돌아왔다.

영휘(永徽) 원년(650)에 마침 귀국하는 당나라 사신의 배가 있어 그

490) 이광수, 『원효대사』 29회.

것을 타고 중국으로 들어갔다. 처음에 양주(揚洲)에 머물렀는데, 주장(州將) 유지인(劉至仁)이 의상에게 관아 안에 머물기를 요청하며 융숭음에 공양하렀는데 얼마 후 종남산(終南山) 지상사(至相寺)에 도착하여 지엄(智儼)을 뵈었다.[491]

위의 인용문이 보여주듯 그런가 하면 『삼국유사』는 원효와 의상이 처음에 요동을 거쳐 중국으로 가려 했던 것처럼 묘사하고 있다. 이 여행이 실패로 돌아간 후 의상은 배를 타고 중국으로 가게 된다. 그는 양주(揚洲)로 들어간 것으로 되어 있다.

한 연구에 따르면 원효의 도당(渡唐) 시도와 오도(悟道)에 관한 기록을 남기고 있는 문헌은 『삼국유사』 외에도 찬녕(贊寧)의 『송고승전』, 연수(延壽)의 『종경록(宗鏡錄)』, 혜홍(慧洪)의 『임간록(林間錄)』 등이다.[492] 이 가운데 이광수는 『원효대사』에도 직접 인용되어 있는 문헌인 『송고승전』을 함께 참고했을 가능성이 농후하다.[493] 그러나 이 문헌에는 원효가 해골 물을 마시는 장면이 나오지 않는다. 이 문헌에 따르면 의상과 원효는 신라의 해문(海門)이자 당의 주계(州界)인 곳에 도착, 큰 배를 구해서 바다를 건너려 했으나 심한 폭우를 만나는 바람에 길옆에 있는 토감(土龕)에서 밤을 새우게 된다. 그러나 알고 보니 이곳은 토감이 아니라 무덤이었다. 원효 일행은 밤이 깊기도 전에 귀신을 만나 놀라기도 한다. 이에 원효는 고분과 토감이 둘이 아님을 깨닫고 신라로 돌아오게 된다.[494]

이러한 문헌적 자료를 종합해 보면 이광수는 『삼국유사』와 『송고승전』

491) 일연, 『삼국유사』, 김원중 옮김, 을유문화사, 2002, 462~463쪽.

492) 김상현, 『원효 연구』, 민족사, 2000, 108~115쪽 및 350~353쪽, 참조.

493) 이광수, 『원효대사』 66회.

494) 김상현, 앞의 책, 110~111쪽, 참조.

등의 문헌을 두루 살핀 후 원효의 유학 시도와 깨달음에 관한 새로운 이야기를 주조해 냈음을 알 수 있다. 그로써 원효는 의상과 더불어 중국의 남쪽 해상 관문인 양주(楊洲)까지 들어갔다 끝내 중국에 머무르지 않고 신라로 돌아온 인물로 그려진다.

이렇듯 이광수는 『삼국유사』나 『삼국사기』처럼 당대에 새롭게 번역되면서 세인의 관심을 사고 있던 문헌뿐 아니라 『송고승전』 같은 중국 문헌이나, 김대문의 『화랑세기』나 최치원의 『난랑비서』 같은 금석 문헌에 대한 기록까지 폭넓게 참조하면서 신라사에 새로운 내러티브를 부여하고자 한다. 그리하여 『원효대사』에는 역사적 문헌에 나타나는 인물들과 고사들이 숱하게 등장한다.

이광수는 원효를 중심으로 김춘추, 김유신, 진덕여왕, 요석공주 등과 같은 왕후장상에서부터 원광, 대안, 자장 등에 이르는 승려들에 이르기까지 다종다양한 역사적 인물을 등장시키면서 신라사를 재조명한다. 이를 통해 나타나는 신라는 당나라나 고구려와의 무역이나 문화 교류가 지극히 활발한 나라다. 작중에 그려진 신라 왕실의 생활은 호사스럽기 그지없다. 왕의 주연에는 고구려 악대가 등장한다. 왕실 사람들은 지리산 작설차를 마시고 궁궐 방에는 솔거의 그림이나 왕희지의 족자를 건다. 저자 술집은 백제의 화문석과 당나라 보료를 사용한다. 『남화경』, 곧 『장자』와 도연명의 시집을 읽고, 백제 같은 곳에서 온 불상을 모시고, 『화엄경』을 비롯한 온갖 불교 경전을 읽고 논의하는 신라인의 모습은 문화적 민족으로서의 형상을 보여주기에 부족함이 없다.

작품 전체에 걸쳐 이러한 장면들, 묘사들이 자주 발견되기 때문에 『원효대사』는 적어도 민족사의 독자적 '아이덴티티' 구성을 위한 서사물로서의 성격과 내선동조론의 하위담론으로서의 '에쓰닉 아이덴티티' 구성을 위한 서사물로서의 성격 사이에서 동요하는 양상을 보인다고 평가할 수 있다. 그러므로 작중에서 비록 이광수가 고구려어, 신라어, 백제어를 "국어", 곧 일본어에 연결시키려는 시도를 몇몇 곳에서 보여준다 해도, 역사소설이라는 '간접화된' 양식 속에서 신라사를 재현하는 작품을 두고 곧 내선일체론 또는 내선동조론을 명료하게 뒷받침하고 있다고 단정하기는 어렵다. 그리고 이것은 『원효대사』를 써나가는 이광수가 복잡한 내면 풍경을 갖고 있었음을 시사한다.

3. 원효의 파계 모티프에 담긴 뜻과 내선일체론의 균열

이광수가 원효를 고신도와 불교의 결합을 통해 국가주의를 실천해 간 인물로 묘사하고자 했던 것이 이광수의 의도였다면 이러한 의도는 어디까지, 얼마나 관철될 수 있었던 것일까? 이 장에서는 원효를 국가주의적 인물로 형상화하고자 했던 이광수의 의도가 봉착한 균열의 지점들을 살펴보고자 한다.

이광수는 『송고승전』의 기록을 빌려 원효를 "잘난 사내", "대장부", "전장에 나가면 용장이요, 무예를 겨루면 장원이요, 말 잘하고 글 잘하고 설법을 하면 『稱揚彈指 聲沸于空』 하는 사람"으로 제시한다.[495] 그런 원효는 출가하기 전에는 화랑이었다.

작중 이야기에 따르면 원효의 아버지 담나나마는 낭비성 싸움에서 전몰했고, 원효는 열두 살에 조부인 적대공을 따라 국선도가 되기 위해 서라벌

495) 이광수, 앞의 책, 66회. "『稱揚彈指 聲沸于空』"은 그를 찬양하는 박수소리가 법당을 가득 메웠다는 뜻.

에 처음 오게 된다. 화랑이 되어 여러 산을 찾아다니며 수행을 하며, 태백산, 개골산과 고구려 땅인 삼각산, 낭림산까지 순례를 한다. 박혁거세를 모시는 사당인 나을신궁에서 칼재주를 겨루어 장원을 하기도 한 그는 김유신과도 친교가 있기도 하다.

이러한 설정은 이광수가 국선도를 신라 고신도로 단정하고 이를 풍류에 관한 최남선의 고찰에 연결시키려 했음을 의식하게 한다. 다음의 인용은 이를 잘 보여준다.

> 나라가 장차 흥왕할 때라 그러한지 이때에 신라에는 남녀간에 조흔 인물이 만핫다. 씩씩한 남자, 아름답고 덕잇는 여자.
>
> 국선화랑(國仙花郞)에도 사다함(斯多含), 문노(文弩), 비녕자(丕寧子), 유신 등 큰 인물이 만히 낫거니와 여자로도 선덕, 진덕여왕 가트신 큰 인물이 나섯고, 불도로 말하면 더욱 왕성하여서 원광(圓光), 자장(慈藏), 원효(元曉), 의상(義相) 등 당나라에까지 이름이 놉흔 중들이 만히 낫다.
>
> 국선도는 충효로써 본을 삼은 것이엇다. 이것은 결코 지나학문에서 온 사상이 아니오 신라에 고유한 사상이엇다. 김대문(金大問)의 『화랑세긔』(花郎世紀)라는 책에
>
> 『賢佐忠臣 從此而秀 良將勇卒 由是而生』
>
> 이라 한 것이나, 최치원(최치원)의 난랑비서(鸞郎碑序)에,
>
> 『國有玄妙之道 曰風流 說教之源 備詳神史 實乃包含三教 接化群生 且如入則孝於家 出則忠於國 魯司寇之旨也 處無爲之事 行不言之教 周柱史之宗也 諸惡莫作 衆善奉行 竺乾太子之化也』
>
> 라고 한 것이나 다 이 신라 고신도(新羅 古神道)인 국선도를 말한 것

이다. 『說教之源 備詳神史』라는 것으로 보아서, 신라 건국초로부터 의 사적을 적은 역사 즉 『神史』에 벌서 이 풍류도(국선도라고도 한다) 가 생긴 연원이 자세히 기록되어 잇던 것이다. 그러므로 이 교는 멀리 신대에서 발한 것이다.[496]

위의 인용문은 주의해서 살펴보아야 한다. 여기 등장하는 최치원의 『난랑비서』에는 실제로는 "神史"라는 단어가 등장하지 않기 때문이다. "神史" 라는 어구가 포함된 『난랑비서』의 실제 문장은,

> 國有玄妙之道, 曰風流, 設教之源, 備詳仙史……[497]

이고 그 해석은 다음과 같다.

> 나라에 현묘한 도가 있는데 이를 풍류라 한다. 가르침을 세운 근원은 『선사』에 자세히 실려 있거니와,[498]

---

496) 이광수, 『원효대사』 64회. "『賢佐忠臣 從此而秀 良將勇卒 由是而生』"—'어진 재상과 충성스런 신하가 이로부터 빼어났고 훌륭한 장군과 용감한 병졸이 이로부터 나왔다.' "『國有玄妙之道 曰風流 說教之源 備詳神史 實乃包含三教接化群生 且如入則孝於家 出則忠於國 魯司寇之旨也 處無爲之事 行不言之教 周柱史之宗也 諸惡莫作 衆善奉行 竺乾太子之化也』"—'우리나라에는 현묘한 도가 있으니, 이를 풍류라 한다. 이 가르침을 설치한 근원은 이미 신사에 상세히 기록되어 있거니와 그것은 실로 유·불·선 삼교를 포함하는 것이로서 모든 생명과 접하여 이들을 감화하였다. 또 이 들은 집에서는 부모에게 효도하고 나가서는 충성을 다하니, 이는 노나라 공자의 근본 가르침이며 모든 일을 무리하게 하지 않으며 말없이 행동으로 가르치니 이는 주나라 노자의 가르침이다. 모든 악행을 저지르지 않고 중생을 받들어 선을 행하니 이는 천축국 석가모니의 가르침이다. (이광수, 『원효대사』 1, 화남, 2006, 210쪽, 참조)

497) 한홍섭, 「'난랑비서'의 풍류도에 대한 하나의 해석」, 『한국민족문화』 26, 2005, 186쪽에서 재인용.

498) 위의 논문, 같은 쪽.

그런데, 최남선의 『조선상식』에도 이미 『삼국사기』 진흥왕 본기에 등장하는 「난랑비」의 단장(斷章)이 소개되어 있음을 감안하면 이광수가 이를 혼동했을 가능성은 크지 않다. 물론 반대로 당대의 역사 연구 수준을 따라가면서 그때그때 소설 내적인 묘사나 설명을 수정, 보완해 나갔던 이광수 역사소설의 특징에 비추어 볼 때 그가 기록을 혼동했을 가능성도 없지 않다. 중요한 것은, 『神史』나 『神誌』가 조선 민족의 고대사에 관련된 사적이 적혀 있는 것으로 알려진 책으로 대종교와 같은 현대 민족주의 종교에 연결되는 문헌이라는 점이다. 그렇다면 이광수는 실체가 불분명한 책을 통해 조선 상고사를 역사적으로 새롭게 실체화하고 있는 셈이다.

최남선에 따르면 신도란 "고유한 전통에 의하여 귀신을 공경하고 祈祝을 일삼는 생활태도를 통틀어"[499] 가리키는 폭넓은 범주의 것이며, "震域의 古語에 神明을 「부루」라 이르니, 그러므로 神道를 鄕語로 부르자면 「부루」의 道 혹 敎라 할 것"[500]이다. 그리고 이 "부루"가 국가적인 뒷받침을 받으면서 제도화된 것이 바로 화랑도다.

> 고구려 · 백제 · 신라의 三國이 솥발같이 나란히 섰을 때에 신라가 가장 뒤떨어지고 또 가장 약한 나라이었으나, 그 사이에서 名君哲相이 뒤대어 나서, 반도의 통일은 우리 손으로 한다는 氣槪가 높았는데, 제 二四대인 眞興王의 때에 옛날 고유 신앙의 단체를 훨씬 강화하여 국민의 精神練成을 오로지 이에 맡기고, 국가의 필요한 인재를 이 가운데서 추려서 썼습니다.
>
> 어떻게 하였으냐 하면, 귀인의 도련님 가운데서 형상이 아름답고

499) 최남선, 『조선상식』, 『육당 최남선 전집』 3, 동방문화사, 2008, 253쪽.
500) 위의 책, 254쪽.

聰慧가 뛰어난 이를 골라서 神人의 表象을 삼고, 이 이를 중심으로 강고한 교단을 조직하여, 국민 도덕의 연마와 國風 歌集의 숭상과 국토 순례의 修行을 勉勵하는 중에, 그 인격과 수완이 드러남을 기다려서 그를 국가의 樞要한 지위에 등용하는 제도이다. 이 교단의 중심된 聖童을 風月主라 源花라 花郞이라 國仙이라 仙郞이라 하는 등 여러 가지 이름으로 부르고 이 교단에서 지키는 신조와 및 덕목을 風月道라 風流教라 花郞道라 仙風이라고 일컬으니, 그 어원은 다 「부루」에서 나온 것입니다.

「부루」는 무론 「밝의 뉘」의 변전한 말입니다. 이 교단에 예속한 동무들을 風月徒 · 花郞徒 · 仙徒라고 불러서, 이네들은 국가의 대사를 담임할 뽑힌 백성으로서 큰 자각과 긍지를 가졌으며, 사실에 있어서도 眞興王 이후로 文武王대의 통일 사업 성취할 때에 이르기까지 약 백 년 동안에 온갖 방면으로 큰 활동을 하던 인물이 죄다 「부루」 교단의 출신이었으며, 史記에 적혀 있는 바를 보건대, 花郞의 수가 二백여에 이르렀었다 하니, 그 떨거지가 얼마나 많고 그 중에서 名人들이 얼마나 쏟아져 나왔었는지 대강 짐작이 될 것 아닙니까.[501]

이렇듯 이광수는 화랑도가 곧 신라 고신도였다는 가설 아래서 원효를 출가 이전의 화랑이자 출가 이후의 국가주의적 승려로 묘사해 나간다. 작중에서 원효는 분황사에서 기거하면서 왕실에서 열리는 법회에서 설법을 하고, 진덕여왕과 요석공주 아유다의 사랑과 흠모를 받는다. 파계를 하고 방랑에 나서서는 가뭄에 우는 동포들을 보고 호사스럽게 살았던 자기를

501) 최남선, 『조선상식문답』, 『육당 최남선 전집』 3, 동방문화사, 2008, 56쪽.

돌아보고 용신당에서 수련을 마친 후에는 전염병과 홍수에 시달리는 백성을 구제한다. 뱀복의 무리들 속으로 들어가서는 그들의 나태함과 거짓말하는 습성을 고쳐 나간다. 이러한 행적의 대단원은 요석공주와 아사가를 납치해 간 도적의 수괴 바람복이를 진언으로 다스려 나라를 위해 쓰게 하는 것이다. 본래 진평왕의 사생아였던 바람복이는 왕자의 대우를 받아 서당장군(誓幢將軍)이 되고, 다른 두목들도 각기 군직을 받아 몇 해 뒤 신라가 백제를 칠 때 긴요한 역할을 한다는 것이다.

이와 같은 원효의 '국가주의적' 성격이 가장 단적으로 나타나는 것은 원효가 제자 의명과 살생 문제를 두고 대화를 나누는 장면이다.

> 한 번은 역사를 하다가 쉬는 동안에 의명이 이런 말을 물엇다. 집 한채를 지으랴면 나무도 만히 찍어야 하고 풀뿌리도 만히 파야하고 그러노라면 살던 새와 버러지도 만히 의지를 일케 될 쑨더러 직접('직'은 인용자가 삽입) 죽는 일도 만핫다. 의명은 이것이 아쳐로왓던 것이다.
>
> 『왜 살생이 아니야.』 원효는 이러케 대답하엿다.
>
> 『그런데 사문(沙門)이 살생을 해도 조흡니까.』 의명은 이러케 물엇다.
>
> 『사바세계가 살생 아니하고 살아갈 수 잇는 세겐가.』 원효는 이러케 대답하엿다.
>
> 『그러면 사문과 속인과 다를것이 무엇입니까.』
>
> 『범부는 저를 위해서 남을 죽이고, 보살은 중생을 건지기 위하여서 남을 죽이니라. 석가세존의 발에 발펴서 죽은 중생은 얼마나 되는지 아는가. 석가세존이 열반하시기 전에, 도야지 고기를 잡수시지 안핫나? 그러나 석가세존은 일즉 한번도 살생하신 일이 업나니라.』

원효는 이렇게 대답하엿다.

『어찌해서 그것이 살생이 안됩니까.』

『세존은 당신을 위하여 사신 일이 업스시니.』 원효의 말에 의명은

『알앗습니다.』 하고 절하엿다.

『그러면 살생유택(殺生有擇)이란 무엇입니까.』 의명은 다시 물엇다.

『그것은 세속 사람이 지킬 것이니라.』

『보살은 살생이 업습니다.』

『그러타. 보살은 삼계중생을 다 죽여도 살생이 아니니라. 자비니라.』

『알앗습니다.』

하고 의명은 또 한 번 절하엿다.[502]

보살은 삼계중생을 다 죽여도 살생을 하지 않은 셈이라는 원효의 강변은 다음과 같은 「육장기」(『문장』, 1939, 9)의 요설에 연결되는 것이다.

우리가 이렇게 차별 세계에서 생각하면 파리나 모기는 아니 죽일 수 없단 말요. 내 나라를 침범하는 적국과는 아니 싸울 수가 없단 말요. 신문에서 보는 바와 같이 우리 군사가 적군의 시체를 향하야서 합장을 하고 나무아미타불을 부른다는 것이 차별세계에서 무차별세계에 올라간 경지야. 차별세계에서 적이오 내 편이어서 서로 싸우고 서로 죽이지마는 한번 마음을 무차별 세계에 달릴 때에 우리는 오직 동포감으로 연민을 느끼는 것이오. 싸울 때에는 죽여야지, 그러나 죽이고 난 뒤에는 불상히 여기는 거야. 이것이 모순이지,

502) 이광수, 『원효대사』 64회.

모순이지마는 오늘날 사바세계의 생활로는 면할 수 없는 일이란 말요. 전쟁이 없기를 바라지마는 동시에 전쟁을 아니할 수 없단 말요. 만물이 다 내 살이지마는 인류를 더 사랑하게 되고 인류가 다 내 형제요 자매이지마는 내 국민을 더 사랑하게 되니 더 사랑하는 이를 위하여서 인연이 먼 이를 희생할 경우도 없지 아니하단 말요. 그것이 불완전 사바세계의 슬픔이겠지마는 실로 숙명적이오. 다만 무차별 세계를 잊지 아니하고 가끔 그것을 생각하고 그리워하고 그 속에 들어가면서 이 차별의 아픔을 주리랴고 힘쓰는 것이 우리가 하여야 할 일이겠지오.[503]

이러한 살생 논리가 불교의 근본 가르침에서 멀리 벗어난 것이라는 점은 두말할 필요가 없다는 점에서, 「육장기」에 등장하는 차별 세계의 살생 논리나 『원효대사』의 살생 논리는 모두 근본 정신에서 벗어났다 할 것이다.

이광수에 있어 대승불교 사상의 이러한 변질이 어떤 경로를 띠고 나타난 것이냐 하는 문제는 따로 상세한 고찰을 필요로 하지만, 여기서 중요한 것은 『원효대사』에 나타난 원효가 완연히 국가주의적 목적의식 속에서 수단을 합리화하는 측면을 보여준다는 점이다. 이러한 연장선상에서 그는 자신의 파계를 둘러싸고 번민하고 중생에 대한 사랑이라는 보편주의를 실천해 나가면서도, 신라의 안위를 걱정하고, 세 나라가 한 나라가 되지 않고는 살아나갈 방도가 없으니, 신라가 힘을 키워 큰 전쟁을 일으키지 않으면 안 된다고 생각한다. 일시에 많은 사람이 죽더라도 아주 화근을 끊어버리지 않고는 세 나라 모두 백성들이 마음 놓고 살 수 없으리라고 생각하는 것이다.

또 이러한 연장선상에서 태종 김춘추는 군국만기를 친재하는 인물로

503) 이광수, 「육장기」, 『문장』, 1939.9, 34쪽.

그려지고, 김유신은 일찍이 고구려, 백제, 말갈을 평정하여 신라를 크게 빛내려고 결심한 인물로 나타나며, 요석공주는 김춘추의 딸로서 무산싸움에서 백제군과 싸우다 부친인 비령자와 함께 싸우다 장렬하게 전사한 거진랑(擧眞郎)의 젊은 미망인으로 그려진다. 이 인물들을 중심으로 신라는 고신도 사상을 기반으로 불교를 받아들이면서 삼국통일을 향해 역동적으로 움직여 나가는 나라로 묘사된다. 이러한 묘사 속에서 원효는 이러한 흐름의 저변에서 나라의 정신적 기축을 형성해 나가는 국가적 인물이다.

그러나 『원효대사』를 이러한 인물로 묘사해 나가는 것이 이광수의 근본적 의도였다고 보면 쉽게 무시하거나 간과할 수 없는 소설적 결함이 바로 원효의 파계를 둘러싼 원효 자신의 끈질긴 번민이라는 요소다.

『원효대사』는 위에서 언급한 많은 이야기 요소들에도 불구하고 원효와 요석공주의 만남, 원효의 파계, 원효의 심적 갈등과 방황, 요석공주와의 재회 등이 주된 이야기 줄거리를 이루는 작품이다. 이러한 뼈대 위에서 처음에 별다른 번민 없이 불도에 정진하던 원효는 진덕여왕의 사랑을 뿌리친 후 그녀가 세상을 떠나자 고민 속에서 '나'에 대해 참구해 나가는 것이 절실함을 깨닫게 된다. 학문과 지식이 사람의 혼을 움직이는데 얼마나 무력한가를 절감하는 가운데 대안대사를 따라 저자거리 술집에 갔다 돌아오는 길에 관인들에 의해 올가미가 씌워져 요석궁으로 끌려가게 된다. 요석공주는 원효를 향해 갸륵한 사람의 씨를 받아 거진랑의 집안의 대를 잇고 나라를 위해서도 큰 사람 한 분을 길러 바치고 싶다고 하소연한다. 이로써 원효는 파계를 하게 되는데, 이러한 이야기는 『삼국유사』에 기록된 원효 설화와는 상당한 거리가 있는 것이다.

대사가 어느 날 일찍이 상례를 벗어난 행동을 하며 거리에서 노래를 불렀다.

그 누가 내게 자루 없는 도끼를 주려는가.

내가 하늘을 떠바칠 기둥을 찍어보련다.

사람들은 모두 그 의미를 알지 못하였다. 이때 태종(太宗) 무열왕이 그 말을 듣고는 말하였다.

"이 대사가 아마 귀한 부인을 얻어 어진 아들을 낳고 싶어하는 것 같구나. 나라에 위대한 현인이 있으면 그 이로움이 막대할 것이다."

이때 요석궁(瑤石宮)에 과부 공주가 있었다. 왕은 궁리(宮吏)를 시켜 원효를 불러오게 하였다. 궁리가 왕명을 받들어 원효를 찾아보니, 이미 남산을 거쳐 문천교(蚊川橋)를 지나고 있었다. 원효는 궁리를 만나자 일부러 물속에 빠져 옷을 적셨다. 궁리는 원효를 요석궁으로 인도 하여 옷을 말리고 그곳에서 머물고 가게 하였다. 공주는 과연 태기가 있어 설총(薛聰)을 낳았다.[504]

일연은 『삼국유사』에서 「원효전」을 쓰면서 "元曉不羈(원효불기)"라 하며 이야기를 시작했는데, 그 뜻은 무엇에나 얽매임이 없었다는 것이다. 이에 따르면 원효는 스승을 좇지 않고 배우고 자신의 뜻에 따라 파계를 하였으며 계율을 어긴 다음에는 스스로를 소성거사라 칭하고 무애박을 두드리며 백성들을 교화해 나갔다. 이러한 원효의 행적은 그가 세속적인 편견이나 권위에 구애됨 없이 대승적인 불교의 가르침을 굳세게 펴나가고자 했음을 시사하는 것이다. 원효의 파계 과정을 그리면서 이광수가 참조했을 또 다른 문

504) 일연, 앞의 책, 2002, 458~459쪽.

헌인 『송고승전』은 원효의 거침 없는 성격을 다음과 같이 전하고 있다.

> 말을 미친 듯이 하고 상식에 어긋나는 행위를 보였는데, 거사와 함께 술집이나 기생집에도 드나들고, 誌公과 같이 금칼과 쇠지팡이를 가졌는가 하면, 혹은 소를 지어 『화엄경』을 강의하기도 하였고, 혹은 祠堂에서 거문고를 뜯기도 하며, 혹은 여염집에서 잠자며, 혹은 산수에서 坐禪하는 등 계기를 따라 마음대로 하되 도무지 일정한 규범이 없었다.[505]

이러한 맥락을 감안하면 원효의 파계라는 것도 원효의 자유 의지의 결과물이라고 보는 것이 타당할 것이다. 심지어 그는 자신의 행위를 실계(실계)나 파계로 의식하지 않았을 가능성조차 있다.[506] 그는 육두품으로 태어나 거침없는 성품과 뛰어난 학식을 바탕으로 요석공주와의 관계가 보여주듯 신라 왕실에 접근하기도 하였으나 반대로 그러한 관계에 얽매이지 않고 백성들 속으로 들어가 법화적이고 화엄적인 가르침을 실천한 자유인이었다.

국가 문제에 있어서도 그는 호국불교의 논리에 얽매이지만은 않았고 반대로 불교적인 사상 논리에만 집중한 사람인 것도 아니었다. 그는 김춘추, 김유신, 요석공주 등 삼국통일의 주역들과 일정한 상당한 관계를 맺고 있었고 심지어는 군사적인 문제에 대한 자문까지 해주었다.[507] 또한 그는 젊은 시절에 울주 영취산 반고사(磻高寺)에 머물면서 고승 낭지(朗智)에게 『법화경』

---

505) 김상현, 앞의 책, 61쪽에서 재인용.

506) 위의 책, 78쪽, 참조.

507) 위의 책, 98~101쪽, 참조.

을 배운 바 있고, 『法華經 宗要』, 『法華經方便品要簡』, 『法華經略述』 등 『법화경』에 관한 주석서를 여럿 남겼는데, 이 『법화경』은 호국불교적인 논리를 담고 있는 것으로 평가되고 있다. 원효가 지은 주석 가운데에는 호국경전으로 알려진 『금광명경』에 관한 疏와 義記가 포함되어 있기도 하다.[508]

그러므로 원효의 파계를 『원효대사』에서와 같이 취급하는 것은 원효에 대한 밀도 있는 이해 로부터 멀어진 것이며, 여기에는 이 작품 연재 당시 노골적인 대일협력의 길에 들어서 있던 이광수 자신의 내면 풍경이 투영되어 있는 것이라는 판단이 가능하다. 파계 때문에 번민하고 방랑을 떠나고 산상 수련을 통해서 새로운 고신도 신앙을 수용함으로써 비로소 그 충격에서 벗어나 새로운 중생 제도의 길에 접어들게 되는 소설 속 원효의 행적에는 확실히 소설을 쓰고 있는 이광수와의 유사성이 있다.

4. 전향의 한계, 전향론의 맥락에서 본 『원효대사』

그런데 만약 이광수가 내선일체론 또는 내선동조론을 신념화할 수 있었다면 왜 그는 그토록 파계라는 문제에 얽매여야 했던 것일까? 만약 그가 조선 민족의 정체성에 관한 모든 논리를 버리고 천황사상으로 전향할 수 있었다면 이와 같은 고민은 필요치 않았을 것이 아닌가? 원효에 관련된 문헌들이 그를 거침없이 사유하고 행동하는 사람으로 형상화할 수 있는 가능성을 얼마든지 허용하고 있음에 비추어 볼 때, 이 작품에서 그토록 파계라는 문제에 매달린 것은 이광수 자신의 내면적 정황이 매우 복잡하고 괴로웠음을 시사한다. 적어도 그의 마음속은 '직접적' 글쓰기의 형식을

508) 위의 책, 88~90쪽, 참조.

갖춘 많은 글들에서 천황사상에 대한 맹종을 거듭 밝힌 것과는 다른 차원에 놓여 있었다는 해석이 가능하다.

수양동우회 사건에 연루되어 옥고를 치르고 나와서도 끊임없이 총독부 권력의 위협에 시달리던 상황에서 그는 마침내 내선일체론과 일제의 전쟁 논리를 전면적으로 수용하는 태도를 표명하기에 이른다. 『사랑』 후편(1939.3) 결말 부분의 미묘한 어조 변화에서 그 기미가 감지되고, 「육장기」(『문장』, 1939.9)에 이르면 완연히 변질된 『법화경』 사상으로 치장된 그의 전향 논리는 기자의 입을 빌려 밝힌 「칠백 년 전의 조상들을 따른다―『향산광랑』된 이광수씨」(『매일신보』, 1940.1.5) 및 「창씨와 나」(『매일신보』, 1940.2.20)의 단계를 거쳐 일본어로 쓴 「동포에게 보낸다」(『경성일보』, 1940.10.1~9), 「행자」(『文學界』, 1941.3), 『내선일체수상록』(중앙협화회, 1941.5) 등으로 나아가면서 점입가경을 이룬다. 그는 조선인의 이마에서 일본인의 피가 나올 만큼 조선인이 일본정신으로 무장해야 한다고 했을 정도로 내선일체론과 천황사상을 자기 것으로 체화하고자 했다. 과연 그것이 사실일 것이다. 그러나 『원효대사』는 바로 그러한 변화의 몸부림이 결코 자신의 뜻대로 성공할 수 없다는 것, 실현될 수 없음을 보여준다. 파계 모티프에 그토록 매달린 것이 바로 그 증거다.

『일제 말기 한국 작가의 일본어 글쓰기론』에서 김윤식은 "친일문학 일변도의 경직된 해석에서 한 발자국 물러나 논의의 유연성"을 확보하기 위한 방법으로 이광수의 글쓰기를 "'창씨개명'의 글쓰기와 본명의 글쓰기, 가면 쓴 글쓰기와 맨 얼굴의 글쓰기"로 범주화, 유형화하고자 했다.[509] 이것은 새로운 세대의 연구자들이 취하는 바, 이광수에 대한 제국 담론의 내면화 또는 대일협력 일변도 해석보다는 한결 중층적이고 복합적인 것이다. 그에

509) 김윤식, 『일제 말기 한국 작가의 일본어 글쓰기론』, 서울대학교출판부, 2003, 152쪽.

따르면 『원효대사』는 일종의 '맨 얼굴의 글쓰기'에 해당한다. "조선어로 쓰되 창씨개명한 香山光郎을 버리고 李光洙라는 맨 얼굴의 글쓰기로 한 최대의 노력이 역사소설이자 구도소설 「원효대사」(『매일신보』, 1942.3~10.31)"[510] 라는 것이며, 여기서의 "파계승 원효가 바로 이광수 자신"[511]이라는 것이다. 그의 결론은 다음과 같다.

> 그렇다면 「원효대사」란 무엇인가. 소설인가. 그럴 수 없다. 그럼 역사소설인가. 그럴 수도 없다. 그럼 무엇인가. 한 근대주의자의 근대주의 포기에 대한 자기 정당화랄까, 변명의 더도 덜도 아닐 터이다.[512]

『원효대사』를 "자기 정당화" 또는 "변명"의 형상화로 본 김윤식의 분석은 이를 민족주의적인 가치를 의식적으로 추구한 작품으로 평가하는 것보다는 확실히 사실에 근접한 것이다. 그런데 이를 좀더 '사실'에 가깝게 규정해 보는 수는 없을까? 이 문제를 좀더 심층적으로 이해해 보기 위해서는 전향론의 도움이 필요하다. 이광수가 민족주의자였다는 사실을 부인할 수 없다면, 수양동우회 사건의 전개 과정속에서 정치적 태도상의 명백한 변화를 보여준 이광수의 행위 및 문학 창작에 대한 이해는 전향론의 맥락을 필요로 한다.

전향이란 무엇인가. 그것은 일반적으로 "권력에 의해 강제된 사상의 변화"[513]라고 규정해 볼 수 있다. 한국 현대문학 연구에서 전향은 좌익사상

---

510) 위의 책, 142쪽.

511) 위의 책, 148쪽.

512) 위의 책, 148~149쪽.

513) 쓰루미 슌스케(鶴見俊輔), 「전향의 공동연구에 대하여」, 노상래 편역, 『전향이란 무엇인가』, 도서출판 영한, 2000, 132쪽.

소지자가 그 사상을 포기하는 것뿐만 아니라 민족주의자가 그것을 버리는 것까지 두루 포괄하는 것으로 논의해 왔다. 전향은 국가권력의 힘에 노출된 지식인의 사상 포기라는 맥락에서 다루어졌으며, 그러한 1차 전향뿐만 아니라 천황사상에의 동조를 의미하는 2차 전향까지 아우르는 것으로 이해되었다. 그러나 이처럼 일본에서의 전향 논의를 참조하면서 김남천 등의 소설을 분석하기 위한 개념으로 도입된 전향론이 심도 있게, 충분히 논의되었다고는 볼 수 없다. 특히 기존의 논의에서 규정한 전향 문학인과 비전향 문학인의 분류는 기준 설정부터 작품 분석에 이르기까지 정밀하지 않고 연구자의 선입견이 강하게 투영되어 예단적이다. 나아가 천황제 파시즘에의 협력 문제는 전향론의 맥락에서 논의된 바가 없다시피 하다.

다시 전향이란 무엇인가. 이 문제를 명료하게 하기 위해서는 지식인이 자신의 사상을 굴절시켜 나간다는 것이 무엇이며 그것은 어떤 경로를 통해 이루어지는가에 대해서 먼저 천착해 볼 필요가 있다. 방금 썼듯이 전향은 일반적으로 국가적인 힘의 행사, 즉 강제에 노출됨으로써 나타나는 사상의 변화를 의미한다. 여기서 강제라는 것은 포괄적인 의미를 띤다. 일본의 전향 연구에서 중요한 역할을 한 쓰루미 슌스케는 이를 다음과 같이 규정한다.

> '강제'라고 하는 말은 권력이 복종을 요구하고, 각종의 구체적이면서도 특수한 수단에 호소하는 것을 의미한다. 이 공동 연구에 관한 한 그 수단의 종류는 가장 널리 이해된다. 노골적인 강제로서의 폭력(투옥, 처형, 고문)뿐만 아니고, 이권의 공여라든가, 대중매체에 의한 선전 등과 같은 간접적인 강제를 다 포함한다.

그렇다면 이러한 강제적인 방법 말고 지식인이 자신이 사상을 굴절시켜 나가는 또 다른 방법이 있는가. 당연히 있고 이 다른 방법이 더 일반적일 것이다. 즉 지식인은 지식의 습득, 경험의 축적, 해석과 비판 능력의 신장을 통해 자연스럽게 자신의 사상을 변화시켜 나가야 할 내적인 필요에 직면하게 된다. 성실한 지식인이 사상의 굴절을 경험하는 것은 그러한 정신적 성숙에 따른 자연스러운 현상이다. 이때 그 굴절의 방향은 사상의 굴절을 이루어 나가는 사람의 내적 성찰의 특질에 의해 자연스럽게 도출된다. 정신의 내적 성숙에 따른 사상의 굴절은 그 자신 안에 방향 정향성을 내포하는 것이다.

또 다른 일본의 비평가 요시모토 다카아키는 그의 전향론에서 이러한 사상의 굴절 과정을 지식인이 자신의 사유 구조를 현실의 총체성에 부합시켜 나가는 문제, 즉 "한 인간이 사회구조의 기저에 접속해 나가면서 사상을 만들어가는 수준"[514]의 문제로 이해했다. 그러나 정신의 내면적 성숙은 반드시 현실의 총체적 구조에 대한 모상의 발견을 요구하지 않는다. 사상의 굴절은 정신의 자기 성찰 과정의 총체적인 반영일 뿐, 이 정신이 현실의 총체적 구조를 반영할 필요는 없다. 또한 인간의 정신이 그 자신의 외부에 있으며 그 자신마저 포괄하는 세계의 구조를 총체적으로 파악한다는 것은 사실상 불가능에 가깝다. 중요한 것은 자신의 사상을 "현실의 총체성"에 부합, 적응시켜 가는 것이 아니라, 자기 내부에서 일어나는 성찰의 과정을 성실히 수행함으로써 사상의 굴절을 이루어 나가면서도, 그럼에도 불구하고 변화하지 않고 지속되는 일관성을 지키는 일일 것이다. 이것이 바로 절조 또는 지조일 것이며, 굴절적인 변화 속에서 지켜지는 사상의 일관성일 것이다.

필자는 이 사상의 굴절 과정을 생명의 근본적 원리 속에서 일별할 수 있

---

514) 요시모토 류메이(吉本隆明), 「전향론」, 위의 책, 21쪽.

다고 생각한다. 생명체에 있어 생명의 지속 과정은 변화, 또는 변태를 수반하게 마련이다. 하등한 생명체에게도 탄생과 죽음이 있고, 이 두 끝점 사이를 연결해 주는 계선이 있다. 이 계선 위에서 생명체는 삶의 변화를 겪어 나간다. 예를 들어 곤충에게 이 삶의 변화는 뚜렷한 불연속적 계단의 형태를 그리며 나타난다. 애벌레가 고치가 되고 다시 성충이 되는 과정이 그것이다. 그러나 인간에게도 이 '변태'는 필연적이다. 얼핏 연속적 과정처럼 보이는 인간의 육체적 삶도 시간을 분절해서 보면 유아의 몸과 어른의 몸, 노인의 몸이 결코 같지 않다. 마찬가지로 정신 역시 삶의 과정을 겪어 나간다. 정신은 어린아이의 것에서 성인의 것으로 전개되며 이 성숙 과정은 성인이 된다 해서 그쳐지지 않는다. 삶의 경험을 부단히 자기 내화하면서 새로움을 얻어 나가는 정신, 지속 속에서의 변화를 이루어 나가는 정신만이 살아 있는 정신이며, 이 변화, 즉 굴절을 통해서 정신은 일층 가치 있는 존재가 된다.

그러나 지금 문제가 되는 전향론에서 다루게 되는 사상의 굴절은 본래 사법 당국이 만들어낸 것이며, "당국이 옳다고 생각하는 방향으로 개인의 사상 방향을 바꾸는 것"[515]을 의미한다. 이러한 의미에서의 전향이 인간 정신에 대해 파괴적이고 야만적인 이유는 그것이 정신의 내부에서 일어나는 자연스러운 사상의 성숙을 통한 굴절을 저해하고, 그러한 굴절 과정을 통해서도 유지되어야 할 지속적 일관성을 붕괴시킴으로써, 그 정신의 소유자가 응당 지녀야 할 양심과 도덕 감정을 파괴하고, 그럼으로써 그로 하여금 본질상 위선적이거나 은폐적인 사상에 자신을 내맡기도록 강제하기 때문이다. 그러므로 전향의 전제가 되는 강제의 문제를 중시하면서 동시에 이를 자발성의 측면에서 다룰 수 있다고 보는 것은 모순적이다. 쓰루미 슌

515) 쓰루미 슌스케, 앞의 글, 123쪽.

스케는 "'전향'이라는 말의 의미에는 강제와 자발성이라는 상반되는 의미가 뒤섞여 있다."[516]라고 말하는데, 이는 "강제"와 "자발성"을 같은 수준에서 다루기 때문에 오해의 소지가 크다. 강제된 자발성이라고 해도 이것은 전향의 문제를 적합하게 설명하는 것이 되지 못한다. 자발성이라는 개념은 국가 권력의 힘에 의해 강제되지 않은 사상 굴절 과정을 설명할 때 유효할 것이다. 이때도 물론 주체가 자기 의지라고 생각하는 것에는 여러 외적 조건이 작용하게 마련이지만, 이 외인들은 자발성과 양립하는 강제력이 아니라 자발적인 정신이 조절, 배치해 나가는 힘들일 것이다. 중요한 것은 이 전향이 정신의 진정한 변화가 아니며 거짓과 기만을 창출하는 과정이라는 사실이다. 필자가 이 장에서 논의하고자 하는 것은 이러한 의미에서의 전향이 과연 어디까지 가능한가 하는, 전향의 한계에 관한 문제다.

이러한 논의의 맥락에서 『원효대사』는 그 시금석 역할을 한다. 『원효대사』를 둘러싼 작가적 맥락은 매우 복잡하다. 그리고 이것은 이광수의 전향 논리의 복잡성과 관계가 있다. 이를 설명할 수 있는 방법 가운데 하나는 거짓말에 관한 춘원의 신념일 것이다. 이광수가 이끌어간 수양동우회의 중요한 덕목 가운데 하나는 거짓말을 하지 않는다는 것이며, 이는 이광수 자신의 좌우명이기도 했다.[517] 이광수에게 이 덕목은 그가 신봉했던 핵심적 가치들이 차례차례 그 자신에 의해 방기되어 가는 상황에서 형해와 같이 남아 있을 뿐이었지만, 이마저 저버리면 수양이라는 가치에서 더 이상 남아 있을 것이 없는 절박한 자기 조절의 규율이었을 것이다. 전향이란 앞에서 논의했듯이 만약 이광수가 국가주의적 『법화경』 행자의 사상을 굳건히 구축하고 있었고, 이 사상이 그가 취한 포즈처럼 그 자신의 내면을 충만하게

516) 위의 글, 124쪽.

517) 김원모, 앞의 글, 287쪽 및 315쪽, 참조.

물들였다면, 그리하여 그의 전향이 비록 시작에 있어서는 국가의 강제에 의해 촉발되었을지언정 어느덧 그의 깊은 내면으로부터 흘러나오는 파토스의 원조를 입을 수 있었다면 그런 갈등과 고민은 필요치 않았을 것이다. 혁명적 전위의 실천 노선을 묘사하는 소설에서 고민은 언제나 기회주의자의 특권에 속하는 것으로 묘사되고, 신념 깊은 혁명가는 불굴의 의지로 자신의 사상을 확신하면서 행동을 향해 나아가게 될 것이기 때문이다.

그러므로 이렇게 평가할 수 있다. 『원효대사』에 있어 원효의 파계에 대한 길고 장황한 이야기는 그 자체가 국가의 강제에 의한 전향의 불완전성, 그 전향 과정의 완결될 수 없는 한계를 보여주는 것이다. 이광수의 전향이 결코 완전할 수 없었고 완결될 수도 없었음은, 일본의 패전과 더불어 조선이 해방되자마자 민족주의자 '본연'의 모습으로 쉽게 '재전향'한 그의 면모를 통해서도 뒷받침된다. 이광수의 1940년 이후 행적과 문필 행위를 위장 전향을 통한 '장기 저항'의 맥락에서 설명하고자 하는 논의가 가능한 것은 바로 이러한 전향의 한계, 그 불완전함, 완결될 수 없음 때문이다. 아무리 이광수의 전향을 자발적인 것이라고 밀어붙이려 해도 그것은 지극히 불투명한 채로, 상반된 해석의 가능성을 간직하고 있다.

수양동우회 사건 이후 이광수는 총독부의 강제력에 직면하여 전향해야 할 필요가 있었으며, 실제로 이것을 이루기 위해 필사적인 노력을 기울였다고 할 수 있다. 그것은 강제에 의한 것이었으며, 자발적인 것이었다고 할 수는 없다. 이러한 전향은 자율적인 사상의 굴절 과정과는 달리 완성되거나 완결될 수 없다. 국가가 요구하는 사고 및 행동 강령과 지식인의 내면이 축적해 온 것 사이의 간극을 결코 메울 수 없기 때문이다. 때문에 이광수는 전향을 밀고 나가는 과정에서 발생하는 갈등과 번민, 합리화 또는 변명에의 유혹을 뿌리칠 수 없다. 그리고 이러한 요소들이 언제나 그를 전향의 방향과는 다른 방향으로 해석할 수 있는 여지를 남긴다. 『원효대사』는 전향론의 맥락에서 일방적인 해석이 완전히 수행될 수 없도록 균열되어 있고, 표면과 이면이 괴리되어 있으며, 서로 상반되는 이념적 힘들이 중첩, 상충되는 양상을 띤다. 전향을 위한 인위적인 노력은 그의 '무의식'의 뿌리를 형성하고 있는 실체로서의 민족 감정과 양심에 의해 균열을 빚고, 그러자 조선과 조선인의 정체성에 관한 서사의 '마디'들이 이 균열의 틈새를 비집고 나와, 내선일체론적 의도를 함축하며 전개되어 가는 이야기의 표면 위로 흘러다니기 시작한다. 『원효대사』의 이야기 전개 속에서 이광수는 이 균열을, 원효가 도적의 괴수로 하여금 나라를 위해 일하도록 조치하는 결말로써 서둘러 봉합하려 했다. 그러나 작품 곳곳에 임리하게 흘러넘치는 신라사의 여러 이야기들, 원효의 파계를 둘러싼 갈등과 고민에 대한 묘사들이 이미 이 작품을 '에쓰닉 아이덴티티'라는 내선일체론의 범주 안에 안정되게 머무를 수 없게 한다. 이 뿌리 깊은 조선인으로서의 감정과 양심 때문에 『원효대사』는 애초부터 완결될 수 없는 기획이었던 것이다. 『원효대사』를 연구하는 누구라도 가설적인 선입견을 버리고 텍스트 자체에 골똘히 집중해 보면 이러한 결론에 다다르지 않을까.

결론적으로, 『원효대사』는 천황제 권력의 힘에 굴복한 후 내선일체론의 논리를 내면화하지 않고는 행동할 수도, 쓸 수도 없었던 이광수의 전향을 향한 고행(苦行)이 결코 성공할 수도, 완결될 수도 없었음을 보여준다고 말할 수 있다. 이 의도와 결과 사이의 괴리로 말미암아 이 작품은 보는 사람에 따라 때로는 "자기정당화"나 "변명"으로도, 때로는 민족주의적 가치를 의식적으로 추구한 작품으로 읽힐 수 있다. 바로 이 점에서 『원효대사』는 강제에 의한 전향의 한계를 드러낸다. 전향을 향한 '안간힘'에도 불구하고 이광수는 결코 자신의 양심 및 민족적 감정으로부터 자유를 얻을 수 없다. 그러므로 『원효대사』는 변명의 텍스트나, 자발성을 내포한다는 의미에서의 '완전한' '친일' 텍스트가 될 수 없다. 그것은 한국 현대문학사상 가장 중요한 문학인의 정신에 각인된, 야만적인 국가적 힘의 작용을 드러내면서 동시에 이 힘이 결코 전능하지 않음을 보여준다.

3부

심연 속에서 '빛'을 그리다

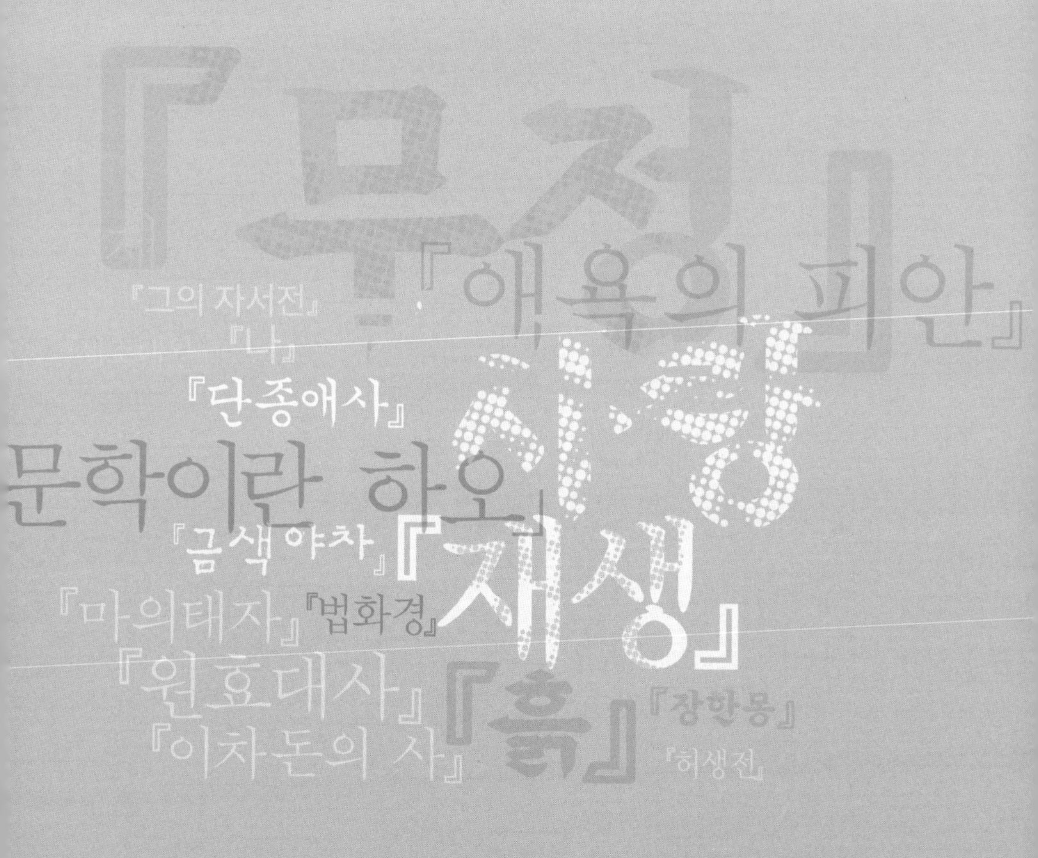

김구 자서전 『백범일지』와 이광수의 '윤문'

1. 김구의 마곡사 방문과 국사원 판 『백범일지』

필자가 지난 2018년 봄에 마곡사에 학술답사를 갔을 때 거기 백범당에서 해방 후 마곡사를 방문한 김구의 사진을 볼 수 있었다. 잘 알려진 사진이다. 이 사진은 해방 후 처음 출간된 국사원(國士院) 판 『백범일지』(김신 편, 1947.12.15) 화보란에도 수록되어 있다.

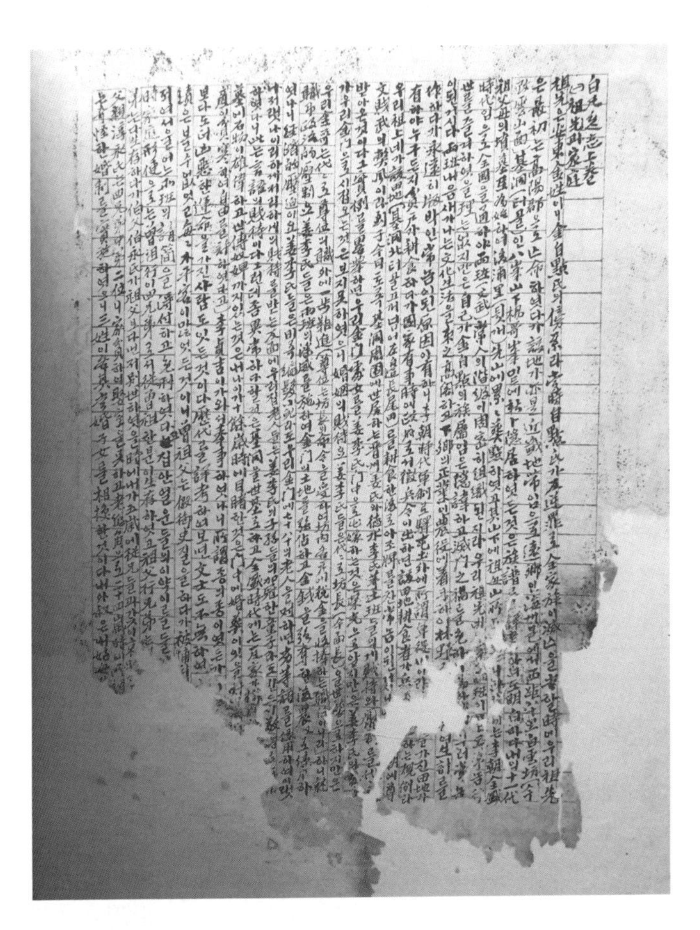

白凡逸志 上卷

(一) 祖先과 家庭

김구가 해방 후 중경에서 상해를 거쳐 환국하여 마곡사를 방문한 것은 1946년 봄으로 알려져 있다. 이를 『백범일지』는 다음과 같이 술회하고 있다.[518)]

감구지회를 금할 수 없이 인천 순시는 대 환영리에 마치고, 두 번

518) 필자는 열화당에 의해 간행된 한글 정본 『백범일지』를 기본 텍스트로 삼아 논의를 해나가고자 한다. 이 판본은 원래의 국한문 혼용체 김구 저술의 『백범일지』 육필 원고에 가장 가까운, 이를 현대적으로 재생시킨 판본이다.

째로는 공주 마곡사를 시찰하기로 하여 공주에 도착하니, 충청남북도 십일 개 군의 십여만 동포들이 구름같이 모여 환영회를 거행하였다. 감격하는 가운데 환영회를 마치고 공주를 떠나고 김복한 선생의 영정과 면암 최익현 선생의 영정을 찾아가 절을 하고, 동네 사람의 환영을 받고 아울러 유가족을 위로하였다. 마곡사를 향하는 길에는 각 군의 정당과 사회단체의 대표자만 따라온 것이 삼백오십 명 이상이고 소식을 들은 마곡사에서는 승려들이 선발대로 공주까지 나와서 맞이하고, 마곡사 동네 어귀에는 남녀 승려들이 죽 늘어서서 정성을 다하여 환영하니, 그 이유는 옛날 일개 승려의 몸으로 일국의 주석이 되어 온다는 감격에서였다.

사십팔 년 전에 중이 되어 승립을 쓰고 목에 염주를 걸고 바랑을 지고 출입하던 길로 좌우를 살펴보며 천천히 들어가니, 의구한 산천은 나를 반겨주는 듯하였다. 법당 문 앞에 당도하니 대웅전에 걸려있는 주련도 변치 않고 나를 맞아 주었다. 그 글귀를 사십팔 년 전 그 옛날에는 무심히 보았으나, 오늘 자세히 보니 "돌아와 세상일을 보니 마치 꿈속의 일 같구나"라 하였다. 이 글을 볼 때 지난 일을 생각하니, 과연 나를 두고 이름이 아닌가 생각되었다. 지나간 옛날 "보각서장"을 용담 스님에게 배우던 염화실 그 방에서 그 밤을 의미심장하게 묵게 되니, 승려들은 나를 위하여 지극한 정성으로 그 밤에 불공을 올렸다. 사찰은 예나 지금이나 같은 기상으로 나를 환영하여 주지만, 사십팔 년 전에 보던 승려들은 한 명도 없었다. 이튿날 아침은 영원히 잊지 않을 기념으로 무궁화 한 포기와 향나무 한 그루를 심고 마곡사를 떠났다.[519)]

519) 김구, 한글 정본 『백범일지』, 열화당, 2015, 301~302쪽.

필자는 이 부분을 열화당에서 펴낸 한글 정본 『백범일지』에서 가져온 것인데, 이는 지금으로서는 가장 원본에 가까운 내용을 담고 있는 판본으로 평가될 수 있다. 이 책을 펴낸 열화당 이기웅 대표는 『백범일지』 판본 문제를 다음과 같이 논의한다.

> 이 『백범일지』는 1947년 국민계몽 용으로 처음 국내에서 출판되어 보급되기 시작했다. 당시 국사원 내에 둔 김구 자서전 『백범일지』 출판 사무소에서 화보와 백범 선생의 서문, 『백범일지』의 『상권』, 『하권』, 『계속』을 싣고 부록 형식으로 '나의 소원'을 합하여 『김구 자서전 백범일지』라는 제목으로 출간된 것이다. 규모는 사륙판 424면으로, 원문을 대폭 축소하여 간행했다. 이후 백범 선생의 차남 김신 님이 좋은 뜻으로 저작권을 스스로 해제하였으나, 결과적으로는 무분별한 출판으로 이어져 지금까지 80여 종의 『백범일지』가 국내에서 출간되는 우려스러운 상황에 이르렀다.
>
> 게다가 안타깝게도 『백범일지』의 출간은 처음부터 단추가 잘못 꿰어졌다. 원본성이 크게 훼손된 것이다. 첫 출간 당시 원고의 윤문을 한 이는 춘원 이광수 선생으로 알려져 있는데, 그로 인해 백범의 냄새가 거의 지워져 버렸다. 중국 상해와 중경의 긴박했던 독립운동 현장에서 기록한 원본의 생생함이 적잖이 희석되었고, 백범 특유의 투박한 듯한 문체가 말끔하게 윤색되었을 뿐 아니라, 인명과 지명의 착오, 내용의 뒤바뀐 서술, 심지어는 원문의 대폭 생략 등의 문제로 '원본에서 가장 멀어진 판본'이라는 평가를 받고 있기도 하다.
>
> 그러나 이 국사원 본이 당시로서는 백범 선생의 서문을 받아 수록했고, 또 백범 선생의 발간 승인을 얻은 유일본이었기에 이를 저본

또는 대본으로 하는 『백범일지』가 이후 계속해서 출간되어 국민의 애독서, 필독서가 되어 왔지만 초판의 내재되어 있는 문제의식을 근본적으로 바로 잡은 책은 나오지 않았다.[520]

당장에, 이광수 '윤문'의 국사원 판 『백범일지』와 본래의 『백범일지』 사이의 낙차를 확인하는 것이 문제가 되는데, 원래 백범의 국한문 혼용체 판본을 읽어내는 게 쉽지 않고 이광수가 이 원본을 어디서부터 어디까지 '변개'했는가를 주밀하게 따지는 일은 사실관계 부분부터 지난하고 또 그 윤문의 방향을 분석, 평가하는 일은 더욱 어렵다.

2. 국사원 판 『백범일지』와 육필 『백범일지』 사이의 거리

이 낙차의 한두 사례만을 여기서 잠시 검토해 보고자 한다. 첫 페이지를 열면서부터 차이가 분명하게 드러난다. 국사원 판 『백범일지』에는 원래의 『백범일지』 원고에 들어 있지 않은 김구의 집안 내력이 '장식적으로' 덧붙여져 있다.

우리는 안동 김씨 경순왕의 자손이다. 신라의 마즈막 임금 경순왕이 어떻게 고려 왕건 태조의 따님 낙낭공주의 부마가 되셔서 우리들의 조상이 되셨는지는 삼국사긔나 안동 김씨 족보를 보면 알 것이다.

경순왕의 팔세손이 충렬공, 충렬공의 현손이 익원공인데 이 어룬

520) 이기웅, 「정본 백범일지를 펴내며—우리 기록문화유산의 올바른 보존과 정립을 위하여」, 위의 책, 357~358쪽.

이 우리 파의 시조요 나는 익원공에서 이십일대 손이다. 충렬공, 익원공은 다 고려조의 공신이어니와 이조에 들어와서도 우리 조상은 대대로 서울에 살아서 글과 벼슬로 가업을 삼고 있었다. 그러다가 우리 방조 김자겸이 역적으로 몰려서 멸문지화를 당하게 되매 내게 십일 대 조 되시는 어룬이 처자를 끌고 서울을 도망하야 일시 고향에 망명하시더니 그곳도 서울에서 가까와 안전하지 못하므로 해주 부중에서 서쪽으로 팔십 리 백운방 터꼴 팔봉산 양가봉(白雲坊基洞八蜂山楊哥峰) 밑에 숨을 자리를 구하시게 되었다. 그곳 뒷개에 있는 선영에는 십일 대 조부모의 산소를 비롯하야 역대 선산이 계시고 조모님도 이 선영에 모셨다.[521]

이 내용은 김구가 직접 집필한 원본 『백범일지』 내용과는 사뭇 다른데, 원본은 안동 김씨 경순왕에 대한 언급 없이 단도직입, 김자점의 후손이라는 사실을 밝히는 것으로 시작한다.

조상은 안동 김씨이니 김자점 씨의 방계이다. 당시 자점 씨의 반역죄로 온 가족이 멸망을 당할 때에 우리 조상은 맨 처음은 고양군으로 망명하였다가 그곳이 역시 서울에서 가까운 지방이므로 먼 고향인 해주 읍에서 서쪽으로 팔십 리 떨어진 백운방(지금은 운사면으로 바뀜) 기동(텃골) 팔봉산 아래 양가봉 밑으로 옮겨 숨어 살았던 것은 족보를 살펴보아도 명백하다.[522]

---

521) 김구, 『김구 자서전 백범일지』, 국사원, 1947, 3쪽.

522) 김구, 한글 정본 『백범일지』, 열화당, 2015, 11쪽.

김구의 원본 『백범일지』가 역도로 몰려 죽음을 당한 김자점(1588~1651)의 이야기로부터 자신의 일생의 이야기를 시작함은 원본 『백범일지』를 통해 김구가 내세우고자 한 사상과 밀접한 관계를 맺고 있는 것으로 판단된다.

김구가 자신의 본래 저작의 첫머리에서 내세우고 있는 것은 조선의 반상 신분제도에 대한 강렬한 반감이다. 자서전 앞에서 그는 반상 제도에 대한 반감을 담아 "조선조에 문을 받들고 무를 천하게 여긴 폐풍"으로 말미암아 "아주 패를 찬 상놈"이 되어 "오늘날에 이르도록 기동 주위에 세거하는 진주 강씨와 덕수 이씨 등 토반들에게 천대와 압제를 대대로 받아 온 것"이라 하였다.[523] 그리고 이는 동학 입도하게 된 심경, "……상놈 된 원한이 골수에 사무친 나에게 동학에 입도만 하면 차별대우를 철폐한다는 말이나, 조선조의 운수가 다하였으니 장래에 신 국가를 건설한다는 말에는, 더욱이 작년에 과장(科場)에서 비관을 품은 것이 연상되었다."[524]라는 대목으로 연결된다.

필자는 김구를 매개로 하여 강렬한 평등사상이 동학으로부터 임시정부로 이어진 것이라고도 생각하게 된다. 반면에, 이광수가 '윤문'을 가한 국사원 판 『백범일지』의 첫머리는 김구의 강렬한 신분제도에의 반감을 누그러뜨리면서 오히려 그 자신을 경순왕의 후손으로, 다시 말해 특별한 계급의 일원으로 인식하는 김구 '상'을 만들어내고 있다고 말할 수 있다.

애초의 김구 육필 『백범일지』 세 부(『상권』, 『하권』, 『계속』 등)의 특징적 양상은 무엇일까? 이 저술은 자서전 양식으로 쓴 것이고, 그것도 자신의 일생을 상황이 허락하는 '때'를 취하여 각기 다른 '주체적' 상황 인식 속에서 '누적적'으로 써나간 것이다.

---

523) 위의 책, 같은 쪽.

524) 위의 책, 26~27쪽.

김구는 이렇게 술회한다. "이 일지 상권은 오십삼 세 때 상해 불란서 조계지 마랑로 보경리 사호 임시정부 청사에서 일 년여의 시간을 가지고 기술"한 것이고, "하권은 중경 화평로 오사야항 일호 임시정부 청사에서 육십칠 세에 집필"한 것이다.[525] 또, 『계속』 편은 "임시정부가 중경에 머무른 이후 공작 진행의 성과는 아래와 같다."[526]라고 시작하고 있고 "……서부 조선의 순회는 이로써 끝났다."[527]라는 문장으로 맺어져 있어, 해방 이후 환국한 그가 전국을 순회하는 분주한 여정 뒤끝의 불안정한 상황에서 쓴 것임을 알 수 있다.

이렇게 상황이 허락하는 한에서 회상 형식으로 원고지에 빼곡하게 써나가며 직접 퇴고까지 한 이 원고 자서전은 뒤에 가서 미처 쓰지 못한 일생의 앞부분이나 더 언급했어야 할 부분을 '기워 넣기'도 하는 등 자신의 생애를 서술하기에 참고할 텍스트 자료가 '부재하다시피' 한 가운데에서도 자신의 생애를 가급적 사실에 근거하여 객관적으로 서술하고자 하는 노력이 돋보인다. 다음은 그 한 사례다.

> 나의 지내온 일을 기록한 가운데 연월 일자를 기입한 것은, 나는 기억하지 못하겠으므로 본국의 어머님에게 서신으로 여쭈어서 쓴 것이다. 나의 일생에서 제일 행복이라 할 것은 기질이 튼튼한 것이다. 감옥 고역의 근 오 년 동안 하루도 병으로 일을 쉰 적이 없었는데, 인천 감옥에서 학질에 걸려서 한나절 동안 일을 쉬었다. 병원이라는 곳에는, 혹을 떼고 제중원에서 한 달, 상해에 온 뒤에 스페인 감기로 이

525) 위의 책, 217쪽.
526) 위의 책, 287쪽.
527) 위의 책, 308쪽.

십 일 동안 치료한 것뿐이다.

기미년에 강을 건너온 이후 지금까지 십여 년에 그간 지내온 일에 대하여서는 중요하고 또 진기한 사실이 많으나, 독립 완성 이전에는 절대로 비밀로 할 것이므로 너희들에게 알려 주도록 기록하지 못함이 극히 섭섭하다. 이해하여 주기를 바라고 그만 그친다.

이 글을 쓰기 시작한 지 일 년이 넘은 민국 십일 년 오월 삼일에 종료하였다. 임시정부 청사에서.[528]

김구의 본래 『백범일지』의 『상권』은 「인과 신 두 아들에게 주는 글」이 덧붙여져 있는 데서 알 수 있듯이, 직접적으로는 53세에 달한 '늙은' 아비가 열 살, 일곱 살밖에 되지 않은 아들들을 향하여 자신의 일생에 대한 사실적 이해와 공감을 구하고자 한 것이다.[529] 또 『하권』은 그 동기가 이에서 더 나아가 한층 깊어져, 또는 확장되어, 「자인언(自引言)」에 "하권을 쓰는 금일에는 불행하게도 천한 목숨이 아직 부지되었고, 자식들도 이미 장성하였으니 상권으로 부탁한 것은 문제가 없게 되었고, 지금 하권을 쓰는 목적은 누구든 나의 오십 년 분투의 실적을 훑어보아 허다한 과오를 거울삼아 실패의 자취를 밟지 말라는 것이다."[530]라고 했다. 이는 자신의 '자서전'의 목적을 단순히 후손에게 자신의 삶을 알리는데 국한하지 않고 나라와 민족의 문제를 '함께' 풀어 나가야 할 사람들, 즉 독립 운동가들을 향해 자신의 사유를 제시하는데 있음을 명확히 한 것이다.

528) 위의 책, 213쪽.

529) "그러나 너희들이 장차 장성하더라도 아비의 일생 경력을 알 곳이 없겠으므로 이를 약술하거니와, 다만 유감되는 것은 오래된 사실이므로 잊어버린 바가 많이 있을 뿐이요, 거짓으로 꾸민 일은 없다는 것은 사실이니 믿어 주기를 바란다."(위의 책, 7쪽)

530) 위의 책, 217쪽.

『상권』이라 해서 이러한 목적의식이 '은연중' 작용하지 않았으리라고 단언할 수 없으나, 『하권』에 이르러 이 의식이 더욱 직접적으로 제시되고 있음이 주목된다. 이에 따라 이 『하권』은 때때로, "당시 나의 중요한 임무가 무엇이었던가를 미루어 생각해 볼진대, 다시 그때 환경이 어떠하였는지를 말하겠다."[531]라거나 "다시 중국 인사들의 우리에 대한 태도를 말하고, 그 다음으로 미국 하와이 멕시코 쿠바 한인 교포들의 나에 대한 태도와, 관내 우리 인사들의 나에 대한 태도를 말하겠다." 같은 식으로, 일층 보고적인 문체를 띠기도 한다. 이는 이 자서전의 『상권』이 상대적으로 '서술자=작가'라는 등식을 '인정할 수 있는' 김구 자신의 감정과 심리를 사상 형성 과정과 더불어 실감나게 설명하거나 묘사하는 것과 대비된다.

한편으로, '환국 후의 기록'이라는 부제가 붙은 『계속』 편은 「통일 문제」, 「광복군 조직 공작의 성과」라는 두 장에 나누어 충칭 도착 이후 독립운동 정당 및 사회단체 통일 운동 과정과 광복군을 조직해 가는 와중에 "왜적의 항복" 소식을 접한 후 환국, 서부 조선 순회까지의 과정을 '바쁘게' 서술해 간다.

서술 내용이 해방을 맞은 환국 이후의 현재에 해당하므로 현실적인 제 문제들에 대한 자신의 생각을 제시해야 할 필요를 절박하게 느꼈을 법하다. 그런데도 이 『계속』 편은 이를 찬찬히 서술하기에는 상황이 허락하지 않았음을 알려준다. 그리고 이 어려움이 바로 이광수가 윤문을 가한 『김구 자서전 백범일지』의 서문 「저자의 말」 및 이 책 뒤에 덧붙여진 「나의 소원」이 새롭게 '집필'된 이유였을 것이라고 필자는 추측한다. 그 앞의 『하권』 또한 목차는 「자인언」, 「상해 도착」 등으로 『상권』에 비해 비교적 단순하고 공식적 활동을 중심으로 서술하고 있어, 『상권』과 그 뒤의 『하권』

531) 위의 책, 234쪽.

및 『계속』 사이에는 '서술의식'의 차이가 존재함을 엿볼 수 있다.

김구의 원본 『백범일지』가 자서전 양식의 텍스트로서 새로운 관심과 탐구를 요청한다면, 이광수 윤문의 국사원 판 『백범일지』는 단언하기는 어렵지만 일종의 소설적 구성 쪽으로 본래의 자서전을 새롭게 만들려 한 의도가 엿보인다. 이는 무엇보다 『상권』 부분의 두 판본 목차를 비교해 봄으로써 추론 가능하다.

뿐만 아니라 '이광수 판본'은 서두 부분에 제시했던 경순왕의 후예로서의 김구의 사적을 연상케라도 하듯이 경주 김씨들이 그를 성대하게 맞아들이고자 한 것으로 결말을 짓고 있다. 두 판본을 비교해 보면 '이광수 판본'의 경우 이야기가 너무 압축되어 김구의 직접적 서술에 비해 구체성이 크게 저하된 중에도 김구도 이에 이르러 의식한 "선조" 경순왕 부분은 남기면서 경주 김씨들이 '문중 사람'인 김구를 의식적으로 융숭하게 대접하려 하였다는 식으로 표현하고 있다.

(가)

그 길로 저물녘에 배천에 도착하여 종일 기다리고 있던 동포 대중을 향하여 인사 겸 강연을 마치고 그곳에서 머물러 묵었다. 그곳은 사십 년 전 군수 전봉훈 씨의 초청을 받아 배천에서 사범강습을 개최하고, 양서에 명성이 쟁쟁한 최광옥 선생을 주임 강사로 모시고 강습을 진행하던 중에 불행히 최 선생이 폐병으로 객사하니, 읍내 유지들과 전 군수와 협의하여 배천 남산 위 운동장 옆에 안장한 후 떠난 지 사십 년 만에 비로소 이곳을 당도하니, 도처마다 옛 기억의 감상은 이루 헤아리기 어려웠다.

이튿날 배천을 떠나 한성으로 향하는 길에 장단 고랑포를 경유하여 선조 경순왕릉에 참배하는데, 능촌에 사는 경주 김씨들이 앞서서 행로를 예측하고 미리 제전을 세밀히 준비하였었다. 예를 갖추어 절한 후 그곳을 떠나 문산에 도착하여 역시 환영을 받고 강연을 마치고 한성에 돌아오니, 서부 조선의 순회는 이로써 끝났다.[532)]

(나)

배천에서 최광옥 선생과 전봉훈 군수의 옛 일을 추억하고 장단 고랑포에 나의 선조 경순왕릉에 참배할 적에는 능말에 사는 경주 김씨들이 내가 오는 줄을 알고 제전을 준비하였었다.[533)]

아래에 제시된 '이광수 판본' 목차는 그 '서사적 구성' 면에서 『그의 자서전』이나 『나―소년편』 및 『나―스무살 고개』의 그것에 가까움을 느끼게 한다. 천생의 소설가로서 이광수는 김구의 '자서전'에 자전적 소설의 구성을 선사하려 했던 것으로 보인다.

물론 이러한 의도는 김구 원고의 '불완전성', 즉 『상권』과 『하권』의 서술 태도 및 구성 방법의 불일치와 장편소설 한 권 분량을 상당히 초과하는 두께, 그리고 수미일관된 항일 독립운동가로서의 김구의 '원서술'의 권위로 인해 자신의 의도대로 쉽게 변개할 수 없는 어려움이 있었을 것으로 여겨진다.

---

532) 위의 책, 308쪽.

533) 김구, 『김구 자서전 백범일지』, 국사원, 1947, 366쪽.

3. 김구의 원본 『백범일지』에 나타난 김구와 이광수

김구가 애초에 쓴 『백범일지』는 이광수 연구를 위해서도 흥미로운 자료를 제공해 준다. 첫째, 이 자서전 원고에 이광수의 이름은 모두 세 장면에 걸쳐 네 번 등장한다. 그중 한 장면은 삼일운동 이후 김구가 국내에서 탈출을 감행, 바닷길을 통하여 상하이로 가는 대목이며, 다른 한 장면은 상하이에서의 임시정부 초창기의 시련을 그린 대목이다. 이 부분들을 여기 제시해 보면 다음과 같다.[534)]

(가)

황해안을 지나는 때에 일본 경비선이 나팔을 불고 정지할 것을 요구하나, 영국인 함장은 들은 체도 안 하고 전속력으로 경비구역을 지나서 나흘 후에 무사히 포동 부두에 닻을 내렸다. 같은 배의 동지는 모두 열다섯 명이었다. 안동 현에서는 아직 얼음덩어리가 겹겹이 쌓인 것을 보았는데, 황포 부두에 내리며 바라보니 녹음이 우거졌다. 공승서리 십오 호에서 하룻밤을 잤다.

이때 상해에 모인 인물 가운데 내가 평소 친숙한 이의 이름은 이동녕, 이광수, 김홍서, 서병호 네 사람만 들어서 알겠고, 그밖에는 구미와 일본에서 건너온 인사들과, 중국과 러시아령과, 본국에서 와서 만난 인사와, 예전부터 중국에서 유학하거나 상업을 경영하는 동포의 수를 어림잡아 계산하면 오백여 명이라 하였다.

이튿날 아침에 예전부터 상해에 집안 식구를 거느리고 먼저 와서

534) 이 대목들을 김구의 둘째 자제 김신이 제공한 원본 영인본 『친필을 원색 영인한 김구 자서전 백범일지』(집문당, 1994)에서 찾아보면 각각 171쪽과 187쪽에서 찾아볼 수 있다.

살던 김보연 군이 와서 자기 집으로 인도하여 숙식을 같이 하였다. 김군은 장연 읍 김두원의 장자이고, 경신학교 출신으로, 전에 내가 장연에서 학교 일을 모두 맡아 살필 때부터 나를 성심으로 애호하던 청년이었다. 동지들을 방문하여 찾아보고, 이동녕 이광수 김홍서 서병호 등 옛 동지를 만나서 악수하였다.[535)]

(나)

당시 나의 중요한 임무가 무엇이었던가를 미루어 생각해 볼진대, 다시 그때 환경이 어떠하였는지를 말하겠다. 민국 원년에서 삼사 년을 지내고 보니, 당시에는 열렬하던 독립운동자들이 한 사람씩 두 사람씩 왜놈에게 투항하고 귀국하였는데, 그들은 임시정부 군무차장 김희선과 독립신문사 주필 이광수, 의정원 부의장 정인과 등을 비롯하여 점점 그 수가 증가되었다.[536)]

이와 같은 대목들은 김구에 있어 이광수가 상해 임시정부 독립운동 초창기의 주요 인물이자 "투항"자로 인식되고 있었음을 보여준다. 그렇다면 어떻게 해서 해방 정국에서 이광수가 김구의 자서전을 정리, 윤문까지 맡을 수 있었는가 하는 의문이 발생한다.

『백범일지』가 보여주듯이 독립운동 상에서의 투항과 배신, 내부투쟁과 체포 위험, 첩자들에 의한 살해 위협 등으로 점철된 독립운동을 지속해 온 김구에게 이광수가 어떻게 인식되고 있었는가 하는 것은 해방 정국의 이광수를 이해함에 있어 매우 중요한 사안이다. 위의 인용문 (가)의 "이동녕 이

535) 김구, 한글 정본『백범일지』, 열화당, 2015, 208쪽.

536) 위의 책, 234쪽.

광수 김홍서 서병호 등 옛 동지"[537]라는 표현에 단서가 있는 것으로 생각된다. 어떤 의미에서 김구는 이광수를 가리켜 "옛 동지"의 한 사람으로 간주했던 것일까? 이 문제는 다음의 두 번째 논점에 연결된다.

둘째, 『백범일지』는 동학 접주에서 신교육가로 변신하는 김구의 행로를 자세히 살펴볼 수 있게 하는데, 이 가운데 특히 눈길을 끄는 것은 그가 안악 양산학교 교사로 일하게 된 과정이며, 여기에 처음으로 이광수의 이름이 등장한다.

을사보호조약 이전에 김구는 동학 접주, 치하포 일본 육군 중위 토전양량(土田讓亮) 처단, 사형집행 정지, 파옥, 방랑, 마곡사 승려 생활 등의 역정을 뒤로 하고 부친 해상(解喪) 후 기독교를 받아들이면서 신교육을 장려하는 활동가로 변신해 있었다.[538]

이 대목은 아주 흥미로운데, 왜냐하면 이광수보다 십여 년 선배 그룹인 안창호, 안중근, 한용운, 신채호 등보다도 몇 년 선배 격인 1876년생으로 상민 출신에 구학문을 배운 김구가 선입견과 달리 신학문, 신교육을 향해 성큼성큼 다가서고 있었음을 알 수 있게 해주기 때문이다. 그런데 바로 이 국면에서 김구와 이광수의 관계는 이미 성립해 있었다고 추단할 수 있다.

---

537) 이는 김구의 '수고'에서는 "舊同志"라는 표현으로 되어 있다. 『친필을 원색 영인한 김구 자서전 백범일지』, 집문당, 1994, 171쪽.

538) 위의 책, 127쪽, 참조. 이에 관해서 춘원학회 회원 윤덕순은 토론에서 손세일, 도진순, 양윤모 등의 관련 논문을 참조할 것을 주문하였던 바, 특히 양윤모의 「백범 김구의 치하포 사건 관련 기록 검토」(『고문서연구』 22, 2003)는 김구의 『백범일지』 회고와 달리 김구의 사형 관련 기사가 실린 것은 『황성신문』이 아니라 『독립신문』이었음을 밝히고 있다. 『독립신문』 1896년 11월 16일자는 "그 전 인천재판소에서 잡은 강도 김창수는 자칭 좌통영이라 하고 일상 토전양량을 때려 죽여 강에 던지고 재물을 탈취한 죄로 교에 처하기로 하고"(위의 논문, 288쪽, 주 53에서 재인용)라는 기사를 게재하고 있다. 이는 다시 일인 토전양량의 신분에 대한 의문을 야기하는 바, 이에 관해서는 별도의 논의를 필요로 할 것이다. 이 논문은, 이 사건 직후부터 일제가 김구의 행위를 '국모보수(國母報讐)', 즉 일본이 국모를 살해한 데 대한 죄 값음을 위한 것이 아닌, 한갓 상인에 대한 살인강도 사건으로 몰고 가려 했음을 보여준다.

이와 관련하여 다음과 같은 선행연구가 이미 존재해 있다.

> 이것보다 중요한 사실은 김구가 양산학교 교장 시절부터 상해 임정 시절까지 줄곧 이광수와 독립운동 동지로서 그 우정이 돈독했을 뿐만 아니라, 이광수는 당대 한국 문단의 최고 문호였기 때문인 것으로 분석된다. 1907년 여름 안악면학회와 김구의 양산학교 공동 주최로 하기 사범강습회를 개최했을 때 이광수가 강사로 초빙되어 참여했다. 당시 이광수는 동경 명치학원 중학부 3학년 학생으로서 16세 소년이 여름방학에 귀향하여 양산학교 하기 사범강습회에 참가한 것이다. 강습회의 강사진은 최광옥, 김홍량, 이시복, 이상진, 이광수, 김낙영, 방신영 등이고 강습생은 강구봉, 박혜명 등 승도까지 4백여 명이 참여하는 등 성황을 이루었다. 제1회 하기 사범강습회의 주제는 '무너져가는 조국을 일으켜 세우려면 자녀를 교육시켜라'였다. 숭실학교와 일본 명치대학 졸업생 최광옥은 국어, 생리학, 물리학, 식물학, 경제학 등 가장 많은 과목을 담당했고, 이광수는 서양사를 담당하여 세계정세를 강의하면서 민족의식을 고취했던 것이다.[539)]

김원모가 근거로 삼은 김구의 원본 『백범일지』 부분은 다음과 같다.

> 신교육의 필요성을 절감하여 김홍량, 최재원 외에 몇몇 청년은 경성과 일본에 유학하고, 선배 등은 교육 발달에 정성과 힘을 다하여 이 읍내 예수교회에 제일 먼저 안신학교가 설립되고, 그 다음 사립

539) 김원모, 「제16장 친일↔항일 병행 전략과 민족주의 사상」, 『자유꽃이 피리라』 (下), 철학과현실사, 2015, 1555쪽.

양산학교가 성립되고, 그 후에 공립 보통학교가 설립되고, 동창에 배영학교, 용순에 유신학교 등 교육기관이 계속 설립되었다. 황해, 평안 두 도에서 교육계로나 학생계로나 평양의 최광옥이 제일 신망을 가진 청년이므로 최광옥을 예를 갖추어 초빙하여 양산학교에서 하기 사범강습을 열고, 황해도에서 교육에 종사하는 인사는 촌의 사숙 훈장까지 소집하고, 평안남북도의 유지 교육자들과 경기, 충청도에서까지 강습생이 와서 사백여 명에 달하였고, 강사로는 김홍량, 이시복, 이상진, 한필호, 이보경(지금의 광수), 김낙영, 최재원, 도인권 외 몇 사람과, 여교사는 김낙희, 방신영이요, 강습생에는 강구봉, 박혜명 등 승려들까지 있었다.[540]

이와 관련하여 이광수가 메이지 재학 중 방학 기간에 신민회 황해도 지부 안악면학회에서 강사로 일한 사실을 참고하면서 이광수의 오산학교행을 "간접적으로 신민회의 민족운동에 관여한"[541] 것으로 본 연구가 있다. 김원모나 정주아의 연구를 참조하면서 김구의 원본 『백범일지』를 검토하고 당대의 계몽운동 및 독립운동의 흐름에 대한 상상력을 밝히면 다음과 같은 결론, 즉 김구가 당시 안창호에 의해 주도되던 신민회 운동에 접맥되어 있었으며, 이 과정에서 교사로서 삼십대 초반의 김구와 16세 학생 이광수는 양산학교 교사와 안악면학회 강사로서 밀접한 관계를 맺고 있었다는 사실에 다다를 수 있다.

원본 『백범일지』에 나타나는 황해도, 해주와 안악 등은 당시에 가장 격렬

540) 김구, 한글 정본 『백범일지』, 열화당, 2015, 136~137쪽.

541) 정주아, 「순교자 상의 형성과 수용-춘원과 도산의 유대관계에 대한 고찰」, 『한국어문교육연구회』 38권 3호, 2010.9, 360~362쪽.

한 사회운동의 집산지로 나타난다. 김구는 봉건적 신분제도에 대한 강렬한 반감을 품고 황해도 등지를 휩쓸던 동학농민운동에 뛰어들었으며 명성황후를 시해하기까지 한 일본에 대한 적개심, 복수심으로 일본 군인을 척살하기까지 하였고 뒤이어 김홍량, 최광옥 등이 주도한 신교육운동에 가담했고, 나아가 안명근 사건에 휘말려 긴 시간에 걸쳐 옥고를 치르기까지 한다.[542]

이러한 과정에서 김구는 구지식의 소유자에서 신지식의 의미와 가치를 새롭게 인식하는 존재로 거듭나게 되는데, 여기에는 전통적인 선비상의 소유자 고능선과 전통적 지식인의 구각을 벗고 천주교 신자가 된 안 진사 사이에서 자신의 길을 찾아가는 김구의 사상적 궤적인 가로놓여 있다.[543] 이러한 과정에서 나타난 김구의 지적 변모 과정은 황해도 인근의 사회운동의 흐름에 접맥되어 있으면서도 독자적이고도 독특한 양상을 띤다. 그의 급격한 사상적 전회는 감옥에서의 독서와 사색의 산물이었다. 치하포 일본인 척살 사건으로 "갑오경장 이후에 외국인 관계 사건을 재판하는 특별재판소"[544]가 있는 인천옥에 수감된 김구는 일련의 독서와 사색 과정에서 새로운 사상적 방향을 터득한다.

> 이로부터 옥중 생활의 대강을 들어보면, 첫째 독서. 아버님이 오셔서 『대학』 한 질을 사 들여 주시므로 날마다 『대학』을 독송하였는데, 이 항이 맨 먼저 열린 항구이므로 구미 각국 사람으로 거주자나 유력자도 있고, 각 종교당도 설립하였고, 우리 사람으로도 혹시 외국에 유람하거나 장사차 다녀와 신문화의 취미를 아는 자도

542) 김구, 한글 정본 『백범일지』, 열화당, 2015, 151~153쪽, 참조.

543) 위의 책, 36쪽 및 39쪽 등에 안 진사와 고능선의 이야기가 처음으로 소개되어 있다. 여기서 안 진사란 안중근의 부친 안태훈을 가리킨다.

544) 위의 책, 70쪽.

약간 있던 때여서, 감리서 서원 중에도 나를 대하여 이야기한 후에는 신서적을 사서 읽기를 권하였다. "우리나라의 문을 걸어 잠그고 자신만을 지키던 구지식, 구사상만으로는 나라를 구할 수가 없으니, 세계 각국의 정치, 문화, 경제, 도덕, 교육, 산업이 어떠한지를 연구하여 보고, 내 것이 남만 못하면 좋은 것은 수입하여 우리 것을 만들어 국계와 민생에 유익케 하는 것이 그때그때 해야 할 일을 아는 영웅의 사업이지, 한갓 배외사상만으로는 멸망을 구해내지 못할 터이니, 창수와 같은 의기 남자로서는 마땅히 신지식을 가지게 되면 장래 국가에 큰 사업을 할 터이다."라고 하며, 세계 역사, 지지 등 중국에서 발간된 책자와 국한문으로 번역한 것도 갖다 주고 열람을 권하는 이도 있었다. "아침에 도를 들으면 저녁에 죽어도 좋다"는 격으로, 나의 죽을 날이 닥치는 때까지 글이나 실컷 보리라 하고 손에서 책을 놓지 않았다. 감리서 서원들이 종종 와서 신서적에 열심인 것을 보고 매우 좋아하는 빛이 보였다.

신서적을 보고 새로 깨달아지는 것은, 고 선생이 전날 조상에 제사 지낼 때 "유세차 영력 이백 몇 해……"라고 축문을 쓴 것이나, 안 진사가 양학을 한다고 하여 절교하던 것이 그리 달관 같아 보이지 않았다. 의리는 학자에게 배우고 일체 문화와 제도는 세계 각국에서 채택하여 적용하면 국가에 복리가 되겠다고 생각되었다. 지난날 청계동에서 단지 고 선생을 신인처럼 숭배할 때는 나도 척왜척양이 우리 사람의 당연한 천직이요, 이에 반하면 사람이 아니요 즉 금수라고 생각하였다. 고 선생 말씀에 "우리 사람에게만 한 가닥 힘찬 맥이 남아 있고, 세계 각국이 거개 머리를 풀고 옷깃을 왼쪽으로 여민 오랑캐이다"라는 말만 믿었더니, 『태서신사』(泰西新史) 한 권만 보아도 그 깊은 눈과 높은 코를 가진, 원숭이나 성성이에 가까운 오랑캐 들은 도리어 나라를 세우고 백성을 다스리는 훌륭한 법규가 사람 다운데, 아관박대(雅冠博帶)로 선풍도골 같은 탐관오리는 오랑캐의 존호를 받들 수 없다고 각성되었다.[545]

이러한 술회는 김구가 자신만의 길을 걸어 구사상의 '껍질'을 벗고 신사상을 품는 과정을 보여주거니와 그는 이와 같은 "각성"을 통하여 '독자적으로' 신교육 활동을 향해 나아갈 수 있었으며 그 결과로서 안악면학회 등으로 '표현되는' 신민회 운동에 접맥될 수 있었다.

김구의 원본 『백범일지』는 일관되게, 도처에서 강렬한 '주체성', 즉 자신의 의지와 사유로써 독립운동의 길을 개척해 나가는 힘을 드러내고 있거니와, 이것은 그가 안창호가 주도하는 독립운동의 논리와 전망을 가볍게 보지 않으면서도 그 자신의 길을 창조해 나갈 수 있도록 한 것이었다. 이 길에서 김구는 한때 길을 같이 했다 떨어져 나가는 '어린', 또는 '젊은' 이광수의 "투항" 과정을 냉연한 시선으로 직시했던 것이다.

4. 김구와 안창호, 독립운동의 동반자 관계

이와 같은 맥락에서 김구가 저술한 『백범일지』는 그의 강렬한 자기의식의 소산이자 그 표현이다.

필자는 이광수를 보다 입체적으로 이해하기 위해서는 그를 둘러싼 정신사적 계보학을 새롭게 구축해야 한다고 믿는다. 다시 말해 정신사적으

545) 위의 책, 78~79쪽.

로 그의 직계 선배로서의 위상을 확보하고 있는 안창호(1878~1939), 안중근(1879~1910), 한용운(1879~1944), 신채호(1880~1936) 등의 생애와 사상을 새롭게 이해해야 한다고 생각하는 것이다.

대동사상과 피에타 정신을 결합한 안창호의 '무정·유정'론과 이상사회론, 안중근의 '동양평화론' 서문, 한용운의 불교유신론, 신채호의 상고사 연구와 아나키즘은 성장기에서 청년기에 이르기까지 각기 십 년의 전통적 학문 수학과 서양에서 건너온 신학문을 접합시켜 새로운 차원의 길을 열어젖히고자 한 그들 세대의 고심참담의 산물들이었다.

이와 같은 계보학적 연속성은 정신사적 맥락에서만 아니라 소설사의 측면에서도 확인될 수 있다. 신채호의 경우가 말해주듯이 그의 소설들, 문학 작품들은 전통적인 문학 장르와 새로운 문학 양식을 결합시킨 형태를 보여준다는 점에서 이인직의 『혈의 누』에 나타난, 한문단편소설 양식과 서양 정치소설 양식의 결합, 그리고 이광수 『무정』에 나타난 『숙향전』, 『채봉감별곡』 등 전통적 소설과 '노블적' 양식의 결합 등 두 접합 양태를 연결시켜 주는 중간항을 이루는 것으로 판단된다.

예를 들어 그의 소설 「꿈하늘」(1916)은 전통적인 몽유록 양식의 바탕 위에 서구적인 자전적 소설, 일본적 심경소설 양태를 결합한 양상을 보여준다. 이 소설의 주인공 '한놈'은 작중에서 『을지문덕』을 저술한 사람으로 등장하는데, 이것은 신채호 자신이 실제로 역사전기문학 『을지문덕』(휘문관, 1908)을 저술했던 사실을 '지시'하고 있으며 이 '지시성'을 통하여 「꿈하늘」의 저자 한놈은 작가 자신 신채호와 직접 연결될 수 있다. 그리고 이는 박태원의 「소설가 구보씨의 일일」 같은 일종의 사소설이 '구보'라는 박태원 자신의 필명을 통하여 텍스트 바깥의 박태원이라는 실제 작가와 '직접' 연결되는 것과 이치면에서 같다. 이러한 특성은 신채호 문학을 역사전기문학의 테두리 안에 박제화시키지 말고 그 문학의 신축성, 탄력성에 주목해 볼 것을, 그리하여 후대 문학, 다시 말해 이광수 등으로 연결되는 현대문학의 '주류적' 흐름에 그의 문학을 새롭게 정위시킬 것을 요청하는 것이라 생각된다.[546]

나아가 이 「꿈하늘」에는 오랫동안 한국현대문학사에서 이광수의 '전용어'처럼 이해되어 온 '정', '무정' 같은 어휘들을 이광수 『무정』보다 한 해 먼저 선보이고 있어 이러한 어휘들로 대표되는 당대의 '무정·유정' 사상, 다시 말해 제국주의적 사회 진화론 맥락의 우승열패론과는 궤를 달리하는 사회적 전망이 이광수의 선배 세대들에게서 이미 간취되고 있음을 알 수 있게 한다. 이광수는 물론 『무정』에서만 아니라 일본어 소설 「愛か」(사랑인가, 『백금학보』 19, 1909)에도 등장한다. 그러나 필자는 이광수의 '무정·유정'의 사상이 안창호의 '무정·유정'론에서 '기인'했을 가능성을 제기한 바 있고, 안창호와 이광수의 만남은 1907년경으로까지 거슬러 올라간다고 할 때, 이러한 '무정' 어휘의 조기 '빈출'은 오히려 그가 「愛か」 같은 작품을 쓰던 1910년 전후의 시기에 이미 사회적 진화론을 극복하고자 한 시도들이 조선 지식인들의 사상계에서 하나의 흐름을 형성하고 있었음을 시사해 주는 것으로 해석될 수 있다. 그리고 또한 이러한 시각은 조선 소년 문길(분키치)과 일본 동급생 미사오(操) 사이에 가로놓인 단절의 문제를 '단순히' 동성애적 발상법으로서가 아니라 그 시기의 시대적 흐름에 연결 지어 일종의 '알레고리'로 독해할 필요성을 제기하는 것이기도 하다. 이 소설은 그러니까 '무정'한 일본을 향한 조선 지식 '청년'의 원망, 절망을 그린 작품으로도 독해할 수 있다.

같은 맥락에서 김구가 저술한 원본 『백범일지』는 한 독립운동가의 생애

546) 방민호, 「단재 신채호의 문학사적 의미-소설 '꿈하늘'에 나타난 '정', '무정'과 관련하여」, 『서정시학』, 2019년 가을호, 참조.

와 활동 양상을 보여주는 역사적 기록물로만 아니라 자서전의 현대적 양상을 보여주는 대표적 사례 가운데 하나로 읽어낼 수도 있다. 이러한 측면에서 보면 이 '자서전'은 자서전의 저자와 그가 귀속되고자 하고 호소하고자 하는 사회 또는 공동체의 관계에 대한 저자의 인식을 분석할 수 있게 해주고, 이 사회 또는 공동체를 향해 발화해 나가는 저자의 인식과 태도 변화를 '시시각각'으로 생동감 있게 드러내는 문제작으로서 새롭게 인식된다. 그리고 이것이 김구 자신이 저술한 원본을 원본성에 가깝게 재구성해내야 할 새로운 필요의 하나가 되기도 한다. 김구의 자서전으로서 『백범일지』는 현대 한국의 자서전 문학의 새로운 출발을 알리는 작품이기도 한 것이다.

여러 면에서 복합적인 중요성을 함축한 『백범일지』는 이 장에서 살펴보고자 하는 바 이광수의 지적 계보학을 보충, 벌충할 수 있게 해주는 흥미로운 요소들을 드러낸다는 점에서 또 다른 흥미를 자아낸다. 이 가운데 하나로서 여기서는 이 『백범일지』에 나타나는 김구와 안창호의 교호 관계에 주목해 보고자 한다.

두 사람이 모두 독립운동의 돌올한 존재들이라 할 수 있고 특히 상해 임시정부로부터 시작하여 오랫동안 동지적 관계를 맺어왔던 만큼 『백범일지』는 여러 곳에서 도산 안창호에 대한 언급들을 보여준다. 더욱이 특기할 만한 것은 김구와 안창호의 누이 안신호 사이에 혼담이 오가기도 했다는 사실이다. 김구는 기독교인으로 '전향'한 후 평양에서 예수교 주최의 사범 강습회에 참가하여 '선생 공부'를 하던 시기에 최광옥의 주선으로 당년 이십 세 안창호의 누이 안신호와 구두 혼약에까지 이르렀으나 뜻하지 않은 혼선으로 좌절된 사건이 벌어진 것이다.[547]

이처럼 긴밀한 관계에도 불구하고 『백범일지』에 나타난 김구의 내면세계

547) 김구, 한글 정본 『백범일지』, 열화당, 2015, 129~130쪽, 참조.

는 안창호라는 존재와 긴장 섞인 거리를 유지하려는, 앞에서 언급한 강렬한 주체성을 견지하고 있는 것으로 나타나며, 때문에 안창호에 대한 우호적 감정에도 불구하고 시종해서 냉연한 서술 태도를 유지하는 양상을 보인다. 그 하나의 사례는 김구가 양산학교 교사, 교장이 되어 안악을 중심으로 활동하는 '장면'이다. 이 신교육 운동 과정에서 김구는 김홍량, 최광옥 등과 뗄 수 없는 관계를 맺고 활동해 나가는데, 그렇다면 이 시기의 서술에 안창호라는 존재에 대한 실체적 인식과 감정 등에 대한 서술이 수반되는 것이 오히려 당연할 것이다. 예를 들어 김홍량 같은 인물은 다음의 인용이 보여주듯이 안창호로 직결되는 김구의 가장 가까운 주변 인물이었기 때문이다.

> 김홍량은 김구보다 아홉 살 아래로 황해도 안악 출신이다. 김홍량은 일본 유학을 통해 신학문을 접하고 고향인 안악에서 안악면학회와 양산학교 설립, 해서교육총회 결성, 안악고보 설립, 경신학교 인수·경영 등 교육구국운동에 주력한다. 또한 일본 유학생단체인 태극학회·대한흥학회에서 임원으로 활동한다. 신민회에 가입하여 활동하였으며 특히, 안명근과 함께 독립운동자금 모금을 주도한 안악사건으로 15년 형을 언도받고 복역한다. 동아일보 안악지국을 운영하였으며 모범농촌 건설과 김 농장 건설에 매진한다. 그 외에도 김구를 비롯한 독립운동가와 그 가족들을 후원하는 등 다양한 민족운동을 전개한다.[548]

위 인용은 김홍량의 신민회 가입 문제에 관심을 갖도록 하는데, 이와 관

548) 이동언, 「김홍량의 생애와 민족운동」, 『한국독립운동사연구』 34, 2009, 206쪽.

련하여 이 논문은 김홍량의 양산학교가 신민회의 중요한 근거지였다고 논의한다.

> 1907년 신민회가 창건되자 김홍량은 황해도지회 회원으로 활동하면서 양산학교를 양산중학교로 개편하고 교장으로 취임하여 신민회와 연계하여 본격적으로 활동을 시작한 것으로 보인다. 신민회가 만주에 무관학교를 설립하고 독립군기지 건설을 추진할 때 자금 모금과 이주민 모집을 위해 적극적으로 참여하고, 안동현으로 이주하여 농업과 무역회사를 경하면서 국권회복을 준비하기도 하다. 양산중학교는 안악군뿐만 아니라 황해도지역 신민회 지회의 가장 중요한 근거지고 교육구국운동의 모범이 되었다. 그러나 양산학교는 1910년 11월 안악사건으로 인하 여 안악군 신민회 회원들이 대거 체포됨으로써 폐교되고 말았다.[549]

그러나 김홍량의 민족운동을 상세히 논의하며 신민회와의 관계를 거론한 이 논문도 안창호의 존재는 거의 논의하고 있지 않은데, 이는 한편으로 안악을 중심으로 한 황해도 인사들의 독립운동, 사회 계몽운동이 그 출발점에서 독자적이었음을 시사한다. 이 논문은 “황해도 안악지역이 타 지역보다 앞서 새로운 문화와 교육이 보급될 수 있었던 것은 천주교와 기독교 보급이 다른 지역에 비해 빨랐기 때문”이며, “안악사회를 주도한 계층이 전통적인 지주들이 아니라 신흥부호들”로서 “이들 신흥 상업 자본가들은 천주교와 기독교의 전파와 함께 서양의 새로운 문물을 적극 수용함으로써 사회적 지위를 확보하고자” 했다. 또 이러한 활발함으로 인해 “안악

549) 위의 논문, 222~223쪽.

지역에서는 서울이나 평양, 그리고 일본 등 외지로 유학하는 청년들이 많았고 타 지역 인사들이 안악으로 몰려" 들기도 했다.[550] "안악은 이 지역 인사들뿐만 아니라 외지 인사들의 활약으로 황해도의 사회 · 문화적 중심지로 부상"했고, 이광수 또한 이러한 안악의 분위기에 동조된 것으로 논의되기도 한다. 이광수는 "일본 유학생 운동부의 일원으로 안악을 방문하다가 안악의 교육열에 감탄하여 머무르게 되었다"[551]는 것이다.

중국으로 건너가기 전의 김구가 안창호에 관해 비교적 '냉담'할 수 있었다면 이후의 사정은 그와 전혀 달랐을 것이다. 임시정부 내무위원의 한 사람으로 선출된 김구는 내무총장에 취임한 "안창호 동지"로부터 "경무국장" 사령장을 받는다.[552] 이 임시정부는 각 정파의 분립으로 분란을 겪게 되는데, 이러한 분쟁의 소용돌이 속에서 김구는 대체로 안창호와 그의 노선에 충실한 차리석 등과 행동을 같이하게 된다. 특히 아래 인용하는 민족주의에 대한 김구의 견해는 그가 안창호 노선과 궤를 같이하고 있음을 보여준다.

> 상해의 우리 시국으로 말하자면, 기미년 즉 대한민국 원년에는 국내 국외가 일치하여 민족운동으로만 진전되었으나, 세계 사조가 점차 봉건주의니 사회주의니 복잡해짐을 따라 우리의 단순하던 운동계에서도 사상이 나뉘어 갈라지게 되고, 따라서 음으로 양으로 투쟁이 개시되는 데는 임시정부 직원 중에서도 공산주의니 민족주의니(민족주의는 세계가 규정하는, 자기 민족만 강화하고 다른 민족을 압박하자는 주의가 아니고, 우리 한국 민족도 독립하고 자유로워져서 다른 민족과 같은 완전한 행

550) 이상, 위의 논문, 216쪽.

551) 위의 논문, 221쪽.

552) 김구, 한글 정본 『백범일지』, 열화당, 2015, 208~209쪽.

복을 누리자 함이다) 분파적 충돌이 격렬해졌다. 심지어 정부 국무원에
서도 대통령과 각 부의 총장에도 혹은 민주주의, 혹은 공산주의로
각기 옳다는 곳으로 달려가니, 그 중 큰 것을 들면, 국무총리 이동휘
는 공산혁명을 부르짖고 대통령 이승만은 데모크라시를 주창하여
국무회의 석상에서도 의견 불일치로 종종 쟁론이 일어나 국시가 서
지 못하여 정부 내부에 기괴한 현상이 겹쳐서 거듭 생겨났으니,……[553]

위의 인용에 나타나는 김구의 민족주의 인식은 민족주의를 무조건 제국주의 또는 국수주의와 등치시키는 견해를 비판한 것으로, 이는 한국독립당 결성 당시 차리석의 논리에 '정확히' 일치한다.

본당의 민족주의는 자기를 세우고 남을 세우는 정의감에서 먼저
는 자민족의 본령을 발휘하고 아울러 타민족의 공존공영을 도모하
는 정신이 당의에서 현저히 표시된 민족주의이다. 그럼으로 우리의 민
족주의는 제국주의자의 민족주의와는 그 판이함이 하늘과 땅의 감
이 있는 것이다. 민족사회주의에 대해서는, 민족 2자를 떼어놓고 다
만 사회주의라고만 하면 공산제도의 사회주의나 무정부제도의 사회
주의와 동일시하기 쉬우나 이제 민족 2자를 가관하여 민족사회주의
라 하고 칭하면 민족문제를 초월하다는 공산사회주의나 민주 집권
제를 부인하는 무정부사회주의 와는 다른 것이다. …… (중략) …… 본
당 당의의 정신 골자가 민족주의이면서 서로 자민족의 지위를 먼저
존중하는 동시에 타민족의 지위도 인정함이 그 특색이오, 사회주의
이면서도 역시 먼저 자민족의 사회적 건설을 합리화하는 동시에 타민

553) 위의 책, 228쪽.

족의 공존공영을 승인하는 것이 특점이니 이것이 철학상으로 보아 가장 완수한 것이 아니라고 할 수 없다. 또 본당의 입헌정신으로 말하면 우리 민족을 정치적뿐 아니라 주의적으로도 단일적 단결체를 이룸에 있었으니 본당 당의의 골자적 정신을 보아 이것에 용의할 바 없게 되었다. 대개 사회상 평등생활을 이상으로 하는 공산사회주의자나 특종 기구의 권력적 압력을 부인하는 무정부사회주의라도 민족문제에 대한 견해만이 우리와 공통되어 노농전정(소련전제정권)의 정책을 취하는 공산주의자도 전민정치를 승인하고 또 통치 권력을 부인하는 무정부주의자 도 중앙집권을 인정하면 그들도 다 본당으로 귀일할 수 있게 된 때문이다. 이 얼마나 한민족 대계에 대한 고견탁론이랴. 만일 이것에 반하여 본당의 문호를 좁히고, 설혹 주의에 공명되는 원래의 다른 주의자라도 본당에 가입할 수 없도록 하여 부득이 각 주의자들이 종래 각자의 주의를 잉수하여 각 주의의 당이 난립하게 되면 우리 민족은 마침내 주의 써 분열되어 통일적 단결을 이룰 길이 없게 될 것이니 그 결과에 있어서는 정치상 악열한 현상과 사회상 혼란한 자체를 무엇으로 방지하랴. 이 구제책으로서도 본당의 당의를 포용성이 많게 하여 전 민족이 본당으로 총집합할 수 있도록 할 것이니 본당의 건당 정신이 이에 있다는 것을 거듭 말한다.[554]

이 논리를 전개한 차리석(1881~1945)은 안창호보다 세 살 아래로서 "도산의 최측근", "속된 표현으로 도산의 오른팔"이었다.[555] 1898년 독립협회 평

554) 장석홍, 「차리석의 '한국독립당 당의의 이론체계 초안'(1942)과 안창호의 대공주의」, 『한국독립운동사연구』 49, 2014.12, 160~161쪽에서 재인용,

555) 위의 논문, 156쪽.

양지회에서 만난 이래 평생 동지적 관계를 이어간 두 사람은 1907년 신민회와 대성학교, 청년학우회 등으로, 1919년 차리석의 망명 이후에는 임시정부와 독립신문, 흥사단, 동명학원, 한국독립당 등으로 연결된다.[556] 다시 말해 차리석의 한국독립당 논리는 안창호의 대공주의 바로 그것의 논리였던 것이다.

위의 논문의 필자는 차리석의 논리는 "주의와 노선을 따지기 전에 조국광복을 염원하는 세력이면 가리지 않고 한국독립당으로 포용하여 대동단결을 이루자는 것", "주의와 노선은 독립을 달성한 후에 조국 발전을 위해 펼치자는 논리"로서, 이는 "1920년 후반 민족당 운동을 제창하던 도산의 주장과 매우 흡사"하다고 평가한다.[557]

이와 같은 맥락에서 김구가 안창호, 차리석 등과 한국독립당에 참가한 것은 의미심장하다 하지 않을 수 없다. "그 후에 한국독립당이 조직되었는데, 순전한 민족주의자 이동녕, 안창호, 조완구, 이유필, 차리석, 김붕준, 김구, 송병조 등을 주뇌 인물로 하여 창립되었으니, 이로부터 민족주의자와 공산운동자가 조직을 따로 가지게 되었다."[558] 안창호는 또한 하와이 거류 조선인들에게 금전을 모아 김구를 후원하기도 하였고,[559] 5당 통일회의 이후 임시정부를 없애자는 격론이 등장할 때에도 김구는 이시영, 조완구, 김붕준, 양소벽, 송병조, 차리석 등과 임시정부를 유지하자는 데 의견의 일치를 보기도 한다.[560] 이후 결성된 한국국민당에 관하여 김국는 또한 "시국은 점점 급박해지므로 우리 한국국민당과 조선혁명당과 한국독립당, 그

556) 위의 논문, 같은 쪽.

557) 위의 논문, 155쪽.

558) 김구, 한글 정본 『백범일지』, 열화당, 2015, 231쪽.

559) 위의 책, 236쪽.

560) 위의 책, 260쪽.

리고 미국과 하와이의 각 단체를 연결하여 민족진선(民族陣線)을 결성하고 임시정부를 옹호 지지하게 되니, 정부는 점점 건전한 길로 진보하게 되었다."[561]라고 술회하고 있다. 김구와 차리석의 '동행'은 이후 한국독립당이 새로 결성되는 과정에서도 그대로 이어진다. "나는 삼당 동지들과 미국과 하와이의 각 단체에게 사과하고, 원동 삼당 통일회의를 계속 열면서 한국독립당이 새로 태어나게 되었다. 창당 오당의 통일은 실패하였으나, 삼당 통일이 완성될 때 하와이 애국단과 가와이 단합회가 자기 단체를 취소하고 한국독립당 하와이 지부가 성립되었으니, 실제로는 삼당이 아니고 오당이 통일된 것이다."[562]

이러한 측면에서 중국에서의 임시정부 운동은 김구 노선과 안창호 노선의 '합작품'과 같은 특성을 지니고 있었다고도 말할 수 있을 것이다. 국사원 판 『백범일지』 「서문」에서 김구는 독립운동에 헌신하다 세상을 떠난 동지들의 이름을, 최광옥, 안창호, 양기탁, 현익철, 이동녕, 차리석 등의 순으로 호명하고 있음을 볼 수 있다.[563]

5. 『백범일지』 부록 「나의 소원」에 관하여

한편, 이광수가 윤문을 가한 국사원 판 『백범일지』 서문에서 김구는 다음과 같이 술회하고 있다.

561) 위의 책, 262쪽.

562) 위의 책, 276쪽. 여기서 말하는 다섯 당은 한국국민당, 한국독립당, 조선혁명당, 조선민족혁명당, 조선민족해방동맹, 조선민족전위동맹, 조선혁명자연맹 등 7당 가운데 조선민족해방동맹, 조선민족전위동맹 등을 제외한 각 당과 단체를 말한다. 위의 책, 275~276쪽, 참조.

563) 김구, 『김구 자서전 백범일지』, 국사원, 1947, 5쪽.

끝에 붙인 「나의 소원」 한 편은 내가 우리 민족에게 하고 싶은 말의 요령을 적은 것이다. 무릇 한 나라가 서서 한 민족이 국민생활을 하랴면 반드시 긔초가 되는 철학이 있어야 하는 것이니 이것이 없으면 국민의 사상이 통일이 되지 못하야 더러는 이 나라의 철학에 쏠리고 더러는 저 민족의 철학에 끌리어 사상의 독립, 정신의 독립을 유지하지 못하고 남을 의뢰하고 저의끼리는 추태를 낱아내는 것이다. 오늘날 우리의 현상으로 보면 더러는 로크의 철학을 믿으니 이는 워싱톤을 서울로 옮기는 자들이오 또 더러는 맑스-레닌-스탈린의 철학을 믿으니 이들은 모스크바를 우리의 서울로 삼자는 사람들이다. 워싱톤도 모스크바도 우리의 서울은 될 수 없는 것이오 또 되어서는 안 되는 것이니 만일 그것을 주장하는 자가 있다고 하면 그것은 예전 동경을 우리 서울로 하자는 자와 다름이 없을 것이다. 우리의 서울은 오직 우리의 서울이라야 한다. 우리는 우리의 철학을 찾고, 세우고, 주장하여야 한다. 이것을 깨닫는 날이 우리 동포가 진실로 독립정신을 가지는 날이오 참으로 독립하는 날이다.

「나의 소원」은 이러한 동긔, 이러한 의미에서 실린 것이다. 다시 말하면 내가 품은, 내가 믿는 우리 민족철학의 대강령을 적어 본 것이다. 그럼으로 동포 여러분은 이 한 편을 주의하여 읽어 주셔서 저마다의 민족철학을 찾아 세우는 데 참고를 삼고 자극을 삼아 주시기를 바라는 바이다.[564]

이에 대하여, 김원모는 이 「나의 소원」이 사실상 김구 아닌 이광수에 의해 작성되었으리라는 가설을 바탕으로, 그럼에도 김구의 『백범일지』 최초

564) 위의 책, 3~4쪽.

간행을 위해 애쓴 이광수의 이름이 국사원 판에 나타나지 않음은 그가 '친일파'로 단죄되고 있었기 때문이라고 추단하면서, 특히 이 「나의 소원」이 이광수의 '창작품'일 가능성을 상당한 근거들을 들어 제시한다.

이에 따르면, 첫째, "「나의 소원」은 같은 시기에 간행한 이광수의 수필집 『돌벼개』의 「사랑의 길」과 구문, 문체, 논지가 완전 일치되고 있다. 뿐만 아니라 이광수의 「나의 소원」은 이와 비슷한 제목 「젊은 조선인의 소원」(『동아일보』 15회 연재, 1928.9.4~19)과 그 맥이 상통되는, 그의 정치철학을 담은 명논설문이다."[565] 둘째, "국사원 본 『백범일지』의 「저자의 말」 말미에는 '단군기원 4280(1947)년 11월 15일 개천절 날'이라 명기하고 있다. 상해 임시정부는 음력 10월 3일에 개천절 기념식을 거행해 오고 있었다. 1947년 음력 10월 3일은 양력 11월 15일이다. 그래서 이광수는 개천절날에 「저자의 말」을 집필했다고 밝히고 있다. 이 또한 춘원의 창작임을 여실히 입증하고 있다."[566] 셋째, "권위 있는 춘원 연구서를 낸 조연현, 박계주, 곽학송을 비롯하여 김팔봉, 문덕수, 조항래, 최일남 등은 한결같이 『백범일지』는 이광수 저작이라고 명기하고 있다. 국사원 본 『백범일지』가 이광수의 저작인가에 대한 논란과 시비를 분명하게 가릴 결정적 증언이 김구의 비서 정영국에 의해 밝혀졌다. 그는 『백범일지』는 춘원 이광수가 현대 문체로 풀어 출판했다고 증언하고 있다."[567]

이상과 같은 근거는 설득력이 있다고 보아야 할 것이다. 나아가 김원모는 이광수가 '윤문'을 가한, 그의 견해에 따르면 이광수 저작에 가까운 『백범일지』의 원 텍스트는 김구의 둘째 자제 김신 소장의 "모필본"이 아닐 가능

565) 김원모, 「제16장 친일↔항일 병행 전략과 민족주의 사상」, 『자유꽃이 피리라』 (하), 철학과현실사, 2015, 1551쪽.

566) 위의 책, 1558쪽.

567) 위의 책, 1559쪽.

성을 제기하기도 한다. "그러나 백범이 친일행각을 일삼은 춘원에게 일지의 번역과 출판을 맡겼을지는 지극히 의심스럽다"[568]라는 한 기자의 견해를 제시하기도 하고, 『백범일지』 육필 원고본을 번역한 우현민의 견해를 들어 처음 출간된 국사원 판 『백범일지』가 "모필본" 아닌, 미국에 유포된 "등사본"을 이석희가 입수하여 내게 된 것이라는 견해를 소개하기도 한다.[569]

이와 같은 견해에 대하여 필자는 「나의 소원」이라는 글 제목이 김구의 원본 『백범일지』에 이미 유사한 형태로 표현되어 있었음에 일단 유의해야 한다고 생각한다.

> 어떤 사람이 묻기를 "마지막 소원은 어떻게 죽는 것인가" 하면, "나의 가장 큰 욕망은 독립 성공 뒤에 본국에 들어가 입성식을 하고 죽는 것이지만, 아주 작은 것으로는 미국과 하와이 동포들을 만나보고 돌아오다가 비행기 위에서 죽으면 시체를 아래로 던져, 산속에 떨어지면 짐승의 배속에, 바다 가운데 떨어지면 물고기 배 속에 영원히 장사지내는 것이다"라고 하였다.[570]

위의 인용한 문장이 이광수 윤문 이전 본래의 김구 『백범일지』의 『하권』 서문에 해당하는 「자인언」의 일부임에 유의할 필요가 있다. 어떤 책의 '서문'이나 '후기'는 저술자의 생각이 직접적으로 피력되어 있는 것으로 간주할 수 있을 것이다. 국사원 판 『백범일지』에 이 「자인언」은 「머리말」로 바뀌어 축약 수록되어 있는데, 이 축약 수록에서는 위의 대목은 삭제되어 있

568) 위의 책, 1560쪽.

569) 위의 책, 같은 쪽.

570) 김구, 한글 정본 『백범일지』, 열화당, 2015, 219쪽.

다.[571] 이광수는 아마도 위의 삭제된 대목에 나타나는 "마지막 소원"이라는 말의 표현에 특별히 유의하여 김구 저술로 '결과 된' 「나의 소원」을 자서전 뒤에 배치했을 것이라 상상해 볼 수 있다.

나아가 이 글의 '민족국가' 부분에서 제시하는 세계평화와 민족국가의 이상의 결합은 김구와 차리석이 한국독립당의 노선으로 지지했던 민족주의를 새롭게 옮겨놓은 듯한 인상을 선사한다.

> 세계 인류가 네오 내오 없이 한 집이 되어 사는 것은 좋은 일이오 인류의 최고요 최후인 희망이요 이상이다. 그러나 이것은 멀고 먼 장래에 바랄 것이요 현실의 일은 아니다. 사해동포의 크고 아름다운 목표를 향하야 인류가 향상하고 전진하는 노력을 하는 것은 좋은 일이오 마땅히 할 일이나 이것도 현실을 떠나서는 안 되는 일이니 현실의 진리는 민족마다 최선의 국가를 일러 최선의 문화를 낳아 길러서 다른 민족과 서로 바꾸고 서로 돕는 일이다. 이것이 내가 믿고 있는 민주주의요. 이것이 인류의 현 단계에서는 가장 확실한 진리다.
>
> 그러므로 우리 민족으로서 하여야 할 최고의 임무는 첫째로 남의 절제도 아니 받고 남에게 의뢰도 아니 하는 완전한 자주 독립의 나라를 세우는 일이다. 이것이 없이는 우리 민족의 생활을 보장할 수 없을 뿐더러, 우리 민족의 정신력을 자유로 발휘하야 빛나는 문화를 세울 수가 없기 때문이다. 이렇게 완전 자주 독립의 나라를 세운 뒤에는, 둘째로 이 지구상의 인류가 진정한 평화와 복락을 누릴 수 있는 사상을 낳아 그것을 먼저 우리나라에 실현하는 것이다.[572]

---

571) 김구, 『김구 자서전 백범일지』, 국사원, 1947, 267~270쪽.

572) 위의 책, 4~5쪽.

그런데, 이와 같은 민족국가의 이상을 김구 자신의 것으로부터 분리시켜 놓는 것은 특별한 이득이 없어 보이는 반면, 한편으로, 「나의 소원」 전반에 걸쳐 강렬한 형태로 제시된 '반공산주의'는 안창호식 대공주의와 공명하여 차리석과 함께 제일차적으로 독립 이후의 체제 선택을 강조했던 김구의 일제 강점기의 독립운동 노선과 상치되는 점이 없지 않다. 예를 들어 다음과 같은 문장을 보자.

> 그러나 모든 계급 독재 중에도 가장 무서운 것은 철학을 긔초로 한 계급 독재다. 수백 년 동안 이조 조선에 행하여 온 계급독재는 유교, 그 중에서도 주자학파의 철학을 긔초로 한 것이어서 다만 정치에 있어서만 독재가 아니라 사상, 학문, 사회생활, 가정생활, 개인생활, 까지도 규정하는 독재였었다. 이 독재정치 밑에서 우리 민족의 문화는 소멸되고 원긔는 마멸된 것이었다. 주자학 이외의 학문은 발달하지 못하니 이 영향은 예술, 경제, 산업에까지 밎었다. …… (중략) ……
>
> 시방 공산당이 주장하는 소련식 민주주의란 것은 이러한 독재정치 중에도 가장 철저한 것이어서 독재정치의 모든 특증을 극단으로 발휘하고 있다. 즉 헤겔의게서 받은 변증법, 포이엘바하의 유물론 이 두 가지와 아담 스미드의 노동가치론을 가미한 맑스의 학설을 최후의 것으로 믿어 공산당과 소련의 법률과 군대와 경찰의 힘을 한 데 모와서 맑스의 학설에 일점일획이라도 반대는 고사하고 비판만 하는 것도 엄금하야 이에 위반하는 자는 죽음의 숙청으로써 대하니 이는 옛날의 조선의 사문난적에 대한 것 이상이라, 만일 이러한 정치가 세계에 퍼진다면 전 인류의 사상은 맑스주의 하나로 통일될 법도 하거니와 그렇게 통일이 된다 하더라도 그것이 불행히 잘못된 이론

일진댄 그런 큰 인류의 불행은 없을 것이다. 그런데 맑스의 학설의 기초인 헤겔의 변증법의 이론이란 것이 이믜 여러 학자의 비판으로 말미암아 전면적 진리가 아닌 것이 알려지지 아니 하였는가. 자연계의 변천이 변증법에 의하지 아니함은 뉴턴 아인스타인 등 모든 과학자들의 학설을 보아서 분명하다.[573]

이러한 문장은 필자가 보기에 확실히 김구의 원본『백범일지』의 문체와는 거리가 있는 것으로 판단된다. 김구는 위의 문장들에 나타나는 마르크스나 헤겔, 포이에르바하 같은 유물론 철학자들의 이름에 익숙하지 않았으며 아담 스미스 같은 경제학자, 뉴턴, 아인슈타인 같은 과학자들과도 확실히 거리가 멀다. 김구의 원본『백범일지』에 이와 같은 서양 지식계의 사람들은 차지할 위치가 거의 없어 보이며, 이는 그가 안창호 식의 논리에 공명했다 해서 달라질 것이 없다.

어느 면에서 보면 확실히 이「나의 소원」은 이광수가 김구의 자서전 저자명 아래 그리고 그의 승인 아래 자신의 생각을 삽입해 놓은 흔적이 역력한 텍스트라 할 것이다. 다시 말해 이광수는 김구의 자기 생애 서술의 역작『백범일지』를 국사원 판으로 '윤문' 하는 가운데 자신의 반공산주의적 사상을 '알게 모르게' 기입해 넣은 것이다. 그러나 물론 모든 자서전의 계약은 그의 이름 아래 놓인 것은 바로 그에게 속한다는 불문율일 것이다. 그러므로 형식 상으로 말한다면 이「나의 소원」역시 김구의 것이 아니라고 선언할 수 있는 것은 아니다. 다만, 문학연구는 이 일반적 논리 법칙을 넘어 그 이면을 탐구하는데 본의가 있다고 할 수 있다.

환국 이후 김구는『백범일지』의『계속』편이 보여주듯이 매우 분망했고

573) 위의 책,「나의 소원」부분, 8~10쪽.

자신의 생각을 통일적인 논리로 체계화해 보일 정신적 여유를 갖기 어려웠으며, 이광수는 자신의 '불행한' 처지로 말미암아 김구와 안창호의 권위에 의지하지 않고는 어떤 재생도 이루기 어려웠다. 그렇다면, 바로 이 두 사람의 조건이 이광수에 의해 '윤문'되고 또 이광수의 사유의 빛깔이 채색된 국사원 판 『백범일지』를 가능케 했던 것이라고 추측해 볼 수 있을 것이다.

해방 이후의 이광수에 있어 김구의 『백범일지』 윤문 완성 작업은 자신의 일제 말기 대일협력의 '죄'를 심리적으로 보상할 수 있도록 해주었을 것이다. 해방 이후 자신의 이름으로 된 사상을 내걸 수 없었던 이광수는 이 작업에서 비록 김구의 추인은 받았을지언정 반공산주의 색채가 농후한 「나의 소원」을 통하여 새로운 사회 이상을 제기하고자 했다고 볼 수 있다. 그리고 이는 그의 최후의 장편소설 『사랑의 동명왕』(한성도서, 1950)에 나타나는 사회이상의 피력으로 연결된다.

이 소설에서 삶의 막바지에 이른 동명성왕은 태자 유리를 향해 어떤 사회를 만들어갈 것인가에 관한 내용을 담은 유언을 남기고 있다. "백성이 배곯고 헐벗지 않으면 나라의 힘이 있고, 백성이 임금과 그 신하들을 믿으면 나라의 힘이 있고 군사가 죽기를 두려워 아니 하고 잘 장수를 믿으면 나라의 힘이 있나니라. 요는 백성이 임금을 믿음에 있나니라."[574]라는 동명성왕의 유언에는 삶의 위기이자 막바지에 다다른 이광수 자신의 생각이 담겨 있었다 할 수 있다. 마찬가지로 자신이 윤문을 가한 김구의 『백범일지』의 부록 「나의 소원」에도 역시 이광수 자신의 생각이 기입되어 있었던 것이다. 해방 후의 이광수는 자신의 이름으로 된 이상을 피력할 수 없는, 그러면서도 마지막 세계 이상을 버릴 수 없는, 곤궁하면서도 끈질긴 정신을 품고 있었다.

574) 이광수, 『사랑의 동명왕』, 한성도서, 1950, 309쪽.

해방 후의 이광수와 최후의 독백
—장편소설 『사랑의 동명왕』

1. 해방 전후의 이광수, 몇 가지 논점

일제 말기에서 해방공간으로 넘어가는 과정에서 이광수를 어떻게 보아야 하나? 해방과 이광수라는 이 자리에서의 논의가 흥미로운 것은, 이제까지 일제시대라는 시점에서 해방이라는 문제를 넘겨다보았다면, 이제는 해방공간이라는 시점에서 일제시대를 되짚어 보고자 하기 때문이다.

어떤 하나의 시대가 아직 진행 중이고 때문에 이 시대가 어떻게 종결될지가 불분명할 때, 이 시대를 슬기롭게 헤쳐 나가기란 지극히 어렵다. 역사를 보는 안목과 더불어 그 현재가 가해오는 여러 종류의 압박을 견뎌내기가 무척 어렵기 때문이다.

그런 의미에서 일제 말기는 문학인들에게 일종의 역사철학을 요구한 시대였다. 그때 이광수는 과연 슬기로웠던가? 한 인간이 죽음조차 각오하고 시대를 헤쳐 나가야 했을 때 이광수는 왜 그렇게 대처해야 했을까?

해방은 이 모든 '과거'의 행위를 새롭게 볼 것을 요구한다. 그러나 해방공간 또한 하나의 역사적 과정이자 모든 사회적 구성원들을 그 현재 속에 참여시키기 때문에 과거적 사실을 '바르게' 성찰한다는 것은 결코 쉽지 않다. 그것은 그러므로 그 현재보다는 아직 오지 않은 미래로부터의 시각의 원조에 의해서만 적극적으로 해석되고 비판될 수 있다. 그 미래는 지금 우리가 이 논의를 하고 있는 시점일 수도 있고 그보다 더한 미래의 것이 될 수도 있다.

이광수와 그를 심판하던 해방공간의 인사들뿐만 아니라 현재의 우리들까지도 그와 같은 역사철학적 입지를 갖지 않으면 안 된다는 것, 이것이 해방공간의 이광수와 그의 문학을 다루는 일의 어려움이다.

그럼에도 불구하고 우리는 몇 가지 해방을 전후로 한 이광수와 그 문학에 관한 논점을 정리하고 해명해 나가야 할 필요에 직면해 있다. 그것을 몇 가지로 압축해 보자.

첫째, 일제시대 내내, 그리고 특히 일제 말기의 이광수의 대일협력 행위를 어떻게 해석해야 하는가? 이는 문필적, 문필외적 협력의 진정성 또는 '가면쓰기'에 관한 섬세한 추리판단을 요구하는 문제다. 가시적으로 보면 그는 특히 소설 「육장기」를 발표한 이후 소설, 수필, 연설 등 다양한 형태의 문필활동 및 문필 외적 활동을 통해 '대일협력'을 주장한 것으로 보인다. 이를 김윤식은 필명 및 언어 선택과 긴밀히 결부된 '가면쓰기'로 평가한 반면 다수의 이후 세대의 '젊은' 연구자들은 노골적이고도 직접적인 '친일' 또는 '대일협력' 행위로 평가한다. 필자는 후자의 독법이 지나치게 단순하다고 보며, 이광수의 텍스트들에서 균열과 착종, 가장 같은 요소들을 읽어낼 필요가 있으나 이와 같은 독법의 구사가 그에게 면죄부를 선사하는 명분이 될 수는 없다고 생각한다.

둘째, 해방 이후의 이광수의 자기 성찰과 관련하여, 이 시기의 이광수의 자전적 글쓰기 양식들을 어떻게 평가해야 하는가 하는 문제가 매우 중요하다. 본래 이광수 문학은 다양하고도 복잡한 자전적 글쓰기 양상으로도 특징화 될 수 있는 바, 특히 그는 해방 이후 다양한 형태의 자전적 글쓰기 양상을 보여주었다. 예를 들어, 픽션 장르를 표방한 소설 『나—소년편』 및 『나—스무살 고개』는 논픽션 회고록이라 할 수 있는 『나의 고백』과 어떻게 다르며, 각각에서 작가적 진실성을 얼마나, 어디까지 입증할 수 있는가? 이와 같은 문제는 자전적 글쓰기의 진실성에 관련된 오래된 난제를 논의에 이끌어 들이는 것이며, 이광수 정신세계의 차원이나 구조를 묻는 문제이기도 하다. 이 문제는 매우 섬세하고도 냉정한 분석 능력을 요구한다.

셋째, 이미 많은 이광수 관련 연구와 평전들이 제출되어 있는 형편이지만 그의 일제 말기 및 해방에서 한국전쟁에 이르는 시기 동안의 생애와 문학 활동에 대한 연구는 충분히 이루어졌다고 볼 수 없다. 앞에서 제시한 두 가지 논점들은 이 시기의 이광수 관련 텍스트에 대한 더 면밀하고도 폭넓은 검토에 의해서만 효율적으로 그 방향을 잡아나갈 수 있을 것이다. 각종 데이터베이스 작업이 촉진됨에 따라 이광수의 실물 텍스트의 결핍으로 인한 해석적 여백이 조금이나마 해소될 수 있는 가능성이 엿보인다. 그러나 아직도 이광수의 타계 시점을 비롯한 해방 이후의 행적들은 조밀한 연구의 손길을 타지 않고 있으며 이광수 문학의 총괄적 분석이나 평가는 이 때문에라도 지연되고 있는 형편이다. 해방 이후 이광수는 어떻게 살아갔으며 무엇을 하려 했고 또 했나 하는 문제를 중심으로 관련 자료를 체계적으로 수집, 선별 정리할 필요가 있으며 이를 바탕으로 새로운 논의를 개시할 필요가 있다.

여기서는 이와 관련하여 이광수의 해방 이후의 행적과 고민을 중심으로 그의 마지막 역사소설이자 최후의 장편소설이기도 한 『사랑의 동명왕』(한성도서, 1950)을 분석해 보고자 한다. 현재 초판본을 찾을 수 없는 상태이므로 부득이 실제 텍스트는 1955년의 문선사 판본을 활용하고자 한다.

이 소설에 대한 연구는 적고 또 그만큼 심층적인 연구도 부족한 형편이다. 이는 이광수의 역사소설에 대한 연구가 오랫동안 답보 상태에 있었던 것에서도 연구하는 듯하다. 비교적 근년에 이재용의 「이광수와 김동인의 역사소설 연구」(인하대학교 박사학위 논문, 2013)와 서은혜의 「이광수 역사소설 연구」(서울대학교 대학원 석사학위 논문,2010) 등이 제출되고 있으나, 역사소설 장르론이 답보 상태에 놓이고, 이광수 역사소설 전체에 대한 연구가 이루어지지 않고 있으며, 신라 담론을 둘러싼 논쟁의 함의가 지속적으로 탐구되지 못하면서, 관련 연구가 이어지지 못하고 있는 형편이다. 이 작업은 그와 같은 상황을 타개하기 위한 실험적 시도의 하나라고도 할 수 있다.

2. 해방 이후, 불안과 고립 속의 모색

일본의 패전이 코앞에 닥친 1945년 8월 1일 오후 5시 경성부 태평통 체신회관 건물에서는 조선문인보국회 총회가 개최된다. 이 자리에서 이광수는 평의원으로 선출되는데, 상무이사 금촌용제(김용제), 소설부 회장 이무영, 간사장 정인택, 평론부 회장 방촌향도(박영희), 극문학부 간사장 함세덕, 평의원 석전경조(최재서), 유진오, 유치진, 금촌팔봉(김팔봉) 등의 이름이 같이 보인다.[575] 이들은 가장 최후의 순간에까지 부역자 명단에 이름이 오른 이들로서 결코 편치 않은 해방을 맞이했을 것이다.

연보에 따르면 이광수는 1944년 3월경 사릉으로 옮겨가 농사를 지으며 새로운 생활을 시작한다. 이 사릉 거주는 해방 이후인 1948년 9월에 서울

575) 「문인보국회 역원 개선」, 『매일신보』, 1945.8.3.

효자동으로 거처를 옮겨가기 전까지 계속된다. 그는 1948년 8월 15일을 기해 남한에서 단독정부가 수립된 이후에야 서울로 옮겨올 수 있었다. 사릉에서 해방을 맞은 그는 친일파로 지목되며 고립무원 상태에 놓이게 되며, 1946년경에는 허영숙과 명목상의 이혼을 해야 하는 처지에 놓인다. 다음의 신문 기사는 이 소식을 구체적으로 전달하고 있다.

> 문인 춘원 이광수 씨는 지난 5월 31일 오전 그 부인 허영숙 여사와 동반하야 종로구청 호적과에 나타나 협의이혼 수속을 하여 그날로 이혼이 성립되였다 한다 이 이혼의 이유는 전처에 소생인 광정(光正)으로 인하여 가정불화가 끊일 수 없다는 것이다[576]

그러나 이혼의 내막에 겉으로 내세워진 전처소생 문제와는 전혀 다른 것이 놓여 있었음은 물론이다. 이정화의 『아버님 춘원』(문선사, 1955)은 해방 직후의 이광수, 허영숙의 고민과 불안을 생생하게 보여준다. 그들에게 해방은 모든 동포들과 함께 어울려 기뻐할 수 있는 사건이 아니었다. 해방이 되어도 이광수는 서울로 올라갈 수 없었고, 가족과 떨어져 사는 '외로움'을 감내해야 했다. 사릉 생활의 산물인 수필집 『돌베개』(생활사, 1948)에는 이러한 이광수의 내면적 불안과 고립의식 같은 것이 잘 드러나 있다.

> (가)
>
> 안 걸어 본 길에는 언제나 불안이 있다. 이 길이 어디로 가는 것인가. 길가에 무슨 위험은 없나 하여서 버스럭 소리만 나도 쭈뼛하여 마음이 뛴다. 내 수양이 부족한 탓인가. 이 몸뚱이에 붙은 본능인가.

576) 「이광수 씨 허영숙 씨와 이혼」, 『독닙신문』, 1946.6.13.

이 불안을 이기고 모르는 길을 끝끝내 걷는 데는 용기가 필요하다. 이것을 보면 길 없던 곳에 첫 걸음을 들여놓은 우리 조상님네는 큰 용기를 가졌거나 큰 필요에 몰렸었을 것이라고 고개가 숙어진다. 성인이나 영웅은 다 첫길을 밟는 용기 있는 어른들이셨다. 세상에 어느 길 치고 첫걸음 안 밟힌 길이 있던가.[577]

(나)

『육백여 명 떨어진 아이들을 생각하면.』

하고 교장은 울음이 복받쳐서 목이 메었다.

『해방이 되었다는데 왜 우리 아들딸들이 마음대로 입학을 못하오? 전에는 일본의 죄어니와 지금은 뉘 죄요?』

하고 외치는 소리가 교장의 목메인 성의를 증명하였다. 나도 울었다.

입학시험에서 이러한 광경이 벌어지는 동안에 덕수궁에는 미소공동 위원회가 열리고 좌우익의 정치가들은 바쁘게 머리와 입을 움직이고 있었다.

딸의 입학 수속을 끝낸 나는 서울에는 더 흥미는 없고 일도 없었다.

전차를 타자는 것은 망계여서 나는 자앗골서 성동역까지를 내리 걸었다. 만일 택시를 탔다면 육백 원을 달랄 것이요 투정을 해야 오백 원에 갔을 것이다. 길가에는 부인네와 아이들이 소위 양담배, 양사탕 가게를 수없이 벌여놓고 있었다. 상점 유리창에는 「일본제연필 일타백원」이니, 「중국제성냥 십개 칠십원」이니 하는 절지가 붙

577) 이광수, 「죽은 새」, 『돌베개』, 『이광수 전집』 14, 삼중당, 1962, 488쪽.

어 있었다. 담배도, 성냥도, 아니 연필도, 딱성냥도 외국서 들여다가 먹는 우리 신세는 한숨지을 신세였다.[578]

(가)는 수필 「죽은 새」의 일부이고, (나)는 역시 수필인 「서울 열흘」의 일부다. 모두 『돌베개』에 수록된 것들이다. (가)에서는 산길을 걷는 이광수의 불안이 그려져 있고, (나)에서는 자신과는 동떨어진 회로를 돌고 있는 서울의 인상이 부정적으로 그려져 있다. 『돌베개』 전체를 통하여 그는 세상에 관심이 없는 듯, 초연한 듯한 표정을 짓고 있지만, 그러나 그 이면을 들여다보면 해방 후 한국사회의 기류들을 노심초사하면서 지켜보고 있는 '부역자'의 내면 심리를 들추어낼 수 있다.

조금 더 자세히 분석해 본다. (가)에서 화자인 '나'는 산길로 접어들며 불안을 느낀다. "안 걸어 본 길에는 언제나 불안이 있다."고 생각한다. 이 말은 한갓 길에 관한 단상으로 들릴 수도 있지만 이 글을 쓴 사람이 이광수인 한 그것은 그렇게 단순하지 않다. 일제 말기에서 해방기로 접어드는 과정에서 그는 "안 걸어 본 길"을 걸어가야 했다. 그리고 이 길은 단순히 걸어가 보지 않은 길을 뜻하는 것이 아니라 정녕 미증유의 공포로 가득한 길, 차마 걷고 싶지 않은데도 걸어가지 않을 수 없었던, 그리하여 그 자신을 정신의 죽음으로 끌어대는 길이었다. "길가에 무슨 위험은 없나 하여서 버스럭 소리만 나도 쭈뼛하여 마음이 뛴다."라는 다음 문장은 자신을 둘러싼 상황의 변화에 예민하게 촉각을 곤두세우고 있는 이광수의 모습을 떠올리게 한다. 버스럭 소리만 나도 쭈뼛해지는, 공포에 익숙해진 인간의 히스테리 상태를 여기서 엿볼 수 있다.

어떻게 하면 이 공포로부터 벗어날 수 있나? 잠재울 수 있나? 그것은 고

578) 이광수, 「서울 열흘」, 위의 책, 494쪽.

립무원 상태에 놓인 자기 자신을 누군가, 자신보다 크고 높은 존재에 의뢰하는 방법밖에 없다. 그리고 여기서 이광수의 해방공간의 기본적인 생존 '전략'이 드러난다. "우리 조상님네는 큰 용기를 가졌거나 큰 필요에 몰렸었을 것이라고 고개가 숙어진다." 즉, 민족이라는, 자기보다 높고 큰 존재에 다시 한번 귀의하는 것이다.

이 수필 「죽은 새」는 산길에 쓰러져 죽은 새를 일제 말기를 지나 해방기에 들어 죽은 넋과 같은 존재로 삶을 견뎌 나가야 하는 이광수 자신의 처지에 투사시킨 작품이다.[579] 살아 있음에도 죽은 자와 같은 상황에 놓여 있던 그는 새로운 생로를 찾지 않을 수 없었고 이 길 끝에는 민족이라는 새로운 귀의처가 자리를 잡고 있다.

(나)에서도 그와 같은 양상을 유사하게 발견할 수 있다. 이 산문의 도입부에서 그는 서울에 아무 관심이 없는 양, 사릉에 파묻혀 사는 것이 좋은 양 시치미를 뗀다. 그러나 딸의 중학 입학시험을 '명분 삼아' 그는 열흘 동안의 서울행을 감행한다. 딸의 입학시험 과정에 만난 사람들을 통해서 그는 열심히 서울을 염탐한다. 산문의 마지막 부분에 와서 그는 마침내 예의 그 우국적 심정으로 돌아간다. "해방이 되었다는데 왜 우리 아들딸들이 마음대로 입학을 못하오? 전에는 일본의 죄어니와 지금은 뉘 죄요?" 이것이 과연 누구의 죄인가? 그것은 아무의 죄도 아니며, 경쟁체제가 있는 한 어디서나, 누구나 겪을 수밖에 없는 문제다. 그러나 이광수는 이를 두고 교장과 함께 운다. 그것을 해방이 된 조국의 우울한 현실의 징표로 삼아 그 고통에 함께 동참하는 포즈를 취한다. "딸의 입학 수속을 끝낸 나는 서울에는 더 흥미는 없고 일도 없었다."라고 그는 썼다. 그러나 이것은 어떻게 보

579) 김경미, 「문학언어와 담론: 해방기 이광수 문학의 기억 서사와 민족 담론의 양상」, 『현대문학이론연구』 43, 2010, 77~78쪽.

면 가당치 않은 말이다. 그는 성동역까지 걸어가는 거리 풍경들 속에서 다시 한 번 "한숨지을" "우리 신세"를 발견한다. 이렇게 다시 한 번 그 "우리"의 일원이 됨으로써, 귀환에의 미련을 표현함으로써 그는 자신을 둘러싸고 있는 공포로부터 벗어나고자 한다. 그러나 그것은 힘겨운 투쟁이다.

이와 같은 점들을 통하여 우리는 『돌베개』가 외면상 세계에 대해 초연한 듯한 포즈를 취하고 있음에도 불구하고 바로 그러한 포즈의 외양 아래 자신이 용납되고 수용되어야 할 세계, 즉 민족을 향한 은밀한 '고백'의 전략을 구사하고 있음을 알 수 있다. 수신자를 상정하는 이 고백은 자전적인 양식들의 공통된 전제이자 기반이다. "고백은 한 개인이 존재할 필요가 있고 자신을 확정시켜 줄 수 있는 공동체를 대표하는 청자에게 자신의 본성을 설명하기 위한 의도적이고 자의식적인 시도"[580]다. 이광수의 자전적인 글쓰기는 언제나 이 민족을 수신자로 상정하는 발신자의 고백이라는 양식을 취하고 있었고, 특히 해방기는 그러한 전략이 요긴한 때였다. 산문집 『돌베개』, 자전적 소설 『나』 연작, 자서전적인 『나의 고백』, 내포적 작가의 맥락에서 그 자신의 내면세계를 투영시킨 작품으로 간주될 만한 『꿈』 등은 모두 이러한 고백 행위의 "의도적이고 자의식적인" 측면에 관련되어 있다.

3. 해방기 신문에 나타난 이광수의 면면

당시의 신문들은 이러한 이광수의 행적을 여러 각도에서 비추어준다. 신문들에 나타난 바 이광수의 '자숙'이나 '침묵'은 결코 그 시간이 길지 않았

580) 우정권, 「1920년대 한국소설의 고백적 서술방법 연구」, 서울대 박사학위논문, 2002, 17쪽에서 재인용.

다. 1946년 8월에는 『혁명가의 아내』(숭문사)가 출판된다. 이 시기에 이 작품을 재간한 것은 문제적인데, 이는 사회주의 운동에 대한 비판을 강하게 함축하고 있기 때문이다. 1947년 5월의 『도산 안창호』(대성문화사), 6월의 『꿈』(면학서포), 12월의 『나—소년편』(생활사), 1948년 6월의 『돌베개』(생활사), 『원효대사』(생활사), 9월의 『유랑』(성문당), 10월의 『나—스무살 고개』(박문사), 11월의 『선도자』(태극서관), 12월의 『나의 고백』(춘추사) 등으로 연결되는 이광수의 저작활동 및 출간, 재간 활동은 그가 반민특위에 회부되는 1949년에 들어서야 비로소 숨고르기에 들어간다.

이러한 이광수의 문필활동 관련 사항들은 해방 직후의 생활난 때문이기도 했겠지만 보다 근본적으로는 그가 불안과 고립의식 속에서도 끊임없이 새롭게 건설되는 국가의 구성원으로 성공적으로 수용되기를 희구했음을 의미할 것이다. 이 무렵에 한 신문은 이광수의 소설 『꿈』과 박영희의 저서 『문학의 이론과 실제』가 시중에 발매되는 것을 두고 임화의 시가 지면에서 삭제된 것에 연관시켜 비판적으로 다루고 있다.[581] 이때 임화는 시집 『찬가』(백양당, 1947)에 수록된 시들 가운데 특히 과격한 것으로 간주된 두 편의 시를 삭제하는 조치를 당하고 있었다.[582] 또 그 무렵의 한 신문에는 북한의 이기영이 양주읍에 거주하고 있는 이광수에게 특사를 보내 북조선인민위원회에서 일해 달라고 요청했다는 것과 이를 이광수가 단호히 거절하였다는 출처 불명의 기사가 게재되어 있기도 하다.[583] 이러한 기사들은 이 시기 이광수의 노선이 좌익의 운동 노선 및 반공주의의 성세와 모종의 관련성을 맺고 있었음을 시사한다.

581) 「시집의 『旗빨』은 삭제해도 이광수의 꿈은 나와야 할까」, 『우리신문』, 1947.7.8.

582) 「임화 씨 시집 『찬가』에 가우질」, 『민보』, 1947.05.27.

583) 「이북 인민회 일 보와 달라—춘원 이광수 씨에게 來函」, 『민중일보』, 1947.7.5.

이광수의 해방 후 현실 적응 과정이 순조로웠다고만 볼 수는 없다. 특히 1948년은 이광수에게 구체적인 시련이 시작되는 해였다. 한 신문은 각 도의 학무국장들이 회의를 통하여 이광수와 최남선의 저서를 학원에서 축출할 것을 결의하였다고 전한다.[584] 당시 문교부 장관 안호상은 "각도 학무국장 회의에서 최남선 이광수 등 양 씨의 저서는 교과서로 쓰지 못하게 하였으며 이외의 책도 문교부의 검정을 받어야 교과서로 사용할 수 있을 것이다"[585]라고 답변하고 있다. 안호상은 이광수의 주선으로 모윤숙과 결혼한 관계에 있는 만큼 당시 이광수의 처지가 매우 옹색했음을 보여주고도 남음이 있다.

그럼에도 앞에서 살펴보았듯이 이광수의 집필과 출판은 계속된다. 1948년 6월에는 그의 장편소설 『원효대사』가 생활사라는 출판사를 통하여 단행본으로 출간되었다. 이 소설은 그의 일제 말기 대일협력 행위와 밀접한 연관이 있다고 볼 수 있으며, 그럼에도 『매일신보』에 연재했던 것을 부분 수정, 삭제, 가필한 정도만으로 출판한 것은 이광수의 자기 성찰이 결코 충분하지만은 않았음을 시사한다. 이러한 맥락에서 9월에 그는 가족 친지들의 권유로 사릉을 떠나 효자동으로 돌아오게 되며, 10월에는 같은 출판사에서 낸 『나—스무살 고개』의 광고가 신문 등에 실리고 있다. 또 반민특위 회부를 앞둔 12월에는 『나의 고백』(춘추사)이 '서둘러' 발간되기도 한다. 소설 형식을 취하고 있는 『나—소년편』, 『나—스무살 고개』 연작과, 회고록 내지 자서전 양식을 취하고 있는 『나의 고백』 사이의 거리를 재는 일은 해방기의 이광수의 내면의식의 상태를 그 밀도나 고도 면에서 측정할 수 있는 중요한 방법의 하나가 될 수 있다.

584) 「이광수 최남선 저서 학원 추출 명령—각도 학무국장 회의서 결의」, 『동광신문』, 1948.10.9.
585) 「검정 없는 교과서 학원서 사용 금지시킨다」, 『동아일보』, 1948.10.10.

이러한 과정을 거치며 새로운 활동을 모색하고 있던 이광수에게 반민특위의 체포 조치가 내려진 것은 1949년 2월 7일이다. 한 신문은 이광수가 최남선에 이어 1949년 2월 7일 오후 2시 반경에 반민특위의 이봉식 조사관에 의해 서울 시내 모처에서 체포되어 단동 사무실로 연행되었다가 즉시 서대문형무소에 수감되었다고 전한다.[586] 또 다른 신문은 이광수 체포를 같은 날 네 시 경으로 전달하고 있다.[587] 이는 박흥식, 이종형, 이구범, 노덕술 등의 체포에 이은 것이었다.[588] 상황은 위급했으나 다시 급변한다. 2월 15일에는 반민특별법 일부 개정에 대한 대통령의 담화가 발표되고 반민특위가 이에 반발하면서 이를 둘러싼 논란이 거듭되었다. 『경향신문』 2월 10자에 의하면 이광수는 서정욱(徐廷煜) 조사관의 심문을 받고 있다. 특히 고문 등을 둘러싼 논란이 이는 가운데 한 신문 기자는 1949년 2월 19일 오전 11시 30분경 이광수, 유철 등을 인터뷰한 내용을 간략하게 전달하면서 이광수가 고문받은 일이 없다고 말하고 있음을 전하고 있다.[589]

이광수는 조사관 이빈(李浜)의 심문에 "전쟁의 발발로 민족의 위기를 느끼고 일부 인사라도 일본에 협력하는 태도를 보이는 것이 민족의 위기를 극복하는 길임을 알고 이왕 훼절(毁節)한 놈이 희생되기를 결심하였다"[590] 라고 진술했다고 한다. 그가 신문에서 진술한 내용에 대해서는 『경향신문』를 통하여 더 자세하게 살펴볼 수 있다.

> 대동아 전쟁 발발로 본인은 민족의 대위기를 직감하고 일부 인사

586) 「"최남선" "이광수" 씨 등 문화계의 반민 거두 체포 수감」, 『강원일보』, 1949.2.9.

587) 「최남선 이광수 체포」, 『조선중앙일보』, 1949.2.9.

588) 「체포 영장 속속 발부—이광수 등 15명도 시간 문제」, 『조선중앙일보』, 1949.1.12.

589) 「고문 받은 일 없다—문초 중의 이광수 유철 談」, 『조선중앙일보』, 1949.2.20.

590) 「친일은 민족의 위기 극복의 길—이광수 궤변」, 『조선중앙일보』, 1949.2.11.

> 들로 하여금 일제에 협력하는 태도를 보임으로써 목전에 박두한 위기를 모면시키려고 애를 썼다. 임시보국단(報國團)은 일본인이 조선인의 전쟁 불협력에 대하여 증오하는 감을 완화하기 위하여 하는 것으로 해석되었기 때문에 협력하였다 대화동맹은 일본인과 조선인 간의 악감을 제거하기 위한 조직으로 해석하고 동경서 열린 제일차 대동아문학자대회에 조선서 가는 4인의 하나로서 간 것이다 그때 동경 재류 우리 학생들을 학병 혹은 지원병으로 권유하라는 「연맹」의 요청으로 동포 학생들에게 권유 연설을 한 일이 있다 명목은 지원이었으나 그 실은 강제로 불응시에 등교정지 노무징용 등 그들의 보복이 있을뿐더러 그 영향은 부형에까지 미치게 됨을 알고 그들에게 강제로 병역이나 징용으로 가서 고통을 받는 것보다는 자진하는 형식을 취함이 현명하다고 믿었다 운운[591]

이광수는 조사관 이병홍 등의 심문을 받던 중 1949년 3월 4일 오후 네 시경 돌연 보석으로 출소한다. 서울 의과대학 제2부속병원과 형무소 내 의무실 진단 결과 폐병 3기 환자로 판명되었으며 혈압이 129로 고혈압 상태라는 것이 이유였다.[592] 폐병 3기라는 진단은 그렇다 하더라도 치수 129라는 것이 과연 고혈압 상태인지 그것이 보석의 정당한 사유가 될 수 있는지는 지극히 미심쩍다. 배후의 어떤 힘의 작용을 상상해 볼 만한 대목이라 하지 않을 수 없다.

이러한 체포, 송치, 보석 등의 과정을 거쳐 이광수는 1949년 8월 29일자로 결국 불기소 처분을 받게 된다. 이 불기소는 사회적으로 큰 논란이 되

591) 「제2차 「나의 고백」—이광수 이번은 진실 회참?」, 『경향신문』, 1949.2.11.

592) 「이광수 보석—폐병 3기라고?」, 『조선중앙일보』, 1949.3.6.

었으며 이에 대하여 반민특위는 그 경위를 다음과 같이 해명하고 있다.

> 반민피의자 이광수는 지난 이월 칠일 특위에서 검거하여 특검에 송치된 것을 공소시효 기일에서 팔일을 앞둔 팔월 이십사일이었다. 검거에서 송치까지만 육개월 십칠일을 요하게 된 것을 자세한 내용은 알 수 없으나 지난 이십구일 오후 이시 검찰관 전원(구명) 회의를 열고 이를 합의에 부친 결과 사대사의 투표로 검찰관장은 거부의 찬의를 표하게 되어 사대 오로 불기소로 가결되었으므로 본관은 그 부당성을 력설하는 한편 재의에 부칠 것을 결의하고 검찰관 팔 명의 연서로 이 결의를 검찰관장에게 전달하였던 바 검찰관장은 일단 결의한 것을 그럴 필요가 있느냐 라는 표시를 하게 되어 본관은 부득이 삼십일일 검찰관장 불참석대로 이를 재심한 결과 팔인 중 일명이 기권으로 칠명 전원의 동의로 담당검찰관 이의식(李義植) 씨로 하여금 기소할 것을 결의하고 검찰관장에게 보고한 것을 담당검찰관은 공소시효가 지난 구월 일일부로 기소를 하는 동시에 동 검사 이의식 씨는 책임을 느끼고 인책 사표를 제출하였던 것이다.[593]

논란 끝에 불기소 처분을 받은 이광수는 1950년이 되자 다시 새롭고도 활발한 문필활동을 개시한다. 1월에는 『태양신문』에 장편소설 『서울』을 연재하는가 하면, 3월에는 『사랑』(박문사)을 재간하고, 4월에는 『유정』(한성도서)이 재간된다. 1950년 2월 5일자 『경향신문』에는 박문출판사에서 『춘원선집』 전 10권을 출간했다는 광고가 1면 하단에 실려 있기도 하다. 또 『동아일보』 1950년 3월 3일 자에는 그의 『선도자』와 『꿈』이 각기 2판, 3판

593) 「이광수 문제에 곽 특검차장 담」, 『경향신문』, 1949.9.10.

발매중이라는 광고가 실려 있기도 하다.

이러한 과정을 살펴보면 이광수는 『돌베개』를 비롯한 글들에서 외면상 세류에 초연하고자 하는 듯한 포즈를 취하고 있음에도 불가피하게, 또는 의도적으로 시국의 변화에 예민하게 반응, 대응하고 있을뿐 아니라, 특히 그의 장편소설들이 그러한 작가적 상황과 긴밀한 상관관계를 맺고 있으며 집필, 출간되고 있음을 알 수 있다. 『나—소년편』 및 『나—스무살 고개』, 회고록 『나의 고백』, 그리고 『꿈』 같은 장편소설들이 모두 그러한 것이며, 따라서 이 글의 주제가 되는 『사랑의 동명왕』 역시 이에서 멀지 않았을 것임을 예상해 볼 수 있다. 특히 김팔봉의 다음과 같은 회상은 이를 뒷받침해 주는 면이 있다.

> 春園이 〈사랑의 동명왕〉을 쓴 해는 八 · 一五를 지난 지 四년째 되는 1949년이었다. 해방 후 처음에는 전쟁 때 일본에 협력하였다는 부끄러운 이름을 뒤집어 쓸 수밖에 도리가 없었다. 나 자신도 文人報國會의 책임자로 一년 동안 협력했다 해서 「反民特委」에 걸렸다고 여러 사람의 이름과 함께 그때 신문에 나의 이름이 발표되었었다. 春園도 그 이름이 우두머리로 신문에 발표되었었다. 그러나 얼마 후 모두 무사하였던 것이다. 그런데 그때 나는 孝子洞 자택으로 밤에 春園을 방문했는데, 그때 그는 누구의 著書인지는 모르나 〈階級鬪爭〉이라는 영문책을 펴놓고 있다가 나를 맞아 들이고 책을 덮어 놓는 것이었다.
>
> 나는 二, 三十分 동안 이야기하다가 작별 인사를 하고 나왔더니, 春園은 현관까지 나를 전송해 주면서 자기가 책을 하나 쓸 터이니 나더러 『그 책을 출판해 줄 용기가 있느냐?』고 묻는 것이었다. 『쓰

기만 하십시오. 물론 내가 출판하고 말고!』 나는 이같이 대답하고, 문밖으로 나오던 일이 새삼스럽게 생각난다.

……(중략)……

春園이 이런 말을 나에게 한 뒤에 처음으로 내놓은 책이 〈돌벼개〉였다. 그러나 이 책은 다른 사람의 손으로 刊行되었었다. 春園이 어째서 그 책의 出版을 나에게 맡기지 아니하고 다른 사람에게 주었는지는 내가 알지 못한다. 그리고 다음번에 나온 것이 〈사랑의 東明王〉이다. 日帝로부터 해방되어 가지고 새 나라를 건설해야 할 當面課題를 짊어진 指導者들에게 春園은 자기의 주고 싶은 말이 있었을 것이다. 그 「주고 싶은 말」을 春園은 朱蒙의 입을 통해서 다 하였다.[594]

김팔봉의 언술에 따르면 『사랑의 동명왕』은 필경 시국적인 내용을 담고 있고 또 시사하고 있는 시류적 소설의 하나다. 물론 그러한 요소가 있음을 부인할 수 없다. 그럼에도 불구하고 이 작품을 단순히 시국적인 차원에서만 피상적으로 고찰할 수는 없다는 것이 필자의 생각이다.

그의 자전적 저작 활동은 이광수 자신의 끈질긴 자기 이해(혹은 오독) 과정의 맥락에 서 있으며, 특히 『사랑의 동명왕』은 역사 다시 쓰기라는 지속적인 작업에 관련되어 있다. 이 작품은 이광수의 일련의 역사소설 창작의 마지막 단계에 서 있으며, 일제 강점기부터 해방 이후로 이행해 오는 사이에 이광수의 한국사 이해의 변화의 추이를 읽어낼 수 있는 문제작이다.

이러한 맥락을 살펴볼 때 작가와 작품을 현실 관계망 속에 위치 짓는 것과 그 내적인 정신세계의 맥락에서 고찰하는 작업은 그 적절한 긴장 속에

594) 김팔봉, 「사랑의 동명왕」, 『이광수 전집』 12, 삼중당, 1962, 519쪽.

서 서로 긴밀히 결부시켜 이루어질 수도 있으나 동시에 따로 떼어서 그 각각을 주밀하게 밝혀 나가야 하는 것이기도 하다.

4. 역사 '다시쓰기'의 한 맥락, 『사랑의 동명왕』

『사랑의 동명왕』이 어떤 역사서술 근거들을 바탕으로 창작된 것인지에 대해서는 이미 1970년대에 자세한 연구가 이루어졌다. 특히, 연구자 서정주는 『사랑의 동명왕』에 서술된 내용을, 『구삼국사』, 『삼국사기』, 『삼국유사』, 「동명왕편」, 『제왕운기』 등에 서술된 내용과 상세하게 비교, 대조하는 작업을 행하였던 바, 그에 따르면 이광수는 주로 『삼국사기』와 이규보의 서사시 「동명왕」을 참조한 것으로 나타난다. 특히 이 논문은 이규보의 서사시 「동명왕」이 현전하지 않는 『구삼국사』에 서술된 내용을 근거로 하여 창작된 것임이 밝혀진 경위를 소개하면서 동명왕 고주몽의 일대기가 신화가 아니라 사적임을 강조하고 있으며, 이를 바탕으로 이광수가 자신의 소설을 어떻게 창작해 나갔는가를 지극히 실증적으로 도표화하여 규명하고 있다.[595]

그러나 『사랑의 동명왕』에 대한 분석 논문은 그다지 많지 않다. 이 작품만을 분석 대상으로 삼은 논문은 전무한 편인데, 이는 이 작품에 대한 선행평가가 후하지 않은 것과도 관련이 없지 않다. 이광수에 대한 총체적인 연구를 시도한 바 있는 김윤식은 이와 관련하여 다음과 같은 평가를 남겼다.

> 그는 반민특위 기소 중에 이를 썼다. 『사랑의 동명왕』은, 그가 쓴

595) 서정주, 앞의 논문, 70~79쪽, 참조.

> 여러 역사소설 중에서도 한갓 허황된 얘기에 불과하여, 『세조대왕』이라든가 『원효대사』 등과는 구별된다. 『세조대왕』이나 『원효대사』도 허황된 야사적인 자료와 부질없는 상상력에 힘입은 것이었지만, 여러 가지 점에서 적어도 『사랑의 동명왕』과 구별된다. …… (중략)…… 이에 견주어 본다면 『사랑의 동명왕』은 맹물 같은 야담에 지나지 않는다. "가섬벌 칠월이면 벌써 서늘하였다."로 시작되는 이 소설은 주몽과 예랑의 사랑타령으로부터 비롯되어 주몽이 마침내 동명성왕의 위에 오를 때까지의 내용을 담고 있다. 원래 춘원의 역사소설은 일본식 강담(講談)에서 말미암은 것이다. …… (중략)…… 그런데 해방 후에 쓴 『꿈』이라든가 『사랑의 동명왕』은 강담형식과도 또 다른 오락형 야담에 지나지 않았다. 역사를 바라보는 이데올로기가 소멸될 때 역사적 인물이나 사건은 무의미해질 수밖에 없는 것이다. 이데올로기를 제외하고서도 작품으로 살아남기 위해서는 예술적 장치가 반드시 필요한 법인데, 『꿈』이나 『사랑의 동명왕』에서는 그러한 요소를 찾을 수 없다. 이데올로기에 대한 자의식이 사라질 때 야담은 한갓 오락거리로 떨어진다.[596]

김윤식의 이와 같은 평가는 매우 냉정하고 또 냉소적인 데 가깝다. 그는 『사랑의 동명왕』이 "오락형 야담"에 지나지 않는다고 보았으며, 특히 이데올로기를 찾을 수 없는 "맹물 같은 야담"으로 간주했다. 이처럼 이광수의 역사소설을 이른바 현대소설의 이념성을 갖추지 못한 것으로 간주하는 방식은 김윤식의 영향을 받은 후배 학자들 사이에 널리 확산되어 있다. 하나의 평가가 그에 대한 치밀한 검토나 성찰 없이 반복적으로 답습되는

596) 김윤식, 『이광수와 그의 시대』 3, 한길사, 1996, 1108~1109쪽.

현실 속에서 국문학 연구는 에피고넨들의 향연장에 떨어지고 말 위험성을 보인다.

반면에 이와 다른 시각 또한 존재하는 바, 김경미는 김윤식의 판단에 동의하지 않으면서 이 작품을 "해방기 단정 수립 후 이광수의 국가 건설에 대한 현재적 욕망이 신화 전략을 통해 형상화된 작품"[597]이라고 판단한다. 이광수의 해방기 작품들을 그는 국가 만들기라는 당대의 시대적 과제와 긴밀하게 결부지어 날카롭게 분석한다. 그런데 이는 고구려 건국 과정과 특히 동명성왕의 일대기를 "신화"로 단정하는 측면이 강하며, 바로 그러한 점에서 단군에서 고구려로 연결되는 상고사를 신화로 격하, 축소시키고자 하는 일제 식민주의 사학, 특히 조선사편수회를 중심으로 한 조선사 이해의 방식으로부터 자유롭지 못한 인상을 남긴다. 그는 이광수가 『사랑의 동명왕』에서 민족 공통의 역사적 기원인 "신화"를 통해 이상적인 국가의 이미지를 창조하고자 했다고 판단한다.[598] 즉 『사랑의 동명왕』은 일종의 신화이고, 이 신화는 국가 재건의 전략이었다는 것이다.

그런데, 단군 조선과 고구려를 역사로 파악하는가 신화를 파악하는가는 일제시대 역사학의 중요한 쟁점 가운데 하나였다. 일제 식민사학은 조선 반도사 편찬에서 조선사 편찬으로 나아가는 과정에서 단군 조선을 신화적인 것으로 격하시켰다면 신채호나 최남선을 비롯한 저항적, 비판적 사학자들은 이를 역사적으로 실체화하고자 깊은 노력을 기울였다.

이러한 맥락에서 특히 신채호는 중요하다. 그는 『조선상고사』로 알려진 조선사 서술에서 시라토리 구라키치 등 일본의 식민사학에 맞서 고조선사 및 고구려사를 재구성하기 위해 치열한 노력을 기울였다. 그는 신채호는

597) 김경미, 앞의 논문, 88쪽.

598) 위의 논문, 84쪽.

1931년 6월 10일부터 10월 14일에 걸쳐 『조선일보』에 연재된 저서를 통하여 일본인들에 의한 조선사 서술의 문제점을 날카롭게 지적하고 그와 다른 독자적 사관에 입각한 민족사 서술을 시도하고자 했다. 예를 들어 다음과 같은 문장을 예로 들어 볼 수 있다.

> 저들 중에서 가장 명성이 자자한 자가 백조고길(白鳥庫吉)이라 하지만, 그가 저술한 신라사(新羅史)를 보면, 사료를 배열하고 정리하는 데 새로운 방식도 볼 수 없고 한두 가지의 새로운 발명(發明)도 없음은 무슨 까닭인가.[599]

> 이전 학자들이 흔히 대동강(大同江)을 「패수(浿水)」라고 고집한 것은 물론 큰 착오이거니와, 근래 일본인 백조고길(白鳥庫吉) 등이 압록강 하류를 「패수(浿水)」라고 하였는데, 이 또한 큰 망발(妄發)이다.[600]

여기서 인용되고 있는 일본사학자 시라토리 구라키치는 1908년에 설립한 '만선역사지리 조사실'의 활동을 통하여 『만주역사지리』(1913)를 편찬, 일본 동양사학의 기초를 세운 사람으로 알려져 있다.[601] 그는 단군의 존재를 부정하고 '기자조선'을 고조선의 시작점으로 파악하였으며, "한반도 서북부에 있었던 기자조선과 위만조선의 지배자가 중국인이었기 때문에, 고조선은 중국의 식민지"이고, 따라서 "고조선은 '조선사'와 무관한 국가로, 중국인이 건너와 건국한 국가"로 이해했다.[602]

599) 신채호, 『조선상고사』, 박기봉 옮김, 비봉출판사, 2006, 68쪽.

600) 위의 글, 134~135쪽.

601) 이준성, 「『만주역사지리』의 한사군 연구와 '만선사'의 성격」, 『인문과학』 54, 2014, 27~28쪽.

602) 위의 글, 38쪽.

『만주역사지리』의 제1권에 그의 시각이 잘 나타나 있다. 이 제1권은 시라토리 구라키치, 이나바 이와키치(稻葉岩吉), 야나이 와타리(箭內亘), 마쓰이 히토시(松井等) 등에 의해 저술된 것으로 여기서 특히 시라토리의 직접 저술 부분으로 보이는 것은 "진번군, 임둔군, 현도군, 낙랑군 순으로 설치 초기의 상황을 설명한 이후에 '지명의 해석'에서 고조선과 한사군에 관련된 지명들에 대한 다향한 의견을 개진"하고 있는 제1편 '한대의 조선' 부분이다.[603] 신채호의 상고사 이해 가운데 매우 특징적이면서도 중요한 낙랑군에 대해 이 책은 제3편에서 낙랑군에 속한 조선현이 지금의 북한 평양에 있는 것으로 파악하고 있음을 보여준다.[604] 이렇게 해서 『만주역사지리』는 중국의 동심원적 영향력이 고대에 이미 한반도 깊숙한 곳에까지 미치고 있음을 보여주고자 했다.

그러나 신채호는 『조선상고사』 저술을 통하여 그와 같은 『만주역사지리』의 고대사 인식을 정면으로 비판한다. 그는 "조선 고대의 국문"[605]이라 할 수 있는 이두문에 대한 깊은 조예를 바탕으로 고조선사에 대한 완전히 새로운 해석을 보여주고자 했다. 예를 들어 그의 고대사 인식의 가장 논쟁적인 부분의 하나인 '낙랑'에 대해서 그는 다음과 같이 주장한다.

> (가)
>
> 그리고 「펴라」를 「樂浪(낙랑)」으로 번역하여, 「樂(락)」은 자의(字義:편하다)에서 소리의 초반(初半)을 취하여 「펴」로 읽고, 「浪(랑)」은 그 자음(字音)에서 소리의 초반(初半)을 취하여 「라」로 읽은 것이

603) 위의 글, 32쪽.

604) 위의 글, 33쪽.

605) 신채호, 『조선상고사』, 박기봉 옮김, 비봉출판사, 2006, 104쪽.

곧 이두문의 시초이니, 적어도 지금으로부터 3천여 년 전(기원전 10세기경-원주)에 이두문이 제작된 것 같다.[606]

(나)

대단군의 삼경(三京)은, 그 하나는 지금의 하얼빈(哈爾濱)이니, 고사(古史)에 부소갑(扶蘇岬) 혹은 非西岬(비서갑) 혹은 아사달(阿斯達)로 기록된 것이며, 그 둘은 지금의 해성(海城)·개평(蓋平) 등지로서 고사에 오덕지(五德地) 혹은 오비지(五備旨) 혹은 안지홀(安地忽) 혹은 안시성(安市城)으로 기록된 곳이며, 그 셋은 지금의 평양(平壤)이니, 고사에 백아강(百牙岡) 혹은 낙랑(樂浪) 혹은 평원(平原) 혹은 평양(平壤)으로 기록되어 있는 곳이다.

이두문의 독법에 扶蘇(부소)·非西(비서)·阿斯(아사)는 「ᄋᆞ스」로 읽으며, 五德(오덕)·五備(오비)·安地(안지)·安市(안시)는 「아리」로 읽으며, 百牙岡(백아강)·樂浪(낙랑)·平原(평원)·平壤(평양)은 「펴라」로 읽는다.[607]

(다)

「阿斯達(아사달)」은 이두문에서 「ᄋᆞ스대」로 읽었는데, 고어(古語)에 「松(송:소나무)」을 「ᄋᆞ스」라 하고 산(山)을 「대」라고 하였다. 지금의 하얼빈(哈爾濱)에 있는 완달산(完達山)이 곧 아사달(阿斯達)이다. 이는 곧 북부여의 고지(故地)로서 단군왕검(王儉)의 상경(上京)이며, 지금의 개평현(蓋平縣) 동북의 안시(安市) 고허(古墟)인 「아리티」는 단군왕검의 중경(中京)이고, 지금의 평양(平壤) 곧 「펴라」는 단군왕검

606) 위의 글, 105쪽.

607) 위의 글, 108~109쪽.

의 남경(南京)인데, 왕검 이래로 시의(時宜)에 따라 삼경(三京) 중 그 하나를 골라서 서울을 삼았으나, 그 본부는 어디까지나 북부여의 고지(故地)인 「ᄋᆞ스대」이다.[608]

신채호의 고조선은 이렇게 상경, 중경, 남경의 세 서울을 가진 거대 왕국이고, 각기 '한', 즉 왕이 나누어 통치하는 메커니즘을 가지고 있었고, 그것이 신조선, 말조선, 불조선 등인데, 이 '신, 말, 불'은 다시 이두식 표기로 보면 '辰, 馬, 卞'이 되고, 또 '眞, 莫, 番'으로도 쓰며, 이러한 맥락에서 평양, 곧 '펴라'는 말조선, 즉 '말한'의 고도였다. 신채호는 이러한 맥락에서 고조선을, 일제 당시의 봉천의 서북과 동북(길림성, 흑룡강성) 및 연해주 남단에 이르는 신조선, 요동반도를 중심으로 한 불조선, 압록강 이남의 말조선 등으로 이루어진 드넓은 왕국으로 규정하고 있다.[609]

그는 자신의 견해를 뒷받침하기 위해 실존하지 않는 구역사서들을 보충할 수 있는 다양한 방법들을 찾고 이를 실천에 옮겼다. 역대의 사서들을 정밀하게 검토하고 남아 있는 금석문 등을 참조하였으며 중국 쪽의 역사 기술들을 상호 비교, 대조하면서 합리적인 추론을 시도하고, 이두문에 대한 지식을 활용하여 지명, 인명, 관직명 등에 관한 까다롭고도 망각되기 쉬운 사실들을 찾아내고, 더 나아가 몽고와 만주 등 인근 지역의 언어와 풍속까지도 참조하고자 했다. 그러나 이러한 과정속에서 구체화 된 신채호의 상고사 인식과 주장에 대해 필자가 그 옳고 그름을 따지는 것은 능력의 범위를 벗어나는 일일 뿐만 아니라 다소 이차적인 수고로움에 힘을 소진하는 것이기도 하다. 이광수의 역사소설 『사랑의 동명왕』에 나타난 역사

608) 위의 글, 113쪽.

609) 위의 글, 118~119쪽.

지리 인식이 어떤 특징과 성격을 갖는 것이냐 하는 문제는 역사적 사실의 진위 문제 이전에 그가 그것을 통하여 무엇을 말하고자 했는가 하는 것에 요점이 있으며, 그 담론적 맥락을 밝히는 것이 무엇보다 긴요하다고 볼 수 있기 때문이다.

신채호는 자신만의 독특하고도 독자적인 연구를 통하여 한 문제가 설치한, 이른바 한사군의 위치를 시라토리를 위시한 『만주역사지리』의 필자들과는 전혀 다른 관점에서 새롭게 비정하고자 했다. 그는 무엇보다 고문헌에 나타나는 '패수(浿水)'나 '낙랑(樂浪)' 등이 앞에서도 언급한 바와 같이 우리말 '펴라'의 이두식 표현이고, 특히 한무제가 설치한 사군 중 하나인 낙랑군과 고조선이 멸망한 후 말조선이 있던 곳에서 일어난 낙랑국은 전혀 다른 실체임을 여러 근거를 들어 구체적으로 논증하고자 했다.

(가)

만반한(滿潘汗)·패수(浿水)·왕검성(王儉城) 등 위씨의 근거지가 지금의 해성(海城)·개평(蓋平) 등지일 뿐만 아니라 (이에 대하여는 제2편 제2장에서 이미 상술하였음-원주), 당시에 지금의 개원(開原) 이북은 북부여국이었고, 지금의 흥경(興京) 이동은 고구려국이었으며, 지금의 압록강 이남은 낙랑국이었고, 지금의 함경도 내지 강원도는 동부여국이었으니, 위의 4개 나라 이외에서 한사군(漢四郡)을 찾아야 할 것인즉, 사군(四郡)의 위치는 지금의 요동반도 이내에서 구할 수 있을 뿐이다.[610)]

(나)

본서에서 양 낙랑(樂浪)을 구별하기 위하여, 낙랑국(樂浪國)은 「남

610) 위의 글, 192쪽.

낙랑(南樂浪)」이라 쓰고, 한(漢)이 요동(遼東)에 설치한 낙랑군(樂浪郡)은 「북낙랑(北樂浪)」이라 쓰는데, 〈삼국사기〉 고구려본기에 보이는 낙랑왕(樂浪王)과 신라본기에 보이는 낙랑국(樂浪國)은 다 이 「남낙랑(南樂浪)」을 가리킨 것이다.

그런데도 지금까지의 학자들은 언제나 요동에 있는 북낙랑(北樂浪)은 모르고, 남락랑(즉, 낙랑국)을 낙랑군(樂浪郡)이라 주장하는 동시에, 〈삼국사기〉의 낙랑국(樂浪國)·낙랑왕(樂浪王)은 곧 한군(漢郡) 태수(太守)의 세력이 동방에 위력을 떨치고 그 세력이 한 나라의 왕과 같으므로 「國(국)」 혹은 「王(왕)」이라 불렀다고 단정하였으나, 고구려와 접경인 요동 태수를 「遼東國王」이라고 부른 일은 없으며, 현토 태수를 「현토국왕(玄菟國王)」이라고 부른 일도 없었으니, 어찌 홀로 낙랑태수만은 「낙랑국왕(樂浪國王)」이라 불렀겠는가. 이것은 억설(臆說)임이 분명하다.

근일 일본인이 낙랑 고분(古墳)에서 간혹 한 대(漢代)의 연호(年號)가 새겨진 기물과 그릇(器皿)을 발견하고, 지금의 대동강 남안을 위씨(衛氏)의 고도(故都), 곧 후에 와서 낙랑군(樂浪郡)의 치소(治所:군청 소재지)라고 주장하나, 이따위 기물이나 그릇들은 혹시 남낙랑(南樂浪:樂浪國)이 한(漢)과 교통할 때에 수입한 기물 또는 그릇이거나, 그렇지 않으면 고구려가 한(漢)과의 전쟁에서 이겨서 노획한 것들일 것이다. 이런 것으로써 지금의 대동강 연안이 낙랑군(樂浪群)의 치소(治所)였다고 단언할 수는 없는 것이다.[611]

위의 두 인용 (가)와 (나)는 이러한 신채호의 견해는 그가 한무제가 설

611) 위의 글, 199쪽.

치한 낙랑군과 고조선 멸망 이후에 새롭게 일어난 열국 가운데 하나인 낙랑국을 엄격하게 준별하고자 하였으며, 이를 통하여 시라토리 구라키치와 같이 조선 역사에서 뿌리 깊은 타율성을 발견하고자 하는 견해를 정면에서 논박하고자 한 것이다.

또한, 최남선 사학에 대해서는 많은 연구가 있으나 여기서는 일제의 조선사 편찬에 관해 논의하고 있는 한 연구의 시각을 빌려보고자 한다. 그는 조선 후기 이후의 역사의식이 20세기 지식인들에 의해 계승되었고, 일제의 반도사 편찬이 이에 대한 대응이었음을 밝힌 후, 이러한 '역사'를 둘러싼 투쟁이 이 과정에서 더욱 심화되었음을 지적한다. 신채호, 박은식, 안확에서 최남선으로 연결되는 비판적 사학은 단군 중심의 고대사 연구에 집념을 보였다. 다음의 인용문이 이를 방증해 준다.

> 최남선은 단군 중심의 고대사 연구를 1920년대 중반 이후 본격화 했지만 이미 1918년 「稽古箚存」을 발표하여 그 시작을 알렸다. 신채호, 김교헌 등에 의해 선행된 고대사 연구를 계승하여 민족의 기원을 송화강 주변 지역과 이곳에 거주하던 이들로 상정하고 이를 중심으로 고대사를 재구성하며 부여, 읍루, 옥저, 예맥, 구려, 진번, 진국, 한국, 마한, 변한, 진한 등이 이동하여 주변 민족을 동화시켜 가면서 건립한 국가라고 파악하였다. 이는 특히 언어학으로 대변되는 당시 최신의 연구방법을 활용하는 등 당시 학계의 사조를 흡수, 이용하여 자신의 논의를 보다 설득력 있게 제시한 것이었다. 최남선은 단군시대를 제정일치 사회로, 단군은 일세 일인의 이름이 아닌 임금에 대한 칭호로서, 그 치세는 50여대 1,500년 이상이라고 설명하여 민족사의 기원을 보다 체계적으로 이해하고자 하였다. 뿐만 아니

> 라 '조선인은 실로 원시적 거주민의 외에 최선거주, 최고 문명의 민족'이라고 하며 민족의 유구성만이 아니라 문명에 있어서도 가장 오래되었음을 주장했다. 또 '농예와 목축을 업'으로 하여 '제사 의식과 음곡, 가무는 상고로부터 자못 발달'했고, '단군 시절에 이미 사상 전달의 유형적 일방법이 유함은 사실'이라며 고유의 음악, 미술은 물론 문자까지 소유한 문화민족이라고 설파하였다.[612]

단군과 단군조선, 그리고 이러한 맥락의 연장선에 서는 고구려와 동명성왕 고주몽의 이야기가 신화인가 역사인가 하는 문제는 아직까지 충분히 해명되었다고 할 수 없다. 여기서 지적 가능한 것은 최남선과 마찬가지로 1920년대~1920년대에 그와 깊은 동지적 유대 관계에 있던 이광수도 단군 중심의 조선사관을 공유하고 있었다는 사실이다. 그는 신채호에서 최남선으로 연결되는 민족주의적 저항사학의 고구려 중심주의를 소설적으로 실천하고자 한 작가였다.

5. 신라와 고구려 사이, 또는 『삼국사기』와 『조선상고사』 사이

역사소설로서 이광수의 『사랑의 동명왕』의 위상을 검토하는데 필수적인 몇 가지 사항이 있다. 그 가운데 하나는 이광수의 다음과 같은 회고담인데, 여기서 그는 고구려 시조 동명왕의 이야기를 5부작으로 역사소설화하려는 기획이 이미 한일합병 시기에 세워진 것이었음을 밝히고 있다.[613]

612) 정상우, 「조선총독부의 『조선사』 편찬 사업」, 서울대학교 박사학위 논문, 2011, 79~80쪽.

613) 이광수, 「「端宗哀史」와 「有情」, 이럭저럭 二十年間에 十餘篇을」, 『삼천리』, 1940.10, 183~184쪽.

그의 회고가 이광수의 진의에 얼마나 가까운지는 다시 판단할 필요도 있을 것이다. 그러나 이 글이 쓰여진 때는 1940년경이다. 이때는 이미 그가 「육장기」를 쓰며 대일협력으로의 방향전환을 확실히 보여준 즈음이지만 그렇다고 해서 역사소설을 써온 경위에 대해서까지 석연찮은 근거를 남길 필요는 없었을 것이다. 이렇게 생각해 보면 그의 역사소설 기획의 회고가 진실에서 멀리 벗어나지는 않았을 것이라 추정해 볼 수 있다.

위의 인용문이 가진 진실성을 일단 신뢰하고 보면, 이광수의 역사소설 창작의 원점은 일제에 의해 조선이 병합되고 만 역사적 비극의 현장 속에서 역사를 대신하는 글쓰기의 의미와 효용을 따지는 문제에 직결된다. 국권 상실과 역사소설 쓰기가 긴밀히 결합되어 있음은 그 글쓰기가 대체역사적인 효과를 지니고 있다는 것, 이를 통하여 국권 상실에 저항하고자 하는 장기 전략 또는 기획을 의도했다는 것, 마지막으로 그렇게 민족사를 재구성함으로써 민족 도태 또는 해체의 위기에 맞서고자 했다는 것 등을 의미한다.

또 이러한 관점에서 보면 이광수의 일련의 역사소설은 그때그때의 정치적, 이데올로기적 효용성의 맥락을 넘어서서 해석될 필요가 있음을 의미한다. 그의 역사소설들은 정치적 동기나 이유를 함축하되 그것을 넘어서는 문화사적 근거를 가지고 있으며, 때문에 단순한 정치, 이데올로기적 분석 차원만으로는 충당될 수 없는 복합적 구성물이다.

한편, 이러한 기원 내지 원점을 갖는 이광수 역사소설은 일제 강점기부터 해방기에 이르기까지 지속적으로 집필되었던 바, 모두 일곱 편에 달하는 장편 역사소설 가운데 『사랑의 동명왕』은 해방 공간 때 발표된 유일한 작품이며, 또한 신라사나 조선사를 다루지 않은 유일한 작품이다. 이광수 장편소설 가운데 신라사를 다룬 것은 『마의태자』, 『이차돈의 사』, 『원효대사』 등 세 편이고, 조선사를 다룬 것은 『단종애사』, 『이순신』, 『세조대왕』 등 세 편이다.

이를 다시 인물전의 성격을 갖는 것과 그렇지 않은 것으로 다시 나누어 보면 전자에 속하는 것은 『마의태자』, 『이순신』, 『이차돈의 사』, 『세조대왕』, 『원효대사』 등 모두 다섯 편이나 되며, 넓은 의미에서 보면 『단종애사』조차도 인물전 형태에 근접한다고 볼 수 있다. 인물전류 가운데 『마의태자』는 인물전에서 연대기적인 역사소설 쪽으로 현저히 경사된 소설이다. 『사랑의 동명왕』은 인물전 형태를 빌린 역사소설로서 이광수 역사소설의 전형적인 성격을 드러내고 있다.

여기서 일단 문제가 되는 것은 이광수가 왜 일제시대에 걸쳐 단군, 고구려사를 중심에 세운 역사소설을 창작하지 않았는가, 나아가 그가 왜 신라사를 중심으로 한 역사소설 창작에 집중했던가 하는 것이다.

일제시대 사학, 문학에 나타난 민족주의를 일제 식민사학의 영향으로 간주하는 일군의 견해는 이를 하야시 타이스케의 『쵸센시(朝鮮史)』(1892)로까지 소급시켜 '통일신라'라는 관념이 그에 의해 주조된 것이며, 그로부터 민족주의 사학 및 문학이 신라사에 집중하는 양상을 보인 것으로, 즉 일종의 비주체적 모방 취향에서 빚어진 것으로 단정한다.[614]

그러나 모든 중요한 현상의 원인은 하나로 소급되지 않는다. 이광수가 일제 시대에 걸쳐 신라사와 조선사를 역사소설로 옮긴 반면 단군조선과 고구려사에는 '소홀'했던 것은 무엇보다 역사 자료를 충분히 섭렵하기 어려웠던 사정과 관련이 있을 수 있다. 예를 들어, 고구려 동명성왕에 대한 역

614) 하야시 타이스케로부터 야마니시 류로 연결되는 일제 식민사학과 민족주의 사학이 공모 관계를 형성하고 있었는가는 따로 정밀히 규명해야 할 문제이지만, 어려운 시대에 식민사관과 다른 관점을 수립하고 또 이를 논증하려 했던 비판사학의 위상을 손쉽게 훼상하는 관점이나 태도는 심각하다고 하지 않을 수 없다.

사적 기록은 『구삼국사』나 고구려 역사서가 현존하지 않는 상황에서 지극히 제한된 역사 기록에 의존해야 하는 어려움이 있다. 이규보의 서사시 「동명왕」, 김부식의 『삼국사기』, 일연의 『삼국유사』, 이승휴의 『제왕운기』 등과 후대의 몇몇 저작들을 통해서만 동명왕의 사적은 기록, 전승되어 있는 상황이고 보면,[615] 비록 창안적 성격이 강한 역사소설이라 해도 기본적인 역사적 사실들에 대해서는 충실한 고증을 취하는 편인 이광수이고 보면 동명왕 이야기를 소설로 옮기기란 쉽지 않았을 것이다.

또한 단군조선-고구려 역사를 신화로 격하시키고 신라-고려-조선으로 연결되는 조선사를 재구성하려 한 일제 총독부의 조선사 편찬 정책 역시 이에 작용했다고 볼 수는 있다. 그러나 이때 이는 그러한 역사적 시각이나 담론에 영향을 받거나 그에 힙입어 신라사 또는 통일신라사의 역사 이야기로 나아갔다기보다는 조선총독부 및 조선사편수회라는 실체적인 권력을 의식한 결과일 가능성이 높다. 『동아일보』에서 『조선일보』로 옮겨가며 언론인 생활을 했던 이광수는 조선총독부를 비롯한 현실적 권력관계에 상시적으로 노출되어 있었고, 이런 상황에서 단군사, 고구려사로 직접 나아가는 데는 자못 결단력이 필요했을 수도 있다. 물론 그럼에도 그는 『이순신』 같은 역작을 남겼으므로 이들 신라사를 다룬 역사소설을 단순히 일제 권력을 의식한 타협 행위로만 밀어붙일 수도 없다고 해야겠다.

단군조선-고구려 계열을 민족사의 근원적 중심으로 사유하고자 했던 이광수에게 신라 또는 신라사는 일종의 양가감정을 불러일으키는 대상이었다. 일제 시대, 특히 1920년대~1930년대에 걸쳐 이광수는 신라와 백제, 고구려, 단군 조선의 유적을 답사하는 일을 게을리하지 않았는데 이를 통하여 남겨놓은 기행문 등은 신라에 대한 이광수의 복합적이면서도 서로

615) 서정주, 「춘원의 사랑의 동명왕 연구」, 『어문학』 37, 1978, 56쪽, 참조.

상충하는 시선을 잘 보여준다.

> 조선 민족의 지나간 1,000년간은 모방의 역사 의뢰의 역사엿다. 사상 제도 심지어 습관까지도 혹은 당을, 혹은 원을, 혹은 명을, 혹은 청을 모방하고 의뢰하여왓고 최근에 와시도 혹은 아라사를, 혹은 일본을, 혹은 미국을 또 혹은 소비엘로시아를 모방하고 의뢰하여왓다. 이를테면 남의 정신에 살아 왓다. 저를 잇고 왓다. 신라말단 이래로 성명을 지나식으로, 지명을 지나식으로, 의복예의를 지나 식으로, 모방할 때에 벌서 단군족의 정신은 죽기 시작하엿다. 그러다가 송학이 수입되어 조선의 양반계급이 명나라 서자, 양자, 종으로 화함에 및어서 단군족의 정신은 완전히 죽어버리고 말앗다. 이 정신은 겨우 성명 없는 민중 속에서 한 줄기 명맥을 보존하엿으니 태백, 구월 등의 단군사와 시월 상달의 명절, 선왕당의 신앙으로 남아 잇은 것이다.[616]

이러한 문장에 나타나는 이광수는 신라의 삼국통일 이후 조선 민족은 "단군족"의 정신을 상실하기 시작했다. 이름과 지명과 의복 등을 중국식으로 모방하면서 주체적인 정신을 상실하고 "모방의 역사 의뢰의 역사"를 살아왔다는 것이다. 신라사, 특히 통일신라사에 대한 이광수의 비판적 인식은 역사소설 『마의태자』 전편에 고루 표현되어 있음이 확인된다. 이러한 이광수에 있어 고구려의 멸망은 민족사의 크나큰 손실이 아닐 수 없다.

> 그러나 그 平壤은 1200여년 前 羅唐聯合軍의 손에 쑥밭이 되어

616) 이광수, 「불사약」, 『동광』, 1932.10, 20쪽.

> 버렷습니다. 고구려의 精髓分子 380,000人은 포로가 되어 唐으로 잡혀갓습니다. 漢族은 대대로 큰 怨讎인 고구려로 하여곰 再起의 力이 없도록 根絶을 시킬 결심이엿습니다. 그런데 그 앞잡이를 신라인이 하엿습니다. 신라인은 三國 中에 가장 노예적 근성을 많이 가진 무리. 玉으로 부서진 고구려의 문화와 血統이 끊어지고 구차한 안전을 도모하는 신라의 혈통과 정신만이 남은 것이 지나간 1,000년의 불행이엇습니다.[617)]

이처럼 신라에 의한 고구려의 멸망을 안타깝게 여긴 반면, 이광수는 신라에 의한 삼국 통일을 지극히 불편할지언정 하나의 현실로서 받아들이는 안목도 보여주고 있다. 예를 들어 다음과 같은 대목을 보자.

> 1천년전 新羅의 문명이 찬란하였음은 이제 다시금 말치 안허도 우리는 알고 있다. 그 중에서도 新羅시대의 예술…조각 무용 회화 등…은 朝鮮사회뿐만이 아니라 널니 세계에 자랑할 만하다. 이러한 우리 조상들이 끼친 공적과 유물을 오늘날까지 우리는 넘우나 도외시하여왔고 등한시하여온 것이 아닌가 한다. 인제 1천년전 新羅시대의 예술을 우리의 손으로 캐내여서 오래 오래 기념하기 위해서, 佛蘭西의 巴里祭나 러시아의 復活祭 모양으로 널니 민중적으로 두고 두고 기념할 방법이 필요한 줄 안다. 그것을 명칭해서 『新羅祭』라 해도 조흘 것이다.[618)]

617) 이광수, 「단군릉」, 『삼천리』, 1936.4, 76쪽.

618) 이광수, 「신라제」, 『삼천리』, 1936.11, 40쪽.

이와 같은 문장들은 이광수의 신라 및 통일신라 인식이 매우 복합적이면서도 양가적이었음을 보여준다. 민족사의 현실은 신라 중심적으로 전개되었다. 그러나 그것은 올바른 것도, 바람직한 것도 아니었다. 이광수의 이러한 판단에는 단군조선과 고구려 역사를 역사소설의 형태로 재서술하고자 했던 『사랑의 동명왕』의 미래태가 담겨져 있다고 할 수 있다. 그리고 이러한 맥락에서 주몽이 고구려를 건국하는 다음의 장면은 여러 가지 측면에서 음미해 보아야 한다.

> 주몽의 생각에는 졸본이 그렇게 탐나는 것은 아니었다. 주몽은 졸본을 가지랴면 언제나 가질 것을 알았고 왕위에 관하여서도 남의 것을 전해 받지 아니 하여도 제가 언제나 만들 수 있다는 자신이 있었다. 그럼으로 주몽은 동부여와 같이 졸본도 건드리지 않기로 하였다. 졸본을 잘 보호하는 것이 조시누의 정성에 대한 갚음이라고도 생각하였다.
>
> 주몽의 뜻은 동으(로-인용자 첨가) 남으로 바다 있는 데까지 나아가는데 있었다. 그럼으로 뒤로 대륙을 돌아보는 마음 보다 앞으로 반도를 내다보는 마음이 더욱 간절하였다. 그것은 주몽 혼자의 생각인 것 보다는 민족 전체의 희망이었다. 더 따뜻한 나라 더 아름다운 나라 바다에 닿은 나라를 찾아 동으로 남으로 나아가는 것이었다.
>
> 주몽은 반도의 남쪽에 신라(新羅)라는 나라가 벌서 새로 일어난 것을 들어 알았다. 이때에 벌서 신라의 박혁거세왕이 즉위한지 이십일년이었다. 주몽은 서에 한(漢)이 있고 동에 신라가 있어 내 눈을 막는고나 하고 한탄하였다. 그래서 주몽은 다소 바쁜 마음을 가지고 갑신년 시월 초 사흘 단군께서 태백산 단목하에 신시(神市)를 세우

고 등극하던날을 택하야 홀승골성 서리찬 밤에 즉위의 대례를 행하였다.[619]

여기서 우선 주목되는 것은 이광수가 김부식의 『삼국사기』의 기록을 따라 주몽의 고구려 건국을 박혁거세 즉위 후 21년으로 삼은 것이다. 이는 그가 일제 강점기에 번역한 『삼국사기』 고구려 본기의 내용 그대로이지만 신채호는 이와 같은 김부식의 고구려 건국 시기 설정을 신랄하게 비판한 바 있다.

먼저 고구려의 연대가 삭감된 것부터 말해보도록 한다.

일반 사가(史家)들은, 고구려가 신라 시조 혁거세(赫居世) 21년인 기원전 37년에 건국하여 신라 문무왕(文武王) 8년인 기원 668년에 망하였으므로 향국(享國) 연수가 합계 705년이라고 적어 왔다. 그러나 고구려가 망할 때에 "不及九百年(불급구백년)"(→9백년에 미치지 못한다.)이라고 한 비기(祕記)가 유행하였는데, 비기가 비록 요서(妖書)라 할지라도 그 시대에 그 비기가 인심을 동요시킨 도화선이 되었으므로, 이때(문무왕 8년)에 고구려 연조(年祚)가 8백 몇 십 년 이상 되었다는 것은 명백하니, 본기(本紀)에서 말한 바 705년이 의문시되는 것이 그 하나이며,

고구려 본기로 보면, 광개토왕(廣開土王)은 시조 추모왕(鄒牟王)의 13세손(世孫)이 될 뿐이지만, 광개토왕의 비문(碑文)에 나오는 "傳之十七世孫(전지십칠세손), 廣開土境平安好太王(광개토경평안호태왕)"(→17세손 광개토경평안호태왕에게 전하였다.)이라는 구절에 의하면, 광개토왕

619) 이광수, 『사랑의 동명왕』, 문선사, 1955, 256쪽.

이 시조 추모왕의 13세손이 아니라 17세손이니, 이같이 세대를 빠뜨린 본기(本紀)이므로, 그 705년이라 운운하는 연조도 믿을 수 없다는 것이 그 둘이며, 본기로써 살피자면 고구려의 건국이 위(衛) 우거(右渠)가 멸망한 지 72년만으로 되어 있지만, 〈북사(北史)〉 고려전(고구려전)에는 「막래(莫來)」가 서서 부여를 쳐서 대파하여 이를 통속(統屬)하였는데, 한 무제(漢武帝)가 조선을 멸망시키고 사군(四郡)을 세울 때에 고구려를 현(縣)이라 하였다고 기록되어 있다. (……) 막래(莫來) 곧 대주류왕이 동부여를 정복한 뒤에 한무제가 사군(四郡)을 세웠으므로, 고구려 건국이 사군(四郡)을 설치하기 약 1백 몇 십 년 전이 된다는 것은 의심의 여지가 없다는 것이 그 셋이다.[620]

이와 같이 신채호는 고구려 건국이 신라보다 매우 오래 전에 건국되었을 것이라 추론하며 그럼에도 불구하고 신라사가 고구려사보다 길게 기록된 것은 "고대에는 건국(建國)의 선후(先後)로 국가의 지위를 다투는 기풍(氣風)"[621]이 있었고, 이를 의식한 신라의 역사 왜곡 때문일 것이라 추단했다. 신채호는 중국사의 기록들에 자국 중심주의에 입각한 변개가 많음을 지적하고 있으며, 신라에 의한 역사 기록들의 삭감이나 변용 또한 적지 않을 것이라 생각하면서 이러한 사료들에 대한 냉정한 평가와 그들 사이의 비교, 대조를 통한 엄격한 비정이 필요하다고 생각했던 것이다.

이렇게 볼 때 이광수가 고구려 건국을 신라보다 뒤선 때로 파악한 김부식의 『삼국사기』 기록에 따라 소설 속 고구려 건국 시기를 설정한 것은 다소 의외라고 할 수 있다. 상고사를 둘러싼 가치 평가 문제가 일제 강점기

620) 신채호, 『조선상고사』, 박기봉 옮김, 비봉출판사, 2006, 152~153쪽.

621) 위의 글, 154쪽.

내내 격심한 긴장 상태에 놓여 있었음을 감안하면 더욱 그러한데, 그렇다고 이를 두고 그가 신채호보다 김부식의 기록을 신뢰했었다고 판단할 만한 근거도 없고 보면 일종의 소설적 설정상의 일관성의 결여를 보여주는 대목이라 생각할 수도 있다. 이는 동명왕이 "단군께서 태백산 단목하에 신시(神市)를 세우고 등극하던날을 택하야" 대례를 행하였다고 씀으로써 단군조선에서 고구려로 연결되는 계선의 정통성을 표나게 드러낸 것과는 사뭇 뉘앙스가 다른 것이기 때문이다.

이와 관련하여 부각될 만한 작중 설정으로 앞에서 논의했던 한 사군과 낙랑왕 최낙에 관한 장면들은 특기할 만하다. 『사랑의 동명왕』과 『삼국사기』 동명왕 본기를 비교해 볼 때 가장 두드러진 차이는 『사랑의 동명왕』 쪽에는 『삼국사기』에는 존재하지 않는 주몽의 무용담이 뚜렷한 서사적 골격을 이루고 있다는 점이다. 『삼국사기』에서 주몽은 오이, 마리, 협보 등의 심복들을 거느리고 엄사수를 건너 모둔곡(毛屯谷)에 이르러 재사, 무골, 묵거 등을 만나게 되며 여기서 다시 졸본천에 다다라 고구려를 세운 것으로 기술된다. 김부식은 졸본부여 왕이 주몽의 인물됨을 알고 자신의 딸을 사위로 주어 왕위를 이었다는 설도 있음을 밝히고 있으므로 고구려 건국 기로서의 숭고함이나 신비스러움은 최대한 억제되어 있는 형편이라고 말할 수도 있다. 이에 반하여 『사랑의 동명왕』은 주몽이 모둔곡에서 졸본천에 이르러 홀승골에서 국가를 창설하는 과정을 한나라 세력과의 투쟁에서 승리한 결과로 처리하고 있음에 주목해야 한다.

먼저, 이광수는 모둔곡을 둘러싼 '조선인'들과 한나라 세력과의 갈등을 다음과 같이 제시한다.

> 차차 동으로 동으로 흘러오는 한나라 사람의 침입은 근래에 모둔

> 골에도 및었다. 한족의 침략하는 순서가 그러한 모양으로 처음에 십 수명의 한인이 배에 물건을 싣고 장사한다고 칭하고 모둔골에 왔다.
>
> …… (중략) ……
>
> 그런데 이 한나라 사람들은 평화로운 장사만 하는 것이 아니라 재물 많은 데를 보면 군사를 끌고와서 노략하고 살기 좋은 땅을 보면 한집 두집 와서 끼어 살기 시작하다가 무슨 혼란이 생기면 (혼란이 안 생기면 억지로 만들어서라도) 또한 배에다가 군사를 싣고 와서 그곳을 점령하여 저희(희-인용자 첨가) 것을 만드는 것이었다. 이리하여서 낙랑 림둔 현토 진번 같은 한나라 식민지가 우리 땅에 생긴 것이었다. 주몽은 말갈 침략권을 지나 이제 한족 침략권 안에 들어온 것이었다.[622]

이와 같은 장면은 한 무제가 설치한 한 사군을 "우리 땅에 생긴" "한나라 식민지"로 규정하고 있다는 점에서 문제적이다. 식민지라는 말 자체가 워낙 번역어 뉘앙스를 풍기는 데다 한나라 세력, 즉 중국이 조선인들 삶의 지역에 지배권을 가지고 있는 듯한 인상을 줌으로써 일본인들이 주장한 바 고대 조선사 또는 만주사에 대한 중국의 영향력을 승인하는 것처럼 읽힐 수 있기 때문이다.

나아가 작중에 등장하는 낙랑왕 최락(崔珞)은 명확하게 처리되었다고만은 할 수 없으나 한나라 사람으로 상정되어 있다. 다시 말해 이 작품에서 앞에서 신채호가 애써 준별하고자 했던 한 사군의 하나인 낙랑군과 고조선 멸망 후 만주와 한반도 지역에 산재했던 나라들의 하나인 최씨 낙랑국은 구별되지 않으며, 따라서 신채호가 지적한 바 일개 군(郡)의 우두머리가

---

622) 이광수, 『사랑의 동명왕』, 문선사, 1955, 145~146쪽.

'낙랑왕'의 '왕'이라는 명칭을 갖게 되는 모순을 피하지 않고 있음을 볼 수 있다. 이는 신채호가 말한 남낙랑, 즉 최씨 낙랑국의 이야기를 북낙랑에 가져다 붙인 것과 같은 형국을 빚고 있다.

반면에, 이러한 설정에는 동명성왕 주몽을 한나라와 싸워 승리를 거두는 민족의 영웅으로 묘사하고자 하는 의도가 투영되어 있다고 볼 수 있을 것이다. 예를 들어, 이 작품은 주몽이 새로운 나라를 열기 위해 떠나던 시대를 다음과 같이 그려낸다.

> 그때 료하(遼河) 이동 송화강(松花江) 이남에는 여러 적은 나라들이 있었다. 북에는 말갈(靺鞨)이 웅거하고 황해와 발해에 면한 쪽에는 한족이 침략하고 있었다. 이 두 강적 사이에 옥저(沃沮), 예(濊), 맥(貊), 마한(馬韓), 진한(辰韓), 변한(弁韓) 등 백여 나라가 갈려 있었다. 이 여러 나라들은 본래는 부여를 뿌리로 하고 갈라진 단군의 족속이었으나 시대가 지남을 따라서 점점 서로 멀어져서 피차에 남의 집 같이 되어 서로 싸우기 까지 하게 되고 그 종주국인 부여도 늙어서 국력이 쇠한 데다가 남북으로 갈린 뒤로는 더욱 위신이 떨어져서 마치 지나의 춘추전국시대의 주나라나 다름없이 되었다. 이 형세를 비겨 말하면 어미닭 업는 병아리들이 독수리 앞에 있는 것과 같아서 당시 우리 민족의 운명은 심히 위태하였다.
>
> 알알이 흩어져서는 안 되겠다. 뭉쳐서 큰 힘을 일어야 살겠다 하는 생각이 이 때에 우리 민족 안에 나기 시작하였으니 남에는 박혁거세(朴赫居世)를 주장으로 하는 신라(新羅)의 건설이요 북에는 주몽이 중심이 된 고구려의 궐기였다.[623]

623) 위의 글, 141쪽.

여기서 중국은 "독수리"에, 고조선이 멸망한 후 작은 나라들로 찢어진 "단군의 족속"의 여러 나라들은 "병아리"에 비유된다. 이 위태로운 민족적 문명의 위기를 맞아 남에는 박혁거세가, 북에는 주몽이 나섰다고 하였으니, 『사랑의 동명왕』 이야기 속의 고구려 건국은 중국과 인접한 지역에서 중국의 압력을 딛고 투쟁을 통해 강건한 나라를 세 나가는 영웅의 이야기를 통하여 숭고미를 거느리게 된 것이다.

6. 이광수의 해방공간 넘어서기, 그 난경 속의 이상주의 독백

앞에서 간략히 언급했던 것처럼 이광수는 1920년대에 이미 『삼국사기』의 고구려기를 번역해서 소개한 바 있다. 따라서 『사랑의 동명왕』은 적어도 이 시기로까지 거슬러 올라가는 구체적 연원을 갖는 장편소설이라고 말할 수 있다. 여기서 이광수는 동명왕의 고구려 건국 시점을 다음과 같이 묘사한 『삼국사기』의 기록을 다음과 같이 현대역으로 옮겨놓고 있다.

> 드대어 도읍하려 하엿스나 아직 궁궐을 지을 겨를이 업스매 비류강ㅅ가에 초막을 치고 나라를 세워 이름을 고구려라 하니 때에 주몽의 나히 스물 두 살이요 한나라 효원제의 건소 이년이며 신라 시조 혁거세 이십일 년 갑신이러라. 사방이 듯고 돌아와 붓는 자- 만터라.[624]

이광수의 『삼국사기』 번역은 현대의 번역문과 비교해 보면 원문에 완전히 충실하다고 볼 수만은 없으나 『삼국사기』 권13의 「고구려본기」 제1의

624) 이광수 옮김, 「동명성왕 건국긔, 삼국사기 고구려본기에서」, 『동광』, 1926.6, 46쪽.

앞부분을 요령껏 번역해 옮겨놓은 것이라 할 수 있다. 이 「고구려본기」 제1에는 동명성왕과 유리명왕의 사적이 함께 수록되어 있으며, 유리왕에 관해서 서술해 놓은 대목에 그가 "주몽의 맏아들이고 어머니는 예씨"이며, "처음에 주몽이 부여에 있을 때 예씨 여인에게 장가들어 임신이 되었는데, 주몽이 떠나간 뒤에야 아이가 태어났으니 이가 곧 유리"라고 했다.[625]

『사랑의 동명왕』은 이와 같은 『삼국사기』 「고구려본기」의 내용에 그때까지의 고구려 상고사 연구의 수준을 포괄적으로 보태면서도 단순한 연대기적 역사서술에 머무르지 않고 일종의 창안적 성격이 부여된 소설로서 동명성왕 고주몽과 예희(예랑)의 사랑 이야기를 전면에 내세운 것이다. 그리고 이것이 이 소설의 제목이 '사랑의 동명왕'이 되어야 하는 이유이기도 하다.

이 작품이 동명성왕과 예랑의 사랑 이야기를 전면에 내세우고 있음은 이광수 장편소설사의 맥락에서 이를 『사랑』과 『원효대사』에 직접 연결되는 것으로 이해할 수 있게 한다. 1938년과 1939년에 각각 전후편이 출간된 『사랑』은 안빈과 석순옥의 이타행을 그린 것으로, 개체적인, 그리고 육체적인 사랑을 넘어 대승적 사랑을 통한 인류 구원이라는, 이광수 사상의 최고치가 표현되어 있는 문제작이다. 중일전쟁 이후 수양동우회 사건으로 피검되는 일을 겪으면서도 그는 전쟁의 폭력 대신 종교 통합적 차원의 사랑을 병든 사회, 인류를 구원할 수 있는 방법으로 제시했다. 한편 『원효대사』는 흔히 대일협력에 귀착하는 것으로 평가되곤 하지만 역사소설 장르의 간접성, 불투명성에 의지하여 작가 자신의 고뇌를 착색해 놓은 것으로도 평가될 수 있는 작품이다. 여기서 이광수는 다른 무엇보다 요석공주와 원효의 사랑 이야기를 매개로 신라사를 화려하게 재현해 놓고 있다.

이러한 맥락에서 보면 『사랑의 동명왕』은 건국, 즉 나라 세우기에 관련

625) 김부식, 『삼국사기』 1, 이강래 옮김, 한길사, 1998, 309쪽.

된 메시지 전달 기능뿐만 아니라 『사랑』, 『원효대사』에 이어 사랑의 이념을 제시한 작품이다. 그런데, 이광수 소설에서 사랑은 매우 복합적인 의미를 갖는 어휘다. 『사랑』 같은 소설에서 선연한 대승적 이념으로 나타나는 사랑은 『유정』 같은 작품에서는 개체적인 존재의 한계를 일깨우는 존재로 나타난다. 그런가 하면 『무정』, 『재생』, 『흙』, 『원효대사』 같은 작품에서는 고뇌하는 개체적 존재를 더 큰 공동체적 이념을 향해 나아갈 수 있도록 매개하는 역할을 한다.

죽음을 목전에 둔 1950년 5월에 출간되어 나온 『사랑의 동명왕』을 통하여 이광수는 무엇을 말하고자 한 것일까? 이는 이 작품의 마지막 부분에 나오는 동명성왕의 유언에 잘 나타난다.

> 태자는 왕의유명을 받잡고 왕의 발앞에 엎드려,
>
> 「이 몸이 어리오니 아직 어찌 아바 마마의 뜻을 이으오리까. 어서 회춘하시와 나라를 더욱 힘 있게 하시옵소서」
>
> 하고 울었다.
>
> 「듣거라. 네 진실로 스스로 어린 줄을 알면 좋은 임금이 될 것이다. 임금은 몸소 일하는 자가 아니오 사람을 골라 일을 시키는 자다. 네 마음 대로 하면 나라를 잃을 것이오 어진 사람들의 마음을 좇으면 나라를 크고 힘 있게 하리라」
>
> 「어진 사람을 고르는 법은 어떠하오니까」
>
> 「면전에서 감히 임금의 말을 거슬리는 자는 충성 있는 자요 임금의 비위를 맞추어 아첨하는 자는 제 욕심을 채오랴고 임금과 백성을 깍는 소인이니라」
>
> 「나라이 힘 있게 하는 법은 어떠하온지?」

「백성이 배 곯고 헐 벗지 않으면 나라의 힘이 있고, 백성이 임금과 그 신하들을 믿으면 나라의 힘이 있고 군사가 죽기를 두려워 하니하고 잘 장수를 믿으면 나라의 힘이 있나니라. 요는 백성이 임금을 믿음에 있나니라」

「백성이 나라를 믿게 하는 법은 어떠하온지?」

「백성을 속이지아니하고 백성의 것을 빼앗지아니하고 백성이 사랑하는 자를 상주고 백성이 미워하는 자를 벌하면 백성이 믿나니라」

「백성이 사랑하는 자는 어떤 사람이며 백성이 미워하는 자는 어떤 사람이온지?」

「백성은 제 욕심이 없이 저희를 위하는 자를 사랑하고 저희를 해자는 자를 미워하나니 백성을 위하는 자에게 높은 벼슬을주고 백성을 해치는 자에게 엄한 벌을 주면 백성이 믿나니라」

「이 몸을 가지는 법은 어떠하온지?」

「한 일도 제 마음 대로 말고 어진 사람과 일 맡은 사람에게 물어하고, 백성이 배부른 뒤에 배부르고, 백성이 즐거운 뒤에 즐겁고, 궁궐을 높이 짓지 말고 재물을 탐하지 말고 여색을 가까이 말고 간사한 무리를 멀리하고, 네게 잘못하는 자는 너그럽게 용서하되 백성에게 해롭게 하는 자는 용서 없이 법 대로 벌하고, 술 취하지 말고 놀이로 밤 새우지 말고 항상 몸이 편할가 저퍼하고 마음이 게으를가 두려워하면 하늘과 신명이 너를 도우시리라. 조심하고 조심하여라」

하고 왕은 왕과 고락을 같이 하여 온 제신들을 가라치며,

「너는 이 사람들을 존경하고 만사에 물어 하여라. 그러나 한 사람에게 오래 큰 권세를 맡기면 맡는 자는 교만한 마음이 나고 다른 사람들은 이를 시기하여서 편당과 알록이 생기나니 조심 조심하여라」

하고 끝으로 조시누를 어머니와 같이 대접할 것과 괴유 모녀를 우대할 것을 부탁하여 유언과 공명을 마추었다.

장시간 힘드린 긴장에 왕의 몸에서는 허한이 흘렀다.

「이제 다 물러가거라」

하고 특히 오이, 재사 등 다섯 사람을 가까이 불러,

「평생에 이 몸을 도운 끗이 못내 고맙소. 이제 마지막 작별이니 앞으로 나를 잊고 태자를 도와 주오」

하고 영결 하는 인사를 하니 다섯 사람은 왕의 옆에 엎드려 목을 놓아 울었다.

이런지 사흘 만에, 새벽 닭이 울기 바로 전에 왕이 붕하니 왕후 례랑과 태자 류리와 조시누와 국상 오이등 다섯 사람과 괴유 모녀가 옆에 모셨다 룡산에 장례하고 동명성왕(東明聖王)이라고 일컬었다. 밝을 명자는 해와 달을 한 데 모운 것이었다.[626]

비록 역사소설 양식의 간접성에 의탁해서이지만 이광수는 여기서 이상국가로 가는 요건을 힘 있게 설파하고 있다. 이때 이광수는 폐결핵을 비롯한 위중한 질병들로 건강이 자못 위태로운 상태였다. 『사랑의 동명왕』의 유언은 그리하여 마치 이광수 자신의, 그가 일생에 걸쳐 귀의를 꿈꾸었던, 민족, 민족 공동체를 향한 '별사'(別辭)와 같은 의미를 띠고 훗날의 독자에게 접근한다.

여기서 다시 한번 이 작품이 단순한 건국기가 아니라 사랑에 고뇌하는 인물의 성격을 중심에 배치한 작품이라는 사실에 주목해 보면 이 개체적 차원의 사랑을 국가의 운영원리로까지 승화시키고자 한 작가적 의도를 엿

626) 이광수, 『사랑의 동명왕』, 문선사, 1955, 308~311쪽.

볼 수 있다. 그리고 이 점에서 이 소설은 산문 「사랑의 길」(돌베개, 1948)과 유사한 내적 논리를 함축하고 있음이 드러난다.

이 산문에서 이광수는 "사람의 갈 길이 오직 하나요, 하나밖에 없으니 그것은 사랑의 길"[627]이라고 하며, 그런데 이 사랑은 "이웃간의 사랑, 국민의 사랑, 인류의 사랑 같은 남남간의 사랑"[628]이다. 그는 이 글에서 동네, 국가, 이웃으로 확장, 고양되어가는 사랑, 곧 '정'의 원리를 말한다. "나가 집을 이뤄서 된 우리는 여러 집이 모인 동네의 우리로 커지고 그것이 다시 나라의 우리로 진화하여서 저 인류의 우리를 향하고 진화의 걸음을 쉬지 아니한다"[629] 그는 사랑이야말로 사람과 사람의 관계를 조율하는 가장높은 원리임을 강조한다. 억지, 꾀, 경우 같은 원리보다 월등히 높은 원리임을 강조하며, 새 나라는 이 사랑의 원리에 의해 건립되어야 함을 주장한다.

> 우리나라는 수천년 래로 덕으로 인도하고 예로 다스리는 나라를 만드는 것을 건국의 목표로 삼아왔다. 이제 우리는 새 나라를 세우는 길에 있거니와, 우리 새나라의 목표는 더구나 사랑의 나라에 있을 것이다. 우리 민족은 그러한 나라를 지을 가장 적임자요, 또 인류가 지구상에서 멸망하지 아니하려면 어느 구석에서나 이러한 나라가 일어나야 할 것이다.[630]

그는 이렇게 사랑의 원리 위에 지어지는 나라가 바로 "신시(神市)"요, 또

627) 이광수, 「사랑의 길」, 『이광수 전집』 10, 삼중당, 1972, 222쪽.
628) 위의 책, 같은 쪽.
629) 위의 책, 224쪽.
630) 위의 책, 226쪽.

그렇게 하는 것이 "홍익인간"이라 한다.[631] 우리는 여기서 그가 단군조선의 이념, 그 '국가철학'으로 되돌아옴을 본다. 그리고 이것은 이광수 사상의 어떤 연속성을 감지하게 한다. 그는 자신이 『무정』에서 설파했던 사랑, 곧 '정'의 원리를 사랑에서 병든 인류를 구제하는 종교 통합적 사랑으로 끌어올린 바 있다. 그러나 이러한 그의 이념은 중일전쟁, 태평양전쟁으로 이어지는 국가 간 전쟁의 격랑에 직면하여 좌절, 중도반단 된다. 일제는 그를 전쟁 동원을 위한 제물로 삼았고, 그는 살아남기 위해, 그리고 어쩌면 민족의 위기를 헤쳐 나가야 한다는 '선의'에서 일제에 협력하는 글을쓰고 강연을 다녔다. 그러나 역사의 전개가 말해주듯이 그것은 오진에 근거한 잘못된 처방이었으며, 이는 그를 '친일' 부역자의 절망 속에 밀어 넣었다. 사릉에 칩거하며, 그는 이 절망적 고립 상태에서 벗어나기를 꿈꾸었으며, 『돌베개』를 비롯한 저작들은 그의 민족공동체로의 귀환에의 희구를 드러낸다.

해방공간에서부터 한국전쟁 직전에 이르는 이광수의 창작 과정에서 최후의 장편소설 『사랑의 동명왕』은 그러한 노력이 가장 높은 수준에서 발휘된 작품이다. 이들에서 그는 고뇌를 벗고 지도자적 사상가, 작가로서의 위상을 회복하고자 하였다. 이 필사적인 노력이 과연 성공적이었는지, 어떤 의미를 담고 있는지를 시간을 더 들여서 보다 깊이 음미해야 할 사안일 수밖에 없다.

이광수가 최남선과 함께 꿈꾸었던 명치 43년, 즉 1910년의 역사 5부작의 기획을, 그는 그 자신의 생애가 끝나가는 1949년 말, 1950년에야 『사랑의 동명왕』의 형태로 이룰 수 있었다고 할 것이다. 춘원 이광수, 그는 비록 오욕으로 얼룩진 생애를 살았으나, 그 자신의 이상을 끝내 버리지는 못한, 온몸으로 일제 강점기라는 어둠을 헤쳐간 가장 작가다운 작가였다고 할 것이다.

---

631) 위의 책, 227쪽.

4부

‘어둠’을 넘어 ‘공동체’에 이르는 길

이광수 문학의 자전적 글쓰기에 관하여

1. 이광수 자전적 글쓰기―일기류와 기행 · 수필류

이광수는 한국의 현대 문학인 가운데 자전적인 기록을 가장 많이 남긴 작가 가운데 한 사람이다. 그는 일생에 걸쳐 한국 현대문학사상 유래가 없을 정도로 다양한 양식의 글쓰기를 펼쳐갔다. 이 가운데 자전적인 문학은 매우 다양하면서도 많은 분량을 차지한다.

이에 대한 체계적인 연구는 아직까지 본격화되지 않은 상태에 놓여 있다. 이광수 문학에 대한 관심을 새롭게 표명하고 있는 연구들은 주로 친일 문학론의 관점에서 접근하거나 식민지 현대성 논의에 치우쳐 있다는 인상이 강하다. 이와 같은 차원의 논의가 내실을 얻기 위해서는 이광수 문학 텍스트를 전반적으로 재검토하고 그 성격을 규명해 보는 것이 필요하리라는 생각이다. 이러한 생각에서 필자는 이광수 문학에 내재된 문제를 그 자전적 성격을 중심으로 새롭게 검토함으로써 그와 같은 필요성에 호응해 보고자 한다.

이광수 문학 텍스트는 다양한 차원에 걸친 자전적 글쓰기 양상을 보여주고 있는데 이들은 대체로 다음의 네 가지 유형 가운데 하나에 속할 것이다. 일기류, 기행 및 수필류, 자전적 소설류, 자서전류가 그것이다.

(가) 먼저 일기류에 대해서 살펴보고자 한다. 삼중당 전집에 편집되어 남아 있는 일기들을 살펴보면 ① 1909년 11월 7일부터 1910년 2월 5일까지 ② 1938년 1월 23일부터 동월 26일까지 ③ 1939년 5월 3일부터 동월 17일까지 ④ 1946년 9월 2일부터 동월 28일까지 등으로 모두 네 종류의 일기가 남아 있음을 볼 수 있다. 이외에도 "1938년대의 일기가 보존되고 있음은 부인 許여사도 시인하였지만"[632] 끝내 찾지는 못하였다고 한다.

남아 있는 일기는 그가 메이지학원(明治學院) 중학시절 외에는 일생에 걸쳐 지속적으로 일기를 쓰는 타입은 아니었음을 보여준다. 그것은 그의 분방하고 다양한 집필 과정에 원인이 있었을 것이다. 『동아일보』와 『조선일보』 양대 신문사에 간여하면서 계속적으로 장편소설을 쓰고 그밖에도 다양한 형태의 문필활동을 펼쳐간 그가 일기를 지속적으로 쓰기란 불가능했을 것이다. 어느 의미에서는 그의 문학 전체가 그의 삶의 기록이다. 그러나 일기는 기본적으로 다른 사람이 아닌 자기 자신을 유일한 독자로 상정한다는 점에서 작가 자신의 내면적 정경을 가장 사실에 근접시켜 보여주는 글이라는 점에서 그가 남긴 방대한 글에 비추어 일기의 분량이 적음은 안타까운 일이다. 앞에서 언급했듯이 1930년대의 일기가 발견된다면 이는 커다란 가치가 있을 것이다.

(나) 다음 유형으로 꼽을 수 있는 것이 기행문과 수필이다. 생전에 그는 『五道踏破記』(『매일신보』, 1917.6.26~8.18), 『金剛山遊記』(時文社, 1924), 『半島江山』(영창서관, 1939) 등으로 대변되는 기행문집과 『人生의 香氣』(弘智출판사, 1936), 『돌벼개』(생활사, 1948) 등의 수필집을 펴냈다. 이 가운데 특히 『돌벼개』

632) 이광수, 『이광수 전집』 19, 삼중당, 1963, 433쪽.

는 1944년 3월 경기도 양주 사릉(思陵)에 농옥을 짓고 칩거한 이후의 심경을 담고 있는 것으로서 1934년 8월부터 1939년 봄까지 자하문 밖 홍지동에 산장을 짓고 살았던 시기를 결산하고 있는 소설 「육장기」(『문장』, 1939.9)에 비견될 만한, 기록적 가치가 있는 수필집으로서, 특히 1939년 이후 그에게 소설과 수필이 접근 양상을 보이고 있음을 알 수 있게 해준다. 기행문과 수필 양식의 특성상 이들은 작가 자신의 실경험과 내면적 정경을 사실에 가깝게 드러내 보여준 것으로 간주될 만하다.

2. 자전적 글쓰기의 다른 유형들—자전적 소설과 '고백'

(다) 다음으로 유형화할 수 있는 것은 자전적 소설의 세계다. 작가와 주인공이 유사성을 갖는 텍스트를 폭넓게 자전적 소설이라고 할 수 있다면[633] 이광수는 초기부터 말년에 이르기까지 다양한 수준의 자전적 소설을 실험해 간 것으로 판단된다.

작품이 일인칭 시점으로 씌어졌는가 삼인칭 시점으로 씌어졌는가는 이야기의 자전적 수준을 가름할 수 있는 기준이 될 수 없으므로, 결국 그것은 주인공과 저자가 얼마나 유사한 인물인가에 따라 결정될 것이다. 결국, 양자가 어렴풋이 닮은 것 같은 단계에서 꼭 빼어 닮은 단계에 이르기까지 자전적 소설은 자전을 소설화한 수준에 따라 몇 개의 층위로 나누어 살펴

633) 필립 르죈, 『자서전의 규약』, 윤진 옮김, 문학과지성사, 1998, 35쪽. 더 구체적으로는 "저자 자신이 주인공과 동일인임을 부인하거나, 아니면 적어도 그것이 자기의 이야기라고 스스로 말하지 않는다 하더라도 독자가 그 이야기 속에서 그것이 저자 자신의 이야기와 유사하다는 것을 알아차리고, 그 때문에 작가와 주인공이 동일인물이라고 생각하게 되는 그러한 허구의 텍스트들을 자전적 소설이라고 부를 것이다."

볼 수 있다. 이러한 관점에서 이광수의 소설을 살펴보면 몇 개의 층위를 얻을 수 있다.

(다-1) 초기 소설에 단적으로 드러나는 양상으로서 자기를 닮은 주인공을 내세우되 여기에 적절한 허구를 가미하는 것이다. 「愛か」(『白金學報』, 1909.12.), 「방황」(『청춘』, 1918.3), 「윤광호」(『청춘』, 1918.4) 등이 여기에 해당한다. 같은 시기에 매일신보에 연재되어 이광수의 문명을 높인 『무정』(『매일신보』, 1917.1.1~6.14) 역시 그 자전적 수준에서 차이는 있으나 창작방법은 본질상 다르지 않다고 볼 수 있다. 이와 관련하여 연재 당시 『무정』에 담긴 이야기를 자기 자신의 것으로 보는 이들이 많았다는 이광수의 회고는 흥미롭다.[634]

이광수의 처녀작이라고 할 수 있는 「愛か」는 미사오(みさお)라는 일본인 동급생에게 동성애적인 사랑을 느끼고 있는 문길(文吉)이라는 중학생의 이야기를 그린 것으로서 열한 살의 어린 나이로 고아나 다름없이 되어 떠돌아야 했고 열네 살 나이에 바다를 건너 일본으로 유학 간 이광수의 편모와 내면적 정경을 보여주는 것으로 평가되고 있는 작품이다.[635] 당시 일본에서

---

634) "내가 無情을 쓸때에 意圖로 한것은 그時代 朝鮮의 新青年의 理想과 苦悶을 그리고 아울러 朝鮮青年의 進路에 한 暗示를 주자는것이었다. 이를테면 一種의 民族主義, 自由主義의 이데올로기를 가지고 쓴것이다. 그 自由主義란 속에는 淸敎徒적 純潔에대한 憧憬을 나自身이 가지고 있기 때문에 그 純潔도 多分으로 高調되었고 또 民族主義라 하지마는 基督敎徒的博愛思想도 들어갔다고 믿는다. 그리고 내가 意識하는 限에서는 또 내力量이 미치는 限에서는 리알리즘으로 하노라고 하였고, 또 心理描寫에도 힘을 써보노라고 하였다. 그러나 때때로 作者가나서서 幼稚한 理論을 하는것은 지금보면 苦笑를 禁치못하거니와 제깐에 啓蒙的 職務를한다고 熱誠에서라고 생각하였고 그때에 있어서는 그幼稚한 說敎의 部分이 도로혀 이幼稚한 作者에게는 所重한 자랑ㅅ거리엇떤것도 自白한다. / **이 無情이世上에 나타나매 이것을 作者인 나 自身의 이야기라고 생각하는 親舊가 많아서 내가 아모리 架空的이라고 辨明을 하여도 들어주지아니한것도 只今생각하면 苦笑할 일이다.** 그만큼 無情에 實感을 주었는가하면 고마운 일이어니와 나는 이 無情을 쓸때까지에 일즉 戀愛라는것을 몰랐고 또 妓生이라는것도 對해본일이 없었다. 自白하거니와 無情에서는 申友善이라는 人物하나 밖에는 도모지 모델은 없었다. 이 無情이 어떤 時代의 憧憬의 一部分을表現한데는 틀림이 없으나 내 實生活의 經驗은 한말도 들어간것이 없었다."(이광수, 「文壇 苦行 三十年-西伯利亞서 다시 東京으로」, 『조광』, 1936. 5, 강조는 필자)

635) 이에 대해서는 김윤식, 『이광수와 그의 시대』 1, 솔출판사, 1999, 215~220쪽에 자세하게 설명되어 있다.

는 청운의 뜻을 품은 시골 학생들이 도쿄로 올라와 동향 학생끼리 하숙하는 풍토가 성행했고 이는 조선 유학생들에게도 예외가 아니었다. 특히 대개 청교도적인 기독교 사상의 영향 아래 있던 조선 유학생들은 개인주의적인 삶을 버리고 위기에 봉착한 조국의 부흥을 위해 일해야 한다는 명목 아래 이성애를 억압하는 양상이 빚어졌다. 작중 문길의 동성애적인 사랑은 그와 같은 조선 유학생 사회의 풍토 아래 성장하고 있던 이광수라는 외로운 이상주의자의 내면 심리가 투영된 것이라고 볼 수 있다.

「愛か」가 명치학원 중학 시대의 이광수의 내면 풍경을 엿볼 수 있게 해주는 작품이라면, 「윤광호」는 명치학원을 졸업하고 귀국하여 오산학교 선생으로 일하면서 결혼까지 했다가 대륙을 방황한 끝에 김성수의 도움으로 2차 도일한 20대 초반의 이광수의 내면이 투영된 작품이다. 작중 윤광호는 이광수와 마찬가지로 어려운 처지를 딛고 일어나 일본으로 유학하여 대학을 다니며 열심히 공부, 특대생의 명예를 얻기까지에 이른 청년이다. 모든 유학생 사회가 그를 칭송하여 마지않지만 그는 심중에 커다란 동공(洞空)을 끌어안고 남모르는 외로움을 앓으며 살아간다. 동공은 점점 더 커져 버린다. 마침내 그는 "人類에 對한 사랑, 同族에 對한 사랑, 親友에 對한 사랑, 自己의 名譽와 成功에 對한 渴望만으로는 滿足지 못하게 되었다.", "미지근한 抽象的 사랑으로 滿足지 못하고 뜨거운 具體的 사랑을 要求한다."[636]

그런 그의 눈에 뜨인 것이 바로 P라는 남학생이다. 그러나 P는 학업 성적에서만 우수할 뿐인 그의 사랑을 받아들이지 않고 절망에 빠진 윤광호는 끝내 자살하고 만다는 것이 작품의 줄거리다. 이러한 윤광호는 K대학 경제과 특대생으로 처리되어 있어 와세다대학 철학과를 다니며 우수한 성

636) 이광수, 『이광수 전집』 14, 삼중당, 1963, 73쪽.

적으로 특대생 대열에 들었던 이광수와 흡사한 면모를 갖고 있다.[637]

이 시기의 여러 작품을 일일이 열거하면서 설명할 수는 없지만 「愛か」에서 「윤광호」에 이르는 작품의 면면은 작가가 자기 체험을 소설화하려는 상한 욕망을 가지고 있음에도 계몽주의적 이상에 의해 그러한 욕망이 제약되고 있는 상태에 놓여 있음을 보여준다. 『무정』은 그 단적인 예다. 그리고 이는 작가가 계몽주의적 이상을 상실하거나 민족의 선도자로서의 자긍심을 상실할 위기에 처하게 될 때, 작가의 자기 이야기가 전면화될 수 있음을 암시한다.

(다-2) 다음으로 표면상으로는 작가가 자기 자신이 아닌 제삼의 인물을 내세워 이야기를 써나가되 실제 이야기는 '나'라는 1인칭이 끌어가면서 작가 자신의 이야기를 하는 것으로 처리된 작품군이 있다. 『그의 자서전』(『조선일보』, 1936.12.12~1937.4.30)이라든가 『나—소년편』(생활사, 1947)과 『나—스무살 고개』(박문서관, 1948) 연작이 여기에 해당한다.

이들 작품의 방법론은 교묘한 데가 있어 『그의 자서전』은 "그러므로 내 자서전을 읽는 여러분은, 제목에는 「그」라고 하고 본문에는 내라고 하는 이 사람이 당신네 동네, 당신 이웃에 사는 사람으로 생각하시면 그만일 것이다."[638]라고 한 데서 알 수 있듯이, 이 작품은 자서전 형식을 빌린 소설이다. 따라서 작중에 '나'라는 화자 겸 주인공이 등장한다고 해도 그는 작가 자신과는 거리가 있는 제삼의 인물이라는 뜻을 담게 된다. 이는 작품의 후반부에 이르러 '나'의 이름이 '남궁석'이라는 사실이 밝혀짐으로써 합리화된다. 즉 소설이라는 장르가 이야기의 허구성을 담보하고 있는 셈인 것이다. 그럼에도 자서전이라는 것을 이러한 허구적 소설의 살로 삼은 까닭에,

637) 김윤식, 『이광수와 그의 시대』 1, 솔출판사, 1999, 75쪽, 참조.

638) 이광수, 『이광수 전집』 9, 삼중당, 1963, 241쪽.

『그의 자서전』은 자서전이라는 글쓰기 양식이 본디 지향하는 사실 근접성을 암시하면서도 동시에 소설의 허구로서의 자유를 함께 누릴 수 있는 이중적인 효과를 얻게 된다.

해방 후에 쓴 『나—소년편』과 『나—스무살 고개』에서도 이와 유사한 효과를 살펴볼 수 있다. 이번에는 작가는 일언이폐지하고 "내가 나기는 이조 개국 오백 일년, 예로부터 일러오는 이씨 오백년의 운이 다한 무렵이요, 끝으로 둘째여니와 사실로는 끝임금인 고종의 이십구년 봄이었다"[639]라고 이야기를 시작한다. 그러나 이야기를 읽어 내려가다 보면 이 '나'의 이름이 이광수의 아명이었던 '보경(寶鏡)'이 아니라 '도경'이라는 것,[640] 호는 '春園'이 아니라 '천산'이라는 것,[641] 또한 '나'의 성조차 '이씨'가 아니라 '김씨'라는 사실이 드러난다.[642] 결국 『나』 연작 역시 『그의 자서전』과 마찬가지로 '나'를 내세워 작가 자신의 체험에 가까운 이야기를 써나가되, 전자는 작중의 '나'와 작가 자신의 이름을 달리함으로써, 후자는 소설에 자서전 형식을 수용하여 작중의 '나'는 작가가 아닌 제삼자로서 '그'일 뿐일 수도 있음을 암시함으로써, 작가의 실제 체험과 작중 주인공의 이야기가 다름으로 인해서 생겨날 수 있는 문제를 피할 수 있는 장치를 마련한, 문제적인 작품들이다. 이들 작품군은 작가의 자기 정당화에 관련되어 있으리라고 생각해 볼 수 있다.

(다-3) 1939년을 전후로 하여 집중적으로 나타난 양상으로서 '나'를 주인공으로 내세워 자기 이야기를 그대로 소설로 옮긴 듯한 인상을 선사하는 이른바 사소설 유형의 작품군이 있다.

---

639) 이광수, 『이광수 전집』 11, 삼중당, 1963, 342쪽.

640) 위의 책, 364쪽.

641) 위의 책, 440쪽.

642) 위의 책, 473쪽.

「무명」(『문장』, 1939.1), 「육장기」(『문장』, 1939.9), 「난제오」(『문장』, 1940.2) 등으로 대표되는 바, 특히 「육장기」는 실명은 나오지 않지만 오랫동안 자기 곁에 있다 만주로 떠나보낸 박정호(朴定鎬)에게 보내는 편지형식으로 씌어진 작품으로서 『이광수 평전』(『삼중당』, 1971.10)에 "수필"[643]로 분류가 되었을 정도로 작가의 실생활 기록에 가까운 작품이다. 이들 작품은 이 무렵 조선의 많은 작가들이 자기 이야기를 소설화하는 방법에 매달리고 있었던 현상과 같은 맥락에서 함께 검토되어야 할 문제다.

예전에는 사소설 양식과는 거리가 먼 작품을 써왔던 작가들 가운데 1939년을 전후로 한 시기에 접어들면서 집중적으로 사소설에 매달리고 있는 양상을 쉽게 찾아볼 수 있다. 채만식은 그 일례를 제공한다. 그는 『탁류』(『조선일보』, 1937.10.12~1938.5.17)와 『태평천하』(『조광』, 1938.1~9)와 같은 비판적 리얼리즘의 작가로서 두 장편 이후 1938년만 해도 「치숙」(『동아일보』, 1938.3.7~14), 「이런 처지」(『사해공론』, 1938.8), 「소망(少妄)」(『조광』, 1938.10)처럼 중개적 화자의 목소리가 두드러지는 풍자적인 단편소설 연작에 주력했으나, 1939년에는 돌연 유고로 남은 「상경반절기」(『신사조』, 1962.11)로부터 시작하여 「근일」(『춘추』, 1941.2), 「집」(『춘추』, 1941.6), 「삽화」(『조광』, 1942.7) 등 그 스스로 작중에서 "사소설"[644]이라 칭한 일련의 연작으로 나아가고 있음을 볼 수 있다.

이는 채만식의 신변상의 문제와 관련되어 있을 가능성이 크다. 1936년부터 1938년까지 개성에 거주하고 있던 그는 독서회 사건에 휘말려 1939년 봄부터 여름까지 "官災"[645]를 겪은 후 경기도 안양으로 이사하고 있는

643) 노양환 편, 『이광수 평전』, 『삼중당』, 1971.10, 182쪽.

644) 채만식, 「近日」, 『춘추』, 1941.2, 289쪽.

645) 채만식, 「厄年」, 『博文』, 1940.3, 15쪽.

데 이 무렵부터 그는 한편으로는 친일적인 문필활동을 벌이고 있으며 다른 한편으로는 이른바 "사소설"이라는 것에 매달리고 있다. 이는 그 이른바 "사소설"이라는 것이 체제로부터의 자기 방어에 관련된 것임을 시사한다. 한편에 일제의 강압과 생활상의 필요 때문에 친일적인 문필행위로 나아갈 수밖에 없는 상황이 놓여 있다면 그 다른 한편에서는 공적인 생활이 아니라 개인적 생활의 협소한 국면에 소설적 묘사를 국한함으로써 그것을 보상하면서 자기를 보존하려는 "사소설"이 놓여 있었던 것이다.

이광수 역시 그와 같은 맥락에서 설명이 가능하다. 실로 이광수의 삶은 스스로 품고 내건 민족주의적 이상과 실제 삶 사이의 모순으로 점철된 과정이었다고 해도 과언이 아니다.

그는 청교도적인 이상을 품었지만 쉽게 결혼하고 불륜을 '저질렀으며', 2차 유학에 나아가서는 허영숙과 함께 베이징으로 도피하기에 이르렀다.[646] 또한 도쿄로 돌아와서는 2·8 독립선언을 기초하고 상하이로 망명하여 독립신문사를 떠맡았지만 끝내 독자들 없이 존립할 수 없는 소설가의 생리를 따라 귀순증을 휴대하고 귀국, 의주에서 붙잡힌다. 그는 독립선언으로 말미암아 궐석재판에서 유죄판결을 받았음에도 풀려나 세인의 의혹을 불러일으켰다.[647] 또한 그는 귀국 후 한동안 당주동 집에서 죄인을 자처하며 두문불출 침묵하던 끝에 「민족개조론」(『개벽』, 1922.5)을 발표함으로써 지식인과 청년 대중의 공분을 불러일으켰다. 동아일보에 입사하여 소설을 쓰는 한편으로 수양동맹회를 결성하여 활동하는 중에도(1922.2) 「민족적 경륜」(『동아일보』, 1924.1.2~6)을 써서 물의를 일으키고 있다.

---

646) 이광수가 결혼하게 된 배경, 결혼 생활의 불행, '불륜'을 저지르는 과정에 대해서는 그의 소설 『나―소년편』에 자세히 묘사되어 있다.

647) 『조선일보』 1921년 4월 3일 기사에 이광수가 귀순증을 휴대하고 의주에 도착하고 있음을 알려준다.

1933년 8월에는 방응모 사장의 권유를 받고 오랫동안 몸 담아온 동아일보사를 떠나 조선일보사로 옮겨감으로써 신의가 없다는 세간의 평을 받는 가운데, 3개월만에, 아들 봉근(鳳根)의 죽음을 목도하면서 금강산에 들어갔다 세검정에 산장을 짓고 거처하기에 이르렀다. 현실적인 삶과 민족주의적 이상 사이에 놓인 갈등 속에서 줄타기를 하듯 아슬아슬하게 헤쳐나간 삶이 막다른 국면에 접어든 것이 아마도 수양동우회 사건으로 인한 투옥일 것이다. 상하이에서 귀국한 이래 줄곧 체제 안에 머물러 있었음에도 1937년 6월부터 1941년 11월까지 장장 4년씩이나 끌려다니는 와중에 그는 노골적인 친일 행위로 빠져들게 된다.

「무명」, 「육장기」, 「난제오」 등의 작품은 불교적 세계관을 표방하고 있는 작품군이므로 특히 1933년부터 1939년 사이에 이광수의 삶과 불교가 어떤 연관을 맺고 있는가는 따로이 탐구해야 할 필요성이 있다.[648] 그러나 여기서 중요한 것은 이들 작품이 미나미 지로(南次郎) 부임 이래 일층 강화된 강압체제 앞에 노출된 이광수의 위기의식과 어떤 관련을 맺고 있는 것이 아닌가 하는 것이다. 한편으로 수양동우회 사건은 계속적으로 민족주의적 진의를 의심받아온 그에게는 스스로를 증명할 기회였겠으나 다른 한편으로는 체제내적 생활에 익숙해진 그의 신변을 위협하는 사건이었을 것이다. 「무명」, 「육장기」, 「난제오」 작품군에 나타나는 '나'의 유례없이 '떳떳한' 포즈의 목소리와 불교적 세계관 표방은 위협적인 체제와 모종의 관련을 맺고 있지 않겠는가 하는 것이 필자의 생각이다.

(라) 마지막으로 유형화할 수 있는 것은, 회고, 회상, 자서전 등의 형식으로 나타나기에 과거의 직접적인 고백으로 간주할 만한 글들이다. 「이십오

648) 이에 관해서 참고할 자료로는 사에구사 도시카쓰(三枝壽勝), 「이광수와 불교」(『사에구사 교수의 한국문학 연구』, 심원섭 옮김, 베틀·북, 2000)를 꼽을 수 있다.

년을 회고하여 愛妹에게」(『학지광』, 1917.4), 「내가 속할 유형」(『문예공론』, 1929.5), 『폐병사생 오십 년』(『삼천리』, 1932.2), 「다난한 반생의 여정」(『조광』, 1936.4~6), 『나의 고백』(춘추사, 1948) 등이 여기에 해당한다. 이러한 회고담 가운데 특기할 만한 것은 『나의 고백』일 것이다.

1948년 12월에 출간된 『나의 고백』은 반민특위에 피검되기 직전에 출판된 자전적인 기록으로서 책 뒤에 「친일파의 변」이라는 부록을 달고 있는 데서도 알 수 있듯이 일종의 자기 변명에 해당하는 저작이다.

해방 후 이광수는 1946년 5월 31일 허영숙과 함께 종로구청 호적과에 나타나 이혼계를 제출한다.[649] 반민특위의 친일파 재산 몰수에 대비한 처방이었다. 이광수가 반민특위에 의해 체포된 것은 1949년 2월 7일이었고 그는 다른 피검자들과 함께 용수를 쓰고 반민특위 중앙사무국에 끌려가 취조를 받았다.[650] 근 500매 가까운 진술서를 쓰며 취조를 받던 그는 3월 4일 고혈압이라는 이유로 병 보석으로 풀려나 8월 23일 송치되어 8월 29일 불기소 처분을 받는다.[651]

이러한 상황을 앞두고 그는 1947년과 1948년에 걸쳐 『나—소년편』과 『나—스무살 고개』를 출판했지만 이들은 소설적 형식을 갖추고 있는 탓에 그는 자기를 변해(辨解)하는 직접적인 진술이 되지 못하는 한계를 느꼈을 법하다. 해방 후 그는 잠시 동안 침묵을 지켰으나 이러한 침묵에 의해 자기 자신의 면모가 왜곡될 것을 염려했던 듯하다. 다소간 이를 입증하기라도 하듯 『나의 고백』은 서문에서 그는 "그러나 또 다시 생각하면 침묵도 이 경우에는 거짓이 될 수도 있는 것 같았다. 왜 그런고 하면 내가 잠자코 있으

649) 「李光洙 夫婦 離婚屆 提出」, 『조선일보』, 1946.6.12. 참조.

650) 「허무러진 親日의 아성」, 『조선일보』, 1949.2.10. 참조.

651) 「李光洙 病 保釋」, 『조선일보』, 1949.3.6. 및 「李光洙씨 송치」, 『조선일보』, 1949.8.26. 및 「李光洙 불기소」, 『조선일보』, 1949.9.4. 참조.

면 사람들이 각각 제 생각대로 나를 판단하여서 그들에게 무의식적으로 잘못된 의견을 가지게 할 염려도 있겠기 때문이었다"라고 쓰고 있다.

그렇다면 『나의 고백』을 제출함으로써 이광수라는 존재는 본래의 그답게 이해될 수 있는 것일까. 바로 이 점에 이광수의 자전적 문학의 문제성이 놓여 있는 것은 아닐까. 왜 그는 그토록 오랜 기간에 걸쳐 빈번하게 자전적인 기록을 남기고자 했으며 과연 그 내적인 동기는 실현될 수 있었던 것일까. 여기에는 자서전과 고백이라는 글쓰기 양식에 해당하는 문제이자 허구와 사실에 관한 인식론적 문제를 수반하는 심각한 물음이 내포되어 있다.[652)]

이광수의 다양하고도 광범위한 자전적 기록에 관한 질문은 이들을 결국 자서전 또는 고백의 문제로 돌아가 새롭게 보지 않을 수 없게 한다. 고백이 "한 개인이 존재할 필요가 있고 자신을 확정시켜 줄 수 있는 공동체를 대표하는 청자에게 자신의 본성을 설명하기 위한 자의식적인 시도"[653)]라

652) 졸저 『채만식과 조선적 근대문학의 구상』(소명출판, 2001)은 채만식의 자전적 소설에 나타난 문제를 분석함으로써 1930년대 말부터 1945년 해방 후까지 씌어진 그의 "사소설"이 일본적인 의미의 사소설과는 달리 체제적 관련성을 가진 것임을 밝히고 있다. 또한 그와 같은 맥락에서 해방 후 변명과 반성 사이에 논란을 산 「민족의 죄인」(『백민』, 1948.10~11)은 체제에 대해 자기 방어적인 "사소설" 양식을 반성적 주제를 위해 사용함으로써 한계를 지니게 되었음을, 따라서 동일한 반성의 의도를 새로운 양식으로 실험한 「落照」(『잘난 사람들』, 민중서관, 1948)가 자기반성으로서는 더 진전된 것임을 밝히고 있다. 한편, 한국현대소설 분야에서 이와 같은 문제를 다룬 논문으로 꼽을 수 있는 것으로는 우정권의 「1920년대 韓國 小說의 告白的 敍述 方法 硏究」(서울대학교 박사논문, 2002)가 있다. 이 논문은 주로 Terrence Doody의 이론에 근거하여 "1900년대 주된 소설 유형이었던 역사소설, 신소설에서 10년대 단형서사, 20년대 본격적인 근대소설로 이어지는 서사적 흐름에서 서사적 양식의 주된 방법이 고백적 서술"(2쪽)임을 밝히고 있다. 한편, 주로 불문학 연구 쪽에서도 고백 또는 자서전적인 글쓰기와 관련된 연구 논문이 간헐적으로 제출되고 있는데, 유호식의 「미셸 레리스의 자기에 대한 글쓰기에 나타난 환영의 정체성」(서울대학교 박사논문, 1998)과 문경자의 「루소의 자서전 글쓰기와 진실의 문제」(서울대학교 박사논문, 1998)가 특기할 만하다.

653) 우정권, 「1920년대 韓國 小說의 告白的 敍述 方法 硏究」, 서울대학교박사논문, 2002, 17쪽. 이는 Terrence Doody의 정의다. 논문에 의하면 그는 고백을 개인사적 측면과 사회사적 측면으로 나누어 설명하고 있다. 전자의 측면에서 보면 고백은 '있어야 하는 자아'와 '현재 있는 자아'

면, 자서전은 그러한 고백이 실현되는 구체적 양식일 것이다. 같은 차원에서 고백은 자전적 소설의 형태로 이루어질 수도 있다.

3. 자전적 소설과 기타의 자전적 글쓰기

앞에서 살펴본 이광수의 자전적 문학의 네 유형을 이처럼 고백이 실현되는 양상에 따라 대별해 보면, 그 (가) 첫 번째와 (나) 두 번째, (라) 네 번째 유형에 해당하는 것은 소설 바깥의 자서전적인 글쓰기일 것이며, (다) 세 번째 유형에 해당하는 것은 자전적 소설일 것이다. 물론 이렇게 두 유형으로 대별할 수 있는 근거는 '사실'의 양식이라고 할 수 있는 자서전과 허구의 양식으로 특징화되는 소설의 양식적 차이이다.

물론 이 두 양식이 '사실'과 허구 사이에 서로 넘나들 수 없는 자기만의 영토를 갖고 있다는 것은 아니다. 책의 제목이 씌어져 있고 저자의 이름이 들어간 페이지만 제외한다면 자서전과 자전적 소설 사이에는 텍스트 내적인 아무런 내용적 차이도 없다는 것이 정설이다.[654] 즉 자서전이라는 이름 아래 얼마든지 저자의 이야기는 얼마든지 허구화할 수 있으며 이와 반대로 어떤 자전적 소설은 그것이 소설임에도 불구하고 가장 작가 자신에 근접한 이야기를 전달할 수도 있다.

흔히 저자에 관한 '사실'을 전달하는 것으로 운위되기 쉬운 자서전도 결

사이의 불연속성 내지 불일치성을 극복하기 위해 행해진다. 이로써 얻을 수 있는 것은 자기 정화를 통한 정체성 획득이다. 후자의 측면에서 보면 고백은 공동체 속의 한 자아가 타자들과 다른 의식을 갖게 됨으로 해서 빚어진 소외로부터 벗어나기 위해 행해진다. 그는 다른 이들과 같은 공동체 의식을 공유하고 싶음에도 다른 내면을 가질 수밖에 없는 이유를 고백함으로써 다시 공동체 속에 편입되기를 갈망한다는 것이다.

654) 필립 르죈, 『자서전의 규약』, 문학과지성사, 1998, 36~37쪽, 참조.

국은 그 작가가 글 쓰는 행위를 통해 자기 자신을 재구성하는 행위인 만큼 소설가가 행하는 작업과 결정적으로 다른 점은 없다. 자서전을 쓴다는 것은 이미 형성된 정체성을 확인하고 추인하는 것이 아니라 쓰는 행위를 통해 정체성을 재구성해 나가는 행위다. 이 점에서 자서전의 작가는 자전적 소설의 작가와 원리적으로 전혀 동일한 차원에 서 있는 셈이다. "글쓰기는 경험의 총체로 제시되는 과거와 작가가 글을 쓰고 있는 현재, 그리고 현재의 욕망이 투사되어 끊임없이 변모하는 형태로 존재하는 미래가 상호 작용하고 있는 시간의 차원에서, '내'가 '나'와 맺고 있는 다양한 관계들을 고찰하고, 이를 토대로 하여 마치 부재의 상태로 있는 듯한 자신의 모호한 삶에 질서를 부과하고자 하는 해석 행위"[655]라는 말은 비단 자서전에만 통하는 것은 아닐 것이다. 자서전 작가든 자전적 소설의 작가든 그들은 모두 현재를 자아를 초월함으로써 새로운 자아로 거듭 나고자 고민하고 투쟁하는 존재, 새로운 자기 정체성을 수립해 나가는 모험가들이다. 이 점에서 자서전과 자전적 소설은 자전적 글쓰기 또는 자전적 문학 범주로 환원될 수 있을 것이다.

이러한 관점에서 보면 이광수의 자전적 문학 행위는 몇 가지 점에서 깊이 있게 검토되어야 할 필요성을 제기하고 있다.

가장 먼저 검토해야 할 문제는 이광수의 자전적 문학이 지닌 근본적인 성격에 관한 문제다. 일련의 자전적 문학 행위를 통해 과연 그는 자기를 어떤 존재로 드러내고자 했는가. 자전적 글쓰기라는 것이 한 사람의 삶을 기록함에 그치지 않고 그 작가가 현실 속에서 자기를 인식해 가는 과정을 보여주는 것이라면[656] 이광수는 일련의 작업을 통해 자기에 관해 진실이라고

655) 유호식, 「자기에 대한 글쓰기 연구 (1) - 고백의 전략」, 『불어불문학 연구』, 2000, 182~183쪽.

656) 문경자, 「루소의 자전적 글쓰기와 진실의 문제」, 서울대학교 박사논문, 1998, 4쪽.

생각되는 무엇인가를 획득하고 보여주려 했을 것이다. 일련의 분석을 통해 그가 설정한 참된 자아의 이미지를 구체적으로 파악하고 또한 그러한 이미지가 어떻게 변모해 가는가를 살펴보는 것은 그의 자전적 문학을 검토하는데 있어 일차적인 작업이 되어야 한다.

이와 관련하여 흥미로운 것은 그의 '자기 인식'이 대략 세 차례에 걸쳐 변모해 나가고 있다는 점이다.

첫 번째는 명치학원 유학 시절부터 동아일보 시절에 이르기까지 자기를 경세가이자 계몽가로 인식한 것이다. 소설로 보면 『무정』(『매일신보』, 1917.1.1~6.14)에서 『재생』(『동아일보』, 1924.11.9~1925.9.28)을 지나 『흙』(『동아일보』, 1932.4.12~1933.7.10)에 이르는 과정이 이를 대변해 준다. 『무정』의 형식이나 『흙』의 허숭은 작가 이광수의 분신으로서 그의 계몽주의적 이상가로서의 측면을 반영하고 있다. 중요한 것은 이 시기에 이광수 소설은 일부 편린과 독자들의 오해를 제외한다면 실제로는 주인공과 작가 사이의 어떤 일치 관계를 엿보기 어렵다는 점이다.

두 번째는 홍지동 시절부터 해방기까지 자기를 "명인"[657]으로 이해한 것이다. 이 시기에 그는 적어도 외면상으로는 지사적인 포즈를 버리지 않았으나 이 시기의 그는 『그의 자서전』에서 「무명」, 「육장기」, 「난제오」에 이르기까지 작가와 작중 주인공 사이의 일치 관계를 따져보게 할 만큼 자전적 성격이 농후한 작품을 발표하고 있다. 이는 작가의 관심이 자기를 보다 내적으로 이해하고 표현하는 쪽으로 이동해 가고 있음을 의미한다. 그러나 계몽가의 내면이란 계몽을 위한 내면으로서의 한계가 엄연하다.

세 번째는 해방 후 그가 자기를 "눈 먼 이야기꾼"[658]으로 자처한 시기다.

---

657) 이광수, 「명인주의」, 『사해공론』, 1935.5. 『이광수 평전』, 삼중당, 1963, 94쪽에서 재인용.

658) 김윤식, 『이광수와 그의 시대』 2, 솔출판사, 1999, 453쪽.

해방 후 친일파로 낙인 찍혀 반민특위에 피검되는 상황에서도 그는 "민족을 위해 친일했다"[659]는 경세가이자 계몽가의 명제를 내세웠지만, 시대는 더 이상 그의 목소리에 귀를 기울이지 않았다. 이제 그의 존립을 가능케 할 것은 평생 동안 그가 원하지 않았던 한갓 문필가의 직능을 보여주는 것뿐이었다. 이 시기에 자전적 소설로서의 『나』 연작과 자서전으로서의 『나의 고백』이 공존함은 그 때문일 것이다. 그러나 이 공존은 하나의 자아가 극단적인 분열을 겪고 있음을 보여주기에 족하다.[660]

4. 진실 혹은 '사실'의 처리 과정—『그의 자서전』과 『나』 연작

이광수의 자전적 문학 행위와 관련하여 다음으로 중요한 문제는 진실 혹은 '사실'을 둘러싼 이광수의 문학적 태도의 변화 과정이다. 이는 물론 앞에서 설명한 작가의 자기 이해 또는 표현과 맞물려 있는 문제이지만 그 차원은 다르다. 이와 관련하여 흥미로운 비교 내지 대조를 제공하는 것이 바로 『그의 자서전』과 『나』 연작이다. 해방 전과 해방 후에 씌어진 두 작품은 작가 자신을 방불케 하는 주인공의 면모에도 불구하고 각기 작가적 진

659) 위의 책, 같은 쪽.

660) 『나』의 서문에서 그는 다음과 같이 쓰고 있다. "내가 이 이야기를 쓰는 것은 세상에 빛을 주고 향기를 보내자는 것이 아니다. (어찌 감히 그것을 바라랴.) 마치 이 추악한 몸을 세상에서 없이하기 위하여 화장터 아궁에 들어가서 고약한 냄새가 한꺼번에 나고는 다시 아니 나는 것과 같이 이 이야기로 내 더러움을, 아니 더러운 나를 살라버리자는 뜻이다." 그러나 이처럼 루소적인 참회의 이미지는 끝없이 변명을 늘어놓는 『나의 고백』의 저자의 이미지와 충돌을 일으킨다. "나는 「나」라는 소설에서 자기 비판을 해보려고 생각하였다. …… 그런데 반민법도 이미 실시되었으니 내가 언제 심판 받을지도 모르고 심판을 받으면 어떠한 법의 처분을 받을는지 모르니 아직 글을 쓸 수 있는 동안에 민족운동과 나와의 대략을 적어서 평소에 나를 사랑하고 염려하여주던, 또는 나를 미워하고 저주하던 이들에게 내 심경을 알리고자 하여 이 글을 쓴 것이다."(『이광수 전집』 13, 삼중당, 1963, 278~9쪽.)

실과는 상당한 간극을 유지하고 있는 것처럼 보인다.

먼저 『그의 자서전』의 경우, 이 작품은 불교를 받아들인 후 이광수가 자기의 반생을 불교적 시각으로 풀이하면서 이야기를 풀어간 작품이다. 처음부터 작중 주인공은 "삼각산이 멀리 바라보이는 어떤 농춘이다."[661]라고 하여 독자들로 하여금 작중의 '나'와 작가 이광수 사이는 다른 존재라는 것을 암시하고 들어가지만, 이처럼 자전적 소설이 되는 경우에는 독자들은 오히려 작가와 작중 주인공 사이의 일치점에 관심을 갖게 되므로 은연중에 작가와 주인공이 등치되는 효과가 발생한다. 그렇다면 작가는 이를 통해 자기의 어떤 면모를 확인하려고 했던 것일까. 이 작품은 애욕의 번민에 시달리면서도 의지적인 태도로 그것을 극복하고 민족적 가치를 향해 구도자적인 행로를 계속해 가는 주인공의 모습을 보여준다. 그러나 작가 자신의 다른 글과 연구를 통해 알려진 이광수의 생애에 비추어 볼 때 『그의 자서전』은 사실과 다르리라고 추측할 만한 모티프가 포함되어 있다.

첫째는 결혼 경위에 관한 것이다. 그는 "감격성"[662] 때문에 임종을 앞둔 아버지의 옛 친구의 청을 거절치 못하여 얼굴 한 번 보지 못한 여인과 결혼했을 뿐 물질적인 동기는 전혀 없었노라고 말하고 있다. 그러나 이는 나중에 『나―소년편』에서 밝힌 것과는 다르다. 여기서도 그는 결혼 경위를 밝히는 과정에서 자신의 숨길 수 없는 감상벽을 드러내고 있으나 그러면서도 "논섬지기"[663]가 물질적 유인 효과를 빚어냈음을 밝히고 있다.

둘째는 오산학교 시절을 청산하게 된 경위에 관해서다. 『그의 자서전』은 가정의 불만과 몸이 약해진 것과 새로운 야심에 대한 동경과, 학교를 지배

661) 이광수, 『이광수 전집』 9, 삼중당, 1963, 241쪽.

662) 이광수, 『이광수 전집』 9, 삼중당, 1963, 301쪽.

663) 이광수, 『이광수 전집』 11, 삼중당, 1963, 426쪽.

하고 있던 기독교적 분위기를 견딜 수 없었던 나머지 아내를 버리고 방랑의 길을 떠났노라고 쓰고 있다.[664] 그러나 『나』 연작은 그의 오산학교 생활이 아내에 대한 무관심, '문의 누님'을 향한 육체적 욕망, '실단'이라는 여인을 향한 염모, 오산학교를 둘러싼 종교적 갈등과 교장이 되려는 욕망, 버릴 수 없는 민족주의적 이상 등이 뒤얽혀 형성된 고민의 공간, 그 수렁에서 벗어나기 위해서는 모든 것을 버리고 떠나가는 방랑이 필요했음을 드러내고 있다.

셋째, 이후 상하이로 갔다가 샌프란시스코에서 발간되는 『신한민보』의 주간이 되기 위해 미국으로 가다가 1차대전이 발발하는 바람에 러시아 치타에서 머물다 다시 베이징을 경유해 오산학교로 돌아오는 과정에서 중요한 모티프를 이루고 있는 것은 마아가릿과 엘렌 두 자매를 데리고 베이징까지 오게 되는 모험적인 이야기다. 기존의 연구가 밝혀 놓았듯이 이는 대부분 허구다.[665]

그러나 조선인이면서 러시아 장교였던 R의 러시아인 아내 마아가릿과 그녀의 동생 엘렌을 데리고 죽음의 위험을 무릅쓰고 간난신고 끝에 북경으로 가 폐결핵을 앓는 위중한 상황에서도 신문 등에 조선의 모든 낡은 것을 타파해야 한다는 취지의 기고를 행하는 헌신적인 과정은 "거룩한 사람"[666]을 향한 이광수의 염원을 보여주기에 족하다. "물욕과 명예욕과 안락욕과 정욕에서 완전히 해방되어서 예수 모양으로 순전히 동포를 가르치

664) 이광수, 『이광수 전집』 9, 삼중당, 1963, 312~316쪽.

665) 김윤식은 이 이야기에는 치타에서 만났던 쌍둥이 자매를 만난 기억과 1918년 베이징으로 허영숙과 애정의 도피를 했던 경험이 담겨 있는 것으로 해석하고 있다.(김윤식, 『이광수와 그의 시대』 1, 솔출판사, 1999, 458~371쪽 참조.)

666) 이광수, 『이광수 전집』 9, 삼중당, 1963, 426쪽.

고 건지기 위하여서 살고 싶었"[667]던 염원은 명치학원 중학 시대, 오산학교 시절, 방랑 시절과 와세다대학 시절을 관통하는 것으로, 이는 홍지동 산장의 『법화경』 행자로 살아가면서 『그의 자서전』을 연재하던 시절에도 차마 버릴 수 없는 오랜 이상이었던 것이다. 자서전이 현재의 내면 상황을 과거로 투사함으로써 자기의 미래를 지향하는 문필 행위라면 『그의 자서전』은 모든 허위와 세속적 번민에서 헤어나 민족을 위한 행자로 살아가고 싶었던 홍지동 시절의 이광수의 내면세계를 대변한다. 그 결과 『그의 자서전』은 이 시절에 이르러 뚜렷해진 작가의 자기 이해 또는 해명을 향한 노력에도 불구하고 실상 후반부로 갈수록 사실보다 허구가 압도적인 비중을 차지하는 소설이 되어 버렸다.

이상과 염원이 '사실'을 제약하고 작가의 자기에 대한 환상이 실제의 자기를 압도하는 양상, 이것이 『그의 자서전』의 실상이라면 그는 해방 이후에도 허구를 허용하는 소설이 아니라 사실을 지향할 것을 목표로 삼는 자서전을 온전하게 완성할 수는 없었다. 이 점에서 그는 이념가, 계몽가적 면모에도 불구하고 생리적으로 작가적 기질을 타고난 사람이었다고 해도 과언은 아니다.

이광수는 반민특위 활동을 앞둔 화급한 상황에서 자기 해명의 긴급한 필요성 탓에 『나』 연작을 완성하려는 구상을 접고 『나의 고백』으로 나아갔다고 했으나, 그가 『나』를 완성할 수 없었던 근본적인 이유는 소설가로서의 생리적 기질 때문이었던 것으로 보인다. 이와 관련하여 『나—소년편』에서 주목해 볼 만한 문장을 찾을 수 있다.

내 아버지와 어머니가 돌아가신 이야기는 넷째 이야기로 써야 옳

---

667) 위의 책, 같은 쪽.

> 은 것인데 이것은 다섯째로 만든 것은 까닭이 있다. 첫째는 내가 어렸을 적 이야기가 너무 암담한데다 뒤 이어서 아버지와 어머니가 일주일을 새에 두고 작고한 비참한 이야기를 하는 것은 나로서도 차마 하기 어려울 뿐더러 이 글을 읽을 이의 정신에도 과도한 비감을 드릴까 슬퍼함이었다. 그래서 어린 사랑 이야기를 새에 넣어서 나와 및 읽는 이들의 마음을 쉬게 한 것이다.[668]

『나—스무살 고개』의 마지막 문장은 "그러나 내 소년 시대의 마지막을 더럽힌 '문의 누님' 사건을 반복하지 아니하고 실단이와의 깨끗한 작별로 내 청년 시대의 허두를 삼은 것을 다행으로 여길까."라는 것이다. 이러한 문장들은 『나』를 쓰는 이광수가 독자들을 위한 구성적 배려에 이끌리고 있음을 보여준다. 『나』 연작은 이러한 의도에 의해 치밀하게 주조된 하나의 이야기로서 독자들 앞에 제시된다. 『그의 자서전』의 주인공이 '나'이자 '남궁석'이었던 것처럼 이번에는 그는 '김도경'이다. 물론 독자를 위한 배려를 갖춘 자서전이라든가 구성이 복잡한 자서전은 흔하다. 또한 작중 주인공의 이름과 그 작가의 본명이 다른 자서전도 얼마든지 가능하다. 그러나 『나』는 서문에서 밝힌 자기 고발적 태도에도 불구하고 허구적 요소가 자기의 내면적 진실을 향한 진지한 탐색보다 우위를 차지하고 있다. 이러한 소설가로서의 태도로 인해 『나』 연작은 몇 가지 문제점을 내포하고 있다.

먼저, 이름의 문제다. 이광수가 일제시대에서 해방기에 이르기까지 자전적인 문학에 대한 일관된 문제의식을 확보하고 있었다면 무엇보다 그는 '남궁석'에서 '김도경'으로, 분명한 내적, 상징적 의미가 없는 변화를 시도하지는 않았을 것이다. 자서전에서 이름은 "신처럼 세계의 중심에 놓여 있지

668) 이광수, 『이광수 전집』 11, 삼중당, 1963, 404쪽.

만 객관적으로 이해할 수 없는 절대 진리, 즉 영원한 타인"[669]일 수밖에 없는 '나'라는 존재의, 미지의, 도달해야 할 정체성을 가리키는 상징적 기호다. 그것은 아직 획득되지 못한 정체성이므로 그것을 상징하는 기호는 가변적일 수가 없다. 또는 가변적이라 하더라도 내적 필연성을 갖출 필요가 있다. 그러나 이광수의 자전적 소설에는 이태준의 '현(玄)'이나 최인훈의 '구보씨(丘甫氏)'가 없다.

둘째, 『나』 연작은 전반적으로 '나'의 개인적인 사랑과 애욕에 관한 이야기를 중심으로 전개되고 있는데, 이는 작가의 삶을 의도적으로 개인적인 층위 또는 범주에 고정화시킨 것에 불외하다. 개인은 언제나 개인적이자 동시에 사회적인 삶을 살아가고 있고 이광수 같은 문제적 인물의 경우에는 더욱 그러하다. 그러나 『나』 연작은 사회적 층위 또는 영역의 문제는 도외시한 채 오로지 개인적인 삶만을, 그것도 사랑과 애욕의 문제만을 전면화하고 있으며 그 반대편의 삶은 뒤이어 발표한 『나의 고백』에 할당하고 있는 형국이다. 이는 말년에 이르기까지 작가가 자기의 삶을 통합적으로 반추할 수 없었음을 시사한다. 양면을 함께 다루었으되 허구에 의해 '사실'이 구축되는 양상을 보인 『그의 자서전』과는 달리 이번에는 한 번은 사생활을 쓰고 다른 한 번은 이념적인 삶에 관해서 쓰는 방법을 취했으나, 그 결과는 성공적이지 못했던 것으로 보인다.

작가는 자전적 소설로서의 『나』 연작을 통해 자기의 추악함을 태워버리겠다고 했으나, 기실 작중에 나타난 작가의 성장사는 『그의 자서전』에 나타난 것보다는 속되지만 그것은 추악함이라기보다는 평속함에 가깝다. 오히려 『그의 자서전』에서는 '문의 누님'과의 관계를 밝히지 않으려는 의도로 말미암아 함께 간략하게 처리되었던 첫사랑의 여인 실단이와의 사랑 이

669) 유호식, 「자서전 속의 이름-미셸 레리스의 경우」, 『불어불문학연구』, 1998, 315~316쪽.

야기가 치밀한 구성력으로 그려짐으로써 오히려 독자들의 동정을 살 만한 형국이다. 이는 '사소설'의 방법으로 반성을 시도했던 채만식의 「민족의 죄인」이 오히려 변명의 소지를 안고 있었던 것과 같은 형국이다.

뿐만 아니라 이렇게 작가의 삶이 통합적으로 그려지지 못함으로써 그 반편(半偏)인 『나의 고백』 역시 결국은 「민족보존」과 「친일파의 변」으로 대변되는 변명에 떨어지고 말았다는 점에 주목할 필요가 있다. "내 몸이 죽어서 정말 저들의 머리 위에 달린 당장의 고난을 면할 수만 있다면", "제 몸을 팔아서 아버지의 고난을 면케 하려는 심청"[670]이 되겠다는 심경으로 친일의 길에 뛰어들었을 뿐이라는 그의 언명은 『나』의 사랑 이야기와 짝을 이루어 그 자신을 변명하는 착종적인 논리를 구성하고 있다. 그의 해석에 따르면, 그는 개인사적으로는 사랑과 애욕에 고뇌하는 평범한 사람이었고 따라서 굳이 희생적인 길을 걸어갈 필요가 없는 사람이었으되 민족을 위해 자기를 내던져야 했던 비극적인 운명을 타고난 사람이었던 셈이다.

자전적인 문학을 펼치는 작가에게 가장 중요한 것은 진정한 자기 인식을 향한 노력일 것이다. 그러나 이광수의 경우에는 계몽가, 이념가의 이상적 관념이 보다 우위를 점하고 있었던 것으로 보인다. 이러한 관념의 눈, 상상적인 자아의 눈으로 자기를 이해하고 표현하려 했을 때 그의 자전적 문학은 관념에 의해 '사실'이 제약된 문학이 되었고, 이때 자전적 소설이라는 장르는 그러한 허구를 정당화하는 방법적 수단으로 기능할 수밖에 없었다. 오랜 시일에 걸쳐 다양한 양식으로 빈번하게 시도된 그의 '자서전'은 끝내 완성될 수 없는 미완의 작품이었던 셈이다.

670) 이광수, 『이광수 전집』 13, 삼중당, 1963, 271쪽.

이광수 소설과 불교

1. 이광수 문학과 불교에 관한 두 시선

이광수 문학은 다채롭고도 풍요롭다. 비록 대일협력과 관련된 복잡한 문제들을 남기고 있다 해도 한국 현대문학사상 이광수 문학의 위치와 의미는 독보적이다. 그러한 이광수 문학의 문제적 성격을 보여주는 것 중의 하나가 바로 불교 관련 양상이다.

어느 곳에서나 문학의 심도에 관한 척도 가운데 하나로서 문학과 종교의 접근 방식에 관한 문제가 운위될 수밖에 없는 것은 종교라는 것이 인간의 한계상황에 대한 가장 본질적인 질문과 해답을 추구하기 때문일 것이다. 일찍이 도스토옙스키는 『죄와 벌』(1867)에서 이것을 실증해 보였다. 이 점에서 이광수나 김일엽 같은 현대 초기 문학인들이 종교적 모색의 길을 걸어간 과정은 의미심장하다. 한국 현대문학의 개척자로 알려진 이광수의 경우에 불교는 얼마나, 어떻게 이해되었던가? 이 문제는 곧 한국 현대문학의 용적이나 용량에 관한 질문이라는 함의를 갖는다.

일본학자 사에구사 도시카쓰(三枝壽勝)의 논문 「이광수와 불교」의 착안

점 역시 여기에 있었다. 이 논문에서 사에구사는 "이광수의 불교에 대한 접근이 그가 과거부터 지녀온 사상과 모순되는 것이 아니며, 또한 그것을 버린 것도 아니라는 점"을 강조한다. "단지 실천적인 좌절과 위기에 직면했기 때문에, 새로운 자기 회복의 논리가 필요한 상황에 봉착했던 것"이 불교 선택의 근거라는 것이다.[671)]

결국 이광수에게 불교는 내적 기능 면에서 기독교와 다를 바 없고 그만큼 이광수의 불교 이해는 근본적이지 않다. 이러한 평가는 이광수의 불교 수용이 "반야 계통의 경전이 차지하는 비중이 적"고 "상의(相依)나 연기(緣起)에 대해 별 관심을 보이지 않았"으며, 불교를 "윤리적인 실천 면에서만 파악하려고" 했다는 것으로 연결된다.[672)] 그만큼 이광수 문학의 불교는 비본질적, 방편적이며, 한국현대문학의 인식론적 결핍상을 드러낸다. 이것이 그의 판단인데, 과연 그러하기만 할까?

한편 김윤식은 이광수 문학에 나타난 불교의 문제를 이학수 운허의 존재로까지 소급되는 근원적인 문제로 파악했다. 불교는 이광수 문학으로 하여금 시류적, 통속적인 수준에서 떠나 근원적인 차원으로 나아갈 수 있게 해준다. 특히 「무명」(『문장』, 1939.1), 「육장기」(『문장』, 1939.9), 「난제오」(『문장』, 1940.2) 등의 연작에 이르면 이광수는 "시류를 떠난 진실", "개인의 운명"을 그리게 되었으며 "일체의 공리적 타산에서 떠"나 "그의 영혼의 가장 깊은 곳"에 도달하게 된다.[673)] "작가의 얼굴이 실물 크기로 드러난 알몸뚱이를 보이기 시작"한다. "「육장기」가 이 점에서 가장 철저해 보이기에 사람들은 이것을 다만 '수필'이라 보고자 하였"고, 이 점에서 "「난제오」만큼 그의

671) 사에구사 도시카쓰, 『사에구사 교수의 한국문학 연구』, 베틀·북, 2000, 186쪽.

672) 위의 책, 191~192쪽.

673) 김윤식, 『이광수와 그의 시대』 1, 솔출판사판, 1999, 64쪽.

내면 풍경이 깊게 드러난 것도 없다."[674]

그러나 이 경우에도 과연 이광수에게 불교가 완전한 고백을 가능케 하는 매개체였던가 하는 문제는 재검토해볼 필요가 있다. 사에구사에게 이광수의 불교가 기독교나 다름없는 것이었으며 그만큼 근본적인 사상이 될 수 없는 성질의 것이었다면, 김윤식에게 이광수의 불교는 숨김없는 고백을 가능케 하는 원리적 수단을 제공한 것처럼 보인다.

숨김없는 고백이란 원리적으로 불가능할 뿐만 아니라 이광수 자신이 그러한 의도를 함축하고 있었는가 하는 문제는 여전히 의문의 여지가 있다. 이광수 소설 창작 과정의 맥락에서 불교는 과연 어떤 의미를 지니고 있었던 것일까. 이러한 물음은 자연스럽게 현대소설의 형성과정에 관한 약간의 고찰을 수반하게 될 것이다. 이광수가 불교를 수용해 나간 과정 자체가 현대소설을 자기 자신의 형식으로 창조해 간 과정에 다름아니다.

2. 장편소설 『무정』의 모순적 성격

한국 현대문학사상 이광수만큼 다채롭고 풍요로운 소설적 실험을 보여준 작가는 없다. 그는 일생에 걸쳐 실로 다양한 형태의 소설을 써나갔다. 그리고 이것은 그가 번안소설의 시대를 일거에 무너뜨린 신문학의 개척자였음에도 이후 줄곧 새로운 소설의 길을 둘러싸고 후배들과 어깨를 나란히 하여 경쟁해야만 했던 고단한 상황에 따른 것이었다.

필자는 이러한 이광수의 문학을 이인직에서 조중환으로 이어지는 계선 위에 설정한다. 먼저, 이인직과 조중환의 관계는 직접적이다. 이인직은 "雪

674) 위의 책, 268쪽.

中梅 銀世界 金玉均 사건 등을 각색하야" "一齋 趙重桓 씨와 함께 圓覺寺에서 연출을 試"했고,[675] 또 조중환은 이인직과 함께 『매일신보』에서 근무하면서 이인직의 창작 스타일을 직접 본받을 수 있는 처지에 있었다.[676] 이인직과 조중환의 관계가 이처럼 뚜렷한 반면 이인직과 이광수를 연결해주는 조중환의 중개역할은 불분명하다. 그러나 이광수의 『무정』(『매일신보』, 1917.1.1~6.14), 『혈의 누』(『만세보』, 1906.7.20~10.10) 및 조중환의 『장한몽』(『매일신보』, 1913.5.13~10.1)을 비교해 보면, 인물의 성격이나 묘사 방법에서부터 소설적 공간 이동에 이르는 다양한 공통점이 발견된다.

예를 들어, 『혈의 누』의 주인공 옥련의 어머니에 대한 묘사는 『무정』의 영채에 대한 묘사에서 반복에 가까운 인상을 주며, 서울과 평양을 오가는 『장한몽』의 공간 이동은 『무정』에서 영채를 찾아 평양으로 간 형식의 이야기로 재편되는 양상을 보인다. 조중환과 이상협의 번안소설에 대한 연구가 상당히 진척되고는 있으나 한국현대소설의 형성 과정에서 이들의 번안물이 어떤 역할을 했는가에 대해서는 더욱 적극적인 분석과 평가가 뒤따라야 할 것이다. 이인직과 조중환의 맥락에서 보면 『무정』은 그 기념비적인 성격에도 불구하고 모든 면에서 새로웠다기보다는 형식의 내면세계를 그려나가는 작가의 태도가 새로웠던 것이며 이 때문에 독자들의 광범위한 호응을 얻을 수 있었던 것으로 해석된다. 주인공 형식의 사유방식이 그것을 보여준다.

> 사람의 생명은 우쥬의 생명과 갓다. 우쥬가 만물을 포용하는 모양으로 인생도 만물을 포용한다. 우쥬는 결코 태양이나 북극만으

675) 김태준, 「조선소설발달사」, 『삼천리』, 1935.12, 267쪽.

676) 「문인기담」, 『삼천리』, 1934.9, 238쪽, 참조.

로 그 내용을 삼지아니하고 만텬의 모든 셩신과 만디의 모든 만물로 다 그 내용을 삼는다. 그럼으로 창궁에 극히 조고마한 별도 우쥬의 전생명의 일부분이오 내지 디샹의 극히 미세한 조고마한 별도 우쥬의 젼생명의 일부분이오 내지 디샹의 극히 미세한 풀닙 하나 티끌 하나도 모다 우쥬의 전생명의 일부분이라. …… (중략) …… 이와 갓히 사람의 생명도 결코 일 의무나 일 도덕률을 위하야 존재하는 것이 아니오 인생의 만반의무와 우쥬에 대한 만반의무를 위하야 존재하는것이라. 그럼으로 츙이나 효나 경절이나 명예가 사람의 생명의 즁심은 아니니 대개 사람의 생명이 츙이나 효에 잇슴이 아니오 츙이나 효가 사람의 생명에서 나옴이라. 사람의 생명은 결코 츙이나 효나의 하나에 부친것이아니오 실로 사람의 생명이 츙, 효, 졍졀, 명예 등을 포용하는것이 마치 대우쥬의 생명이 북극성이나 백낭셩이나 태양에 잇슴이아니오 실로 대우쥬의 생명이 북극셩과 백랑셩과 태양과 기타 큰별 잘별과 디샹의 모든 미물까지도 포용함과 갓다. …… (중략) …… 그럼으로 생명은 절대요, 도덕법률은 샹대니 생명은 무수히 현시의 그것과 샹이한 도덕과 법률을 죠츌할 수 잇는것이라. 이것이 형식이가 배화 어든 인생관이다.[677]

위에서 볼 수 있듯이 형식은 자기를 하나의 생명적인 가치를 지닌 존재로 파악하는 내면적 사유의 경향을 보여준다. 한 연구에 따르면 이처럼 사람의 생명을 하나의 "우주"로 파악하고 이 "우주"의 본질에 대한 사유를 전개하는 형식의 사고법은 당대의 유행적 사조이던 다이쇼 생명주의와 호

677) 이광수, 『무정』, 회동서관, 1925, 233~235쪽.

흡을 같이한 결과다.[678]

이광수의 『무정』은 와다 토모미가 "베르그송식 진화론 억압 과정"[679]이라고 명명한 것처럼, 결말 부근에 이르러 "등장인물들의 다양한 가능성, 정이나 사랑 등을 생명으로 삼고 살아가는 가능성, 즉 생명의 다양한 경향을 단절"[680]시키면서, 이것을 과학과 교육을 통한 민족 계발의 사상으로 종합한다. 흔히 『무정』을 계몽주의적인 소설로 보는 견해들은 삼랑진에서 수해를 만난 형식과 세 여인이 조선을 구원하려는 결의를 다지는 곳에서 그 근거를 발견하곤 한다. 그러나 칸트의 관점에서 보면 계몽이란 인간이 미성숙한 상태, 즉 "다른 사람의 지도 없이는 자신의 지성을 사용할 수 없는 상태"에서 벗어나 "우리가 마땅히 스스로 책임져야 할 미성년 상태로부터 벗어나는 것"을 의미한다.[681] 이러한 관점에서 보면 이 결말 부분이야말로 병욱이나 영채나 선형의 계몽되지 못한 상태를 나타낸다.

『무정』에서 진정으로 새로운 것은 이 결말부에 다다르기 이전까지 전개된 형식과 영채의 서로 다른 사유의 과정이다. 결말부에 다다르기 전까지 형식과 영채는 각기 서로 다른 자신만의 "우주"를 가진 존재로 그려진다. 이 점은 선형이나 병욱의 경우에도 마찬가지다. 이에 반해 『무정』의 결말부 자체는 진부하기 짝이 없는 통속적 서사에 불과하다. 그럼에도 이 결말부를 버리지 못하는 것에 이광수의 현대 작가로서의 특질과 모순이 있었다.

『무정』이 보여준 절충적인 새로움은 그의 뒤를 이어 문학에 뛰어든 염상섭이나 김동인과 같은 후배들의 도전에 직면하게 된다. 그들은 이광수 자신이 깊은 영향을 받은 다이쇼 생명주의의 맥락을 공유하면서 『무정』이 제

---

678) 와다 토모미, 「이광수 소설의 '생명' 의식 연구」, 서울대학교 박사논문, 2007, 참조.

679) 와다 토모미, 앞의 논문, 45쪽.

680) 위의 논문, 64쪽.

681) 칸트, 「'계몽이란 무엇인가'에 대한 답변」, 이한구 편역, 『칸트의 역사철학』, 서광사, 1992, 13쪽.

출한 생명의 문제를 본격적으로 제기해 나갔다. 그러면서 그들은 이인직 및 조중환이라는 과거와의 연속성을 드러낸 『무정』의 절충적 성격을 무색케 하는 파격적인 작품들을 내놓았다.

예를 들어, 염상섭은 『만세전』의 서문에서 "이作에 얼만한 生命과 價値가 잇겟느냐는것은 조튼 글튼, 諸君이 作을대신하야 말할 것이다."[682]라고 썼다. 이것은 단순히 식민지적 현실에 대한 주인공의 고민을 예시한 것이 아니라 '자기'라는 존재의 '생명'을 위압하는 외부의 힘에 대항하여 그 '자기'를 지키고 구하는 문제를 말하고자 한 것이다. 이것이 바로 작중 서두와 결말에서 공히 정자(靜子, 시즈코)라는 일본인 여급이 중요하게 부각되어 있는 이유다. 작중 주인공인 이인화와 부수적 인물인 정자는 각기 조선인과 일본인으로 민족은 다르지만, 외부의 힘에 대해 '자기'의 '생명'을 옹호해 나가야 하는 절박한 상황에 직면해 있다. 이 점에서 이들은 공동운명체다. 결말에 나오는 편지에서 이인화는 정자에게 다음과 같이 역설한다.

> 이제 歐洲의 天地는 그慘憺하든 屠戮도 終焉을 告하고 休戰條約이 完全히 成立되지안엇슴니까? 歐洲의 天地, 非但歐洲天地뿐이리요, 全世界에는 新生의瑞光이 가득하야젓슴니다. 萬一 全體의「알파」와「오메가」가個體에잇다할수잇스면 新生이라는 光榮스런 事實은 個人에게서出發하야 個人에 終結하는것이 안이겟슴니까. 그러면 우리는 무엇보다도 새롭은 生命이 躍動하는 歡喜를어들때까지 우리의生活을 光明과正道로 引導하십시다. 당신은 失戀의毒杯에 靑春의 모든자랑과 모든빗과 모든힘을 無慘하게도 빼앗겻다고 우시지안엇슴니까. 그러나 오는 世界에는 그러한한숨을 容納할餘地가 업겟지

682) 염상섭, 「序를 대신하야」, 『만세전』, 고려공사, 1924.

요. ………가슴을 훨신펴고 모든生의힘을 듬쑥히 바드소서.[683]

이와 같은 생명주의적 경향은 염상섭과 전혀 다른 스타일을 가진 김동인의 경우에도 확연하게 나타난다. 「약한 자의 슬픔」(『창조』 1, 1919) 및 「눈을 겨우 뜰 때」(『개벽』, 1923.7~11) 같은 작품들이 바로 그것이다.

염상섭이 인물의 내면성 속으로 파고드는 수법으로 '생명'을 이야기한다면 김동인은 예의 인형조종술이 보장하는 높은 시점에서 '생명'의 문제를 조감하는 수법을 보여준다. 이광수의 『무정』은 '생명'이라는 큰 주제를 중심으로 한 서사적 전개를 보이면서도, 한편으로는 이인직이나 조중환 식의 인물 묘사법의 흔적을 드러내고, 다른 한편으로는 일본의 시마자키 도손의 『파계』(1906)처럼 도스토옙스키의 『죄와 벌』(1866)에 나타난 비밀과 고독이라는 주제를 변주하면서, 나아가 당대의 사회사를 총괄하려는 복잡한 의식을 드러낸 것이었다. 반면에 염상섭이나 김동인의 경우에는 이러한 절충성이나 복합성을 버리고, 인물의 내면세계 속으로 깊이 침잠해 들어가거나 오히려 그 외부의 어느 높은 지점에서 인물을 조감하는 수법을 취함으로써, '생명'의 드라마에 걸맞은 새로운 형식을 안출해 냈다. 염상섭과 김동인은 서로 대극적이었지만 이광수의 절충성을 대체한 철저함에서 서로 통했다.

3. 사회사로서의 이광수 소설과 그 이면

『무정』의 난맥상에도 불구하고 이광수는 "이것이 조선인에게 읽혀지어 이익을 주라"[684]는 식의 공리성에 바탕을 둔 창작적 경향을 버리려 하지 않

683) 염상섭, 『만세전』, 고려공사, 1924, 192쪽.

684) 이광수, 「余의 作家的 態度」, 『동광』, 1931.4, 82쪽.

았다. 이것은 '인생을 위한 예술(Art for life's sake)'과 '예술을 위한 예술(Art for art's sake)'을 가르면서 후자 대신에 전자를 옹호해 나간 그의 독특한 문학적 이상에서 연유하는 것이다.[685] 그리고 이것은 이광수의 소설가로서의 세대적 위치가 그만큼 과도기적인 것이었음을 시사해 준다.

그는 "사실주의 전성시대에 청년의 눈을" 뜬 작가였고 때문에 "소설을 「모 시대의 모 방면의 충실한 기록」"으로 간주하는 사실주의적 전통을 중시하는 경향이 강했다.[686] 훌륭한 리얼리스트라면 언제나 사실과 이상 사이의 어느 중간 지점에서 긴장과 모순을 겪어나가게 마련이다. 문자 그대로의 사실 그 자체는 완전히 도달할 수 없는 하나의 이상일 뿐이기 때문이다.[687] 이광수는 양자 사이에 서서 그 자신이 그려내고자 한 인물들을 단순한 개체로서가 아니라 사회사 내지 시대적 사회상 속에 통합된 존재로 묘사했다.

> 無情을 日露戰爭에 눈 뜬 朝鮮, 개척자를 合併으로부터 大戰 前까지의 朝鮮, 再生을 萬歲運動 이후 1925년경의 朝鮮, 방금 東亞日報에 連載중인 群像을 1930년대의 朝鮮의 기록으로 나 스스로 생각하는 것이 이 때문인가 한다. 이 拙劣한 시대의 그림이 어느 정도까지 그 時代의 이데오로기와 感情의 苦悶相을 그렷는지는 내가 말할 바가 아니다. 意圖가 그것들의 충실한 描寫에 잇엇다는 것만은 사실이다.[688]

『군상』 이후에 쓴 『그 여자의 일생』(『조선일보』, 1934.2.18~1935.9.26), 『애욕의

685) 이광수, 「문사와 수양」, 『창조』 8, 1921.1, 및 이광수, 「우리 문예의 방향」, 『조선문단』, 1925.11, 참조.

686) 이광수, 「余의 作家的 態度」, 『동광』, 1931.4, 82쪽.

687) 스테판 코올, 『리얼리즘의 역사와 이론』, 여균동 옮김, 1982, 한밭출판사, 189~216쪽, 참조.

688) 이광수, 앞의 책, 82쪽.

피안』(『조선일보』, 1936.5.1~12.21), 『사랑』(박문서관, 1938) 등의 장편소설들 역시 같은 맥락에 서 있다. 사에구사는 『사랑』에 대해 "이 작품에는 현실을 대하는 그 현실감의 희박성이 어딘지 모르게 떠돌고 있으며, 시대와 그의 심경이 이 속에 반영되어 있는 듯하다"[689]고 했는데, 이러한 평가는 그가 『사랑』에서 사회사적 의미를 발견했음을 의미한다.

그러나 이러한 경향은 이광수 문학의 하나의 줄기일 뿐이다. 『무정』에서 발원한 또 하나의 줄기는 염상섭이나 김동인이 전격적으로 실험해 나간 '자아'와 '생명'의 드라마와 경쟁하듯이, 자신이 부정했던 일본 자연주의풍의 소설 형태를, 그 비판의 이면에서, 그 자신만의 방법으로 수용하는 또 다른 양상을 보여주었다.[690]

일본현대문학사에서 다야마 가타이는 그리 크지 않지만 간과하기 어려운 작가로 제시되곤 한다. 나카무라 미쓰오에 따르면 다야마 가타이는 일본 현대문학의 주류를 자연주의적인 사소설에 고착화시킨 작가였다. 그는 「풍속소설론」(1951)에서 다야마 가타이의 『蒲團(이불)』(1907)과 같은 사소설이 단시간 내에 일본 문단의 주류로 자리를 잡아나가는 과정을 밀도 있게 묘사한다.

나카무라에 따르면 시마자키 도손의 『파계』는 도스토옙스키의 선례를 따라 "내심의 공감으로 어떤 사회적 사건을 자기 감성의 세계로 재건하는, 근대소설의 본도"[691]를 따른 것이자 "새 시대의 각성한 개인과 구사상과의 충돌에서 생기는 고민과 연결시켜서, 사회의 살아있는 문제를 내면에서부

689) 사에구사, 앞의 책, 205쪽.

690) "자연주의는 그저 있는 대로 막 써라 하니까, 자연 젊은이들은 성욕이나 자유연애 같은 것을 쓰게 되었는데 田山花袋의 「蒲園」이라는 것 같은 것은 그때의 절찬을 받"았다는 이광수의 문장은 그가 다야마 가타이 류의 사소설에 대해 부정적인 판단을 내리고 있었음을 알려준다.(이광수, 「조선소설사」, 『사해공론』, 1935.5, 81쪽) 「蒲園」은 '蒲團'의 오기.

691) 나카무라 미쓰오, 「풍속소설론」, 유은경 옮김, 『일본 사소설의 이해』, 소화, 1997, 48쪽.

터 묘파"[692]한 것이다. 반면에 다야마 가타이의 『이불』은 독일 작가 하우프트만의 『쓸쓸한 사람들』을 직접 모방한 작품이지만, 이때 다야마 가타이가 정작 감동하여 모방한 것은 희곡에 등장하는 인물인 요하네스이지 그 희곡을 쓴 하우프트만이 아니다. 이를 가리켜 나카무라는 "작가가 스스로 작중 인물로 변해 활약함으로써 소설을 만들어내고, 아울러 거기에 작품의 진실성을 보증 받는 데에, 다야마 가타이에서 다나카 히데미쓰까지 일관된 일본 사소설의 배경을 이루는 사상이 있다"[693]라고 했다.

나카무라가 보기에 시마자키 도손과 다야마 가타이의 차이는 작가가 분석가가 되는가 주인공이 되는가에 있다. 그리고 이것은 '고전적인' 서구 현대소설과 일본 사소설의 차이이기도 하다. 이러한 맥락에서 보면 이광수나 염상섭이나 김동인이나 모두 일본 사소설 유형보다는 서구 현대소설 유형의 작가였다. 그들은 다야마 가타이와 달리 작중 인물의 고뇌보다는 이 고뇌를 창조한 작가의 능력에 더 매료되고 경사된 사람들이었다. 이광수의 『무정』이나 염상섭의 『만세전』이나 김동인의 『운형궁의 봄』(『조선일보』, 1933.4.26~1934.2.15) 같은 작품들이 그것을 입증해 준다. 그러면서도 그들은 동시에 『그의 자서전』(『조선일보』, 1936.12.22~1937.5.1)이나 「표본실의 청개고리」(『폐허』, 1920.7)나 「배따라기」(『창조』, 1921.5)를 쓰기도 했다. 그들은 주인공으로서의 작가라는 다야마 가타이 식의 사소설에 대해서도 매력을 느낀 사람들이었다. 말하자면 그들은 시마자키 도손과 다야마 가타이를 모두 섭렵한 작가들이었고, 그만큼 그들의 문학은 종합 또는 분열에 귀착할 가능성이 컸다.

692) 위의 책, 59쪽.

693) 위의 책, 64쪽. 다나카 히데미쓰는 1940년대 조선 문단을 배경으로 태평양전쟁기의 절망적인 작가 심리를 묘파해 나간 『酔どれ船(취한 배)』(1948)의 작가다.

특히 이광수는 겉으로는 다야마 가타이 식의 자연주의 소설에 비판적이었지만 그 자신 새로운 시대의 고아로서 사회적 책무감과 자아의 고뇌 사이에서 방황해 나가야 하는 운명을 짊어진 작가였다. 『무정』을 연재한 그 앞뒤의 시기를 보면 「愛か」(『백금학보』, 1909.12)에서 비롯되어 「방황」(『청춘』, 1918.3), 「윤광호」(『청춘』, 1918.3)와 같은 작품들이 주목된다. 이들 작품은 『무정』과는 성격이 다른 소설들이다. 확실히 이들 작품은 시마자키 도손 류의 서구적 현대소설보다 다야마 가타이 류의 일본적인 사소설에 경사된 측면을 보여준다. 그럼에도 당대 일본 문단에 대한 이광수의 비판적 사유는 작품에 작가 자신을 날 것 그대로 등장시키는 사소설과 거리를 두도록 했다. 그 결과 이들 작품은 자전적 주인공에 허구적 옷을 입히는 형태로 나타나게 된다.

그러나 이것은 이광수라는 한 개체의 자아의 측면에서 보면 언제나 결코 만족스럽지 못했을 것이다. 고아로 외국에서 고단한 성장과정을 보낸 이광수의 자아는 자기의 심적 고통을 고백하지 않고는 견딜 수 없는 심리적 상태에 놓여 있었으되, 동시에 이 과정에서 눈 뜬 민족에 대한 자각은 언제나 이 자아를 사상가가 되는 쪽으로 밀어붙였다. 이광수 문학의 특징적 현상 가운데 하나는 자전적인 기록으로 망라할 수 있는 글들, 작품들이 유난히 많다는 점이다. 『무정』에서 『사랑』으로 나아간 기나긴 과정의 이면에는 일기류, 기행 및 수필류, 자전적 소설류, 자서전류로 유형화할 수 있는 온갖 형태의 자전적 기록들이 임리하다.[694] 특히 이광수의 자전적 소설들은 자기를 닮은 주인공을 내세우되 여기에 허구를 가미하는 방식,[695] 자기 자신이 아닌 제삼의 인물을 내세워 이야기를 써나가되 실제 이야기는 '나'라는 일인

694) 방민호, 「이광수의 자전적 문학에 나타난 작가의식 연구」, 『국민대학교 어문논총』, 2003, 참조.
695) 「사랑인가」, 「방황」, 「윤광호」 등이 이 유형에 속한다.

칭 서술자가 작가 자신의 이야기를 해나가는 방식,[696] 일인칭 '나'를 주인공으로 내세워 자기 이야기를 그대로 소설로 옮긴 것 같은 인상을 선사하는 사소설 유형의 방식[697] 등에 걸쳐 매우 다양하다 못해 혼란스럽기까지 하다. 여기에 「가실」(『동아일보』, 1923.2.12~23), 『세조대왕』(박문서관, 1940), 『원효대사』(『매일신보』, 1942.3.1~10.31)처럼 역사적, 설화적 인물에 자신의 심리적 상태를 의탁해 놓은 역사소설까지 더하면 과연 어떤 작품에 나타난 주인공이 이광수 자신의 진정한 자아의 형상인지 알아볼 수 없을 지경이다.

이것은 끊임없이 자아의 고뇌를 고백하고는 견딜 수 없는 성격의 소유자이면서 동시에 타고난 이상가의 체질로 말미암아 관념의 눈, 상상적인 자아의 눈으로 자기를 이해하고 표현하지 않으면 안 되었던, 또 그 때문에 무엇이 진정한 자기 자신의 모습인지 작가 스스로조차 명징하게 인식할 수 없었던 이광수 문학의 모순과 분열을 방증한다. 그는 단순하고도 명쾌했던 다야마 가타이와는 달리 자기 자신에 관한 단일한 형상을 창조할 수 없었다. 그의 '자서전'이 언제나 허구에 귀착할 수밖에 없었던 것은 자아에 관한 인식 자체가 지극히 복합적이고 불투명했던 이광수의 심리 자체에 원인이 있었다.

4. 초기 소설에 나타난 '자기' 초월로서의 불교

이광수가 불교에 심취하기 시작한 것은 『유정』(『조선일보』, 1933.10.1~12.31)

696) 『그의 자서전』(『조선일보』, 1936.12.12~1937.4.30), 『나—소년편』(생활사, 1947), 『나—스무살 고개』(박문서관, 1948) 등을 꼽을 수 있다.

697) 「무명」(『문장』, 1939.1), 「꿈」(『문장』, 1939.7), 「육장기」(『문장』,1939.9), 「난제오」(『문장』, 1940.2) 등의 홍지동 연작이 대표적이다.

에서 「육장기」 연작에 이르는 홍지동 별장 시대로 알려져 있다. 이 시기에 그는 수양동우회 운동의 정신적 지주인 도산 안창호가 체포, 수감되고, 『동아일보』에서 옮긴 지 얼마 안 된 『조선일보』를 그만두고, 차남 봉근이 패혈증으로 사망하는 불운을 잇달아 겪어나간다. 거듭되는 불행 속에서 이광수는 홍지동에 산장을 짓고 이른바 매일같이 법화경을 읽는 생활을 5년간이나 이어나갔다. 1934년 8월에 시작된 산장 공사는 11월에 완공을 본다. 「무명」, 「꿈」, 「육장기」, 「난제오」 연작은 세검정 홍지동 시대의 산물이다. 그러나 이러한 '행자'의 길은 현실적 욕망을 절연한 것과는 거리가 있었다. 김윤식은 이를 다음과 같이 평가한다.

> 그렇지만 그것은 철저하지 못하였다. 그러한 보살 길을 철저히 택하기엔 그의 세속적 야심을 잠재우기 어려웠다. 『조선일보』를 사임하고, 세상을 등질 듯한 그도 이은상, 안재홍과 더불어 『조선일보』 고문으로 다시 입사하여 『조선일보』의 「일사일언」(1935.4.13)을 다시 쓰고 「이차돈의 사」, 「애욕의 피안」 등 장편을 연재하기 시작하였다. 그러기에 그의 행자 생활은 그의 세속적 활동과 늘 역비례 관계에 놓여 있는 터였다. 세상 활동이 강해지면 행자 생활은 흐려지고, 세상에서 배척되어 절망에 이를수록 행자 수업은 빛을 내는 것이었다.[698]

신성을 추구하는 경향과 세속적 명리를 따르는 경향의 괴리 및 상충은 이광수가 평생에 걸쳐 짊어져야 했던 숙제와 같았다. 학창시절에 쓴 소설 「사랑인가(愛か)」는 종교적 성향만큼이나 세속적인 기질이 생리적인 차원의

698) 김윤식, 『이광수와 그의 시대』 2, 솔출판사, 1999, 253쪽.

것이었음을 알려준다. 이 소설은 작가 이광수 자신의 이야기라 믿어도 무방할 정도로 사소설적인 성격이 강한데, 여기서 화자는 주인공 문길(文吉, 분키치)이 도쿄 유학을 오게 된 상황을 다음과 같이 묘사한다.

> 그는 가정의 영향과 빈고의 영향으로 지극히 온화한 소년이었다. - 오히려 약한 소년이었다. 그럼에도 불구하고 그는 비상한 야심을 품고 있었다. 어찌해서라도 세상을 한 번 놀라게 하고 싶다. 만세 후의 사람이 자기 이름을 흠모하게 하고 싶다는 것은 늘 그의 가슴 깊숙이 숨어 떠나지 아니한 바였다. 이것 때문에 그는 더 한층 괴로워한 것이다. 그는 아무 일도 하지 못하고 죽는 것을 두려워했다. 이때 한 줄기 광명이 그 앞에 나타났다. 그것은 어떤 고관의 덕으로 동경에 유학하게 된 것이다. 그의 기쁨은 실로 이만저만이 아니었다. 그는 이상에 도달하는 문을 찾아낸 것 같이 껑충껑충 뛰다시피 기뻐하였다.[699]

세상에 이름을 떨치고 싶다는 입신출세의 욕망을 품고 있으면서도 적막과 고독에 시달리면서 자기를 사랑해 줄 사람을 찾아 방황하는 문길의 이야기는 동경 K대학 경제과 특대생의 고독한 사랑과 절망을 그린 「윤광호」에 그대로 연결된다. 「윤광호」의 주인공은 문길이 성장해 온 것처럼 아주 장래가 유망한 청년임에도 불구하고 적막함과 비애감에 시달린다. 그는 자기를 사랑해줄 사람을 찾아 방황하다 P를 발견하게 되지만 끝내 사랑받지 못한 채 자살해 버린다.

「愛か」와 「윤광호」의 주인공들은 세속적 명리를 좇으면서도 그 이면에서 고독한 슬픔을 간직해야 하는 공통점을 가진다. 이들의 내면세계는 사

699) 이광수, 「사랑인가」, 『이광수 작품선』, 사에구사 옮김, 이룸, 2003, 565쪽.

회적으로 인정받는 길을 걸어가고자 하는 것과 고독한 개체적 삶의 행복을 갈구하는 것의 두 극단적인 방향으로 분열되어 있다. 이 둘은 하나의 자아를 구성하는 두 개의 상극적인 경향이다. 이들은 결코 서로 화해하거나 타협하기 힘든 적대적 경향이어서 자아의 불안정성을 극한적으로 심화시키게 된다. 「愛か」의 문길이 철로에 뛰어들어 자살할 것을 꿈꾸고 「윤광호」가 실제로 자살을 단행하고 만 것은 이러한 적대적 경향의 충돌에서 기인한 결말이다. 이 두 작품에서 이광수는 고독한 자아의 승리를 선언한다. 그러나 장편소설 『무정』의 작가로서의 이광수는 조선을 구해야 한다는 명분을 내건 입신출세주의적 자아의 승리를 인준한다.

한편 「방황」(『청춘』, 1918.3)은 명리와 의무를 좇는 자아와 구체적인 사랑을 갈구하는 자아의 어느 한쪽의 승리를 보증하지 않으면서 제삼의 가능성으로서 불교에 대한 귀의를 꿈꾸는 결말을 보여준다. 이 작품에서 '나'는 조선 사람을 위하여 몸을 바치겠노라고 다짐했지만 적막하고 추운 삶에 회의를 느끼면서 방황한다. 그런 그에게 세상은 보기 싫은 책이나 연극과 같고 생명은 무서운 의무에 지나지 않은 것 같다. 불교에의 귀의는 이러한 상황에 대한 해결책으로 제시된다.

> 「중이 되고십다」하엿다. 연전에 엇던 관상자가 나를 보고 「그대는 僧侶의 相이 잇다」하던 것을 생각하엿다. 그때에는 우습게 듯고 지내엇거니와 只今은 그 말에 깁흔 뜻이 있는 듯하다. 내 運命의 豫示가 잇는 듯하다. 아아 깁흔 山谷間 瀑布 잇고 淸泉 잇는 조고마한 菴子에서 아츰저녁 木魚를 두다리고 誦經하는 長衫 입은 중의 모양! 年前 어느 가을에 道峰서 밤을 지낼 새 새벽에 쑹쑹 울어오는 鍾소리와 그 鍾을 치든 老僧을 생각한다. 世上의 쓰고 달고 덥고 치

운 것을 니저바리고 一生을 深山에 조고마한 菴子에서 보내는 것이 나에게 가장 適合한 生活인 듯하다.[700)]

인간의 개체성이라는 것이 출발점이 아니라 일종의 도착지점이고, 따라서 인간은 본래 원자적인 개체라기보다는 개체화 과정의 결과로서 나타나는 것이라면, 자아라는 것은 본래 안정된 것도, 한계가 분명한 것도 아닐 것이다.[701)] 그것은 형성되고 구성되는 것이며 자신에 의해서뿐만 아니라 타인과 문화적 관습, 사회적인 실천 관행의 영향력, 사회적 절차와 정치적 제도의 힘을 통해 생겨나는 것이다.[702)] 이광수의 자아는 이 형성과정에서 두 개의 극단적인 방향으로 분열, 상극하는 양상을 나타낸다. 그에게서 민족 또는 국가에 대한 자각과 개인에 대한 자각은 동시다발적으로 전개되지 않을 수 없었고 이것은 그가 한국 현대문학사를 대표하는 사람으로 성장해 나간 사실과도 깊은 관련성이 있다. 무엇인가를 대표한다는 것은 종종 그것의 본질에 육박하는 성질을 갖게 됨을 의미한다.

불교는 이처럼 중첩된 과제로 인해 극심한 피로와 정신적 위기를 노정할 수밖에 없었던 이광수에게 중재적인 매개의 가능성 또는 이 두 가지 모두로부터 벗어날 수 있는 초월의 가능성으로 나타난다. '나'에게 불교는 귀의는 싸늘하고 외롭지만 "세상의 의무의 압박과 애정의 기반(羈絆)"[703)]이 개입하지 않는 자유로운 삶을 표상한다. 그리고 이것은 이광수에 있어 불교가 사에구사가 말한 실천적 위기 이상으로 근원적인 문제이자 존재론적인 문제임을 시사한다.

---

700) 이광수, 「방황」, 『청춘』 12, 1918.3, 81쪽.

701) 빠올로 비르노, 『다중 (A Grammer of the Multitude)』, 김상운 옮김, 갈무리, 2004, 127쪽.

702) 앤서니 엘리엇, 『자아란 무엇인가(Concepts of the Self)』, 김정훈 옮김, 2007, 9~10쪽, 참조.

703) 위의 책, 82쪽.

5. 「육장기」에 나타난 불교적 '무차(無差) 사상'의 추이

그렇다면 「육장기」 연작 쪽은 어떤 의미를 지니고 있는 것일까? 홍지동 시대를 정리하면서 발표한 「무명」, 「꿈」, 「육장기」, 「난제오」 등은 김윤식의 평가를 따라 "작가의 얼굴이 실물 크기로 드러난 알몸뚱이"[704]라고 할 수 있는 것일까?

『무정』 이후 이광수는 표면적으로는 「愛か」, 「방황」, 「윤광호」 등에서 드러내 보였던 고독한 자아의 문학, 다야마 가타이 식의 사소설적인 문학을 향한 발전의 가능성을 접어둔 채 『무정』에서 제시한 민족적 사업의 길을 걷고 또 그것을 문학적으로 논리화하는 사상으로서의 소설, 인생을 위한 예술의 길을 걸어 나갔다. 「무명」, 「꿈」, 「육장기」,「난제오」 등의 작품은 이처럼 가능성의 싹이 잘린 채 오랫동안 잠복되어 있던 사소설적인 형태를 전면화한 것이다.

그럼에도 이들 작품은 전체적으로 보면 다야마 가타이의 소설이 보여준 것과 같은 단순함이나 투명함과는 거리가 있어 보인다. 적어도 이들은 "작가의 얼굴이 실물 크기로 드러난 알몸뚱이"는 아니다. 다만 그것을 가장하고 있을 따름이다. 비평가 임화는 이것을 간파하여 「무명」과 「육장기」를 예로 들면서 조선의 단편소설의 특징은 일본의 심경소설과 다른 불투명성을 특징으로 한다고 진단했다.[705] 또 그는 "구성을 동경하는 경향"[706]을 조선 단편소설의 특징의 하나로 제시했는데 이는 이들 소설의 허구성에 대한 인식을 드러낸 것이다. 사실 이러한 임화의 견해는 '조선적 아이덴티티'의

704) 김윤식, 『이광수와 그의 시대』 2, 솔출판사, 1999, 268쪽.

705) 임화는 이것을 간파하고 있었다. 임화, 「단편소설의 조선적 특성—구월 창작평에 대신함」, 『인문평론』, 1939.10, 131쪽.

706) 위의 책, 같은 쪽.

인식 및 구성의 맥락에서 이해되어야 한다. 이 무렵 그는 조선문학사의 전통을 재구성하는 일에 몰두하고 있었다. 그러나 그 한편에는 「육장기」의 교설에 나타난 대일협력의 논리에 대한 비판의식이 잠복해 있음을 간과하기 어렵다.

> 나는 이것을 믿소. 이 중생 세계가 사랑의 세계가 될 날을 믿소. 내가 법화경을 날마다 읽는 동안 이 날이 올 것을 믿소. 이 지구가 온통 금으로 변하고 지구상의 모든 중생들이 온통 사랑으로 변할 날이 올 것을 믿소. 그러니 기쁘지 않소?
>
> 내가 이 집을 팔고 떠나는 따위, 그대가 여러 가지 괴로움이 있다는 따위, 그까진 것이 다 무엇이오? 이 몸과 이 나라와 이 사바세계와 이 왼 우주를 (왼 우주는 사바세계 따위를 수억 만 헤아릴 수 없이 가지고 있었고 있고 있을 것이오) 사랑의 것으로 만드는 일이야말로 그대가 내나가 할 일이 아니오? 저 뱀과 모기와 파리와 송충이, 지네, 거르마, 거미, 참새, 새매, 물, 나무, 결핵균, 이런 것들이 모두 상극이 되지 말고 총친화(總親和)가 될 날을 위하여서 준비하는 것이 우리 일이 아니오? 이 성전(聖戰)에 참례하는 용사가 되지 못하면 생명을 가지고 났던 보람이 없지 아니하오?[707]

위에서 볼 수 있듯이 「육장기」는 5년에 걸친 법화 행자 생활을 정리하면서 얻은 불교적 깨달음을 묘사하는 형식을 취한 것과 달리 이러한 흐름 속에서 뜻밖에도 "성전"을 위한 희생의 논리를 도입한다. 그리고 이것을 불교의 무차사상으로 뒷받침한다.

---

707) 이광수, 「육장기」, 『문장』, 1939.9, 35쪽.

우리가 이렇게 차별 세계에서 생각하면 파리나 모기는 아니 죽일 수 없단 말요. 내 나라를 침범하는 적국과는 아니 싸울 수가 없단 말요. 신문에서 보는 바와 같이 우리 군사가 적군의 시체를 향하야서 합장을 하고 나무아미타불을 부른다는 것이 차별세계에서 무차별세계에 올라간 경지야. 차별세계에서 적이오 내 편이어서 서로 싸우고 서로 죽이지마는 한번 마음을 무차별 세계에 달릴 때에 우리는 오직 동포감으로 연민을 느끼는 것이오. 싸울 때에는 죽여야지, 그러나 죽이고 난 뒤에는 불상히 여기는 거야. 이것이 모순이지, 모순이지마는 오늘날 사바세계의 생활로는 면할 수 없는 일이란 말요. 전쟁이 없기를 바라지마는 동시에 전쟁을 아니할 수 없단 말요. 만물이 다 내 살이지마는 인류를 더 사랑하게 되고 인류가 다 내 형제요 자매이지마는 내 국민을 더 사랑하게 되니 더 사랑하는 이를 위하여서 인연이 먼 이를 히생할 경우도 없지 아니하단 말요. 그것이 불완전 사바세계의 슬픔이겠지마는 실로 숙명적이오. 다만 무차별 세계를 잊지 아니하고 가끔 그것을 생각하고 그리워하고 그 속에 들어가면서 이 차별의 아픔을 주리랴고 힘쓰는 것이 우리가 하여야 할 일이겠지오.[708]

「육장기」에서는 모든 생명을 일체의 구별 없이 평등하게 본다는 불교적 무차사상이 차별세계를 살아가야 하는 세속적 존재로서의 숙명을 승인하면서 무차의 경지를 미래 혹은 죽음 이후의 일로 남겨두는 역설의 논리로 변질되어 나타난다. 이러한 「육장기」의 내용과 이 작품을 쓰기 약 일 년 전에 전작으로 발표한 『사랑』의 서문을 비교해 보면, 이 논리가 얼마나 큰 궤

708) 위의 책, 34쪽.

변적 비약을 함축하고 있는지 알 수 있다. 『사랑』에서 그는 다음과 같이 썼다.

> 사랑의 극치로 말하면 무론 무차별, 평등의 사랑일 것이다. 그것은 부처님의 사랑이다. 모든 중생을 다 애인 같이, 외아들같이 사랑하는 사랑일 것이다.[709]

또 그는 『사랑』의 본문에서 『법화경』 「제바달다품(提婆達多品)」의 한 구절을 인용하면서, "이 글 속에, 삼천대천 세계에 겨자씨만 한 땅도 이 보살이 중생을 위하여서 목숨을 바리지 아니 한 곳은 없"다고 했고, 또 이 표현은 어떤 수사학적 과장이나 비유도 담겨 있지 않은 말 그대로의 진실이라고 하면서 모든 중생들이 "사랑의 기쁨과 완전" 속에서 살아가는 세계를 역설했었다.[710]

그러나 「육장기」는 『사랑』에서 차별 없이 사랑하라 했던 중생들을 자기와 가까운 존재와 먼 존재로 구별하면서 살생이 난무하는 전쟁을 정당화한다. 그러나 이 '분식'은 불교를 조금만 아는 사람이라면 쉽게 그 허위성을 깨달을 수 있을 정도다.[711] 그만큼 이 작품은 법화 '행자'라는 가면 아래 대일협력의 논리를 충분히 다듬어지지 못한 상태에서 거칠게 들이밀고 있는 형국을 빚고 있다. 그리고 그 유려한 문장은 맨 얼굴에서 비롯되는 자

709) 이광수, 「자서」, 『사랑』 전편, 박문서관, 1938, 3쪽.

710) 이광수, 『사랑』 후편, 박문서관, 1939, 446~447쪽.

711) 『법화경』 「약왕보살본사품」에는 "수왕화야, 그러므로 이 약왕보살의 본사품을 너희에게 부촉하나니, 내가 멸도한 후 오백 년에 이르러 그 세계에서 널리 선포하고 유포해서 끊어지지 않도록 하여라. 그리고 악마나 그 무리와 여러 하늘, 용, 야차, 구반다(鳩槃茶) 등이 그것을 이용하지 못하게 하여라"(이운허 옮김, 『법화경』, 동국대학교 역경원, 1990, 366쪽)라는 구절이 있다. 이것은 『법화경』을 혹세무민을 위해 악용할 것을 미리 경계한 것이다.

연스러움이라기보다는 차라리 가면을 쓴 사람의 여유와 뻔뻔함에 가깝다고 해야 할 것이다. 이렇게 사려 깊게 준비되지 못한 「육장기」의 논리는 이광수의 대일협력 논리가 반복적으로 논의되어 온 것과는 달리 신념에 따른 것만은 아니었을 가능성을 시사한다. 이 점은 보다 자세히 검토될 필요가 있다.

수 년 전에 최주한은 이광수의 불교적 국가주의를 김윤식의 선례를 따라 니치렌주의에 소급되는 것으로 논의하면서, 이광수가 니치렌주의에 접한 것이 대화숙(大和塾)에 머물던 때였을 것이라고 추정했다.[712] 그런데 사상보국연맹이 대화숙으로 재편된 때는 1940년 12월 말부터 1941년 초엽이며,[713] 이광수가 이곳에서 내선일체 훈련을 받은 것은 「행자」(『문학계』, 1941.3) 및 『내선일체수상록』(중앙협화회, 1941.5) 등을 집필하던 무렵으로 추정된다.[714] 말하자면 「육장기」를 집필한 훨씬 후의 일이다. 이 소설의 사상을 대화숙을 매개로 한 니치렌주의에 관련짓는 것은 다소 무리가 있다. 물론 그렇다고 해서 이광수가 현대 일본에 이르러 재활한 니치렌주의에 무지했을 리는 없다. 그의 법화 행자 운운이 일본적인 니치렌주의의 존재를 염두에 둔 일종의 가면 역할을 한 것은 사실이다.[715]

이광수가 유독 『법화경』에 이끌린 연유에 대해서는 김윤식의 상세한 고찰이 선행해 있는데, 그는 이광수가 『법화경』에 끌리게 된 이유를 다음의 여섯 가지로 제시했다. 이광수가 처음 만난 불경이 『법화경』인 점, 두 번째 금강산 기행 때 혈서로 씌어진 『법화경』을 보고 충격을 받은 점, 『법화

712) 최주한, 「이광수의 불교와 친일」, 『춘원연구학회 2008년도 학술발표논문집』, 2008. 9.25, 51쪽.

713) 高原克己, 「大和塾の設立と其の活動」, 『朝鮮』, 1941.10, 29~30쪽. 및 이중연, 『황국신민의 시대』, 혜안, 2003, 197쪽.

714) 김윤식, 『이광수와 그의 시대』 2, 솔출판사, 1999, 358~360쪽.

715) 위의 책, 242~243쪽.

경』의 종합철학적 성격이 그가 배운 메이지 시대의 우주론 설명과 상통한 점, 대승경전인 『법화경』에 내재된 이타주의적 성격이 그에게 매력적이었던 점, 『법화경』이 14세기 일본의 니치렌종에 연결되어 있을 뿐만 아니라 메이지 시대의 일본사상가들의 니치렌주의를 환기시킨다는 점, 『법화경』이 다른 어느 경전들보다 문학적이라는 점 등이 그것이다.[716] 특히 법화 행자라는 말과 관련해서 당시에 『法華經の行者 日蓮』(姉崎正治, 1916)과 같은 책이 판을 거듭하면서 출판되어 널리 읽혔던 사실을 참고해 볼 수 있다. 그러나 전체적으로 보면 이광수의 니치렌주의 수용이라는 것은 이광수와 『법화경』의 관련성에 대한 종합적인 설명 가운데 하나일 뿐이다. 이광수에게 『법화경』은 니치렌주의와의 관련성 이상으로 뜻 깊은 것이다. 「육장기」는 '나'와 "올연선사(兀然禪師)", "운허법사(耘虛法師)", "백성욱사(白性旭師)" 등의 인연과, 이들을 매개로 한 『법화경』과의 오랜 인연에 대해 술회하고 있다.[717] 이 인연은 니치렌주의와는 비교할 수 없을 정도로 직접적이고 감동적인 체험에 연결되어 있다. 그러므로 이광수에게 니치렌주의란 어쩌면 정당화하기 힘든 대일협력의 사후적 합리화를 위해 필요한 논리의 역할을 했는지도 알 수 없는 일이다.

6. 「난제오」·「무명」·「꿈」, 그리고 '자기 인식'의 문제

한편, 「난제오」는 서산대사의 「독남화경」시, "可惜南華子 祥麟作孼虎 寥寥天地闊 斜日亂啼烏가석남화자 상린작얼호 요요천지활 사일난제

716) 위의 책, 225~243쪽.

717) 이광수, 「육장기」, 『문장』, 1939.9, 6~7쪽.

오"[718] 전문이 인용되어 있고, 이 소설의 제목은 이 시에서 따온 것이다. 「난제오」와 『원효대사』(『매일신보』, 1942.3.1~10.31)에 관한 논문을 발표한 홍기돈에 따르면 이 오언절구의 승련에 나오는 마지막 글자는 본디 "虎", 즉 호랑이가 아니라 "狐", 즉 여우였다고 한다.[719] 나아가 그는 이광수가 이러한 "착오의 메커니즘"[720]을 통해 자신을 해질녘의 까마귀에 빗댄 선사의 시선으로부터 『법화경』에 대한 믿음을 지켜낸 것으로 파악한다. 이러한 해석은 본래의 시를 "여우를 좇아 까마귀가 어둠을 재촉하며 울어"[721]대는 것으로 독해한 결과이며, 이에 따르면 「난제오」의 대립 구도는 선불교와 『법화경』 사이에 가로 놓인다.[722]

이광수가 「난제오」를 통해서 말하고자 한 것을 이해하기 위해서는 스토리 전개를 눈여겨보아야 한다. 작중의 '나'는 소한의 매서운 추위를 만나 아내가 입원해 있는 병실에 들렀다가 돈을 구하기 위해 거리로 나온다. 종로에 거리에 서 있는 사람들에게서 자기 자신의 모습을 발견한다. 그들은 "나와 비슷한 기쁨, 슬픔, 근심, 욕심들을 푸고 움지기는 무리들"[723]이다. 거리에서 그는 잡지를 경영하는 K, 광산업에 성공한 R, 가난한 문사인 H와

718) 이광수, 「난제오」, 『문장』, 1940.2, 45쪽.

719) 홍기돈, 「이광수, 『법화경』 그리고 내선일체」, 『2008 만해학술심포지엄 한국문학과 불교적 상상력』, 2008.9.20, 95쪽, 참조.

720) 위의 책, 96쪽,

721) 위의 책, 95쪽.

722) 필자의 해석은 이와 다르다. 이 시의 전문 해석은 '애석하구나 남화자여 / 상서로운 기린이 여우가 되었구나 / 텅 빈 하늘땅은 넓기만 한데 / 석양녘에 어지러이 울고 있는 까마귀여.' 정도가 될 것이다. 홍기돈에 따르면 본래 이 시는 서산대사가 "남화자"의 책, 즉 『장자』를 읽은 소감을 노래한 것이다. 그렇다면 서산대사는 "남화자", 즉 장자를 가리켜 기린이 여우가 된 격이라고 한 것이어야 하고, 나아가 다시 그 장자를 가리켜 하늘땅은 요요하기만 한데 그 우주의 텅 빔을 미처 보지 못한 채 석양녘의 까마귀처럼 짖어대고 있다고 한탄한 것이 되어야 한다. 즉 서산대사는 장자를 한 번은 여우에, 다른 한 번은 까마귀에 빗댄 것이다. 이러한 해석의 차이는 언뜻 보면 크지 않은 것 같지만 결국은 「난제오」의 주제를 이해하는 문제로 확장된다.

723) 이광수, 「난제오」, 『문장』, 1940.2, 33쪽.

W를 만난다. 이야기의 전개를 따라가면서 '나'의 시선은 점점 성찰적이 된다. H와 W를 만난 후 나는 상념에 잠긴 끝에 욕망에 약한 자신의 부끄러운 모습을 의식하기에 이른다. 안동의 선학원에서 SS선사를 만나게 되는 것은 이러한 일들이 있는 후의 일이다. 자신의 부끄러움, 불결함에 대한 인식의 계단 위에서 '나'는 SS선사라는 선승을 만나게 되는 것이다.

'나'와 선사의 만남에는 처음부터 긴장이 따른다. 본래 '나'는 선승을 불신하는 사람이다. 살불살조(殺佛殺祖)하는 무리들, 계도 안 지키고 저도 모르는 소리를 지껄이고 가장 높은 체 하는 무리들로 낮춰 보아 왔다. '나'는 그가 자신의 공력을 시험하는 것처럼 느껴져 퉁명스럽게 답하고 반문을 던지고 그의 대답을 재우쳐 묻는 등 무례를 범하기도 한다. 그러나 대화가 오고가면서 어떤 변화가 찾아든다.

> 내가 말없이 있는 것을 보고 사는,
> 「남화경 읽으셨소?」
> 하고 새 화두를 내었다.
> 「네, 애독하지오.」
> 「서산대사 독남화경시가 있읍니다. 오언절구지요.
> 可惜南華子 祥麟作孼虎 寥寥天地闊 斜日亂啼鳥
> 라고 하셨지오」
> 하고 사는 빙그레 웃었다.
> 나도 소리를 내어서 웃었다.
> 「장자가 괜히 말이 많단 말슴이지오」
> 「고맙습니다」
> 하고 나는 일어나서 절을 하고 물러나왔다.

집에 오는 길에 나는 「사일난제오」를 수없이 노이고는 혼자 웃었다. SS사는 이 말을 내게 준 것이다. 하고 자꾸만 웃음이 나와서 견딜 수가 없었다.

겨울해는 금화산에 걸려 있었다.[724]

이 결말은 염화미소(拈華微笑)에 얽힌 석가모니와 가섭(迦葉)의 설화를 떠올리게 한다. 선사의 웃음에 '나'는 웃음으로 화답한다. 그러면서 '나'는 자신이야말로 서산대사의 눈에 비친 장자처럼 석양녘에 짖어대는 까마귀일 뿐이라는 새로운 깨달음에 귀착한다. "겨울해는 금화산에 걸려 있었다"는 마지막 문장은 이러한 깨달음이 아주 귀한 것임을 시사한다.

이 결말에 비추어 보면 이 소설의 주제는 자기인식의 문제이고, 소설 속의 이야기는 '나'가 선사의 가르침을 계기로 자기 자신의 모습을 정관하게 되기까지의 사연을 그린 것이라고 할 수 있다. 그러나 이렇게만 평가하기에는 몇 가지 석연치 않은 점이 있다. 먼저, 홍기돈이 지적했듯이, 「독남화경」에 나타난 시어를 의도적으로 치환한 문제가 있다. 이것은 이광수가 사소설과 인유의 문법 속에서 자신이 여우에 비유되는 것을 극력 두려워했음을 시사한다. 적어도 그는 실패한 호랑이에 견주어질지언정 여우에 비견되고 싶지는 않았던 것이다. 이것은 이광수 사소설의 불투명성을 드러내는 또 하나의 뚜렷한 근거다. 또 작품에 묘사된 '나'와 SS선사의 대화의 방식은 전혀 선적이지 못하다. 한 마디로 그 흐름은 너무 유연한 반면 선적인 역설은 결핍되어 있다. 마지막으로 '나'는 곧 이광수 자신이라는 것이 이 소설의 '읽기 모드'라면 이광수는 이 이야기를 통해서 자기 자신을 숨김없이 드러낸다는 문법에 충실치 못하다. 자신을 궁핍한 문사처럼 처리한 대목

724) 위의 책, 46쪽.

도 그렇고, 어쩌면 부끄러움의 요체에 해당하는지도 모를 대일협력의 문제는 전혀 내비치지 않는다. 그러면서 몇몇 세속적 욕망을 열거하면서 부끄러움과 불결함 운운하는 것은 일종의 포즈에 지나지 않는다는 혐의를 살 만한 것이다.[725)]

이렇듯 작중 주인공의 심경 세계가 투명하게 드러나지 못한 점에서는 「무명」도 예외가 될 수 없을 것이다. 이 작품은 당대 문인들의 높은 상찬을 받은 작품이다. 이태준은 이 작품을 들어 "그 인간의 묘사는 춘원 아니고는 못하리라"고 했고, 김동인은 "춘원의 장편 단편 가운데 제일 걸작"일 것이라고 말했을 정도다.[726)] 실제로 "감옥"이라는 화택에 빠져 동물과 같은 생활을 이어가는 사람들과 그들의 비참한 말로를 "무명"이라는 불교적 명제에 비추어 찬찬히 관찰해 나가는 작가의 시선은 아주 냉정한 리얼리스트의 그것인 듯하다. 그럼에도 이 작품은 어딘가 "무명"에 빠진 사람들과 자기 자신을 엄격하게 준별하고 있는 듯한 '나'의 시선을 보여준다.

> 인생이 괴로움의 바다요, 불 붙는 집이라면 감옥은 그중에도 가장 괴로운 데다. 게다가 옥중에서 병까지 들어 병감에 한정없이 디구는 것은 이 괴로움의 세 겹 괴로움이다. 이 괴로운 중생들이 서로 서로 괴로워 함을 볼 때에, 중생의 업보는 「헤여 알기 어려워라」한 말씀을 다시금 생각하지 아니할 수 없다.[727)]

725) 물론 이것은 검열과 같은 통제를 염두에 둔 삭제 또는 생략일 가능성도 없지 않다. 채만식, 박태원, 이태준 등 이 시기에 '사소설'을 쓴 작가들의 작품 속에서 이러한 삭제, 생략 또는 함축의 기법들이 빈번하게 발견되기 때문이다.

726) 좌담, 「문예「대진흥시대」 전망」, 『삼천리』, 1939.4, 188, 189쪽.

727) 이광수, 「무명」, 『문장』, 1939.1, 30쪽.

이 대목은 마치 자기 자신은 중생의 세계에 관여되지 않은 외부적 관찰자나 되는 것 같은 태도로 서술되어 있다. 이러한 양상에 대해 김동인은 「무명」의 성취에 찬사를 보내면서도 다음과 같은 주석을 남기고 있다.

> 티 잡을 데가 없이 완전한 작품이여요. 거기 나오는 인간이 모도 살았어요. 다만 玉에 티 하나 골느자면 「나」라는 인물이 「聖子-ㄴ 체」하는 그 의식과 또 나라는 인물이 얼는 지나간 그림자가치 도모지 분명치를 못해요.[728]

이러한 발언은 「무명」의 문제적인 측면을 날카롭게 지적한 탁견이라 하지 않을 수 없다. 요컨대 「무명」은 「난제오」와 마찬가지로 자기인식의 깊이라든가 높이라든가에서 어딘가 결락된 요소를 은연중에 노출하고 있다.

한편, 「꿈」은 이러한 의식의 늪 속에 잠재해 있는 죄의 문제를 그려낸 문제작이다. 여기서 이광수는 죄의식이 빚어낸 환영에 시달리는 '나'의 고민을 간결한 형식 속에 처절한 형태로 기록해 놓았다.

이 작품 속에서 '나'는 여름날 아들을 데리고 인천으로 나들이를 떠나 좋은 하루를 보내지만 잠자리에 들면서 무서운 꿈에 시달린다. 꿈속에서 '나'는 먼저 사랑해서는 아니 될, 그러나 그리운 사람을 만난다. 이것은 애욕이 낳은 죄의식의 환영일 것이다. '나'는 무진 애를 써서 그녀를 피해 산속으로 들어간다. 그러자 그곳에서는 골짜기를 채우고 있는 무덤들이 '나'를 노려보기 시작한다. 이것은 아마도 입신출세의 욕망이 낳은 공동체적 죄의식의 환영일 것이다. '나'는 애써 두려움을 떨쳐버리려고 하지만 무덤들은 '나'를 향해 눈을 번뜩이며 다가오는 듯하다. '나'는 무덤들을 향해 "내

---

728) 좌담, 「문예 「대진흥시대」 전망」, 『삼천리』, 1939.4, 189쪽.

게 지운 빗"[729]을 말하라고 소리친다. 그들에게 자신이 무슨 원통한 일을 하였느냐고 항변한다. 그러나 무덤들은 말이 없다. 그러자 또 어디선가 사랑하는 사람의 흐느껴 우는 소리가 들려온다. '나'는 그녀를 향해서도 힐난조로 그 자신이 무엇을 잘못했느냐고 소리친다. "나무아비타불, 나무관세음보살"을 외면서 온힘을 다해 골짜기를 빠져나가려다 마침내 '나'는 꿈에서 깨어난다. 부처는 "시무외자(施無畏者)"라고 한 법화경의 구절에 의지하여 두려움에서 벗어나고자 하는 것이다. 그러나 무서운 꿈의 기운은 꿈에서 깨어난 자신을 그대로 압도하고 있다. 상념에 잠긴 채 과거를 반추하면서 '나'는 이윽고 "내 본래의 혼이 어렴풋이 눈을 뜨는 것"[730]을 느낀다. "자신의 냄새", "썩은 혼의 냄새"를 맡는다.[731]

> 「썩은 혼!」
>
> 나는 이러한 견지에 과거를 추억한다. 추억하려고 해서 추억하는 것이 아니라 마치 누가 시키는 것 같이 마치 염라대왕의 명경대 앞에 세워진 죄인이 거울에 낱낱이 비최인 제 인생의 추악한 모든 모양을 아니 보려하여도 아니 볼 수 없는 것 같이 나도 이 순간에 내 과거를 추억하지 아니치 못하게 된 것이었다.
>
> 「죄, 죄, 죄, 탐욕, 사기, 음란, 탐욕, 사기, 음란, 이간, 중상, 죄, 죄, 죄」
>
> 다시 벌떡 일어났다.
>
> 「그래, 그래 무서울 거다. 무서울 거야. 냄새야 날거다, 썩는 냄새

729) 이광수, 「꿈」, 『문장』, 1939.7, 368쪽.

730) 위의 책, 371쪽.

731) 위의 책, 같은 쪽. "시무외자"에 대해서는 이운허 옮김, 『법화경』, 동국대학교 역경원, 1990, 381쪽, 참조.

가 날거다.」

나는 이렇게 중얼거렸다.

나는 일어나 앉아서관세음보살을 염불하였다.

「種種諸惡趣 地獄鬼畜生 生老病死苦 以漸悉令滅」

이라고 가르쳐 주신 석가여래의 말슴에나 매어달려보자는 것이었다. 관세음보살은 「施無畏者」라고 부쳐님이 가르쳐 주셨다. 무섭지 않게 하여 주시는 어른이란 말슴이다.

「만일 임종의 순간에 이렇게 무서운 광경이 앞에 보인다면.」

하는 생각이, 내가 반야바라밀다심경을 오이는 동안에도 몇 번이 몸서리를 치게 하고 지나갔다.

「五蘊皆空. 모도 다 공인 데 무어?」

이렇게 뽑내어 본다. 그러나 오온이 다 공이면서도 인과응보가 차착 없음이 이 세계라고 한다.[732]

『반야심경』에 집약되어 나타나는 "공"의 논리를 견강부회 식으로 끌어다 죄의식의 고통에서 벗어나고자 하지만 '나'는 이미 그러한 궤변 철학이 성립 불가능함을 안다. "인과응보가 차착 없음이 이 세계"라는 불교의 가르침은 '나'가 이 죄의식의 세계에서 빠져나올 수 없음을 깨닫게 한다. 그렇다면 이 "죄"란 무엇인가? 그것은 어디에서 시작된 것일까? 아마도 그것은 멀리 1921년 4월 3일, 그가 귀순증을 휴대하고 의주에 도착하여 일경에 체포될 때로 거슬러 올라갈 것이다.[733]

732) 위의 책, 372쪽.

733) 방민호, 「이광수의 자전적 문학에 나타난 작가의식 연구」, 국민대학교 어문학논총, 2003, 118쪽, 참조.

朝鮮同胞가 나를 사랑함이 컷던 만큼 내가 잘못함을 볼 때에 나를 미워함도 큰 것이라고 어떤 친구가 慰安하는 말을 주었다. 내가 上海에서 죽지 아니하고 돌아온 罪는 免할 수 없는 罪다.[734)]

이때 그는 2·8 독립선언서를 기초한 일로 궐석재판에서 유죄판결을 받은 상태였으나 결국 기소되지 않고 풀려나 세상의 의혹을 샀다. 과연 그는 어떻게 재판과 수형생활을 모면할 수 있었던 것일까? 그러나 「꿈」에서도 이러한 "죄"의 실상은 드러나지 않고 "죄"로 인해 고통 받는 영혼의 모습만 처참한 형태로 드러날 뿐이다.

7. 이광수 불교 사상의 극점과 '그 후'—『사랑』에서 『세조대왕』 및 『원효대사』까지

「난제오」의 시점에서 이광수와 불교라는 문제를 탐색해 나가는 데는 두 개의 방향이 주어져 있다. 그 하나는 근래의 연구동향이 보여주듯이 『원효대사』(『매일신보』, 1942.3.1~10.31) 쪽으로 나아가는 것이고, 다른 하나는 『사랑』(박문서관, 1938~9)으로 되돌아가는 것이다. 앞의 것은 일본적인 니치렌주의의 맥락에서 이광수를 독해하는 길이고 뒤의 것은 한국 현대 불교의 선맥을 따라가는 길이다. 이중 후자와 관련해서 이광수는 「육장기」에서 자신과 인연이 깊은 승려들에 관해 언급하고 있다.

이집 역사가 아직 다 끝나기 전에 兀然禪師가 나를 찾아왔소. 그

734) 이광수, 「다난한 반생의 도정」, 『조광』, 1936.6, 119쪽.

는 일주일 간이나 少林寺에 유숙하면서 나를 위하여서 날마다 법을 설하셨소.

이보다 전에 아직 이 집 터를 만들 때에 耘虛法師가 法華經 한 절을 몸소 져다 주셨는데 이 법화경을 날마다 읽기를 두어달이나 한 뒤에 兀然禪師가 오신 것이오. 耘虛, 兀然 두 분은 무론 서로 아는 이지마는 내게 온 것은 서로 의논이 있어 오신 것은 아니오. 그야 말로 다생의 인연으로, 부처님의 위신력, 자비력으로, 내게 오신 것이라고 나는 믿소.

또 이보다 수개월 전에 나는 금강산에서 白性旭師를 만나서 삼사일간 설법을 들을 기회를 얻었소. 또 이보다 십이삼년 전에 나는 映虛堂 石嵌老師와 금강산 구경을 갔다가 神溪寺 普光庵에서 비를 만나 오륙일 유련하는 동안에 불탁에 놓인 법화경을 한 번 읽은 일이 있는데 이것이 법화경에 대한, 이 생에서의 나의 첫 인연이었고, 또 그 전해에 내가 안해와 春海 부처와 함께 釋王寺에서 여름을 날 때에 華嚴經을 읽은 일이 있었소. 또 우연하게 金剛經, 圓覺經 한 절씩을 사둔 일이 있었는데 이 집을 짓던 해 봄에 그것을 통독하였소.[735)]

여기서 "兀然禪師"란 개운사 불교 강원에서 운허와 인연을 맺고 만공선사에게 "올연"이라는 법호를 받게 되며 해방 이후 퇴옹 성철과 함께 봉암사 결사(1947.10~1950.3)를 일으킨 청담 순호(靑潭淳浩) 선사(1902.10.20[음]~1971.11.15)를 가리킨다.[736)] 또 "耘虛法師"란 이광수의 삼종제

735) 이광수, 「육장기」, 『문장』, 1939.9, 6쪽.

736) 혜자, 『빈 연못에 바람이 울고 있다』, 생각의 나무, 2002, 280쪽, 참조.

로서 "박룡하"로 변성명하여 조선불교학인대회를 이끌었고, 나중에는 봉선사와 동국대학교 역경원을 중심으로 불교 역경 사업에 혁혁한 업적을 남겼으며, 그 전에 이미 개운사 불교 전문 강원에서 청담과 인연을 맺은 바 있는 이학수(1892.2.25[음]~1980.11.17), 즉 운허를 가리킨다.[737] 또한 "白性旭師"란 독일에 유학까지 한 학승으로 김일엽과 관련이 깊었고 나중에 동국대학교 총장을 역임한 무호(無號) 백성욱을 이르는 것이다.[738] 이들은 모두 이회광, 김대련, 권상로, 김태흡 등으로 대표되는 일본식 불교와 거리를 두면서 조선 불교의 선불교적 전통을 새롭게 수립하기 위해 큰 노력을 기울인 승려들이다.

이광수는 이러한 한국 불교의 선승들, 민족적 승려들과 관계를 맺으면서 자신의 세계인식을 조정해 나가게 되며 이 과정에서 불교에 대한 인식 역시 방향을 새롭게 설정해 나가게 된다. 장편소설 『사랑』은 이러한 이광수의 불교적 세계인식이 가장 극적으로 승화된 작품이라 할 수 있다.

이 『사랑』이 쓰여진 것은 그가 수양동우회 사건으로 옥고를 치르다 병보석으로 나온 때다. 그는 『사랑』 전편을 1938년 10월 25일에 간행하고 이어서 후편을 1939년 3월 3일에 간행했다. 이 작품의 일차적 특징은 전작 장편소설이라는 점이다. 이광수는 생전에 많은 장편소설을 썼지만 전작 장편소설은 『세조대왕』, 『사랑의 동명왕』과 함께 이 작품이 있을 뿐이다. 이광수는 이 『사랑』에 관하여 "끝까지 다 써가지고, 또 연재물이라는 데 관련된 여러 가지 제한도 없이 써 가지고 세상에 발표하는 것은 이 『사랑』

737) 운허선사가 주도한 조선불교학인대회에 대한 기록은 운허 및 청담 관련 저서마다 약간씩 차이가 있다. 대회 준비를 위한 발기 모임은 1927년 10월 29일에 개운사에서 열렸으나 대회가 개최된 시기는 1928년 3월 14일부터 17일이었고 개최 장소는 개운사가 아니라 각황사였던 것으로 보인다.(「비주지 승려로 불교학인대회-조선불교계에 일대 세력」, 『조선일보』, 1928.3.16, 참조)

738) 방민호, 「김일엽 문학의 사상적 변모 과정과 불교 선택의 의미」, 『한국현대문학연구』 20, 2006.12, 377~382쪽, 참조.

이 처음이오, 또 내 인생관을 솔직히 고백한 것도 이 소설이 처음"[739]이라고 밝힌 바 있다.

이 『사랑』이 작가로서의 이광수 자신에 대해 맺는 관계는 그 주인공 안빈의 형상을 통하여 해명될 수 있다. 『사랑』의 주인공 안빈은 왕년의 유명 작가로 등장한다. 그는 젊어서부터 시와 소설을 썼고 그로부터 큰 명성을 얻었으며 이를 기뻐하였다. 그는 자신의 문학적 능력과 공적을 과신하기도 하였다. 그를 바꾸어 놓은 것은 이러한 문학적 명성에 대한 회의였다. 그는 자신의 문학 작품이 과연 인류를 위해 어떤 일을 할 수 있는지 의심했다. 그것은 기껏해야 청년 남녀의 정신을 '배탈'나게 하고 도덕의 신경쇠약밖에는 줄 수 없는 것이 아니냐. 이러한 고민 속에서 안빈은 자신이 주간하던 잡지 『신문예』를 폐간하고 의학을 배우는 학생으로 돌아간다.[740]

잡지 『신문예』는 소설 속에서 십 년 가까이 문예계의 중심세력이었던 것으로 그려진다. 이를 통하여 수십 명의 시인과 소설가도 배출되었으니만큼 『신문예』는 문학사에 남을 만한 위상을 확보하였다 할 수 있으며 그 '주인' 안빈은 서른두세 살의 나이로 문단의 거장이요, 지도자의 자리에 올랐다 할 수 있다.

이러한 작중 인물 안빈은 물론 이광수 자신을 연상케 한다. 작중에 『신문예』로 그려진 문학잡지의 실제 모델은 『조선문단』이었던 것으로 추측된다.

물론 『신문예』의 안빈과 『조선문단』의 이광수는 같지 않다. 안빈의 『신문예』가 십 년 가까이 문예계를 지배한 것으로 그려진 것과 달리 이광수의 『조선문단』은 여러 번에 걸쳐 발행자가 바뀌고 끊겼다 이어지는 복잡한 사정을 보여 주었다. 또 이 잡지는 "이광수 주재"라는 표어를 달고 1924년

---

739) 이광수, 『사랑』 전편, 9판본, 박문서관, 1938, 5쪽, 참조.

740) 위의 책, 3장 「사랑이 비칠 때」, 참조.

10월에 창간되었지만 이광수가 직접 지도력을 발휘한 것은 초기의 7호 또는 9호까지라고 할 수 있다.[741)]

그럼에도 작중의 안빈과 『신문예』는 실제 작가로서의 이광수의 그가 초기에 주재한 『조선문단』의 관계를 연상시키면서 소설 작품으로서의 『사랑』의 성격을 복잡하게 조성하는 역할을 한다. 이는 마치 이광수의 자전적 소설 『그의 자서전』(『조선일보』, 1936.12.12~1937.4.30)이나 『나』(『나—소년편』, 생활사, 1947 및 『나—스무살 고개』, 박문서관, 1948)가 작가 자신에 대해 맺는 관계를 상기하게 한다. 예를 들어, 『그의 자서전』의 주인공의 이름은 '남궁석'으로 되어 있고 "삼각산이 멀리 보이는 어떤 농촌",[742)] 즉 서울 근처에서 출생한 것으로 처리되어 있어 작중인물을 작가인 이광수와 직접 관계 지을 수 없게 하지만, 그럼에도 불구하고 독자들은 이야기 전개와 더불어 지속적으로 텍스트 바깥의 이광수를 연상하지 않을 수 없다. 작중 화자는 연재를 시작하면서 다음과 같이 이 문제를 교묘하게 처리하고 있다.

> 내 자서전을 읽는 여러분은 제목에는 『그』라고 하고, 본문에는 내라고 하는 이 사람이 당신네 동네 당신 이웃에 사는 사람으로 생각하시면 고만일 것이다. 사람의 생활이란 어느 곳에를 가거나 대개 비슷한 것이니까, 내 생활이 곳 당신의 생활이 아닐까.[743)]

이처럼 텍스트 안의 주인공과 텍스트 바깥의 실제 작가의 관계를 교묘

---

741) 이경훈, 「『조선문단』과 이광수」, 『사이』 10, 2011, 219쪽, 참조. 또, 『조선문단』의 처음 발행자는 방인근이었지만 두 번에 걸쳐 발행자가 더 바뀌면서 1936년 1월호까지 이어져 통권 26권까지 나아갔다.

742) 이광수, 『그의 자서전』, 『조선일보』, 1936.12.22.

743) 위의 소설, 같은 날짜.

하게 이중화하면서, 텍스트 및 그 주인공의 성격의 의미를 보편화 쪽으로 밀어붙임과 동시에 그럼에도 불구하고 여전히 작가와의 관계 속에 비틀어 매는 수법이 『사랑』에도 관철되어 있다. 그리하여 소설속 주인공의 성격의 이상화는 웨인 부스가 말한 내포 작가의 개념을 따라 작가 자신의 이상적 이미지를 창출하는데 기여한다.

그리하여 이광수가 『사랑』 속에서 창조하는 대승적 『법화경』 행자로서의 안빈의 형상은 은연중에 이광수 자신의 형상 위에 겹쳐지는 효과를 발휘하는 바, 그렇더라도, 이를 통하여 작가 자신이 의도한 것은 그 자신의 미화라기보다는 그가 도달하고자 하는 이상적 인물형의 제시에 있다고 할 수 있다. 이는 작중의 다음과 같은 대목에 잘 나타난다.

> 안빈은 법화경 관세음보살의 보문품의 게를 생각해 본다. 관세음보살이 나와 같은 힘 없는 중생으로 있을 때, 중생들이 괴로와함을 차마 보지 못하여「내 아무리 해서라도 중생을 괴로움에서 건지는 자가 되리라」하는 큰 원을 발해 가지고 얼만지 모르는 긴 세월에 여러 천억 부처님을 모셔서 도를 닦고 공덕을 쌓았다는 말이다.
>
> …… (중략) ……
>
> 그렇게 무한히 긴 세월에 도를 닦아서는 어느 곳에나 나타나서 중생을 괴로움에서 건질 힘을 얻으신 것이다. 마치 내가 중생을 병의 괴로움에서 구해 보겠다고 의학 공부를 하여서 의사가 된 모양으로, 관세음보살은 중생의「生老病死苦」를 고칠 양으로 큰 원을 세우고 큰 공부를 하여서 신통력과 지방변을 얻으신 것이다.
>
> …… (중략) ……
>
> 관세음보살을 정성으로 염하는 자에게는 모든 괴로움-죽는 괴

로움 속에서도 의지가 되어 주시는 것이다.

……(중략)……

모든 공덕을 갖추셨으매, 중생을 도우실 힘이 있으신 것이다. 많은 재물을 쌓을 부자가 가난한 중생을 도울 수 있는 모양으로, 큰 공덕이 있으매, 자비로우신 눈으로 중생을 보시는 것이 뜻이 있는 것이다. 나같이 공덕이 없는 자가 중생을 자비한다는 것은 거지가 가난한 사람을 불쌍히 여김과 같이 아무 효과가 없는 것이다.

나와 같은 힘없는 중생으로서 괴로와하는 중생을 건지리라는 뜻을-원을 세워서 오래고 오랜 동안 부지런히 부지런히 힘쓴 결과로 그 원을 이루셨다는 아미타불이나 관세음보살은 결코 우리와 동떨어진 신이 아니요, 우리와 같은 피를 가진 중생이시다. 다만 선배시고 선생님이시다. -이렇게 생각하매, 더욱 아미타불이나 관세음보살이 현실적이요, 바로 내 곁에 있는 친구와 같았다.[744)]

이러한 사유과정을 통해서 안빈은 그 자신을 아미타불이나 관세음보살처럼 오랜 동안의 인고를 통하여 중생을 능히 구제할 수 있는 존재로 거듭나기를 갈구하는 대승적 인물의 형상을 띠게 되며, 이는 곧 이광수 자신이 법화경적 불교를 통하여 도달하고자 한 자신의 이상적 상태를 가리킨다.

한 연구에 따르면 불교에 있어 보살이란 "미래에 성불할 것을 수기를 받고 실천하며, 상구보리하고 하화중생하는 원력을 가진 것"이다.[745)] 이 가운데 관세음보살은 "세상의 음성을 觀하는 보살"[746)]이다. 『사랑』의 주인공

744) 이광수, 『이광수 전집』 10 (『사랑』), 삼중당, 1963, 166~167쪽.

745) 한태식(보광), 「관세음보살 사상에 관한 연구」, 『정토학연구』 17, 2012, 13쪽.

746) 위의 논문, 19쪽. 『묘법연화경』(법화경) 보문품에 "觀世音菩薩卽時觀其音聲皆得解脫"이라는 구절이 있다.(위의 논문, 17쪽, 참조)

안빈은 『법화경』의 교리를 독실하게 따르고자 하는 사람으로서 자신의 생애가 관세음보살의 보살행처럼 자비로써 일체 중생을 구원하고자 하는 서원을 세우고 실천하고자 하는 인물이다. 『사랑』은 이러한 안빈의 '『법화경』적' 중생 구제 사상에 감응한 안식교도 석순옥이 중학교 교사 자리를 버리고 그에게 와 함께 병든 사람들을 구제해 나간다는 내용을 가지고 있으며, 불교의 자비와 기독교의 사랑을 근본에서 통합하여 그 일치된 힘으로 사람들의 고통을 어루만져주고자 하는 작가 이광수의 이상을 제시한 것이다.[747)]

안빈과 석순옥 두 사람 모두가 자기 개인의 사적인 욕망에 기초한, 애욕으로서의 사랑과 그것이 주는 쾌락과 행복을 멀리하고, 보시, 지계, 인욕, 정진, 선정, 지혜의 육바라밀을 통하여 중생 구제의 실천의 삶을 살아가면서 그들 스스로 인간으로서의 향상을 이루는 것, 이광수는 그러한 인물들의 형상을 통하여 자신이 지향하는 '초자아적', '초개인적' 삶의 이상을 밝히고자 했다.[748)] 필자는 이 『사랑』을 이광수의 불교적 자기 초극이 가장 극적으로 나타난 문제작이라 평가하고자 한다.

그러나 『사랑』에 나타나는 이러한 이상적 인간상은 앞의 6장에서 이미 논의한 실제 현실 속에서의 작가의 모습과는 큰 거리가 있다. 노구교사건(1937.7.7)의 중일전쟁으로 치닫는 동북아시아 정세와 수양동우회 사건의 피검과 재판 과정을 겪으면서도 소설 『사랑』을 통하여 사랑에 의한 인류 구제를 내세운 작가 이광수는 소설 속의 안빈과 달리 극단적인 훼절을 향해 나아간다. 『세조대왕』(박문서관, 1940) 및 『원효대사』(『매일신보』,

---

747) 『사랑』에 나타난 종교통합적인 인류 구제의 사상에 관해서는, 방민호, 「이광수 장편소설 『사랑』에 나타난 종교 통합적 논리의 의미」, 『춘원연구학보』 2, 2009, 참조.

748) 『사랑』에 나타난 육바라밀의 측면에 관해서는 정진원, 「춘원 이광수의 소설 『사랑』의 불교적 상호텍스트성—불교시 「인과」 「애인」 「법화경」을 중심으로」, 『텍스트 언어학』 20, 2006, 참조.

1942.3.1~10.31)는 이 과정에 놓인 작가적 고뇌를 암암리에, 그러나 크게 노출시키는 작품들이다.

이광수는 『사랑』을 쓰고 『세조대왕』에 이어 『원효대사』로 나아가는 과정에서 일제의 폭력적 억압에 전면적으로 노출되는 상황에 놓인다. 무엇보다 수양동우회 사건으로 1937년 6월 7일에 피검, 같은 해 12월 24일에 병보석으로 출감하지만 이듬해 봄에는 그가 사상적 지도자로 따르던 안창호가 세상을 떠나게 된다. 그는 수양동우회 사건은 아주 오래 계속되어 1939년 겨울에 재판에서 무죄 판결을 받자 검찰에서 항소, 1940년 여름에는 5년형을 선고받는다. 이 수양동우회 사건은 장장 4년 5개월에 걸친 재판 끝에 1941년 11월에 가서야 끝을 보게 된다. 이광수를 비롯한 전부가 무죄 판결을 받았지만 이는 당시의 사법 체제가 체제적 굴종을 강요하는 전형적 메커니즘의 하나였음을 입증해 줄 뿐이다.

이러한 맥락에서 보면 『세조대왕』은 수양동우회 재판 과정에서 쓴 것이며, 『원효대사』는 그 긴 과정의 결과로서 나타난 작품이다. 두 작품은 그러므로 단순히 이광수의 정신적 훼절을 드러낸 것 이상으로, 일제 체제의 개체 억압 시스템이 이광수라는 구체적 개인에게 가한 폭력의 흔적을 드러내는 증거로 이해될 필요가 있다.

이 두 작품을 통하여 이광수는 사랑을 통한 인류 구원의 사상을 설파하는 데서 물러나 자신의 개인사적 삶에 가로 놓인 고통과, 그에 대한 잘못된 대응의 결과로서의 공포, 불안, 죄의식 따위를 그려내고자 한다. 이 두 소설은 그런 점에서 이광수의 초기 단편소설들, 이미 앞에서 언급한 「愛か」, 「방황」, 「윤광호」 등이 보여주는 작가적 정신 상황과 궤를 같이한다.

『세조대왕』은 세조 11년 4월 7일부터 14년 9월 7일에 이르는 세조 말년의 생애를 소설적으로 그려낸 것이다. 이 소설을 가리켜 박종화는 나중에 이를 이광수의 자전적 소설로 읽어도 무방하다고 하였으며,[749] 실제로도 역사 속의 세조의 말년의 형상과 이광수 사이에는 여러 가지 유의할 만한 유사성이 발견된다.

무엇보다 작중에 나타나는 말년의 세조와 이 작품을 쓰던 시기의 이광수는 자연 연령 면에서 겹치는 점이 있다. 작품 속의 세조대왕은 49세에서 52세에 걸쳐 있으며 작가 이광수는 48세인 1939년에 이 작품을 쓰기 시작해서 다음해에 작품을 출간한다. 세조가 말년에 가려움병으로 고생했다는 것은 작품에 그려진 것 아니라도 아주 잘 알려진 사실이거니와 작가 이광수 역시 이 무렵에 폐결핵을 앓고 있다. 또한 작중의 세조가 아들의 죽음으로 괴로워한 것과 마찬가지로 이광수 역시 아들의 죽음에 충격을 받고 『조선일보』를 사직, 금강산에 입산하는 등 수양동우회 사건뿐 아니라 개인사적 고통이 가시지 않은 상황에서 이 소설을 써나가야 했다. 다음으로 『세조대왕』에 그려진 왕이 죽음에 이르기까지 독실한 불교 신도로 나타나는 것과 마찬가지로 당시의 이광수 역시 『사랑』, 『춘원 시가집』(박문서관, 1940), 『세조대왕』, 『원효대사』 등 불교 사상에 급격히 경사되는 양상을 보였다. 마지막으로 작중의 세조가 말년에 이르러 깊은 죄의식에 사로잡혀 있었던 것으로 그려지듯이 작가 이광수 역시 단편소설 「꿈」(『문장』, 1939.7) 등에 여실하게 나타나듯 자신의 죄가 무엇인지 이미 알고 있으며 그것으로부터 벗어날 수 없음을 절감하고 있었다.

『세조대왕』은 작중 세조와 작품 바깥 작가 자신의 이러한 유사성에 기대면서, 그 자신의 뿌리 깊은 죄의식과 인생무상의 허무주의를 표백하려 한다. 이 소설의 결말 부근에서 이광수는 『원각경』의 사상을 끌어들인다.

749) 박종화, 「해설」, 『이광수 전집』 5, 삼중당, 1962, 558쪽.

『若知我空. 無毁我者. 有我說法. 我未斷故.』

(내가 뷔임 알진댄 나를 헐리 없고녀. 내 있어 법 설함도 내 끊이지 못함이라.)

상감은 원각경의 이 구절을 생각하셨다.

다음 순간에, 상감은,

『我本不有. 憎愛何由.』

(내 본대 있지 아니 하거니 믭고 닷음 어디서 생기려.)

하는 것을 생각하셨다. 「닷음」이란 사랑함이란 뜻이다.

다음 순간에,

『身心客塵. 從此永滅. 흥 몸과 마음이 다 뜬 몬지지. 그것이 나는 아니야.』

이렇게 생각하셨다.

또 다음 순간에,

『衆生壽命 皆爲浮想』

(중생의 목숨이 다 뜬 생각이라.)

이란 것이 생각 나시고, 다음 순간에,

了知身心皆爲罣碍. 無知覺明. 不依諸碍. 永得超過碍無碍境

(몸과 마음이 다 가리움이 됨을 알아, 지각함 없는 밝음이 모든 장애에 의지함 없이, 길이 가리움 있고 가리움 없는 경계를 뛰어나)

하는 것을 생각하시고 또 다음 순간에,

圓覺普照. 寂滅無二. 於中百千萬億阿僧祇不可說恒河沙諸佛世界猶如空華亂起亂滅. 不即不離. 無縛無脫.始知衆生本來成佛. 生死涅槃猶如昨夢.

(두려운 깨달음이 널리 비최어, 괴외하여 둘이 없은 데, 그 속에 수없는 부처세계들이 헛개비와 같이 어즈러이 일어났다가 어지러히 슬어져, 바로 그것도 아니오,

그것을 떠남도 아니며, 얽힘도 아니오 얽힘을 벗음도 아니니, 비로소 알괘라 중생이 본래 무지를 일웠고 나고 죽고 열반함이 어젯밤 꿈과 같고나.)

하는 구절을 생각하실 때에 상감은 눈을 번히 뜨시고 웃으셨다.[750]

『원각경』의 '원각'은 큰 진리를 깨달음을 가리키는 것으로, 그 첫 장의 '문수보살장'에 따르면 그것은 청정한 진여의 세계이며, 보리와 열반에 드는 것이며, 바라밀의 경지에 도달하는 것이며, 그로써 보살을 가르치는 것이다. 세조는 죽음의 때에 이르러 이러한 『원각경』의 가르침을 깨닫게 되는 바, 이처럼 자기 곧 "나"를 떠나 "나고 죽고 열반함이 어젯밤 꿈과 같"음을 처절하게 자각하는 것이야말로 어두운 시대를 살아가야 했던 한 사람의 개체로서의 이광수의 염원이었다. 그러나, 끝내 세속인의 범주에서 벗어날 수 없었던 그는 폭력과 죽음에 대한 공포를 뛰어넘을 수 없었다.

일제라는 폭력과 죽음의 위협 앞에 선 이광수의 선택에 관해서는 김동인의 회고가 무척 상세하다. 『문단 삼십 년의 발자취』에 나타난 김동인의 이광수 회상은 그의 독단적인 판단 방식과 춘원에 대한 깊은 경쟁 심리를 감안하고도 참고할 만한 가치가 있다.

그에 따르면 김동인은 북경에서 돌아와 평양에 머물던 중 가형 동원의 주문을 받고 서울로 가 이광수를 만난다.[751] 김동원은 이광수의 수양동맹회와 합쳐 수양동우회를 이룬 한 축인 동우구락부를 이끈 중심 인물이다. 김동인에 따르면, 김동원은 안창호가 타계해 버린 마당에 수양동우회원들

750) 이광수, 『세조대왕』, 박문서관, 1940, 342~343쪽.

751) 김동인, 『문단 삼십 년의 발자취』, 『신천지』, 1948.3~1949.8, 『동인전집』 8, 홍자출판사, 1968, 471~474쪽, 참조.

의 생명의 끈을 좌우하는 것은 이광수며 그가 전향한다면 40여 수양동우회원들을 살릴 수도 있다고 생각했다. 그러나 정작 서울에 올라와 이광수를 만난 김동인은 집안의 맏형의 생각과는 다른 맥락에서 이광수를 설득하고자 했다.

> 壽, 富, 貴를 일생의 복록으로 꼽는데, 그대 나이 오십이니 이미 壽에 부족이 없고 그대 비록 재산이 없으나 부인이 넉넉히 자식 양육할 만한 재산이 있으니 富도 그만하면 족하고, 춘원 이광수라 하면 그 명성이 이 땅에 어깨를 겨눌 자 없으니 貴 또한 족하다. 이제 더 「壽」를 누리다가 욕이 혹은 더해지겠고 지금껏 쌓은 공이 헛데로 돌아갈지도 모르겠으니, 그대의 수를 오십으로 고정시켜서 그대의 뒤가 헛데로 안 돌아가도록 함이 어떠냐?[752]

이러한 설득의 본의는 "춘원이 온 「죄」를 뒤집어 쓰고 壽, 富, 貴 그냥 지닌 채 자살해 버리라는 것"[753]이었다. 그러나 이광수는 우리가 아는 바와 같이 이 난경 앞에서 자살 대신에 전향을 선택했으며 그 후의 일들은 현재에 이르기까지 그를 대일협력이라는 이름의 사슬에서 벗어나지 못하게 하고 있다.

과연 수양동우회 사건에서 이광수는 자살했어야 하는가? 목숨을 부지하고 더 길게 살고자 함은 생명 받은 모든 존재의 공통적 본능이지만 특히 사람에게는 순교와 같이 자신의 신념을 위해 능동적으로 죽음을 선택하는 행동방식이 허여되어 있다. 만약 이광수가 그때 삶 대신에 죽음을 선택,

752) 위의 책, 472쪽.

753) 위의 책, 473쪽.

전향 대신에 비록 개량주의적 노선이라 할지라도 민족운동의 경계를 벗어나지 않는 길을 걸었다면 그의 이름은 오늘에 보다 값있게 보존되었을 것이다. 이광수가 6·25전쟁의 와중에 유명을 달리한 것을 감안하면 그는 결과적으로 십여 년의 수명을 더 지속하기 위해 대의와 명분을 결정적으로 상실해 버린 것이다.

일제 강점기 시기에 집필된 『원효대사』는 이 작품을 지금까지 언급해 온 이광수의 사회사적 삶과 개인사적 삶의 긴장과 상충이라는 맥락에서 재독하게 한다. 여기서 이광수는 신라의 파계승 원효의 형상을 전면에 내세운다. 나아가 이 소설에 나타난 원효의 파계는 각종 원효 관련 설화에 나타나는 활달하면서도 능동적인 파계와는 달리 타력에 이끌려 요석궁에 가 공주의 하소연을 이기지 못해 잘못을 범하는 것으로 그려진다.

또한 이 소설에 나타난 원효는 「육장기」에서의 변질된 국가주의적 불교사상을 떠올리게 하는 '국가주의자'로서의 면모를 지니기도 한다.

> 한번은 역사를 하다가 쉬는 동안에 의명이 이런 말을 물엇다. 집 한 채를 지으랴면 나무도 만히 찍어야 하고 풀뿌리도 만히 파야하고 그러노라면 살던 새와 버러지도 만히 의지를 일케 될 쑨더러 직접('직'은 인용자가 삽입) 죽는 일도 만핫다. 의명은 이것이 아쳐로왓던 것이다.
>
> 『왜 살생이 아니야.』
>
> 원효는 이러케 대답하엿다.
>
> 『그런데 사문(沙門)이 살생을 해도 조흡니까.』
>
> 의명은 이러케 물엇다.
>
> 『사바세계가 살생 아니하고 살아갈 수 잇는 세겐가.』

원효는 이러케 대답하엿다.

『그러면 사문과 속인과 다를것이 무엇입니까.』

『범부는 저를 위해서 남을 죽이고, 보살은 중생을 건지기 위하여서 남을 죽이니라. 석가세존의 발에 발펴서 죽은 중생은 얼마나 되는지 아는가. 석가 세존이 열반하시기 전에, 도야지 고기를 잡수시지 안핫나? 그러나 석가세존은 일즉 한 번도 살생하신 일이 업나니라.』

원효는 이럿케 대답하엿다.

『어찌해서 그것이 살생이 안됩니까.』

『세존은 당신을 위하여 사신 일이 업스시니.』

원효의 말에 의명은

『알앗습니다.』

하고 절하엿다.

『그러면 살생유택(殺生有擇)이란 무엇입니까.』

의명은 다시 물엇다.

『그것은 세속 사람이 지킬 것이니라.』

『보살은 살생이 업습니다.』

『그러타. 보살은 삼계중생을 다 죽여도 살생이 아니니라. 자비니라.』

『알앗습니다.』

하고 의명은 또 한 번 절하엿다.[754)]

위의 인용 구절은 원효와 그의 제자 의명 사이의 대화다. 여기서 원효는

754) 이광수, 『원효대사』 108회, 『매일신보』, 1942.7.31.

범부의 살생과 보살의 살생은 다르다고 강변하며, 석가세존은 일찍이 한 번도 살생한 일이 없다는 논리를 편다. 부처의 방편반야의 논리를 교묘하게, 그러나 다소 저급하게 뒤틀어 놓은 작중 원효의 논리는 보살은 삼계 중생을 다 죽여도 살생이 아니라 자비라는 궤변으로까지 연결된다. 이것은 「육장기」에 나타났던 국가주의적 불교 사상을 다시 한 번 되풀이한 것이다.

이광수의 소설들은 다면적이고도 복합적이며, 작중 인물이 작가 자신의 생각을 대변하는가 하면 반드시 그렇지만도 않은 경우가 많기 때문에 위의 장면에 나타나는 원효의 생각을 이광수 자신의 것이라고 단언하고 마는 것은 해석상 실수를 범할 우려도 있다. 그러나 『원효대사』는 역사소설이라는 의장 아래 신라라는 민족적 역사의 장을 서사화하고 또 그럼으로써 일제 말기의 엄혹한 상황 아래서 민족적 정체성에 관한 사유를 전개한 것임에도 불구하고 작중 원효의 논리에 내재된 니치렌주의적 윤색의 혐의는 쉽게 벗을 수 없을 것이다.

심층적 해석을 요하는 『원효대사』의 복합적, 다층적 특성에 관해서 필자는 논의한 바 있다. 그럼에도 이 소설은 수양동우회를 기점으로 자기 자신을 비롯한 동우회 '동지'들의 안위가 위태로울 수밖에 없는 상황에서 자결 또는 저항 대신에 굴종과 노골적 협력으로 나아가지 않을 수 없었던 이광수 불교 사상의 변질을 보여준다.

8. 이광수 또는 현대 초기 문학인에 있어 불교

이광수 또는 그의 문학에 있어 불교가 어떤 의미를 지녔는가 하는 문제는 간단히 해결할 수 있는 문제가 아니다. 그는 한국의 현대문학인 가운데 불교 경전에 가장 정통한 지식인의 한 사람이었고 불교적 논리를 창작의 어느 단계부터는 매우 직접적이고도 노골적으로, 또는 상징적, 알레고리적으로 작중에 도입해 나갔다.

이러한 이광수의 불교사상의 정점에는 필자는 전작 장편소설 『사랑』이 놓여 있는 것으로 판단한다. 그는 수양동우회 사건이라는, 치안유지법 위반으로 다루어진 중죄인의 처지에서 불교의 자비와 기독교의 사랑을 하나로 융합한 종교 통합을 통하여 병든 인류의 구제라는 대승적 사상을 설파했다. 톨스토이가 『부활』을 통하여 인류를 구제할 수 있는 것은 감옥이 아니라 사랑이라고 했듯이 이광수는 『사랑』을 통하여 인류를 구원할 수 있는 것은 전쟁과 같은 살육이 아니라 부처의 수없는 겁에 걸친 사랑의 실천 같은 보살행이 필요하다고 역설한 것이다.

이러한 『사랑』을 앞에 두고 다른 작품들에 나타난 불교의 '쓰임'을 비교하면서 그 거리를 측정해 볼 필요가 있다. 이광수는 일생에 걸쳐 사회사적 소설, 또는 인생을 위한 예술의 길을 걷고자 한 작가였고, 이는 『무정』(『매일신보』, 1917.1.1~6.14), 『재생』(『동아일보』, 1924.11~1925.9.28), 『흙』(『동아일보』, 1932.4.12~1933.7.10) 등을 거쳐 『사랑』을 거쳐 해방 후에 간행한 『사랑의 동명왕』(한성도서, 1950)에까지 나아간다. 『사랑의 동명왕』과 같은 역사소설의 맥락을 살리면 사실은 일제 강점기에 발표된 그의 다른 역사소설들 모두가 일종의 사회적 실천을 염두에 둔 작품들이라 할 수 있으며 그러한 의미에서 넓은 범주의 인생을 위한 소설의 노선 위에 선 작품들이라 분류할 수 있다.

그러나 이광수의 일생은 그를 평온한 사회적 소설의 범주 속에 머무를 수 있도록 허용하지 않았다. 그는 사회적 실천과 상충하는, 개인사적 욕망과 고뇌, 죄의식 등에 지속적으로 시달릴 수밖에 없는 존재론적 조건에 처했고 이를 어떤 형태로든 지양, 초극하고자 하는 시도를 단념할 수 없었다.

이광수에 있어 불교는 바로 그와 같은 모순과 괴리를 치유할 수 있는 가능성으로서 나타난다. 그보다 늦게 문단에 나온 김일엽과 같은 여성 문학인에 있어 불교가 그러했듯이 이광수에 있어서도 불교는 현대적 자아에 눈 뜬 작가로서 사회적 소설, 인생을 위한 예술의 이상에도 불구하고 자기라는 문제를 안고 고뇌하지 않을 수 없었던 그에게 일종의 탈출구 또는 해결책으로 등장한다. 불교는 '나'라고 하는, 현대적 개인주의 또는 자아주의가 절대적으로 의지해 마지 않는 범주를 그 근본에서부터 부정하며 해체하는 논리를 내장하고 있으며, 이 점에서 넓은 의미에 있어서의 근대주의를 극복할 수 있는 전망을 함축하고 있는 것으로 믿어질 수 있다.

그러나 또한 동시에 일제 강점기의 불교를 둘러싼 사상적 지형은 그리 녹록하거나 간단치 않다. 한편으로는 일제 강점과 시기를 같이 하여 밀려온 일본식 불교, 천황제적 국가주의와 결합한 니체렌주의적 불교, 결혼과 육식과 재가 수련을 허용하는 세속 불교적 경향이 뚜렷한 흐름을 이루는가 하면, 다른 한편으로는 경허나 만공, 백용성, 운허나 청담 같은 민족적, 저항적 불교 사상이 새로운 흐름을 뚜렷이 하며 그에 대항했고, 한용운 같은 선각자는 불교의 '유신'을 추구하면서도 일제에 대한 강력한 저항 노선을 견지하는 독특한 양상을 나타내기도 했다.

이광수는 본래 안창호와의 영향 관계가 보여주듯이 서북지방의 개화계몽사상의 흐름을 배경으로 성장한 작가며 그만큼 기독교 사상의 영향이 컸던 작가다. 반면에, 그는 또한, 이른 나이에 일본의 메이지중학에 유학하고 와세다대학에 다시 한 번 유학한 것, 그리고 조선총독부의 어떤 후원 아래 『매일신보』에 『무정』을 연재하고 청년 지식인으로 두각을 나타내기에 이른 것에서 가늠할 수 있듯이 '제국-식민지' 체제의 메커니즘에 의해 의도적으로 양성된 지식인 작가이기도 하다. 제1차 유학을 포함한 이광수의 이른 성장과정 내내 그리고 제2차 일본유학 및 『무정』 연재, 2·8 유학생 독립 선언 기초, 상하이 망명 등으로 이어지는 숨 가쁜 경력 속에서 이광수는 대일협력에 기울기 쉬운 개화계몽 노선과 저항민족주의 노선 사이에서 갈등을 겪었고 이것은 한 사람의 개체로서의 이광수의 정신에 쉽게 치유하기 어려운 상흔을 남겼던 것으로 보인다. 망명 생활을 청산하고 조선으로 돌아와 「민족개조론」을 발표하고 수양동맹회를 조직하는 등의 활동을 벌이면서도 이광수의 '영혼'은 결코 평온할 수 없었을 것이다.

이광수의 소설은 그가 이처럼 처절한, 현대적으로 분열된 세계의 고통을 통과함으로써 나타난 소산이라는 점에 주목할 필요가 있다. 이 점에서 다음과 같은 해석이 가능하다. 즉, 예를 들어 『무정』은 근대주의를 주장하기도 했으나 작중의 이형식이 당면한 '무정' 세계를 지양하여 '유정' 세계로 나아갈 것을 주장했다는 점에서 탈근대적 충동을 발동하고 있다. 또한 농촌 계몽 사상을 설파하고 있는 것으로 흔하게 해석되는 『흙』은 차라리 '살여울'의 유순이라는 여인으로 상징되는 '흙', 다시 말해 자연, 또는 자연적, 농촌적 공동체로의 지식인 허숭의 '귀의'를 그린 것이라고 할 수 있다.

이와 같은 맥락에서 『사랑』은 개인, 자아의 범주에 얽매인 욕망의 발동 대신 그러한 개인, 자아 개념을 해체한 대승적 사랑의 보살행을 통하여 현대적 인류가 당면한 전쟁과 살육을 초극하고자 한 사상의 결집체이고, 이 점에서 이광수에 있어 불교는 현대의 사상적, 사회적 토대의 한계를 넘어서고자 한 방법론이었다. 이러한 불교의 의미를 그가 끝까지 일관되게 지켜낼 수 없었던 것은 그의 불행이자 그의 문학을 한국문학의 태두로 의식하는 우리들 모두의 불행이라 하지 않을 수 없다.

보론

이광수 문학을 둘러싼 토론

‘신라의 발견’에 붙여

1. ‘신라의 발견’ 논의의 위치와 성격

‘신라의 발견’에 관한 논의를 취급해 달라는 제안에 내심 반가웠다. 지난 몇 년간 필자가 관심을 기울여온 한국문학의 ‘현대 이행’이라는 문제를, 비록 철지난 느낌이 없지 않지만 비평적 쟁점이 된 문제와 부딪히게 하고, 그럼으로써 필자의 생각의 유효성 여부를 시험해 볼 수 있기 때문이다.

필자 역시 ‘현대 이행’이라는 문제, 현대문학이란 무엇이냐 하는 문제에 관심이 있었다. 하지만 필자가 문제를 다루는 방식은 현저히 귀납적인 데 치우쳐 있어 일반론을 제출하기까지는 긴 시간이 아직도 더 필요했다. 그럼에도 논쟁은 문제를 해결해 주지는 않지만 문제의 소지와 성격을 인식하게 하고, 그럼으로써 연구 수준을 심화시켜 가는 촉매제가 된다.

먼저 밝히면 필자는 ‘신라의 발견’과 관련된 그간의 논의를 주밀하게 살피지는 못했다. 한 당사자인 김흥규의 글들은, 『근대의 특권화를 넘어서』(창비, 2013)는 통독을 했으며, 아주 깊은 통찰과 문제의식의 산물임을 알아차릴 수 있었다.

다만, 이 논의들은 여러 가지를 고려하여 문학 작품에 대한 논의를 우회하고 있다. 따라서 이 글에서 필자의 몫은 문학 작품을 통한 주장 또는 논증의 형태를 띠게 될 것이다. 황종연의 글들은 사실상 『신라의 발견』(동국대출판부, 2008)에 실린 첫 번째 글을 접했을 뿐이고, 그밖에는 같은 책의 윤선태의 글 등을 접했을 뿐이다.

여기서는 최근 몇 년 간 필자의 연구 결과를 바탕으로 '신라의 발견' 논의에 대한 생각을 간추려 전개하고자 한다.

김동리의 고장 경주는 이 논쟁을 취급하는데 적절한 장소인 듯하다. 김동리야말로 자신이 경주라는 폐도의 후예라고, 강렬하게 의식한 작가였기 때문이다. 자신을 경주의 아들, 신라의 후예로 인식한 김동리의 '자기 인식'은 그로 하여금 일제 말기를 견딜 수 있게 해준 일종의 근거였다.

특히 필자는 김동리의 몇몇 단편소설 「술」, 「폐도의 시인」, 「두꺼비」 같은 작품들에 주목하고 있다. 이 세 작품은 「무녀도」나 「산화」, 「화랑의 후예」 같은, 1930년대 후반에 씌어진 다른 작품들만큼이나 지극히 중시되지 않으면 안 되는 것으로 보인다. 여기에 김동리의 '비전향' 사상이, 그 형태와 구조가 적나라하게 표현되어 있기 때문이다.

김윤식은 1930년대 중반 이후의 전향을 1차, 2차로 나누어 설명하면서 1차 전향이란 마르크스주의자나 민족주의자가 그것을 버리는 것으로, 2차 전향이란 천황제 파시즘에 귀의하는 것으로 설명했다.

「두꺼비」는 이를 적용해 말하면 1차 전향을 거부하는 인물의 이야기다. 주인공은 여기서 삼촌의 대승주의, 즉 세계시민주의를 부정하고 소승주의, 즉 민족주의를 버리지 않으려 한다. 이 소설이 씌어직 시점이나, 전향 문제에 특이하게 불교적인 용어를 도입하고 있음에 비추어 이 소설은 필시 이광수의 장편소설 『사랑』을 염두에 두고 썼을 가능성이 농후하다. 이 문제는 물론 다소의 논증이 필요하다.

그러나 당시 불교계가 첨예한 논전의 장이었다는 것, 한편에 한용운이나 이학수 운허나 젊은 청담, 박한영, 백용성, 송만공 같은 이들이 있는가 하면, 그 대극에 김태흡이니 권상로니 하는 친일 승려들이 있었고, 이광수가 이러한 각축의 장 속에서 『사랑』이니, 「육장기」, 「난제오」니, 「무명」이니, 그리고 『세조대왕』을 썼으며, 이것이 『원효대사』로 귀착된다는 것을 이해하는 것은 중요하다. 마르크시즘에서와 마찬가지로 불교계에도 이른바 전향축과 비전향축의 대립이 있었고, 이광수는 김동리가 「두꺼비」에서 비판한 '세계시민주의'를 거쳐 천황제 파시즘의 승인 쪽으로, 적어도 표면상으로는 논지를 이월시켜 가게 된다.

이와 같은 전향의 계절에 '젊디나 젊은' 김동리가 서정주나 정비석 같은 여타의 작가들과 달리 '자기'를 버리지 않고 지켜가는 모습은 하나의 장관이라 하지 않을 수 없다. 그리고 이 '저항'의 바탕에 바로 경주와 신라의 기억이 존재한다.

「폐도의 시인」은 「술」에서 보듯 지독한 허무에 시종할 수도 있었을 김동리가 어째서 그 허무에도 불구하고 '자기'를 지켜냈는가를 보여준다. 이 소설의 주인공은 자신을 폐도의 자식으로 이해한다. '폐도'(廢都)란 이미 역사적 시효성을 상실한 도읍이다. 이 말이 김동리에게는 하나의 역설이 된다. 세속적인 권력을 상실한 폐도가, 김동리에게서는 마치 능구렁이에게 잡아먹힌 두꺼비가 그 안에서 무수히 많은 새끼를 낳아 그것들이 능구렁이 뼈마디 마다에서 쏟아져 나오듯이, 폐도는 죽었어도 죽지 않고, 죽은 뒤에도 부활하며, 자신을 죽음으로 몰아넣은 자를 응징한다, 복수를 행한다.

이 죽음의 극복과 부활과 복수는 일종의 사상이라고 불러 마땅한 것이며, 사상이라는 말은 이런 때 비로소 그 생생한 실체성을 드러낸다. 필자의

『일제 말기 한국문학의 담론과 텍스트』에 서평을 쓴 한 연구자는 필자의 저서가 동아시아협동체론이니 뭐니 하는 사상들을 구축하려 한 일제 말기 작가들의 사상적 모색을 외면하고, 그들을 불안과 공포에 사로잡힌 왜소한 사람들로 묘사했다고 비판을 가했다. 물론 서평의 전반적인 내용은 우호적이고 긍정적이었지만, 이와 같은 진단은 필자가 그 책에서 묘사하려 한 사상의 생생한 실체성을 보지 못했거나 알고도 애써 외면한 것이다.

한 문학인의 사상이란 '동아협동체론'이나 '마르크시즘'이나 '불교' 따위를 그가 어떻게 그럴 듯한 말로 논리화했는가를 보여주는 시신의 해부학으로는 절대로 포착할 수 없다. 그런 방법은 사이비 사상에 논리를 부여해주거나, 비루하고 과장된 것에 의미와 가치를 부여하는 일에 불과한 것이 된다. 사상은 한 개인이 온갖 거대담론들의 존재에도 불구하고 그것들을 종합하거나 지양하고, 또 여기에 그 자신의 시대인식과 경험이 응축되어 하나의 생생한 개별적 자질을 획득할 때 비로소 사상다운 것이 된다. 이광수나 최남선의 일제 말기 대일협력 논리를, 서정주의 '종천순일' 같은 것은 사상이라 일컬어주지 않고 역사의 어둠에 묻힌 것들로 취급하는 이유가 여기에 있다.

그때 김동리는 근대의 초극 운운하는 일본 지식인들의 허위적인 관념들을 도입하는 대신에, 「두꺼비」의 저항사상을 주조해 냈으니, 이것은 '식민지적 근대'의 극복이라는 시대적 과제를 김동리만의 방식으로 '해결'한 것이라 할 수 있다.

그리고 그 배후에 바로 신라와 경주가 있었다. 그러면 이렇게 반문할 것이다. 이 신라와 경주는 김동리의 것이었는가? 혹은 범부 김정설의 것이었는가? 그것은 일제 식민사학이 제출한 '신라의 발견'의 산물이 아니었는가?

그러나 경주를 죽은 도읍으로 명명하는 김동리의 용례를 '(통일)신라의 발견'의 논리에 연결되는 것으로, 즉 그것과 등가적인 것으로 놓을 수는 없을 것이다. 김동리의 경주는 『원효대사』에서 이광수가 화려하게 묘사한 경주와는 비교할 수 없도록 비참하고 황폐하기 때문이다. 「화랑의 후예」의 주인공처럼 경주는 아무런 세속적 입법성(실정성)을 지니지 못한 죽은 도시다. 그러나 김동리의 소설에서는 이 죽은 왕조의 옛 도시가 산 제국의 힘과 논리를 이긴다. 죽은 자가 돌아와 잘못된 산 자들의 세계에 응징을 가한다.

이러한 '사상'은 요컨대 일제의 식민사학의 대상으로서의 경주 표상에서는 발견될 수 없다. 즉, 역사에 관한 모든 것을, 그것을 보는 기본적 모델을, 심지어 '(통일)신라의 발견'조차 일제 식민사학이 제공했다는 논리는 적어도 김동리 같은 작가에게는 허용되거나 관철되지 못한다.

다시 말해 우리가 지금 가치 있게 보존해야 하는 신라나 경주에 관한 담론은 이런 것이며, 이러한 '진정한' 역사철학은 식민사학 따위가 제공해 줄리 만무하다.

에드워드 사이드의 『오리엔탈리즘』과 강상중의 『오리엔탈리즘을 넘어서』가 공들여 주장한 것은 권력의 효과로서의 담론이 그 자체로 진실한 것은 아니라는 점이었다. 만약 이러한 오리엔탈리즘론 또는 그것과 관련 깊은 포스트콜로니얼리즘론을 진지하게 취급하려는 연구자라면, 일제 식민사학에 의해 주창된 '신라의 발견'이 현진건이나 이광수에게 어떻게 관철되었나를 즐겨 묘사하기 전에 그러한 담론 자체의 허구성에 주목해야 할 것이다. 그것은 권력이 구성할 수 있도록 해 준 것일 뿐, 그 '진리 효과'가 곧 진리 그 자체는 아닐 것이기 때문이다.

그러나 「신라의 발견」의 논자는 매저키즘적 숭배 심리가 있는 듯하다. 들뢰즈에 따르면 매저키즘은 모피를 입은 비너스다. 물론 그것은 매저키스트의 숭배 대상이 되는 여성을 상징한다. 이 비너스는 매저키스트의 사랑을 수락해주지 않음으로써 그의 숭배와 애정을 유지시킨다. 이제 식민사학이 비너스가 되었다. 숭배와 사랑에 대한 대가는 연기되고 그 연기 속에서 매저키스트는 구애 행위의 쾌감을 만끽한다.

그러나 그는 돌아서면 어느 순간 새디스트가 된다. 그는 얻어맞기를 원치 않는 이들에게 채찍을 휘두른다. 진정한 새디즘은 들뢰즈에 따르면 맞는 것을 즐기지 않는 여성에게 학대를 가하기를 즐기는 것이다. 이때 이 학대받는 여성의 자리에 놓이는 것은 이른바 「신라의 발견」 논자가 점찍은 '내발론자들'일 것이다.

신라를 주체적으로 발견해 왔다고 믿는 너희들에게 내가 진리의 채찍을 가할 테니 보라. 너희가 너희 것이라고 믿는 것은 실은 너희들 노예의 주인이 선사한 것이니라.

그런데 경우에 따라 노예는 한 마디 말로 주인으로 둔갑하기도 한다. 한 연구자는 김동리의 「황토기」를 가리켜 피시즘 미학으로 해석하는 기술을 발휘했는데, 이것은 이태준의 「농군」을 이태준의 대일협력 노선을 보여주는 것으로 읽어낸 것보다도 더 경탄할 만한 것이다.

이러한 분석에서 김동리는 원한을 품은 노예가 아니라 갑자기 광폭한 주인의 논리를 공유하는 자가 된다. 물론 극과 극은 통한다는 말 한 마디면 모든 것이 설명되는 것을 어찌하랴.

2. 이광수에 관한 이해에 관하여

어째서 이러한 해석이 가능했느냐를 물을 때 우리는 컨텍스트에 대한 이해라는 문제를 떠올리게 된다. 사실 김흥규가 여러 번에 걸쳐 황종연과 윤선태의 논의를 취급하면서 제시한 근거들은 그들이 모르는 역사 또는 그 기록들의 컨텍스트에 관한 것이었다.

그는 신라의 삼국통일이라는 논리가 얼마나 오래된 것인지, 신라, 고려, 조선, 그리고 구한말의 역사서술에 얼마나 자주 등장해 온 것인지 조목조목 제시했다. 아무리 연구가 해석이라 해도 이처럼 '사실'을, 사실적 자료들을 누적해서 제시하는 것을 당할 재간은 없을 것이다.

심지어 두 사람이 금과옥조로 떠받든 하야시 타이스케의 『쵸센시』마저 김부식의 『삼국사기』와 서거정 등의 『동국통감』을 짜깁은 것이라면 그의 식민사학을 일제강점기의 '모든' 민족사학의 원천이자 원형으로 제시한 두 사람의 지식의 일천함에 대해서는 두말할 필요가 없을 것이다. 물론 문제는 일천함 자체에 있지 않다. 자신의 무지를 깨닫지 못하고 타인들의 무지를 비웃을 용기를 가졌을 때 문제는 표면화하기 시작한다.

여기서 「신라의 발견」의 논자가 펼친 논리전개 방법을 간단히 환기해 보고자 한다. 그는 먼저 해방 이후 신라가 어떻게 호명되어갔는가를 지극히 묘사적으로 서술한 후, 그러한 민족주의적 호명의 원천이 실은 일제 식민사학에 있었다고 단정한다. 그로써 해방 이후 민족주의는 식민주의의 '자식'이 된다.

이러한 논리를 보충하기 위해 그는 그 시대의 역사학자들이 식민사학의 논리를 어떻게 모방했는지 묘사한다. 역사학계의 모방 양상을 유창하게, 그러나 지극히 간단히 처리한 후, 「신라의 발견」의 필자는 이제 현진건과 이광수를 또 그렇게 간단히, 유창하게 처리해 나간다.

이 자리에서 필자는 이 모든 과정을 돌아 볼 수 없다. 다만, 이러한 논의가 필자가 몇 편의 논문을 쓴 이광수에 가서 대단원의 막을 내리고 있으므로 필자 또한 이 이광수에 잠시 논의를 기대보고자 한다.

동서양 제국의 논리를 망라, 섭렵한 거대담론의 소유자는 이광수의 『원효대사』가 식민사학을 모방한 민족주의 사학의 면모를 드러내는 것이라고 한다. 그 앞에서도 그는, 예를 들어 현진건이, "신라문화의 정화를 당의 영향과 무관하게 만들고", 그것을 "단일한 역사적 민족의 자기발양으로 정의한" 것은 "두말할 것도 없이 일본인의 식민지주의적 신라관에 대한 민족주의적 반동"이며, 현진건이 화랑도를 조선 민족문화의 원형으로 취급한 것은 그 전에는 없었고, 오로지 식민사학이 화랑도의 존재를 근대적으로 부각시켜서나 회득된 역사인식을 소설로 '번역'한 것이다. 그는 『무영탑』에 그려진 당학파와 국선도파의 대결을 현진건의 묘사를 작가보다 한 수 높은 조감적 위치에서 "실망스러울 정도로 추상적"이라 한다.

또한 그는 『무영탑』이 의도한 민족주의 이데올로기의 '프로파갠더' 효능에 대해서도 의문을 표명한다. "중국을 자신의 타자로 만드는 조선 민족의 자전적 이야기 19세기 후반 김옥균과 개화파 지식인들의 반청주의와 상통하기 때문에 일본 식민주의자들로서는 위험하다고 여겼을 이유가 없다." 그러니, 일장기 말소사건의 주역 가운데 하나인 현진건은 이 대목에 이르러 '적'이 위험스러워하지도 않을 짓을 열심히, 자기가 하는 일은 위험하다고 생각하면서 행하는, 일대 넌센스를 남발하는 희극 배우가 되고 만다. 대신에 일본 식민주의는 무엇이든 잡아먹고 용해시킬 수 있는 만능이 된다. 이런 관점은 요컨대 '탈식민주의'라 하지 않으며, 국외자인 듯한 포즈로 오히려 식민주의의 입지를 강화시키는 논리라 해야 마땅하다.

『무영탑』 논의에 이어 이 논자는 『원효대사』에 대해서도 거침이 없다. 그는 이광수가 원효를 묘사함에 있어 "특히 빈약한 기록을 이용해서 소설을 썼던 것으로 보인다"고 간단히 추론한다. 그가 주로 의존한 기록은 『삼국유사』의 원효 관련 설화들이며, "게다가 그 설화의 연대기적 서사를 충실하게 좇고 있지도, 그 설화의 각각의 모티프를 발전시키고 있지도 않다."

이 논자의 자신만만함은 어디서 연유하는지 모르겠지만, 필자가 아는 바로는 『삼국유사』의 원효 기록만으로는 원효 일대기를 구성하는 것 자체가 불가능할 것이며, 잘 알려진 원효의 유학 중단과 해골물 이야기조차도 『송고승전』을 비롯한 여러 판본들을 종합하면서 작가 자신의 창작적 의도를 살린 것임을 유념할 필요가 있다. 특히 『원효대사』의 이 설화 대목은 『삼국유사』의 기록과 상치되는 부분이 있음을 간과하기 어렵다.

논자는 나아가 "『원효대사』에는 문헌상의 증거가 희박한, 이광수가 날조한 것으로 보이는 원효의 일화가 다수 들어 있다"라고, 과격한 문체를 구사하는데, 역사소설에도 여러 유형이 있는 법이고, 더구나 이광수가 노블에도 '못 미치는' 로맨스를 쓴 다음에야 여기에 구태여 "날조"라는 자극적인 어휘를 보태야 하는 의도는 무엇일까? 소설이란, 특히 연대기적 형태의 역사소설도 아닌 바에야, 항용 역사적 사실과 합치해야 할 까닭도 없지 않은가 말이다.

논자는 이러한 맥락에서 이광수의 『원효대사』가 사실에 부합하지 못하는 몽상적인 에피소드들을 끌어나 놓은 노블에 못 미치는 소설이며, 원효도 따라서 루카치식의 전형적 인물이라고는 볼 수 없다는 장식적인 분석을 덧붙이고는, 외세 의존에서 벗어나 자주성 추구로 나아가는 이 원효의 이야기가 일본인의 식민지주의적 조선관에 대한 대립을 함축한다고 보면 그것은 경솔한 판단일 것이라는 훈계를 잊지 않는다.

이광수가 묘사한 신라는 일본 국수주의 이데올로그들이 만들어낸 신의 나라 일본의 이미지를 가지고 있으며, 그의 고신도 '창안' 역시 일본의 일선동조론을 상기시킬 뿐이라는 것이다. 그는 이렇게 단언한다. "이광수의 신라 표상은 그것이 내세운 신라인의 국민적 결속이 조선 민족주의의 알레고리처럼 보일지라도 일본인의 고대 조선 담론의 권역에서 벗어나 있지 않다. 신라를 일본과 유사하게 만든 그의 고신도 창안은 오히려 조선과 일본의 민족적 차이의 말소, 조선사의 일본사적 종언이라는 사태에 대한 수락을 의미한다."

또 사실 이광수는 그때 열렬한 내선일체 정책의 지지자였고, 이처럼 "내선일체를 조선인을 위한 거룩한 복음으로 받아들인" "제국주의적 사고"와 그의 원효 이야기는 불가분의 관계가 성립한다는 것이다.

이러한 논리는 최는 십 년간 제출된 어떤 유형적인 타입의 이광수론들을 상기시킨다. 그러한 논의들에 따르면, 이광수는 계몽주의자이자, 근대주의자이며, 제국주의 논리를 내면화한 식민지 테크노그라트다.

이광수는 이렇게 단순화된다. 이런 분석이 하나의 유행이 되어 이와 관련된 논자들끼리 서로를 부추기며 다른 관점을 가진 논자들의 단견을 냉소적으로 취급하기를 잊지 않았다. 더 구체적으로, 이광수는 일본처럼 조선을 근대화하고자 한 계몽주의자였고, 일본적 근대와 근대문학을 모방하여 조선에 근대문학을 착근시키려 한 이식론자였으며, 일제 말기에 이르러서는 급기야 일본식 불교 논리를 바탕으로 전쟁동원을 합리화한 인물이다. 그의 계몽주의는 『무정』과 『민족개조론』에, 그의 이식론적 시각은 『문학이란 하오』와 『무정』에, 또한 그의 일본 불교식 전쟁 참여 논리는 「육장기」나 『원효대사』에 잘 나타난다.

그러나 이러한 논의들은 이광수의 민족 개조라는 것이 도산 사상에 연결되며, '정'으로서의 문학이라는 것도 유학의 사단칠정론의 '정'과 칸트적 '지·정·의'론의 정의 이중적 결합물이라는 것, 그의 문학에서 불교니 『법화경』이니 하는 것이 멀리 1920년대에까지 소급될 만큼 유구하다는 점을 간과한다. 단적으로 말해 지금 '이광수학'은 일신되어야 하고 낡은 논리의 구태를 벗고 사태의 진상에 한 발 더 다가서야 한다. 그런 노력이 필요한 때다.

이광수에 관한 가장 흔한 오해 가운데 하나는 이광수가 저항적 민족주의자로서 사상적 인생을 시작했다는 것이다. 특히 장편소설 『무정』을 전후로 한 이광수의 사상적 색채의 변화에 관해서는 모든 것을 자명하게 생각하는 경향이 있다. 즉 『무정』을 쓸 때 그는 계몽적인 민족주의자였다는 것이며, 상해에서의 귀국과 민족개조론 집필, 발표는 그 변질이라는 것이다.

하지만 이광수는 이른바 일진회 장학생으로 일본 유학에 나아갔으며, 귀국해서 오산학교 선생이 되었다 그만둔 후에 다시 한 번 유학으로 나아가는 데에도 김성수의 주선으로 일본인 목사의 원조를 얻어서였다. 와세다대학에 재학 중 『무정』을 쓰고 나아가 상해로 가 독립운동가들과 함께 활동했지만 결국 국내로 돌아오는 길을 선택했다. 즉, 이 시기에 이광수는 자신의 사상적 선택을 둘러싸고 번민과 선택을 거듭해 나갔으며, 「민족개조론」 이후에도 그 고민은 끝나지 않았다.

표면상 민족주의자로서의 외피를 뒤집어쓰고 있는 가운데에도 그는 『매일신보』에 『무정』을 연재하고, 뒤이어 총독부의 전폭적인 지원 아래 오도답파기를 연재하는 데서도 볼 수 있듯이, 일제에 의해 발탁되어 성장한 청년 지식인이었고, 그럼에도 상해로 건너갔다 2·8 독립선언을 위해 일본으로 돌아왔고 다시 상해로 건너가는 등 복잡한 궤적을 보였다.

이러한 그의 주변에는 늘 안창호와 같은 서북 지식인 독립운동가들, 운허와 박한영 등의 불교계 인사들이 있어 대일협력에 기우는 그를 민족운동 쪽으로 견인하는 역할을 했다. 특히 1930년대의 그는 수양동우회와, 홍지동 산장 시대가 보여주듯이 민족주의적 불교의 영향력이 지속적으로 확장되어간 시기다. 아직 가설이지만 1937년 6월에 시작된 수양동우회 사건은 이처럼 체제외적인 방향으로 움직이는 이광수를 체제 협력 쪽으로 견인하기 위한 조치였다고 할 수 있다.

장편소설 『사랑』은 이러한 검속을 전후로 한 이광수의 사상적 모색을 살펴볼 수 있게 하는 문제작이다. 그는 여기서, 앞서 김동리의 「두꺼비」를 살피면서 언급했듯이 인류평화와 병든 인간의 구원이라는 명제를 제기한다. 이것은 중일전쟁(1937년 7월)이 발발하는 시대적 전환기에 인류적 차원의 중생 구제를 제시한 것이라는 점에서 매우 문제적이다.

그러나 「육장기」가 보여주듯이 이광수 소설의 체제이탈적인 주제 구축은 대체로 여기까지다. 그는 김윤식의 일제 말기 이광수 분석이 보여주듯이 일제 말기를 여러 개의 가면을 쓰고 버텨나갔으며, 그 표면에는 철저한 처제 협력론자의 가면을 쓰고 있었다.

그러나 이 '가면쓰기'가 얼마나 철저한 것이었는가를 두고는 논란의 여지가 있다. 그가 철두철미 내선일체론자였는지, 일본 국민으로서의, 대일협력자로서의 '의식'과 조선인으로서의 '무의식' 사이에 균열과 상충은 없었는지 따져보아야 하며, 그 시금석 가운데 하나가 바로 『원효대사』다.

의식이니 무의식이니 하는 말이 최근 몇 년처럼 본말전도된 적도 없었다고 할 것이다. 어떻게 식민지가 된 지 얼마 안 되었고, '국민'이 된 지 얼마 안 된 것이 무의식, 즉 의식 이전의 심층을 구성할 수 있겠는가. 그러나 '식민지적 무의식'이라는 수입산 용어를 활용하는 이들은 정신분석학의 가장 기본적인 모델조차 점검하지 않는다.

다시 『원효대사』로 돌아가보면, 이 작품은 적어도 표면상으로는 민족주의 서사를 구축하기보다 내선일체론을 서사화하려는 동기를 가진 것이며, 문제의 초점은 이런 텍스트가 어떤 균열을 내포하고 있는가 여부, 즉 그의 대일협력이 '완성'될 수 있었는가에 있다.

「신라의 발견」의 필자는 이를 그것과는 반대로, 즉 민족주의 서사 구축을 목표로 삼은 소설이 불가피하게 식민사학에 동조될 수밖에 없었다는 쪽으로 분석한다. 이것은 『원효대사』 텍스트가 놓인 위치, 즉 컨텍스트를 전연 '잘못 짚은' 것이다. 이광수에 있어 『원효대사』가 놓인 맥락을 고려하지 않고 오로지 일제시대 민족주의는 일본의 식민사학이 발명한 것을 모방, 차용하면서 스스로의 이념을 세우려 하나 이것의 이데올로기 효과는 '무용지물'에 가깝다는, 자신의 상상된 이야기를 완성하려는 의욕이 앞선 것이 '신라의 발견'론이며, 그 속에서의 『원효대사』론이다.

발명이라는 수사가 횡행하는 것에 대해 김흥규는 깊은 우려를 표명했던 바, 필자는 이 발견이라는 말에서 마치 콜롬부스의 신대륙 발견과 같은 수사를 떠올리게 된다.

물론 식민사학자들은 통일신라를 '발견'했는지도 알 수 없다. 그곳에 사는 이들은 다 알고 있는 대륙을 발견하고 거기에 이름을 부여한 콜롬부스처럼 이름도 선명하게 남아있지 못한 어느 식민주의 사학자가 대륙을 발견하자 그곳의 원주민들이 그제서야 자신들이 그런 이름을 가진 땅에 살고 있음을 깨닫고 너나없이 그렇다고 떠들기 시작했다는 것이다. 그토록 조선 전래의 지식인들, 대한제국 시기의 역사학자들, 일제시대의 역사학자들은 무지몽매했다는 것이다.

3. 내부와 외부, 한국 소설의 현대 이행에 관하여

그러나 이렇게 말하면, 문제는 단순히 무엇을 알고 있었느냐가 아니라 근대적 인식 구조의 창출에 관한 것이라고, 꽤나 현학적인 태도로 반론을 꾀하는 것이 물론 가능할 것이다. 이제 신라는 어떻게 발견되었느냐, 하는 말은 국문학계에서 근대적 인식 구조의 창출을 묻는 문제가 되었다.

그런데 이제는 어쩌면 낡은 문제가 되어버린 '신라의 발견' 문제, 즉 누가 근대적 인식을 이끌었나 하는 문제 앞에서 가장 간결하고 또 현학적인 방식은 그것이 '다' 외부에서 왔다고 주장하는 것이다. 원리적으로 보면 이러한 태도는 일단 출발부터 용납되기 어렵다. 그것은 이러한 설정이 역대 또는 당대의 국문학 담당자들의 창조적 역능을 왜소화시키고, 번역자적 기능에 국한시키며, 그리하여 그러한 수동적 존재들을 관망하는 유리한 위치에 자신을 배치하고는 만족스러운 웃음을 짓는, 매우 자족적이며, 냉소적인 방식이기 때문이다.

대신에 필자는 이 문제가 창조적 접합을 통한 새로운 문화적 국면 형성의 측면에서 논의되어야 한다고 믿는다. 이 문제는 지금 필자의 상황에서는 두 개의 논거를 준비할 수 있다. 그 하나는 이광수의 『무정』의 경우이며 다른 하나는 이인직의 『혈의 누』다.

『무정』은 많은 논자들에 의해서 반복적으로 최초의 근대소설이라 논의된 바 있다. 「신라의 발견」의 필자는 『무정』을 서구 신사상의 수입으로 보는 관점을 수리하여, 이것을 '서구식 노블의 통국가간 시작'이라고 명명했다.

과연 이 소설의 인물들은 관념성, 내면성이 풍부하기 때문에 그때까지의 한국소설이 보여주지 못한 경지를 개척하고 있는 것은 사실이다. 그러나 조동일을 비롯한 많은 논자들은 이 소설이 재래의 소설들의 문법적 구조와 특질을 풍부하게 계승하고 있다고 했다. 또한 조동일은 한국에서는 서구식의 노블 대신에 동아시아 공동의 서사 양식으로서 소설이 형성, 전개되어 왔고, 이것이 『무정』에도 면면히 흐른다고 했다. 필자는 『무정』의 소설적 구조나 주제, 인물들의 성격 등에 그와 같은 요소가 풍부하게 작용하고 있다고 보며, 이 점에서 『무정』은 전승되어 온 것과 외부에서 온 것을 종합한 것이라고 생각한다.

이 종합은 근래 논의에 종종 오르내리는 '정'으로서의 문학론과 관련해서도 논증될 수 있다. 「문학이란 하오」와 『무정』에 나타나는 '정'은 단순히 일본 철학계나 교육계, 문학계의 창작물, 즉 발명품이 아니다. 『무정』이나 「문학이란 하오」에서 '정'은 중첩적으로 나타난다. 그 하나는 칸트적 의미에서의 '정'이다. 칸트의 시대에 요하네스 니콜라우스 테텐스는 인간의 정신작용에 있어 지성, 감성, 도덕의지('지·정·의')의 삼분법을 근대적으로 확립했고, 칸트는 이것에 대응시켜 『순수이성 비판』, 『판단력 비판』, 『실천이성 비판』을 저술했다. 신칸트주의자들은 칸트의 이러한 면모를 들어 칸트철학을 주지주의, 즉 데카르트의 지성 중심적 인간이해와 다른, 전인간론으로서의 인간학이라 규정했다.

이광수가 와세다대학에 유학하던 시대에는 이 신칸트주의가 성행했으며, 나중에 교토로 가 니시다 철학에 합류하게 되는 하타노 세이이치가 바로 신칸트학파로서 독일에 유학까지 한 연구자였다. 이광수의 『무정』에 등장하는 '전인간'의 유래는 바로 이 칸트였다. 그런데 여기서 더 나아가 생각해야 할 것은 이 칸트의 '지·정·'의라는 것이 실은 저 고대 그리스의 '진·선·미'의 이상을 근대적으로 '번역'해 놓은 것에 불과하다는 사실이다.

근대의 변방 독일은 이 '번역'을 통해 서구 보편적인 문명에 참여했고, 이 점에서 이광수는 바로 일본 것이 아니라 그리스의 것을 자기 것으로 만든 셈이다. 물론 『블랙 아테네』 같은 책을 참고하면 그리스라는 이 기원의 형이상학은 다시 한 번 해체된다.

그렇다면 이 '정'의 다른 측면은 무엇인가. 그것은 이 소설의 제목이 '무정'인 것에 직결된다. '정'이 없다는 것은 칸트적 의미의 '정'이면서 동시에, 또는 그 이전에 성리학 속에서의 '정'이기도 하다. 우리는 저 사람은 '정'이 없다는 말을 쓰곤 하는데, 이때 '정'은 사람의 본성('성')에서 발원하는 자연스러운 마음의 흐름, 즉 '측은지심'이 없다는 것이다.

유학에서의 '성정론'은 조선에서 '사단칠정론'을 이루는데, 이것은 전통적인 '성정론'에 내재한 '성'과 '정'의 관계에 대한 이중적 사고에 기인한다. 즉 어느 경우에 '정'은 '성'의 발현을 위해 억제, 조절되어야 하는 것으로 간주되기도 했다.

『무정』에서 '무정하다' 함이란 무엇을 가리켜 말함인가? 그것은 형식이 영채를 버리고 선형을 취한 것을 일러 가리키는 것이다. 작가는 화자를 빌려 무정한 세계에서 유정한 세계로 나아가자고 했는데, 이것은 새로운 계급이 낡은 계급을 구축하고, 새로운 지식이 낡은 지식을 구축하고, 돈 때문에 의리를 버리는 상태에서 벗어나 이 모순되는 양극이 화해와 조화를 이루는 세계로 나아가자는 뜻을 함축하고 있다.

이러한 측면에서 보면 『무정』은 근대를 지향한다기보다 이광수 자신이 당면하고 있던 근대의 약육강식, 적자생존식 체제에서 벗어나 신구, 강자와 약자, 남성과 여성, 제국과 식민지, 새로운 지식과 옛 지식이 융합된 새로운 세계운영 원리를 지향하고 있는, 이른바 탈근대적 지향을 보여주는 소설이다.

이 새로운 도덕원리가 나중에 장편소설 사랑의 종교통합적인 구원의 사상으로 나타나게 되는 셈이다. 그렇다고 여기서 그럼 『무정』이 포스트모더니즘 소설이냐는 우문을 하지는 말아주었으면 한다.

그리고 여기서 유학은 『혈의 누』에서처럼 '단순히' 부국강병을 위한 타자 계몽적인 수단이 아니라 이를 위한 인물들의 자기의식 획득을 위한 매개체로 설정된다. 작중에는 말미 부분에서 기차가 남대문정거장을 지나가면서 등장인물들이 서로의 존재를 알게 되면서 번민하는 장면이 나타난다. 이때 형식은 영채가 동승한 것을 알고 괴로워하다가 자신이 아직 "어린애"라고 생각한다.

필자의 생각에 따르면 이 어린애는 칸트가 「계몽이란 무엇인가에 관한 답변」에서 말한 "미성년"의 번역어다. 오성을 스스로 사용할 줄 아는 용기와 결단이 없는 상태를 가리켜 칸트는 마땅히 스스로 책임져야 할 미성년 상태라고 했고, 여기에서 벗어나는 것은 바로 스스로 계몽되는 것, 자기의 식을 획득하고 이를 바탕으로 스스로 진리를 향해 나아가는 것이다.

이 대목에서 형식은 자신이 조선의 역사와 현실을 모른다는 것 때문에 바로 어린애라고 생각하고 있음이 드러나는데, 이것은 이광수가 왜 『무정』 이후에 「가실」 같은 신라 사람 이야기를 다룬 단편소설을 거쳐 일련의 역사소설로 나아가게 되는가를 설명해준다. 그의 역사소설들은 『무정』을 '최고의' 노블로 보는 관점에서 보면 퇴행적 로맨스에 불과하겠지만, 『무정』에 나타난 형식의 고민이 담긴 프로젝트를 이광수 자신의 것으로 보는 관점에서 보면 유학을 통해 서구적 지식을 획득하고 나아가 조선에 대한 지식을 아울러 구비하기 위한 방법적 수단으로 이해될 수 있다.

그리고 여기에 이르면 이광수가 정작 이루고자 한 것은 노블의 수입이 아니라 '안과 밖'의 모든 가치 있는 지식과 가치와 문학 양식을 통합하고 종합함으로써 새로운 문학을 건설하는 것이었음이 드러난다. 「문학이란 하오」의 지정의론과 무정의 실체 사이에도 일종의 단락과 비약이 존재한다.

그러나 여기서 우리는 문학양식의 이식과 수입이냐, 종합을 통한 비약이냐를 사고함에 있어 도대체 안이란 무엇이고 바깥이란 무엇이냐를 되물을 필요가 있다. 이때 부각될 수 있는 문제가 바로 번역, 또는 번역된 근대라는 말이다. 김흥규는 「신라의 발견」의 필자의 「노블·제국·청년」을 논하면서 그가 번역의 '불투명성'을 충분히 고려하지 않았다고 했다. 번역되는 근대뿐만 아니라 일종의 번역하는 근대, 이때 번역하는 이들의 의지와 지향이 중요하다. 「신라의 발견」의 필자가 언급한 쓰보우치 쇼요에 대한 검토를 거쳐 김흥규는 "그의 담론들은 노블이라는 방사체가 세계 각지에 침투·적응하여 장르적 식민화를 달성한다는 '노블 제국주의'의 보편성에 대한 방법론적 의심을 별로 보여주지 않는다."라고, 예리한 비판을 가한다. 나아가 그는 이런 식의 사고법에 내재한 "척도의 제국주의"에 비판을 가한다. 서구 근대를 가치의 척도로 보고, 한국의 것은 이에 미달 또는 과잉된 비정상성으로 보는 관점을 비판한 것이다.

김흥규는 이러한 맥락에서 일본에서 미요시 마사오가 일본 근대소설을 '노블'이라 하지 않고 '쇼세츠'라 부르면서 이러한 척도의 제국주의에서 벗어나려 했던 것을 상기시킨다. 그런데 이것은 한국에서 조동일이 오랫동안 추구해온 방식과 사실은 같은 것이다.

조동일은 루카치와 바흐친의 '소설' 개념이 서구 규범적임을 지적하면서, 각 문명권마다 제각기 다른 서사양식들이 존재했음을 들고, 한자문명권에서 어떻게 소설이라는 '보편적' 서사양식이 성장, 변화해 왔는가에 주목한다.

뿐만 아니라 그는 근대를 특권화하고, 그럼으로써 근대에 이르러 강자가 된 서구를 특권화 하는 역사 인식 모델에 대해, '고대·중세·근대'의 역사 시대 구분이 어느 문명권에서나 적용 가능함을 보이고 중세에서 근대로 나아가는 과정에서 '한·중·일' 삼국 공통의 서사양식이 어떤 변화를 겪게 되는지 설명했다. 물론 지나친 도식화의 위험은 없지 않았다.

그러나 이러한 조동일의 관점에서 보면, 한국문학은 중세에 이미 문학의 '세계체제' 속에 위치해 있었다고 보아야 한다. 김흥규는 내재적 발전론의 역사적 시효가 끝났다고 보면서 그것을, "민족이라는 인식 단위에 집착한 연구, 근대를 향한 단선적 진보사관, 이들을 희망적으로 결합한 내재적 발전론의 구도"라고 요약했다.

이러한 관점에서 보면 조동일의 노블 아닌, 소설 중심의 문학사 인식은 이러한 내재적 발전론의 구도 바깥에 있었던 셈이다. 다만, 조동일의 논법은 『신소설의 문학사적 위치』에 담긴 논리가 보여주듯이, 신소설 역시 구소설의 성장과정 속에, 연속적인 결과물로 위치지우는 것이어서, 소설의 근대적 '진화' 또는 형질 전환을 충분히 설명하지 못했다. 그리고 이것은 바로 소설과 노블이 만나는 방식들을 문제 삼는 구체적 연구들에 의해서 유형적 모델과 이들을 포괄하는 일반론을 추출해야 하는 사안이다.

이러한 관점에서 이광수 소설은 아주 중요한 사례를 제공한다. 그것들은 노블 수준의 것과 그것에 미치지 못하는 것으로 나뉘는 것이 아니라 소설과 노블이 다양한 형태로 결합하며 소설의 형질 전환을 실현시켜 가는 사례들로 간주되어야 한다.

「신라의 발견」의 필자는 마치 자신만은 노블의 수준이 무엇인지 알고 있다는 듯이 자신만만한 어조로 이광수의 『원효대사』가 수준 미달인 듯이 말한다. 사실 이 소설의 수준 '미달'은 노블이 되지 못한 데서 온다기보다 작가가 이 소설 속에 자기 논리를 완전히 세우지 못한 데서 온 것이다.

『유정』이나 『사랑』, 『세조대왕』에 비해 이 소설이 현저히 부족한 것은 이 소설 속 세계가 이광수의 '진정' 자기 세계가 못되고, 빌려온 것, 강요된 것들이 주인 행세를 하고 있기 때문인 것이다.

만약 소설에서 '진정성(authenticity)'을 문제 삼아야 한다면, 바로 이 점에서 『원효대사』는 미달인 것인데, 그러나 이 미달됨을 증명하는 문제는 작가와 작품 속 인물을 소박하게 등치시키는 분석이 아니라 '서술론(narratology)' 상의 '암시된 작가(implied auther)'라든가 '암시된 독자(implied reader)'라든가, '서술자적 청중(narratee)'이라든가, '자전적 소설(autobiographical novel)' 같은 범주들의 원조를 얻어야 분석 가능하다.

이광수 소설은 실로 여러 형태의 서사양식들이 한 창의적 존재 안에서 어떻게 만나고, 뒤얽히며, 종합되고, 비약하면서 형질전환 하는가를 보여주는 중요한 사례들이다. 그의 소설들에는 소설과 노블만이 존재하는 것도 아니며, 온갖 다양한 형태의 서사 양식들, 기록 양식들이, 마치 바흐친이 '소설(novel)'은 종합적인 양식이라고 말했던 양상을 보이며 중첩적으로 구조화되어 있다. 조동일은 루카치와 바흐친 양자를 모두 비판했지만, 그 귀납적 접근법으로 말미암아 바흐친의 논의는 이른바 소설에 대해서도 경청할 바가 많다.

소설에서 '안과 밖'이라는 문제는 따라서 간단치 않다. 한국 소설에는 이미 동아시아적 보편성이 편재해 있고, 따라서 소설을 생각하는 한 민족 단위를 절대화하는 것도, 동아시아 각국의 차이를 단순화 하는 것도 온당치 않다.

이인직이나 이해조의 신소설은 이러한 조선의 소설에 서구 '소설' 또는 일본 '소설'이라는 척도가 '더해지는' 과정을 잘 보여준다. 김윤식은 일찍이 이인직의 『혈의 누』나 『은세계』를 가리켜 "일본 정치소설의 결여 형태"라고 불렀는데, 이것은 예의 '척도의 제국주의'로부터 자유롭지 못한 것이다.

『혈의 누』를 앞에서 언급한 소설과 노블의 만남 또는 동아시아적인 것, 조선적인 것과 서구적인 것의 만남이라는 측면에서 보면, 우리는 반드시 전란으로 인한 가족의 이산과 재회라는 17~18세기 한문 단편의 전란소설 양식에 주의를 돌리지 않으면 안 된다. 『혈의 누』가 바로 그 전형적인 플롯을 재활용한 것이기 때문이다.

동아시아에서 17~18세기는 국제적인 전란의 시대였고, 이것은 각국의 소설 양식을 변화시켰다. 중국에서도, 조선에서도, 전기소설은 구체적인 리얼리티를 재현하고, 여기에 새로운 세계질서에 대한 구상을 부착한 전란소설로 진화해 갔다. 조선에서 이것은 『최척전』, 『김영철전』, 『주생전』 등으로 나타났다. 고전문학 연구에 이들에 대한 숱한 언급을 볼 수 있다.

『혈의 누』는 바로 이 전란소설 문법을 한글소설로 변전시킨 것이며, 여기에 당시 일본에서 유행한 '피눈물'이라는 제목을 붙이고, 또한 새로운 국제질서와 조선의 생로에 대한 작가적 구상을 탑재한 것이다. 이러한 점들은 아직 충분히 조명되지 못했으며 필자나 김양선 같은 연구자들에 의해서 분석, 지적된 상태다.

요컨대, 한국 소설에는 '처음부터' '안과 밖'이라는 고정된 항이 존재하지 않았다고 해야 한다. 그것은 신라 불교처럼 외부가 내부화한 것이며, 또 내부가 외부가 되는 것이었다. 모든 발달하는 문화와 문명은 내부와 외부의 원활한 소통과 상호 전환을 특징으로 삼는다. 또 그렇기 때문에 이렇게 잠정적인 내부와 똑같이 잠정적인 외부를 만나게 하고, 이를 통해 새롭고 가치 있는 사고와 양식을 만들어가는 행위 주체들의 특질과 의지가 아주 중요하다.

신라 불교에서는 원효가 바로 그런 존재였다. 그는 유학길에 올랐다 중도에 되돌아왔으나 그의 해박하고도 정심한 논리는 중국과 일본에 널리 알려졌다. 이것을 '척도의 제국주의'의 견지에서 원효가 불교라는 당대의 세계철학을 잘 받아들인 때문이라고 진단하는 것은 해석의 자유겠다. 그러나 그 원효가 잘 정리된 외국 이론을 겉모양 좋게 베껴 조잡하게 적용하는 수준을 넘어서 있었다는 것은 분명하다.

'신라의 발견'이라는, 이미 몇 년이나 지난 문제를 다시 다루어야 하는 까닭은 지금 한국문학의 근대전환을 규명하는 문제가 국문학상의 중심 의제 가운데 하나인 때문이다. 이 문제를 고찰하면서 필자는 평소와 다른 문체를 사용했다. 그러나 필자는 유념하고 있다. 지식의 세계는 넓고 깊고 '나'가 아직 캐내지 못한 것들로 가득하다.

그릇은 언제나 큰 그릇 앞에서는 작고 작은 그릇 앞에서는 크다. 지식의 상대적 크기에 몰두하고, 대진리를 향한 공동의 참여자들을 잊는다면 대화는 불가능하다. 지적 관심과 오만은 다른 것이며, 이 지식 세계의 문제를 해결해주는 것은 지식 자체를 참되게 만들어가는 것 이상이 될 수 없다.

색인

작품 · 문헌명 관련 색인

ㅅ

ㅈ

인명 색인

ㅋ

ㅌ

ㅍ

ㅎ